Gulliver Taschenbuch 864

*Courttia Newland* wurde 1974 geboren; seine Eltern stammen aus Jamaica und Barbados. Er lebt in West London. *Der Schüler* ist sein erster Roman; Courttia Newland schrieb ihn mit 23 Jahren.

COURTTIA NEWLAND

# *Der Schüler*
# *Eine West Side Story*

Aus dem Englischen
von
Marion Sattler Charnitzky

BELTZ
& Gelberg

Gulliver Taschenbuch 864
Deutsche Erstausgabe

Programm Beltz & Gelberg, Weinheim

Die Originalausgabe erschien unter dem Titel
*The Scholar* bei Abacus; Little, Brown and Company, London

Einband von Max Bartholl unter Verwendung eines Fotos
von Michael Trevillion, Trevillion Picture Library
Lektorat Regine Teufel
Gesetzt nach der neuen Rechtschreibung
Gesamtherstellung Druckhaus Beltz, 69494 Hemsbach
Printed in Germany
ISBN 3 407 78864 9
1 2 3 4 5 05 04 03 02 01

*Für dich, London ...*
*und auch für meinen Bruder Jerome*
*und für Regina*
*(ich habe es nicht vergessen).*

# INHALT

# PROLOG

**August 1986**

Es war an einem schönen heißen Sommertag, wie es sie in London nicht oft gab, wo die Winter lang sind und die Sommer nicht selten ins Wasser fallen. Ein Tag, den man sich im Kalender anstreichen konnte. An solchen Tagen verwandelten sich Parks, die sonst nur von Kindern und Hundebesitzern bevölkert waren, in ein Meer aus Menschen, die ihre Glieder in die Sonne streckten, damit sich so etwas wie Naturbräune einstellte. An solchen Tagen lächelte man sich zu, und die Kinder stürmten auf die Spielplätze, um sich auf den Schaukeln in die Luft zu schwingen.

Cory Bradley war einer von ihnen. Aber der Achtjährige hatte vorerst genug vom Schaukeln. Er rannte aus dem Park und versteckte sich hinter einem blitzenden Ford Cortina. Er spähte zum Parkeingang hinüber und lächelte verschmitzt mit seinem hübschen braunen Gesicht. Er musste nicht lange warten, bis ein etwa gleich alter, dunklerer Junge aus dem Park trat, sich zweimal umdrehte und dann die Straße entlanglief. Kichernd schlich sich Cory hinter ihm her und sprang ihm auf den Rücken. »Überraschungsangriff!! Überraschungsangriff!«, schrie er und umklammerte sein Opfer. Die beiden rauften eine Weile, bis eine Art unerklärter Waffenstillstand erreicht war, dann setzten sie keuchend und lachend ihren Weg fort.

»Friede, Sean!«, rief Cory und stolzierte neben seinem Cousin her. »Ich hätt dich fertig machen können, Junge!«

Sein Cousin schnalzte abfällig mit der Zunge. »Quatsch mit Soße, Mann!«, gab er zurück. »Ich hab doch gehört, wie du geschnauft hast.«

»Erzähl kein' Scheiß!«, schrie Cory und veranlasste ein paar Passanten, missbilligend den Kopf zu schütteln.

Sean bog sich vor Lachen.

»Nie im Leben haste was gehört«, fuhr Cory fort. »Ich bin viel zu gerissen für dich, Cuz!«

Die beiden Jungs gingen nun gemütlich nebeneinander her. Beim Eismann blieben sie kurz stehen, um sehnsüchtig ein 99er Flake-Eis anzustarren. Aber angesichts ihrer leeren Taschen zerplatzte der Traum wie eine Seifenblase und so schlenderten sie weiter.

»Um wie viel Uhr treffen wir uns mit deinem Dad?«, fragte Sean.

»Um drei an seiner Stammkneipe. Der kann's kaum erwarten, dass die Fußballsaison anfängt, damit er Grund hat, einen zu heben.«

»Was glaubst'n, wer den Milk-Cup gewinnt?«

»Liverpool natürlich! Wer'n sonst?«

»Keine Chance, Manchester United sind die besten überhaupt!«, konterte Sean.

»Hör mal«, begann Cory, als wolle er ihm einen schlüssigen Beweis liefern. »Liverpool ...«

Sie bogen gerade um die letzte Ecke vor dem *Green Man*, der Stammkneipe von Corys Vater. Sean ging etwas hinter Cory. Er wollte seinen Cousin schon fragen, warum er nicht weiterredete, da sah er den Grund selbst. Corys Vater Ronald Bradley war ein großer Mann, einsneunzig mit Socken, und er brachte fünfundneunzig Kilo auf die Waage. Es war das erste Mal, dass Sean seinen Onkel Ron wütend erlebte. Ihn befiel eine fürchterliche Angst, als er ihn mit drei bulligen Weißen kämpfen sah, die offenbar mehr getrunken hatten, als sie vertragen konnten.

Sie waren nicht allein. Seans Mutter Bernice, Rons Schwester, redete auf die Kontrahenten ein und beschwor sie aufzuhören. Seans elfjährige Schwester Shannon und Corys Mutter Helen standen in Tränen aufgelöst neben ihr. Einige andere Männer, wahrscheinlich Gäste aus dem Lokal, taten ihre Missbilligung kund, aber niemand griff ein. Ron hatte sich Dosenringe, die vor dem Lokal herumlagen, über die Finger gestreift, um sie seinen Gegnern übers Gesicht zu ziehen. Er war schon fast fertig mit ihnen, als vier Polizeiwagen mit quietschenden Reifen und Bremsen an den Bordstein schlidderten.

Die Polizisten hielten es offensichtlich mit dem Motto: Erst handeln, dann fragen. Etwa zehn stürzten sich mit Schlagstöcken auf Ron und hieben auf ihn ein. Hinter ihnen folgten noch mehr Polizisten. Keiner schien sich an den verzweifelten Schreien der Frauen zu stören.

»DAAAAD!« Corys Stimme überschlug sich. Bevor Sean ihn zurückhalten konnte, war er über die Straße gerannt, um seinem Vater zu helfen. Aber er wurde von einem der Polizisten grob zu Boden gestoßen. Die anderen hievten Ron, der sich noch immer wehrte, zu einem Polizeibus und verfrachteten ihn ins Innere.

»Hehehe! Ihr da!«, rief ein kleiner, kahlköpfiger Mann mit

hellen blauen Augen vom Eingang des Pubs. Er hatte eine Schürze um.

»Das ist der Falsche, ihr Idioten! *Die* Brüder hamm angefangen. Ich hab euch Armleuchter gerufen, dass ihr dem da helft.«

Mit gelangweiltem Gesichtsausdruck drehte sich einer der Polizisten zu ihm um.

»Keine Angst, wir nehmen *alle* mit, Harry«, sagte er von oben herab. »Und jetzt halt's Maul und geh wieder rein, verstanden?« Das brachte Harry nur noch mehr auf die Palme.

»Ich hab gesehen, was ihr Ärsche gemacht habt!«, schrie er. »Ich werd mich bei euerm Boss beschweren ...«

»Mach das, dann haste noch vor Monatsende Besuch von der Sitte«, konterte der Polizist. »Bin mal gespannt, was die bei dir finden, Harry.«

Dazu sagte Harry nichts mehr.

Der Polizist wandte sich an Helen und Bernice.

»Die Ladies wissen, wo die Wache ist?«, fragte er beiläufig. Helen sagte nichts. Sie zitterte trotz der Hitze und konnte nur mühsam die Tränen zurückhalten. Bernice spuckte vor dem Polizisten aus, legte den Arm um Helen und um Shannon und führte sie weg. Cory folgte ihnen und einen Augenblick später auch Sean. Die Frauen nahmen die beiden Jungs kaum zur Kenntnis, aber es schien sie zu beruhigen, dass sie in ihrer Nähe waren.

Die Fahrt zum Polizeirevier erlebten Cory und Sean wie durch einen Nebel, so schockiert waren sie. Sean griff nach der Hand seiner Schwester, das war seit Jahren nicht mehr passiert, worauf Shannon auch Corys Hand nahm, was bei ihrem Verhältnis an ein Wunder grenzte.

Auf dem Revier bereitete Bernice sie auf eine lange Wartezeit vor und machte sich auf den Weg zum Dienst habenden Polizisten. Nach zwei Minuten war sie zurück und noch besorgter als zuvor.

»Der Polizist hat keine Ahnung, wer Ron ist!«, rief sie verblüfft, aber noch mehr überraschte sie, dass ihre Schwägerin überhaupt keine Reaktion zeigte. Helen schien nichts zu sehen und nichts zu hören. Sie wippte nur stumm und mit leerem Blick mit dem Oberkörper.

Nach einer Dreiviertelstunde und weiterem zweimaligen Nachfragen bei dem Diensthabenden ging die Schwingtür auf. Ein knochiger Mann mit Anzug und schwarzer Ledertasche trat herein. Er sprach kurz mit dem Polizisten und verschwand dann durch eine Seitentür, die zu den Zellen führte. Bernice kannte die Art Ledertasche und machte sich wieder zum Polizisten auf.

»War das ein Arzt?«, fragte sie ruhig.

»Miss Bradley, würden Sie bitte wieder Ihren Platz einnehmen, es wird dann schon jemand ...«

*»War das ein Arzt oder nicht?«*, schrie Bernice. Etwas in ihr schien plötzlich zu explodieren. *»Antworten Sie mir gefälligst!«*

»Mum, komm her und setz dich hin«, Shannons Stimme klang ganz weich und ihre braunen Augen waren voller Sorge.

»Noch so eine Szene und ihr könnt draußen warten, ist das klar?«, warnte der Polizist Shannon und deutete mit seinem Wurstfinger zuerst auf die Bradleys und dann zur Tür. Das Mädchen reagierte nicht darauf und sah ihn nur mit versteinertem Blick an. Sie führte ihre Mutter zurück zu den Plastikstühlen, auf denen Cory und Sean saßen und sie mit offenem Mund anstarrten. Helen hatte die Arme um den Oberkörper geschlagen. Ein paar Minuten später hörten sie Schritte und sahen auf.

»Mrs. Bradley?«

Es war der Mann mit der Ledertasche. Er sah Bernice eindringlich an. Aus der Nähe konnte sie Zeichen von Müdigkeit und Überdruss in seinem Gesicht erkennen, aber es lag auch Güte darin.

»Nein. *Sie* ist Mrs. Bradley.« Bernice deutete auf ihre Schwägerin. »Ich bin Miss Bradley, Rons Schwester.«

»Ach so, mhm ...«

Der Mann hustete kurz und fuhr fort. »Mein Name ist Dr. Phillips.« Er machte wieder eine Pause und schien zum ersten Mal die Kinder zu bemerken.

»Kann ich mit Ihnen allein sprechen?«, fragte er leise.

»Natürlich«, antwortete Bernice. Sie hakte Helen unter, um sie mitzuziehen. Sie gingen in eine Ecke und begannen zu flüstern. Der Dienst habende Polizist beobachtete sie mit gespannter Aufmerksamkeit.

Sean wandte sich Cory zu, um zu sehen, ob sein Cousin ebenso verwirrt war wie er selbst, und stellte verdutzt fest, dass ihm Tränen über das Gesicht liefen.

»Sie haben ihn umgebracht«, schluchzte er in sein Spider-Man-T-Shirt. »Sie haben ihm den Schädel eingeschlagen.« Er verbarg sein Gesicht in den Händen.

»Erzähl kein' Quatsch«, sagte Shannon im Tonfall der Elfjährigen, die alles besser weiß. »Wie kommst du denn da drauf?«

»Hast du noch nie *Quincy* gesehen, du Blindschleiche?« Cory spuckte vor seiner Cousine auf den Boden. »Wenn sie die Familie zur Seite nehmen, heißt das …«

»*Neeeeiiin!*«, schrie Bernice auf und sackte so schnell zusammen, dass der Arzt sie nur mit Mühe auffangen konnte. Den verzweifelten Aufschrei seiner Mutter würde Sean nie vergessen und auch nicht den entsetzten Ausdruck in den Gesichtern seines Cousins und seiner Schwester. Aber sooft er später an den Tod seines Onkels dachte, sah er seine Tante Helen vor sich, wie sie die Arme um den Oberkörper geschlagen hatte, ausdruckslos in die Ferne starrte und sich dabei unaufhörlich hin und her wiegte.

In den ersten Tagen nach Rons Tod verschlimmerte sich Helens Zustand noch. Bernice, Sean und Shannon waren vorübergehend in ihre Dreizimmerwohnung gezogen, die sie mit Ron und Cory bewohnt hatte, um bei den Beerdigungsformalitäten zu helfen. Helen weinte zwei Tage ununterbrochen und hörte dann schlagartig auf. Am Abend vor der Beerdigung demolierte sie in einem plötzlichen Wutanfall praktisch die gesamte Wohnzimmereinrichtung vor den Augen der erschrockenen Kinder und rief dabei kläglich immer wieder den Namen ihres Mannes.

Danach setzte sie sich mitten in das Durcheinander und zeigte keine Reaktion mehr. Bernice nahm sie in den Arm und tröstete sie sanft, aber Helen verfiel in grübelndes Schweigen, schloss sich schließlich in ihrem Schlafzimmer ein und verweigerte Essen und Trinken.

Als Cory in jener Nacht aufwachte, sah er seine Mutter an seinem Bett stehen. Hinter ihr lag Sean auf dem Bauch und schlief. Cory erschrak, aber Helen flüsterte ihm leise beruhigende Worte ins Ohr und kniete sich neben seinem Bett auf den Boden.

»Sch-sch. Ganz ruhig, mein Schatz! Wie geht es dir denn, mhm?« Sie legte ihm ihre kalte Hand auf die Stirn.

»Tust du deiner Mum einen Gefallen, mhm?« Sie streichelte ihm sanft über den Kopf. »Komm, setz dich mal kurz auf.«

Noch halb im Schlaf, die Augen einen Spalt weit geöffnet, richtete er sich langsam auf. An die Berührung ihrer kühlen, feuchten Hand würde er noch viele Male denken müssen und Erleichterung dabei empfinden. Er rieb sich die Augen und sah seine Mutter an. Sie betrachtete ihn besorgt und gleichzeitig abwesend.

»Hör mal, Cory«, begann sie. »Ich kann mir vorstellen, was du in den letzten Tagen durchgemacht hast. Und deine Mum hat sich gar nicht um dich kümmern können. Das tut mir Leid, mein kleiner Schatz. Aber jetzt weiß deine Mum, was wir beide machen. Wir bringen den ganzen Wahnsinn hinter uns, und dann tut es überhaupt nicht mehr weh, verstehst du?«

Er nickte ernst, obwohl er nicht verstand, und dachte nur, wie normal sie plötzlich wieder wirkte.

»Mummy gibt dir jetzt das da ...«

Sie griff in ihre Tasche und nahm eine Hand voll große rosa Pillen heraus. Cory betrachtete sie ängstlich, war aber bereit, alles zu tun, um es seiner Mutter recht zu machen.

»Die nimmst du jetzt, hörst du? Und dann tut's bald nicht mehr weh, und wir sind alle wieder zusammen, dein Daddy, du und ich. Mach schnell, schluck sie runter. Wirst sehen, gleich geht's dir besser.«

Cory griff nach den Tabletten, und seine Mutter hielt ihm einen Becher mit Wasser hin, in dem drei sanft klingelnde Eiswürfel schwammen. Eine nach der anderen schluckte er die Tabletten. Seine Mutter drängte ihn wortlos fortzufahren und gab ihm immer wieder einen Schluck aus dem Becher zu trinken, damit die Tabletten besser rutschten. Cory hatte bereits sechs geschluckt, als die Schlafzimmertür aufflog und im Halbdunkel eine weibliche Gestalt erschien, die erschrocken stehen blieb.

»Helen?«

Corys Mutter drehte sich zur Tür. Im Licht, das vom Wohnzimmer hereinfiel, war ihr Gesicht wie eine Maske aus Angst. Bernice trat näher. Ihre Augen weiteten sich, als sie die drei verbliebenen Pillen in Helens ausgestreckter Hand sah.

»Was um alles in der Welt ...«

Mit einem klagenden Aufschrei stürzte Corys Mutter an Bernice vorbei aus dem Zimmer. Hastig hob ihn seine Tante aus dem Bett und lief mit ihm ins Badezimmer. Dabei rief sie Shannon zu, sie solle sich um Sean kümmern. Bernice hielt Corys Kopf über die Toilettenschüssel und befahl ihm, den Mund aufzumachen und die Finger in den Hals zu stecken.

»Warum?«, fragte Cory. Die Augen fielen ihm zu.

Bernice verschwendete keine Zeit. Sie öffnete ihm den Mund und steckte ihm den Finger in den Hals. Cory würgte ein paar Mal, bis sich sein Magen schmerzhaft zusammenzog und sich der ganze Inhalt über Bernices Hand ergoss. Viele Jahre später erst wurde Cory bewusst, dass ihm seine Tante das Leben gerettet hatte. Sie wurde für ihn zu einer Art Heldin. Als er geschwächt auf dem Badezimmerboden kniete, hörte er einen dumpfen Schlag, dann kurzes Geschrei und nach einer Weile Würgegeräusche. Bernice hatte die Tür zum Schlafzimmer seiner Mutter aufgebrochen, wo sie sich mit dem Rest der Tabletten eingeschlossen hatte, und sie ebenfalls gezwungen, alles wieder auszuspucken.

Rons Beerdigung fand auf dem Kensal Green-Friedhof in West London statt. Er wurde neben zwei älteren Gräbern beigesetzt, in denen seine und Bernices Eltern Teresa und Marcus Bradley begraben waren. Teresa und Marcus hatten gehofft, in ihrer Heimat auf Dominica beerdigt zu werden, aber nie genug Geld besessen, um dorthin zurückzukehren. Und Rons Lebensversicherung deckte gerade die Kosten dieser dritten Beerdigung.

Um das Grab standen etwa vierzig Personen, schätzte Sean, Familienmitglieder und Freunde, die in der Augusthitze schmachteten. Es war die erste Beerdigung, die Sean miterlebte, aber er fand, dass seinem Onkel eine wunderschöne Abschiedszeremonie zuteil wurde. Der Priester sprach von dem ›sanften Riesen‹, der vor seinem Tod so vielen Menschen ein Freund gewesen war, und umschiffte vorsichtig das Blutgerinnsel, von dem in Dr. Phillips Autopsiebericht die Rede war. Ebenso wenig fanden die drei gebrochenen Rippen Erwähnung, die laut Polizei von der Schlägerei vor dem Eintreffen der Streifenwagen stammten, obwohl Rons Angreifer laut

Zeugenaussagen überhaupt keine Schläge hatten landen können. Sie waren viel zu betrunken gewesen.

Es schien fast, als würde dieser letzte Alptraum ohne Zwischenfälle vorübergehen, als Helen Bradley einen qualvollen Seufzer ausstieß und schwankend ins Gras fiel, worauf die erschrockenen Familienmitglieder zu ihr eilten.

Man brachte sie ins nahe gelegene Hammersmith-Krankenhaus. Nach ein paar Wochen wurde sie in eine Anstalt fünf Meilen außerhalb von London verlegt, weil die Stadt nach Ansicht der Ärzte ihre klaustrophobischen Ängste verstärkte und den Heilungsprozess verzögerte. Nachdem sie fast ein Jahr lang wegen schwerer Depressionen behandelt worden war, entließ man Helen in ein Heim, wo die Sicherheitsvorkehrungen weniger streng gehandhabt wurden. Innerhalb von sechs Monaten machte sie einen zweiten Selbstmordversuch. Diesmal war er erfolgreich.

Im Spätherbst 1986 kam Cory Bradley zu seinem Cousin Sean und dessen Familie in Greenside Estate, West London.

Teil 1

# JUNGS SIND HALT SO

**Die Erfahrung der Schwarzen in England offenbart zunehmend eine Einzigartigkeit und Besonderheit, die sie von der Geschichte schwarzer Bevölkerungsgruppen andernorts unterscheidet ...**

*Paul Gilroy, Small Acts*

# *Erstes Kapitel*

**Mai 1996**

Hip-Hop-Klänge waberten durch die Wohnung Nummer 36 im Denver House von Greenside Estate wie unsichtbare Nebelschwaden. Sie drangen aus den silbernen Jamo-Lautsprechern im Wohnzimmer, schlängelten sich an Shannons Zimmer vorbei, wo sie unerwünscht waren, huschten an Seans und Corys Zimmer vorüber, wo sie niemand brauchte, um dann nach oben in die Küche zu steigen, wo sie von einer der beiden Personen geliebt, von der anderen bestenfalls geduldet wurden.

»Krass, oder?«, sagte Cory Bradley, inzwischen siebzehn, zu seiner Tante Bernice, den Mund voll mit Schinken und Weißbrot. Er war groß, hatte zimtfarbene Haut, trug Kord-Baggies und ein einfaches Baumwollhemd, das ordentlich in der Hose steckte.

Bernice warf ihm einen von den Blicken zu, die normalerweise für die ungezogenen Kids in der Tagesstätte reserviert waren, wo sie seit fünf Jahren arbeitete. Sie war zierlich und sah trotz ihrer einfachen Kleidung gut aus. Sie gehörte zu den Frauen, die immer ein aufmunterndes Lächeln oder ein gutes Wort für jeden hatten. Von Anfang an war sie Corys Lieblingstante gewesen, das war nicht zu übersehen.

»Nicht so *krass* wie das zermatschte Schinken-Sandwich in deinem Mund«, antwortete sie lachend. Da klingelte es.

»Ich geh schon!«, rief Cory und war zur Tür hinaus, bevor Bernice sich noch umdrehen konnte.

Kopfschüttelnd dachte sie daran, was der Junge schon alles hatte durchmachen müssen und mit ihm die ganze Familie. Dass die Untersuchungskommission den drei Betrunkenen die Schuld an Rons Tod gegeben hatte, anstatt den Polizisten, hatte die Sache nicht leichter gemacht. Wenigstens hatte keines der Kinder einen Weißenhass entwickelt, dachte Bernice. Dafür ließen alle drei einen bedenklichen Mangel an Respekt gegenüber den Gesetzeshütern erkennen. Trotzdem konnte Bernice sich nicht über die Kinder beschweren. Obwohl sie die drei ganz allein hatte großziehen müssen, ohne die Hilfe von Seans und Shannons Vater.

Als ihre Kinder neun und sechs waren, das war drei Jahre vor Rons viel zu frühem Tod gewesen, hatte Bernice die beiden ins Wohnzimmer gerufen und mit ernster Miene gebeten, sich hinzusetzen. Sie hatte ihre Worte sorgsam gewählt. Sie müssten nun stark sein, hatte sie zu ihnen gesagt, denn ihr Vater sei weggegangen und würde nie wiederkommen. Die Erinnerung daran war wie eine alte sepiabraune Fotografie. Ein kleiner Junge mit Shorts und aufgeschürften Knien auf einem großen Sofa, neben ihm ein Mädchen in blauer Bluse, grauem Schulrock und viel zu dünnen Beinen.

Bernice seufzte. Immerhin hatten die Jungs ihren GCSE-Abschluss bestanden, Sean sogar sehr gut, und gingen aufs College. Und Shannon hatte mit ein paar Freundinnen aus dem College ein Heimfriseurgeschäft auf die Beine gestellt. Alles in allem habe ich meine Sache ganz gut gemacht, sagte sie sich.

An der Tür bot sich Cory ein äußerst angenehmer Anblick. Adrienne, Susan und Pamela, die Freundinnen und Friseurkolleginnen seiner Cousine, standen vor der Tür. In seinen hungrigen Augen erschienen sie ihm wie Engel.

Adrienne war die Dunkelste von den dreien, ihre weit auseinander stehenden Augen leuchteten in ihrem ebenholzfarbenen Gesicht wie zwei schwarze Monde. Susan war ein Halbblut, den Ausdruck konnte Cory nicht leiden, für ihn gab es ohnehin nur schwarz. Pamela schließlich hatte seidig braune Haut und trug ihr Haar kurz geschnitten. Mit einssechzig war sie die Kleinste von den dreien. Cory kam sich vor wie ein Glückspilz und grinste breit.

»Wie, Girls!« Er musterte sie von oben bis unten. »Also, ich muss sagen, ihr seht heut Abend echt *scharf* aus, Mann! Wie isses? Wann gehn wir mal zusammen raven, Star?!«

Adrienne warf ihm einen kühlen Blick zu und schob sich mit einem kurzen »Geh mal von der Tür weg« an ihm vorbei. Susan und Pamela folgten ihrer Freundin lachend. Cory kam bei dem Gerempel ins Stolpern und fluchte über Adriennes herablassenden Ton. Er hätte die Sache nicht einfach auf sich beruhen lassen, wenn nicht Seans Freundin Sonia den eintönigen, grauen Hausflur entlanggekommen wäre und hinter ihr ein paar Kumpels von ihm.

»Mach doch nicht immer unschuldige Frauen an«, stichelte Sonia, die ziemlich taff aussah in den braunen CAT-Boots, den Jeans und der braunen Lederjacke. Sie hatte ein hübsches Gesicht, volle Lippen und sinnliche braune Augen, aber leider eine rasiermesserscharfe Zunge. Ehe man sich versah, hatte sie einem die Meinung gesagt. Sie war seit zwei Jahren mit

Sean zusammen, und Cory hatte den Eindruck, dass es ihnen ziemlich ernst war. Seine Freunde hinter ihr konnten sich das Lachen nicht verkneifen.

»Mach du *mich* lieber nicht an und kümmer dich um deinen Alten. Der erwartet dich nämlich schon sehnsüchtig, Star«, antwortete Cory, etwas genervt vom Gang der Dinge.

Sonia zog eine Grimasse und schlüpfte mit einem kurzen »Bye« in die Wohnung. Sobald sie verschwunden war, hörten die Jungs zu lachen auf und konzentrierten sich auf ihre Abendgeschäfte.

»Wie, Blood.«

Arthur Lyne, besser bekannt im Viertel als Art, begrüßte Cory mit einem Faust-an-Faust. Johnny und Raymond taten dasselbe. Sie waren ein hartgesottenes Grüppchen Crackheads aus Greenside, die weit genug die Straße runter wohnten, um Gewohnheitseinbrecher zu sein, aber nicht so weit unten, als dass sie sie nicht mehr alle beisammen gehabt hätten. Alle drei verrieten Intelligenz, und Cory hatte das dumpfe Gefühl, dass sie ihr Leben verschwendeten. Aber was hätte er ihnen sagen sollen?

Er sah sie gespannt an.

»Was'n angesagt heut Abend, Mann? Wie lautet unser Auftrag?«, fragte er breit grinsend.

Raymond, der Ruhige in der Gruppe, lächelte ihn an und wie auf ein Zeichen zogen die drei ihre Schraubenzieher aus der Tasche.

»Abgreifen«, sagten sie wie aus einem Mund und hielten Cory ihr Werkzeug hin.

Das reichte ihm. Ohne noch ein Wort zu verlieren, zog Cory die Tür hinter sich zu und folgte den Jungs durch den Hausflur auf die nächtlichen Straßen, die ihn willkommen hießen wie einen Sohn.

Sonia unterhielt sich ein paar Minuten mit Seans Mutter über das College und ihren Teilzeitjob bei *Boots* und schaute auf einen Sprung bei Shannon rein, um ihre Freundinnen zu begrüßen und sich über die letzten Neuigkeiten aus dem Viertel zu informieren. Dann ging sie, hustend vom *Red Seal*, der in Shannons Zimmer die Runde machte, auf Seans Tür zu. Was für ein tolles Paar sie doch waren. Sean unterschied sich gründlich von den anderen Jungs im Viertel, und Sonia war froh, dass er anders war als sein Cousin. Sie mochte Cory zwar, aber insgeheim hielt sie nicht allzu viel von ihm.

Andere Jungs rauchten Gras, Shit oder, noch schlimmer, Crack und verbrachten die Nächte mit Stehlen und Frauenaufreißen. Sean rührte nicht einmal Benson & Hedges an, saß jeden Abend am Schreibtisch, trank höchstens ein Bier danach. Die meisten interessierte nur das schnelle Geld, sie wollten alles gleich haben, Autos, Handys, Goldkettchen. Sean arbeitete auf die Zukunft hin, auf *ihre* Zukunft, damit sie Greenside für immer hinter sich lassen konnten.

Sie kannten sich von der Greenside High-School, aber es hatte mehr als drei Jahre gedauert, bis sie sich zusammengetan hatten. Anfangs waren sie in verschiedene Klassen gegangen und hatten sich nur vom Sehen gekannt. Im dritten Jahr, als sie die Fächer für den GCSE-Abschluss wählen konnten, hatten sich beide für den Wirtschaftszweig entschieden und waren im darauf folgenden Jahr immer unzertrennlicher geworden.

Sonia war froh, dass sie mit Sean zusammen war – aber auch er konnte sich glücklich schätzen, dachte sie nüchtern. Sie klopfte zweimal, wartete auf sein *Herein* und schob dann ihre schlanke Gestalt durch die Tür.

»Hey, Sonnie«, begrüßte sie Sean vom Schreibtisch am Fenster. »Ich hab schon gedacht, du kommst überhaupt nich mehr.«

»Tamika is krank, da musste ich in die Apotheke.« Sie quetschte sich zwischen den beiden Betten durch.

Im Licht der Schreibtischlampe konnte man eine alte Tapete und allerlei Gerümpel erkennen, das Cory gesammelt hatte. Wenn sich die beiden Cousins nicht so gut verstanden hätten, wäre das Zimmer unweigerlich zu einem Schlachtfeld geworden, aber so hatte jeder von ihnen seinen eigenen Bereich: Das Mountainbike mit dem fehlenden Rad, das Bernice seit Weihnachten draußen haben wollte, markierte Corys Hälfte, die Poster von Halle Berry und Eddie Murphy aus dem Film *Boomerang* markierten die Hälfte von Sean. Den breiten Schreibtisch aus Kiefernholz und fast alles, was sich darauf und darin befand, benutzten sie beide.

»Kann se da überhaupt weg, wenn se krank is?«, fragte Sean. Sein Gesicht glänzte im Licht der Schreibtischlampe.

Tamika war Sonias jüngere Schwester. In zwei Tagen sollte sie mit ihrer Mutter nach Jamaica fliegen und dort acht fürstliche Wochen verbringen. Sonia hatte eigentlich auch mitgewollt, aber die Abschlussprüfung rückte näher und da hatte sie widerstrebend auf die Reise verzichtet.

»Is nur 'ne Erkältung, weiter nix«, antwortete Sonnie, als sie an seinen Schreibtisch trat. »Ich hab ihr Kinder-Benylin geholt und Mum hat sie ins Bett gepackt. Die is sicher bald wieder fit. Das hoff ich zumindest. Die Flugtickets kann man nämlich nich mehr umtauschen. Da müsst schon einer im Sterben liegen, bevor Mum die Sache abbläst.«

Sonia ging zum Fenster, hob den Vorhang und schaute zu den hell erleuchteten Fenstern der anderen Wohnblocks hinüber, hinter denen sie dunkelhäutige Kinder herumrennen sah. Dann drehte sie sich um und schenkte ihrem Freund, der eilig noch einen Satz beendete, ein spöttisches Lächeln.

»Na, haste mich vermisst?« Sonia ließ den Vorhang los.

»Und wie«, antwortete Sean wahrheitsgemäß. Er legte den Stift hin und drehte sich zu ihr.

Er war etwas kleiner als Cory und etwas kräftiger gebaut und seine Haut war einen Ton dunkler. Seine tiefbraunen Augen und der goldene Ring am linken Ohr hoben sich hübsch gegen seine Haut ab. Sonnie hörte leise Jungle-Klänge, als sie sich ihm näherte, und fragte sich, wie er sich bei den schnellen Beats konzentrieren konnte. Sie setzte sich auf seinen Schoß und gab ihm einen Kuss. Dann deutete sie auf die Bücher.

»Sag bloß, du hörst schon auf? Kommt nicht oft vor, dass ich dich so leicht loseisen kann.«

Sean verdrehte die Augen und stöhnte. »Ich sitz schon seit sechs am Schreibtisch.« Er täuschte ein Gähnen vor. »Da hab ich mir mal 'ne Pause und 'ne Belohnung verdient, find'ste nich?«

»Doch.« Sonia streichelte ihm geistesabwesend über die Wange. »Ich will doch nicht, dass mein Musterschüler vor Erschöpfung zusammenbricht, oder?«

»Mm-hmm«, murmelte Sean und wollte bei der Berührung

seiner Freundin schon einschlummern. Aber Sonia hatte vor, die ganze Nacht mit ihm zu verbringen, und versuchte, ihn mit Reden wach zu halten.

»Dein Kuseng soll aufpassen. Die Brers, mit denen er rumzieht, gefallen mir überhaupt nicht.« Sie sagte das mit leicht geschürzten Lippen.

»Warum?« Sean sah sie an.

»Na ja, ich kenn nich alle. Aber der Art is ganz klar ein Crackhead. Manchmal seh ich den völlig bedröhnt auf der Straße, dann mach ich, dass ich auf die andere Seite komm.« Sie lachte nervös.

»Cory is kein Crackhead«, erwiderte Sean. »Er hasst Crack, Mann. Er sagt, das is Gift von den Weißen, mit dem wir uns selber umbringen sollen. Er hasst es, Star.«

»Manche Dinge ändern sich, weißte«, meinte Sonia leise.

»Cory is kein Crackhead, Mann«, wiederholte er langsam mit Nachdruck und ließ den Satz einen Augenblick im Raum stehen. »Und dann, Sonia, brauchste nich die Straßenseite zu wechseln, wenn du Art siehst, hörst du? Geh einfach weiter, Star, der sieht dich nich mal.«

»Okay.« Sie kuschelte sich an ihn. »Und du hast ein Auge auf dein Kuseng.«

»Sowieso.« Er legte den Arm um sie. »Cory is viel zu clever, als dass er sich in was Dummes verwickeln lässt. Glaub mir.«

»Tu ich ja«, murmelte sie. Und das stimmte. Dennoch blieb bei beiden ein Körnchen Zweifel, der sich in ihren Köpfen festsetzte. Bloß nicht dran rühren, am Ende wächst noch was draus.

## *Zweites Kapitel*

»*Scheiße.* Ich glaub's nich!«

Cory erfasste die Situation und war ernüchtert. Und wegen so was war er aus dem Haus gegangen. Er schüttelte verärgert den Kopf und warf den anderen einen wütenden Blick zu.

Sie hatten die erste U-Bahn nach North Acton genommen und waren in einer Gegend ausgestiegen, die wie ein Vorort aussah, obwohl sie höchstens fünf Meilen vom Londoner Zentrum entfernt lag. Cory checkte im Vorbeigehen die Wagenfenster ab. Johnny lachte und zog ihn von den geparkten Autos weg.

»Cory is auf der Suche nach 'nem Stereo«, kicherte er. Die anderen wieherten. Als sie ihr Ziel erreicht hatten, kochte Cory innerlich.

Im Schutz von hohen, dunklen Hecken, die gespenstisch raschelten, schlichen sie auf einem schmalen Weg hinter ein bescheidenes Doppelhaus und sprangen vorsichtig, damit es nicht zu sehr klapperte, über ein niedriges Tor in den Garten. Cory hatte die ganze Zeit über geschwiegen und ein düsteres Gesicht gemacht, aber als er das große Wohnzimmerfenster sah, begriff er plötzlich, was seine Freunde vorhatten.

»Mann, ihr seid echt bescheuert«, flüsterte er ungläubig.

Johnny und Raymond beachteten ihn nicht. Sie nahmen ihre Schraubenzieher aus der Tasche und begannen mit äußerster

Konzentration, den Fensterrahmen abzuschrauben. Nur Art drehte sich zu ihm um.

»Wenn du uns nich hilfst, dann kuck wenigstens, ob die Luft rein is, Blood.« Es sah aus, als grinste er dabei, aber seine Stimme klang ernst.

»Das funktioniert nie. Der Kitt hält doch alles zusammen.« Mehr fiel Cory nicht ein.

Aber Art schien nicht im Geringsten besorgt.

»Wir müssen's doch nur ausgraben, oder nich?« Er gestikulierte mit seinem Schraubenzieher. »Pass auf, okay?« Damit wandte er sich wieder seiner Arbeit zu.

Fünf Minuten später nach Corys Uhr, fünf Minuten, die ihm wie Stunden vorgekommen waren, tauchte Johnnys Kopf über dem Gartentor auf.

»Komm, Mann«, flüsterte er und verschwand wieder.

Cory schüttelte sich den Krampf aus den Beinen und folgte ihm. Das Fenster lag auf dem Betonboden im Garten und die Vorhänge im Wohnzimmer flatterten aufgeregt. Auf der Stelle nahm er alles zurück, was er gesagt oder gedacht hatte, und sein Gesicht leuchtete zum ersten Mal, seit er von Greenside hergekommen war.

»Shit«, stieß er anerkennend aus und folgte den anderen nach drinnen. Dort erwarteten ihn ein Wide-screen-Fernseher, ein CD-I-Player von Philips und eine powermäßig aussehende Hifi-Anlage von Kenwood. »Das is der Hammer, Jungs! Wie lang seid ihr'n da schon dran?«

»Paar Wochen«, antwortete Art befriedigt. Endlich schien sein Freund zu begreifen, was Sache war.

»Und ich kann da einfach so einsteigen?«

Art lachte und klopfte Cory auf die Schulter.

»Weißte was, der zweite Stock gehört dir, Blood.«

»*Echt*?!«

Den anderen beiden schien das nicht so recht zu passen, aber sie waren zu sehr damit beschäftigt, die Anlage abzubauen, um zu diskutieren.

»Klar, Mann. Hör zu. Wir nehmen uns pro Woche vier von der Sorte vor. Aber pass auf. Der Kartentrick is passé. Kapiert?! Lass dich nich von den Bullen mit so 'nem Ding erwischen. Die wissen Bescheid. Zeit, die Taktik zu ändern.« Cory nickte und ging auf die Treppe zu.

Im oberen Stock und auf der Treppe war es stockdunkel. Vorsichtig tastete er sich an Wand und Geländer entlang die Stufen hinauf. Zweimal kam er ins Stolpern und fluchte leise vor sich hin. Seine kleine Taschenlampe, die er fast überall dabei hatte, wollte er nicht anmachen. Vielleicht würde man den Strahl draußen sehen. Also wartete er, bis sich seine Augen an das Dunkel gewöhnt hatten. Als er an das erste Zimmer kam, konnte er Poster an der Tür erkennen. Offenbar das Kinderzimmer. Er gab sich einen Ruck, griff nach dem Türknopf, drehte ihn vorsichtig und öffnete behutsam, auf quietschende Angeln gefasst, die Tür.

Was ihn dort erwartete, erleichterte und enttäuschte ihn zugleich. Es war niemand im Zimmer. Das kleine Bett war ordentlich gemacht. Nur ein paar Power-Ranger-Figuren standen sich auf dem Boden in einer Kampfszene gegenüber. Kaum etwas von den Spielsachen eignete sich zum Verhökern. Er steckte sich hastig eine Hand voll Sega-MegaDrive-Spiele in die Taschen, die auf einen gedrungenen Schrank gestapelt waren, und hielt dann nach dem Elternschlafzimmer Ausschau.

Bei der vierten Tür hatte Cory Glück, nachdem er zuerst die Rumpelkammer, dann Bad und Toilette erwischt hatte. Das Schlafzimmer war in einer in der Dunkelheit nicht näher definierbaren hellen Farbe gestrichen. Das Doppelbett rechts und der Kleiderschrank mit Spiegeltüren nahmen fast den ganzen Raum ein. An der linken Seite stand lediglich eine Kommode. Daneben lagen eine große und zwei kleinere Hanteln auf dem Boden.

Cory steuerte direkt auf die Kommode zu, öffnete Schubladen und Kästchen, bis er auf ein Sortiment von Ringen und Ketten stieß. Bedeutend zuversichtlicher nahm er sich den Kleiderschrank und die Schubladen unter dem Bett vor. Aber sie enthielten nur muffig riechende Kleidungsstücke.

In wenigen Minuten hatte Cory seine Beute zusammen. Er wollte gerade zu den anderen gehen, als er hörte, wie draußen langsam ein Wagen vorfuhr. Er schlich zum Schlafzimmerfenster und spähte vorsichtig auf die Straße hinunter. Ein Vauxhall Nova parkte vor dem Haus, aber der Fahrer machte keine Anstalten auszusteigen, sondern saß nur still da und schien zu warten. Wie ein Polizeiwagen sah das Auto nicht aus. Aber vielleicht hatte jemand den Hausbesitzer alarmiert und er war mitten in der Nacht nach Hause zurückgekehrt. Cory beobachtete den Wagen noch einen Moment und fühlte nach seinem Schnappmesser in der Gesäßtasche.

»Soll er nur kommen, Star«, murmelte er leise und schlich langsam die Treppe hinunter, um seine Crew zu warnen. Die hatte es sich in den Sesseln bequem gemacht und trank Champagner aus einer riesigen schwarzen Flasche. Ray reichte sie ihm, als er ins Zimmer trat.

»Hört mal zu«, sagte Cory zwischen zwei Schlucken. »Grad hat 'n Wagen draußen gehalten mit 'nem Typ drin. Das gefällt mir nich, Alter.«

Johnny stand auf.

»Was, in 'nem Nova?«, fragte er.

»Genau.«

»*Raa*, das is mein Kuseng, Star. Der is Taxifahrer. Hab ich herbestellt. Der is sauber, sauberer gehts nich, stimmt's, Art?«

Art nickte kurz. Seinem Gesicht sah man an, dass ihm das egal war. Er wollte nur noch weg.

»Los, Mann. Abflug. Je schneller wir in Greenside sin, desto eher kriegen wir einen *Bone* zwischen die Finger, kapiert?« Art war jetzt nur noch scharf auf einen Crack-Spliff.

Johnny lachte und sammelte mit den anderen die Beute zusammen. Sie ließen das Fenster im Garten liegen, eilten zur Straße und schoben sich so leise wie möglich mit ihrer Fracht auf dem Schoß in den wartenden Wagen.

»Hi, Cuz«, sagte Johnny zu dem jungen Mann am Steuer. Er hatte bis auf eine Locke im Nacken einen kahl rasierten Kopf und einen ausgeprägten Unterkiefer. Als Ray ihn als Simon vorstellte, nickte er der Gruppe kurz zu und sagte nur, dass er anständig beteiligt werden wolle, wenn sie die gestohlene Ware gegen Geld oder Drogen eingetauscht hätten.

Zwanzig Minuten später ließ er sie vor Beechwood House aussteigen, wo ein Rasta namens Levi im dritten Stock wohnte. Er handelte mit allem, aus dem Geld zu machen war, angefangen mit Kokain bis hin zu gestohlenen Coca-Cola-Kisten. Im vergangenen Jahr hatte er sich damit ein hübsches Sümmchen verdient, beim Preis von zwanzig Pence die Dose.

Cory nannte ihn einen Pseudo-Rasta, weil er denselben Jugendlichen, denen er am Tag seine Predigten hielt, nachts Crack verkaufte. Trotzdem war Cory bereit, ihm zu vergeben, wenn Levi für den Schmuck aus dem Haus anständig bezahlte. Im Grunde seines Herzens war Cory ein Diplomat und die Geschäfte mit dem Rasta hatten das bereits mehrfach bestätigt.

Beechwood House ragte wie ein dunkler, vieläugiger Koloss vor ihnen auf. Seine Bewohner schliefen und ahnten nichts von den Jugendlichen, die ihre Fracht in den Aufzug luden und mit Ray nach oben schickten, während sie die Treppe erklommen. Im dritten Stock stießen sie wieder zu ihm, um die Ware gemeinsam in Levis Wohnung zu schaffen. Abgesehen von einigem Knurren und Stöhnen und ein paar gemurmelten Flüchen beim Kampf mit den beiden Fernsehern ging die Sache fast geräuschlos über die Bühne.

Levis Wohnung gehörte, wie Cory ein paar Monate, nachdem er ihn kennen gelernt hatte, erfuhr, eigentlich gar nicht ihm. Ein gebrechlicher alter Mann hatte dort mit seinem noch klapprigeren Hund gewohnt. Als der Mann starb, war der Hund eingeschläfert und die Wohnung mit Brettern zugenagelt worden. Sie hatte eine Weile leer gestanden, bis ein paar friedfertige Hausbesetzer eingezogen waren und sie wieder bewohnbar oder gar wohnlich gemacht hatten. Dann war Levi wie ein rabenschwarzer David Copperfield auf den Plan getreten, mit seiner Methode, schnelles Geld und hohe Profite zu machen. Das Unternehmen florierte bereits seit einigen Monaten, was nicht wenige Hausbewohner in Rage versetzte. Jeder in Greenside wusste, was im Apartment 42 in Beechwood House vorging, aber die Polizei schien sich nie in diese Gegend zu verirren.

Der Blick des Dredd war klar, trotz der geweiteten Pupillen, als er sie zur Eingangstür hereinließ, die oben, in der Mitte und unten mit drei kurzen Balken verstärkt war. Er führte sie durch den Flur, schloss die Türen hinter ihnen und brachte sie in ein Hinterzimmer, das nur spärlich möbliert war. Auf einem braunen Teppich standen vier Holzstühle und ein kleiner Tisch, die Fenster waren mit schwarzen Vorhängen zugezogen. Der Fang wurde in einer staubigen Ecke aufgetürmt. Er wirkte wie eine unordentliche Ansammlung von Preisen für eine Spiele-Show im Fernsehen. Levi sah sich um und bedeutete ihnen, sich zu setzen.

»Und?! Was sagste zu dem Posten, Blood?«, sagte Art und rieb sich die Hände.

Die anderen stöhnten leise. Art hätte selbst bei einem Handel mit Mutter Theresa kein Blatt vor den Mund genommen.

»Naajaa ...« Levi nahm einen tiefen Zug aus seinem Spliff und stieß den Rauch aus. Der ganze Raum war von Crack-Geruch erfüllt. »Ich tät mal sagen, da kann ich euch ... annertalb, zwo für geben.«

»*Wie bitte*!?« Johnny, den der erstickende Geruch des langsam aufsteigenden Rauchs zu reizen schien, versprühte mit seinem entrüsteten Aufschrei eine Tropfenfontäne. Auch die anderen machten ihrem Unmut Luft.

»Soll das ’n Scherz sein?!«

»Mann, da kann ich nur drüber lachen, echt!«

»Der Kasten da is ’n Nicam, alles klar? Fuck, der is für sich schon ’n Monkey wert, und zwar mindestens!«

Das Letzte hatte Cory gesagt und dabei gegrinst. Eher würde Levi seine Crack-Steine verschenken, als ihnen fünfhundert Pfund für einen geklauten Fernseher geben.

Levi hörte sich ihre Beschwerden kommentarlos an. Dann hob er die Hände, als wolle er sich ergeben.

»Also gut. Viernhalb für den ganzen Kram. Mein letztes Wort.«

Die Jungs tauschten wortlos einen Blick, dann nickte ihr selbst ernannter Sprecher Art dem Dredd zu.

»Okay, okay. Das kann laufen«, sagte er befriedigt.

Als Levi seine dicke Brieftasche hervorholte und ihnen die Fünfziger vorzählte, drehte Art sich zu seinen Freunden um und taxierte ihre Reaktion, wie immer, wenn es um Geld ging. Johnny und Ray grinsten und versuchten trotz der vielen Scheine, die in vier säuberlich getrennten Häufchen vor ihnen lagen, möglichst lässig zu wirken. Cory lächelte spöttisch und schüttelte langsam den Kopf. Art ärgerte das. Für seinen Geschmack zeigte sein Freund manchmal zu sehr seine Gefühle. Aber Levi hatte Corys Blick nicht bemerkt.

»Da liegt's«, sagte Levi und lehnte sich in seinem Stuhl zurück.

Cory nahm sich den Packen, der am nächsten bei ihm lag, während die anderen noch über den verbliebenen Fünfziger diskutierten, bis sie übereinkamen, ihn Johnnys Cousin zu geben. Cory stimmte bereitwillig zu und erhob sich, um zu gehen. Art sah ihn überrascht an, obwohl es jedes Mal dasselbe mit ihm war. Wenn sie mit dem Geschäftlichen fertig waren, ging Cory.

»*Raa*, wo willst'n hin, Alter?«, sagte Art gut gelaunt.

»Gleich geht hier die Post ab ... Bones bis zum Abwinken, Star!«

»Ach, echt?!«

»Das kannste glauben!«

Auch Johnny und Ray sahen ihn jetzt an und Levi erhob seine tiefe Donnerstimme.

»Cory weigert sich noch, den Garten Eden zu betreten – *vorerst* jedenfalls.« Er sah ihm dabei direkt in die Augen. Cory hielt dem Blick stand. Ihm lag eine Bemerkung über die Schlange im Gras auf der Zunge, aber er schluckte sie hinunter und zuckte mit den Schultern.

»Hört mal! Habt ihr nich die Weiber bei mir zu Haus gesehn. Mit der Hellhäutigen würd ich mich gern mal näher unterhalten, Mann!«

Art schnaubte und winkte ab. Johnny lachte.

»Das is die Einzige, die vorhin keine spitze Bemerkung gemacht hat!«, prustete er heraus.

»Genau. Wir sehn uns morgen nach'm College, Alter«, antwortete Cory, ohne weiter darauf einzugehen.

»Bis dann.«

»Also, Blood.«

»Pass auf dich auf, Mann.«

Cory war auf dem Weg zur Wohnungstür. Aus einigen Zimmern dröhnte laute Musik und brachte die Türen zum Vibrieren. Neben einer der Türen hielt ein Mann eine Frau umschlungen. Während er geräuschvoll ihren Nacken küsste, schob er seine bleiche Hand unter ihr T-Shirt. Die Frau stöhnte leise. Cory stellte überrascht fest, dass sie ihn anlächelte und die Augen verdrehte, ohne dabei das Stöhnen zu vergessen. Er lächelte zurück und verließ die Wohnung mit einem breiten Grinsen.

Die Luft draußen war kalt, aber sie tat gut nach dem verrauchten Zimmer, das er gerade hinter sich gelassen hatte. Er ging die Treppen hinunter und wollte die Straße überqueren, als ein Schrei ihn aufhielt.

»Herrgottnochmal! Der Cory würde doch glatt an einem vorbeilaufen, Mann!«

Er drehte sich um und erkannte Rosie Joseph und Tara Wilson, zwei Beechwood-Mädchen. Sie sahen zu ihm herüber. Rosie wohnte im Erdgeschoss und Tara im vierten Stock. Offenbar standen die beiden vor Rosies Fenster. Die Mädchen hatten eine Haut wie Milchschokolade und waren sehr hübsch. Sie gingen aufs College und jobbten noch nebenher, keine der üblichen Rumhänger-Typen also. Zwischen Cory und Rosie knisterte es schon eine Weile, was Cory wunderte, weil er ja nicht gerade als fleißiges Arbeitstier galt.

Was die ganze Sache noch interessanter machte, war, dass Rosies beste Freundin Tara Cory nicht ausstehen konnte, seit er vor ein paar Jahren bei einer Party versucht hatte, sich an sie ranzumachen. Im Winter darauf war Rosie nach Greenside gezogen. Cory schlenderte gut gelaunt zu ihnen hinüber.

»Ihr seid aber noch spät auf«, sagte er freundlich. Tara sah ihn bloß an.

»Maddy erlaubt uns nich, dass wir drin rauchen, also sitzen wir hier draußen.«

»Maddy?« Cory sah Rosie überrascht an.

»Madeleine, das is meine Tante.«

Rosie schenkte ihm ein verwirrendes Lächeln.

»Biste noch immer mit der Zuchthausbraut zusammen?«, witzelte sie und versuchte, ihre Neugier nicht zu zeigen. Cory und Tara mussten lachen.

»Bist 'n dunkles Mädchen«, gab er grinsend zurück. »Ja, bin ich. Ihr Name is übrigens Tanya.«

»Da könntste was Bessres kriegen.«

»Danke, gleichfalls.«

»*Wie bitte*?!«

Sie sah sich um, als müsste die Bemerkung jemand anderem gelten.

»Wen meinst'n?«

»Jason Taylor. Erzähl mir nix, Star. Ich hab dich mit ihm gesehn ...« Er brach ab. Die beiden Mädchen hielten sich gegenseitig fest und wollten sich vor Lachen ausschütten. Dabei wiederholten sie immer wieder den Namen des Jungen. Cory gab auf. »Okay, okay, dann eben nich JT.«

»Nich mal im Traum.«

»Zumindest weißte jetzt, dass mir das nich egal is.«

»You don't care for me, like I care for you«, sang Rosie. Cory war überrascht, wie klar ihre Stimme in der stillen Nachtluft klang. Sie sah Cory an und wandte dann den Blick ab. Die Worte hallten in ihrem Kopf nach und die mondäne Attitüde von eben wich einer neuen Befangenheit. Tara machte ein verächtliches Gesicht.

»Kann man nie wissen. Eines Tages stellt sich vielleicht das Gegenteil raus«, antwortete Cory und wandte sich zum Gehen. »Ich muss weg, Mann. Bis dann, Rosie, Tara.«

»Ciao, Schätzchen.«

»Bis dann.«

Cory ging langsam weiter. Er klopfte sich prüfend auf die Taschen. Der Schmuck, den er vorgezogen hatte, für sich zu behalten, war noch immer da. Zufrieden, dass alles so gut gelaufen war, summte er einen Song von Ice Cube vor sich hin und lächelte dabei, in Vorfreude auf die nächsten Stunden.

Mann, sagte er sich, heute war 'n echt guter Tag. Sein Lächeln wurde noch breiter und er beschleunigte seinen Schritt in Richtung Heimat. Ein warmer Schauer durchlief ihn trotz der nächtlichen Kühle.

## *Drittes Kapitel*

»Ich möchte, dass ihr zu Hause einen Aufsatz schreibt. Thema: Die Rolle der Familie im neunzehnten Jahrhundert und die Gründe für ihren Verfall im zwanzigsten. Okay?«

Der Lehrer Sam Boyd sah angesichts der schwierigen Aufgabe in lauter erschrockene Gesichter seiner Schüler und Schülerinnen. Einer fragte sogar, ob das ein Scherz sein sollte. Sam setzte sich, schlaksig, wie er war, auf das Pult. Es war wohl am besten, wenn er ehrlich zu ihnen war.

»Offen gestanden, ich habe das Aufsatzthema zu Hause vergessen und mir jetzt schnell eins aus den Fingern saugen müssen.«

Die Klasse brach in Lachen aus. Da klingelte es zur Mittagspause. Sean Bradley in der hintersten Reihe schüttelte amüsiert den Kopf. Sam war der einzige Lehrer in seinem College, der aus der Karibik stammte. Sean hatte großen Respekt vor ihm, nicht wegen seiner Herkunft, sondern weil Sam gebildet war und trotzdem mit beiden Beinen auf der Erde stand.

Niemand außer Sam setzte sich beim Mittagessen an die überfüllten Tische der Schüler. Und wenn er sich mit ihnen unterhielt, wirkte er nie belehrend. Sogar Cory, der Autoritätspersonen stets mit Misstrauen begegnete, mochte ihn. Mit Amanda, einer Schülerin aus der Klasse, organisierten sie in ein paar Wochen ein Wohltätigkeits-Fußballturnier zwischen

Schülern und Lehrern, das der Sichelzellenforschung zugute kommen sollte. Sean packte gedankenverloren seine Sachen, während die meisten anderen bereits vom Hunger getrieben aus dem Klassenzimmer strömten.

»Macht das Beste aus meinem Fehler!«, rief Sam ihnen hinterher. »Nächste Woche gibt's ein Thema, das ihr in fünf Zeilen abhandeln könnt, das versprech ich euch! ... Ach, ja. Sean, kommst du mal kurz zu mir?«

Sean ging nach vorne und setzte sich neben Sam aufs Pult. Der grinste und rieb sich die Hände.

»Was ich sagen wollte, Sean. Könntest du Cory was ausrichten von mir?«

»Na klar, Mann.«

»Erinner ihn dran, dass er für die Werbeplakate vom Turnier verantwortlich is. Er soll sich ranhalten mit dem Zeichnen. Und noch was, Tyron will ihn als Kapitän für die A-Mannschaft von den Schülern. Dann is Cory schuld, wenn wir denen den Arsch aufreißen, Boy!«

Nach dem Unterricht verfiel Sam in seinen Heimatakzent. Man hörte jetzt ganz deutlich, dass er von Barbados kam.

»Klar, richt ich aus. Das wird ein knallhartes Turnier, Star«, sagte er.

Sam nickte.

»Ja, das war's schon. Ach so, wenn ihr was unterbringen müsst, sagt mir Bescheid. Der Hausmeister hat uns einen Raum zur Verfügung gestellt.«

»Okay. Wenn irgendwas is, meld ich mich.«

»Also dann, Sean. Lass dir's schmecken.« Sam hatte sich wieder den Blättern zugewandt, die vor ihm lagen.

Als Sean in den Flur hinaustrat, hörte er hinter sich eine Tür aufgehen. Bevor er sich umdrehen konnte, begrüßte ihn eine wohl bekannte weibliche Stimme.

»Schön, dass ich dich treff!«

Sonia kam durch eine Tür, auf der in dicken Großbuchstaben NOTAUSGANG stand. Er umarmte sie zärtlich.

»Wollen wir drinnen oder draußen essen?«, fragte er sie.

»Draußen. Ich hab Tanya getroffen. Sie sagt, alle wären da beim Kicken. Is echt super Wetter heute, Mann.«

»Dann komm. Ich muss Cory was ausrichten.«

Sie traten Arm in Arm hinaus und Sean kniff die Augen zusammen. Die Sonne blendete ihn. Auf dem Rasen um das Schulgebäude herum tummelten sich Schüler aller Altersstufen, Nationalitäten und Hautfarben. Die meisten hatten es sich auf dem Rasen gemütlich gemacht. Viele hatten wie Sonia und Sean den Nachmittag frei. Aus verschiedenen Autoradios drang lautstark SwingBeat, Hip Hop und Jungle. Das zog die Leute an und erregte Aufmerksamkeit beim anderen Geschlecht. Sean und Sonia machten sich winkend und grüßend auf den Weg zu den Läden, um sich etwas zu essen zu kaufen, und schlenderten dann zufrieden zurück.

Ihre Freunde saßen in einer Gruppe von ungefähr zwanzig zusammen. Ein paar andere spielten ganz in der Nähe Fußball. Jackenhaufen markierten die Tore. Der Geruch von Marihuana hing schwer in der Luft und aus einem winzigen tragbaren Kassettengerät drangen entspannende Raregrooves. Ein paar Mädchen sangen verträumt mit. Sean und Sonia ließen sich neben den bekanntesten Gesichtern auf den Boden plumpsen und öffneten ihre Imbisstüte.

»*Bloodfire!*« Ein dunkelhäutiger Hüne, der vor Gesundheit strotzte, hielt Sean und seiner Freundin die Faust zum Einschlagen hin.

»Wie ist's, Mann?«, strahlte Douglas James sie an.

»Cool, Star. Alles easy.«

»Nee, du Penner. Ich mein, wie ist's mit 'nem Twix, du Wichser. Ich seh, deine Tüte is gerammelt voll, Boy.«

Die Meute lachte. Alle sahen zu ihnen herüber. Sean schmiss Dougie ein Twix hin. Sofort rief alles nach mehr.

»Ich bin doch kein verfickter Eckladen«, beschwerte sich Sean und kam sich dabei wie ein Geizhals vor. Douglas betrachtete zufrieden seinen Schokoriegel.

»Bau dir 'ne Tüte, komm«, bot er ihm großzügig an.

»Ich bin Nichtraucher, Mann«, erwiderte Sean. Er war daran gewöhnt. Ständig wurden ihm auf Parties und Raves Joints hingehalten. Wenn Cory in der Nähe war, gab er sie einfach an ihn weiter.

»Shit, das vergess ich immer. Trinken tuste aber, oder?«

»Na, klar.«

»Tanya! *Tanyaaa*! Bring uns ma paar Holsten, Mann.«

Sean zog die Augenbrauen hoch. Wenn Cory gehört hätte, wie Dougie mit seinem Mädchen umsprang, wäre er durchgedreht, auch wenn der andere das Doppelte auf die Waage brachte.

Tanya war eine hellhäutige Schwarze aus Hackney mit weit auseinander stehenden Mandelaugen. Sie trug einen Stecker in der Nase, hatte lange, honigfarbene Beine und ziemlich ruppige Umgangsformen. Sie kam mit den Bieren herüber. Im vergangenen Herbst hatte sie es sogar auf ein Handgemenge mit einem Jungen ankommen lassen, der ihr in der Englischstunde an den Hintern gefasst hatte, und ihn am Ende mit einer Flasche PeachCanei niedergestreckt. Mit siebzehn hatte sie bereits eine eigene Wohnung und einen Wagen. Cory hatte mit ihr zusammen schon mal nachts eine Wohnung ausgeraubt. Trotzdem war sie Sean sympathisch und den meisten anderen auch, abgesehen von dem Typ, dem sie die Flasche übergezogen hatte.

»Hey, Sean. Alles klar, Sonnie? Oi, Dig Dug, ich bin nich dein Butler. Nimm dir bloß nich zu viel raus, mein Junge.«

Tanya sah Dougie mit zusammengekniffenen Augen an, aber das schmale Lächeln um ihre Lippen verriet, dass sie scherzte.

»Klar, ein richtiger Butler is viel dunkler als du, und viel intelligenter, und außerdem ist er keine Scheiß Tussi«, antwortete Dougie, worauf die Jungs lachten und die Mädchen ein paar deftige Schimpfwörter losließen. Tanya schlenkerte die Tüte mit den Dosen zu ihm hin, als wollte sie ihn treffen.

»Pass auf, dass de das Bier nich so schüttelst, hörst du«, brummte Dougie und duckte sich.

»Sei froh, dass ich heut so gut gelaunt bin«, sagte Tanya. Sie breitete ihre Jacke im Gras aus und setzte sich auf das bunte Futter. Sean hatte sich inzwischen eine Dose aus der Tüte genommen und interessiert das Geplänkel der beiden beobachtet. Er zog vorsichtig den Ring nach oben, um die Luft entweichen zu lassen, setzte die Dose an die Lippen und nahm lange Züge. Das Bier floss wie ein Eisbach seine Kehle hinunter. Erst jetzt merkte er, wie durstig er war. Nach ein paar Schlucken setzte er die Dose ab, rülpste laut und wischte sich über den Mund.

»Mann, das hab ich gebraucht, echt. Ich war am Verdursten.«

»Du pumpst das ab wie ’n Profi, Star«, meinte Dougie zufrieden.

Dann saßen sie da und sahen ihren Freunden beim Kicken zu. Wenn sich eine Torchance zeigte oder ein schneller Konter lief, feuerten sie die Kicker an. Als Cory, der auf dem rechten Flügel spielte, seinen Cousin entdeckte, joggte er hinüber und ließ sich neben Tanya ins Gras fallen. Die Proteste seiner Mannschaftskameraden überhörte er einfach.

»Wie, Cuz. Alles klar, Schwägerin?«, begrüßte er Sean und Sonia keuchend. Dougie reichte ihm seinen Joint.

»Easy, Mann«, murmelte Sean. Die Sonne brannte auf seine Schultern und machte ihn faul. Da fiel ihm Sams Botschaft für Cory ein.

»Ach, ja, Sam lässt dir ausrichten, dass du Kapitän von der A-Mannschaft bist und dass du mit dem Plakat bisschen hoppla machen sollst und nich auf die schwarze Tour. Die brauchen das Ding. So wie ich das seh, hamm die nich vor zu scherzen bei dem Turnier. Sam geht anscheinend davon aus, dass er euch mit seiner Mannschaft nur so über’n Platz scheucht.«

Cory streckte sich auf dem Gras aus und bettete den Kopf auf Tanyas Oberschenkel.

»An dem Plakat sitz ich schon seit letzter Woche. Muss nur noch ’n paar Copies machen, Star. Hey, und der klapprige Sam soll mal lieber aufpassen, dass er kein Ball in die Fresse kriegt, von wegen übern Platz scheuchen. Der hat keine Ahnung, was ich so alles draufhab, aber das wird er noch früh genug merken.«

Eine Zeit lang schwiegen alle und beobachteten gespannt das Gerangel vor dem Tor, bis es einem Verteidiger gelang, den Ball ins Aus zu schießen. Ecke.

»*Los*, Mann!«, schrie Cory. »Deckt den rechten Pfosten!«

»Geh doch selber auf'n Platz und deck ihn!«, rief ihm ein Spaßvogel aus der Menge zu. Alle brachen in Lachen aus, auch Cory. Sonia sagte irgendetwas, das im Lärm unterging. Als das Lachen abebbte, wollte Cory wissen, was sie gesagt hatte.

»Ich hab gefragt, wie's steht.«

Cory runzelte die Stirn. »Sechs zu fünf für die, Mann. Die Afrikaner sind harte Gegner. Bei denen musste aufpassen. Die schrotten dich voll beim Zweikampf, eh de dichs versiehst.«

Während Cory sprach, war eine Gruppe von fünf schwarzen Jugendlichen zu den Kickern hinübergegangen. Sie musterten sie neugierig und unterhielten sich dabei. Sie wirkten bunt zusammengewürfelt, die einen hatten sich Tücher um den Kopf gebunden, die anderen hatten Rasurmuster oder kurze Rasta-Locken. In der flimmernden Hitze wirkten sie fast wie eine Fata Morgana. Schließlich sagten sie etwas zum Tormann, der mit den Schultern zuckte und eine Handbewegung in die Runde machte. Jetzt wurde die Ecke ausgeführt. Der Tormann pflückte den Ball aus der Luft und schlug ihn dann weit ab. Die Gruppe nahm ihre Unterhaltung mit den Spielern wieder auf. Sie schienen mit den Afrikanern zu verhandeln. Cory erhob sich und warf zerstreut seine glimmende Kippe weg.

»Sieht ganz so aus, wie wenn die Bock auf 'n Spiel hätten«, sagte er. »Biste dabei, Sean? Die sind zu fünft, dann brauchen wir noch 'n Mann.«

»Hmmm … Okay. Ich komm gleich.«

»Dougie, was is'n mit dir, Blood? Los, wir kicken 'ne Runde, Mann«, sagte Cory neckend. Er wusste genau, was er sagen würde. Trotz seiner Statur vermied Dougie jede Art von Anstrengung, noch dazu an einem Tag wie diesem. Er verzog schmerzhaft das Gesicht.

»Du hast doch schon 'n Ersatzmann. Wassen los, he? Siehste nich, dass ich grad abhäng?«

»Ja, klar, Mann. Is immer dasselbe mit dir. Bis gleich, Tanya.«

»Okay, Babes.«

Cory ging auf den Platz und unterhielt sich mit der Gruppe von Jungen, die etwa so alt waren wie er. Sean kannte zwei von ihnen vom Sehen. Sie wohnten in einem Nachbarviertel von Greenside. Er stand auf und machte sich neugierig auf den Weg zu seinem Cousin.

»In Ordnung.« Der mit dem rasierten Schädel und dem beginnenden Bartwuchs redete. Mit finsterem Blick sagte er: »Drei auf der einen und zwei auf der anderen Seite, okay?«

»Okay«, sagte Cory. »Wir nehmen besser die zwei dazu, weil mein Kuseng noch bei uns mitspielt, alles klar?«

»Logisch, Blood. Ich bin Roger, das sind Christian, Max, Jeff und Robert.«

»Ich bin Cory. Respekt.«

Man tauschte Fäuste, auch mit Sean.

»Sean. Hi, Mann.« Er nickte dem Finsteren zu.

»Also los, dann.«

Sie trabten über den Platz und gesellten sich zu den beiden Mannschaften. Unter Jubelrufen von ihren Freunden begann das neue Match. Sean spielte als Verteidiger. Er merkte schnell, dass Cory Recht hatte. Die vorwiegend aus Afrikanern bestehende andere Mannschaft war technisch sehr gut. Schnell brachten sie den Ball in die gegnerische Hälfte, dann ein weiter Pass, doch Sean gelang es, den Ball aus der Luft zu nehmen und weit in die Hälfte der Afrikaner zu schlagen. Er sah sich nach den anderen Abwehrspielern um.

»Sucht euch einen Mann und hängt euch an seine Fersen«, rief er ihnen zu.

In den nächsten Minuten ging es auf dem Rasen hin und her und der Schweiß triefte. Cory brachte sich bei einem geschickten Zweikampf mit einem der Neuen in Ballbesitz und stürmte über den rechten Flügel nach vorn. Im Laufen sah er sich nach einem Mitspieler um und flankte nach innen. Es war eine wunderbare Flanke, der Ball schien in der Luft stehen zu bleiben und wie ein winziger Planet zu rotieren, bevor er von Paul, einem Iren aus Seans Englisch-Leistungskurs, mit dem Kopf ins Tor befördert wurde. Der Tormann hechtete in die rechte untere Torhälfte, bekam den Ball aber nicht mehr zu fassen.

»Sechs beide!«, rief Cory den jubelnden Freunden zu. Der Schlussmann gab den Ball in die Mitte.

Fünf Minuten später landete Cory einen harten Schuss im Tor. Nach weiteren zwei Minuten holten die Afrikaner eine Ecke, behinderten sich aber gegenseitig und verloren den Ball. Eine solche Konter-Chance ließ sich Paul nicht entgehen. Er spurtete in die gegnerische Hälfte und versenkte den Ball mit einem breiten Lächeln im Tor. Acht zu sechs.

Der stärkste Stürmer der Afrikaner rief nach einer Halbzeitpause und erntete überrascht Zustimmung. Alle waren durstig und strömten bereits vom Feld auf die wartenden Grüppchen zu. Der Tormann brachte den Ball zum Anstoßpunkt und sah sich verwirrt um, dann verließ auch er den Kickplatz, um sich zu seinen Kumpels zu setzen.

Sean holte tief Luft. Unter den Geruch von Gras hatte sich ein neuer gemischt. Er wartete darauf, dass der Wind den Geruch zu ihm herübertrug, aber die schwache Brise war abgeebbt. Paul zeigte auf die fünf Jungs, die zuletzt zum Spiel gestoßen waren. Sie saßen in einer Gruppe zusammen und lachten. Über ihren Köpfen schwebte eine Rauchwolke. Wieder wehte Sean etwas davon in die Nase. Er schnüffelte, um herauszufinden, was es war. Paul beantwortete seine Frage, bevor er sie stellen konnte.

»Crack«, sagte er ernst. Alle Köpfe drehten sich zu ihm. Über Tanyas Gesicht huschte unbemerkt ein Lächeln.

Sean deutete zu der Gruppe. Cory zuckte mit den Schultern.

»Jeder wie er lustig ist, oder«, murmelte er. »Solange sie *mich* in Ruhe lassen, ist mir das scheißegal.«

Da hörte man Gelächter von der Gruppe. Roger und Max rauften im Gras miteinander, die restlichen drei sahen zu und verteilten Rippenstöße, wenn einer die Oberhand gewann. Auch die Afrikaner beobachteten die Gruppe. Auf ihren Gesichtern spiegelte sich Abscheu. Zwei von den singenden Mädchen näherten sich den Kampfhähnen und lächelten geziert. Als er mit Roger fertig war, hielt Max der Hübscheren von beiden eine kleine Pfeife hin. Roger signalisierte der anderen, sich neben ihn zu setzen. Sonia schnalzte verächtlich mit der Zunge, sagte aber nichts.

Inzwischen hatten sich wieder ein paar Fußballspieler auf dem Platz eingefunden und kickten den Ball hin und her. Auch Sean wollte noch ein bisschen trainieren. Nach und nach kamen die Spieler zurück und nahmen ihre Plätze ein, um weiterzuspielen. Cory schien keine Eile zu haben. Er hatte sich gerade einen Joint gedreht.

»Gib mal Feuer, Dougie«, brummte er und betrachtete die Kicker mit einem halben Auge.

»Hab keins, Mann.« Dougie lag unbeweglich da, den dicken Arm über dem Gesicht.

»Gib mir mal Feuer, Babe ...«

Cory setzte sich auf und stieß Tanya leicht gegen den Oberschenkel. Nach einigem Gekicher und Hin- und Hergeschubse schüttelte sie den Kopf.

»Schatz, ich hab leider auch keins. Aber bleib liegen, ich besorgs dir.«

Sie stand auf, und noch bevor Cory ein Wort sagen konnte, ging sie hinüber zu der Mädchengruppe, die gesungen hatte. Er beobachtete, wie Tanya sie fragte, aber alle schüttelten nacheinander bedauernd den Kopf. Daraufhin schlenderte Tanya zu Roger und seiner Gruppe. Dort entspann sich ein längerer Wortwechsel. Roger hielt Tanya etwas hin, dann zog er die Hand schnell wieder zurück und lächelte sie an. Tanya warf einen kurzen Blick zu Cory, dann verschränkte sie die Arme und sah zum Himmel. Darauf gaben die Jungs ein paar Kommentare ab, von denen Cory allerdings nur einzelne Worte verstand, auf die er sich keinen Reim machen konnte. Sonia schnalzte wieder mit der Zunge.

Tanya sah dem Ganzen eine Weile zu, dann ging sie zurück zu ihrem Freund. »Die wollen mir keins geben.«

»Verfickt noch mal und warum nicht?«, zischte Cory.

»Woher soll'n ich das wissen. Der Typ is ein Scherzkeks. Lass ihn doch. Um die Ecke ist 'n Laden, was soll's.«

Dougie sah Tanya ungläubig an.

»Was hat'n der Typ die ganze Zeit erzählt?«

Sie runzelte die Stirn und wirkte plötzlich verlegen. »Nix, Mann, die hamm nur so 'n Scheiß gemacht, mit dem Feuerzeug und so. Sonst nix. Komm, wir holen uns im Laden Feuer ...« Sie machte ein paar Schritte und sah sich dann nach Cory um. Er hatte sich nicht bewegt.

»Was hat der gesagt?«, griff er Dougies Frage auf. Es klang drohend.

»Nix, Mann, Cory, ich hab's dir doch gesagt. – Komm, lass gehn ...«

»Tanya, hör auf, mir Scheiß zu erzählen, Mann!«, brauste Cory auf. »Der Typ hat doch Feuer oder seh ich das falsch? Warum soll ich dann zum Laden latschen? Und noch was: Wenn du mir nich gleich erzählst, was der Typ gesagt hat, frag ich ihn selber, Star.«

Tanya holte tief Luft und kam zurück. Sie wirkte leicht beunruhigt. »Ach nix, Mann«, sagte sie langsam. »Ich hab den Typen nach Feuer gefragt. Da fängt er an und sagt, ich soll's mir doch holen, es wär in seiner Hosentasche und so 'n Scheiß halt ... *Cory, das war doch bloß 'n Scherz. Wo gehst'n jetzt hin, Mann ...!*«

Cory war aufgestanden und mit versteinerter Miene auf die Gruppe zugegangen. Roger beschirmte die Augen mit der Hand und sah lächelnd zu ihm hoch. Seine Freunde beobachteten Cory ernst.

»Willste meine Freundin anbaggern oder was?«, blaffte der.

Tanya war ihm gefolgt.

»Cory, lass doch! Was ...«

»Halt die Klappe«, sagte er barsch und wandte sich wieder Roger zu. »Also was is, haste mir nix zu sagen?«

»Dir nich, Bredrin«, antwortete Roger. Er erhob sich und deutete auf Tanya. »Aber mit *ihr* würd ich mich gern näher unterhalten.«

Cory war kurz vorm Durchdrehen. Er machte einen Schritt auf Roger zu. Die anderen ließen ihn nicht aus den Augen. Endlich nahmen auch die Kicker, die noch ihre Aufwärmübungen machten, Notiz davon.

»Hey, was soll'n das? Willste mich hier dissen? Du kennst mich noch nich. Pass bloß auf, Star. Das lass dir gesagt sein, Mann.«

»Pass du lieber auf«, gab Roger zurück, sein Lächeln war wie weggewischt. »Was kann ich dafür, wenn deine Tussi hier auftaucht? Die wär wahrscheinlich länger geblieben, wenn du nich gewesen wärst, verstehste?«

Rogers Freunde lachten jetzt. Tanya wurde rot. Inzwischen war Sean auf dem Weg zu ihnen.

»Jetzt hör mal gut zu. Zwing mich nich, dir den Bauch aufzuschlitzen, verstehste. Wo wir uns vorhin so gut verstanden hamm.« Cory hatte die Hände zu Fäusten geballt. Er spuckte die Worte förmlich aus.

»Lutsch doch deine Mutter, Star«, giftete Roger ihn an.

»Was? *Was*?!«

»Ich hab gesagt: Lutsch deine Mutter, du Weichei.«

Cory versetzte Roger einen heftigen Schlag ins Gesicht. Der Kampf hatte begonnen. Augenblicklich waren sie von den

Fußballern umringt. Einige versuchten, sie auseinander zu bringen, andere feuerten sie an. Sean sah, dass Rogers Freunde nach ihren Gesäßtaschen griffen. Von Panik gepackt, blickte er sich um. Dougie stand neben ihm. Er packte ihn am Ärmel, um ihn darauf aufmerksam zu machen.

»Na, na, meine Herrn. An so einem schönen Tag wollen wir doch kein Blut vergießen, hmm?«

Sean fiel ein Stein vom Herzen, als er Pauls Stimme hörte. Sein irischer Akzent schwappte so sanft wie Guinness-Punsch über die Gegner. Noch glücklicher war er über die verschrammte, höllisch scharfe Ratsche in Pauls Hand und seinen harten Gesichtsausdruck. Noch immer kamen Leute aus dem College dazu, sogar ein paar von den Afrikanern, bis die vier schließlich einer Übermacht gegenüberstanden. Verlegen steckten sie ihre Messer weg.

Cory und Roger hatte man inzwischen getrennt. Sie schrien und fluchten. Roger blutete rechts an der Lippe und sein Auge schwoll bereits an. Auch Cory hatte eine Schwellung dicht über dem rechten Auge. Sein T-Shirt war völlig zerrissen. Sonia hielt ihn mit ein paar anderen zurück. Indessen hatte sich Tanya gefasst und ließ eine Verbalattacke auf Rogers Mutter vom Stapel, die sich gewaschen hatte. Roger wollte auf sie losgehen, wurde aber von der Menge zurückgehalten. Er schlug wie wild um sich und konnte sich losmachen. Tanya, die neben Cory stand, dachte, er hätte es auf sie abgesehen. Aber Roger blieb, wo er war, und deutete auf Cory. »He, Wichser, ich kenn deine Fresse.« Er schien außer sich vor Wut. »Du bist hier aus'm Viertel. Irgendwann läufste mir mal wieder übern Weg, Star. Dann schlitz ich dich auf, und zwar eiskalt.«

Cory schien ungerührt. »Das werden wir ja sehen, Star«, gab er kalt zurück.

So standen sie sich ein paar Sekunden gegenüber. Keiner zuckte mit der Wimper. Dann spuckte Roger noch ein »Wichser« aus und ging. Seine Freunde folgten ihm überrascht. Die Ereignisse schienen sie zu amüsieren.

Sean eilte zu Cory. »Bist du okay? Du auch, Sonnie? Hast du einen Stich abgekriegt, Cory? Die hatten Messer dabei, weißt du das?« Es kam alles wie in einem Atemzug. Sonia hielt ihn bei der Hand fest.

»Ja, Mann, alles klar. Komm, wir gehen, Star«, antwortete Cory. Er wirkte genervt, nicht mehr.

»Eigentlich müssten wir hinter denen hergehen und sie fertig machen!« Die unterdrückte Wut in Seans Stimme war nicht zu überhören. Die Sache hatte ihn aggressiv gemacht. Er bemühte sich, es zu verbergen, als er Cory ansah.

»Nee, Mann. Scheiß drauf, Star. Ich will nur heim in meine Bude, Mann. Komm, lass gehn«, wiederholte Cory. Sean ließ die Sache fallen.

»Cool, Mann. Okay. Dann haun wir halt ab«, antwortete er.

Sie fuhren schweigend mit der U-Bahn. Ein paar Schlips- und Anzugträger, die Cory wegen seiner Verletzung am Auge musterten, starrte Cory mit steinerner Miene nieder, bis sie wegsahen. Tanya saß beschützend neben ihm. Sie stiegen an der Greenside Station aus, und auch dort wich sie ihm nicht von der Seite, hakte sich sogar bei ihm ein, als sie am Schaffner vorbeigingen. Hinter Mackenzie House überquerten sie die Straße und waren im Viertel.

Sean beschleunigte seinen Schritt, um die beiden einzuholen, und machte Tanya ein Zeichen. Sie verstand und blieb zurück. Cory sah sich überrascht um, als hätte er Seans Gegenwart nicht bemerkt.

»Was is'n los, Cuz? Wo will'n Tanya hin?«

»Ich hab ihr gesagt, sie soll sich mal 'n paar Takte mit Sonnie unterhalten.« Sean lächelte über Corys hochgezogene Augenbrauen. »Hör zu, Cory. Wir müssen die Brers suchen gehn, und zwar bald, Star. Wir können nich drauf warten, dass die nach uns suchen.«

Aus seiner Stimme klang Besorgnis. Cory zuckte nur mit den Schultern. »Ja, Mann. Ich kümmer mich schon um die, aber wenn's mir passt. Ich hab da meine eigene Methode. Mach dir keine Sorgen, Cuz. Ich komm schon klar, Mann. Weißte doch, oder?«

»Das isses ja, Mann. Ich hab ein schlechtes Gefühl bei der Sache.« Sean warf ihm einen finsteren Blick zu. »Weißte noch, was mit Lawrence passiert is?« Er würgte an den Worten wie an zu schnell gekautem Essen.

Bei der Erwähnung des Namens sah Cory seinen Cousin erschrocken an. Er ertrug Seans besorgten Blick nicht lange. Lawrence Ganton versuchten die meisten im Viertel so schnell wie möglich zu vergessen.

Im vorletzten Sommer war Cory mit seinem besten Freund Garvey und dem langen, hellhäutigen Lawrence Ganton auf dem Nachhauseweg. Sie waren auf dem Bolzplatz mitten im Viertel gewesen und ziemlich erschöpft vom Kicken. Vor der Geschäftszeile waren sie stehen geblieben. Garvey machte den Vorschlag, zu Cory zu gehen und auf seinem Sega MegaDrive zu spielen. Lawrence war zu müde und wollte heim nach

Oakhill House. Er winkte seinen Freunden noch einmal zu und verschwand auf Nimmerwiedersehen mit seinem Mitre-Fußball unter dem Arm. Polizeiberichten zufolge kam er am Caldervale House vorbei und bog in Richtung Beechwood House ab, kam aber nie dort an.

An der Ecke von Caldervale House sah Lawrence einen Mann, der einem Mädchen brutal ins Gesicht schlug. Er war erheblich älter als er selbst. Lawrence, der häufig Zeuge gewesen war, wenn sein Vater auf seine Mutter eindrosch, zögerte keine Sekunde. Er rannte auf den Mann zu, riss ihn von dem Mädchen weg und schrie: »Lass sie gefälligst in Ruhe, Mann!«

Der Mann fiel nach hinten und schlidderte über den Betonboden. Lawrence bewaffnete sich mit einem Stück Holz aus einem Container am Randstein, um sich gegen den Stärkeren zu verteidigen, und näherte sich ihm.

Inzwischen war das Mädchen wieder zu sich gekommen und in den vierten Stock gelaufen, um die Kumpels von ihrem Freund zu verständigen. Sechs Mann Verstärkung rückten an und prügelten Lawrence den letzten Funken Leben aus dem Leib. Danach packten sie ihn in ein Auto und verschwanden. Hinter ihnen zuckten die Vorhänge.

Die Leiche von Lawrence fischte man zwei Tage später mit vierzehn Stichwunden und zwei Kopfschüssen aus dem Grand-Union-Kanal.

Cory und seine Freunde stürzte seine Ermordung in tiefe Verzweiflung. Am schlimmsten traf es Garvey. Er lebte wie Lawrence in Oakhill und machte sich Vorwürfe, dass er ihn an jenem Abend nicht nach Hause begleitet hatte. Alle verbrachten schlaflose Nächte, und wenn die Müdigkeit sie schließlich übermannte, folgte ihnen ihr toter Freund bis in die Träume.

»Das kann uns allen passieren«, sagte Sean schließlich. Die Straßenlaternen gingen eine nach der anderen flackernd an. In ihrem gelben Schein wirkten die Häuser und Straßen plötzlich wie eine Filmkulisse. Cory atmete tief durch.

»Cuz, hör mal. Lawrence war zum falschen Zeitpunkt am falschen Ort ...«

»Genau!«, stieß Sean aus, noch bevor Cory fertig war.

Als sie an ihrem Block ankamen, wandte sich Cory brüsk von ihm ab und rief Tanya.

»Wo willst'n hin?«, fragte Sean.

»Zu Garvey«, sagte er über die Schulter. Tanya kam zu ihm gelaufen. »Hoffentlich bist du fertig mit deinen Vorwürfen, wenn ich zurückkomm.«

Damit drehte er sich um und ging. Sean und Sonia sahen ihm verblüfft nach.

»Was is'n los?« Sonia sah Sean verständnislos an. Ihre braunen Augen leuchteten hell in dem schummrigen Licht.

»Wenn ich das wüsste«, murmelte er. Er hatte keine Lust, noch einmal über die Geschichte mit Lawrence zu sprechen.

## *Viertes Kapitel*

Das Greenside-Viertel war wie viele andere seiner Art nach dem Zweiten Weltkrieg entstanden, um der durch die deutschen Bombenangriffe verursachten Wohnungsnot in London Herr zu werden. Es heißt, dass die Planer zunächst lauter Hochhäuser bauen wollten. Aus Mangel an Geld wurde diese Idee aber aufgegeben und es entstanden stattdessen viele kleinere, fünfstöckige Wohnhäuser.

Als diese Kurskorrektur beschlossen wurde, waren die beiden ersten Hochhäuser, Denver und Bartholomew, schon halb fertig. Daher entschied der Stadtrat von Hammersmith und Fulham, dass sie fertig gestellt werden sollten. Sie blieben die einzigen Hochhäuser im Viertel. Bartholomew im Osten und Denver im Westen standen sich von da an wie zwei riesige Betonwächter gegenüber, die auf die niedrigeren Gebäude herabsahen.

Nach Abschluss der Bauarbeiten in den frühen fünfziger Jahren bestand das Viertel aus sechsundzwanzig Wohnblocks und den beiden Hochhäusern. Als die Emigrationswelle von den westindischen Inseln in das so genannte Mutterland einsetzte, existierten solche Viertel bereits überall in England. Neben weißen Unterschichtfamilien fanden nun viele schwarze Familien dort Wohnungen und waren den Blicken der Bessergestellten aus der Mittel- und Oberschicht entzogen.

Dennoch identifizierten sich die schwarzen wie weißen Bewohner mit Greenside, besonders die alten, die erlebt hatten, wie sich das Viertel seit den fünfziger Jahren verändert hatte. Kurz nach dem Mord an Lawrence Ganton veranstaltete die Stadt ein Fest für die Bewohner von Greenside, bei dem man die Älteren nach ihren mehr als vierzigjährigen Erfahrungen im Viertel befragte. Bei Musik, Essen und Trinken wurde ein Plan für das Greenside des einundzwanzigsten Jahrhunderts enthüllt. Das Viertel sollte um fünfzehn Wohnblocks und ein Einkaufszentrum erweitert werden, das tausende Bewohner mit Lebensmitteln versorgen sollte.

Seit vielen Jahren gingen die Greensider zum Einkaufen zum Shepherd's Bush Market, meist am Wochenende, weil sie an normalen Werktagen keine Zeit dazu hatten. Für Bernice Bradley war dieser Wochenendtrip mit ihrem verbeulten Fiat fast zu einem Ritual geworden. Mit unzähligen Tüten voller Lebensmittel kehrte sie allwöchentlich mit ihrer treuen Einkaufspartnerin Janet zurück, einer Ur-Londonerin, die Cockney sprach und eine große Familie, aber kein Auto hatte.

An diesem Samstag hetzte Bernice kreuz und quer durch die Wohnung, um so schnell wie möglich aus dem Haus zu kommen. Sie ging nie später als halb zehn zum Einkaufen und für ihre Begriffe war sie spät dran. Cory lag auf dem durchgescheuerten Sofa im Wohnzimmer und sah fern. Dabei kaute er eine Scheibe Toast.

Das Wohnzimmer war sein liebster Aufenthaltsort, wenn man von seinem Zimmer einmal absah. Er fand die beigefarbene Tapete beruhigend. Eine ganze Wand hing voll von Zeichnungen und Bildern von Dominica. In der Mitte hing eine Darstellung von einem rastagelockten Daniel in der Löwenhöhle, die Shannon vor ein paar Jahren beim Karneval in Notting Hill erstanden hatte.

Cory war träge und unruhig zugleich. Der Streit nach dem Fußballspiel beschäftigte ihn noch immer. Ständig kamen ihm neue Einfälle, wie er sich hätte verhalten sollen. Die Blutergüsse von seinem Kampf mit Roger waren inzwischen zu dunklen Schatten verblasst. Inzwischen war eine Woche vergangen, aber seine Wut war noch nicht verraucht. Im Gegenteil.

Wenige Tage nach dem Streit hatte Cory den besorgten Gesichtsausdruck seines Cousins nicht mehr ertragen und Tanya gebeten, dass sie ihn mit seinem Cousin, Garvey und Dougie im Viertel herumkutschierte, damit sie nach Roger und seiner Crew Ausschau halten konnten. Nachdem sie eine geschlagene Stunde lang im Auto gesessen hatten und das leichte Nieseln in einen Platzregen überging, hatten sie schließlich die Suche aufgegeben. Keine Spur von ihnen, obwohl Garvey schwor, er hätte Roger und Christian schon öfter in Greenside gesehen.

»Cory-Schatz«, sagte Bernice auf dem Weg in die Küche. »Ich geh jetzt, okay? Sag den zwei Faulpelzen, dass ich bald wieder da bin, ja? Und halt dich aus Schwierigkeiten raus, bis ich wieder zurück bin. Versprichst du mir das?«

»Ja, Auntie. Bis gleich«, sagte Cory über die Schulter. Bernice schlüpfte aus der Wohnungstür und schlug sie mit einem lauten Knall zu. Kurze Zeit später trat Shannon mit wirrem Haar und verschlafenen Augen ins Wohnzimmer. Der geräuschvolle Aufbruch ihrer Mutter hatte sie offenbar geweckt.

»Hallo, Unglücksrabe«, krächzte sie und lächelte dabei auf

ihren Toast mampfenden Cousin herab. »Was machst'n so früh im Wohnzimmer?«

Cory hielt Shannon seinen Teller hin, auf dem nur noch eine Scheibe getoastetes Brot lag.

»Fernsehen«, antwortete er kurz. Zum Glück lehnte sie seinen bescheidenen Frühstücksbeitrag ab. »Gehste heut Abend raven, Cuz?«

Shannon zog den blauen Bademantel fester um sich und ließ sich aufs Sofa plumpsen.

»Keine Ahnung. Ich war gestern weg, und im Moment hab ich das Gefühl, mein Kopf platzt. Kommt ganz drauf an, wie ich drauf bin. Auf alle Fälle is da so 'n Jungle-Ding am Laufen in North London.«

Cory nickte. »Yeah, Mann, in die Gegend wollt ich auch mit Garvey und denen. Vielleicht isses der gleiche Laden.«

Shannon schien die Vorstellung zu gefallen. Vor allem Bernice hatte es überrascht, wie sehr sich Shannons Meinung von Cory nach dem Tod seines Vaters gewandelt hatte. Früher hatte sie kein gutes Haar an ihm gelassen und heute schien er unter ihrem persönlichen Schutz zu stehen. Bernice war stolz auf ihre fast erwachsene Tochter, das hatte sie ihrer Kollegin Yvette anvertraut. Allerdings gaben die Umstände, die sie so früh hatten reifen lassen, keinesfalls zur Zufriedenheit Anlass.

Sean betrat das Zimmer in Boxer-Shorts. Er war von ihrem Geplauder aufgewacht und schielte sie mit müden Augen an. Shannon stand hastig auf und eilte an ihrem Bruder vorbei ins Badezimmer. Cory klopfte auf den Platz, wo gerade noch Shannon gesessen hatte.

»Setz dich, Mann.« Er schob die Zeitschriften weg. Sean ließ sich auf das durchgesessene Sofa sinken.

»Wie isses, Sean, kommste heut Abend mit raven?«, fragte Cory.

»Tja, Alter. Was soll ich dir sagen«, begann Sean und verstummte wieder. Cory sah ihn an. Als er wieder sprach, klang es so, als schöbe er ein Auto einen steilen Berg hinauf.

»Die Sache ist die. Sonnie und ich wollten heut Abend was zusammen essen, bei ihr zu Haus, verstehste? Ihre Mutter und ihre Schwester sind doch in Jamaica, oder? Da hamm wir die Wohnung für uns allein und ...«

Cory stöhnte. »Verflucht, ihr zwei seid ja wie siamesische Zwillinge. Es kommt noch so weit, dass man uns überhaupt nich mehr zusammen auf der Straße sieht!«

Sean lachte und schüttelte heftig den Kopf. »Nee, Mann, sag nich so was. Ich will nur mal mit ihr allein sein, wenn ich mal nich lernen muss, verstehste?«

»Ja, ja, alles klar. Brauchst mir nix zu erklären. Is doch deine Sache, was de machst. War nur 'n Scherz. Weißt doch, dass ich stolz auf dich bin.«

Sean grinste breit, und sie tauschten einen Faustschlag, der wie das Klacken von Kastagnetten klang.

»Wo wer grad reden. Ich wollt mich bei dir entschuldigen wegen der Sache mit Roger, Mann«, sagte Sean.

Cory zuckte mit den Schultern und wollte etwas sagen, aber Sean hob die Hand, bevor er den Mund öffnen konnte.

»Moment noch, Cuz. Ich wollt dir nur sagen ... Verdammt ... also, ich mein, ich hab nur so genervt, weil ich mir Sorgen gemacht hab. Alles klar?«

Cory lehnte sich auf dem Sofa zurück und starrte auf den Bildschirm.

»Klar, Cuz. Weiß ich doch«, antwortete er und sah ihn an.

Beide mussten grinsen, dann umarmten sie sich. Shannon kam gerade rechtzeitig ins Zimmer, um das mitzubekommen. Sofort ging ihr Gestichel los.

»Cor, pass auf, dass Mum das nich sieht. Sonst könnt's sein, dass 'se sich ernstlich Sorgen macht, Mann.« Sie nahm eine ihrer Friseur-Zeitschriften und fing an zu blättern. Sean warf ein Kissen nach ihr, aber Cory verdrehte nur die Augen und wandte sich wieder dem Fernseher zu. Das Kissen landete neben Shannon auf dem Boden, die nicht einmal mit der Wimper zuckte.

»Versteh mich nich falsch. Is schön, zu so 'ner liebevollen Familie zu gehörn, echt«, fuhr sie ungerührt fort und verbiss sich das Lachen.

»Hau ab, Shannon«, beschied Sean freundlich.

»Bin schon weg. Ich wollt nur wissen, was ihr zwei Turteltauben zum Frühstück esst. Oder hebt ihr euern Appetit füreinander auf?«

Sean griff nach einem anderen Kissen, war mit einem Satz bei seiner Schwester und haute es ihr so lange auf den Kopf, bis sie schrie. Lachend rannte sie aus dem Zimmer mit Sean auf den Fersen. Die Wohnung dröhnte von ihrem Geschrei. Cory schüttelte ungläubig den Kopf.

»Mann, das is vielleicht 'n verrückter Laden hier!«, sagte er zu sich und wandte sich endgültig *Batman* zu.

Der restliche Teil seines Vormittags war ausgesprochen düster und schien in Zeitlupe zu vergehen. Bis zum Mittag saß er vor dem Fernseher, danach starrte er aus dem Fenster auf die Leute, die unten eilig mit Schirmen und Kapuzen durch den Regen liefen, der seit drei Tagen ununterbrochen fiel. Gedanken an seinen Vater gingen ihm durch den Kopf und das schlechte Wetter verstärkte noch seine trübsinnige Stimmung.

Es war nicht leicht gewesen, mit seinem Tod fertig zu werden. In den Jahren danach hatte Cory seine Enttäuschung und Wut an seinen Klassenkameraden in der Grundschule ausgelassen. Fast jede verbale Auseinandersetzung endete in einem Faustkampf, aus dem meist er als Sieger hervorging. Nicht weil er der Stärkere gewesen wäre, sondern wegen der tief sitzenden Aggressionen, die in ihm aufgestaut waren. Wenn er sich nicht gerade mit anderen Jungen raufte, benahm er sich wie ein intelligenter, anständiger Junge. Die Aufnahmeprüfung für die weiterführende Schule bestand er mit der besten Note.

In der Realschule verschlimmerten sich die Pausen- und Spielplatzkämpfe und wurden fast zur Gewohnheit. In Cory brodelte eine gefährliche Mischung aus Wut und Überempfindlichkeit. Die meisten Mitschüler lernten, mit ihm auszukommen. Unter keinen Umständen durfte man ihn reizen, und wehe dem, der Witze über Väter und Mütter riss. Im neunten Schuljahr legte es ein neuer Mitschüler darauf an, Cory zu provozieren, obwohl die anderen ihn gewarnt hatten. Während der Schulstunde hatte der Neue dumme Bemerkungen über Corys Mutter gemacht. »Deine Mutter is 'ne Verrückte, Mann. Die läuft rum mit 'ner Titte mitten auf der Stirn und jeder nennt se nur Zyklopentitte ...«

Cory sagte nichts. Mit wutverzerrtem Gesicht und taub für die beschwichtigenden Worte seiner Freunde saß er einfach nur da.

In der Mittagspause ging er nach Hause und kehrte mit einer Fahrradkette zurück, die zusammengerollt wie eine schlafende Schlange in seiner Jackentasche lag. Was dann geschah, war vorhersehbar. Cory lauerte dem Jungen auf und brachte ihm mit der Kette so viele Gesichts- und Kopfverletzungen bei, dass er mit zweiundzwanzig Stichen genäht werden musste. Er kehrte nie wieder an die Schule zurück.

Cory fand, dass er seitdem ein ganzes Stück erwachsener geworden war. Ihm wurde nicht mehr heiß und kalt, wenn jemand an die Erinnerung an seinen Vater rührte. Das ehemals heiße Brennen in der Magengrube war zu einem schwachen Pochen geworden, das kaum mehr wehtat. An Weihnachten und am Vatertag wurde ihm seine Einsamkeit am schmerzlichsten bewusst. Natürlich hatte er seine neue Familie, aber das war nicht dasselbe.

Seine Mutter hatte er völlig aus dem Gedächtnis verbannt. Die Erinnerungen an ihren letzten, scheinbar sicheren Aufenthaltsort waren alles andere als glücklich. Er gab es vor niemandem zu, aber wenn er an sie dachte, empfand er eine tiefe Scham. Die sabbernde, phantasierende, kindische Frau, zu der sie geworden war, hatte keinerlei Ähnlichkeit mehr mit dem zärtlichen, hübschen Wesen, das sie einmal gewesen war. Noch heute konnte er den Gedanken nicht ertragen, wie sie ihm, als er klein war, beim Einschlafen den Kopf gestreichelt hatte.

Cory verbrachte fast den ganzen Tag vor dem Fernseher, doch die trüben Gedanken ließen ihn nicht los. Gegen Abend hielt er es nicht mehr aus und floh zu seinem Freund Garvey. Seine Kapuzenjacke schützte ihn vor der gröbsten Nässe. Die

Hunde des Viertels hatten hinter den Mülltonnen vor dem Regen Schutz gesucht. Die Straßen waren menschenleer und erinnerten an Geisterstädte in Filmen. Die Natriumdampflampen hüllten das Viertel bereits in ihr eigenartiges Licht. Er beschleunigte seinen Schritt, um schnell in die gemütlich warme Behausung seines Bredrin zu kommen.

Garveys Mutter Sheila war Engländerin, sein Vater Jake ein jamaikanischer Rastafari, der als Sozialarbeiter vor allem Jugendliche betreute. Cory bewunderte Garveys Vater. Er konnte stundenlang bei ihm sitzen und reden, über Abschiebung und Atomwaffen genauso wie über Spritztouren mit gestohlenen Autos. Und immer lernte Cory etwas dabei.

»Hallo, mein Schatz, komm rein«, begrüßte ihn Sheila, als sie die Tür aufmachte. Sie trat zurück, um ihn vorbeizulassen. »Was für ein grässliches Wetter«, sagte sie und trat auf den Balkon hinaus, um hinunterzusehen.

»Ich bin nur von uns rübergelaufen und trotzdem bin ich klatschnass«, sagte Cory. Sheila nahm ihm die feuchte Jacke ab und hängte sie zum Trocknen auf.

Cory folgte ihr den Gang entlang und fand Vater und Sohn über ein blauweißes Schachbrett gebeugt, auf dem sich nur noch wenige Marmorfiguren befanden. Der Anblick schnitt Cory ins Herz und erfüllte ihn mit Neid und Trauer. Unwillkürlich ballte er die Fäuste.

Garvey sprang sofort auf und verteilte dabei mehrere Schachfiguren auf dem Teppich.

»Yes, Blood«, begrüßte er ihn und bückte sich, um seine Marmorbauern wieder aufzuheben. »Was stehst'n an der Tür, Mann? Komm rein!«

»Ich wollt mir nur die nassen Turnschuhe ausziehn«, sagte Cory und stieg aus seinen Filas. Er stapfte ins Zimmer und tauschte Fäuste mit den Schachspielern. »Alles klar, Leute?« Cory fühlte sich noch immer merkwürdig. Garvey dagegen wirkte sehr zufrieden.

»Spitzenmäßig«, sagte er. Sein Vater warf ihm einen verdrossenen Blick zu. »Ich hab Dad Schach gesetzt, wenn nich sogar schachmatt!«

»Schachmatt, *my Raas*, am Arsch!«, erwiderte Jake und zog sich am Bart, bevor er sich den riesigen Spliff ansteckte, der im Aschenbecher gewartet hatte.

»Lass mich mal ein Moment nachdenken. Ich find schon noch 'ne Lösung, da könnt ihr einen drauf lassen, Jungs.«

Cory und Garvey sahen ihm fast andächtig zu. Der Rauch aus dem Spliff stieg ihnen verführerisch in die Nase. Jake sah vom Brett auf und lächelte wissend.

»Baut euch auch einen«, sagte er paffend und schob die Tüte zu Cory rüber.

»Können wir die mit in mein Zimmer nehmen?«, fragte Garvey. Er konnte nicht genau erkennen, wie viel an seinem Spliff noch dran war.

»Yeah, Mann. Lass mich mal konzentriern, Star«, gab Jake zurück. Er hatte sich schon wieder den Schachfiguren zugewandt.

»Los, gehn wir.«

Garvey machte Cory ein Zeichen, ihm in sein Zimmer zu folgen, das nicht viel größer war als das, was er sich mit Sean teilte. Eine Stereoanlage und zwei große Lautsprecher nahmen fast den gesamten Platz ein. Das Bett war in die Ecke am Fenster gequetscht, nebst Fernseher, Video, Nintendo und einer winzigen Kommode. Cory fragte sich immer, wie er das alles da unterbrachte.

»Haste noch immer Lust, raven zu gehn, Blood?«, flüsterte Garvey ihm zu, dabei kramte er unter seinem Bett herum und zog nacheinander eine Fahrradpumpe, ein paar alte Schulhefte und einen Stapel Porno-Magazine heraus.

»Logo, Star! Heut Abend is doch das JungleFest, Mann. Da hält mich keiner, das kannste glauben. – Wieso, was hast'n vor, Star?«

Corys Freund zog das Bett so weit nach vorne, bis es an die Kommode stieß. Dann stieg er in die entstandene freie Ecke.

»Da, nimm«, murmelte er. Auf einem alten Flugblatt reichte er ihm einen Plastikbeutel, Zigaretten und ein Päckchen blaue Rizla Kingsize.

Der Beutel war mit schwarzroten Plastikkapseln gefüllt, die wie Schmerztabletten aussahen. Gegen Schmerzen waren die hier allerdings nicht – jedenfalls nicht im herkömmlichen Sinn. Cory war über die Menge überrascht.

»Sind die scharf?«, flüsterte Cory. Garvey gackerte böse.

»Nee, Mann – aber *die* hier.« Er hielt eine kleinere Tüte hoch, in der sich einige weiße Tabletten befanden, die wie Aspirin aussahen. »Claire und ich warn die ganze Nacht wach wegen denen – und wenn ich die ganze Nacht sag, dann mein ich die ganze Nacht«, verkündete er stolz, worauf beide losprusteten.

»Wie viel hast'n für die Blindgänger bezahlt?«, fragte Cory. Garvey zuckte mit den Achseln.

»Hab ich obendrauf gekriegt zu den andern. Von ’nem Typ, den ich von der Arbeit kenn. Da sind auch welche für dich und Tanya dabei, wenn de willst.«

Garvey lernte Maler und Anstreicher beim örtlichen YTS, einer staatlich geförderten Ausbildungsmaßnahme für Jugendliche. Dafür bekam er vierzig Pfund pro Woche und die Erstattung der Fahrtkosten. Er interessierte sich nicht besonders für die Arbeit, war aber der Meinung, dass man neben dem Jobben einen richtigen Beruf brauchte.

Cory sah Garvey dankbar an.

»*Raa*, Quatsch, Blood. Ich geb dir die Mücken heut Abend«, erwiderte Cory.

Garvey sah seinen Freund an, als wäre er verrückt geworden.

»Scheiß drauf, Mann, wir sind doch Bredrin, oder?! Ich kenn dich jetzt seit fast zehn Jahrn und bin grad mal siebzehn. Und Sean kenn ich schon immer, verstehste. Ich sorg für euch und ihr sorgt für mich. War doch schon immer so, oder? Außerdem, wenn’s dich beruhigt, kannste mir helfen, paar Blindgänger zu verkaufen. Was meinste?«

»Klar, Mann, is in Ordnung«, antwortete Cory.

»*Respec’*.«

Garvey fing an, Nintendo zu spielen, und Cory baute sich einen Spliff. Er zündete ihn an, nahm einen Zug und betrachtete sein Spiegelbild in der Kommode.

»Meinste, du könnst mir noch die Haare scheren, Garv?«, fragte Cory und fuhr sich mit der Hand über den Kopf.

Es dauerte ein paar Sekunden, bis sein Freund aus der virtuellen Welt wieder auftauchte. »Klar, Mann, stell schon mal den Stuhl hin und hol das Werkzeug raus. Ich mach das hier grad fertig. Dann scher ich dir alles ab.«

»Das hab ich nich gesagt«, scherzte Cory. Garvey sah mit einem Stöhnen von seinem Nintendo auf und warf Cory einen schiefen Blick zu.

Zufrieden trabte Cory kurze Zeit später zum Denver House zurück. Die Sonne hing wie ein verschwommenes Zehn-Pence-Stück am Himmel und ein schwacher weißer Schein durchdrang den grauen Wolkenteppich. Cory spielte eine Runde Fußball mit ein paar Kids auf dem Rasen vor seinem Wohnblock. Dann tat der Joint seine Wirkung und sein Magen fing an zu knurren. Er fuhr mit dem Lift nach oben und betrat die Wohnung in viel besserer Verfassung, als er sie verlassen hatte.

»Wo warst du denn?«, rief ihm Bernice zu, als er durch die Tür trat. Er lächelte sie an und zog seine Schuhe aus.

»Nur drüben bei Garv.« Er schlenderte in die Küche und gab ihr einen Kuss auf die Wange. Der erschrockene Ausdruck in Bernices Gesicht wich einem Stirnrunzeln.

»Was war denn los mit dir heut Morgen?« Sie wirkte noch immer besorgt.

»Nix, Mann. Ich war nur nich so gut drauf ... wegen Mum und Dad und so. Dabei hab ich fast vergessen, was ich an euch hab.« Er stockte, schien nach den richtigen Worten zu suchen. »Weißte ... irgendwie hält man alles für selbstverständlich, und wenn's dann vorbei is, isses zu spät. Ich hab meinen Eltern nie gesagt, dass ich ... Ach, nix hab ich ihnen gesagt ... Ich wollt damit nur sagen, dass mir das mit euch nich passiert. Nie«, sagte er bestimmt.

Bernices Gesichtszüge wurden weich, als er sprach. Sie nahm

ihn in die Arme und streichelte ihm über den Rücken. Sie dachte, Cory würde weinen, aber als sie ihn losließ, waren seine Augen trocken und sein Gesicht wirkte hart und entschlossen. Er ging zur Tür. »Ich muss sehn, dass ich fertig werd, Mann. Außerdem krieg ich noch 'n paar Anrufe.« Damit war er weg.

Gegen halb neun fing das Telefon an zu klingeln und hörte nicht mehr auf, bis die Bradley-Familie ihren unterschiedlichen Abendprogrammen nachgegangen war. Shannon hatte sich schließlich für Ragga entschieden. Sie wollte mit ihren Freunden zu einem Sound Clash nach Clapham südlich der Themse. Die meisten Anrufe waren für sie und man musste sie mehrfach gnadenlos vom Hörer wegreißen.

Selbst Bernice hatte etwas vor. Sie ging mit ein paar Arbeitskolleginnen zu einer Einweihungsparty in Seven Sisters. Ihr Freund Greg begleitete sie. Die Kids zogen sie seinetwegen auf, obwohl sie ihn eigentlich gut leiden konnten. Bernice zog ein blaues Samtkostüm mit kurzem, aber nicht zu kurzem Rock an, dazu die passenden Schuhe. Und Shannon kümmerte sich um ihre Frisur. Sie steckte ihre Locken hoch, so dass sie ihr Gesicht weich umrahmten. Alle waren sich einig, dass ihr diese Frisur am besten stand.

Um neun rief Tanya an und verabredete sich mit Cory im Club. Sie führten eine von den typischen Unterhaltungen, die jeden Außenstehenden nervten. Cory wünschte sich, sie wäre schon bei ihm und nicht am anderen Ende der Leitung in East London. Er nahm ein heißes Bad, rasierte, was zu rasieren war, und bügelte dann seine Klamotten. Nach ihm ging Sean ins

Bad. Bügeln machte Cory mit links, daher bügelte er Seans Kleider gleich mit. Als sein Cousin aus der Wanne stieg, hatte Cory nur noch die Manschetten von Seans neuem, marineblauen Duck-and-Cover-Hemd zu bügeln. Die Hosen hingen schon faltenlos auf einem Bügel am Kleiderschrank.

»*Respec'*, Cuz. Danke fürs Bügeln. Woher hast'n gewusst, was ich anzieh?«, fragte Sean und griff nach dem Glas mit Kokosbutter.

»Haste nich gesagt, dass de dich fein machen willst? Da hab ich auf die Sachen hier getippt.«

Cory legte eine Kassette ein und baute sich einen Spliff, um sich auf den Abend einzustimmen. So hörte er weder Bernices Gruß noch ihr Türenschlagen beim Verlassen der Wohnung gegen zehn. Kurze Zeit später steckte Shannons Freund Mikey, der im letzten Jahr Jura studierte, den Kopf zu Cory herein. Er nahm einen Zug aus Corys Spliff und verabschiedete sich. Sein *Goodbye* wurde von den neuesten Jungle-Klängen aus Corys Kassettenrekorder verschluckt. Eine Viertelstunde später war Sean so weit und machte sich auf den Weg zu Sonia, nicht ohne zuvor in jedem verfügbaren Spiegel sein Aussehen zu prüfen. Cory grinste bei dem Gedanken, wie gut sie sich noch immer verstanden, obwohl sie schon seit zwei Jahren zusammen waren. Typisch Sean, auf ihn war immer Verlass, in der Schule wie im Privatleben.

Cory war aufgewühlt und schon lange fertig zum Gehen, als Garvey um zehn vor elf an die Tür klopfte. Neben ihm standen seine Freundin Claire, Nazra, ein neunzehnjähriger Asiat, der im dritten Stock von Oakhill House wohnte, und Trent, Garveys Cousin mütterlicherseits. Hinter Trent standen noch zwei Mädchen, Nazras ältere, bildhübsche Schwester und eine Blonde in Bomberjacke, wahrscheinlich Trents Freundin.

Die anderen würde man direkt bei der Veranstaltung treffen, erklärte Garvey. Sie gingen zur Ladenzeile und heuerten zwei Taxis an. Das eine fuhr ein Somalier, der seine Fahrgäste bereits vom Sehen kannte. Cory saß auf dem Rücksitz neben Nazras Schwester, die sich als Rabana vorstellte und mit der er sich sofort bestens verstand. Nazra saß auf dem Beifahrersitz und sah aus, als wäre er lieber in Garveys Taxi mitgefahren. Während Rabana redete, konzentrierte sich Cory darauf, an der richtigen Stelle zu nicken, und bemühte sich, nicht auf ihre Oberschenkel zu starren. Sie hatten die Farbe von Irish Coffee und sahen unglaublich weich aus.

Als sie am Club ankamen, erstreckte sich die Schlange der wartenden Raver bereits bis um die Ecke des Gebäudes. Man redete, lachte und stieß laute Pfiffe in die kalte Nacht aus. Fluchend bezahlte jede Gruppe ihr Taxi und ging auf das Ende der Schlange zu.

Ein weißer Jugendlicher mit Pudelmütze trat aus der Mitte der Schlange und hielt sie mit einem freundlichen Lächeln an.

»Es, Trips, Charlie«, flötete er Trent vor, dabei wanderten seine Augen zu Rabana.

»Will jemand was?«, fragte Trent, um sicherzugehen, dass es bis zu allen durchgedrungen war.

Keine Antwort.

»Whizz, Rocky, Skunk?«, schob der andere schnell nach, als die Gruppe weiterging, in der Hoffnung, doch noch etwas an den Mann zu bringen.

Garvey drehte sich um und sagte: »Nee, Mann, wir hamm alles, was wer brauchen.«

Der Junge zuckte mit den Schultern und trat wieder zu seinen Kumpels in die Schlange zurück, als habe das Gespräch nie stattgefunden. Kurz darauf gingen ein paar breitschultrige Rausschmeißer an ihm vorbei und warfen ihm einen warnenden Blick zu, sagten aber nichts.

Nach Nazras Uhr dauerte es eine halbe Stunde, bis sie endlich an die Kasse kamen, wo man sie nach Waffen untersuchte und schließlich reinließ. Cory war kurz vorm Erfrieren. An der einen Seite der riesigen Halle hatte man eine riesige Bühne aufgebaut, an der anderen befand sich eine Bar. Der restliche Platz war für die Raver. Tausende waren bereits drin. Ihre Köpfe bewegten sich auf und ab wie ein wogendes Meer aus Musik. Große Laser schossen dünne rote und grüne Strahlen über die Köpfe der Tanzenden. Stroboskop-Lichter drehten sich und wirbelten hunderte von Farben durch den Raum. Alles schien in ständiger Bewegung und Veränderung begriffen. Die Gruppe stand da und betrachtete fasziniert die neue Umgebung. Dann knöpfte man sich die Jacken auf und stürzte sich in die Menge mit Kurs auf die 808er Lautsprecher, aus denen die Musik dröhnte.

Claire, Garveys Freundin, hatte mahagonibraune Haut und ein Killerlachen. Sie hakte sich bei Cory ein.

»Wo treibt sich Tanya eigentlich rum? Ich hab se schon 'ne Ewigkeit nich gesehn.«

»Die müsst eigentlich schon da sein«, antwortete Cory. Ihr Parfüm kribbelte ihn in der Nase. »Komm, wir sehn uns mal nach ihr um.«

»Okay, ich sag grad Garv Bescheid.« Ihr gemeinsamer Freund war bereits von ein paar Kunden umringt, die ihr Geld unbedingt für seine Blindgänger loswerden wollten.

Einen Augenblick später war sie wieder da. Cory und Claire schoben sich durch die Menge, und mit einem Mal wurde ihnen bewusst, dass es ein fast aussichtsloses Unternehmen war, Tanya in diesen Massen zu finden. Sie hatten schon zwei Runden durch den Saal gedreht, als Claire plötzlich auf eine Gruppe von Mädchen etwa in der Mitte des Saales zeigte. Als sie näher kamen, erkannte Cory eine von ihnen als Tanya. Er arbeitete sich durch die Massen, bis er genau hinter ihr stand, und legte ihr die Hand auf den Po. Tanya schoss wie von einer Tarantel gestochen herum. Hätte ihr Blick töten können, wäre Cory nicht lebendig davongekommen. Sie setzte zum Fluchen an und brach in Lachen aus. Dann fiel sie Cory um den Hals, rieb verführerisch ihren Körper an ihm und murmelte eine Entschuldigung. Erst jetzt erkannte sie Claire. Die beiden stießen Begeisterungsschreie über ihr Wiedersehen aus, um sich darauf gleichfalls heftig zu umarmen.

Man blieb eine Zeit lang, wo man war, und als Cory glaubte, sich wieder zu seinen Freunden trauen zu können, ohne erröten zu müssen, schlug er Tanya vor, zu Garvey und den anderen zu gehen und ihre Freundinnen einfach mitzubringen. Es waren zwei schwarze und ein weißes Mädchen, alle drei total aufgedonnert, die noch immer zu den wummernden Bässen tanzten. Cory nahm Tanya bei der Hand und steuerte in die Richtung, wo er Garvey vermutete. Claire und die anderen Mädchen folgten ihnen.

Garvey lehnte lässig an einer Wand und redete mit einem

bulligen schwarzen Jugendlichen, als Cory mit den fünf Frauen im Schlepptau auftauchte. Garvey beendete eilig seinen Handel und reichte dem Jungen die Pille beim Handschlag, für den Fall, dass jemand sie beobachtete.

»Was sin'n das für Schwestern, Blood?«, raunte er Cory zu. Der lachte und legte den Arm um ihn.

»Freundinnen von Tanya, Star. Knackig, oder? Aber ich weiß nich, ob de riskiern willst, dass dir Claire dafür an die Eier geht.«

Cory wusste, wenn es um Frauen ging, war Garvey erbarmungslos.

»Die Braune schenkt mir schon ihr Lächeln, Mann!«, sagte sein Freund und klang, als wäre er bereits wild entschlossen. Aber als er Corys Gesicht sah, beruhigte er ihn schnell.

»Keine Angst, Blood. Ich hab nich vor, Claire heut Abend Stress zu machen, Star.« Beide grinsten und Cory gab ihm einen Schlag auf die Schulter.

»Da bin ich aber froh, Mann, kann ich dir sagen. Wir woll'n doch nich, dass Claire durchdreht und zu flennen anfängt, nur weil du dein Schwanz nicht unter Kontrolle hast, wenns hart auf hart kommt.« Die beiden brachen in Gelächter aus.

Rabana, die mit Trents Freundin und ein paar anderen tanzte, sah zu ihnen herüber und warf Cory ein aufreizendes Lächeln zu. Garvey hob seine Dose Holsten Pils und prostete seinem Freund augenzwinkernd zu.

»Sieht ganz so aus, als wär ich heut Nacht nich der Einzige, der sich vorsehn muss«, raunte Garvey Cory ins Ohr, bevor er zu Claire und Tanya ging und sich geschickt in ihre Unterhaltung einfädelte.

Cory warf der Asiatin einen letzten Blick zu und schickte ein Stoßgebet zum Himmel, in dem er um Kraft und Führung bat. Dann machte auch er sich zu seiner Freundin auf und damit begann der Abend erst richtig.

## *Fünftes Kapitel*

Seans Abend verlief dagegen völlig ruhig. Nur er und seine Freundin zählten. Mit einer Flasche Brandy von Martell und einem Tuppergefäß mit gekochtem, in Würfel geschnittenem Hühnerfleisch, das er selbst gewürzt hatte, verließ er die Wohnung seiner Mutter. Es war kalt geworden und die Luft frostig, aber er war warm eingepackt mit Schal und New York Jets-Kappe. Die meisten, denen er begegnete, schienen auf der Flucht vor der Kälte.

Wie eine geheime Sprache entwichen seinem Mund weiße Nebelschwaden. Der Wind trieb den Müll vor sich her. Ein alter Mann ging mitten auf der Straße und sammelte das eine oder andere auf. Er nahm keine Notiz von Sean, hielt seinen Kopf gesenkt und widmete sich schlurfenden Schritts der Mammutaufgabe, die vor ihm lag. Seine fest geschnürten Turnschuhe, deren Stoff sich an den Zehen kräuselte, sahen aus wie Miniaturboote. Erst jetzt schien er Sean wahrzunehmen. Er drehte den Kopf nach ihm und öffnete den Mund, als wollte er etwas sagen. Dabei gab er den Blick auf eine Ansammlung fauler Zähne frei. Anstatt zu sprechen, begann er zu husten, als wolle er sich seiner Lungen entledigen, und ein Schwall Dampf entwich seinem aufgerissenen Mund. Seans Widerwille wandelte sich in Sorge, und er ging langsam auf den Mann zu, vorsichtig darauf bedacht, den Speichelfontänen auszuweichen, die der Alte um sich versprühte. Als er nur noch zwei

Schritte von ihm entfernt war, hatte der Mann seinen Hustenanfall wieder unter Kontrolle und richtete seine rot geränderten Augen auf Sean. Das Gesicht des Alten war fast völlig von einem Bart verdeckt und so dreckig, dass es selbst einem aufmerksamen Beobachter schwer gefallen wäre zu sagen, welche Hautfarbe er hatte.

»Haste was an Kleingeld?«, fragte der Mann und streckte erwartungsvoll die offene Hand aus. »Ich brauch 'ne Tasse Tee für mein rauen Hals.«

Der Mann sprach mit leichtem Cockney-Akzent, war aber ganz offensichtlich nicht im Londoner Osten aufgewachsen. Sean schüttelte ungläubig den Kopf.

»Was, Tee? Jetzt, wo's auf elf zugeht? Das glaubste doch selber nich, Kumpel.«

Sean hatte keine Lust, seine Zeit zu vergeuden. Er ließ den Mann stehen und ging weiter, bis der Alte nur noch eine einsame Gestalt in der Mitte der Straße war und sein verzweifeltes, heiseres Schimpfen längst vom Lärm der vorbeifahrenden Autos und dem Geschrei der spielenden Kinder verschluckt wurde. Dennoch betrat Sean Bartholomew House mit leichten Schuldgefühlen. Er nahm den Aufzug zum neunten Stock.

Sonia war im Nu an der Tür. Sie trug ein altes T-Shirt zu Trainingshosen und hatte das Haar straff nach hinten gebunden. Sie nahm ihn bei der Hand und führte ihn in die Küche, wo eine Unmenge von Töpfen auf einem Gasherd vor sich hin köchelten. Unter anderem standen Reis, Erbsen, Plantain-Bananen und ein Rinderbraten auf dem Speiseplan. Sonnie sah Sean erwartungsvoll an und er lächelte zufrieden. Dann schob sie ihn ins Wohnzimmer, das den exakt gleichen Grundriss wie das von Seans Familie in Denver House hatte, und zeigte ihm die Raubkopien der Videos, die sie auf Vorrat hatte. Darunter waren zwei Horrorstreifen, von denen er noch nie etwas gehört hatte, und ein Spielfilm mit dem Titel *Schule der Gewalt*.

Rückblickend würden Sean und Sonia diesen Abend für einen der glücklichsten in ihrer Beziehung halten. Sie genossen das Essen, auf das sie sich den ganzen Tag gefreut hatten, und sprachen kaum, höchstens um den anderen um die Schale mit den Fried Dumplings oder das Plastikkännchen mit der Soße zu bitten. Dafür kommunizierten ihre Körper miteinander. Jedes Mal, wenn sie ein Lächeln tauschten, verhakten sich ihre Blicke, und immer wieder berührten sich ihre Hände, als wollten sie sich der Gegenwart des anderen versichern. Für Sean war Sonia an diesem Abend die schönste Frau, die er je gesehen hatte, und er ertappte sich bei dem Gedanken, dass er ohne zu zögern den Rest seines Lebens mit ihr verbringen würde. Sonia ging es ähnlich, und als sich die beiden zuprosteten, kam ihnen das Klingen der Weingläser wie ein Treueschwur vor, mit dem ihre Bindung besiegelt wurde.

Nach dem Essen sahen sie sich die *Schule der Gewalt* an. Am Ende des Films fing Sonia an zu weinen. Sie schob es auf den Wein. Sean nahm sie fest in den Arm, als er bemerkte, wie sehr sie der Film berührte. Auch ihm war einiges in dem Film nur allzu bekannt vorgekommen. Im Grunde hätten sich die Szenen in seinem eigenen Viertel und unter seinen Freunden abspielen können. Nur dass alles in der Wirklichkeit noch viel extremer war.

Klar, dachte er, als er die Flasche Martell öffnete und ihnen Brandy in die Gläser goss. Wir haben schließlich alle die gleichen Wurzeln. Die Sklaverei und das Schicksal hatten die einstigen Familien vor vielen Generationen auseinander gerissen und überallhin verstreut. Man hatte sich aus den Augen verloren. Jemand könnte mein Cousin sein und ich würde ihn nicht einmal erkennen, dachte Sean. Dieser Gedanke ernüchterte ihn ein wenig. Er umfasste seine Freundin fester.

Sie tauschten die *Schule der Gewalt* gegen einen der Horrorfilme aus, die Sonia ausgeliehen hatte, und machten es sich auf dem Sofa bequem. Aber die Bilder jener bitteren Realität ließen sich von den Ausgeburten einer krankhaften Phantasie nicht besiegen. Sean und Sonia verloren bald das Interesse an dem Horrorstreifen und wandten sich stattdessen einander zu. Während auf dem Bildschirm Köpfe abgeschlagen wurden und Körper in die Luft flogen, liebten sie sich, ohne davon etwas zu bemerken. Danach lagen sie ineinander verschlungen da, und Sean streichelte Sonia sanft, bis sie eingeschlafen war. Auf ihrer dunklen Haut spiegelte sich das Flimmern des Fernsehers wider.

Unbehelligt vom Sieg des Helden, fiel auch Sean kurz darauf in den Schlaf, und ein Gefühl tiefen inneren Friedens durchströmte ihn, zumindest für diese Nacht. Ohne sich um irgendetwas auf der Welt Sorgen zu machen, schliefen die beiden Arm in Arm bis zum Morgen.

***

Auch Cory und seine Freunde hatten sich in der Zwischenzeit glänzend amüsiert. Beim JungleFest waren sie vom einen Ende des voll gestopften ehemaligen Lagerhauses zum andern getanzt und hatten, von der Anstrengung und der Hitze schwitzend, eimerweise Wasser getrunken. Um ein Uhr morgens warfen sie ihr E ein und um zwei waren sie gut drauf. Nach jedem Titel rieben sie sich die Gesichter an den eiskalten Evian-Flaschen und ließen Spliffs kreisen. Garvey verbrachte die meiste Zeit damit, seine Blindgänger zu verkaufen. Zwischendurch schimpfte er über die MCs und behauptete, er würde es an ihrer Stelle viel besser machen.

Trent und seine Freundin hatten an der Bar eine Flasche Moët erstanden und Garvey, um nicht zurückzustehen, eine zweite. Beide wurden schnell und unter Jubelrufen geleert, und bald waren alle nicht nur völlig bedröhnt, sondern auch total betrunken.

Später tauchten noch ein paar Greensider auf, fünfzehn Mädchen und acht Jungen, darunter Tara Wilson und Jason Taylor, mit dem Cory Rosie aufgezogen hatte. Wegen Tanya tat Cory erst mal so, als habe er Tara nicht gesehen. Aber lange hielt er es nicht aus, und schließlich fragte er sie, wo Rosie war. Tara sah ihn gelangweilt an.

»Die lernt«, sagte sie kurz angebunden.

Cory nickte und wandte sich ab. Er konnte natürlich nicht verlangen, dass alle ihn mochten, aber er fand, Tara übertrieb ein bisschen mit ihrer eisigen Art. Doch schon einen Augenblick später hatte die Musik diesen Gedanken weggespült und Cory bewegte sich wieder über die Tanzfläche auf der Suche nach Tanya.

Es war kurz vor fünf, als Garvey sich durch die Massen zu den beiden vorarbeitete. Seine Augen hatten die Größe von Untertassen. Cory legte den Arm um seine Schultern, um ihn zu stützen.

»Raa, was'n los, Garv? Was kuckst'n so, Alter«, schrie Cory ihm ins Ohr. Garveys Miene verdüsterte sich noch.

»Claire, Mann. Der geht's nich gut«, sagte er. Seine Stimme klang überraschend fest, ganz im Gegensatz zu seinem Aussehen. »Die kotzt nur noch auf das E. Rabana meint, schon zweimal, Star. Ich seh zu, dass ich se nach Haus bring, verstehste?«

Cory sah Garvey betroffen an.

»Mir geht's gut, Mann. Und bis jetzt hat sich niemand beschwert«, sagte Cory. Garvey nickte.

»Yeah, Mann. Bei mir is auch alles klar. Aber Claire is das Zeug irgendwie nich bekommen. Ich glaub 's is besser, wir gehn, bevor se irgendwie durchdreht oder so. Außerdem dürften die Typen, denen ich die Blindgänger verkauft hab, inzwischen geschnallt hamm, was Sache is. Also, ich mach besser die Fliege, verstehste?«

»Und wo willst'n hin?«, fragte Cory. Garvey zog eine Grimasse.

»Zu mir kann ich 'se nich mitnehmen, Mann. Mein Dad flippt aus ... Gute Frage, Mann. Keine Ahnung.«

»Komm, wir gehn zu mir. Bernice is garantiert noch nich da. Bis die kommt, vergeht 'ne Ewigkeit. Und wenn, können wir ihr sagen, dass se zu viel Gras geraucht hat, oder?«

»Ich hab gedacht, du pennst bei Tanya, Alter.«

»Scheiß drauf, Mann. Das is 'n Ernstfall, Star. Außerdem is Blut dicker als Pussy, oder?«

»Nich bei Tanya, Mann«, gab Garvey lachend zurück.

»Was willst'n damit sagen, Star?«, fragte Cory und lachte auch.

»Los, Mann. Hol du Claire, ich sag Tanya Bescheid, okay?«

»Alles klar, Blood. Spitzenmäßig, Mann«, sagte Garvey dankbar und weg war er. Cory ging zu Tanya zurück, die sie mit fragender Miene beobachtet hatte. Sie war nicht gerade begeistert, dass Cory ohne sie gehen wollte, sagte aber, dass es das Beste sei, obwohl ihr Abschiedskuss ihn daran zweifeln ließ. Nazra wollte sie begleiten und ließ seine Schwester bei Trent und Lorna. Die vier verließen den Rave und machten sich in die kalte Morgenluft auf.

Draußen vor dem Lagerhaus warteten Unmengen von Taxis. Die Hände voller Flyer, die ihnen am Ausgang von allen Seiten hingehalten worden waren, stiegen sie in einen Toyota, der von einem dicken Asiaten mit buschigem Nasenhaar gefahren wurde. Cory setzte sich auf den Beifahrersitz, die anderen nach hinten. Claire lehnte den Kopf an die Tür. Cory spürte noch immer die Wirkung der Pille, seine Finger prickelten und sein Kopf war hellwach und verlangte nach den verschlungenen Jungle-Rhythmen. Der Taxifahrer reichte ein Päckchen Orbit herum, aber keiner hatte Lust auf Kaugummi. Alle, bis auf das Autoradio, schwiegen.

Als das Taxi an ein paar Ampeln kurz hinter Kings Cross anhalten musste, begann Claire wieder zu würgen. Die Ampel hatte bereits auf Grün geschaltet. Garvey reagierte blitzschnell. Gerade noch rechtzeitig gelang es ihm, die Autotür aufzureißen, und Claire übergab sich auf die Straße. Garvey und Nazra hielten sie fest, damit sie nicht hinausfiel.

Der Taxifahrer regte sich furchtbar auf und fluchte, bis Claire wieder sicher neben der verschlossenen Tür saß. Dann fing er von vorne an.

»Ihr seid wohl verrückt geworden!«, brüllte er. »Und wenn jetzt was passiert wär?! Bei dem Manöver hätt eure Freundin umkommen können! Und wenn die Polizei das sieht, verlier ich meine Lizenz ...«

Am Euston Station hatte Garvey die Nase voll. Er fuhr den Taxifahrer an, er solle das Maul halten und sich auf seine Arbeit konzentrieren, sonst würde er ihm den Bauch aufschlitzen und selber fahren, worauf der andere nervös wurde und verstummte.

Fünf Minuten von Greenside entfernt, fing Garvey an, über Linford Christie zu schwafeln. Was für ein toller Athlet er sei und dass er bei seinem nächsten Lauf sicher den Weltrekord brechen würde. Cory und Nazra verstanden die Botschaft sofort. Als sie sich Greenside Station näherten, ließ Cory den Taxifahrer anhalten. Er sah, wie Garvey Claire aufrichtete und ihr den Plan ins Ohr flüsterte. Nazra schüttelte sich, um wach zu werden. Sein Gesicht wirkte entspannt in der Wärme des Wagens. Der Fahrer fuhr langsam an den Straßenrand und die drei Jungen hielten Ausschau nach Streifenwagen. Sie hatten Glück. Weit und breit war niemand zu sehen. Die drei auf der Rückbank stiegen aus, während Cory noch nach seinem Geldbeutel zu suchen schien. Dann schlüpfte auch er aus dem Taxi, um besser seine Hosentaschen abklopfen zu können. Und bevor der Taxifahrer ahnte, was sie vorhatten, waren alle in Richtung Viertel losgerannt. Sie zogen Claire mit, die Mühe hatte zu folgen, während der Fahrer ihnen wüste Beschimpfungen hinterherrief.

Sie rannten am Mackenzie House vorbei, bogen rechts hinter Brownswood House ab und dann noch mal am Goldsmith

House. In der Grünanlage wollten sie erst mal ihre erfolgreiche Flucht mit einem Joint feiern. Sie lachten und witzelten und keuchten noch immer von der Anstrengung.

»Das war echt 'n Kinderspiel!«, meinte Garvey. Er hatte sich mit Claire auf einer Bank niedergelassen und streichelte ihr über den Rücken, die Hand unter ihrem Top.

»Sag ich doch. Dicke Fahrer sind erste Sahne. Die wären nich mal fähig, um ihr Leben zu laufen«, bestätigte Nazra. Er baute den Spliff aus gegebenem Anlass mit zwei Kingsize Rizlas.

Als die Kippe auf dem Asphalt lag und Claire sich ein bisschen besser fühlte, beschlossen sie, zu den Geschäften zu gehen, um sich etwas zu knabbern zu holen. Kareem's Lebensmittel, gleich neben dem Taxistand, war rund um die Uhr geöffnet, und je näher sie kamen, desto lauter schien Corys Magen zu knurren.

Claire beteiligte sich wieder an ihrer Unterhaltung, und als sie den Laden erreichten, schien langsam wieder Leben in ihr Gesicht zurückzukehren. Sogar ein schmales Lächeln brachte sie schon zustande. Garvey küsste sie auf die Wange und drückte ihre Hand. An seiner Erleichterung konnte man ablesen, wie besorgt er im Lagerhaus gewesen war.

Sie gingen langsam durch den kleinen Laden und kauften Chips und Kekse sowie drei Beutel Just Juice. Als Letzter verließ Garvey den Laden. Er hatte den Arm um sein Mädchen gelegt und war seinen Freunden dankbar, die vor ihm gingen und sich miteinander unterhielten. Im Licht der Straßenlaternen sahen Cory und Nazra aus wie früher die Jungen bei der Cornflakes-Werbung. Einem Impuls folgend, sah er sich um und blieb wie erstarrt stehen. Claire blickte ihn überrascht an und drehte dann auch den Kopf. Dann klammerte sie sich an seiner Hand fest, als wolle sie ihm die Knochen zerquetschen, und wurde leichenblass.

»Oh, Scheiße«, keuchte Garvey. Mehr bekam er nicht heraus.

Von Caldervale House her kam lachend und grölend eine Gruppe von mindestens zehn Jungen auf sie zu. An ihrer Spitze erkannte er Roger, der ein rotes Tuch um den Kopf und ein blaues über dem Gesicht trug, das nur die Augen frei ließ. Er hatte sie offenbar längst bemerkt. Garvey sah, wie er Max einen Stoß mit dem Ellbogen versetzte und sich vergnügt die Hände rieb.

Für lange Erklärungen war keine Zeit. Er konnte die beiden anderen nur warnen und hoffen, dass sie schnell handelten, dachte Garvey. Blitzschnell hatte er seinen Plan gefasst.

»CORY!«, schrie er, die Stimme heiser vor Anstrengung. Ein paar Tauben flogen erschreckt auf. »LAUF!«

Cory sah sich verdutzt um. Er erkannte Roger und seine Bande sofort. Er schleuderte seine Tüte in die Büsche und rannte, so schnell er konnte, los. Nazra folgte ihm. Garvey war ebenfalls losgelaufen und zwang Claire, mit ihm Schritt zu halten. Alle vier rannten in Richtung Denver House. Als sie den Eingang erreicht hatten, sahen sie sich um. Rogers Bande war ihnen bedrohlich nah auf den Fersen. Einige waren mit Stöcken bewaffnet, andere hoben Steine auf, um damit nach ihnen zu werfen. Garveys Angst wurde noch größer.

»Wir teilen uns«, sagte Cory. Er zog einen Schlüsselbund aus der Hosentasche. »Garvey, bring Claire in meine Bude, geh aber hinten rein, alles klar? Ich kümmer mich um die Fucker hier, Mann.«

»Pass auf, Blood«, sagte Garvey und nahm schnell die Schlüssel an sich. »Und komm so schnell wie möglich zurück, Mann.«

Cory nickte. Nazra zog sein Messer aus der Gesäßtasche.

»Ich bin bei dir, Mann«, sagte er.

Alle liefen los, Garvey und Claire um den Block zum Notausgang und Cory und Nazra Richtung Flaxman, in der Hoffnung, die anderen zwischen den Häusern abschütteln zu können. Bei zehn gegen zwei kam Kämpfen nicht in Frage, es sei denn, man stand mit dem Rücken zur Wand, das war Cory und Nazra klar. Cory riskierte einen Blick nach hinten und sah, dass sich auch ihre Verfolger geteilt hatten. Wahrscheinlich waren sie Garvey und Claire ins Haus gefolgt. Roger war noch immer hinter ihm. Cory dachte voller Wut, dass Roger dafür bezahlen würde. Er schob den Gedanken beiseite. Jetzt war nicht der richtige Moment dafür. Er senkte den Kopf und sprintete mit aller Kraft über den Asphalt, bis ihm seine Beine wehtaten.

Nur etwa zwei Minuten gelang es Cory und Nazra zusammenzubleiben. Wenn zwei Leute ohne klares Ziel nebeneinanderher rennen, ist die Gefahr groß, dass sie plötzlich unterschiedliche Richtungen einschlagen. So ging es auch Cory und Nazra. Niemand trug also Schuld an dem, was dann geschah. Das Schicksal hatte entschieden.

Cory bog an Lexham House rechts ab und Nazra rannte geradeaus. An Salomon House wandte er sich wieder nach links und rannte, bis er die Stimmen seiner Verfolger nicht mehr hörte. Dann verlangsamte er seinen Schritt. Sein Atem ging kurz und schnell vor Angst.

Er lauschte wieder. Nichts. Das bedeutete, dass sie Nazra verfolgten. Cory hatte Angst um das Leben seines Freundes, aber er konnte nichts tun. Er fürchtete um sein eigenes Leben. Am nächsten Block bog er nach rechts und wieder nach rechts, um verstohlen Salomon House zu umrunden und dann den Weg zum Denver House einzuschlagen. Es dämmerte bereits, aber das Morgengrauen wirkte halbherzig vor dem verhangenen Himmel und war eher dazu geeignet, die Schläfer an diesem kalten Sonntag in ihren Betten zu halten.

Unheimlich ragten die Häuser links und rechts von ihm auf, und Cory schüttelte es, als er zu den hell erleuchteten Treppenhäusern aufsah. Der Wind pfiff leise wie ein jammernder Geist in seinen Ohren. Obwohl es nicht regnete, fühlte sich die Luft feucht an. Cory ging, den Blick auf den Boden geheftet, und wünschte sich, sie wären mit dem Taxi bis nach Hause gefahren. Da ließ ihn eine winzige Regung aufsehen. Am anderen Ende des Blocks stand Roger. Er hatte ein Schnappmesser in der Hand und starrte ihn mit kaltem Blick an.

Cory blinzelte, weil er dachte, das Ecstasy spielte ihm einen Streich. Er blinzelte ein zweites Mal, aber Roger war noch immer da. Während Cory ihn erstarrt ansah, schoss wie durch Zauberhand die Klinge aus Rogers Messer und er machte zwei Schritte auf Cory zu.

»Hab ich dir nich gesagt, dass wir uns mal wieder begegnen.« Seine Stimme klang dumpf durch das Tuch. Cory hatte Schwierigkeiten, ihn zu verstehen. Er wischte sich über sein tränendes Auge und hielt nach einer Waffe Ausschau, fand aber nichts. Der Gedanke, dass er sein Messer zu Hause gelassen hatte, ließ ihm Tränen der Wut in die Augen schießen. Seine Aussichten waren nicht gerade vielversprechend.

Roger sagte etwas Unverständliches. Seine Stimme hatte einen sadistischen Unterton. Er schien lange auf diesen Augenblick gewartet zu haben.

»Ich reiß dir den Arsch auf!«, schrie er dann unvermittelt und rannte mit hocherhobener Klinge auf Cory zu.

Cory bewegte sich nicht vom Fleck und drehte sich erst im letzten Moment zur Seite, als der andere mit dem Messer zustechen wollte. Aber Cory war nicht schnell genug gewesen. Die Klinge erwischte ihn am rechten Jackenärmel. Er spürte einen brennenden Schmerz und versetzte Roger mit der linken Faust einen Schlag, traf aber nicht richtig. Roger taumelte nur einen halben Schritt zurück.

Wie wild fuchtelte er mit seinem Messer herum, dabei erwischte er Cory an der Brust und zerriss sein Hemd. Cory wich zurück. Roger trieb ihn weiter, Schritt für Schritt, bis Cory an den Bordstein stieß und nach hinten fiel. Er ruderte mit den Armen, um das Gleichgewicht zu halten, und landete über einem flachen Zaun in einem Vorgarten. Roger stürzte hinter ihm her.

Cory bekam eine Hand voll Splitt zu fassen und schleuderte ihn seinem Gegner, so fest er konnte, in Gesicht und Augen. Roger schrie auf und hielt sich instinktiv die Hände vors Gesicht. Sofort war Cory wieder auf den Beinen. Er nahm Anlauf und versetzte Roger mit aller Kraft einen Tritt gegen die Brust, so dass er über den Zaun fiel und mit dem Kopf auf das Bordsteinpflaster schlug. Dabei glitt ihm das Messer aus der

Hand und schlitterte über den Asphalt. Cory sprang über den Zaun und griff danach.

Aber Roger schien sich schon wieder erholt zu haben. Noch am Boden liegend, streckte er das Bein und brachte Cory zu Fall. Dann rappelte er sich wieder auf die Füße. Cory fiel, doch er brauchte nur die Hand auszustrecken, um das Messer in seinen Besitz zu bringen. Roger versetzte ihm Tritte in den Magen und Cory keuchte vor Schmerz, ließ jedoch das Messer nicht los. Als Roger einen Schritt nach vorn machte, um Cory ins Gesicht zu treten, stach er zu und verletzte Roger am Fuß, genau oberhalb der Schnürsenkel.

Die Klinge durchbohrte seinen Turnschuh, glitt aber vom Knochen ab. Roger zuckte mit weit aufgerissenen Augen laut fluchend zurück.

Aber Cory war noch nicht fertig mit ihm. Vielleicht weil ihm in diesem Augenblick klar wurde, dass sich das Kräfteverhältnis zu Rogers Ungunsten verschoben hatte und er jetzt der Stärkere war. Cory stand auf, packte Roger um die Schultern und stieß ihm das Messer mehrmals in den Bauch.

Cory spürte einen anfänglichen Widerstand, als die Klinge sich in die Haut bohrte, doch dann drang sie leicht und glatt in den Bauch des anderen Jungen. Blut und Galle schossen aus der Wunde und bedeckten Corys Hand. Roger schrie. Unter seine Stimme mischte sich ein Blubbern vom Blut, das aus seinem Mund drang, und ließ seine Flüche wie Geflüster erscheinen. Er fiel, die Hände auf den Bauch gepresst, zu Boden. Auf seinem leichten Sweater bildete sich ein dunkler, roter Fleck.

Cory beugte sich über Rogers zusammengekrümmten Körper und versetzte ihm einen letzten Stich ins Gesicht. Dann rannte er los und schleuderte das Messer, so weit er konnte. Hinter ihm öffneten sich Türen, eilten Leute auf die Straße, um zu sehen, was es mit dem Geschrei auf sich hatte. Einer davon rief etwas hinter Cory her, der nur weiterrannte, ohne sich umzusehen, bis er den Block hinter sich gelassen hatte. Der Wind blies ihm ins Gesicht und seine Augen tränten. Warum ich?, fragte er sich wie besessen. Er rutschte auf etwas Sand aus, der von Straßenbauarbeiten in der Nähe stammte, und fiel fast hin, konnte sich aber mit seiner blutverschmierten Hand abstützen. Blindlings lief er weiter und wälzte dabei fieberhaft diese eine Frage in seinem Kopf, auf die er keine Antwort fand.

Angetrieben von der Furcht vor den Polizeisirenen, erreichte er den nächsten Block. Seine Beine waren müde und in seinem Kopf raste es. Er sah auf und bemerkte erst jetzt, wo er war. Die schwarzen Fenster von Beechwood House blickten vorwurfsvoll auf ihn herab. Ein kalter Schauder durchlief ihn. Was sollte er jetzt tun? Da fiel ihm ein, was Tara gesagt hatte: Rosie sei zu Hause geblieben, um zu lernen.

Ihr Zimmer lag auf der Rückseite des Wohnhauses, gegenüber vom Woodcroft House. Cory erinnerte sich, dass ihr Bett unter dem Fenster stand, weil er und Garvey ihr im Winter einmal Gras besorgt hatten. Er stieg über eine niedrige Backsteinmauer und ging zögernd auf das Fenster zu, dann hielt er inne und hob den Kopf, um zu lauschen.

In der Ferne hörte er das Heulen von Polizeisirenen, das langsam, aber stetig näher kam. Cory trat nun ohne Zögern ans Fenster und klopfte an die Scheibe.

»Rosie ... *Rosie*! Wach auf, Mann!«, flüsterte er eindringlich.

Aber das Fenster blieb schwarz und stumm. Er sah die Straße hinunter. Etwas weiter weg führte ein Mann seinen Hund aus. Auf der anderen Seite war niemand zu sehen. Cory wusste, dass er schnell machen musste, sonst war es zu spät. Er hämmerte mehrmals mit seiner blutverschmierten Faust an das Fenster und hinterließ dabei ein unregelmäßiges Kreismuster aus Blut und Sandspuren auf der Scheibe. Seine Stimme war heiser vor Verzweiflung.

»Rosie, Mann, mach das Scheiß Fenster auf, bitte. Mein Gott, mach, dass sie mir aufmacht ...«, wiederholte er gebetsmühlenartig und wurde dabei nur noch nervöser.

Aber Rosies Vorhänge öffneten sich nicht.

Er schlug noch ein letztes Mal ans Fenster, dann wandte er sich um und war mit einem Sprung über das Mäuerchen, im Begriff, wieder um sein Leben zu laufen. Da wurde der Vorhang zur Seite gezogen und ein müdes Gesicht erschien. Cory hatte es aus dem Augenwinkel wahrgenommen und sich blitzartig umgedreht. Noch nie in seinem Leben war er so erleichtert gewesen.

»Rosie, lass mich rein, Mann, bitte«, flehte er. Aber sie verstand ihn nicht durch die Scheibe. Sie fummelte am Griff, während Cory ungeduldig von einem Bein auf das andere trat und dabei angestrengt auf die Sirenen lauschte. Nach einer Ewigkeit, wie ihm schien, gab der Riegel nach und das Fenster öffnete sich.

»Cory«, sagte Rosie freudig überrascht. »Was hämmerst'n wie verrückt an mein ...« Sie hielt inne, als sie seine blutverschmierte Hand und die zerrissenen Kleider sah.

»Hey, was is'n passiert? Is alles in Ordnung mit dir?«, murmelte sie, noch immer etwas schlaftrunken. Cory kletterte über das Mäuerchen und ging auf das Fenster zu.

»Rosie, lass mich schnell rein, Mann, ich sitz in der Klemme, Mann. Bitte!«

»Was hast'n gemacht?«, fragte sie misstrauisch.

»Lass mich rein. Ich erzähl dir alles, Rosie, *bitte*«, beschwor er sie. Die Wunde in seiner Brust brannte. Einen Augenblick lang starrte sie ihn nur an. Aber als die Wagen mit den Sirenen immer näher kamen und schließlich ganz in der Nähe anzuhalten schienen, stieß sie das Fenster auf und streckte ihm die Hand hin.

»Beeil dich. Kletter rein«, sagte sie. Er ging auf das Fenster zu. »Und mach leise, hörst du. Meine Tante killt mich, wenn sie das rauskriegt.«

Cory nickte und zog sich, ohne Rosies ausgestreckte Hand zu beachten, stöhnend vor Schmerzen zum Fenster hinauf, ließ sich über den Rahmen rutschen und auf ihr Bett fallen. Die Matratze dämpfte den Aufprall und das Geräusch etwas ab. Rosie schloss das Fenster. Cory lag schwer atmend da. In seinem Kopf drehte es sich immer schneller. Er befürchtete, sich übergeben zu müssen, und lag ganz still, bis das Schwindelgefühl sich gelegt hatte. Dann erst öffnete er die zusammengekniffenen Augen, um Rosie anzusehen.

»Was is passiert?« Sie saß auf seiner Bettkante und musterte ihn besorgt.

Sie trug ein langes T-Shirt, das ihr bis an die Rundung der Waden reichte. In ihren weit geöffneten Augen lag so viel Klarheit und Tiefe, dass er gar nicht mehr wegsehen konnte. Als sich sein Blick endlich davon löste, blieb er an ihren sinnlichen

Lippen hängen, für die mancher Weiße ein Vermögen bezahlte. Er betrachtete ihre ausgeprägten hohen Wangenknochen und die gleichmäßigen Gesichtszüge. Schluss, Mann, schalt er sich, das ist das E, was da spricht.

Er sah von ihr weg. Denk lieber dran, warum du jetzt hier drin bist, sagte er sich. Aber die Ereignisse drohten ihn wieder zu überwältigen. Bilder schossen ihm wie wild durch den Kopf. Er stöhnte und zwang sich zu erzählen. »Wir kommen grad vom JungleFest, Mann. Da greifen uns so 'n paar Brers an und verfolgen uns, Star ... Hör zu, Rosie. Einer von den Typen hatt 'n paar Messerstiche abgekriegt. Aber es war Notwehr, ich hab mich nur verteidigt, hörst du. Die warn zu neunt oder zehnt und hatten Schnappmesser und Stöcke und was weiß ich noch alles dabei. Da simmer abgehaun, verstehste. Garvey und seine Freundin sind nach Haus zu mir gerannt und Nazra – den kennste doch, oder? – Nazra und ich in die andere Richtung. Aber dann hammer uns verloren, Mann. Der is noch irgendwo unterwegs ...«

Cory drehte den Kopf und sah besorgt aus dem Fenster, dann wandte er sich wieder Rosie zu. Anscheinend musste sie erst mal alles auf sich wirken lassen.

»... Irgendwann hab ich die Meute abgeschüttelt. Und dann, auf'm Rückweg, lauf ich dem einen Brer in die Arme. Ich hatte kein Messer und nix. Ich hab gegen ihn gekämpft und am Ende hab ich ihm seins abgenommen. Kuck mal, hier!«

Cory knöpfte sein Hemd auf. Rosies Augen verengten sich, als sie seine Verletzungen sah. Er lehnte sich zurück. Mit einem Mal wurde ihm die Tragweite seiner Handlung bewusst.

»Shit, Rosie. Es war Notwehr, ich schwörs, echt ...«

»Du brauchst nich zu schwörn, ich glaub dir auch so«, antwortete sie und sah ihm dabei gerade in die Augen.

»Und jetzt is Schluss mit Reden. Du schläfst jetzt erst mal. Wir können uns später weiter unterhalten, wenn meine Tante in die Kirche geht, okay?«

Cory sah sie überrascht an. Es gelang ihm, etwas zu lächeln. »Und wo soll ich schlafen?«, fragte er mit einem kecken Blinzeln. Rosie klopfte auf das Kopfkissen.

»Hier«, kicherte sie. »Ich kann sowieso nich mehr schlafen, bis Maddy weg is. Du hast das ganze Bett für dich. Ich pass auf, dass Maddie nich reinkommt, und du ruhst dich 'ne Weile aus, verstanden?«

Cory rutschte etwas nach oben und ließ sich wie ein Sack nach hinten fallen, sein Kopf federte ein paar Mal auf dem Kissen, bevor er zur Ruhe kam.

»Du kommst also echt nich?«, murmelte er noch und brachte Rosie zum Lachen. Sie strich ihm sanft über den Kopf und sandte warme Wellen seinen Rücken hinab.

»Du siehst jetzt erst mal zu, dass de schläfst, Mann, und denkst an nix anderes.« Als sie drei Minuten später von ihm aufblickte, um auf den Digitalwecker neben ihrem Bett zu sehen, lag Cory mit geschlossenen Augen da und schnarchte leise. Sie sah nachdenklich aus dem Fenster, und obwohl das Heulen der Sirenen lauter wurde, gelang es ihr zu lächeln.

# *Sechstes Kapitel*

»Hey.«

Die Dunkelheit lag wie ein schwerer Mantel über ihm, der durchflochten war von Träumen.

»Hey, aufwachen.«

Die Stimme versuchte, durch seinen Schlaf zu dringen. Er zog den Mantel enger um sich und weigerte sich, ihren Befehlen zu folgen.

»Oi, komm schon, Mann. Wach auf.«

Die Stimme schwieg einen Augenblick. Als ihre Worte keine Wirkung zeigten, kam ihr eine Hand zu Hilfe, die an ihm rüttelte, um ihn aus dem Schlaf zu reißen. Cory versuchte, sie wegzuschieben, aber sie hatte seinen Mantel schon zerrissen. Unter Zwang setzte er sich auf. Das Licht aus dem Fenster schmerzte in seinen Augen. Da stellte sich auch wieder die Erinnerung an seine Verletzungen ein und sein Körper sank erschöpft auf das Bett zurück.

Cory hob den Kopf, um zu sehen, wo er war und wer ihn geweckt hatte, und sah Rosies lächelndes Gesicht mit den Grübchen vor sich.

»Mann, ich hab schon gedacht, ich krieg dich überhaupt nich mehr wach«, sagte sie, während sie versuchte, sich einen goldenen Ring durchs Ohr zu stecken. Sie saß angezogen auf dem Bettrand. Das Nachthemd hatte sie gegen eine dunkelblaue Hose und eine hellbraune Wildlederweste eingetauscht.

»Um wie viel Uhr kommt deine Tante aus der Kirche?«, fragte Cory gähnend. Rosie zuckte zurück, und Cory wusste nicht, ob es wegen seines morgendlichen Mundgeruchs war oder wegen ihres störrischen Ohrrings. Er beschloss, nicht weiter darüber nachzudenken.

»In 'ner Stunde ungefähr«, sagte sie und fand das Loch in ihrem Ohrläppchen, fummelte noch einen Moment, dann legte sie die Hände auf ihre Oberschenkel. »Alter, ich sag dir, die hat heut Morgen vielleicht ein Theater gemacht. Sie wollt unbedingt, dass ich mit ihr in die Kirche geh, Star.«

»Und, was haste gemacht?«

»Hab mich krank gestellt«, lachte sie und warf dabei den Kopf zurück. Auch Cory musste lächeln. »Gott im Himmel, fast wär se noch in mein Zimmer reingekommen, Mann. Du hast hier 'ne halbe Stunde allein gelegen, und ich hab mit 'ner Schüssel vor der Nase bei ihr gesessen und mir in der Glotze die Scheiß Kirchenlieder angehört. Da wollt se am Ende fast selber nich mehr gehen.«

Sie schüttelte verständnislos den Kopf. Cory setzte sich ein wenig auf, dabei verrutschte die Decke, und er stellte überrascht fest, dass er nichts anhatte. Er stieß einen Schrei aus.

»Verdammt, wo sin'n meine Klamotten?«, rief er, erschrocken über die unregelmäßige, blutverkrustete Schnittwunde, die sich vom Brustbein bis fast zu seiner Brustwarze zog.

Er deckte sich schnell wieder zu, als nagte die Kälte an seiner Wunde. Rosie kicherte leise hinter vorgehaltener Hand. Mit der anderen deutete sie auf den Stuhl neben der Kommode.

»Die liegen auf'm Stuhl, Schätzchen, keine Angst.« Wieder musste sie lachen, ihre Schultern hoben und senkten sich heftig. »Du hättest grad dein Gesicht sehn müssen, Cor, ein Anblick für Götter, Mann.«

Cory konnte es nicht ausstehen, wenn jemand über ihn lachte. Außerdem war ihm seine hässliche Wunde peinlich. Er wurde fuchsteufelswild.

»Wer hat'n gesagt, dass de mich ausziehn sollst, verdammte Scheiße. Das kann ich schon selber, Mann, oder meinste nich?«

Rosie lächelte ihn an. »Ich hab dich doch nich ganz ausgezogen, du Spinner. Deine Boxer haste schließlich noch an.« Damit ging sie aus dem Raum. Cory sah hastig unter die Decke, als habe er da etwas Wertvolles verloren. Dann ließ er sich erleichtert aufs Kissen sinken, legte den Arm über die Augen und stieß einen tiefen Seufzer aus.

Cory nahm den Digitalwecker in die Hand, dessen Licht sein Gesicht in ein bleiches, ungesundes Grün tauchte. Es war zwanzig vor zwölf. Drüben bei ihm in Denver House lagen wahrscheinlich alle noch im Bett, und man erwartete ihn kaum vor dem Abend zurück, weil er das Wochenende meist bei Tanya verbrachte. Cory fragte sich, wie es seinen Freunden wohl ergangen war, und versuchte, die Angst zu unterdrücken, die ihn überkam, ehe er den Gedanken beiseite schieben konnte.

Er sah sich um und musste lächeln. Ihm gefielen der Geruch und das Mädchenhafte des Zimmers. Gegenüber vom Bett stand eine hübsche kleine Frisierkommode voller Toilettensachen. Daneben befand sich ein Ständer mit Kleidern, die ordentlich auf dünnen Metallbügeln hingen. Alle sahen sehr sexy aus, und Cory hätte nichts dagegen gehabt, wenn Rosie eins davon angezogen hätte.

Da ging die Tür auf und Rosie trat mit einer Schüssel und einem Handtuch über dem Arm ins Zimmer. Sie näherte sich dem Bett in einem vorsichtigen Schlurfgang, stellte die Schüssel ab, zog eine Flasche Desinfektionsmittel und ein paar Wattebällchen aus ihrer Westentasche und wedelte damit Cory vor der Nase herum. Dann gab sie ihm die Flasche in die Hand, damit er das Etikett lesen konnte.

»Ich glaub, es is besser, wenn wir die Wunde sauber machen, Baby«, meinte sie zaghaft und setzte sich wieder neben ihn aufs Bett. Cory nickte ernst und gab ihr die Flasche zurück. Sein Gesicht drückte Zweifel aus.

»Ist's nich schon zu spät für das Zeug?«, fragte er. Sie drehte die Kappe der Flasche ab und legte sie auf den Nachttisch. Dann zuckte sie mit den Schultern und zog eine Grimasse.

»Wir hamm'n bisschen zu lang gewartet damit, stimmt. Aber trotzdem. Besser jetzt als überhaupt nich, Mann. Wer weiß, wie viel Brers der mit dem Messer schon nass gemacht hat und was die alles für Krankheiten hatten.«

Wieder zuckte sie mit den Schultern und dann lächelte sie.

»Keine Angst, ich mach ganz vorsichtig«, sagte sie augenzwinkernd und tauchte das Wattebällchen ins warme Wasser.

Cory sah zu, wie Rosie ihm mit dem wassergetränkten rosa Wattebällchen über die Brust tupfte, um das getrocknete Blut zu entfernen. Dabei ignorierte sie das gelegentliche heftige Einatmen ihres Patienten. Sie wiederholte den Vorgang zweimal, bis die ganzen rot glänzenden Kristalle verschwunden waren. Zurück blieb eine klaffende Wunde, aus der das rohe Fleisch zartrosa schimmerte. Sie warf die Watte in ihren Papierkorb und schüttelte missbilligend den Kopf. Cory sah besorgt von der Wunde auf.

»Was?« Er sah Rosie forschend an.

»Ich hab nur grad gedacht, es wär besser gewesen, wenn du ins Krankenhaus gegangen wärst anstatt zu mir«, sagte sie, dabei presste sie ein Wattebällchen auf die Flaschenöffnung und hielt sie nach unten.

»Das wird jetzt brennen, okay?«

Cory nickte und dachte für sich, dass das verrückt gewesen wäre. Wie hätte er ins Hammersmith gehen können, um sich dort seine Messerverletzungen in Brust und Armen verbinden zu lassen, wenn Roger zwanzig Schritte weiter in der Intensivstation lag und womöglich noch Polizisten bei sich hatte. Da verzichtete Cory lieber auf saubere Nähte und Stiche. Aber er wollte Rosie nicht verletzen und schwieg deshalb.

Als sie fertig war, brachte sie die Schüssel und das Desinfektionsmittel weg und kam mit einem Glas frisch gepresstem Orangensaft zurück, das sie auf dem Nachttisch absetzte. Cory trank den Saft in kleinen Schlucken und betrachtete sie dabei. Ein kleines Lächeln huschte über sein Gesicht. Rosie sah unsicher weg, dann sah sie ihm in die Augen und schenkte ihm ein strahlendes Lächeln.

»Was kuckst'n so? Is was?«, fragte sie leise und senkte ein wenig den Kopf.

»Ich hab grad gedacht, dass de dich echt gut um mich gekümmert hast. Und ich kann mich nich mal richtig bei dir bedanken«, antwortete Cory wahrheitsgemäß. Rosie nahm seine Hand und knetete sie in den Fingern.

»Du brauchst dich nich zu bedanken«, sagte sie einfach. »Ich hätte dich nie da draußen in der Kälte stehen lassen können. So was bring ich nich übers Herz.«

Cory zuckte mit den Schultern und umfasste vorsichtig ihre Hand.

»Na ja, ich werds dir jedenfalls nich vergessen, Rosie, da kannste sicher sein. Ich mag dich echt, und sobald ich kann, mach ich's wieder gut. Das versprech ich dir.«

Er sah zu Rosie hoch, die sich unsicher im Zimmer umsah.

»Cory. Eins muss ich dir noch sagen. Ich leg die Karten auf'n Tisch, okay? Ich mag dich, sogar sehr. Damit du das weißt. Aber ich würd nie im Leben was mit dir anfangen, wenn du dich nich von der Verrückten trennst, mit der du immer unterwegs bist.«

»Sie is keine Verrückte«, sagte Cory etwas ärgerlich. Es war nicht das, was er hatte hören wollen.

»Sorry, Baby, aber das is meine Meinung. Und außerdem, selbst wenn du mit ihr Schluss machst, weiß ich nich, ob's dann was mit uns wird. So, jetzt isses raus. Ich weiß, das klingt blöd, aber so bin ich halt, Mann. Ich kann nichts dran ändern.«

Sie sah ihn an, wie verloren er auf dem Bett lag, und bedauerte fast, dass sie so viel gesagt hatte. Im Grunde war sie froh, dass sie offen über ihre Gefühle gesprochen hatte, aber sie hatte Cory damit fast keine Chance gelassen. Sie spielte noch immer mit seinen Fingern, als wolle sie ihre Gefühle in seine Hände einmassieren. Er bemerkte es und sah sie an. Der Ärger in seinem Gesicht schien verflogen. Er machte eine Kopfbewegung zu ihren Händen hin.

»Dann lass das lieber, Star«, sagte er und sah ihr dabei in die Augen. »Bei mir regt sich da nämlich sonst was, Mann.«

Sie lächelte auf ihn herunter.

»Echt?«, fragte sie und fuhr ihm mit der Hand den Arm hinauf und strich dann über den unverletzten Teil seiner Brust.

Cory lachte gurgelnd und sah Rosie aus den Augenwinkeln an.

»Du nimmst dir ja ganz schön viel raus, Star. Hör lieber auf, an mir rumzuspielen, und lass meine Hand los, damit ich mich anziehen kann, verstanden?« Er sah sie an, als sei sie jetzt die Verrückte. Sein Arm kribbelte noch immer leicht. Rosie lachte und streichelte ihn weiter. Dabei lächelte sie ihn spitzbübisch an.

»Okay, du darfst dich jetzt anziehen, sonst erwischt uns meine Tante noch. Einen Augenblick, ich hol dir ein Handtuch und 'nen Waschlappen, okay?«

»Cool, Mann.«

Rosie kam mit Handtuch, Waschlappen und einer Zahnbürste zurück. Cory ging ins Badezimmer und wusch sich hastig. Er wollte so schnell wie möglich das Haus verlassen, bevor Madeleine wieder auftauchte. Er fühlte sich frisch und munter, als er wieder ins Zimmer trat, das aussah, als sei er nie hier gewesen. Rosie hatte alles aufgeräumt und das Bett gemacht. Selbst die Abdrücke an der Fensterscheibe waren verschwunden. Cory fiel es schwer zu glauben, was in dieser Nacht alles geschehen war.

Rosie sah zu, wie er vorsichtig in seine zerrissene Jacke schlüpfte. Die Verletzungen an Arm und Brust schienen ihn nicht zu behindern. Er beugte sich nach vorn und kratzte abwesend an seinem Bein. Dann machte er eine Bewegung zu ihr hin.

»Ähm ... also dann, danke für alles, Rosie. Ich weiß echt zu schätzen, was du gemacht hast, weißte?«

»Hab ich gern gemacht«, antwortete sie und erhob sich, um ihn hinauszubegleiten. An der Eingangstür überholte sie ihn und schob den Riegel leise zurück. »Wart 'n Moment, ich kuck mal, ob die Luft rein is«, flüsterte sie.

Sie steckte den Kopf in den hellen Flur hinaus und sah sich schnell um. Beruhigt, dass alles ruhig war, schloss sie die Tür wieder und sah Cory besorgt an.

»Pass auf dich auf, hörst du?« Sie machte einen Schritt auf ihn zu und umarmte ihn. Cory drückte sie an sich. »Danke, Rosie. Das vergess ich dir nie«, sagte er gepresst. Wie gut sich ihr Körper anfühlte. Sie tauschten einen schnellen Kuss, beide darauf bedacht, keine Nähe zu erzwingen. Dann schob sich Cory aus der Wohnung hinaus. Rosie winkte ihm durch die halb geschlossene Tür und rief ihm nach, dass er sie anrufen solle.

Er verließ das Haus, bog nach rechts, ging einen Block weiter und steuerte in Richtung Park. Er hatte die Kapuze tief ins Gesicht gezogen, damit ihn niemand erkannte. Kaum hatte er den schlammigen Fußballplatz erreicht, sah er eine einzelne Gestalt von der anderen Seite über den Rasen schlendern, die die spielenden Kinder und bellenden Hunde anstarrte, als handele es sich um merkwürdige, nie gesehene Lebewesen. Erst als die Gestalt näher kam, erkannte Cory, dass es Art war, der selbst ernannte König der Diebe. Dann sah er seinen glasigen Blick. Cory beschloss, darüber hinwegzusehen, und begrüßte ihn lauthals.

»Hey, Blood, was geht'n ab?«, sagte er energiegeladen und wippte dabei auf den Zehen. Art tauschte einen Faustschlag mit ihm.

»Alles klar, Mann. Warste heut Nacht raven?« Art schwankte ein wenig, als sei er betrunken.

Cory nickte heftig.

»Yo, Mann, war echt heavy, Star. Alles voll mit Frauen, Mann. Und die Musik war der Hammer. Ich hab mich fast um'n Verstand geraucht, Mann. Echt starke Nacht, sag ich dir.« Ihm fiel wieder Roger ein und er verstummte.

»Und was hast du gemacht?«, fragte er Art ohne echtes Interesse. Art kicherte wie ein Kobold, hielt sich die Faust vor den Mund und sog mit weit aufgerissenen Augen die Luft ein, als rauchte er eine Pfeife. »Ich war einfach nur zu von 'ner Ration Cold Shit.« Er schien Corys Reaktion abschätzen zu wollen. »Total bedröhnt die ganze Nacht, sag ich dir.«

Cory seufzte tief. »*Verdammt*, Art, is ja dein Leben, aber ... das is ja wohl nich das Wahre, oder?«

Art nickte, als kenne er den Sermon schon, und ließ ihn einfach über sich ergehen. Links rein, rechts raus. Er machte ein paar Schritte mit nach innen gewandten Fußspitzen an seinem Freund vorbei.

»Also dann, ich muss weg«, sagte er und verfiel wieder in seinen langsamen Schlendergang. Cory nickte und wollte sich gerade zum Gehen wenden, da lachte Art und drehte sich noch einmal um.

»Hey, Blood. Das hättste heut Morgen sehn sollen. Massenhaft Polizei war hier unterwegs, Mann. Ich war bei Levi und hab schon gedacht, die wollten 'ne Razzia machen, bis ich die Krankenwagen gesehn hab und den ganzen Scheiß, verstehste. Zuerst hab ich überhaupt nich kapiert, was da draußen abgeht. Aber den Levi hättste mal sehen sollen, der war echt para, Alter.«

Art kicherte wieder sein abgehacktes Koboldlachen. Cory versuchte zurückzulächeln, aber es war nur eine Grimasse.

»Mann, davon hab ich nix mitbekommen. Hab tierisch fest geschlafen heut Morgen. Du bis nich der Einzige, der gestern zu war, Alter.«

Er schwieg einen Augenblick, und als Art nichts mehr sagte, beschloss er, die Flatter zu machen.

»Auf alle Fälle, Art, ruf an oder so, okay? Ich muss mal wieder raus, bin total pleite, Mann. Sag Bescheid, was läuft.«

»Klar, Mann, ich ruf dich die Woche an, Blood«, rief ihm Art hinterher. Damit setzten die beiden ihren Weg in entgegengesetzte Richtungen fort, jeder in seine eigenen Gedanken vertieft.

Cory beschleunigte seinen Schritt. Er hatte keine Lust, noch jemandem zu begegnen. Er verließ den Park, überquerte die Straße und drückte an der Sprechanlage von Denver House auf die Wohnungsklingel. Glücklicherweise war gerade jemand im Erdgeschoss im Flur, der ihn reinlassen konnte. Cory grüßte kurz und eilte an ihm vorbei.

Er stürzte zum Aufzug und war froh, dass er leer war. Ungeduldig fuhr er zu seinem Stockwerk hinauf und trat in den Korridor. Er hatte ein ungutes Gefühl, obwohl Rogers Freunde längst weg sein mussten. Aber was er in dem eisigen Flur sah, wühlte ihn noch mehr auf.

Auf dem Boden und an den Wänden waren Spuren von getrocknetem Blut zu erkennen. Nur ein paar Spritzer, aber das reichte, um ihm fast den Magen umzudrehen. Sofort fiel ihm Nazra wieder ein, hinter dem fünf aus Rogers Bande her gewesen waren, als er ihn das letzte Mal gesehen hatte. Er schüttelte den Gedanken ab und ging schnell auf seine Wohnungstür zu. Er drückte die Klinke hinunter und hoffte, dass jemand vergessen hatte abzuschließen oder die Tür für ihn offen gelassen hatte.

Als die Tür aufsprang, dankte er still seinem Herrgott und schlüpfte leise in die Wohnung, um niemand aufzuwecken. Wohlige Wärme empfing ihn.

Cory steckte den Kopf in Shannons Zimmer, um nachzusehen, ob Garvey und Claire sich dort niedergelassen hatten, aber der einzige Mann im Zimmer war Shannons Freund Mikey. Bei den restlichen dreien handelte es sich um Adrienne, Pamela und Susan. Alle schliefen so tief, dass Cory sich nicht traute, sie zu wecken. Also verließ er das Zimmer wieder und hob sich seine Fragen für später auf.

Er schlich am Schlafzimmer seiner Tante vorbei, ohne einen Blick hineinzuwerfen, und betrat sein eigenes Zimmer. Der Anblick so vieler Schlafender hatte ihn müde gemacht. Er sehnte sich plötzlich nach seinem Bett. Zu seiner Überraschung saß Sean auf diesem und spielte *FIFA International Soccer* auf ihrem MegaDrive. Seans Gesicht hellte sich auf, als er seinen Cousin sah. Cory schloss die Tür hinter sich und lächelte schwach.

»Hey, Cuz. Was'n los?«, fragte er und hob die Hand, um mit ihm einzuschlagen. Sean hielt Corys Hand fest und betätigte mit der anderen den Pausenknopf.

»Scheiß drauf, was mit mir los is. Sag mir lieber, wo *du* die ganze Zeit warst, Star? Ich hab mir echt Sorgen gemacht, dass dir was passiert is. Shannon auch, und sogar Adrienne und die andern. Jetzt sagst du mir erst mal, was los is, Mann.« Sean sah Cory an, als wolle er ihn mit seinem Blick durchbohren, ließ aber seine Hand los.

»Einen Moment, Blood. Ich erzähl dir alles, was du willst, aber erst muss ich wissen, was mit Garvey und Claire los is. Den ganzen Morgen kann ich an nix anderes denken, Star.«

»Shannon hat mich bei Sonnie angerufen und gesagt, so 'n paar Brers wären hinter Garvey und sei'm Mädchen her. Aber bis ich da war, war alles schon vorbei, verstehste?«

»Und was is genau passiert, Mann?«

»Offenbar hamm sich Garvey und Claire hier in der Wohnung versteckt bei Shannon und Mikey und seinen Kumpels, die von ihrem Rave schon wieder da warn. Und als die Kumpels von Roger dann wie wild an die Tür gehämmert hamm, sin die Jungs raus und hamms denen gezeigt. Null Komma nix war die Sache vorbei. Mikeys Kumpels sind kräftige Jungs, Mann. Die Kumpels hamm schnell kapiert, dass se den Kürzeren ziehn, und sin abgehaun. Das is alles.«

»Is jemand verletzt? Auf'm Flur hab ich Blut gesehn, Mann.«

»Ich glaub, Wesley, der mit dem Astra GTE, hat was abgekriegt, aber nix Ernstes. Shannon is schier durchgedreht, weil die Kumpels von Mikey Messer dabeihatten, und da hätt ja was schief gehn könn, oder? Garvey soll auch rausgegangen sein, aber der is in Ordnung. Und Wesley und die andern hatten sich schon verdünnisiert, als ich gekommen bin, im Fall, dass die Bullen hier einen Besuch abstatten. Also, is nix Schlimmes passiert.«

Cory ließ sich auf sein Bett zurücksinken und spürte, wie sich seine schmerzenden Muskeln entspannten. Sein Lauf durch das Viertel kam ihm wieder in allen Einzelheiten ins Bewusstsein.

»Und was is mit Nazra?« Schlagartig setzte er sich wieder auf. Das Blut schoss ihm in den Kopf.

»Nazra?«

»Na, der asiatische Brer aus Oakhill House. Du weißt schon, der mit der Schwester mit dem Wahnsinnsbody, Star.«

»Ach ja, ich weiß, wen de meinst. Den hab ich nich gesehn, Cory. Aber Garvey und Claire sin gegangen, kurz bevor Mum aufgetaucht is. Keine Ahnung, vielleicht hamm se ihn unten getroffen.«

Cory ließ sich aufs Bett fallen. Die alte Sorge war wieder da. Sean ließ ihm Zeit. Nach einer Weile fragte er: »Also, was war los, Mann? Erzählste mir jetzt, wo du warst, oder muss ich es aus dir rausprügeln?«

Cory warf seinem Cousin ein Lächeln zu, holte tief Luft und legte los.

In der nächsten Woche hatten beide viel für die Schule zu tun. Hausaufgaben waren abzugeben, die sie die ganze Zeit vor sich hergeschoben hatten. Corys Wunden heilten. Er musste sich eine Gardinenpredigt von Shannon anhören, als Bernice eines Abends später von der Arbeit heimkam. Abgesehen davon hatte man den Vorfall erst mal verdrängt, aber es war klar, dass die Sache noch nicht erledigt war.

Überall im Viertel wurde gemutmaßt, wer Roger, der sich im Krankenhaus langsam erholte, niedergestochen hatte, aber aus den Reihen seiner Freunde war nichts zu erfahren. Entgegen allen Erwartungen gab es keinen Anruf von der Polizei und Garvey und Claire ging es gut. Der einzige dunkle Punkt an der Sache war Nazra. Cory und Sean gingen ihn in der Woche darauf besuchen. Sie fanden ihn mit einem gebrochenen Arm und einem völlig verschwollenen, blauen Gesicht. In der Abgeschiedenheit seines Zimmers erzählte er ihnen, wie Rogers Leute ihn eingekreist und zusammengeschlagen hatten und beim Heulen der Polizeisirenen dann getürmt waren. Nazra bereitete es eine diebische Freude, als er hörte, dass sein Freund sich an Roger gerächt hatte. Er lachte laut, als Cory ihm erzählte, wie Roger unter seinen Stichen geschrien hatte.

Die folgende Woche begann ruhig, und so blieb sie auch bis zu dem Tag, als Sean und Cory später als gewöhnlich vom College zurückkehrten. Sie waren länger in der Schule geblieben, um mit Sam die letzten Vorbereitungen für das Wohltätigkeitsfußballturnier zu treffen. Alles lief wie am Schnürchen. Es war so warm, dass die meisten Leute im T-Shirt herumliefen, und trotzdem beschwerten sie sich über das unbeständige Wetter. Man sah viele junge Mädchen und Frauen, die ihre Babys auf dem Arm trugen oder Kinderwagen schoben, die mit Mittwochseinkäufen beladen waren.

Sean fiel immer wieder aufs Neue ihr müder, abwesender Gesichtsausdruck auf, in dem sich so etwas wie Ungläubigkeit spiegelte, als sei ihr Leben nur ein schlechter Traum. Sie schienen sich mit ihrer Rolle als Mutter, Ernährerin und alleinigen

Verantwortlichen für die Familie abgefunden zu haben, ohne sich auf mehr stützen zu können als eine unzureichende Sozialhilfe und das Gebet. Sie nahmen den ganzen Gehsteig ein, standen stundenlang da und redeten. Wahrscheinlich weil sie Angst hatten, nach Hause zurückzukehren, vor ihre laufenden Fernseher in ihren seelenlosen Wohnungen. Sean fragte sich, ob seine Mutter, als sie jung war, genauso ausgesehen hatte.

Aus den Zweihundert-Watt-Lautsprechern der vorbeifahrenden Autos dröhnte laute Musik. Jeder zweite Wagen grüßte sie mit einem Hupen. Die meisten fuhren aus dem Viertel hinaus, wahrscheinlich in Richtung Hyde oder Holland Park, wo die Mädchen zu finden waren. Die Sonne und das geschäftige Treiben hatte auch ein Grüppchen Prostituierte ins Freie gelockt. Sie saßen auf einem Mäuerchen vor Mackenzie House. Aus einem kleinen silbernen Radio hörten sie Musik von einem der besseren Piratensender. Sie ähnelten eher den Müttern, an denen die Jungen gerade vorbeigegangen waren, als den Nutten in den amerikanischen Filmen und Fernsehshows.

Die beiden Cousins schlenderten gedankenverloren nebeneinander her, als sie plötzlich ein leises Motorengeräusch wahrnahmen, das sich langsam dem Gehweg näherte. Ein flaschengrüner Vauxhall Frontera, aus dem lauter Hip-Hop drang, kam neben ihnen zum Stehen. Vom Beifahrersitz grinste sie Levi an, die Augen hinter schwarzen Ray Bans verborgen.

Der Fahrer drehte die Musik leiser. Der Dredd streckte seinen langen, muskulösen Arm aus, der aus dem geöffneten Seitenfenster hing. Bei der Bewegung klingelten die zahlreichen Armkettchen unterschiedlicher Dicke an seinem Handgelenk.

»Hey, *Rudebwoys*, was'n los, was läuft'n?«, donnerte er. Sein Grinsen schien sich mühelos über das ganze Gesicht auszubreiten. Cory machte einen zögernden Schritt auf den Wagen zu und schlug in Levis erhobene Hand ein. Was konnte der alte Knacker von ihnen wollen?

»Nix, Blood. Wir kommen nur grad vom College und so, verstehste?«

Levi nickte, dabei fiel ihm eine dicke Rasta-Locke ins Gesicht. Er schob sie mechanisch zur Seite.

»Yeah, yeah. Alles klar, versteh schon, Brother«, leierte er in seinem amerikanisch-jamaikanischen Singsang, der Cory wahnsinnig nervte. »Die Jugend von heut muss was lernen, sonst kann se die Jugend von morgen nich mit'm nötigen Wissen versorgen. Stimmt's oder hab ich Recht?«

Levi lachte und der Mann am Steuer stimmte in sein Lachen ein. »Wenn de Recht hast, haste Recht!« Dann schwieg er wieder und trommelte auf dem Steuerrad zum Rhythmus der Musik.

»Klar doch«, sagte Sean halblaut, der die ganze Zeit geschwiegen hatte, mit ebenso undurchdringlicher Miene wie Levi. Jetzt richtete der Dealer seine Aufmerksamkeit auf ihn, was Cory gar nicht recht war.

»Was los, Steve?« Levi streckte den Arm nach dem Jungen aus. Sean zuckte mit den Schultern und machte einen Schritt auf den Dredd zu. Cory spürte, wie sich in seinem Kopf etwas zusammenbraute und sein Temperament mit ihm durchzugehen drohte. Er biss die Zähne zusammen und schluckte, um die harten Worte, die ihm auf der Zunge lagen, wieder die Kehle hinunterzuzwingen.

»Er heißt Sean«, sagte er so gepresst, dass es Levi offenbar nicht verstand. »Hä?« Sean wiederholte es noch einmal. »Mein Name is Sean, nicht Steve.« Aber Levi zuckte nur die Achseln. Wahrscheinlich hatte er Cory doch verstanden und gab keinen Pfifferling drauf.

»Hockste immer noch den ganzen Tag in 'ner Bude und lernst, mein Junge?«, fragte er stattdessen. Als Sean nickte, wandte sich Levi seinem Nachbarn im Auto zu. »Der da hat was auf'm Kasten, sag ich dir. Wie viel O-Levels hast'n, Star?«

»Acht. Also GCSEs, mein ich«, antwortete Sean und sah dabei verlegen auf seine Füße. Cory stieß die Luft durch die Nase aus. Was wollte Levi eigentlich?

»Siehste? Der kleine Scheißer hat was auf'm Kasten. Soll ich dir mal was sagen? Du kannst's mal weit bringen, musst bloß auf'm rechten Weg bleiben, hörste!?«, sagte der Dredd. Sean nickte, als redete er mit Sam Boyd und nicht mit Levi vom Nachbarschaftsdrogenkartell.

Cory verwünschte sich, dass sie nicht weitergegangen waren, als Levi sich zu seinem Kumpel umgedreht hatte. Aber jetzt blieb ihnen nichts anderes übrig, als stehen zu bleiben und zu warten, bis Levi mit Sean fertig war. Es war das erste Mal, dass Levi ihn auf der Straße anhielt, ganz zu schweigen von seinem Cousin. Levi fuhr ständig mit irgendwelchen nagelneuen Autos durch die Gegend, ohne Cory je zu beachten. Daher hatte er angenommen, dass Levi ihn genauso wenig ausstehen konnte, wie er ihn. Aber was jetzt hier ablief, machte überhaupt keinen Sinn.

Wie um ihn Lügen zu strafen, lud Levi sie auch noch ein. »Kommt ihr mit? Wir gehn was trinken«, sagte er, an Sean gewandt.

Bevor Cory etwas sagen konnte, war der Dredd schon ausgestiegen und hielt ihnen die hintere Wagentür auf. Er komplimentierte Sean auf den Rücksitz und wartete, dass Cory einstieg. Sein Gesicht war ebenso unergründlich wie die dunklen Gläser seiner Sonnenbrille.

Mit einem unbestimmten Wutgefühl im Bauch setzte sich Cory in den Wagen. Hoffentlich hatte sie niemand aus ihrem Block gesehen, dachte er und stierte mit gerunzelter Stirn aus dem Fenster. Sobald Levi wieder eingestiegen war, trat der Mann am Steuer aufs Gaspedal. Er bog am Denver House rechts ab und raste mit laut aufheulendem Motor aus dem Viertel.

Als der Fahrer nach zwanzig Minuten noch immer keine Anstalten machte, das Tempo zu drosseln, wuchsen Corys Bedenken. Er rückte in die Mitte der Rückbank, um besser sehen zu können, und stellte fest, dass sie West London längst hinter sich gelassen hatten. Sie mussten bereits im Norden, vielleicht in N16, sein. Sean und er hatten die meiste Zeit ihres Lebens in W12 verbracht und die alten Häuser und Parks waren ihm fremd.

Er lehnte sich nach vorn und tippte Levi auf die Schulter. »Hör mal zu, Star. Wo gehn wir'n eigentlich hin was trinken, an'n Nordpol oder was?«

Levi drehte sich brüsk um. Die aufgesetzte Leutseligkeit und Jovialität war einem Ausdruck offener Feindseligkeit gewichen.

»Halts Maul, du Arsch, und reg dich ab«, giftete ihn der Dredd an. Sean hob überrascht den Kopf, als hätte jemand neben ihm einen Schuss abgefeuert.

Cory war einen Augenblick lang sprachlos. Er warf Sean einen vorwurfsvollen Blick zu und lehnte sich wieder in seinen Sitz zurück.

Im Wagen herrschte angespanntes Schweigen. Nach einer Weile fuhren sie langsam bergauf, bis schließlich ein riesiges Gebäude vor ihnen lag, goldbraun und majestätisch wie ein ruhender Löwe in der Wüste. Hunderte von Pärchen und Familien waren zwischen dem Gebäude und dem großen Parkplatz unterwegs. Die Eisstände, Ballonverkäufer und Hot Dog-Buden gaben dem Platz etwas von einem Freizeitpark. Cory sah sich interessiert um. Er war beeindruckt.

Der Frontera hielt ein Stück von den anderen Wagen entfernt. Levi und der Fahrer drehten sich zu den beiden Jugendlichen auf dem Rücksitz um. Der Dredd nahm seine Ray Bans ab und gab seine unergründlichen Augen frei. Er schnalzte mit den Fingern und begann, mit seinem tiefen Bass auf sie einzureden.

»Also, Jungs. Fang'n wir erst mal mit der Vorstellung an. Das hier is mein Partner Kenny. Kenny, das sind Cory und Sean. Alles klar?«

Der Mann auf dem Fahrersitz nickte den beiden Jungs zu, die mit einem kurzen Grunzen antworteten. Levi überging ihr mangelndes Interesse und nahm einen tiefen Zug aus seinem Joint, bevor er ihn Kenny reichte.

»Also, jetzt hört mal gut zu«, fing er an. »Folgendes. Nehm'n wir mal an, einer hat 'n Plan. Und den Plan hat er schon lang.

Is ’ne Masse Zeit für die Vorbereitung draufgegangen, für die Mannschaft und so weiter und so weiter. Und dann, auf einmal, du hast geackert und geschwitzt, dass alles klappt und so läuft, wie de denkst. Auf einmal, so schnell kuckste nich ... BUMM!« Das letzte Wort schrie er förmlich und klatschte dabei ohrenbetäubend in die Hände. Dann fuhr er mit normaler Stimme fort.

»Kommt einfach einer und macht dir ein Strich durch die Rechnung ... Und die ganze Arbeit, die ganzen Pläne sind im Eimer, einfach so, verstehste. Jetzt frag ich dich: Wenn dir das passieren tät ... wenn du ’n Plan hättst und es käm einer und tät dir alles kaputtmachen ... Was wär’n dann, hä? Was tätste da machen?«

Die Frage hing wie ein Staubkörnchen in der Luft und schwebte mit dem Wärmestrom zu den Wagenfenstern. Levi starrte Cory an, der seinen Blick ungerührt erwiderte. Als Sean zögernd ein »Keine Ahnung, Mann« von sich gab, gebot ihm Levi mit erhobener Hand zu schweigen. Er ließ Cory dabei nicht aus den Augen.

»Cory hab ich gefragt«, knurrte er. Cory zuckte mit den Schultern und kratzte sich an der Nase, bevor er antwortete.

»Wenn mir einer dazwischenfunken tät, dann tät ich *dem* eins funken und zwar gewaltig, kapiert?« Er sah dem Dealer dabei fest in die Augen. Die beiden Männer auf den Vordersitzen lachten laut, tauschten einen Faustschlag und wandten sich dann wieder den Jungs zu.

»Ich sag dir was. Die Jugend is heut echt militant, Star.« Dabei sah er Kenny stirnrunzelnd an.

»Wo sind’n deine Eltern her, Mista Milli?«

»Dominica.«

»Höllenbrut. Kommst mir vor wie 'n Jamaikaner, Star. Echt wahr, Mann!«, kicherte Levi und kam dann wieder zur Sache.

»So, so. Is aber nich so einfach, wie de denkst. Gibt's mehr als eine einzige Antwort drauf. Klar, kannste dir den vorknöpfen, bis die Kuh zu bellen anfängt, aber es gibt Situationen, wo das nix bringt, wenn de verstehst, was ich mein. Ab und zu musste deinen Kripps gebrauchen und dich wie 'n aufrechter Christ benehmen, meinste nich? Gewalt erzeugt Gewalt, schon mal gehört den Spruch, hä?«

»Nee«, sagte Sean tonlos. »Hör mal, wo sind wir eigentlich? Und was hat'n das alles mit uns zu tun?« Er sah aus, als würde er alles dafür geben, woanders zu sein. Levi sah ihn ausdruckslos an.

»Das is Alexandra Palace«, sagte er und streckte den Arm aus, wie um zu zeigen, worüber er sprach. »Und das hier hat überhaupt nix mit dir zu tun, aber 'ne ganze Menge mit dei'm Kuseng. Is nich lang her, dass der 'nem Brer 'n paar Stiche innen Bauch verpasst hat. Weißte das?«

»Ja, ja.«

»So. Und der war fest eingeplant für ein bewaffneten Überfall bei ei'm Postamt in zwei Wochen, kapiert? Nem'bei bringt der für mich 'n paar Rocks unter die Leute in dem Scheißviertel hinter Greenside. Und plötzlich erfahr ich, dass er auf der Intensivstation liegt. Und der Doktor erzählt dem seiner Mutter, dass er minstens drei Monate im Bett bleiben muss, Star. Wenn's langt. Drei Monate!!« Levi redete sich wieder in Rage. »Und da gibt's Leute, die hamm kein Bock und reden nur von Rache. Haste so was schon mal gehört!«

Bei dem Wort Rache verzog er angewidert das Gesicht.

»Und mein bester Mann liegt im Krankenhaus und ist drei hundsfott Monat außer Gefecht! Und wegen was? Wegen was?! Nur wegen dir. Du hast mir meinen ganzen Plan kaputtgemacht.« Er sah Cory wieder an. »So. Und was denkste, was de jetzt machst, Mann?« Levi fummelte wütend am Schalthebel herum.

Cory sah ihn an. Er war stinksauer, weil er viel zu gut verstanden hatte, worauf der Dealer hinauswollte.

»Was soll'en ich da machen?« Cory tat, als verstünde er nicht. Wieder stieg in ihm die Wut hoch, diesmal gemischt mit Selbstmitleid. Levi sah verzweifelt zum Wagendach und ließ dann wütend die flache Hand auf die Lehne seines Sitzes knallen.

»Ich will, dass de dem sein Job machst«, blaffte Levi. Sein Gesicht war todernst.

Cory rutschte auf seinem Sitz nach hinten und runzelte die Stirn. »Bis die Tage«, sagte er, seine Stimme klang eiskalt. »Ich mach doch für so 'n Fucker nicht die Drecksarbeit. Das kannste vergessen, Mann. Ich hab genug von dem Scheiß. Ich geh jetzt. Komm, Cuz.«

Damit lehnte er sich gegen die Wagentür und zog am Türöffner. Als die Tür nicht nachgab, probierte er es noch einmal. Ohne Erfolg. Erst da wurde ihm klar, dass sie durch eine Kindersicherung verschlossen sein musste. Deshalb war Levi ausgestiegen, um Sean und ihn einsteigen zu lassen. Auf dem Vordersitz kam etwas in Bewegung, und kurz darauf hörte man ein metallisches Klicken, das ihm irgendwie bekannt vorkam. Dann hörte er Sean mit kleinlauter Stimme »Warte,

Cory« sagen. Er drehte den Kopf und sah, dass Kenny eine Pistole auf ihn gerichtet hatte. Bedrohlich und unbeugsam lag sie in seiner großen, ruhigen Hand.

Cory war einen Sekundenbruchteil wie hypnotisiert von dem schwarzen Lauf, der auf seine Stirn zielte, dann presste er die Lippen zusammen. Levi lächelte kühl und machte eine Bewegung zu Kenny hin.

»Siehste mal wieder, wie leicht's is, mit den Leuten zu reden, wenn de deine Knarre dabeihast.«

»Das is 'ne zwoneunziger Baretta, alles klar? Eine Halbautomatik mit Neun-Millimeter-Kugel, verstehste. Also, jetzt hör mal gut zu, Star. Mach kein Fehler. Nicht dass de denkst, das hier is 'n Scherz oder was. Was den Roger betrifft: Meine *Baby-Mudda*, also meine Ex, ist dem seine Cousine. Wenn man's recht nimmt, dann müsst ich sagen, Kenny, reiß dem Cory 'n Arsch auf, verstehste. Aber ich sag mir halt, sehn wir erst mal, was passiert ... Kucken wir mal, ob der Cory die Sache nich in Ordnung bringen kann, ob er Einsatz zeigt.« Er machte eine Pause. Seine Miene schien sich plötzlich aufzuhellen. »Weißte was, Mann. Ich sag dir was: Jetzt denkste mal ein Augenblick nach über das, was ich dir gesagt hab. Und wenn wir in Greenside sind, sagste, wie de dich fühlst. Is das 'n Vorschlag?«

Sean nickte. Sein Kopf fühlte sich an, als sei er kilometerweit von seinem Körper entfernt. Cory räusperte sich und sah aus dem Fenster. Seine Kehle war wie zugeschnürt. Die Pistole hat einen Schalldämpfer, Mann, dachte er langsam. Er sah wieder den schwarzen Lauf mit dem Kolben vor sich, in dessen dunkles, böses Auge er geblickt hatte. Kennys Blick ruhte noch immer auf ihm. Schließlich kurbelte er das Fenster herunter, warf einen prüfenden Blick nach draußen und verstaute die Waffe wieder im Handschuhfach. Dann startete er den Vauxhall und fuhr den Hügel hinunter.

Bald waren sie wieder in bekannten Straßen, wo Streifenwagen und Bullenwannen mit erhitzt und gelangweilt aussehenden Polizisten ihre Runden drehten. Kenny parkte direkt vor Denver House, das wie ein Turm über ihnen aufragte. Levi drehte sich in seinem Sitz um und sah Cory an. Er sagte nur ein Wort.

»Und?« Ganz weich kam es über seine Lippen. Cory wollte ihn zum Teufel jagen, widerstand aber dem inneren Drang und tat, was er für das Sicherste hielt.

»Okay, Mann. Ich mach's, Star«, murmelte er und hatte das Gefühl, den größten Fehler seines Lebens begangen zu haben. Er fühlte Seans schockierten Blick auf sich, aber er beachtete ihn nicht. Er konzentrierte sich ganz auf den Dredd. Levi lächelte und zeigte dabei zwei Reihen blendend weißer, ebenmäßiger Zähne. Dann stieg er aus, um Cory die Tür zu öffnen. Die beiden Jungen machten, dass sie aus dem Wagen kamen. Levi lehnte lässig an der geöffneten Beifahrertür.

»Komm am Samstag bei mir vorbei, dann besprechen wir alles. In Ordnung, Blood?«

»Um wie viel Uhr? Ich hab 'n Fußballspiel am Samstag«, antwortete Cory.

Der Dealer zuckte nur. »Sagen wir acht, neun. – Und Cory, mach kein Scheiß, Star. Das hier is nur was zwischen uns beiden, verstehste? Steht zu viel Geld auf'm Spiel. Und soviel ich weiß, kannste Geld immer gebrauchen. Bis Samstag also.«

Er winkte ihnen locker zu und stieg ein. Kenny ließ den Motor aufheulen und der Wagen schoss in Richtung Beechwood davon. Sean sah Cory an. In seinem Gesicht war der Ärger nicht zu übersehen. Ein paar Frauen mit Einkaufstüten und ein weißes Kind auf Inlinern schoben sich an ihnen vorbei.

»Das war vielleicht clever«, sagte Sean in abfälligem Ton. Cory schüttelte ungläubig den Kopf.

»Clever? Das sagste zu mir. Hat dir Bernice nie beigebracht, dass de nich zu fremden Männern ins Auto steigen sollst? *Du* hast dich doch von dem voll labern lassen, von wegen O-Levels und so 'n Scheiß«, gab Cory höhnisch zurück. Sean seufzte und wirkte plötzlich niedergeschlagen. Cory bereute seinen Ausbruch sofort.

»Tut mir Leid, Cory. Ich hab einfach in dem Moment nich geschaltet. Aber du hast doch nich im Ernst vor, mit den Typen ein Postamt zu überfallen. Der hat 'se doch nich mehr alle, der Brer.«

Sie waren in den Wohnblock getreten und gingen durch die Eingangshalle zu den Aufzügen. Der rote Pfeil über der Tür zeigte nach oben. Der Aufzug war also gerade weg. Sie setzten sich auf die Holzbank gegenüber und warteten.

»Eins sag ich dir, Sean. Nie im Leben mach ich bei 'nem Überfall mit. Das kannste aber glauben«, antwortete Cory mit Nachdruck.

»Ja, ja, aber zu Levi haste grad das Gegenteil gesagt, Mann. Das war nich besonders clever, Cuz.«

»Ich weiß, aber was hätt ich machen sollen? Ich lass mich doch von so 'nem Arsch nicht einfach übern Haufen schießen. Dass die Gang von Roger nich auf 'n Kampf mit mir aus is, hab ich garantiert nur dem Dredd zu verdanken. Jede Wette. Der Levi hat mich, wo er mich haben will. Das is das Problem.«

Sean nickte und Cory starrte niedergeschlagen die Aufzugtüren an. Sein Kopf war voller kleiner und großer Sorgen.

»Und wie willste da wieder rauskommen?«, fragte Sean nachdenklich.

»Keine Ahnung, Mann. Da bin ich völlig überfragt.«

Mit einem leisen Gong kündigte sich der Aufzug an. Die beiden stiegen ein und drückten den Knopf für ihr Stockwerk. Als sich die Kabine in Bewegung setzte, sagte Cory: »Kein Wort davon. Zu niemand, klar?«

Sean besann sich einen Augenblick, bevor er antwortete.

»Ja, ja. Is okay.«

»Nich mal zu Sonnie, Star.«

Als der Aufzug abbremste und zum Stehen kam, sah Sean ihn an.

»Ich hab doch ja gesagt, Mann.«

Damit wandte er sich um und ging entschlossen den Korridor entlang. Cory folgte ihm langsam. An den Wänden war noch immer das Blut zu sehen. Es war beim Eintrocknen zu einem Braun verblasst und blätterte an einigen Stellen ab. Verdammt, dachte Cory. Was ist bloß mit meinem Leben los, Mann?

Missmutig starrte er auf das geschäftige Treiben auf den Straßen hinunter und versuchte, sich seine Zukunft vorzustellen. Aber sosehr er sich auch bemühte, die Aussichten schienen ihm allesamt schlecht, sehr schlecht.

Etwa um die Zeit, als Cory und Sean aus Levis Auto stiegen, saßen Rosie und Tara vor Rosies Zimmer. Sie rauchten Gras und plauderten miteinander. Beide waren gerade nach Hause gekommen. Während sie sich in Klagen über den harten Arbeitstag ergingen, der hinter ihnen lag, kam Sonia vorbei. Sie winkte ihnen zu, als sie sie sah, und ging in Richtung Denver weiter. Die beiden Mädchen winkten zurück und sahen ihr nach, bis sie hinter dem Wohnblock verschwand.

»Sie sieht einfach wahnsinnig gut aus«, sagte Tara und zündete sich vorsichtig ihren Spliff an. Rosie nickte zustimmend.

»Stimmt. Es is zum Verrücktwerden. Jede Wette, dass die sich keine Gedanken um Pickel machen muss oder um ihre Figur oder sonst was. Und ich brauch nur einen Teller Reis mit Gunga-Erbsen zu essen und schon renn ich alle paar Minuten auf die Waage.«

Sie mussten über ihre Gewichtsprobleme lachen.

»Kennst du sie?«, fragte Tara dann.

»Nich näher, nur aus dem College. Aber ich hab mich noch nie mit ihr unterhalten.«

»Die is echt in Ordnung. Is mit dem Kuseng von dem Loser zusammen, auf den du so stehst ... Sie is 'n echter Glückspilz. *Der* is allererste Sahne. Echt schade, dass er schon vergeben is«, sagte Tara verträumt.

Rosie sah ihre Freundin an und fragte sich, ob das der richtige Zeitpunkt war, Tara zu erzählen, dass sie Cory in der Wohnung ihrer Tante versteckt hatte. Seit ein paar Tagen wollte sie schon mit ihr darüber sprechen, hatte aber nie den Mut dazu gehabt. Sie konnte sich Taras Reaktion vorstellen. Sollte sie es ihr jetzt erzählen oder warten, bis sie innerlich etwas ruhiger war? Als Cory da gewesen war, war sie sich ihrer Sache ganz sicher gewesen, aber jetzt brauchte sie eine Freundin, die sie verstand und ihr Verhalten guthieß.

Sie zögerte einen Augenblick, holte tief Luft und entschied, dass die Zeit gekommen war.

»Hey, Tara. Du weißt doch, dass letzte Woche am Salomon House 'ne Messerstecherei war, oder?«

»Klar. Das muss echt heavy gewesen sein, Mann. Waren massenhaft Bullen unterwegs, hab ich gehört. Wer war'n der Typ? Ein Crackhead, oder was?«

»Ähm ... naja ... also ...«

Tara reichte Rosie den Joint und sah sie fragend an.

»Was is, Bredrin? Spucks aus, komm.«

»Also ...«, begann sie, fand aber keine Worte. Sie zwang sich weiterzureden und plötzlich sprudelte alles aus ihr heraus. »Das war Cory. Er hat an mein Fenster geklopft. Er war verletzt und hat geblutet, und da hab ich ihn reingelassen und versteckt, bis alles wieder ruhig war und ...«

»*Was*!« Tara schrie fast, und Rosie machte einen Satz, obwohl sie damit gerechnet hatte, dass ihre Freundin nicht begeistert sein würde. »Warum hast du das denn gemacht, verdammte Scheiße? Willste vielleicht so werden wie die Verrückte, mit der er zusammen is? Trittste jetzt in Konkurrenz mit der, oder was?«

»Erzähl kein Quatsch, Ti.« Nachdem es heraus war, kam sich Rosie selbst etwas dumm vor. Sie versuchte, das Gefühl zu unterdrücken, was ihr nur halbwegs gelang. »Ich konnte ihn doch nicht da draußen stehen lassen, Mann.«

»Und ob du das konntest, meine Liebe.«

»Du hast Recht, ich hätt ihn draußen stehen lassen können.

Das wollte ich aber nicht, okay? Dazu bedeutet er mir zu viel. Ich kann nicht einfach zusehen, wenn ihm was passiert. Und außerdem war es Notwehr. Der andere Typ war hinter ihm her, verstehste?«

»Das sagt er«, antwortete Tara ungerührt. »Du kennst ihn doch. Vielleicht war er völlig zugedröhnt von irgendeinem Scheißzeug und dann isser dem Typ nach. Das würd ich dem ohne weiteres zutrauen.«

»Um sechs Uhr morgens?«, sagte Rosie sarkastisch. »Klar.«

Tara zuckte mit den Schultern. »Du weißt nicht, was passiert is, Rosie. Das wissen nur die beiden. Ich rat dir jedenfalls, Cory Bradleys Worte nich für das Evangelium zu halten. Er ist bekannt dafür, dass er lügt.«

»So?«, Rosies Stimme klang jetzt ärgerlich. »Ich will dir mal was sagen, Tara«, sagte sie, aber ohne Tara anzusehen. »Du hast doch gesagt, dass du Cory bei dem JungleFest am Samstag getroffen hast, oder? Willste mir erzählen, dass er von North London herkommt, nur um sich ein E einzuwerfen und nach dem Brer zu suchen, mit dem er auf'm Fußballplatz Streit gehabt hat vor mehr als zwei Wochen? Tut mir Leid, Tara, das macht für mich keinen Sinn, Star. Ich weiß, dass der Junge kein Engel ist, aber wenn man dich reden hört, könnt man meinen, er is ein völlig durchgeknallter Psychopath, Mann.«

»Das hab ich nicht gesagt«, entgegnete Tara, die Rosie begreiflich machen wollte, worum es ihr ging. »Ich wollte dir nur raten, dich nicht blindlings mit dem Typ einzulassen, das is alles. Vergiss nich, dass ich ihn schon ein paar Jährchen länger kenn und gesehen hab, wie's bei ihm läuft, besonders mit den Mädchen. So wie ich das seh, is er nur auf seinen Vorteil bedacht, und ich glaub nich, dass er bei dir ’ne Ausnahme macht. Mann, du bist meine beste Freundin, sonst würd ich das doch nicht sagen, ehrlich. Ich mach mir nur Sorgen um dich.«

Rosie saß noch immer mit gesenktem Kopf da. Tara schob sich in ihr Blickfeld.

»Verstehst du?«, wiederholte sie.

Rosie sah auf und kam sich wieder etwas dumm vor. »Ja, Ti, du hast Recht. Tut mir Leid, dass ich so ausgerastet bin. Das war dumm.«

»Is schon in Ordnung. Du magst ihn halt, das is nich zu übersehen, Mädchen.«

Sie lachten. Langsam wich die düstere Stimmung zwischen ihnen.

»Ja, ich weiß, Mann.«

Sie sah Tara an. Sie wirkte ganz ruhig und wollte die Sache offenbar auf sich beruhen lassen. Rosie nahm einen letzten Zug und schnippte dann die Jointkippe zielsicher in den Rinnstein.

»Ich muss dir noch was sagen, Tara«, murmelte sie, um das letzte Wort bemüht. »Es gibt schlimmere Typen als Cory Bradley.« Sie waren auf dem Weg in die Wohnung. »Verglichen mit Levi ist Cory ein Musterknabe.«

Sie deutete auf den Vauxhall des Dredd, dessen abkühlender Motor noch immer tickende Geräusche machte. Tara folgte Rosie mit einem bitteren Lächeln nach drinnen und fragte sich, wie ihre beste Freundin so naiv sein konnte.

»Ich will nur nicht, dass Cory dir wehtut«, antwortete Tara. »Deswegen kann ich nur hoffen, dass du Recht hast.«

Teil 2

# DAS GROSSE SPIEL

**Über die Berge und unter dem Mond**
**machst du dich auf in das Tal der Schatten.**
**Auf deinem Weg gewinnst du das eine,**
**verlierst das andere.**
**Jemand, der dir teuer war, ist von dir gegangen.**
**Der du gewesen bist, bist du nicht mehr.**
*Eddie L. Harris, South of Haunted Dreams*

## *Siebtes Kapitel*

Die Mittagssonne war ein dunstiger Ball, die Luft schwer von der Hitze. Am Himmel waren nur die gewundenen weißen Linien eines einzelnen Flugzeugs zu sehen, die aussahen wie ungelenke Schreibversuche eines Schulanfängers. Das Wetter war besser, als die Meteorologen und die meisten Londoner erwartet hatten. Am Tag des Fußballturniers, dessen Einnahmen einem wohltätigen Zweck zugute kommen sollten, stand das Thermometer um ein Uhr auf achtundzwanzig Grad. Rianna Scipio, Seans bevorzugte Ansagerin beim Wetterdienst, hatte einen bewölkten Tag vorhergesagt mit möglichen leichten Regenfällen im Tagesverlauf. Diesmal nahm es ihr niemand übel, dass sie sich geirrt hatte.

Die Grünanlage, wo Cory und Roger einander knapp drei Wochen zuvor begegnet waren, war mit allen möglichen Leuten bevölkert. Viele vertrieben sich die Zeit mit Video-Games, die sie vom College oder von der Spielhalle um die Ecke ausgeliehen hatten, oder sie warfen Ringe, um einen der Preise zu gewinnen. Andere verzehrten eines der zahlreichen warmen Gerichte, die an den verschiedenen Ständen angeboten wurden.

Sean war ganz cool an die Sache herangegangen, obwohl er zusammen mit Sam dafür zu sorgen hatte, dass alles reibungslos ablief. Mit Khaki-Hosen und einem dünnen Seidenhemd bekleidet, ging er über den Platz und versuchte, Ruhe zu verbreiten.

Sie waren schon seit elf Uhr zugange, und die schwierigste Operation, die er hatte vornehmen müssen, war das Wechseln einer Sicherung gewesen. Er machte sich auf die Suche nach seiner Familie und freute sich dabei über den Erfolg des Festes.

Er ging an den Ständen vorbei, dann quer über den Rasen und suchte dabei die Menge ab. Bald erreichte er die mit Fähnchen abgesteckten Spielfelder, auf denen sich bereits die Mannschaften eingefunden hatten, um sich auf ihren Einsatz vorzubereiten. Es wimmelte von Trikots und Shorts in allen möglichen Farben. Man saß auf dem Rasen, richtete seine Schienbeinschützer, stand in Grüppchen zusammen, rannte über den Platz, um sich warm zu machen, oder übte Torschüsse. Am anderen Ende des Platzes tummelten sich die Afrikaner, gegen die Sean und Cory vor ein paar Wochen gespielt hatten. Sie feuerten sich gegenseitig mit lauten Rufen an und schienen bestens in Form.

Noch immer arbeitete sich Sean durch die Menge. Langsam, aber sicher lichteten sich die Massen. Da sah er sie: Garvey mit Claire und seinen Eltern, Shannon, Cory und Bernice. Sie saßen auf einer großen Picknick-Matte. Garvey und Cory hatten bereits ihre Fußballkleidung an. Sean, der seit dem Morgen nichts gegessen hatte, fing der Magen an zu knurren angesichts der vielen guten Sachen, die sie zum Essen und Trinken ausgepackt hatten.

»Hallo, Leute!«, begrüßte er sie und gab seiner Mutter einen Kuss. Dann ließ er sich auf die Matte fallen. Cory grinste ihn an.

»Na, wie läuft's, Chef?«, fragte er.

Sean zuckte mit den Schultern. »Bestens. Aber es sind einfach tausend Sachen zu machen, Mann. Ich bin den ganzen Tag ununterbrochen unterwegs, verstehste? Aber alle Stände scheinen gut zu laufen, außer der Kokosnuss-Wurf-Bude. Aber dass die Scheißhütte nicht läuft, hab ich gleich gesagt ...« Bernice warf ihm einen eindringlichen Blick zu. Sean wechselte schnell das Thema. Seine Mutter hatte etwas gegen Kraftausdrücke.

»Na ja, abgesehen davon läuft alles todsicher. Ich muss gleich wieder los, zum Stand von Amanda und Kym, bevor bei denen die Kasse überläuft. Mann, heut machen wir echt 'n Haufen Schotter.«

Er verstummte, als er bemerkte, dass sich die anderen über seine Begeisterung lustig machten. Seine Schwester flüsterte etwas von einem Senkrechtstarter auf der gesellschaftlichen Karriereleiter. Da meldete sich Jake zu Wort, der eine Schüssel Reis mit Erbsen und Gemüse löffelte. Er sah die lachenden Youngsters mit ernster Miene an.

»Wär nich schlecht, wenn wir paar mehr schwarze Jugendliche oben auf der Leiter hätten«, gab er zu bedenken. »Kraxel also ruhig weiter.«

Sean bemerkte, dass Cory dem Rastafari aufmerksam zuhörte, während Garvey gelangweilt dreinschaute, als hätte er solche Kommentare schon öfter von seinem Vater gehört. Jake nahm noch einen Löffel Reis und fuhr fort.

»Wir sind 'n talentiertes Volk, voller Ideen und Inspiration. Okay, in Musik und Sport sind wir echt stark. Aber was is mit dem wirtschaftlichen Bereich, ee? Und mit dem Geschäftsleben, ee?«

Er machte eine Pause und musterte sein Publikum mit durchdringendem Blick. »Ob wir wollen oder nich, die Crack- und Grasdealer von heut könnten die Geschäftsleute von morgen sein, wenn sie dafür sorgen, dass 's Geld in die Community zurückfließt und sie's nich für materielle Dinge wie Autos und Gold verplempern. Damit arbeiten se nur den Unterdrückern in die Tasche. Wenn er mich fragt, die Dealer verstehn mehr davon, wie man erfolgreich ein Geschäft aufzieht, als jeder Student an der Uni ... Und warum? Weil se Erfahrung hamm mit'm Kaufen und Verkaufen von Waren, verstehter? Es wär gut, wenn mehr Jungen in die Fußstapfen von deiner Tochter treten täten, Bernice, und versuchten, sich was aufzubauen, 'n Laden oder so was.«

Sean sah, dass Jakes Worte Eindruck machten. Nur Garvey beobachtete die Kicker auf dem Platz, als ginge ihn das Ganze nichts an. Sheila versetzte Jake einen sanften Stoß.

»Schon gut, Jake, lass gut sein, die Kinder sind da, um sich zu amüsiern.« Ihre blauen Augen glitten dabei kurz zu Garvey. Jake hatte verstanden. Er nickte und schaufelte sich stumm noch einen Löffel Reis in den Mund. Bernice schenkte Kirschlimo in Plastikbecher. Cory leerte seinen in einem Zug und deutete auf seinen Freund.

»Wir gehn jetzt besser, Garv. Die Jungs warten schon auf uns, Star.« Er war scharf darauf anzufangen.

Garvey stürzte seine Limo hinunter, gab Claire einen Kuss und rannte mit seinem Freund auf das Spielfeld. Sie begrüßten ihre Mannschaftskameraden und führten der anwachsenden Menge neben dem Feld ein paar Kunststückchen mit dem orangeroten Ball vor. Sean entdeckte Sam Boyd an der Seitenlinie, wo er die Namen der Spieler auf seinem Klemmbrett abhakte. Das erinnerte ihn daran, dass die Arbeit wartete. Er duckte sich, damit Sam ihn nicht sah.

»Vor wem versteckst du dich denn?«, fragte Shannon mit einem verschmitzten Lächeln. Sie ließ keine Gelegenheit aus. Sean warf ihr einen bösen Blick zu.

»Vor meinem Lehrer Sam Boyd. Wenn er sieht, dass ich hier untätig rumsitz, krieg ich eins auf'n Deckel.«

Sean lag mit eingezogenem Nacken halb auf der Matte und halb im Gras. Claire musste lachen.

»Wieso? Zumindest übste hier schon mal für die zukünftigen Geschäftsessen, oder?«, sagte sie, worauf alle in Lachen ausbrachen.

Aber der Mann von Barbados sah nicht in seine Richtung. Sean hatte sich voll auf einen kräftig gebauten, hellhäutigen Lockenkopf konzentriert, neben dem seine Mannschaftskameraden und sogar der lange Sam Boyd schmächtig wirkten. Er musterte Sam mit gerunzelter Stirn und fast feindseligem Blick. Sean sah, dass Sam einen Schritt zurücktrat, als er seinen Namen aufnahm. Die Mannschaft zollte dem Hünen ehrfürchtig Respekt.

Plötzlich brach der Lockenkopf lauthals in Lachen aus und beugte sich vornüber, um sich den Bauch zu halten, als habe er Schmerzen. Dabei hatte Sean kurz das Gold in seinem Mund aufleuchten sehen. Ihm kam der Hüne bekannt vor, aber er konnte sich nicht erinnern, wo er ihn schon einmal gesehen hatte. Ein paar Minuten später bestätigte sich sein dunkler Verdacht, als Max und Christian, zwei von Rogers Gang, auftauchten und kraftvolle Faustschläge mit dem Lockenkopf tauschten.

Sie unterhielten sich und zeigten dabei auf das Feld, wo sich Cory und Garvey den Ball zuspielten. Der Hüne brach wieder in Lachen aus und die anderen beiden stimmten mit ein. Sean seufzte leise. Äußerlich war ihm nichts anzumerken, aber im Innern spürte er wieder die Unruhe aufsteigen, die ihm seit kurzem nur allzu vertraut war. Als Claires und sein Blick sich kreuzten, sah sie kurz zu Sam Boyd hin. Sie hatte die Jungs also auch bemerkt.

Nun hielt es Sean nicht mehr länger auf seinem Platz aus. Er klopfte sich das Gras von der Hose. Ich muss Cory warnen, dachte er und sein Herz begann zu hämmern. Er erhob sich, kam ins Wanken und fiel in seiner Eile fast über das Essen. Er vermied Claires Blick und sah stattdessen Bernice und Shannon an.

»Ich muss wieder an die Arbeit«, sagte er knapp.

»Machs gut. Viel Vergnügen«, antwortete Bernice beiläufig. Sie lästerte mit Shannon über die Kleider der Mädchen, die vorbeikamen. Claire versuchte, ihm aufmunternd zuzulächeln, als er sich von ihr und Sheila verabschiedete. Sean tauschte einen Faustschlag mit Jake und ging auf die Seitenlinie des Spielfelds zu. Hoffentlich bemerkte ihn sein Kuseng, bevor Max und Christian es taten.

Als er etwa auf gleicher Höhe mit Cory war, winkte er ihm unauffällig zu. Er wartete einen Augenblick. Da ging ein schlaksiger weißer Junge in Torwarttrikot an ihm vorbei. Sean hielt ihn am Ärmel fest.

»Kennst du Cory?« Der Junge nickte. Dabei fiel ihm das braune Haar in die Augen.

»Klar, Mann. Der in den grünen Shorts, oder?«

»Genau. Tust du mir ’nen Gefallen? Richt ihm aus, sein Kuseng muss ihm schnell was sagen, okay?«

Der Junge nickte wieder und trottete zu Cory, der sich gerade mit Paul unterhielt, dem Iren, der vor drei Wochen für ihn Partei ergriffen hatte. Sean sah zu Sam hinüber. Die drei Jungen hatte die Menge verschluckt. Cory kam zu ihm gerannt. Sean bewunderte ihn. Er war ein Energiebündel. Heftig schnaufend, mit Schweißtropfen auf der Stirn, grinste er ihn an.

»Was is’n los, Blood?« Ein Windstoß ließ die Fähnchen, die den Platz einrahmten, kurz aufflattern. Dann stand die Luft wieder still.

»Hör zu, Cory. Dreh dich jetzt nicht um, okay?«

Der Cousin nickte. Er hielt den Kopf ganz ruhig. In diesem Augenblick kamen Sean Zweifel. Vielleicht übertrieb er ja. Er fuhr dennoch fort. »Grad eben hab ich Max und Christian, die Kumpels von Roger, gesehn. Sie hamm sich mit ’nem Riesenkerl unterhalten. Sieht ganz so aus, als ob der mitspielt. Ich weiß nich, was die vorhamm, aber es is bestimmt nix Gutes, verstehste? Ich hab gedacht, ich sag dir lieber Bescheid. Die Typen sin unberechenbar, das weißte. Nimm dich in Acht, Mann. Die hamm auf dich gedeutet, verstehste. Pass also auf, hörst du?«

Cory, der Sean die ganze Zeit ernst angesehen hatte, lachte nur. Er legte seinem Cousin die Hand auf die Schulter.

»Ach, scheiß auf die, Mann. Das sind Arschlöcher, Cuz.« Cory beugte sich vornüber und machte Dehnübungen. Er sprach jetzt zu seinen Zehen. Sean verstand nicht, was er sagte, und bat ihn, es zu wiederholen.

»Ich sag, die Typen könn’ doch nich einfach auf’n Platz

kommen und mich zuammenschlagen. Das is 'n Fußballspiel. Außerdem braucht mich Levi für die Nummer nächste Woche, oder? Ich steh praktisch unter sei'm Schutz, Mann.«

Sean verdrehte die Augen.

»Und was is nach'm Spiel?«, sagte er scharf.

Cory zuckte mit den Schultern.

»Was soll schon sein, Star. Wir sin zu elft in der Mannschaft, oder? Kuck doch mal: Garvey, Paul, Tyrone, Billy, Jameson ... genug Leute, Star!«

Cory hatte sich umgedreht und dabei auf jeden einzelnen Spieler gezeigt. Dann wandte er sich wieder an seinen Cousin.

»Verstehste, was ich mein. Alles in Ordnung«, sagte er großspurig. Sean stieß scharf die Luft aus.

»Und was is mit dem Hardcore-Fußballer. Der is doch mit von der Partie, oder?«

Cory überhörte den bissigen Unterton, wohl wissend, dass er nur die Sorge seines Cousins widerspiegelte.

»Hör mal, Sean. Wenn der Junge kein Springmesser hinter sei'm Schienbeinschoner hat, dann wüsst ich nich, was er mir tun könnt, alles klar? Ich hab vor niemand Angst, das müssteste langsam wissen, und schon gar nich auf'm Fußballplatz. Ich komm allein zurecht. Mach dir keine Sorgen, Mann.«

Sean sagte nichts. Er sah seinen Cousin nur an und biss sich nervös auf die Unterlippe. Cory versuchte, ihn zu beruhigen.

»Hör mal. Und wenn ich dir sag, dass ich das Arschloch kenn. Biste dann zufrieden?«

»Nein.«

Cory ging darüber hinweg.

»Großer, rothaariger Typ mit Goldzähnen und Locken.«

Sean antwortete nicht.

»Komm schon, Sean, das isser doch, oder?« Cory wurde langsam sauer.

»Ja, glaub schon, Mann«, sagte Sean schließlich und kratzte sich am Kinn. Die Beschreibung passte auf viele, fand er. Cory grinste verächtlich.

»Ja, klar. Den kenn ich, Star. Den nennen se Insane Shane. Spielt für die Jugendmannschaft der Queens Park Rangers. Okay, ich geb zu, das is 'n Militanter, aber mir macht der keine Angst, Mann. Der is auch nur aus Fleisch und Blut, oder?«

»Ich hab nich gesagt, dass de Angst hamm sollst, sondern dass de dich in Acht nehmen sollst, Mann.«

Er schwieg. Corys Blick ging durch ihn hindurch. Er hörte gar nicht mehr zu. Sean drehte sich um. Amanda Brooks, eine der Organisatorinnen des Wohltätigkeitsturniers, kam durch die Menge auf sie zu. Sean hob die Hand und gab ihr zu verstehen, dass er gleich so weit war. Er wandte sich wieder Cory zu. Um den Mund seines Cousins spielte ein spitzbübisches Lächeln.

»Oi, oi. Was'n los, ey? Sonnie wär wohl nich grad begeistert, wenn se das sehen tät ... Hey, wo is'n die überhaupt?«

Cory wechselte das Thema wie ein Trickkünstler die Spielfarbe seiner Karten.

»Die muss arbeiten. Vielleicht kommt se später noch vorbei. Und wo treibt sich Tanya rum?«

Cory legte die Stirn in Falten.

»Keine Ahnung. Vorhin war se noch da. Wenn du se siehst, sag ihr, sie soll mal zu mir kommen, okay?«

»Versprochen. Hör mal, ich muss jetzt gehn. Aber Cory ...

denk dran, was ich gesagt hab, Star. Die führ'n was im Schild, das hab ich im Urin.«

»Schon gut. Und lass du dich nich von Amanda aus'm Konzept bringen, alles klar? Die sieht heut echt scharf aus, Star«, sagte Cory lachend und war wieder zu seinen Mannschaftskameraden unterwegs. Sean sah ihm einen Augenblick lang nach, bevor er zu Amanda ging. Sie wischte sich über die Stirn und sah ihn an.

»Hast du Cory noch ein paar Tipps gegeben?«, sagte sie lächelnd.

Es dauerte eine Weile, bis ihre Frage zu ihm vordrang. Er war mit seinen Gedanken noch immer auf dem Spielfeld.

»So ähnlich«, murmelte er.

Ihre Blicke trafen sich einen Augenblick.

»Was is los? Soll ich den Schotter bei euch abholen?«, fragte er.

»Wie bitte?«

»Das Geld mein ich. Soll ich es einschließen?«, wiederholte er. Amanda lächelte schüchtern.

»Ja, bitte. Die Kasse ist so voll, dass fast nichts mehr reingeht, und die Tasche ist mir zu schwer«, fügte sie schnell hinzu. Sean nickte ernst.

»In Ordnung. Dann woll'n wer mal.« Er machte kehrt und Amanda folgte ihm.

Er schob sich durch die Zuschauermassen, ohne nach rechts oder links zu sehen. Er schien das Schubsen und Stoßen der Menge überhaupt nicht zu spüren.

Die soll'n sich wagen, was zu machen, dachte er und ballte die Fäuste. Das Blut stieg ihm ins Gesicht. Alles um ihn herum nahm er plötzlich mit unglaublicher Deutlichkeit wahr. Er sah entschlossen aus und war es auch. Am liebsten wäre er auf das Fußballfeld gerannt, bevor etwas Schlimmes passieren konnte und irgendjemand Cory zu nahe kam.

Die Regeln des Fußballturniers waren einfach. Acht Teams, bestehend aus vier Lehrer- und vier Schülermannschaften, nahmen daran teil. Man spielte jeweils dreißig Minuten im K.O.-System, bis nach sechs Matchs zwei Mannschaften für das Endspiel übrig blieben.

Auf der linken Seite des Spielfelds stand dicht gedrängt eine Gruppe von Jungen und studierte den Spielplan, der an einem Flipchart aufgehängt war. Cory sah, dass seine Mannschaft das erste Spiel gegen die naturwissenschaftliche Abteilung zu bestreiten hatte. Er grinste und bahnte sich einen Weg zum Spielfeld, wo bereits der Schiedsrichter stand, ein gelangweilter Vater mit einem Regelbuch in der Hand, und die Mannschaftskapitäne zu sich rief.

Schon beim Anstoß wusste Cory, dass seine Mannschaft es nicht schwer haben würde. Die naturwissenschaftliche Abteilung umfasste nur etwas über dreißig Lehrer, die seit Ewigkeiten nicht mehr Fußball gespielt hatten. Sie rannten keuchend dem Ball hinterher und hatten bereits nach fünf Minuten hochrote Köpfe. Die einzigen beiden Tore wurden von der Schülermannschaft erzielt: Tyron landete kurz nach dem Anpfiff der zweiten Halbzeit eine Rakete im Netz des Gegners, und Cory bekam im Gewühl im Fünfmeterraum den Ball vor die Füße und bugsierte ihn, ehe beide Mannschaften sichs versahen, ins Tor.

Beim Schlusspfiff trabten Cory und Garvey, dicht gefolgt von ihren Mannschaftskameraden, zum Getränkeausschank. Sam Boyd erwartete sie dort, neben zwei Schülern, die Cory aus dem College kannte. Er griff nach einem Becher Orangenlimo und löschte damit den Brand in seiner Kehle. Dann grinste er Sam schlitzohrig zu.

»Seid ihr bereit, euch von uns eine Niederlage einzuholen, Sam – gesetzt den Fall, ihr schafft es bis zum Endspiel?«, scherzte er. Der Gedanke schien ihm zu gefallen.

Sam warf ihm einen ungläubigen Blick zu. »Wie bitte?! Das nennst du Fußball? Diese faulen Tricks und pseudo-spektakulären Täuschungsmanöver. Damit lässt sich nich mal ein kleines Kind hinters Licht führen. Ihr englischen Jugendlichen habt doch keine Ahnung von Fußball, Mann. Hör mal, bei uns zu Hause haben wir mit Kokosnüssen Fußball gespielt.«

Garvey und Cory brachen in Gelächter aus.

»Denkt ihr vielleicht, das is 'n Scherz? ... Was glaubt ihr, warum meine Füße so hart sind, ey? Da haste die Zähne zusammengebissen, wenn de ein Tor geschossen hast, das kannste aber glauben ...«

Garvey lachte und sagte kopfschüttelnd, er wolle zu seiner Familie. Cory nickte und wandte sich wieder an Sam.

»Sam, hör mit dem Altweibergewäsch auf und sieh endlich der Wahrheit ins Auge. Wir spielen Klassen besser als ihr. Wenn ihr gegen uns antretet, sehter alt aus, darauf könnt ihr euch verlassen. Spuck also lieber nich so große Töne, sonst tuts dir nur umso mehr Leid, wenn wir euch eins überziehn.«

Sam hielt beim Limo-Einschenken inne und warf Cory einen gespielt erschrockenen Blick zu.

»Eins überziehn?«, sagte er mit weit aufgerissenen Augen und vorwurfsvollem Blick. »Wart nur, du machst dir in die Hosen, wenn Sam blitzschnell über den Flügel kommt und deine Abwehr durcheinander bringt, links und rechts dribbelt, antäuscht, und zwar profimäßig antäuscht, und eine Granate abzieht ...« Sam hatte sich heiß geredet. Cory grinste. Er hörte nur noch halb hin und durchsuchte die Menge mit den Augen. Sein Lächeln gefror, als er den hünenhaften Fußballer entdeckte, vor dem ihn Sean gewarnt hatte. Der Riese beobachtete ihn offenbar schon eine Weile. Cory erwiderte seinen Blick mit unbeweglichem Gesicht und ohne mit der Wimper zu zucken. Alles um ihn herum war vergessen.

Insane Shane hatte eine beeindruckende Statur. Er war um Köpfe größer als die meisten und ragte aus der Menge wie ein Fels in der menschlichen Brandung, unbeugsam und regungslos. Cory hielt eisern seinem Blick stand. Erst als er eine weibliche Stimme hinter sich hörte, brach der Bann und Cory wirbelte herum. »Ach, hier haste dich die ganze Zeit versteckt, wie?«

Überrascht sah er Rosie vor sich stehen, die beige Shorts, Turnschuhe und ein kurzes marineblaues Top trug, das ihr gerade über die Brust reichte und ihren kleinen hübschen Nabel freigab. Cory lächelte und Rosie lächelte scheu zurück.

»Ich hab schon gedacht, dich hätt der Erdboden verschluckt, Cor«, sagte sie und beschattete sich mit der Hand die Augen.

Cory fand endlich die Sprache wieder. Er hatte nicht damit gerechnet, sie hier zu treffen.

»Ich war ziemlich beschäftigt mit den Vorbereitungen und

so. Bin zu nix anderem gekommen, verstehste?« Es entstand eine kleine Pause, dann sagte Cory, ohne nachzudenken: »Mann, Rosie, siehst heut echt gut aus, ehrlich!«, worauf Rosie wieder lächelte, wenn auch zögernd und vorsichtig, fast zaghaft.

»Danke.«

Mehr sagte sie nicht.

Cory fand, dass er sich schnellstens etwas einfallen lassen musste, bevor ihm Tanya über den Weg lief und eine Szene machte. Er machte eine Kopfbewegung zum Getränkestand.

»Willste was Kaltes trinken?«

»Ja, gern.«

»Ich besorg uns was und dann unterhalten wir uns erst mal, okay?«

»Okay, alles klar«, antwortete Rosie, vermied aber seinen Blick.

Er drehte sich zum Stand um und tat so, als bemerke er Sams Blicke in Rosies Richtung nicht. Insane Shane war verschwunden, vielleicht um sich beim Schiedsrichter zu melden, aber sicher nicht für lange. Cory schob den Gedanken beiseite und beschloss, sich später mit dem Problem auseinander zu setzen.

»Haste noch mehr von der Sorte zu Hause?«, fragte Sam und hielt ihm die Plastikbecher hin. Cory lachte.

»Nee, Gott sei Dank nich«, antwortete er. Der Mann aus der Karibik warf ein tropfnasses Handtuch nach ihm.

Er wich blitzschnell aus und kickte es mit dem Fuß zurück, bevor er sich zu Rosie umwandte, die bei einigen Passanten bewundernde Blicke erntete.

»Macht es dir was aus, wenn wir uns ins Gras setzen?«, fragte er sie, als er ihr den Becher gab.

»Nee, Mann, überhaupt nich.« Sie gingen ein Stückchen weiter, bis sie einen freien Platz am Rand des Spielfelds fanden, von wo sie eine gute Sicht auf beide Tore hatten und den Spielern beim Einschießen zusehen konnten.

Rosie sah eine Weile zu und sagte dann: »Du bist ziemlich gut im Fußball. Das wusste ich gar nicht.«

Sie nahm einen Schluck Orangenlimo. Cory zuckte mit den Schultern.

»Danke, Mann. Wie sagt man immer? Übung macht den Meister, oder? Ich hab schon gespielt, als ich noch ganz klein war, in der Mannschaft von der Grundschule, dann in der vom College und so weiter. Da sollte ich's inzwischen ganz gut können, nich? Außerdem will ich mal für 'n großen Club spielen – wer weiß, vielleicht sogar im neuen Wembley Stadion.«

Rosie streckte die Beine aus und lächelte.

»Ich hatte schon immer 'ne Schwäche für bescheidene Männer – ähm, ich mein' – Menschen.«

Cory sah sie mit zusammengekniffenen Augen an.

»Was meinst'n damit ... bin ich vielleicht kein Mann, oder was?«, neckte er. Rosie musste lachen.

»Nee, nee, das hab ich nich so gemeint. Es is irgendwie falsch rübergekommen, weißte ... Ich mein ... du bist ja erst siebzehn und ich hab dich ...«

»Wie bitte, ich seh also nich wie ein Mann aus, oder wie?«, bohrte Cory nach und brachte Rosie erneut in Verlegenheit.

»Nee, Mann, du hast das völlig falsch verstanden, Star«, kicherte sie. Jetzt mussten beide lachen.

Sie kriegten sich erst wieder ein, als das zweite Spiel begann und die afrikanische Mannschaft und Sams Team sich an der Mittellinie aufstellten. Cory lehnte sich zu Rosie hinüber und sprach ernsthaft, ohne sie aus den Augen zu lassen.

»Also, was is los, Rosie. Biste nur gekomm', um mich spielen zu sehn, oder was?« Lächelnd wartete er auf ihre Reaktion. Sie gab einen abfälligen Schnalzlaut von sich und trank ihren Becher aus, bevor sie antwortete.

»Ich nehm zurück, was ich gesagt hab, von wegen bescheiden und so.« Ihr Lächeln verschwand und sie sah ihn ernst an.

Jetzt kommts, dachte Cory. Roger ist ihr Kuseng oder so was, Mann. Oder sogar ihr Freund. Oder der Freund von ihrem Freund. Er zwang sich, diesen Gedankengang zu unterbrechen und sich auf das zu konzentrieren, was Rosie sagte. Aber obwohl ihre Stimme ganz ruhig klang, hatte er das Gefühl, dass sie ihm die Worte entgegenschleuderte.

»Erstens bin ich gekommen, um die Sammlung für die Sichelzellenforschung zu unterstützen ... Meine Mutter ist nämlich an Sichelzellenanämie gestorben, kurz nach meiner Geburt, und ich bin auch davon infiziert, verstehst du, daher ...« Sie zuckte mit den Schultern und zog die Luft ein.

Cory starrte sie an. Er war schockiert über ihre Direktheit, ihre Offenheit. Sie redete über das Thema, als sei das ganz normal. Gewöhnlich hielt er Leute, die so über den Tod sprachen, für unsensibel. Er kannte niemanden, der wie er einen engen Verwandten verloren hatte, außer seiner Tante Bernice. Aber selbst Sean und Shannon fiel es schwer, über Corys tote Eltern zu sprechen. Und nun saß Rosie vor ihm, die dasselbe erlebt hatte wie er und sich damit abgefunden zu haben schien.

Plötzlich wollte er mehr wissen. »Und wo ist dein Vater, wenn ich das fragen darf?«, sagte er sanft.

»Er hat gesagt, er bräuchte erst mal Abstand, um über den Verlust hinwegzukommen. Er hat mich bei der Schwester meiner Mutter untergebracht und is nach Amerika gegangen. Nach zwei Jahren hat er dann geschrieben, dass er so 'ne Scheiß Indianerin geheiratet hat. Seitdem hamm wer nix mehr von ihm gehört.«

Sie sprach langsam, aber ihre Stimme klang fest, wenngleich kälter, als Cory sie kannte. Er schwieg einen Augenblick, um das Gesagte zu verdauen. »Das is echt hart«, sagte er langsam. Dann wechselte er schnell das Thema und sagte mit gespielter Heiterkeit: »Hey, und was is zweitens?«

Rosie sah ihn überrascht an. »Zweitens? ... Ich versteh nicht, was du meinst.«

Cory lächelte. »Na ja, du hast gesagt, erstens willst du den wohltätigen Zweck von unserem Turnier unterstützen. Alles klar. Und was is der zweite Grund?«

Rosie warf den Kopf zurück und lachte. Dabei blitzte ein goldener Ring in ihrem Ausschnitt auf, der an einem dünnen Goldkettchen hing. Sie beugte sich zu ihm hinüber und drückte seine Hand.

»Zweitens wollte ich mich für das entschuldigen, was ich letztens gesagt hab. Dass du mit Tanya Schluss machen sollst und der ganze andere Quatsch. Ich weiß gar nicht, was in mich gefahren is. Ich war irgendwie total daneben. Tut mir Leid, Mann. Das heißt nich, dass ich jetzt gleich mit dir ins Bett spring oder so. Ich wollt dir nur sagen, dass wir die Dinge so nehmen sollen, wie se kommen, okay?«

Cory warf ihr einen anerkennenden Blick zu.

»Okay, Mann, alles klar. Aber du musst dich nich für das entschuldigen, was du gesagt hast, Rosie. Ich find dich gut, so wie du bist, ganz im Ernst«, antwortete er und dachte, dass vielleicht doch nicht alles in seinem Leben so düster aussah, wie er geglaubt hatte. Rosie räusperte sich und kaute an ihrem Becher.

»So, so, du findst mich gut. Warum hast'n dich dann die ganze Zeit nich gemeldet?«

Cory seufzte. »Hab ich doch gesagt, Mann. Ich hab unheimlich viel zu tun gehabt.«

In diesem Augenblick tauchte aus dem Nichts ein riesiger Fußballschuh auf und kickte Cory den halb vollen Becher aus der Hand, so dass sich der Inhalt auf den Rasen ergoss. Cory sah überrascht auf. Insane Shanes lange Gestalt entfernte sich mit schweren Schritten. Er hatte das Hemd um die Taille gebunden und trug seinen muskulösen breiten Rücken zur Schau. Er wandte sich um, winkte Cory zu und zwinkerte in Rosies Richtung.

»Entschuldige, Star«, rief er, aber es klang kein bisschen nach einer Entschuldigung. Cory wollte aufspringen und Insane Shane nachgehen, um die Sache ein für alle Mal hinter sich zu bringen. Aber Rosie, die er in seiner Wut fast vergessen hatte, packte ihn am Arm und hielt ihn zurück. Ihr Griff war fester, als er ihr zugetraut hätte.

»Hey, hey, er hat sich doch entschuldigt, Cory. Lass es gut sein«, beschwor sie ihn. Ihr Blick brachte ihn wieder zur Besinnung.

Er hielt inne und ließ sich wieder auf den Boden sinken. Insane Shane ging zu seinen Kumpels zurück, die alles beobachtet hatten und sich köstlich zu amüsieren schienen. Cory versuchte, sie zu ignorieren und sich auf Rosie zu konzentrieren, aber er konnte nur an die Pechsträhne denken, die ihn in der letzten Zeit verfolgte. Rosie redete mit ihm, aber er hörte kaum hin.

»Cor, du bist vielleicht ein Hitzkopf, Mann«, flüsterte sie. Er schüttelte seine schlechte Laune ab, stand auf und hielt ihr die Hand hin.

»Hey, du hast sicher noch nicht das Essen am mexikanisch-afrikanischen Stand probiert, oder?«, sagte er, als er ihr aufhalf.

Sie schüttelte den Kopf.

»Dann komm, wir holen uns was. Das Essen von denen is echt Spitze, Mann«, sagte Cory. Rosie sah ihn etwas zweifelnd an.

»Und was is, wenn uns Tanya über'n Weg läuft? Was meinst'n, was die davon hält, wenn du mit 'ner anderen unterwegs bist?« Sie hatte keine Lust, wegen eines Jungen in Streit zu geraten, und wusste nur zu genau, dass Tanya da keine Hemmungen hätte. Cory lächelte säuerlich, als er sie durch die Menge bugsierte.

»Glaub mir, Rosie, Tanya ist im Moment mein geringstes Problem«, antwortete er so locker wie möglich.

Und das entsprach mehr der Wahrheit, als er dachte.

Als Corys Fußballspiel anfing, war Sean mit Amanda zum Essensstand unterwegs. Er zählte die Einnahmen nach und sagte Amanda und Kym, dass er gleich wieder da sei. Er packte das Geld sicherheitshalber in zwei Plastiktüten und marschierte damit zum College-Gebäude. Dabei versuchte er, nicht so auszusehen wie einer, der fast zweihundert Pfund mit sich herumtrug.

Er ging durch die Schwingtür zum Abstellraum, das Kleingeld in den Tüten klingelte bei jedem Schritt. Er schloss die schwere Holztür auf, gab den Code in den Safe ein, den er sich auf der Handinnenseite notiert hatte, und verstaute das Geld. Seine Finger kribbelten. Das Gewicht der Geldtüten hatte ihm das Blut abgesperrt. Er trat aus dem Raum und schloss erleichtert ab. Dabei fiel ihm ein, dass an seinem Bund auch die Schlüssel für das Schulbüro hingen. Kurz entschlossen machte er sich auf, um Sonia anzurufen und zu hören, wie weit sie war. Sie hätte längst hier sein sollen und er wollte sich gerne mit ihr über Cory und Insane Shane unterhalten.

Sean ging die Stufen hinauf und war im Handumdrehen im Flur, der zum College-Büro führte. Er schloss die Tür auf, ging zum Telefon und drückte auf die Eins, um nach draußen zu telefonieren. Als er den Freiton hörte, lächelte er zufrieden und wählte die Nummer seiner Freundin. Das Telefon klingelte eine Weile, bis jemand abnahm. Er hörte ein lautes Klicken und wie jemand umständlich hantierte. Dann kam ein fragendes »Hallo?«.

Er grinste. »Hey, wo warst du denn?«

Sonia kicherte. Im Hintergrund hörte er den Staubsauger brummen.

»Ich hab mir schon gedacht, dass du's bist. Ich bin grad vom Einkaufen nach Haus gekommen und hab angefangen, hier durchzusaugen ...«

»Das hör ich.«

»Wart 'n Moment«, sagte sie. Das laute Brummen des Staubsaugers erstarb. Kurz darauf war Sonia wieder am Telefon.

»Okay, da bin ich wieder«, sagte sie glücklich. »Und wie läuft alles bei dir? Ganz schön heiß heute, nich?«

Sean nickte, dann fiel ihm ein, dass Sonia ihn ja nicht sehen konnte.

»Ja, Mann. Wir werden hier gebraten.«

»Wie läuft das Turnier?«

Sean seufzte.

»Tja, das hat grad angefangen, und es sieht aus, als wär alles okay ...« Er machte eine Pause, dann erzählte er Sonia von Shane und dass er sich um Cory Sorgen machte. Sonia zeigte ein gewisses Verständnis, gab Sean aber zu verstehen, dass Cory alt genug war, um auf sich selbst aufzupassen.

»Seit zwei Jahren muss ich zusehen, wie du dir um deinen Kuseng Sorgen machst, obwohl der sich nur für sich selbst interessiert. So scheint's jedenfalls«, sagte sie. »Das ist nicht gut für dich, Sean. Du musst hin und wieder auch mal loslassen, verstehst du?«

»Ich weiß, Sonnie. Aber jedes Mal, wenn ich's mach, passiert prompt was. Kuck doch mal, wie's war, als wir noch zusammen in der Schule war'n, Mann. Wenn ich nich auf Cory aufgepasst hab, war er ständig in Schwierigkeiten. Oder stimmt das etwa nich?«

»Doch, schon, Mann.«

Sonia schwieg.

»Du willst, dass ich komme, stimmts?«

Sean lächelte wieder. Seine Freundin merkte immer gleich, was mit ihm los war. Sie kannte ihn zu gut.

»Eigentlich schon. Ich vermiss dich.«

»Wir hamm uns doch gestern gesehn.«

»So? Führst du jetzt Buch drüber, wann wir uns sehen und wann nich?«

Sonia lachte. »Natürlich nicht. Ich wollt damit nur sagen, dass ich einen Haufen Arbeit hab und es vielleicht nicht schaffe, bei dir vorbeizukommen.«

»Echt?«

»Tut mir Leid. Aber komm doch einfach rüber zu mir, wenn alles vorbei is.«

»Das klingt gut, Sonnie. In Ordnung, ich komm sofort zu dir, wenn wir hier fertig sind.«

»Alles klar, Babe.«

»Bis dann.«

»Bye, Sean.«

Er stand auf und ging aus dem Raum. An der Tür blieb er kurz stehen, um zu sehen, ob alles so war, wie er es angetroffen hatte. Dann schloss er die Tür zu und ging zur Treppe, die nach draußen führte. Da hörte er Stimmengemurmel am anderen Ende des Ganges. Er blieb stehen und lauschte. Das Murmeln wirkte fast gespenstisch in dem menschenleeren Gebäude. Sean wurde neugierig. Er ging langsam darauf zu und achtete darauf, dass seine Absätze keinen Lärm machten. Dann blieb er wieder stehen, um zu lauschen.

Die Stimmen waren nicht mehr zu hören.

Sean wandte den Kopf. Er kam sich vor, als hätte man ihn an der Nase herumgeführt. In diesem Augenblick hörte er gedämpftes Lachen, das an den Wänden widerhallte. Er ging auf das Ende des Ganges zu und sah in jedes Klassenzimmer, an dem er vorbeikam. Dann erreichte er den letzten Raum. Er sah durch die Scheiben.

»O Mann, was is'n heut bloß los, Star ...«, stöhnte er.

Der Anblick, der sich ihm bot, war alles andere als erfreulich.

Auf dem Tisch, das Gesicht in Seans Richtung gewandt, saß unverkennbar Dougie James, einer von denen, die sich bei der Auseinandersetzung mit Roger, Max und Christian auf dem Fußballplatz auf Corys Seite gestellt hatten. Das Mädchen, das auf seinem Schoß saß und mit ihm knutschte, war leider ebenfalls unverkennbar. Sie hatte langes, tiefschwarzes Haar, eine Haut wie Kakaobutter und glatte, muskulöse Beine. Die Wut stieg in ihm hoch wie das Quecksilber an einem heißen Tag. Das Mädchen auf Dougies Schoß war Tanya.

Sean drückte die verbeulte Klinke hinunter und stieß heftig die Tür auf. Ein penetranter Crackgeruch schlug ihm entgegen. Das Pärchen fuhr erschrocken auseinander und sah entgeistert in seine Richtung. Tanya versuchte vergeblich, ihren Rock herunterzuziehen. Ihr Kopf war hochrot vor Scham.

»Hi, Sean ... Ähm ... Alles klar?«, keuchte sie. Vor Nervosität brachte sie nur sinnloses Zeug heraus. Außer sich vor Wut, trat Sean in den stickig heißen Raum. Er beachtete Tanya nicht und konzentrierte sich auf Dougie.

»Hör mal. Ich weiß, wie das jetzt aussieht, aber es is nich so, wie de denkst ...«

Sean unterbrach ihn. »So, und was soll ich denken?!«, schrie er. Die Vehemenz seines Wutausbruchs überraschte die beiden. »Dass es für dich was ganz Normales is, mit'm Mädchen von dei'm besten Freund zu ficken, oder wie?«

Tanya stand auf, ihr Gesicht war hochrot.

»Mann, Sean, reg dich doch bitte nich so auf«, sagte sie kleinlaut.

Sean drehte sich zu ihr. »Halt du dein verdammtes Maul, du Schlampe«, sagte er drohend. Seine Wut verstärkte sich mit jedem Augenblick, den er in dem Raum verbrachte.

Dougie sah aus, als würde er sich das nicht länger gefallen lassen.

»Hey, Sean. Was'n los? Biste völlig durchgeknallt, oder was?« Auch er schien langsam die Nerven zu verlieren. Sean lächelte höhnisch.

»Ach so. Du denkst, *ich* bin durchgeknallt? Soll ich dir mal sagen, was ich denk? Ich denk, dass es hier gleich einen verfickten Crack-Down gibt. Wenn euch das Crack nich so in die *Bones* gestiegen is, dass ihr das nich mehr kapiert.«

Er ging zu dem Tisch hinüber und nahm einen kleinen, wiederverschließbaren Plastikbeutel in die Hand, in dem sich ein glitzernder Stein und ein paar glänzende Staubkörnchen befanden. Er sah die beiden stirnrunzelnd an.

»Leg das lieber hin«, warnte ihn Dougie, das Gesicht hart wie ein Fels. Tanya sah stumm zu. Sean wedelte mit dem Tütchen.

»Was'n das?«, fragte er zynisch lächelnd, dabei öffnete er den Beutel langsam, den Blick immer auf Dougie gerichtet. »Scheint so, als wär die Freundschaft mit mei'm Kuseng nich halb so viel wert wie 'n Beutel Shit und 'ne schnelle Nummer mit 'ner Schlampe. Stimmt's oder hab ich Recht?«

»Sean, du weißt genau, dass ich Cory liebe.«

Sean schüttelte verächtlich schnaubend den Kopf.

»Ich warne dich, leg das Zeug hin, Star.«

Dougies Stimme klang erregt.

Sean lachte, als hörte er die beiden gar nicht, und fuhr fort, den Beutel zu öffnen, um dann den gesamten Inhalt auf den Boden zu leeren. Er setzte seinen Fuß auf den kleinen Stein und zertrat ihn zu einem weißen Pulver. Dabei lachte er Dougie und Tanya ins Gesicht.

»Whoops.«

*»Du verdammtes Arschloch!«*, schrie Dougie und stürzte sich mit seinen beachtlichen neunzig Kilo auf ihn, als wolle er ihn umbringen. Stühle und Tische flogen laut scheppernd nach allen Seiten.

Sean wusste, dass ihm nur noch Sekunden blieben, bis Dougie ihn packen würde. Merkwürdigerweise fühlte er sich zum ersten Mal an diesem Tag ruhig und gelassen. Alles um ihn herum schien sich in Zeitlupe abzuspielen. Mit einem Blick erfasste er, womit er sich verteidigen konnte.

Hinter der halb geöffneten Tür stand ein roter Abfalleimer aus Metall. Sean ergriff ihn, während Tanya erfolglos versuchte, Dougie aufzuhalten, hob den Eimer in die Höhe und landete ihn mit einem lauten, metallischen Knall auf Dougies Schädel.

Dougie hielt sich den Kopf und taumelte zurück. Laut schreiend brachte sich Tanya in Sicherheit. Sean holte aus und schlug noch einmal zu. Diesmal traf er ihn mit dem Eimer im Gesicht und spaltete ihm die Lippe. Er sah jetzt wie ein benommener Boxer aus. Als Sean ein drittes Mal von der Seite zuschlug, stieß Tanya einen spitzen Schrei aus. Heftig mit Armen und Beinen rudernd, ging Dougie vornüber zu Boden. Aus der Schnittwunde an seiner Wange strömte Blut.

Tanya eilte an Sean vorbei und kniete sich besorgt neben Dougie nieder, der bäuchlings ausgestreckt dalag.

»Zufrieden?«, zischte sie Sean hasserfüllt an.

Sean stellte den Eimer mit einem blechernen Geräusch auf dem Boden ab.

»Du kannst mich mal, Tanya, weißte das? Und soll ich dir auch sagen, warum? Ich kann nämlich überhaupt nix für die ganze Scheiße hier. Daran bist nur du und dein Lover hier schuld. Mach mich also nich für den Scheiß hier verantwortlich, kapiert?«

»Erzählst du das Cory?«

Sean reichte es. Er wollte nur noch weg. Er ging ein paar Schritte zurück, ließ Tanya dabei aber nicht aus den Augen. Er hielt es nicht für ausgeschlossen, dass sie sich am Ende noch auf ihn stürzte.

»Was glaubst du?«, antwortete er. Das war wohl deutlich genug.

Tanya schwieg, dann widmete sie sich wieder Dougie. Sean schlug die Tür hinter sich zu und machte sich auf die Suche nach Cory, um ihn so früh wie möglich über die Sache zu informieren.

Er raste durch das hohe Parktor, wanderte ziellos durch die Menge. Jeden, den er kannte, fragte er, ob er seinen Cousin gesehen hatte. Eine Lawine von widersprüchlichen Angaben strömte auf ihn ein.

Einige wollten ihn am Fußballfeld gesehen haben, andere mit ein paar Fußballern am Jungle-Sound-System. Sean beschloss, seine Mutter nach dem Verbleib ihres Neffen zu befragen, und machte sich auf den Weg zum Spielfeld.

Shannon lag ausgestreckt auf der Matte, die eine Hand auf dem Bauch, in der anderen einen Joint. Ihre Mutter, sagte sie ihm, sei auf der Suche nach einem Schnäppchen am Secondhand-Stand. Also fragte er Shannon, ob sie Cory gesehen hatte. Sie nickte beiläufig und wedelte den Rauch weg.

»Zufällig. Er hat gesagt, er macht ein Spaziergang, bevor das Spiel anfängt, was in ungefähr ...«, – sie sah auf ihre goldene Seiko, die sie zum zwanzigsten Geburtstag von Mikey bekommen hatte –, »... fünf Minuten der Fall sein wird. Er war mit 'nem Mädchen aus Greenside zusammen, einer echt Hübschen, Mann.«

Sean rieb sich die Stirn, als wolle er die Schmerzen ausradieren, die sich dort einzustellen begannen. Er sah Shannon finster an.

»Du bist die Zweite, die mir das erzählt«, sagte er vorwurfsvoll und ging neben ihr in die Hocke. »Wer is'n das? Er hat mir nie was von ihr erzählt.«

»Warum sollte er? Ihr seid schließlich nur Kusengs, oder? Ich fand sie jedenfalls echt nett. Hat bessere Manieren als die Rothaut, mit der er sonst immer rumzieht.«

»Verdammt, wer is'n das bloß?«

Shannon zog eine Grimasse. »Was weiß ich. Sie wohnt jedenfalls irgendwo in Greenside. Ich hab sie nämlich schon mit ihrer Mutter dort gesehen. Und wenn ihre Mutter unserer Mutter imponiert, dann muss echt was dran sein. Reicht das, Sherlock?«

Sean warf seiner Schwester ein ironisches Lächeln zu und erhob sich. »Ja, das reicht, Shannon. Wenn du ihn siehst, sag ihm, dass ich ihn suche, okay?«

Sean setzte sich in Bewegung.

Er hatte alle Antennen auf Cory und seine mysteriöse Begleiterin gerichtet und durchkämmte die Menge mit Blicken. Unaufhörlich ging sein Kopf nach rechts und links. So lief er Sam Boyd in die Arme.

»Wo zum Donner warst du denn?«, fragte er ihn. An seinem Gesicht war die Anstrengung des Tages abzulesen. Sean hielt seinem Blick stand.

»Ich hab das Geld vom mexikanischen Stand in den Safe gebracht«, antwortete er. Eine halbe Wahrheit war besser als eine ganze Lüge. Sam quittierte das Gesagte mit einem kurzen Nicken und deutete mit einer Handbewegung auf die Massen um sie herum.

»Sammel das Geld auch bei den anderen Ständen ein, Sean. Ich muss mich um den Fußballkram kümmern, okay? Schnapp dir einen vom Sicherheitspersonal, der dich dabei begleitet, verstanden?«

Sean gab ein missbilligendes Brummen von sich.

»Dann fällt jedem auf, mit was ich da unterwegs bin«, sagte er abwehrend. Sam wollte nichts davon hören.

»Is mir egal. Du machst das auf keinen Fall allein. Pack das ganze Geld innen Safe, beschriftet natürlich, damit ich weiß, von welchem Stand es is. Wenn du damit fertig bist, kommste wieder zu mir. Ich hab noch massenhaft Aufträge für dich und für Cory, wenn du ihn siehst. Okay?«

»Alles klar. Habt ihr eigentlich euer Spiel gewonnen?«, fragte Sean. Sam lachte aus vollem Hals.

»Sean, Bruder, wir hamm eins auf'n Sack gekriegt. Fünf zu eins beim Abpfiff.«

Sam brach in Lachen aus.

»Du machst deine Sache gut, Sean. Alle sind begeistert. Ich auch«, sagte Sam anerkennend. »Weiter so, Junge. Ich bin später wieder bei dir, okay?«

»Okay. Bis später, Sam.«

Sean ging langsam weiter und fragte sich, mit welchem Stand er anfangen sollte. Seine Suche nach Cory musste er jetzt erst mal auf Eis legen. Er dachte an das, was Sonnie gesagt hatte. Dass er Cory in Ruhe lassen sollte. Er musste seine eigenen Fehler machen. Ich geh nach dem Spiel zu ihm, sagte er sich beschwichtigend und schob den Gedanken an seinen Cousin beiseite. Dann steuerte er auf das Zelt der Sicherheitsleute zu.

## *Achtes Kapitel*

Cory ahnte nichts von dem Wirbel, den man um ihn machte. Er spazierte mit Rosie durch die andere Seite des Parks, wo alles ruhig und friedlich war. Die Bässe aus dem Sound-System hingen als leises Vibrieren in der Luft, und die Massen waren ein buntes Meer aus allen erdenklichen Farben, das unaufhörlich auf und ab wogte.

Sie setzten sich auf eine Bank und aßen ihr würziges Chimichanga aus Rindfleisch, das noch warm war in den Pappbehältern. Nach dem Essen schlenderten sie gemütlich zum Turnier zurück. Cory rollte dabei einen Joint. Als er ihn ihr reichte, fragte er unvermittelt: »Wo is'n dein Mann, wenn's nich Jason Taylor is?« Auf eine direkte Frage bekam man am ehesten eine direkte Antwort, sagte er sich.

Rosie lächelte, dann biss sie sich auf die Lippe und sah Cory von der Seite an.

»Ähmm ... Also, im Moment is er in Feltham.« Dabei betrachtete sie ihn aufmerksam.

Verdammt, dachte Cory. Er hätte nicht gedacht, dass sie so ehrlich zu ihm wäre.

Die Felthamer Jugendstrafanstalt in South London war berüchtigt. Die meisten Jugendlichen, die von der Polizei gefasst wurden, saßen dort ein.

»Was hat er'n angestellt?«, fragte er betont lässig. Rosie zuckte mit den Schultern.

»Schwere Körperverletzung, versuchter Raubüberfall und unerlaubter ...«, sie stockte.

»Unerlaubter was?«

»Waffenbesitz.«

»Scheiße«, sagte Cory. »Wir hätten uns bestimmt gut verstanden, Mann. Und wann kommt er raus?«

»Nächsten Sommer, wenn er Glück hat. Dann isser zwanzig, hat also noch nich allzu viel von sei'm Leben versäumt. Aber ich glaub nich, dass ich dann noch mit ihm zusammen bin, nach allem, was passiert is. Er is einfach zu abgefahrn für mich, Mann. Dem is alles scheißegal, verstehste. Ich will mal was sehen von der Welt, Star. Reisen, hinfahrn, wo ich will und wann ich will, weißte? Und nich rumhängen und warten, bis er rauskommt. Und nur, damit mir's so geht wie allen andern: Mit einundzwanzig fünfeinhalb Kinder, ein schlecht bezahlter Job und kein Geld, um hier rauszukommen – aus der Traum! Ich will mehr vom Leben, Cory. Ne ganze Menge mehr, verstehst du?«

Sie sah ihn mit entschlossenem Blick an. Die Sehnen in ihren Armen waren gespannt wie Bogensaiten. Dann löste sich ihre Haltung wieder. Sie fixierte die Menschenmenge an den Essensständen, denen sie sich näherten.

»Is das zu viel verlangt?«, fragte sie Cory mit leiser Stimme, die Augen noch immer starr nach vorne gerichtet.

Er zuckte mit den Schultern und wünschte sich, sie wären noch allein und er könnte sie in die Arme nehmen. Dann fiel ihm wieder ein, dass sie ihm eine Frage gestellt hatte.

»Nee, das is nicht zu viel verlangt. Das is ganz normal, Star«, antwortete er. Wieder wurde er von ihrem entwaffnenden Lächeln überrascht.

Sie schoben sich durch die Menge zum Fußballfeld, wo er Garvey und Claire entdeckt hatte. Beide leckten an einem Cherry-Brandy-Eis.

»Hey, Cory, wo warste denn. Man hat dich überall gesucht, Star.« Erst da sah er Rosie. Er leckte noch mal an seinem Eis, um seine Überraschung zu verbergen.

»Hey, Rosie, alles klar?«, sagte er kurz und spuckte ein ausgelutschtes Eisstückchen aus, das durchsichtig weiß aussah.

»Mir geht's gut, Mann. Wann is'n euer Spiel?« Sie hatte die Hände in die Hüften gestützt und sah zum Spielfeld. Garvey warf Cory einen vielsagenden Blick zu.

»Es geht jeden Augenblick los, Star«, antwortete Garvey an Rosie gewandt und schleuderte den Stiel von seinem Eis wie einen Bumerang durch die Luft.

Cory drehte sich zu Rosie.

»Bleibst du noch?«, fragte er. Er hoffte es. Dass Tanya da war, war ihm egal. Er war völlig unbekümmert, leichtsinnig. Er fühlte sich jeder Situation gewachsen. Glücklich nahm er ihr Nicken zur Kenntnis.

»Unterhalt dich mit Shannon und Claire, wenn du Lust hast. Ich glaub, meine Cousine mag dich. Vielleicht könnt ihr zusammen eine rauchen«, sagte er zu ihr, bevor er sich umdrehte und mit Garvey über das Feld lief, der ihn schnell über den Spielstand aufklärte.

Sams Mannschaft hatte die erste Runde nicht geschafft und eine schmähliche Niederlage durch die Afrikaner hinnehmen müssen. Das Spiel war fünf zu eins ausgegangen. Der Mannschaft von Insane Shane, die von einem schwerfälligen weißen Jungen aus Hammersmith angeführt wurde, gelang es, ihre gegnerische Lehrermannschaft mit einem überzeugenden drei zu eins auszuschalten, wobei Shane alle drei Tore schoss. Das verbleibende Spiel zwischen der miesen Radfahrermannschaft und den Sportlehrern endete mit eins zu null in der Verlängerung für die Lehrer.

Damit waren vier Mannschaften im Semifinale: die Sportlehrer (die einzige Lehrermannschaft, die weiterkam), die Afrikaner, die Mannschaft von Insane Shane und die von Cory. Corys Mannschaft musste gegen die Afrikaner antreten und war entschlossen, diesmal zu gewinnen.

Um den Fortgang des Turniers ein wenig zu beschleunigen, wurden auf Befehl der Sportabteilung weitere Fähnchen aus dem Magazin geholt und ein zweites Feld für das Spiel zwischen den Sportlehrern und Insane Shanes Mannschaft abgesteckt. Während das zweite Spielfeld vorbereitet wurde, schoss Tyrone bereits das erste Tor für Corys Mannschaft. Aber es sollte das Einzige bleiben, obwohl die Afrikaner tapfer kämpften. Als der Schlusspfiff ertönte, waren sich alle einig, dass es ein tolles Spiel war. Beide Mannschaften ließen sich am Spielfeldrand nieder, um auf den Anpfiff des zweiten Semifinalspiels zu warten.

Shanes Mannschaft hatte keine Schwierigkeiten, die Sache für sich zu entscheiden. Cory saß im Gras und sah den jubelnden Gewinnern zu. Äußerlich schien er ruhig und entspannt, aber er war nervös und aufgewühlt. Garvey sah ihn besorgt an und klopfte ihm auf die Schulter. »Du wirst sehen, alles geht in Ordnung, Star. Von denen lassen wir uns nicht fertig machen.«

Damit setzte sich Garvey in Bewegung. Er wollte noch kurz

zu seiner Freundin, bevor das Spiel begann. Cory blieb am Spielfeldrand sitzen und ließ die Mannschaft, gegen die er in wenigen Minuten antreten musste, nicht aus den Augen. Er wünschte, er wäre Roger nie begegnet. Wenn Insane Shane und er den Platz für das siebzehnte und letzte Spiel des Tages betraten, würden die Funken fliegen. Das wusste er.

Sean schloss die Augen und atmete tief durch. Zwei Mädchen gingen an ihm vorbei und lachten. Er öffnete die Augen und erwiderte ihr Lächeln. Dann schloss er sie wieder und vertiefte sich in seine Atemübung, ohne darauf zu achten, wer vorbeikam.

Sechs, vielleicht auch sieben lange Minuten saß er da. Vom Spielfeld drangen schrille Pfiffe herüber. Die Anfeuerungsschreie und das lange Tuten der Nebelhörner klangen in seinen müden Ohren wie ein Aufruf zur Schlacht. Er reckte den Kopf und sah zu dem Spektakel hinüber, die Augen mit einer Hand beschattet. Aber die wild gestikulierende Masse vor ihm versperrte ihm den Blick. Er sah auf die Uhr, obwohl er genau wusste, wie spät es war.

Er stand auf, streckte sich gähnend und ging auf die Menge zu. So spät am Nachmittag konnte es sich nur um das Endspiel handeln. Schiebend und stoßend drängte er sich unter Einsatz der Ellenbogen durch den Pulk von Leuten. Er kam viel langsamer voran, als er angenommen hatte. Die Pfiffe und Rufe der Zuschauer dröhnten in seinen Ohren. Am liebsten hätte auch er geschrien.

Endlich kam er an eine Stelle, von der er die Spieler sehen konnte. Corys Mannschaft hatte es wie erwartet ins Endspiel geschafft. Es dauerte ein paar Sekunden, bis er erkannte, wer ihre Gegner waren. Dann erkannte er Shane, der die Verteidigungslinie der Gegenseite durchbrach. Sean griff sich verzweifelt an die Stirn. Die Ereignisse hatten ihn überholt.

Cory war erschöpft. Er sah die Menge nicht, aber er spürte sie. Alles in ihm war darauf programmiert, sich den nötigen Freiraum zu verschaffen und seinen Bewacher abzuschütteln, um dann mit Tyrone und Paul loszustürmen und ihnen mit der erhobenen Hand ein Zeichen zu geben. Paul, der am Ball war, ging in einem verbissenen Zweikampf zu Boden, worauf der Ball bei einer Gruppe von jungen Mädchen ins Aus ging, die seinen Fall mit einem lauten »Oooh« quittierten. Cory rannte zur Linie, um den Ball aufzuheben. Im Vorbeilaufen verlagerte er ein wenig sein Gewicht und versetzte einem Spieler der gegnerischen Mannschaft einen Stoß mit der Schulter, so dass er ins Stolpern geriet. Cory rief ihm ein lächelndes »Sorry« zu und erntete einen eiskalten Blick.

Der Schiedsrichter drohte ihm mit dem Finger, worauf Cory seine Entschuldigung wiederholte und den Ball aufnahm. Er hielt ihn in die Luft, sah sich um und warf ihn dann in hohem Bogen entlang der Linie ins Feld. Seine Muskeln schmerzten vor Erschöpfung.

Der Ball sprang direkt vor Tyrone auf. Er nahm ihn mit dem linken Fuß an und stürmte damit nach vorne, bis er weit genug vom Gegner entfernt war, um ihn auf die rechte Seite hinüberspielen zu können. Die Aktion wirkte so natürlich wie Atmen und die Menge jubelte. Er versuchte eine Flanke, die von der Verteidigung in seine eigene Hälfte zurückgeschlagen wurde. Cory rannte halbherzig nach hinten und beobachtete, wie Insane Shane den Ball annahm, um seinen Bewachern mit langen, immer schnelleren Schritten davonzulaufen. In einem klassischen Manöver täuschte er den Schuss an, der Tormann tauchte in die Ecke und Shane lenkte den Ball über ihn ins Tor.

Cory trabte zum Anstoßpunkt zurück, seine Brust hob und senkte sich in schnellem Wechsel. Als sich ihre Wege kreuzten, warf ihm Shane einen langen Blick zu. Cory ließ sich nicht unter Druck setzen. Er erwiderte Shanes Blick gelassen und zwinkerte ihm sogar vertraulich zu, worauf der andere ärgerlich wegsah. Diesen Augenblick nutzte Cory, um Tyrone ein Zeichen zu geben. Er hielt drei Finger hoch – Tyrone hatte verstanden.

Cory rollte den Ball unter seinem Fuß hin und her und wartete. Als der Anpfiff ertönte, kickte er ihn zu Tyrone, der ihn sofort wieder an ihn zurückspielte. Kurz bevor Shane bei ihm war, schoss er den Ball zu Garvey auf den linken Flügel hinüber. Der Riese stoppte mit einem ärgerlichen Knurren ab und änderte die Richtung. In diesem Augenblick spurtete Cory nach vorn.

Er wusste genau, dass seine Chance gekommen war, er hatte die Situation mit einem Blick erfasst: Die rechte Ecke im Strafraum war ungedeckt. Alle Spieler verfolgten Garveys Bewegungen und wandten der wahren Gefahr in ihrer Mitte den Rücken zu. Eine perfekte Chance für ihn.

Mit erhobener Hand beobachtete er, wie Garvey seine Bewacher austrickste, und hoffte inständig, dass er den Ball nicht verlor. Zwei Sekunden später beschleunigte sein Freund ein wenig das Tempo, um seine Bewacher ein paar Schritte hinter sich zu lassen, dann schoss er den Ball hoch über ihre Köpfe.

Cory sah den Ball kommen. Er wusste, dass er genau da landen würde, wo er ihn haben wollte. Er warf dem Schlussmann einen schnellen Blick zu, der ganz von der Fluglinie des Balls absorbiert war.

Cory musste nur als Erster am Ball sein, das war alles. Er machte ein paar Schritte nach links, hörte, wie die Menge schon jetzt in Jubel ausbrach, und bereitete sich auf den Ausgleichstreffer vor. Er war so verzaubert von dem runden Leder, dass er die heftigen Schritte und das Keuchen hinter sich nicht hörte, ganz abgesehen von dem Geräusch scharfer Metallstollen im Gras.

Sean beobachtete das Ganze von der Seitenlinie, gebannt von der Schnelligkeit, mit der alles vor sich ging. Er brüllte verzweifelt den Namen seines Cousins, auf den Shane mit halsbrecherischem Tempo zuraste.

Er sah, wie sein Cousin mit angespannten Muskeln auf den Schuss wartete, während der Ball in einer leichten Kurve auf ihn zuflog.

Und er sah auch, wie Insane Shane seinen Cousin erreichte, einen Augenblick, bevor der Ball bei ihm war, in die Beine grätschte und ihn in einem Gewirr von Armen und Beinen zu Fall brachte.

Er hörte Cory vor Schmerz aufschreien und den anschließenden Pfiff des Schiedsrichters. Er sah, wie Insane Shane sich aufrappelte und sich dabei auf Corys verdrehten Beinen abstützte – unter lauten Buh-Rufen und Beschimpfungen der Zuschauer.

Außer sich über Insane Shanes bösartiges Foul an seinem Freund lief Garvey auf ihn zu und versetzte ihm mit aller Kraft einen Kinnhaken. Der Riese fiel nach hinten und biss sich auf die Zunge, als sein Kiefer zuschlug. Er landete fast auf dem Schiedsrichter, der erneut in seine Pfeife blies und in ungläubiger Wut über das, was sich auf dem Platz abspielte, auf Garvey zeigte. Ein Spieler der gegnerischen Mannschaft rannte auf Garvey zu, um ihm einen Schlag zu versetzen. Garvey wich mit Leichtigkeit aus und wandte sich wieder Insane Shane zu. Den anderen Angreifer beachtete er gar nicht.

Binnen Sekunden waren seine Mannschaftskameraden da, um ihm beizustehen.

Der Schiedsrichter wirkte verloren in der Menge von Spielern, die mit Tritten und Faustschlägen aufeinander losgingen oder sich, an Haaren und Hemden zerrend, im Gras wälzten, bis nur noch Chaos herrschte. Nun stürmten die Zuschauer den Platz, die mit den Spielern befreundet oder verwandt waren. Sean war unter ihnen, aber er dachte nur an Cory, der verletzt auf dem Spielfeld lag, völlig hilflos im Gedränge und im Gewimmel von Füßen.

Tyrone, Paul und ein entsetzter Mittelfeldspieler hatten sich um Cory herum wie ein menschlicher Schutzschild postiert. Ihr Gesichtsausdruck wurde hart, als sie die Menge auf sich zukommen sahen. Tyrone wirkte erleichtert, als Sean vor ihm stand.

»Ich glaub, das Bein is gebrochen, Star«, sagte er mit einer Kopfbewegung zu Cory. Sean warf dem Trio einen dankbaren Blick zu und kniete sich neben seinen Cousin.

»Hey, Cory. Wie gehts'n, Blood«, sagte er laut, um den Lärm zu übertönen. Cory drehte den Kopf zu ihm.

»Verdammte ... Scheißkerle«, fluchte er. Seine Stimme klang heiser vor Schmerz. Sean schluckte seine aufsteigenden Tränen hinunter und drückte vorsichtig Corys Hand.

»Wo is'n das Schwein?«, brummte er.

»Wen meinst'n?«

»Wen wohl, verdammte Scheiße!«, zischte Sean und ließ Corys Hand los. Er stand auf und suchte die Menge nach Shane ab. Er schnalzte wütend mit der Zunge und sah sich nach Mutter und Schwester um, konnte aber auch sie nicht entdecken.

Shane war spurlos verschwunden, obwohl sich das Spielfeld ganz plötzlich geleert hatte. Nur noch einige wenige wollten nicht von ihrem Gegner ablassen. Der Grund dafür war die Armada von Polizeiwagen, die auf das Gelände gerollt kam. Sean beobachtete, wie Leute laut schreiend und fluchend in die Polizeiwagen gepackt wurden.

Ein Weißer in verwaschenen Jeans und einem *Def-Jam*-T-Shirt kam mit selbstsicherem Gehabe auf Sean zu und sah sich um.

»Was is'n los mit dem?«, bellte er und deutete auf Cory.

»Ich glaub, sein Bein is gebrochen, Officer«, antwortete Sean.

Daraufhin besaß der Polizist zumindest den Anstand, seine Dienstmarke zu zeigen. »Detective Sainsbury, Harrow Road, CID. Ist das der Junge, der verletzt wurde?«

»Ja.«

»Und darf man erfahren, wer Sie sind?«

»Sein Kuseng ... äh, Sean Bradley. Sein Name ist Cory Bradley.«

»Okay, Sean. Ich nehme an, Sie waren nicht in diese Schlägerei verwickelt, oder?«

Sean warf ihm einen verächtlichen Blick zu.

»Ich war hier bei Cory. Ich nehme an, Sie können keinen Krankenwagen rufen, oder?«, gab er sarkastisch zurück.

Der Polizist sah ihn überrascht an.

»Es ist schon einer unterwegs. Bleiben Sie also ganz ruhig.«

»Ich bin vollkommen ruhig. Machen Sie sich keine Sorgen um mich, Mann«, versicherte ihm Sean. Bernice kam mit besorgtem Gesicht auf sie zu. Shannon war dicht hinter ihr. Sie stellten sich dem Polizisten vor und bückten sich zu Cory hinunter, um ihn zu trösten. Sean neigte sich zu ihnen.

»Wo sind Jake und Sheila?«, fragte er Shannon. Shannon bedeutete ihm mitzukommen. Sie entfernten sich ein Stück weit von Cory.

»Sie hamm Garvey geschnappt, als er in dem ganzen Chaos hinter Shane her war, also sind seine Eltern zum Polizeirevier gegangen«, sagte sie. »Ich glaub, Shane hamm die Polizisten auch.«

Sean zuckte die Schultern.

»Wahnsinn. Die werden nicht gleich Anzeige erstatten«, sagte er verächtlich. Sie überging die Bemerkung und deutete quer über den Rasen auf einen Krankenwagen, der mit seinem Blaulicht die Menge teilte.

»Da kommt der Krankenwagen«, murmelte sie und vergrub die Hände in den Taschen.

Sie sahen zu, wie der Krankenwagen auf sie zuraste und direkt neben Cory zum Stehen kam. Alles bewegte sich neugierig auf den Wagen zu, der Polizist, Corys drei Bewacher und der leicht verletzte Schiedsrichter. Die Sanitäter in ihren grünen Anzügen sprangen aus dem Wagen und sahen sich den Jungen an.

Die Wunde, die sich fast über den gesamten Unterschenkel zog, war so tief, dass man das Weiße des Knochens sah. Sean löste den Blick von der Verletzung. Er kniete sich neben Cory und nahm wieder seine Hand. Sein Cousin öffnete die Augen und murmelte etwas Unverständliches. Sean besänftigte ihn. »Cool down.« Er schloss wieder die Augen, und Sean zwang sich, die beiden jungen adretten Männer anzusehen, die Corys Bein untersuchten.

»Hey.«

»Hi«, lächelte ihm der eine zu.

»Keine Sorge. Sieht schlimmer aus, als es is«, sagte er aufmunternd in Seans besorgtes Gesicht.

»Wie schlimm ist es denn?«, fragte Bernice. Sean stand auf und legte tröstend den Arm um sie. Der junge Sanitäter erhob sich befriedigt.

»Ich glaube, es ist ein glatter Bruch«, sagte er zu ihnen. »Das Schienbein hat's erwischt, aber wir müssen erst eine Röntgenaufnahme machen, um zu sehen, ob nicht irgendwo noch kleine Knochenstückchen rumschwirren. In sechs Wochen ist er wieder topfit. Ganz sicher.«

Bernice wischte sich den Schweiß von der Stirn.

»Gott sei Dank. Ich weiß nicht, was ich tun würde, wenn dem Jungen was passieren würde. Ich weiß es wirklich nicht. Glauben Sie, dass wir mit ihm ins Krankenhaus fahren können?«

»Klar können Sie das. Wir fahren sowieso nur zum St. Charles.«

Der zweite Sanitäter war dabei, einen Tragestuhl aufzuklappen, damit sie Cory in den Krankenwagen transportieren konnten. Sie schienten Corys Bein, hoben ihn dann vorsichtig auf den Stuhl und in den Krankenwagen. Bernice und Shannon wollten Cory in die Klinik begleiten. Sean musste sich erst bei Sam abmelden, von dem es nicht die geringste Spur gab. Aber Sean brauchte sich nur umzusehen, dann wusste er, warum.

Tische und Stühle waren umgestürzt. Der Platz sah aus, als hätte eine Bombe eingeschlagen. Überall lag Müll, und die Ordner waren dabei, ihn in schwarzen Säcken einzusammeln, die hier und da verstreut lagen.

Er drehte sich um, als der Motor des Krankenwagens gestartet wurde und die Sirenen aufheulten. Langsam bewegte sich der Wagen über den Rasen. Seine Rücklichter erschienen Sean wie große, hässliche Augen. Detective Sainsbury kam auf ihn zu. Er stellte sich ihm in den Weg, als befürchte er, dass Sean flüchtete, und machte eine Handbewegung zu den Ständen.

»Wer ist der Veranstalter?«

Sean sah ihn an, als bemerke er ihn erst jetzt.

»Kommen Sie mit, Mann. Ich bin auch auf der Suche nach ihm«, murmelte er mit ausdrucksloser Stimme.

Zwei Stunden später schritt Sean durch die Gänge der St. Charles Klinik in Ladbroke Grove, eine grüne Plastiktüte in der Hand und eine Auswahl an Zeitschriften unter dem Arm.

Männer und Frauen kamen ihm in ihren Laufgestellen im Robotergang entgegen. Ärzte eilten hin und her, als verstoße es gegen eine Regel, zu lange an einem Ort zu verweilen. Gut aussehende Krankenschwestern verschenkten freigiebig ihr Lächeln. Sean blieb vor dem großen Wandplan stehen, um sich zu orientieren, und stellte fest, dass Cory auf Station C6 im vierten Stock lag. Er rannte die Stufen hinauf, weil er dem alten Aufzug neben dem Treppenhaus nicht traute.

Nachdem das Durcheinander im Park so weit wie möglich beseitigt und das Geld eingesammelt war, hatte der Detective Sam, Sean und die anderen Organisatoren des Wohltätigkeitsturniers in einem Klassenzimmer versammelt, um sie zu befragen. Er wollte wissen, ob ihnen vor dem Endspiel etwas aufgefallen sei, Feindseligkeiten unter Spielern oder Zuschauern, ob sich jemand auffällig verhalten hätte, und so weiter.

Amanda warf Sean einen wissenden Blick zu, der Sainsbury nicht entging. Sean war daher nicht überrascht, dass ihm der Polizist, als die anderen aufbrachen, seine große knochige Hand auf die Schulter legte und sagte: »Kann ich Sie noch einen Augenblick sprechen, Mr. Bradley?«

Sean setzte sich auf das Pult und versuchte, seine unverfängliche Miene beizubehalten. Sainsbury stocherte mit einem angespitzten Streichholz in den Zähnen und sah sich in dem Raum um.

»Also, Sean, was haben Sie heute beobachtet?«, fragte er leichthin. Sean zuckte mit den Schultern und zog eine Grimasse.

»Keine Ahnung ... Ich hab nicht mehr und nicht weniger gesehen als die anderen. Das hab ich Ihnen schon gesagt. Der

Typ mit den Locken hat meinen Kuseng gefoult. Ich hab nicht mitgekriegt, ob es vor dem Spiel Streit gegeben hat, weil ich so viel zu tun hatte, aber der Kerl is als brutaler Spieler bekannt.«

Sainsbury nickte mit gesenktem Kopf und machte sich auf seinem Block Notizen.

»Meinen Sie, ich sollte mich mal mit Cory unterhalten?« Der Polizist sah auf. Der Blick seiner grauen Augen schien Sean durchbohren zu wollen.

»Vielleicht. Wenn Sie meinen, dass Ihnen das weiterhilft. Ich weiß jedenfalls, dass sich die beiden gestern zum ersten Mal gesehen haben.«

»Und woher wissen Sie das?«

Sean verzog wieder sein Gesicht und lächelte.

»Ich weiß es einfach. Solche Sachen weiß man«, antwortete er, und sein Gesichtsausdruck zeigte, dass Sainsbury das unmöglich verstehen konnte. Der Detective lächelte und steckte seinen Notizblock in die Innentasche seiner ausgeblichenen Jeansjacke.

»Okay, Junge, in Ordnung. Ich kann sicher irgendwann mal im Krankenhaus vorbeikommen, oder?«

»Glaub schon. Cory wird ein paar Tage dableiben müssen.«

Sean stand auf. Er war über das plötzliche Ende des Verhörs etwas überrascht. Zusammen verließen sie das Schulgebäude und blinzelten, als sie ins helle Sonnenlicht traten. Sean sprach als Erster.

»Ich frag meine Mutter, wann Sie bei Cory vorbeikommen können«, schlug er vor. Er nahm die Betonstufen mit einem Schritt. Der Ältere rief ihn zurück und hielt ihm ein kleines weißes Kärtchen hin. Der Junge nahm es und steckte es in seine Tasche.

»Sag ihr, sie soll mich auf dem Revier anrufen«, sagte Sainsbury bestimmt. »Ach, und danke für Ihre Hilfe, Sean.«

Er überquerte die Straße, stieg in einen blauen Astra, der voller Polizisten in Uniform war, und fuhr los. Sean stand auf den heißen Stufen und fühlte sich ein bisschen besser, nachdem das Verhör vorbei war. Es standen keine anderen Autos da. Er sah hinüber, wo der Astra geparkt hatte, und musste lachen. Der Scheißkerl hatte ihm nicht mal angeboten, ihn mitzunehmen. Noch immer lächelnd, machte er sich auf den Weg zur Bushaltestelle.

Auf Corys Station lagen nur alte Männer. Sie musterten Sean misstrauisch, als er vorbeiging. Neben ihren Betten hingen Flaschen mit Infusionslösung und Plasma, vor ihnen flackerten lautlos die Fernseher, weil sie das Samstagabendprogramm mit Kopfhörern verfolgten. Krankenschwestern kamen und gingen und verteilten Tabletten und mit Wasser gefüllte Gläser. Familienangehörige saßen mit besorgten Mienen am Bett ihrer Lieben.

Bernice und Shannon wollten gerade gehen, als Sean zur Tür hereinkam. Sie unterhielten sich leise und türmten Obst und Zeitschriften auf Corys Nachttisch. Shannon versetzte Sean, der Cory mit einem zufriedenen Blick musterte, einen Stoß in die Rippen. Sein Cousin sah schon wieder viel besser aus.

»Hast dir Zeit gelassen, was?«, empfing sie ihren Bruder. »Ich hab schon gedacht, dich hätten se auch einkassiert.«

Sean lachte auf. Ein alter Mann im Bett daneben verschüttete seinen Tee und beschimpfte sie vorwurfsvoll. Cory lachte auch, seine Augen waren auf den winzigen Bildschirm eines Computerspiels gerichtet.

»Du hast ja keine Ahnung, wie nah ich dran war, echt«, antwortete Sean ernst. Er erzählte von dem Verhör mit dem Polizisten in Zivil, der erst das Organisationskomitee verhört hatte und dann noch einmal ihn allein. Bernice rauchte schweigend und hörte nicht auf, an Cory herumzufummeln.

»Er hätte mich fragen sollen. Ich hätte ihm jede Menge zu sagen gehabt«, schimpfte sie schließlich aufgebracht und zog ihren Mantel an.

Sean beschloss, vorerst nichts von der Visitenkarte zu erwähnen, die ihm der Polizist gegeben hatte. Er wollte mit Cory sprechen, bevor er seine Mutter auf Sainsbury losließ. Shannon versetzte ihm noch einen Stoß in die Rippen.

»Tanya war vorhin da«, sagte sie und warf ihm dabei einen von ihren Blicken zu. Cory mischte sich ein. »Hast du zu ihr gesagt, dass sie mich wieder besuchen soll?«, nuschelte er. Shannon seufzte.

»Ja, natürlich, hab ich dir doch gesagt. Aber sie hat auch nach dir gefragt, Sean.«

Sean warf Cory einen Blick zu. Er schien in sein Game Gear-Spiel vertieft. Seine Augen hingen an dem kleinen Bildschirm.

»Stimmt, ich hab sie heut Mittag getroffen, aber ich war so beschäftigt, dass ich zu ihr gesagt hab, wir *unterhalten uns später.*«

Die letzten Worte sagte er langsam und betont. Shannon sah ihn bedeutungsvoll an und nahm ihre Tasche.

»Okay. Wollt's nur gesagt haben. Bis dann.« Sie verabschiedete sich und küsste Cory sanft auf die Wange. Bernice gab ihren beiden Jungen einen Kuss, fummelte noch ein letztes Mal an Cory herum und wandte sich schließlich ab. Als sie aus der Tür waren, setzte sich Sean zu seinem Cousin aufs Bett und strahlte ihn an. Sofort schaltete Cory seinen GameGear aus.

»So ... hier bin ich also, Cuz.« Cory machte ein angewidertes Gesicht.

Sean drückte ihm ein paar Zeitschriften in die Hand und legte das mitgebrachte Obst zu Corys Vorräten auf den Nachttisch.

»Sam lässt dir ausrichten, dass er dich am Montag besuchen kommt, und Amanda bestellt dir liebe Grüße. Der Park sah vielleicht aus, Mann! Ich kann noch immer nicht glauben, dass du der Auslöser warst für diesen Aufstand!« Sean schwieg einen Augenblick, um Corys Gesichtsausdruck zu lesen. »Wie geht's eigentlich deinem Bein, Star?«, fragte er vorsichtig. Cory wedelte unschlüssig mit der Hand.

»Na ja, es geht. Bis jetzt is nur ein Stück Metall eingesetzt worden, damit ich das Bein nicht mehr beugen kann, verstehst du? Ich hab gedacht, die wollt'n mich umbringen, als sie den Knochen gerichtet hamm. Morgen krieg ich den Gips. So lang komm ich mit Schmerzmitteln über die Runden. Das war vielleicht ein Ding, Alter. Ich hab gedacht, jeden Moment geh ich k.o.«

Sean schüttelte sich mitfühlend. Corys rechtes Bein war eine unförmige Masse unter der Bettdecke, die bei allen Bewegungen des Jungen unbeweglich blieb. Cory sah die Hefte durch, die Sean ihm mitgebracht hatte, und fing kichernd an, in einer Ausgabe von *Skank* zu blättern.

»Hör mal, Cory. Was wird'n jetzt mit Fußballspielen?« Sean sagte es halb zu sich. Cory sah ihn mit leerem Blick an.

»Mann, Cuz, ich hab mit dem Doktor gesprochen. Is nich im Traum dran zu denken, dass ich mit dem Bein noch mal professionell Fußball spielen kann. Nie.«

Das letzte Wort klang wie eine Drohung. Sean überlief ein Schauer. Er rieb sich über die Arme.

»Shit! Wie fühlst'n dich jetzt, Mann? Alles in Ordnung?«, fragte Sean betroffen. Bei dem Gedanken, dass Corys Traum von einer Fußballerkarriere so abrupt beendet sein sollte, befiel Sean ein Gefühl der Hoffnungslosigkeit.

Cory hatte Stunden vor dem Fernseher verbracht, um sich Videos von den Spielen seiner Lieblingsmannschaft Manchester United anzusehen. – Sean hatte ihn schließlich überzeugt. – Er hatte jeden Spielzug von Ryan Giggs und Eric Cantona studiert und duldete keine kritische Äußerung über die beiden Spieler. Oft hatte er mit Garvey im Park bis zwei Uhr morgens Doppelpässe, Heber und Flugkopfbälle geübt, weswegen es im Haushalt der Bradleys hin und wieder ernsthafte Auseinandersetzungen gegeben hatte. In der Regel, wenn Garvey und Cory danach, laut »O – A – Cantona« singend, nach Hause gekommen waren.

Nun war es aus mit dem Traum vom Fußballstar, aber Cory schien Seans Frage einfach abzuschütteln. Er sah seinen Cousin besorgt an.

»Soll ich dir mal was sagen, Cuz?«, nahm Cory den Faden wieder auf. »Ich find's ziemlich schlimm, was heut passiert is.

Aber Scheiße noch mal, dreh dich mal um, Mann. Los, wirf ma'n Blick in die Runde.«

Sean ließ seinen Blick durch den riesigen Krankensaal schweifen und sah dann wieder seinen Cousin an.

»Ja, und?«

»Und? Hör zu, Sean. Der Raum hier is voll von Leuten, von denen jeder mehr Schmerzen hat als du und ich in unserm ganzen verdammten Leben zusammen, verstehste jetzt, was ich mein?«

»Und was willst du damit sagen, Mann?«

»Was ich damit sagen will? Haste Crack geraucht, oder was? Ich will damit sagen, dass es Schlimmeres gibt im Leben als so 'n Scheiß gebrochenes Bein. So was wie Parkinson oder Aids oder Sichelzellenanämie, Jesus Christus! ... Okay, ich kann nie mehr 'n Profi-Fußballer werden. Na und? Aber ich bin gesund, oder? Ich bin am Leben, Mann.«

»Da hast du Recht, Cuz.«

Sean sah Cory überrascht an und nickte. Diese Seite hatte er an Cory noch nie bemerkt.

»Sieht ganz so aus, wie wenn de jetzt auch zum Musterschüler wirst«, scherzte er. Diesen Kosenamen hatten Bernice und Sonia Sean gegeben, als er alle Prüfungen erfolgreich bestanden hatte. Cory hob die Augenbraue und hielt Sean lächelnd den GameGear hin.

»Ja, Mann. Ich kann die naturwissenschaftlichen Fächer genauso gut wie du abwählen. Wetten, dass ich dich auch beim Chase HQ abhänge. Ich hab vorhin fast den Porsche nassgemacht. Dann kann ich's auch mit dir aufnehmen.«

Sean lachte. In der nächsten halben Stunde waren die Cousins damit beschäftigt, sich gegenseitig beim Autorennen zu überholen. Ihre Augen klebten an dem kleinen Farbbildschirm, und ihre Finger bearbeiteten wie wild die Joysticks, die für frenetisches Piepsen und Pfeifen sorgten.

Plötzlich fiel Sean die Geschichte mit Tanya wieder ein. Das metallische Geräusch der Abfalltonne auf Dougies Schädel echote in seinem Kopf wider. Jedes Klirren von Schüsseln und Instrumenten in dem betriebsamen Saal erinnerte ihn daran. Er hätte gerne mit Cory darüber gesprochen, aber es war an diesem Tag schon genug passiert. Er beschloss, zumindest bis zum nächsten Tag damit zu warten, und hoffte, dass es Cory bis dahin besser gehen würde.

Als die Krankenschwestern das Abendessen brachten, fiel Sean die Visitenkarte von Detective Sainsbury wieder in die Hände, die unter einem völlig zerfusselten Papiertaschentuch in der Jackentasche steckte. Er hielt sie Cory wortlos hin. Cory warf einen spöttischen Blick darauf.

»Schmeiß sie weg, Mann. Ich will das Ding nich. Damit die Leute denken, ich bin 'n Spitzel.«

Sean warf die Karte, ohne einen Augenblick zu zögern, in den Mülleimer. Dann deutete er auf Corys unberührtes Essen, das aus einem langweilig aussehenden Stück Fleisch, zwei Gemüsestückchen, die in einer dünnen Mehlsoße schwammen, und einem Schokopudding bestand.

»Isst du das nich?«, fragte er hoffnungsvoll.

»Nee. Kannste vernichten. Ich hab kein Hunger, Mann. Lass mir aber den Pudding übrig. Den ess ich später.«

»Miststück.«

Sie lachten und Sean haute rein. Das langweilige Essen beruhigte wenigstens seinen knurrenden Magen. Er aß mit gesenktem Kopf und schaute erst auf, als er die letzten Bissen auf dem Teller zusammenkratzte. In diesem Augenblick betrat Levi den Krankensaal, in jeder Hand eine Tüte. Er sah sich suchend um. Dann entdeckte er sie.

»Verdammt, den hab ich völlig vergessen«, flüsterte Cory gerade noch, da stand der Dredd auch schon in voller Länge an seinem Bett. Er starrte der Schwester hinterher, die vorbeiging, borgte sich dann einen Stuhl vom Nachbarbett, setzte sich und reichte Cory eine der Tüten.

»Was'n los, mein Junge?«, knurrte er und nahm die Sonnenbrille ab. Cory zuckte nachlässig mit den Schultern und sah in die Tüte. Schokolade und Früchte. Er legte sie zur Seite.

»Wenn de da bist, dann weißte auch, was los is. Stimmts oder hab ich Recht?«

Der Rasta nickte.

»Ja, Mann, ich hab's gehört«, brummte er. »'s scheint, wie wenn wir uns noch mal unterhalten müssten wegen der Angelegenheit nächste Woche.«

»Was meinst'n damit? Ich bin im Krankenhaus, Mann. Ich kann sechs Wochen nix machen, ganz einfach.«

Levi lachte nachsichtig. Wie ein Vater, der sein Kind über den Nikolaus aufklären will.

»Nee, Star. So einfach is das nich, glaub mir. Ich hab dir letztens schon gesagt, dass 'ne Stange Geld auf'm Spiel steht, verstehste, und ich hab nich vor, mir die Gelegenheit durch die Lappen gehen zu lassen, nur weil du ein' von meinen schnellen Jungs aufschlitzt und dir dann's Bein brichst. Ehrlich gesagt, die Sache fängt an, mir auf'n Sack zu gehen. Und weißte, warum, Cory? Weil du meinst, du könntst einfach kneifen. Du meinst, das hätt alles nix mit dir zu tun. Du scheinst nich zu kapieren, was los is inner Welt, verstehste, Star. Aber ich sag dir, da haste dich getäuscht.«

»Verdammte Scheiße, was soll ich'n machen?«, schrie Cory ihn an. Er war plötzlich außer sich. Alle Köpfe drehten sich nach ihnen um, sahen aber sofort wieder weg, als sie Levis und Corys herausfordernden Blicken begegneten. Eine Krankenschwester kam ärgerlich näher und hielt den Finger vor den Mund. Levi erklärte, Cory sei fix und fertig wegen seiner Verletzung, und brachte ihn dazu, sich bei ihr zu entschuldigen. Als die Schwester gegangen war, wandte sich Levi an Sean.

»Verstehste, was ich meine?«, knurrte er und streckte die Arme aus. Sean sah ihn mit ungläubigem Blick an.

»Levi, siehst du nich, dass Cory nich mal allein laufen kann. Wie soll er dann bei 'nem bewaffneten Raubüberfall mitmachen, Mann?«, sagte er leise und eindringlich. Levi warf ihm einen gelangweilten Blick zu.

»Dann musses halt jemand anderes machen, wenn Cory nich kann. Wie er das regelt, is seine Sache, oder?«

Er drehte sich wieder Cory zu. »Haste keinen, wo dir aushelfen kann, Star? Was is'n mit dem Mischling, mit dem de immer unterwegs bis?«

Er sah ihn erwartungsvoll an. Cory warf ihm einen vernichtenden Blick zu und machte ein obszönes Geräusch.

»Garvey? Das glaubste doch selber nich, Star. So was würd ich nie von mei'm besten Freund verlangen. Du glaubst wohl, ich bin so 'n dreckiger Scheißkerl wie du.«

Jetzt wurde Levi wütend, aber seine Stimme klang kalt und

beherrscht. Nur der drohende Unterton verriet seinen Zorn. Cory lehnte sich zurück und hoffte, dass die Stimme des Dredds nicht bis zu den anderen Betten drang.

»Ich sag dir was, Star. Du hast bis Donnerstag fünf Uhr Zeit, um ein' Vertreter zu besorgen. Wenn die Sache wegen dir nich über die Bühne geht, dann stehste auf meiner Abschussliste, sobald'e aus'm Krankenhaus rauskommst. Is das klar.«

Levi schob seine Jacke ein kleines Stückchen zur Seite. Über der Taille war deutlich eine Beule zu sehen. Kennys Pistole, nahmen Cory und Sean an. Sie sahen den Rasta hasserfüllt an. Sean war bei seinen Worten merklich blass geworden. Levi ließ die Jacke wieder los.

»Überleg dir, wer noch alte Rechnungen bei dir offen hat, Junge. Ich bin nämlich keiner von den gutmütigen Rastas. Ich bin überhaupt nich gutmütig. Und eins sag ich dir. Es macht kein' Spaß, wenn man sich immer umdrehen muss auf Schritt und Tritt, glaub mir. Mach also, was ich dir sage, und geh auf Nummer sicher, Cory ... Sieh zu, dass de dein' Fehler wieder gutmachst. Dann is die ganze Sache vergessen.«

Sean fummelte an einem losen Stück Daumenhaut. Er versuchte bereits eine Zeit lang. die aufgebrachten Stimmen auszublenden, die wie ein beängstigender Strudel um ihn tosten. Corys Situation schien sich zusehends zu verschlimmern, wenn nicht außer Kontrolle zu geraten.

Er wurde aus seinen Gedanken gerissen, als Levi aufstand und aus seinem Augenwinkel verschwand. Er seufzte unhörbar.

»Bring's in Ordnung und du bist mich los, glaub mir«, sagte Levi. Sein Gesichtsausdruck war nun versöhnlich. Sean fiel auf, wie klein sein Cousin auf dem großen Krankenhauskissen wirkte und wie müde seine Augen aussahen. Es versetzte ihm einen Stich in der Brust. Cory hob den Kopf und versuchte zu lächeln, ließ es dann aber sein. Offenbar waren seine schmerzenden Gesichtsmuskeln nicht in der Lage, die nötige Spannung aufzubauen.

»Wenn de einen bloß nich ständig so unter Druck setzen tätst, dass man nich fähig is, 'nen klaren Gedanken zu fassen«, sagte er zu dem Dredd. Levi trat zu ihm ans Bett und versetzte ihm an der Schulter einen leichten Stoß mit der Faust, als wolle er seine harten Worte ungeschehen machen.

»Ich setz dich doch unter kein Druck, *Rudebwoy*.« Der Dredd redete jetzt wie mit einem Kumpel. »Ich hab dir doch nur 'n guten Rat gegeben, oder? Bist gut bedient, wenn de dich danach richten tust. Meine Handy-Nummer haste ja. Meld dich nächste Woche. Hamm wir uns verstanden?«

»Ja, ja.«

Levi tauschte einen Faustschlag mit ihnen, schnappte sich einen Apfel und schlenderte durch die breite Krankenhaustür. Es dauerte etliche Sekunden, bis Cory und Sean die Stimme wiederfanden. Cory kochte vor Wut. Als Sean ihn ansah, konnte Cory nicht mehr an sich halten.

»So ein dreckiger Scheißkerl. Den bring ich um, Mann. Ich schneid ihm die Kehle durch, Star ... Wenn ich rauskomm, nehm ich die Sache in die Hand. Ich besorg mir eiskalt 'ne Knarre und dann sieht alles anders aus, verstehste.«

»Schsch!«, zischte Sean und hielt den Finger vor die Lippen. Cory zuckte nur mit den Schultern und murmelte noch immer seine Flüche in den Bart. Sean musterte ihn.

»Alles klar, Mann?«

»Ja, Mann, natürlich. Der bringt mich nur zur Weißglut.«

»Ja, Mann. Ich weiß. Aber lass dich von dem nich ins Bockshorn jagen. Wir lassen uns was einfallen. Wir finden schon einen Ausweg aus der Scheiße.«

Cory schnaubte verächtlich.

»Der macht mir doch keine Angst. Doch nich Levi. *Raa*, Quatsch, Mann. Das is wohl ein Scherz, oder? Ich hab keine Angst vor dem, Star, absolut nich, verstehste. Da muss schon ein anderer kommen, echt. Weißte was? Gib mir mal den Schreiber. Liegt hinterm Obst, Mann. Ja, ja, genau da.«

Sean suchte auf dem Nachttisch und fand einen Bic. Er reichte ihn Cory und fragte sich, was er vorhatte.

»Hast 'n Stück Papier?«

Cory tat, als schriebe er in der Luft, um seine Frage zu unterstreichen. Sean suchte in seinen Taschen, fand dabei alles Mögliche, nur kein Papier. Da fiel ihm die Karte des Detective wieder ein. Er bückte sich, um sie aus dem Mülleimer zu fischen. Cory zog eine Grimasse.

»Verflucht, das is 'n Mülleimer, Mann.«

»Scheiß drauf, außer der Karte is doch nix drin.« Cory schnalzte abfällig mit der Zunge.

»Das Mülltonnen-Plündern müsste von dei'm Vater seiner Seite stammen, in Bernices Familie gibt's das nich, oder, Sean?«

»Leck mich, Star«, murmelte Sean.

Er hielt Cory die Visitenkarte hin. Der las, was draufstand, und schnalzte wieder mit der Zunge. Dann drehte er die Karte um und begann zu schreiben. Seine Hand zitterte leicht, obwohl er gerade behauptet hatte, er hätte keine Angst vor Levi. Sean versuchte herauszufinden, was Cory schrieb. Ein kleines Lächeln zuckte um Corys Mund. Aber dann sah er wieder ernst aus und plötzlich wirkte er viel älter, als er war.

»Tu mir einen Gefallen, Sean«, sagte er, als er fertig war mit Schreiben.

»Kuckst du bitte in meine Tasche, wenn du zu Haus bist. In die, wo meine Fußballsachen drin sind, verstehst du?«

Sean nickte konzentriert.

»Da müssten meine Jeans drin sein. Und in der Jeans is mein Adressbuch. Tu mir den Gefallen und such die Adressen von den Leuten raus, die ich dir hier aufgeschrieben hab. Geh zu ihnen hin, und erzähl ihnen, was los is. Könnt sein, dass einer von denen mir vielleicht aus der Klemme hilft, Mann.«

Cory reichte Sean die Visitenkarte, auf der dicht gedrängt drei Namen standen.

1. Danny Campbell
2. Ricky???
3. Razor

Sean las die Karte und sah auf. »Razor? Meinst du Ray Clark, der wegen der Sache mit dem Tränengas von der Schule geflogen ist?«

Cory lächelte. »Genau, Mann. Der is leicht abgedreht. Aber die schulden mir alle was. Ich hab drüber nachgedacht, was Levi gesagt hat. Wenn du einen von denen dazu bringst, für mich einzuspringen, dann wär alles in Butter, verstehste.«

Sean sah nicht besonders überzeugt aus. »Mann, glaubst du im Ernst, die machen einfach so bei ’nem bewaffneten Raubüberfall mit? Da müssen se dir schon einen Riesengefallen schulden. Wir hamm Ray und die andern doch seit ’ner Ewigkeit nicht mehr gesehen.«

»Sean, mein Junge, ich weiß, das is gewagt. Aber das sind die Einzigen, die für so was auch nur annähernd in Frage kommen, Mann. Danny verkauft Steine oben in sei'm Viertel, soviel ich weiß. Und Ricky hat jedes Mal, wenn ich zu ihm rausgekommen bin, irgend'ne Sache laufen gehabt. Die könnten mir also schon aushelfen, verstehste.« Er hatte wieder seinen spitzbübischen Blick drauf.

»Also, was meinste. Kannste die Sache für mich erledigen?« Er kannte die Antwort. Sean lachte.

»Klar, Mann. Mach ich.« Er steckte die Karte zum zweiten Mal in seine Tasche. »Ich kümmer mich gleich am Montagmorgen drum.«

Cory lehnte sich wieder zurück und schloss die Augen. Er hatte die Hände hinter dem Kopf verschränkt und wirkte zum ersten Mal entspannt, seit Sean gekommen war. Der sah auf seine Uhr und beschloss, dass es höchste Zeit war, zu Sonia zu gehen, bevor sie durchdrehte.

»Okay, Cory. Ich komm morgen wieder vorbei«, sagte er und erhob sich. Cory schlug die Augen auf. Es gelang ihm zum ersten Mal nach all der Zeit zu lächeln.

»Alles klar, Cuz. Bis dann, Mann. Danke, dass du mir hilfst. Find ich echt stark von dir. Und soll ich dir was sagen: Das nächste Mal hör ich auf dich, wenn dir was Sorgen macht. Versprochen, Star.«

Sean lachte. »Das rat ich dir auch, Mann.«

Sie verabschiedeten sich mit einem Faustschlag, und Sean steuerte auf die Schwingtüren zu, die zum Treppenhaus führten. An der Tür sah er sich noch einmal um, aber das Bett seines Cousins verschwand in einem Meer von anderen.

## *Neuntes Kapitel*

Am Sonntag gingen Sean und Sonia zusammen ins Krankenhaus, um Cory zu besuchen. Sie hatten Reis mit Erbsen, Curry Chicken und gebratene Dumplings in einem Tuppergefäß dabei. Als sie ankamen, saß Tanya an Corys Bett. Sie wirkte erregt und nervös, offenbar waren sie mitten in einem hitzigen Gespräch.

Cory sah sie unwirsch an, aber als Sean ihn umarmte, zeigte er ihm augenzwinkernd seinen blütenweißen Gips, aus dessen Ende sein nackter Zeh lugte.

Sean und Sonia blieben fünf Minuten bei den beiden sitzen und brachen dann wieder auf. Sie wollten das Paar mit seinen Problemen allein lassen. Weder Sonia noch Sean hatten ein Wort mit Corys Freundin gesprochen, aber als sie draußen waren, mussten sie zugeben, dass Tanya zumindest den Mut besessen hatte, zu Cory zu kommen und ihm die ganze Sache zu gestehen. Sie tat ihnen sogar ein bisschen Leid, aber das behielten sie lieber für sich. Keiner von beiden wollte den Anschein erwecken, er hätte ihr das Geschehene verziehen.

Als Sean am Montagmorgen um zehn aufwachte, war ihm klar, was auf dem Programm stand. Er duschte, zog sich an und frühstückte. Dann zog er die Karte von Sainsbury aus der Tasche und machte sich auf die Suche nach Corys Adressbuch. Er fand es in der noch unausgepackten Nike-Sporttasche, wie Cory gesagt hatte, in der Tasche einer schwarzen Jeans. Ohne

Schwierigkeiten fand er auch die Namen und Adressen, die er suchte, und schrieb sie sich zur Sicherheit auf ein Blatt.

Bei Danny stand auch eine Telefonnummer, die offenbar zu der darunter stehenden Adresse eines Musikstudios in der Ladbroke Grove gehörte. Neben Razors Name war eine Handy-Nummer notiert. Er schrieb sich auch die Telefonnummern auf, für den Notfall. Was er mit den beiden zu besprechen hatte, eignete sich zu keinem Telefonat. Danach schlug er die Adressen in seinem alten Straßenplan nach und verließ das Haus.

»Bis später, Shannon«, rief er seiner Schwester zu. Ihr Gruß klang dumpf durch ihre Zimmertür. An zweiter Stelle hatte der Name von Ricky gestanden. Er wohnte in der Nähe, in einem Wohnblock in Hammersmith. Sean kannte ihn vom Namen her, aber er konnte sich beim besten Willen nicht an sein Gesicht erinnern. Bei ihm würde er es als Erstes versuchen. Er ging zur Bushaltestelle und klingelte nervös mit den Schlüsseln in seiner Hosentasche.

Im Bus war es angenehm warm. Sean döste halb, als sie um Shepherd's Bush Green herumfuhren und in die lange, gerade Straße nach Hammersmith einbogen. Er stieg gegenüber vom Hammersmith Apollo Theater aus, wo man in großen, roten Buchstaben für *Keith Sweat Live* Reklame machte. Er flitzte durch den langsam fließenden Verkehr über die Straße und steuerte auf ein kleines Sozialwohnungsviertel zu, das sich hinter dem Kordon von Geschäften und Pubs verbarg.

Am Eingang zum Viertel hing ein Plan. Felix House, der Block, nach dem er suchte, befand sich am anderen Ende. Auf dem Weg dorthin begegnete ihm nur ein Mädchen, das einen Kinderwagen schob und starr geradeaus schaute wie die Soldaten bei der Parade. Das Viertel wirkte wie ausgestorben und die alten Schaukeln in dem kleinen Park wiegten sich einsam im schwachen Wind.

Das gesuchte Gebäude hatte einen einigermaßen annehmbaren Lift. Da es nur insgesamt vier Stockwerke waren, riskierte es Sean und fuhr in den obersten Stock zu Rickys Wohnung, Apartment 40, hinauf.

Von der Wohnungstür blätterte die alte, dunkelbraune Farbe ab. Sean sah an die Decke. Der Verputz bröckelte. Er klopfte dreimal gegen den Briefkasten.

Eine Zeit lang geschah nichts. Sean hörte das Geräusch von Schritten. Ein Baby weinte. Er wartete, ohne noch einmal zu klopfen. Schließlich war mehrmaliges Schlüsseldrehen zu hören. Die Tür ging auf und ein Mischlingsmädchen mit einem Baby im Arm und einem Cricketschläger in der freien Hand stand vor ihm. Sie füllte fast den ganzen Türrahmen aus. Mit ihren dunklen, klaren, ausdruckslosen Augen sah sie ihn durchdringend an. Hinter ihr schwirrten Fliegen in der Wohnung herum. Eine davon schoss aus der Türöffnung in die Helligkeit. Er machte einen Schritt zurück.

»Was gibts?«, fragte sie. Das Baby sah Sean unverwandt an. Eine dünne Spur Nasenschleim lief ihm in den Mund.

»Ähm ... Ich wollte zu Ricky ... ist er da?«, fragte Sean.

Das Mädchen hob drohend den Schläger.

»Was willst'n von dem?«

»Ich ... ich bin ein Freund von ihm. Ich wollt mit ihm über was Geschäftliches sprechen«, stammelte er.

Sie wedelte ihm mit dem Schläger vor der Nase herum und hievte das Baby etwas höher hinauf.

»Der is nicht da. Und ich hab auch keine Ahnung, wann er kommt. Solltste ihn irgendwo treffen, sag ihm, dass er meinetwegen bleiben kann, wo der Pfeffer wächst. Der Drecksack hat mir mein Mietgeld gestohlen.«

Ehe Sean sich auf eine Antwort besinnen konnte, schlug das Mädchen die Tür zu. Er starrte einen Augenblick die schmutzig braune Fläche an und überlegte, ob er noch einmal klopfen sollte. Dann besann er sich eines Besseren. Kopfschüttelnd ging er den Flur entlang und stieg die Treppen hinunter. Als er das Erdgeschoss erreichte, musste er lachen. Er nahm das Kärtchen aus der Tasche und wandte sich dem Namen zu, der ganz oben stand. Er würde bei Danny Campbell sein Glück versuchen. Auf dem Weg zur U-Bahn-Station drehte er sich noch einmal nach Felix House um und beschleunigte seinen Schritt.

Eine halbe Stunde später stand er vor den *Metronome-Music-Studios* in der Ladbroke Grove. Er drückte den silbernen Klingelknopf und hörte eine freundliche Frauenstimme aus der Sprechanlage.

»Hallo, hier ist Metronome!«, begrüßte sie ihn melodiös.

Sean fragte nach Danny Campbell und erntete ein Brummen und Klicken. Er schob die Tür auf und folgte den Stufen hinunter ins Halbdunkel. Froh, der Straße entflohen zu sein, marschierte er den Flur entlang zum Empfangsraum.

Die Tür war nur angelehnt. Sean öffnete sie und sah in einen leuchtend blauen Raum mit einem großen schwarzen Schreibtisch am anderen Ende. Das Fenster lag auf Straßenniveau und war von einer Unmenge Pflanzen umrahmt. An der rechten

Wand hingen Poster von verschiedenen Musikgruppen. Sean entdeckte eines von den Eternal, die auf ihn herabzulächeln schienen, und fragte sich, ob Danny wohl einen von ihnen persönlich kannte.

Er trat vorsichtig ein, den Kopf nach vorn gereckt wie ein Dschungelforscher. Die junge Frau am Empfang winkte ihn zu sich. Es war eine hübsche Weiße in schwarzer Seidenbluse.

»Komm rein, du bist richtig, Schatz!«, trällerte sie, während sie ein paar Blätter durchsah. Er ging zum Schreibtisch und blieb etwas unbeholfen davor stehen.

»Oh, hallo ... Ähm ... Ich suche Danny, Danny Campbell. Ähm ... Hab ich grad bei Ihnen geklingelt?«

Die Frau lächelte ihn an. In diesem Augenblick fiel ein breiter Streifen Sonnenlicht durch das Fenster quer über ihren Schreibtisch. Das Telefon klingelte. Sie hob den Finger und nahm mit ernster Geschäftsmiene ab.

Während sie telefonierte, sah Sean sich im Zimmer um und dachte über Danny nach. In der Schule war er sehr lebhaft gewesen. Er hatte als Unruhestifter gegolten, aber als ein sehr aufgeweckter. Ein halbes Jahr lang hatten Cory und Sean mit ihm die Anlagen und Spielplätze um die Grundschule unsicher gemacht, die Mädchen gejagt und den Lehrern das Leben schwer gemacht. Bald aber hatten sie andere Freunde gefunden und Sean hatte den Kontakt zu Danny verloren. Er war gespannt, was aus ihm geworden war.

»Tut mir wirklich Leid«, sagte die junge Frau in den Hörer und legte ihn auf die Gabel zurück. »Danny ist grade in einer Sitzung, aber wenn du mir deinen Namen sagst, frag ich ihn, ob er sich fünf Minuten freimachen kann.«

»Vielen Dank«, sagte Sean erfreut. »Ich heiße Sean Bradley. Wir kennen uns aus der Schule.«

»Okay.« Sie wählte schweigend die Nummer. Sean hörte das Telefon klingeln und dann unverständliches Gemurmel am anderen Ende der Leitung.

»Ja, Danny ... Ich hab hier einen Sean Bradley, der dich sprechen will ... Ja? ... Okay ... Alles klar.«

Sie legte auf und lächelte Sean wieder an.

»Offensichtlich will er einen so gut aussehenden jungen Mann nicht warten lassen. Er hat gesagt, ich soll dich gleich reinführen«, sagte sie und stand auf. Sie trug einen engen Minirock, der ihre Rundungen betonte. Sean hielt seine Blicke im Zaum und beschränkte sich darauf, freundlich über ihr schmeichelndes Kompliment zu lächeln.

Sie gingen über das andere Ende des Flurs zu einer kleinen, mit Teppich überzogenen Tür. Die Frau ergriff die winzige Klinke und öffnete die Tür.

Eine heftige Geräuschwelle schlug über ihnen zusammen, als sie eintraten. Sean hatte das Gefühl, die lauten Bässe fegten ihm den Kopf weg. Um ein Mischpult saßen drei Männer in schwarzen Ledersesseln. LEDs flackerten und zuckten im Rhythmus der Musik aus riesigen schwarzen Lautsprechern.

Ein Geräteturm aus einem Apple Macintosh-Computer und einem kleinen Monitor obendrauf standen neben dem Pult. Durch eine breite Glasfront sah Sean einen Mann, der mit geschlossenen Augen leidenschaftlich in ein Mikrofon sang. Der Typ mit Baseballmütze, T-Shirt und Trainingshose drehte sich zu ihm um. Sean war etwas schockiert, als er sah, dass es Danny war. Der Junge begrüßte ihn lauthals.

»Donnerwetter, Sean. Wie gehts denn so, Blood?«, sagte er und ergriff mit beiden Händen Seans Hand. Er hatte sich einen Bart wachsen lassen. Seine Augen lagen tief in den Höhlen. Sein Blick wirkte erwachsen, aber es war noch immer etwas von dem alten Leuchten darin. Das Mädchen vom Empfang lächelte und zog sich zurück, wahrscheinlich um sich wieder ihren Papieren zu widmen. Danny schob den Lautstärkeregler nach unten. Er stellte Sean seinen beiden schwarzen Kollegen als alten Jugendfreund vor, schob ihm Zigarettenpapier Marke Swans Kingsize hin und bedeutete ihm, sich erst mal einen ordentlichen Spliff zu bauen.

Sean lehnte ab und Danny schlug sich an den Kopf. Jetzt erinnerte er sich, dass Sean nicht rauchte, und griff selbst nach dem blauen Päckchen.

»Über dich und Cory hab ich mich schon in der Schule gewundert. Ich hab nie zwei Leute kennen gelernt, die so unterschiedlich waren und so unzertrennlich.«

Er riss das Päckchen auf und deutete auf einen Stuhl.

»Setz dich doch, Star, was'n los? Was hast'n gemacht in den letzten Jahren?«

Sean setzte sich. Das Polster des Ledersessels fühlte sich weich und warm an.

»Wie 'n Verrückter gelernt, Star«, antwortete er. »Ich hab gedacht, es is wahnsinnig schwer, aber eigentlich gehts. Brauchst nur brav deine Hausaufgaben zu machen, dann läufts schon. Sonnie beschwert sich zwar immer, aber die schafft das. Das weiß ich.«

Danny sah auf.

»Was, du bist immer noch mit Sonia zusammen?«

»So isses.«

»Ach komm.« Er lächelte und krümelte Gras aufs Papier. Hinter ihm sah Sean noch immer den Sänger vor dem Mikro im Aufnahmestudio die Arme bewegen, aber seine Stimme war kaum zu hören. Sorgfältig rollte Danny seinen Joint.

»Und wie gehts Cory, dem Spinner?«, fragte Danny, noch immer grinsend. Sean machte ein ernstes Gesicht.

»Offen gesagt, wegen dem komm ich zu dir, Star.«

»Echt?«

Sean nickte.

Danny zündete seinen Joint an und entließ eine dicke Rauchwolke aus dem Mund, die in Spiralen zu dem kreisenden Ventilator aufstieg. Es entstand ein kurzes Schweigen, dann drehte sich Danny zu dem Mann hinter der Scheibe um und machte ihm Zeichen. Danach wandte er sich an seine beiden Kollegen.

»Würds euch was ausmachen, wenn wir fünf Minuten Pause machen?«

Die beiden schüttelten den Kopf und griffen mit zufriedenem Gesichtsausdruck nach ihren Jacken. Danny begann aufzuzählen, was sie von dem westindischen Laden auf der anderen Straßenseite an Essen mitbringen sollten. Er wirbelte auf seinem Drehstuhl herum und sah Sean an.

»Haste Hunger?«

»Ich hab schon gefrühstückt«, antwortete Sean mit der Hand auf dem Bauch.

»Ich bestell für dich was mit, dann isste, wie de Lust hast, und lässt stehen, was de nich willst, okay?«

»*Big up respec'*, Star.«

Danny lehnte sich zufrieden in seinen Stuhl zurück.

»Ich sags dir, Sean. Das ist vielleich 'n Leben, Mann. Ich rauch, wenn ich will, mach Mittag, wenn ich will, mach die Arbeit, wo mir Spaß macht, und verdien dabei noch Geld. Ich kann mich nich beschwern, Mann. In dem Monat kommen auch noch 'n paar Songs raus.«

Danny rollte mit dem Sessel zu einem winzigen Kühlschrank und nahm zwei Dosen Grapefruit-Drink von Ting heraus. Er warf davon eine Sean zu und öffnete die andere mit einem Zischen.

»Also, was is mit Cory?«, fragte er. Sein Ton war plötzlich ernst.

Sean holte tief Luft und begann zu erzählen, in welcher Lage sich sein Cousin befand. Das Telefon klingelte ein paar Mal, aber der Toningenieur ignorierte es. Mit unbeweglichem Gesicht hörte er Sean zu, ohne ihn zu unterbrechen, und rollte dabei Joints.

Als seine Kollegen mit Tüten voller warmem Essen zurückkamen, war Sean gerade an der Stelle, wo ihm das wütende Mädchen Rickys Wohnungstür geöffnet hatte. Danny packte eifrig sein Essen aus und nickte. Die beiden anderen verließen wieder den Raum.

»Mit dem Ricky is in letzter Zeit nich viel los«, sagte Danny unbeteiligt. »Ich glaub, der sitzt. Wenn mich nich alles täuscht, in Wandsworth. Hat 'n Mädel aus Ealing vergewaltigt mit 'n paar Brers.«

»*Was*!«

»Ja, Mann. Wie wir mit der Schule fertig waren, bin ich 'ne

Zeit lang mit ihm rumgehangen. Damals hat Cory uns'n Hals gerettet. Stimmt schon, wir sin ihm was schuldig.«

»Was is passiert?«

»Wie – mit der Vergewaltigung oder dem andern?«

»Dem andern. Von der Vergewaltigung will ich nix wissen.«

Danny sah zur Decke und schien zu überlegen.

»Wir waren im Kentucky Fried Chicken in Hammersmith, kennste das Ding?«

Sean nickte.

»Also gut. Ich und der Ricky hamm damals Geschäfte zusammen gemacht. Wir waren Partner. Fifty-fifty Kapital und fifty-fifty Profit, verstehste? Jedenfalls hammer im Kentucky gesessen und was gegessen und dabei gequatscht. Da kommt auf einmal ein Typ rein, Clifford, mit seinem Mädel. Einer von Ricky seinen Kunden, den ich aber auch gekannt hab. Ich sag also zu dem: ›Komm doch rüber‹, will 'n paar Takte mit dem verzählen und so. Da rastet der Ricky voll aus ... verdammte Scheiße. Und es kommt raus, dass der Typ eine lange Latte bei Ricky offen hat, ihm also verdammt viel Geld schuldig is. Dem Ricky brennt die Sicherung durch und er schreit das ganze Lokal zusammen.«

Während Danny erzählte, schaufelte er sich mechanisch das heiße Essen in den Mund. Er machte eine Pause, um sich noch einen Löffel Reis mit Fleisch zu nehmen.

»Wo war ich stehen geblieben?«, fragte er und spuckte einen Knochen aus.

»Als Ricky im Kentucky durchgedreht is.«

»Genau. Ricky brennt also die Sicherung durch und er

schreit: ›Wo is mein? ... Gib mir gefälligst mein Geld, du Arsch!‹ Clifford kriegt ’n Hass. Klar, der is mit sei’m Mädel zusammen. Und da stinkts ihm natürlich, dass Ricky ihn vor allen so zusammenscheißt. Ich hab gemerkt, wie er sich beherrscht hat. Und dann is er einfach ab, ohne dass er was zu essen hat. Da hab ich gedacht, das gibt Ärger, verstehste? Ich habs einfach gewusst, Mann.

Keine Woche später waren Ricky und ich in Greenside, weil ich da ein Mädchen gekannt hab. Und wen treffen wir? Clifford, und zwar mit einigen Typen. Hat man gleich gesehen, dasse Streit wollten. Die stürzen sich auf Ricky, und der, vollgedröhnt wie er is – wir hatten grad ’ne Pfeife geraucht –, geht mit’m Messer auf die los. Star, ich hab gedacht, der sticht einen ab und ich steh daneben. Total zu war der. Aber dann hamm se ihm das Messer abgenommen und ihm ’ne Tracht Prügel verpasst. Mich hamm se gar nich beachtet. Und mit ei’m Mal brüllt der Wichser: ›He, und mein Partner? Was is mit dem?‹«

Sean sah Danny ungläubig an. Von seinen Fingern tropfte die Soße.

»Kein Wort gelogen. Cory hat alles gehört«, sagte der bärtige Junge düster und wischte sich die Soßenspuren von der Wange ab.

»Auf alle Fälle stürzen die sich plötzlich auf mich und verpassen mir Tritte. Aber auf eimmal fliegen die Fetzen und keiner is mehr auf mir drauf. Ich dreh mich um, da seh ich Cory und Garvey un ’n paar von sein’ Kumpels, die die Typen windelweich kloppen. Aber der Ricky is über alle Berge. Wahrscheins hat er sich aus’m Staub gemacht, wie die andern über mich hergefallen sind. Ich war drauf und dran, heimzugehn und meinem Onkel seine Knarre zu holen, aber dein Kuseng hat mich zur Vernunft gebracht, Mann.«

Er zuckte mit der Schulter und stocherte mit der Gabel in seinem Reis.

»Das is alles, Mann. Cory hab ich zu verdanken, dass die mir nich den Schädel eingehaun hamm. Und wegen Ricky hab ich angefangen, ernsthaft über das Drogengeschäft nachzudenken. Ich mein, mit Crack kannste massenhaft Geld machen, aber immer mehr von denen, die ihr Geld dafür ausgeben, leben nich mehr, und ich will leben, verstehste? Weißte, dass ich an dich gedacht hab, Sean. Wie du beim ersten Anlauf die ganzen Prüfungen fürs College geschafft hast. Und da hab ich mir gesagt: Ich kann machen, was ich will, wenn ich nur will. Und zack, zack, hab ich mein gespartes Geld genommen, bin aufs College gegangen. Und jetzt bin ich hier der zweite Tontechniker. Nicht schlecht, was?«

Sean lächelte zustimmend.

»Stark, Mann, und du rauchst auch keine Rocks mehr?«

»Nee, Mann. Nach 'n paar Monat auf'm College hab ich realisiert, dass ich grad noch fünfzig Kilo wieg. Fünfzig Kilo! Außerdem hats geheißen, der Ricky wär hinter mir her. Der hat rumerzählt, ich hätt ihn damals in die Pfanne gehaun. Also hab ich wieder mehr gegessen und Bodybuilding gemacht, bis ich meine alte Figur wieder gehabt hab. Und als ich ihn dann getroffen hab, war er so kaputt, dass er mir überhaupt nix hätt machen können, und das Nächste, was ich gehört hab, war, das se ihn eingelocht hamm. Vor ein, zwei Jahrn läuft der uns nich übern Weg, wemmer Glück hamm.«

Die beiden Jungen lachten freudlos. Der Wahnsinn um sie

herum war alles andere als erheiternd. Sean trank aus und spielte mit dem Reißverschluss seines Kapuzenshirts.

»Also, was is, Dee, kannste Cory aushelfen oder nich?« Seine Frage kam direkt und seine Stimme klang ernst. Danny seufzte. Er sah sich suchend im Zimmer um und wich Seans Blick aus. Er hustete unsicher.

»Ich hab dirs ja grad versucht zu erklären.« In seiner Stimme schwang Bedauern mit. »Vor einem Jahr, als ich von der Schule gekomm' bin, wär ich sofort dabei gewesen. Vor allem nach dem, was dein Kuseng damals für mich getan hat. Aber jetzt gehts mir genau wie dir. Ich bin völlig sauber, verstehste. Es gibt so viele legale Tricks in dem Geschäft, dass ich blöd wär, wenn ich das nich ausnutzen tät. Aber ich wär ein Vollidiot, wenn ich das alles aufs Spiel setz. Ich will damit sagen: Ein Überfall is das Letzte, was ich machen tät, zumindest zurzeit, Sean. Tut mir Leid, dass ich dir nich helfen kann, Mann.«

Sean stand auf und zuckte mit den Schultern. Er wirkte müde.

»Du hast dir dein Leben aufgebaut, Mann. Das is richtig so. Ich kann nicht von dir erwarten, dass du das wegen Cory aufs Spiel setzt.«

Danny sagte nichts. Einen Augenblick hatte er die Hände vors Gesicht gelegt. Dann sah er zu Sean auf.

»Was, du gehst schon?«

»Ich muss, Star. Ich hab noch massenhaft Sachen zu erledigen.«

Danny sah aus, als hätte man ihm Essig statt Wein zu trinken gegeben. Er stand auf und sah Sean entschuldigend an.

»Star, ich komm mir vor wie ein Dreckskerl.« Er griff in die

Hosentasche, und als er gefunden hatte, was er suchte, reichte er es Sean, der es mit einem kurzen Blick in die eigene Tasche verschwinden ließ. Noch eine Visitenkarte. In großen Lettern stand Dannys Name darauf.

»Tut mir echt wahnsinnig Leid, Sean«, murmelte er. »Ruf mich an, wenn ich dir irgendwie helfen kann, versprochen?«

»Klar. Wär echt Spitze, wenn du Cory mal im Krankenhaus besuchst. Station C6.«

»Mach ich.«

»Also, Blood. Bis dann.«

»Bis dann, Sean.«

Sean verließ das Studio und eilte die Stufen hinauf auf die lärmende Straße. Dort atmete er durch und streckte sich. Er hatte es Danny nicht gezeigt, aber seine Reaktion hatte Sean verletzt.

Jetzt war nur noch einer übrig. Er machte sich wieder auf den Weg zur Bushaltestelle. Auf dem Weg dorthin reifte in seinem Kopf ein Plan. Je schneller ihn seine Beine über den harten Asphalt trugen, desto klarer und lebhafter zeichnete er sich ab.

Der letzte Name auf seiner Liste führte ihn in ein Neubaugebiet in North Acton. Riesige Bagger standen verlassen auf dem Gelände herum, aus Fundamenten stachen Rohrleitungen in die Luft und die halb fertigen, fensterlosen Gebäude aus gelbem Backstein wirkten kalt und abweisend.

Razor wohnte am Rand des Viertels in einer Erdgeschosswohnung. Sean musste zweimal klopfen, bevor ihm ein hübsches schwarzes Mädchen die Tür öffnete und ihn freundlich hereinbat. Razor lag im Wohnzimmer auf dem Sofa, ein kleiner, junger Schwarzer mit Goldzahn und Grübchenlächeln. Seans Besuch überraschte ihn. Er bot ihm einen Platz an und schickte seine Freundin Melisha in die Küche kalten Rum-Punsch holen. Kurze Zeit später hielten alle drei ein Glas mit dem roten Getränk in der Hand und Sean und Razor unterhielten sich angeregt über die gemeinsame Schulzeit.

»Spitzenmäßige Wohnung habt ihr«, sagte Sean und sah sich um. Der Nicam-Fernseher und die teure Stereoanlage waren nur zwei der vielen kostspieligen Gegenstände in der Wohnung. Razor zuckte bescheiden mit den Schultern.

»Alter, ich muss sehen, dass mein Mädchen und ich ein Auskommen hamm, verstehste? Ich kenn genug Typen, die sich mit Drogen voll pumpen un meinen, das isses. Aber ich nich. Weißte, wemmer aus der Gosse kommt, heißt das noch lang nich, dass man dazu verdammt is, immer da zu bleiben. Stimmts, Mel?«

Melisha nickte und nahm einen Schluck aus ihrem Glas.

»Das will ich hoffen. Ich red immer an Ray hin, dass wer wegziehen. Aber er sagt, hier kammer einfach zu viel Geld machen.«

Razor sah Sean an und quittierte ihre Bemerkung mit einem Augenrollen.

»Hörma, Alter, ich schieß hier den Vogel ab. Sobald ich mein Telefon einschalt, klingelt es. Alle machen hier Geld. Die höchsten Gewinne kannste hier machen, wenn de die richtigen Leut kennst. Bevor ich nich mindestens zehn Mille gespart hab, geh ich von hier nich weg, Star.«

Melisha lächelte schwach und strich ihren Rock glatt, sagte aber nichts.

»Mit was handelste denn?«, fragte ihn Sean.

»Bones, Powder, Gras, verstehste? Ich hab auch 'n paar Brown-Kunden gehabt. Aber die wollten sich ihrn Schuss gleich hier vor der Tür setzen. Da hab ich ihnen gesagt, dasse sich gefälligst verpissen sollen, innen Park oder sonstwo. Und wie die das nächste Mal da warn, find ich ein' von den New Age-Fuckern auf'm Gehweg mit der Nadel im Arm. Ich hätt ihn am liebsten zusammengeschlagen, aber ich hab Angst gehabt, ich krieg AIDS. Seitdem hab ich mir gesagt, scheiß auf Heroin.«

Razor zündete sich einen Joint an, der in einem Aschenbecher aus einer halben Kokosnuss lag, und wedelte den Rauch in Seans Richtung. Der Geruch von Crack stieg ihm in die Nase.

»Also, Star, was gibts? Wie kommts, dass de mich besuchst?« Wie bei einem Drachen stiegen weiße Rauchspiralen aus seinen Nasenlöchern. »Biste immer noch am Lernen?«

»Jo, Mann, immer noch. Also, weswegen ich gekommen bin. Ich wollt dich um einen Gefallen für meinen Kuseng bitten.«

»Für Cory?«

Razor setzte sich auf, seine entspannte Haltung wich augenblicklich.

»Was is'n los?«

»Weißte, das is 'ne Privatangelegenheit, nichts für ungut, Melisha.«

Melisha zuckte mit den Schultern und stand auf, aber Razor hielt sie am Arm fest und zog sie wieder auf das Sofa.

»Es mag nich so scheinen, aber bei Mel und mir gibts keine Geheimnisse. Wenn sie nich dabei is, erzähl ichs ihr später vielleicht sowieso und dann sag ich möglicherweise was Falsches, also ...«, antwortete Razor mit ausgestreckten Armen und machte sich nicht einmal die Mühe, den Satz zu beenden.

Sean atmete durch. Er wusste genug über Razors Geschäfte, um nichts befürchten zu müssen. Also legte er los.

Mit offenem Mund lauschte Melisha Seans Geschichte, während Razor äußerlich völlig unbewegt wirkte. Er blickte im Zimmer herum, rauchte und machte den Anschein, er höre gar nicht zu. Corys Probleme berührten die anderen gar nicht, dachte Sean bitter. Für sie war es nichts weiter als eine spannende Geschichte, die nichts mit ihnen und ihrem Leben zu tun hatte.

Wenn man nicht selbst in der Situation drinsteckte, dann wusste man nicht, wie es sich anfühlt. Man sagte, dass es einem Leid tat und dass man den andern verstand, aber wie konnte man etwas verstehen, wenn man überhaupt nicht wusste, worum es eigentlich ging? Keiner hatte eine Ahnung, was sein Cousin durchmachte, vielleicht nicht einmal er selbst, dachte Sean. Wieder fiel ihm sein Plan ein, der ihn, seit er Ladbroke Grove verlassen hatte, nicht mehr losließ. Mehr und mehr schien er in seinem Kopf zu reifen und Gestalt anzunehmen. Er trank noch einen Schluck Rum-Punsch und kehrte in die Gegenwart zurück.

»Danach ist Levi gegangen. Cory hat mir deine Adresse gegeben und gesagt, dass du ihm einen Gefallen schuldig bist. Und, was sagst du?«

Razor sagte eine Zeit lang gar nichts. Er ließ seinen Drink im Glas herumwirbeln und starrte in die Flüssigkeit. Schließlich lächelte er und sah auf.

»Hab ich das richtig verstanden?«, begann er schließlich. »Es geht da um ein Job, den Cory machen sollt, aber nich machen kann, weil er sich das Bein gebrochen hat. Und jetzt soll ich den Job für ihn übernehmen, weil ich ihm einen kleinen Gefallen schuldig bin, und noch dazu von vor fast ei'm Jahr?«

Sean sah ihn misstrauisch an. Aus Razors Ton schloss er bereits seine Antwort. »Stimmt. Wenn du sein Kumpel bist und ihm wirklich ein Gefallen schuldest, würdste ihm damit echt helfen. Der Kerl hat ihm mit 'ner Waffe gedroht, Star.«

»Schwachsinn.« Razor spuckte das Wort förmlich aus und zupfte sich etwas Tabak von der Lippe. »Wir sin hier ja nich im South Central, Mann. Ich wette, dem seine Knarre war nich mal echt. Der hat versucht, euch einzuschüchtern, der Kerl. Und das is ihm anscheinend auch gelungen.«

Melishas Kopf ging hin und her. Sie sah vom einen zum anderen, als verfolge sie ein spannendes Tennisspiel. Sean war klar, dass jedes weitere Wort sinnlos war. Er zuckte mit den Schultern und trank sein Glas aus.

»Tja, Ray. Ich kann dich nich zwingen, mir zu glauben, wenn de nich willst.« Er zog seinen Reißverschluss hoch, blieb aber noch sitzen.

Razor rieb sich nachdenklich das Kinn.

»Mann, da müsst mir schon einer das Leben gerettet hamm oder so was, dass ich einen Überfall für ihn machen tät. Du siehst doch, wie die Sache bei mir läuft. Ich kann mich doch nich selber reinreiten. Ich hab 'ne schöne Wohnung, haste doch vorhin selber gesagt, oder? Das kann ich nich einfach alles aufs Spiel setzen für einen kleinen Gefallen, verstehste, Star.«

Razors Ton war nun bedauernd, nachdem zuvor Spott darin gelegen hatte. Es hatte genügt, den Reißverschluss hochzuziehen. Sean stand auf. Er bekam Platzangst in der Wohnung. Er nahm sich zusammen, ignorierte das Hämmern in seinem Kopf und konzentrierte sich aufs Gehen.

»Was für einen Gefallen hat dir Cory eigentlich getan?«, fragte er Razor ohne rechtes Interesse. Sein Gehirn und sein Mund funktionierten wie mechanisch. Razor schien einen Augenblick überrascht, dann sagte er mit einem Blick auf Melisha: »Das fragste besser Cory selbst. Der kann dir das am besten erklären.«

Melisha sah Razor misstrauisch an.

»Warum sagste uns das nich?«, gab sie zurück. Ihre Augen hatten sich verengt.

»Weil das eine Sache zwischen Cory und mir is und ich nix hinter sei'm Rücken ausplaudern will.«

»Lüg nich«, erwiderte das Mädchen. »Ich weiß, dass du was ausgefressen hast. Dann kannst'es mir auch gleich selber sagen, oder?«

»Was is'n los mit dir, Frau? Ich hab doch gesagt, es is mehr Corys Geheimnis als meins, und trotzdem hörste nich auf zu nerven. Was willst'n eigentlich?«

»Ich weiß, dass de lügst, Mann, darum. Irgendwas stimmt nich. Das weiß ich, Ray. Meinste, ich merk nich, wenn was nich stimmt. Meinste, ich bin blöd?«

»Ach, halts Maul, Star. Ich krieg noch Kopfweh von dem Scheiß!«

Razor ließ sich aufs Sofa zurücksinken und bedeckte die Augen mit der Hand.

»Sag mir nich, ich soll mein Maul halten, hörst du!«

Sean hatte regungslos dagestanden. Er hatte genug gehört.

»Also dann, Leute. Ich mach jetzt 'ne Fliege, Star«, wandte er sich an die beiden. Razor erhob sich und brachte ihn zur Tür. Wieder lächelte er bedauernd.

»Tut mir Leid, Mann, dass ich dir nich helfen kann. Aber ich mach so Sachen nich mehr. Ich werd im Juli achtzehn, da halt ich mich lieber raus bei so was. Hab keine Lust, im Bau zu sitzen und mir vorzustellen, dass irgend so 'n Bulle an mei'm Stereo rumspielt und mein Zeug raucht, verstehste?«

»Alles klar, Mann. Hab schon verstanden«, antwortete Sean missmutig. »Bis dann.«

»Yeah. Bis dann, Sean. Und viel Glück noch, Mann.«

»Yeah, yeah.«

Niedergeschlagen ging Sean den asphaltierten Weg entlang, der von Razors Haustür zur Straße führte. Er hörte nicht einmal die Tür hinter sich zuschnappen. Als er die Ecke erreichte, blieb er abrupt stehen. Er beschloss, zu Fuß nach Hause zu gehen. Es war ein ziemlich langer Weg zurück nach Greenside.

Gegen halb drei kam er im Denver House an. Die Wohnung war leer. Auf dem Anrufbeantworter war eine Nachricht von Sonia für ihn. Sie fragte, wo er sich herumtreibe, und erzählte, dass Sam Boyd ihn gesucht hätte. Als er die Nachricht gehört hatte, löschte er sie vom Band, damit seine Mutter nicht erfuhr, dass er nicht im College gewesen war. Er ging ins Wohnzimmer und sah sich trübsinnig das hirnlose Nachmittagsprogramm im Fernsehen an.

Fast eine Stunde verbrachte er so und hing seinen Gedanken nach. Dann stand er auf, ging in die Küche, holte sich ein Päckchen Chips und verließ die Wohnung.

Entschlossen schritt er die Straße entlang. Am Zaun, der die Grundschule von Greenside umgab, drückten sich ein paar Hubba Bubba kauende Kinder herum, die darauf warteten, von ihren Eltern vom Spielplatz abgeholt zu werden. Sie riefen Sean etwas zu und winkten, als er vorbeiging.

Kurze Zeit später stand er vor Levis Tür und klingelte Sturm. Innerhalb von Sekunden öffnete ihm ein dürrer Weißer in verblichenem T-Shirt und Jeans.

»Was gibts?«

Der Mann sah ihn angestrengt an.

»Is Levi da?«, fragte Sean. Der Mann schüttelte den Kopf.

»Der wollt in irgend'n Pub. Ich glaub, in' *Moon.* Der is auf der Green, wenn mich nich alles täuscht.«

Er hustete und trat an Sean vorbei auf den Balkon und spuckte auf das Stockwerk unter ihnen.

»Was? Das Pub auf Bush Green?«

»Ja, genau. Das an der Ecke. Er hat gesagt, da isser den ganzen Nachmittag. Also isser wahrscheins noch da.«

Der Mann blinzelte Sean zu.

»Brauchste was zum Rauchen?«, flüsterte er gut hörbar.

»So was Ähnliches.«

»Ich hab erstklassigen Shit da. Du kannst dir einen Spliff drehen und ihn probiern, wenn de nich bis zur Green laufen willst.«

Der Mann sah sich um, als gäbe es überall Spione.

»Nee, ich muss unbedingt mit ihm sprechen. Dann geh ich am besten gleich hin«, antwortete Sean mit einem schmalen Lächeln.

Der Mann streckte sich und gähnte. Es schien ihm nichts auszumachen, dass er nichts verkaufen konnte. Sean nahm es als Anlass zu gehen.

»Wenn du ihn siehst, sag ihm, dass Sean da war.«

»Kein Problem, Kumpel.«

Sean ging den Gang entlang und sah auf die Reihen von Gebäuden um ihn herum. Eine Betonarmee, die ihn umzingelt hatte und auf neue Befehle zu warten schien.

Levi hockt in irgendnem Pub rum und mein Kuseng is in der Scheiße und liegt im Krankenhaus, dachte er bitter. Zeit, dass ich die Sache in die Hand nehm.

Er trottete die feuchten, urinfleckigen Treppen hinunter und trat hinaus auf die Straße. Auf seinem Gesicht mischten sich Entschlossenheit, Angst und eine düstere Vorahnung.

Für Levi hatte der Tag ganz passabel angefangen, seit er um eins im Bett seiner Babymother aufgewacht war. So nannte er seine Freundin Shawna, weil sie ein Kind von ihm hatte. Bevor er unter die Dusche gestiegen war, hatte er sich noch eine halbe Stunde mit ihr auf dem großen Futon herumgewälzt, dann hatte er sich angezogen und war Punkt zwei Uhr ausgehbereit gewesen. Er hielt sich für einen der Weltschnellsten, was das Anziehen betraf. Shawna und ihr inzwischen quicklebendiges Baby hatte er in ihrer Wohnung in Hammersmith zurückgelassen.

Als er an dem Pub in Shepherd's Bush Green vorbeifuhr, sah er die lange Schlange vor dem Arbeitslosenbüro. Es lag genau daneben. Kurz entschlossen rief er in seiner Wohnung in Beechwood House an. Heute war der Tag der Sozialhilfeschecks. Levi wollte sich holen, was ihm zustand, und noch ein paar kleine Geschäfte nebenher machen.

Erfreut stellte er fest, dass auch Everton und Mark da waren, ein Weißer und ein Schwarzer, die vorwiegend mit Heroin dealten. Sie unterhielten sich so angeregt mit ein paar Männern von nebenan, dass aus ihren Pints das Bier überschwappte. Levi war zufrieden mit seinem Entschluss, Greenside für den Rest des Tages den Rücken zu kehren. Er war ein Mann, der seinen Instinkten folgte, und es stimmte ihn glücklich, wenn sie ihm Recht gaben.

Winkend bog Levi mit seinem Vauxhall um die Ecke und parkte. Schon von weitem begrüßte er die Männer mit seinem dröhnenden Bass. Sofort bekam er von allen Seiten Bier angeboten. Er lehnte dankend ab und hielt seine prall gefüllte Brieftasche hoch. Die nächste Runde ginge auf ihn, versprach er der Menge, worauf er ein lautes Jubeln erntete.

Der Wind war eiskalt und ging durch bis auf die Knochen. Trotzdem standen die Männer draußen. Sie wussten, dass in einer Stunde leicht zwei- bis dreihundert Pfund zu verdienen waren. Wenn ein Käufer auftauchte, brauchten sie nur kurz um die Ecke zu gehen, und schon wechselten Geld und Drogen ihren Besitzer, direkt unter den Balkonen der Wohnblocks und vor den Augen der jungen Mütter, die ihre Kinder von der Schule nach Hause brachten. Levi fürchtete sich schon lange nicht mehr, auf offener Straße zu dealen. Everton und Mark zeigten ebenso wenig Angst. Sie schmierten die Polizei, damit man sie in Ruhe ließ.

Das Geschäft ging gut, und Levi genoss es, obwohl er diese Art von Handel nicht nötig hatte. Es verschaffte ihm einen Kick, sich unter diesen Leuten zu zeigen, die wussten, wer und was er war. Das war alles.

»Mann, ich hätt lange Unterhosen anziehen sollen, die Kälte geht ja durch Mark und Bein!«, sagte der Dredd in die Runde und schlug die Arme um den Oberkörper.

Die anderen lachten.

»Lang mach ichs in dem Land nich mehr. Bei der nächsten Gelegenheit setz ich mich ab. Das is der letzte Winter, den ich in England bin, kannste Gift drauf nehmen«, schimpfte Everton. Sein langes blondes Haar flatterte im Wind wie Algen in der Meeresströmung. Mark nickte und prostete ihm zu.

Die meisten anderen Männer tranken schweigend. Neunzig Prozent von ihnen verdienten in zwei Monaten, was Levi, Everton und Mark an einem Tag einsackten. Die Großen Drei hätten sich ohne weiteres Ferien in anderen Ländern erlauben können, überall in der Welt, aber sie waren viel zu geizig dazu und verteidigten eifersüchtig ihre Pfründe.

Das Ergebnis war, dass sie genauso wenig aus England rauskamen wie alle anderen. Jahr für Jahr redeten sie sich die Köpfe heiß und schwärmten sich gegenseitig vom warmen Klima in der Karibik oder in Südfrankreich vor, aber sie fuhren nie dorthin. Bis auf Everton, der zwei Jahre zuvor mit seiner Freundin und seinen Kindern auf Mallorca gewesen war. Aber als er zurückkam, meinte er nur, es sei dort genauso wie in England, abgesehen vom Regen. Deswegen kam für ihn Spanien als Ferienziel nicht mehr in Frage. Levi und Mark stimmten im Großen und Ganzen mit ihm überein.

Der Blonde nahm einen Schluck aus seinem Glas. Als er es absetzte, bemerkte er einen jungen Mann, der mit entschlossenem Blick auf Levi zuging. Sean blieb direkt vor Levi stehen und sah ihn an, ohne die Männer um ihn herum zu beachten.

»Ich muss mit dir reden«, sagte er barsch.

Levi drehte langsam den Kopf, um seinen steifen Nacken zu lockern. »Schieß los, Mann.«

»Nicht vor den ganzen Leuten. Können wir reingehen?«

Sean deutete mit dem Kopf zum Pub hin. Everton war platt über den beherrschten Tonfall des Jungen und die Art, wie er die umstehenden Männer ignorierte, die ihn neugierig ansahen. Levi sah in die Runde und nickte kurz.

»Bin gleich wieder da.«

»Alles klar.«

Everton sah ihnen nach, wie sie in den Pub gingen, dann drehte er sich zu den anderen um und rollte die Augen.

Der Dredd und Sean schoben sich in dem überfüllten kleinen Pub durch die Menge und arbeiteten sich in eine Ecke vor, wo es etwas leiser zuging. Sie fanden einen freien Tisch, wo sie sich einigermaßen ungestört unterhalten konnten. Levi fragte Sean, was er trinken wolle. Sean bestellte ein Holsten Pils und lehnte sich zurück, um sich die Gäste zu betrachten. Levi verschwand auf dem Weg zur Bar in einem Meer von Köpfen.

Vorwiegend junge, gut gekleidete Menschen bevölkerten das Pub. Viele von ihnen trugen Anzug oder Kostüm. Sean ging davon aus, dass die meisten bei der BBC arbeiteten, deren Gebäude nur knapp zwei Minuten entfernt lag. Außer ihnen waren auch die Bewohner des Viertels da, einige davon tranken und unterhielten sich mit den eleganten Leuten vom Fernsehen. Andere hatten sich an einen Tisch in der Ecke verkrochen wie er und gingen auf Abstand zu ihren gut gekleideten Artgenossen.

Sean fragte sich, welchen kranken Gehirnen es einfallen konnte, neben einem Sozialwohnungsviertel, dessen Bewohner zum Großteil von der Wohlfahrt lebten, ein Prestigeobjekt hinzusetzen, das Millionenzuschüsse aus der öffentlichen Hand verschlang. Es war verrückt, aber genau so war London gebaut. Daran hatte sich über die Jahrhunderte nichts geändert. Und dann wundert man sich, dass es so viele Verbrechen gibt, dachte Sean kopfschüttelnd.

Levi kam zurück mit zwei Pints. Er stellte sie auf den Bierdeckeln ab und schob ein Bier zu Sean hinüber.

»Hier gibts nur Budweiser«, knurrte er.

»Auch gut.«

Levi nahm einen Schluck Guinness.

»Also, was is?«, sagte er.

»Hör zu. Ich bin heut den ganzen Tag rumgelaufen, um jemand zu suchen, der für mein' Kuseng einspringt. Ich hab aber keinen gefunden. Und Cory liegt verletzt im Krankenhaus, Mann. Es is nich seine Schuld, dass er bei der Sache nich mitmachen kann.«

»*Nich so laut, Mann!*«, zischte Levi, auch nicht viel leiser. Ein großer Mann in beigem Trenchcoat schaute zu ihnen herüber, sah aber sofort weg, als Levi ihm einen eiskalten Blick zuwarf. Der Dredd beugte sich zu Sean hinüber und sprach leiser weiter.

»Hör mal gut zu. Is mir scheißegal, in was für 'ner Situation Cory is. Hätt er sich vorher überlegen müssen. Jetzt liegt mein Mann im Krankenhaus mit Stichverletzungen und ich brauch Ersatz. Alles andere interessiert mich ein Dreck, verstehste? Kann ich was dafür, dass er im Krankenhaus is, he?«

Der Dredd würgte die Worte zwischen den zusammengebissenen Zähnen heraus, dabei hüpften die Sehnen an seinem Hals. Sean war so wütend, dass er es gar nicht bemerkte. Vielleicht war es ihm auch egal.

»Jedenfalls kennste die Typen, die ihn krankenhausreif getreten hamm. Verdammte Scheiße! Das warn nämlich die Kumpels von Roger. Sag mir nich, dass de die nich kennst.«

Sean rutschte auf seinem Stuhl nach hinten. Er sah sich ärgerlich im Lokal um und zog die Luft durch die Nase ein. Auf dem Weg hierher war ihm nicht bewusst gewesen, wie aufgebracht er war. Bleib ruhig, redete er sich innerlich zu. Aber Levi hatte bereits wieder losgelegt.

»Wie gesagt, das is nich mein Problem. Interessiert mich nich. Was ich gesagt hab, hab ich gesagt. Wenn Cory den Job nich macht, garantier ich für nix. Steht 'n Haufen Geld auf'm Spiel, Star.«

Sean ertrug Levis gleichgültige Miene nicht mehr. Er sah weg. Sein Bier stand unberührt auf dem Tisch. »Ich bin'n ganzen Tag rumgelaufen, um einen Ersatz für dich zu finden, Mann«, erwiderte er schließlich.

Levi reagierte nicht. Stattdessen drehte er sich winkend nach einer schick gekleideten Schwarzen um und brüllte ihr mit breitem Lächeln ihren Namen nach. Dann wandte er sich wieder an Sean.

»Und, was soll *ich* jetzt machen, he?« Es klang, als wüsste er nicht weiter und brauchte Seans Hilfe, um klar zu sehen.

Sean schloss die Augen und spürte, wie seine Kopfschmerzen wiederkamen. Er wollte zu Levi sagen, dass er sich seine Waffen, sein Geld und seine Rocks in den Arsch schieben sollte. Aber die Worte gingen ihm nicht über die Lippen. Wahrscheinlich würden sie ihm nie über die Lippen gehen. Levi war unbeweglich wie ein Fels. Er würde nie von seinem Plan abgehen, er war wie besessen davon. Sean verfluchte sich, dass er auch nur einen Augenblick geglaubt hatte, Levi umstimmen zu können. Es war das alte Lied. Sean blieb nichts anderes übrig, als die Suppe auszulöffeln, die Cory ihm eingebrockt hatte.

»Lass mich bei dem Raub mitmachen. Ich übernehm Corys Platz.« Seans Angebot kam so überraschend, dass Levi aussah, als hätte man ihm gerade ein Glas Bier ins Gesicht geschüttet.

»*Du*?! Glaubste im Ernst, dass de zu so was in der Lage bist?« In Levis Stimme schwang Spott, ohne dass er es wollte. »Wir sin bis an die Zähne bewaffnet, da gehts zur Sache, Junge. Glaubste im Ernst, dass de zu so was inner Lage bist?«

Sean sah Levi mit gerunzelter Stirn an.

»Mann, ich hab bei den Cadets schon mit dem Gewehr geschossen. Ich kann mit Waffen umgehen. Außerdem wollen wir ja niemand umbringen, oder? Die Knarren hamm wir doch nur, um den Leuten Angst zu machen, oder?«

»Schon.«

Sean rückte wieder nach vorne.

»Komm, Mann, das kannste mich ruhig machen lassen. Ich lass dich oder mein Kuseng nich hängen. Und außerdem, denk mal nach, Mann. Ich bin deine einzige Möglichkeit, es sei denn, du willst, dass Cory mit seinen Krücken anrückt.«

Levis Pokerface verzog sich zu einem Lachen, und beide kicherten über die Idee, einen Raubüberfall mit einem gebrochenen Bein zu machen. Dann wurde der Dredd wieder ernst, er schien über Seans Vorschlag nachzudenken.

»Nehm' wer mal an, ich sag ja. Woher soll ich wissen, dass de mich nich bei den Bullen verpfeifst?«

Levi nahm noch einen Schluck von seinem Guinness, um nicht über Seans entrüstete Miene in Lachen auszubrechen.

»Wo mein Kuseng im Krankenhaus liegt? Das wär doch bescheuert. Außerdem, bloß weil ich aufs College geh, heißt das noch lange nich, dass ich ein Spitzel bin, Mann.«

Sean klang beleidigt.

Levi hob die Hände in einer Geste, die Cory sofort verstanden hätte.

»War nich als Beleidigung gemeint – man kann heutzutag kei'm mehr trauen.«

»Ja, ja, ich weiß. Aber ich mach das nich für Geld oder sonst was. Ich mach das nur, um mei'm Kuseng zu helfen«, sagte Sean.

»Rammste dann auch Roger ein Messer zwischen die Rippen, wenn de ihn siehst?«, witzelte Levi gutmütig.

»Das hab ich doch wohl nich gesagt«, schnaubte Sean entrüstet.

Levi grinste breit. Man konnte nie wissen, was der Junge noch so aus dem Ärmel zog, dachte er. Er war platt, dass der Musterschüler überhaupt auf die Idee gekommen war, bei der Sache mitzumachen. Die ganzen Jahre hatte er ihn für den einzig Anständigen in der ganzen Familie gehalten. Die anderen Bradleys fand er eingebildet und von sich eingenommen. Seans Mut und die Art, wie er sich benahm, unterschieden ihn von den meisten andern und Levi hatte eine Schwäche für clevere schwarze Kids. Sie erinnerten den Dredd an einen Halbbruder, mit dem er daheim in Jamaika aufgewachsen war. Jetzt war er stellvertretender Leiter einer Bank.

»Okay, ich sag dir was, Steve ... Ich geh mal davon aus, dass de dabei bis.«

Seans Gesicht leuchtete. Erst einen Augenblick später wurde ihm bewusst, in was er sich reinmanövriert hatte, und sein Lächeln erlosch.

»Ich heiß Sean, nich Steve«, erinnerte er Levi abwesend und zog die Brauen zusammen.

Levi wischte seine Worte weg wie Zigarettenrauch.

»Yeah, wie du meinst. Pass auf: Du weißt doch, wo de mich findest? Im Beechwood House, alles klar?«

»Ja, ja.«

»Komm am Mittwoch bei mir vorbei, so um eins rum, dann gehn wer den Plan durch. Aber Sean ... ich warn dich noch mal: Versuch nich, mich zu verscheißern. Ich habs dem Cory schon gesagt. Das is kein Kinderkram. Ab jetzt biste bei den Großen, Star.«

Sean nickte ernst.

»Ich verscheißer dich nich, Star«, versprach er und sah auf seine Uhr. Erschrocken fuhr er auf und stieß dabei mit seinem Stuhl gegen den Mann, der hinter ihm saß. Er schnauzte ihn ärgerlich an. Sean entschuldigte sich verwirrt und wandte sich wieder Levi zu, der ihn amüsiert beobachtete.

»Scheiße, Mann. Ich muss ins Krankenhaus und Cory Bescheid sagen. Die Besuchszeit fängt grad an.«

Levi zündete sich eine Zigarette an und fixierte Sean durch den dünnen, bläulichen Rauch.

»Also dann, bis Mittwoch«, brummte er kurz. »So um ein Uhr. Cory kann von Glück sagen, dass er so ein Mann wie dich inner Familie hat. Sag ihm das. Vergess es nich.«

## *Zehntes Kapitel*

»Komm, Sean, das is doch nicht wahr, oder? Das haste doch nicht im Ernst gemacht, Star.«

Cory lag in seinem Krankenbett und hatte die Hand über die Augen gelegt, um seine Verzweiflung vor den neugierigen Blicken der anderen Patienten zu verbergen. Auf der Station ging es ruhig zu, weil man etliche alte Männer schließlich doch noch entlassen hatte. Die Atmosphäre war entspannt und die Schwestern hatten mehr Zeit für die verbliebenen Patienten. Sie scherzten und lachten, setzten sich sogar hier und da auf eine Bettkante, um sich mit den Patienten über ihre Sorgen und Nöte zu unterhalten.

»Was hätt ich sonst machen sollen, Mann? Dein Plan is in die Hose gegangen und Levi wollte nix Vernünftiges hören. Da is mir doch überhaupt nix anderes übrig geblieben. Oder hast du 'ne bessere Idee?«

Cory ließ die Hand sinken und sah Sean an.

»Ja, Mann, hab ich. Du hättst's mir überlassen können, mit mei'm eigenen Scheiß fertig zu werden, ganz einfach. Du hast doch überhaupt keine Ahnung, auf was du dich da einlässt. Ein bewaffneter Überfall, Mann! Du bist doch nur 'n Schüler, Star. Du sollst dich um deine Bücher kümmern und nich Postangestellten das Leben schwer machen. Das gibts doch nich, Mann!«

»Aber du kennst dich aus!«

Sean klang ziemlich sauer.

»Nee, das sag ich gar nich. Aber ich hab jedenfalls mehr Ahnung von der Sache als du. Mit den Cadets kannste das auf alle Fälle nich vergleichen. Da gehts um richtige Knarren und richtige Schießereien. Wenn was schief läuft, habter null Komma nix die Sicherheitskräfte auf'm Hals: bewaffnete Polizei und ARVs, die reißen dir'n Arsch auf, eh de dichs versiehst. Und wenn du glaubst, dass Levi auf dich aufpasst, biste schief gewickelt, Star. Der Mann denkt nur an sich.«

»Was sind ARVs?«, wollte Sean wissen.

Cory zog die Augenbrauen hoch und schnaufte laut auf, um seine Missbilligung zu zeigen.

»Das is die Abkürzung für Armed Response Vehicle, Mann, bewaffneter Einsatzwagen, und bedeutet noch mehr Bullen. Und eins sag ich dir, Sean. Die schießen nich daneben. – Hör mal, biste sicher, dass de das machen willst, weil das musste nich, verstehste? Ich weiß zu schätzen, was du gemacht hast, aber ich würd verrückt werden, wenn du wegen mir Probleme kriegst, Mann.«

Sean schwieg einen Augenblick, um über Corys Frage nachzudenken. Er hatte gewusst, dass sein Cousin nicht begeistert sein würde, aber im Eifer des Gefechts hatte Sean gar nicht darüber nachgedacht, was auf ihn zukam. Cory hatte Recht, von ARVs und Scharfschützen hatte Sean keine Ahnung. Langsam dämmerte ihm, dass die Entscheidung, die er in dem lauten Pub getroffen hatte, gelinde gesagt ein bisschen voreilig gewesen war.

Trotzdem konnte er Cory nicht im Stich lassen, er konnte seinem Cousin nicht einmal zeigen, dass er ihn verunsichert hatte. Je länger Corys besorgter Blick auf ihm ruhte, desto entschlossener und optimistischer zeigte sich Sean. Er griff sich eine Mandarine aus Corys Obstsammlung, schälte sie und antwortete erst dann.

»Ja, Mann, ich will das machen. Und jetzt beruhig dich. Levi muss schließlich einen Plan haben, oder. Und wenn er auch nich ganz wasserdicht is, halb so schlimm. Das klappt schon. Hör mal, Mann, ich hab das Gefühl, du hast keine andere Wahl bei der Sache. Wie lang musst'n noch hier bleiben?«

Cory zog eine Grimasse.

»Die wollen mich bis Ende nächster Woche behalten, Star, mindestens.« Er schien nicht gerade begeistert über diese Aussicht.

»Siehste. Levi sagt, die Sache läuft noch in der Woche. Du hast also keine Chance. Und ich hab nich vor zuzusehen, wenn dein Leben in Gefahr ist. Das war von vornerein klar. Meinste vielleicht, ich bettel die Leute an wie um ein Almosen? Denkste! Ich hol dich aus der Scheiße raus. Und ich versprech dir, dass ich aufpass, Mann. Was meinste, is das okay?«

Cory schüttelte langsam den Kopf, als wollte er die Worte seines Cousins auswischen.

»Wenn das deine Mutter rauskriegt, kann ich mein Testament machen«, antwortete er düster.

»Das kriegt sie nich raus. Ich mein, wie schlimm kanns denn werden?«

Cory warf ihm einen langen Blick zu, aber das genügte Sean. Er holte tief Luft. Es kostete ihn seine ganze Selbstbeherrschung, seinem Cousin die Worte nicht ins Gesicht zu schreien.

»Du kannst mich nicht aufhalten, Cory. Ich mach es, ob du willst oder nicht, verstanden? Ich nehm die Sache für dich in die Hand und basta. Und du, tu mir den Gefallen und halt dein Maul. Meinst du, du bist dazu in der Lage?«

Eine Weile sagte niemand etwas. Nur Seans unregelmäßige Atemzüge waren zu hören.

Mit versteinertem Gesicht riss Cory die Schachtel mit den Rosen auf und schüttete die Schokolade neben sich auf das Bett. Er nahm eine Hand voll davon, wickelte eine Praline nach der anderen aus und steckte sie in den Mund. Er deutete auf den verbleibenden Haufen.

»Bedien dich«, sagte er mit vollem Mund.

Sean nahm eine Hand voll von den bunt eingepackten Pralinen und ließ eine nach der anderen im Mund verschwinden, nachdem er mit einem Blick auf die Schachtel festgestellt hatte, wie sie gefüllt waren. Sie kauten schweigend, bis Cory kichernd auf die blaue Schachtel zeigte.

»Klauste mir 'ne Schachtel, wenn de's hinter dir hast?« Es sollte locker klingen und er grinste dabei, aber es war ihm ganz anders zumute.

»Nein, Sean.«

Sonias Stimme klang kalt und tonlos wie eine Geisterstimme. Sie schüttelte den Kopf und schlug die Arme um sich. Sie sah Sean nicht an.

»Auf keinen Fall machst du das, verdammt noch mal«, sagte sie wieder. Sean wollte sie anfassen, aber sie machte einen Schritt zurück und wich seiner Berührung aus.

»Sonnie, ich hab doch gar keine andere Wahl. Mir würde so

was nicht im Traum einfallen. Aber Cory liegt im Krankenhaus. Das weißt du doch, hm?«

Mit der Geschwindigkeit einer Königskobra beim Angriff zuckte Sonias Kopf nach vorne. Ihre Stimme war voller Gift.

»Cory, Cory, Cory, denkst du eigentlich nur an ihn, Sean? Und was ist mit *mir*? Was mach ich, wenn du geschnappt wirst?«

Dann änderte sich ihr Ton. Er war nicht mehr anklagend, sondern flehend.

»Du könntest verletzt werden oder was weiß ich alles! Ich bitte dich, Sean, machs nicht! Wir finden eine andere Lösung. Wart noch ein bisschen damit.«

Sean holte tief Luft. »Ich kann nicht warten, Sonnie. Du sagst, ich könnte verletzt werden, aber wenn Levi seine Drohung wahr macht, dann wird ganz sicher jemand verletzt, Cory nämlich. Mir isses erst jetzt klar geworden, dass die beiden überhaupt nicht miteinander klarkommen. Und ich hab nicht vor, das Risiko einzugehen und Levis Drohung als Bluff zu entlarven, verstehst du?«

Sonia schnalzte abfällig mit der Zunge. Sie war plötzlich vom Bett aufgestanden und hatte bereits die Jacke in der Hand. Es gelang ihr nicht gleich hineinzuschlüpfen. Sean war mit einem Satz aus dem Bett und hielt sie an den Armen fest.

»Hey, hey!«, sagte er halb lachend. »Wo willst du denn hin?«

Sonia funkelte ihn wütend an. Ihre Augen waren feucht, aber ihr Blick war hart und unerbittlich.

»Das is nicht zum Lachen, Sean. Aber wenn du's wissen willst: Ich gehe ins Krankenhaus, um dem Blödmann von deinem Kuseng Vernunft beizubringen. Lass mich los!«

Seans Lächeln erstarb.

»Sonia, sei nicht dumm. Wenn du mit Cory redest, änderst du damit doch nicht meine Meinung. Er hat mir genau dasselbe gesagt wie du. Es ist nicht seine Schuld. Ich hab die Entscheidung allein getroffen und niemand kann mich davon abbringen. Ich wollte es dir nur sagen. Das ist alles.«

»Das ist alles? Das ist *alles*? Lass meinen Arm los, Sean!«

Sonia machte sich von Sean los und sah ihn trotzig an. Dann riss sie hastig die Tür auf und rannte aus dem Zimmer. Sean lief hinter ihr her und beschwor sie im Flüsterton zu bleiben, aber er fasste sie nicht an.

»Sonnie, Sonnie, bleib doch da. Komm rein. Wir unterhalten uns drüber …«

Sonia rannte an der geschlossenen Wohnzimmertür vorbei, stürmte die Treppen hinauf. In der Küche war Shannon gerade dabei, einen großen Krug mit Limonade auf ein Tablett zu stellen, das mit einer Ansammlung unterschiedlichster Becher und Gläser gefüllt war. Sie sah auf und quittierte Sonias Flucht mit einem Stirnrunzeln. Sonnie riss wütend die Eingangstür auf.

*»Leck mich am Arsch, Sean. Ich hab dir nichts mehr zu sagen!«*, rief sie wütend über die Schulter und war weg. Der Briefkasten zitterte. Shannon steckte den Kopf aus der Küchentür, während Sean mit einem schrecklichen Gefühl an der Treppe stand. Sie rollte die Augen.

»O Gott, was is'n mit euch los?«, fragte sie, neugierig wie immer. Sean zuckte mit den Schultern.

»Ach, sie is nur sauer auf mich, weil ich heute nich im College war. Weiter nix.«

»Bist du sicher, dass das der Grund is? Vielleicht is se sauer, weil man dich heut mit Levi gesehen hat«, erwiderte Shannon und sah ihn durchdringend an.

»Wer hat mich gesehn?«, platzte er heraus, bevor ihm sein Verstand sagen konnte, dass er sich vorsehen sollte. Shannon war schließlich der Bluthund des Viertels. Sie zog die Augenbrauen hoch.

»Nur meine Wenigkeit. Aber es sah aus, als hättet ihr was Interessantes zu besprechen.«

»So?«

Sean dachte fieberhaft nach. »Und wo warst du?«

Shannon ging wieder zu ihrem Tablett. »Bin vorbeigefahren nach'm College mit Mikey. Sag mal, was hast'n mit dem Typ zu schaffen, Mann?«

»Ich hab doch nur 'n Pfeifchen mit ihm geraucht«, scherzte Sean lachend, um Zeit zu gewinnen. Shannon schwieg eisig und sein Lachen erstarb.

»Nee, war nur 'n Scherz. Wir hamm über Cory gesprochen, und Levi hat gesagt, dass ich zu ihm kommen soll, wenn ich Hilfe brauch mit Shane. Das is alles. Nix weiter.«

»Du hast so ernst ausgesehen«, sagte seine Schwester.

»Das ist doch eine ernste Sache, Mann. Aber, Baby Shan, davon haste Sonia doch nix erzählt, oder?«

Shannon schüttelte den Kopf und schlängelte sich mit dem vollen Tablett durch die Tür. Sie gab Sean einen leichten Tritt gegen das Schienbein wegen des alten Kosenamens. Dann stieg sie vorsichtig Stufe für Stufe die Treppe hinunter, mit ihrem Bruder im Schlepptau.

Sean atmete erleichtert auf. Wenn er an den Raubüberfall

Ende der Woche dachte, war ihm klar, dass das nur der Anfang war vom Lügen.

Ein nicht gerade erheiternder Gedanke.

Je näher der Tag des Überfalls kam, desto schwerer fand es Sean, an irgendetwas anderes zu denken. Wenn er zu Hause war, wanderte er ziellos durch die Wohnung und wälzte immer wieder denselben Gedanken hin und her. Würde alles gut gehen? Die meiste Zeit verbrachte er in seinem Zimmer mit dem Sega und hörte Musik. Garvey und ein paar andere Jungs aus dem Viertel hatten ihn eingeladen, bei ihnen vorbeizukommen, aber Sean war nicht nach Gesellschaft zumute.

Und doch, ein paar Mal war er fast entschlossen gewesen, zu ihnen zu gehen. Aber die Vorstellung, mit ihnen zusammenzusitzen und zu scherzen, war ihm unerträglich. Oft hockte er nur stumm in seinem Zimmer und lauschte auf seinen Herzschlag. Sogar die Hausaufgaben, die er sonst gerne machte, dienten nur dazu, die Zeit totzuschlagen. Und es wurde immer schlimmer. Er konnte sich fast überhaupt nicht mehr konzentrieren. Er hatte das Gefühl, in seinem Kopf tickte eine riesige Uhr, die ihm die Minuten und Sekunden bis zum Überfall vorzählte.

Er würde es sich nie verzeihen, wenn jemand dabei verletzt würde. Die Vorstellung, was er mit einer Pistole anrichten konnte, machte ihm fast mehr Angst als die körperlichen Gefahren, die ihm drohten. Er war in seinem Leben ständig mit Gewalt konfrontiert gewesen und ihr gewöhnlich aus dem Weg gegangen. Aber wenn eine Auseinandersetzung unausweichlich gewesen war, hatte er sich mit einer Heftigkeit gewehrt, die jeden erstaunte. Sosehr er auch nachdachte, er kam zu keinem Ergebnis, und als er an dem verabredeten Tag zu Levi ging, hatte er das Gefühl, sein zermarterter Kopf wollte platzen.

Levi erwartete ihn mit drei anderen, Sean unbekannten Jungen in einem kleinen, fast leeren Raum in seiner Wohnung. Beim Anblick des Kahlkopfes, der offenbar ihr Anführer war, zogen sich Sean alle Bauchmuskeln zusammen. Er sah Roger zum Verwechseln ähnlich. Von Wut und Zorn gepackt, wäre Sean fast auf dem Absatz wieder umgekehrt.

Aber es war nicht Roger, das wurde Sean fast im gleichen Augenblick klar, und er entspannte sich ein wenig, obwohl die Stimmung in dem Raum bedrückend war. Von den anderen trug einer Baggy-Jeans und sah aus wie ein Chinese. Der Dritte war schwarz, hatte einen Pullover von Armani an und breite, goldene Namenskettchen am Arm. Er kaute Kaugummi und grinste.

Sean sah sich in der Gruppe um, während Levi sprach. Die anderen Jungs taten das Gleiche. Jeder versuchte, den anderen zu taxieren. Sean schloss daraus, dass keiner wusste, wer die anderen waren. Nur eins war sicher, außer ihm war niemand aus Greenside.

Levis »Plan« war im Großen und Ganzen klar. Sie würden mit zwei Autos, in denen je zwei maskierte Jungs saßen, zu einem Postamt in der Peripherie Londons fahren. Wo, wollte Levi nicht sagen. Dort angekommen, sollten die Jungs in die Post stürmen und alles Geld aus Kasse und Tresor verlangen. Levi sagte, dass in dem Gebäude ein asiatischer Postvorsteher arbeitete, der in den Plan eingeweiht war. Er befahl den Jungs, kein Wort mit ihm zu wechseln, damit man ihm beim Verhör nicht mehr Fragen stellte als den anderen.

Es ging darum, in sechzig Sekunden so viel Geld wie möglich einzusammeln und auf keinen Fall zu schießen. Danach sollten die Jungs die Post wieder verlassen, in ihre Autos steigen, die von Levi und Kenny gesteuert wurden, und hoffentlich erfolgreich und ein ordentliches Stück reicher nach Greenside zurückkehren. Dabei konnte nicht allzu viel schief gehen, dachte Sean erleichtert.

»Und wann bekommen wir unsern Anteil?«, wollte der Kahlkopf namens Clarence wissen.

Sean fand, das war eine gute Frage. Er bedauerte fast, dass er sie nicht gestellt hatte. Levi sah mit ernstem Gesicht von seinen Notizen auf.

»Sobald wir zurück sind, teilen wir die Knete. Mach dir darüber keine Gedanken, Star.« Alle außer Sean grinsten zufrieden.

Das war alles, was sie im Augenblick wissen mussten, fand Levi. Die Jungen erhoben sich. Ihren Bewegungen nach schienen sie alle harte Burschen zu sein, aber jeder von ihnen hatte ein nervöses Kribbeln im Magen.

»Einer nach'm andern, Star. Was'n los, Jungs? Sean, du gehst als Erster, ne, weil d'es am nächsten hast. Und sieh zu, dass de am Freitag um eins bei mir bist, klar?«

»Ja, ja«, antwortete Sean missmutig. Er konnte es nicht ausstehen, wenn ihn Levi so herumkommandierte. Aber ihm fiel keine passende Bemerkung ein.

Als er aus der Wohnung trat, begrüßte ihn ein wolkiger, grauer Himmel, der genau zu seiner Stimmung passte. Die

Straßen waren menschenleer, und es war ungewöhnlich still im Viertel, abgesehen von dem Geschrei, das von der Grundschule herüberdrang.

Mit gesenktem Kopf, die Hände tief in den Taschen vergraben, ging er an dem überfüllten Schulhof vorbei. Er überlegte sich, ob er ins College zurückkehren sollte, damit er seine Nachmittagsstunden nicht versäumte. Aber er hatte das Gefühl, dass er heute keine weiteren Belehrungen mehr ertrug. Stattdessen steuerte er auf Oakhill House zu, um nachzusehen, ob Garvey da war.

Wenn die Scheiße vorbei is, dann mach ich wieder weiter wie vorher, dachte er kleinlaut. Ich hol den versäumten Stoff nach und Sonnie kommt wieder zu mir zurück. Ich muss nur das Ding am Freitag hinter mich bringen ...

Er nahm an, dass das so eine Art Gebet war. Aber da er nie in die Kirche ging und normalerweise auch nicht betete, war er nicht sicher, ob Gott seine Bitten erhören würde. Er sah zum Himmel, aber dort waren nur dicke, graue Wolken zu erkennen, die sich bis ins Unendliche ausdehnten.

Gegen drei Uhr früh am Freitag lag Cory schlaflos in seinem Krankenhausbett. Ich ruhe mich hier schon seit Tagen aus, dachte er. Ich brauch Abwechslung, Mann. So langsam geht mir der Laden hier ziemlich auf die Nerven.

Das Spannendste, was er hier erlebt hatte, war der Besuch des Detective, der Sean im College verhört hatte. Aber das war das Letzte gewesen, was ihm gefehlt hatte. Der Mann entschuldigte sich, dass er einfach ohne Anmeldung auftauchte. Aber er habe die ganze Zeit auf einen Anruf von Corys Tante gewartet. Cory entschuldigte sich für Bernice und sagte, sie arbeite so viel, dass sie ihn nicht mal besuchen käme. Dann tischte er dem Detective eine Geschichte über die Vorgänge beim Fußballturnier auf, die eine gewisse Ähnlichkeit mit der Wahrheit hatte. Selbstverständlich erwähnte er dabei nichts, was ihn mit Roger hätte in Verbindung bringen können. Sainsbury schien es zu schlucken.

Ja, Mann, dachte Cory einen Augenblick lang glücklich. Vielleicht sollte ich Schauspieler werden. Jung genug, um das Fach zu wechseln, bin ich noch.

Er versuchte, sich auf die Seite zu drehen. Fluchend über den plötzlichen Schmerz in seinem gebrochenen Bein, hielt er inne. Seine Gedanken kehrten wieder zu Sean zurück und ebenso unvermeidlich stellten sich die plagenden Sorgen um ihn ein. Sein Cousin war im Laufe des Tages da gewesen, um ihn zu besuchen. Er hatte ihm Levis Plan genauestens erzählt, ohne irgendetwas zu verschweigen. Als er fertig war, musste selbst Cory zugeben, dass es ziemlich einfach klang. Er fragte ohne rechtes Interesse, wie viel bei der Sache raussprang.

»Levi rechnet mit vier, fünf Riesen«, antwortete Sean. Es klang, als redete er von jamaikanischen Dollars. Cory gab einen leisen Pfiff von sich, und als er sich wieder gefasst hatte, sagte er: »Leck mich am Arsch, Sean, pass auf dich auf, Alter. Das sag ich dir. Ich schwör bei Gott, wenn irgendwas schief geht ...« Er brach ab, unfähig, auszudrücken und sich vorzustellen, wozu er fähig wäre, wenn seinem Cousin etwas passierte. Sean lachte und packte ihn sanft bei der Schulter.

»Hey, schwör lieber nich so viel, Star«, scherzte er, worauf beide in ein unsicheres Lachen ausbrachen. Bald darauf war

Sean gegangen. Er hatte gesagt, er wollte früh ins Bett. Cory hatte ihn aufmerksam angesehen. Er hasste sich dafür, dass er seinen Cousin in eine solche Lage gebracht hatte.

Das einzig Gute, was mir in der letzten Zeit passiert is, dachte er, is Rosie. Wenn die mich nich hier besuchen käm ...

Die positive Ausstrahlung des Mädchens hielt Cory davon ab, in Depressionen zu verfallen. Außerdem faszinierte sie ihn immer mehr, je öfter er sie sah. Er freute sich auf ihre Besuche, und es machte ihm Spaß, sie zum Lachen zu bringen und die Grübchen in ihren Wangen zu sehen. Außer Sean und Garvey sagte er das aber niemandem.

Vom ersten Tag an hatte sie ihn im Krankenhaus besucht. Zunächst war sie mit Tara erschienen, die wie umgewandelt war, und seitdem war sie jeden Tag, meist allein, wieder gekommen. Sie tröstete ihn über den Bruch mit Tanya hinweg, an die er bald nicht mehr dachte. Cory konnte es kaum erwarten, seinen Gips loszuwerden und mit Rosie raven zu gehen.

»Ich hab dir doch gesagt, dass du was Bessres kriegen kannst«, hatte sie ihm mehrmals erklärt.

»Ich versuchs ja«, hatte er irgendwann geantwortet, und um sicher zu sein, dass sie verstand, was er damit meinte, ihre Hand genommen. Rosie hatte sich daraufhin lächelnd auf sein Bett gesetzt und ihn mit ihren großen braunen Augen angesehen.

»Mann, du bist ja voll verknallt!«, grinste Garvey, als Cory es ihm erzählte. Claire versetzte ihrem Freund einen Stoß mit dem Ellbogen und sagte, er solle Cory in Ruhe lassen.

Cory starrte noch immer lächelnd an die Decke und fragte sich, ob es wohl jemals wieder so sein würde wie früher. Sein Leben schien sich innerhalb von wenigen Wochen von Grund auf verändert zu haben. Nicht nur seins. Und schuld daran war Levi.

Ich hasse diesen Scheißkerl, dachte Cory. Anstatt seine Wut gegen sich selbst zu richten, konzentrierte er sie auf ihn.

In fünf Minuten war er eingeschlafen und schnarchte laut.

## *Elftes Kapitel*

Die beiden Wagen fuhren gemächlich eine ruhige Nebenstraße entlang, und die Insassen sahen aus, als wären sie zu einer Spritztour ins Grüne oder zu einem Besuch bei Verwandten unterwegs. Man wandte die Köpfe nach ihnen, verwundert, so viele Schwarze auf einmal zu sehen. Unter den neugierigen Blicken fühlten sich die Fahrgäste angespannt und nervös, als stünden sie unter Beobachtung.

Sean saß auf der Rückbank in Levis Wagen neben dem chinesischen Jungen mit dem strengen Gesichtsausdruck. Er starrte wie hypnotisiert aus dem Fenster auf die ausgedehnten Wiesen voller Weidevieh und die hohen Strommasten, die sich bis zum Horizont fortzusetzen schienen. Der Chinese hatte sich als Gary vorgestellt. Er steckte sich eine Benson & Hedges an. Sean hatte den größten Teil der Fahrt geschwiegen. Er war voller Sorge und hatte Angst, sich durch eine unbedachte Äußerung zu verraten.

Sie waren gar nicht mal so lange unterwegs, dachte er und sah auf die Uhr. Nur etwa zwei Stunden. Aber in dieser Zeit waren die Straßenlaternen, die roten Busse und die schwarzen Taxis verschwunden, und eine neue, fremde Welt war vor seinen Augen aufgetaucht, die nichts mit dem Londoner Westen, in dem er aufgewachsen war, gemein hatte. Er schwor sich zu reisen, wenn er und Cory aus diesem Schlamassel raus waren. Es traf ihn wie ein Schock, dass die Welt, die ihm so bekannt erschienen war, hier ganz anders aussah.

Er fragte sich, ob hier draußen auch Schwarze lebten, und sah einem grün-gelben Doppeldeckerbus nach, der an ihnen vorbeirauschte. Er hatte bisher noch keine Schwarzen gesehen, nahm aber an, dass es im Zentrum der kleinen Stadt welche gab. Wir sind überall, Mann, grinste er in sich hinein. Sie hielten an einer Abzweigung.

Zuvor in der Wohnung war der Dredd mit ihnen in einen Raum gegangen, der sonst immer verschlossen gewesen war. Sie warteten auf Kenny, der offenbar die schwarze Gangart draufhatte. Dann hatte Levi die Jungen kurz allein gelassen, um einen Crack-Deal abzuwickeln. Die vier hatten eine Weile unsicher herumgestanden, und keiner hatte gewusst, was er sagen sollte. Schließlich hatte Clarence Sean angegrinst und auf eine große Plastikkiste in dem Zimmer gedeutet.

»Du weißt, was da drin is, Alter, oder?«, fragte er ihn. Er näherte sich der Kiste und ging in die Knie. Wie magisch angezogen, kamen die anderen näher. Sean schüttelte den Kopf. Gary und der schwarze Kaugummikauer, der Darren hieß, rissen den Deckel auf, tauschten triumphierend einen Handschlag und führten Freudensprünge auf.

»Da sind die Knarren drin, Star. Jetzt simmer unschlagbar, verstehste!«, sagte Darren. Er griff in die Kiste, nahm eine Pistole heraus und wog sie mit Kennermiene in der Hand. Die anderen Jungs lachten. Im Handumdrehen hatten sich alle eine Waffe ausgesucht und betrachteten sie zufrieden. Als Levi zurückkam, waren die vier in ein lebhaftes Gespräch vertieft und die Hemmungen von vorher waren vergessen. Sean drückte seine Pistole lächelnd an die Brust, und die Niedergeschlagenheit, die ihn am Vormittag befallen hatte, war vergessen.

Levi grinste zufrieden.

»Habt'er die Dinger gefunden, he?«, sagte er. Es sah fast so aus, als hätte er sie eigens zu dem Zweck in das Zimmer geführt und nicht, um auf Kenny zu warten. Gary fühlte sich wie im Himmel.

»Aber ... aber ... hör mal, wo hast'n die Dinger her, Star?«, stammelte er. Sean war über seinen starken jamaikanischen Akzent überrascht. Levi fasste sich an die Nase und zuckte mit den Schultern.

»Sagen wir mal, von'nen paar ganz harten Typen«, antwortete er geheimnisvoll.

Dann wechselte er das Thema und klärte die Jungs über die Pistolen auf, die sie in der Hand hatten. Er schien ein unerschöpfliches Wissen über Waffen zu besitzen und ging auf jedes kleinste Detail ein. Als er fertig war, fingen Darren, Gary und Clarence an, sich Joints zu drehen. Levi beförderte einen glitzernden Crack-Stein aus der Tasche. Über die Aussicht auf einen Cocktail brach das Trio in Freudengeheul aus und tauschte Faustschläge.

Als sie gerade mit ihren Zooks fertig waren, kam Kenny. Es war halb zwei. Die Jungen nahmen die schwarzen Sturmhauben, die sie in gut einer Stunde tragen sollten, und machten sich auf den Weg zu den beiden gestohlenen Wagen. Beim Anlassen des Motors teilte Levi Sean und Gary mit, dass für jeden von ihnen eine abgesägte Schrotflinte im Kofferraum lag. Das Gleiche galt für Kennys Wagen.

»Wieso, wir hamm doch jetzt unsre eigne Knarre?«, maulte Gary. Levi grinste in den Rückspiegel.

»Nee, Mann. Kanns nich erwarten, dass dir einer Geld gibt,

wenn de ihm so 'n Ding unter die Nase hältst. Am Ende kommt einer und markiert den starken Mann und versucht, dir das Ding abzunehmen, verstehst? Weil er glaubt, er hätt eine Chance gegen dich. Aber mit so'm abgesägten Gerät biste auffer sicheren Seite.« Levi schnalzte mit der Zunge.

»Da kannste zwischendurch mal um die Eck pissen gehen, un wenn de wiederkommst, hat der Fucker noch immer brav die Hände hinter'm Kopf. Alles klar? Mit 'ner abgesägten Schrotflinte verschaffste dir Respekt, Star. Kapiert?«

Die beiden Jungen lachten. Sean fühlte sich ein bisschen besser. Bald darauf war er mitten im Gespräch mit Gary über Schule, Familie und das Leben im Allgemeinen.

Etwa zwei Stunden später bog Levi in eine ziemlich lebhafte Hauptstraße ab. Er suchte ihren Blick im Rückspiegel.

»Also, Jungs, jetz kuckt mal links aus'm Fenster, dann seht er unser Objekt. Gleich nach'm Zebrastreifen zwischen den Geschäften.«

»Wo is Kenny?«, fragte Sean und wollte sich nach dem anderen Wagen umdrehen.

»Halt deinen Kopf ruhig!«, schnauzte ihn Levi an. Sean hielt in der Bewegung inne. Levi warf ihm einen halb entschuldigenden Blick durch den Rückspiegel zu. Als er weiterredete, war in seiner Stimme deutlich die Anspannung zu spüren.

»Was die machen, geht euch nix an, klar? Bevor ihr nich in der Post drin seid, gibts das Auto nich, versteht er? Also, macht euch keine Gedanken, obs da is oder nich. Die anderen kommen schon. Kenny kann für sich selbst sorgen.«

Sean lehnte sich in seinem Sitz zurück und sah das Postamt langsam an ihnen vorbeigleiten. Es war ein verschlafener kleiner Laden von bescheidenen Ausmaßen, ohne Holzbarrieren zum Bändigen der langen Zahltagsschlangen, wie man sie von den Londoner Postämtern kannte. Es schienen nicht viele Leute drin zu sein. Sean war unendlich dankbar dafür und nahm mit Überraschung zur Kenntnis, dass seine Lippen ein stilles Gebet formulierten. Es war schon das zweite in zwei Tagen, nachdem er seit Rons Tod mit dieser Gewohnheit aufgehört hatte. Es kam ihm fast wie Gotteslästerung vor, aber den Glauben an Gott hatte er beim Tod seines Onkels vor vielen Jahren verloren.

Bevor er Näheres im Innern des Postamts erkennen konnte, waren sie bereits vorbei. Levi fuhr wieder aus dem Stadtzentrum hinaus und hielt erst an, als sie von Feldern und grünen Wiesen umgeben waren. Dort steckte er sich eine Zigarette an. Bei laufendem Motor warteten sie darauf, dass Kenny auftauchte. Gary seufzte tief, sah zu Sean hinüber und rollte mit den Augen. Er lächelte mechanisch zurück. Da sah er schon den blauen Escort von Kenny an einer nahe gelegenen Kreuzung.

Levi warf ihnen einen Blick zu und deutete mit dem Daumen nach hinten. Dann kurbelte er das Fenster herunter, um seinen Freund zu begrüßen. Alle vier Jungs stiegen aus, um sich die abgesägten Schrotflinten aus dem Kofferraum zu holen. Man hatte sie mit öligen alten Decken zugedeckt.

Sean verstand nun, was Levi gemeint hatte, als er sagte, die Leute hätten mehr Respekt vor einem Gewehr als vor einer Pistole. Die Schrotflinten hatten glatt gezogene Läufe und waren makellos. Kein einziger Kratzer deutete auf einen früheren Benutzer hin. Sean fragte sich atemlos, wie etwas so Schönes so zerstörerisch sein konnte. Er versuchte, den Namen zu entziffern, der über dem Abzug eingraviert war. *Benelli*, *Made in Italy* stand da. Langsam nahm er das Gewehr aus dem Kofferraum und lächelte Gary an.

Jeder würde sich vor Angst in die Hose machen, wenn man ihm so eins vor die Nase hielt, dachte er. Auch das Gewicht des Gewehres gefiel ihm. Man hatte etwas in der Hand. Sean stieg schnell wieder in den Wagen. Er legte die Flinte hinter sich und setzte sich auf die Kante des Sitzes. Einen Augenblick später stieg Gary ein und legte sein Gewehr neben das von Sean.

»Sind die geladen?« Sean bereute die Frage sofort. Sie erschien ihm dumm und naiv.

»Da kannste einen drauf lassen«, gab der Dredd lässig zurück. Er lehnte sich aus dem Fenster und tauschte mit Kenny einen Blick.

»Alles cool?«, bellte er.

Kenny nickte.

»Yeah, Mann. Haste denen ihre Handschuhe?«

»Na klar, Star.«

Levi griff ins Handschuhfach und kramte darin herum. Zwei Plastiktüten und ein alter Lappen kamen zum Vorschein. Er warf alles den beiden Jungen auf dem Rücksitz zu. In jeder Tüte befand sich ein Paar nagelneue, glatte, schwarze Lederhandschuhe. Die Jungs rissen die Plastikverpackung auf, streiften die Handschuhe über und begannen wortlos, die Gewehre zu polieren.

»Zieht die Dinger auf kein' Fall aus, verstanden?«, befahl der Dredd. Auch seine Hände steckten in schwarzen Handschuhen, mit denen er krampfhaft das Lenkrad umklammert hielt. Es war das einzige Zeichen für seine innere Anspannung. Ein Motorrad fuhr an den beiden Wagen vorbei. Als es nur noch ein kleiner Punkt in der Ferne war, zogen alle ihre Sturmhauben über den Kopf. Levi drehte sich zu den Jungs auf dem Rücksitz. Mit der Mütze, durch die nur Augen und Mund zu sehen waren, wirkte er wie ein verrückt gewordener Raver.

»Fertig?«, fragte er.

Sean und Gary nickten. Sean versuchte, den Kloß im Hals hinunterzuschlucken, er kam aber immer wieder hoch. Jetzt gehts los, dachte er freudlos. Bilder von Cory in seinem Krankenhausbett tauchten vor ihm auf. Er versuchte, sie durch eine ärgerliche Kopfbewegung abzuschütteln. Er wollte sich durch nichts ablenken lassen. In Kürze würde er seine volle Konzentration brauchen.

»Fertig?«, wiederholte Levi, diesmal an die Insassen des Escorts gewandt.

»Yeah, yeah«, sagte Kenny, zog sich die Maske übers Gesicht und wendete den Wagen routiniert.

Levi wartete, bis der Wagen in die gleiche Richtung zeigte wie seiner, dann rief er »*Los!*« und trat voll das Gaspedal durch. Die beiden auf der Rückbank wurden nach hinten geworfen. Als Sean wieder aufrecht saß, sah er die Bäume auf der Landstraße an ihnen vorbeifliegen. Anstatt an der Kreuzung zu bremsen, beschleunigte Levi den Wagen, schaltete vom dritten in den vierten und dann in den fünften Gang. Der Motor heulte auf wie ein wildes Tier und Seans Puls begann zu rasen. Er griff hinter sich nach der abgesägten Flinte, als könne ihr schieres Gewicht die nagende Nervosität in seinem

Magen besänftigen. Bevor er es recht begriff, befanden sie sich wieder auf der Hauptstraße der Kleinstadt. Levi brachte den Wagen direkt vor dem Postamt zum Stehen.

»*Los. Bewegt euch. Macht schon*!!«, schrie er Gary und Sean an. Die Gewehre im Anschlag, sprangen sie, so schnell sie konnten, aus dem Wagen und brachten die Passanten in Aufruhr.

Sean warf einen kurzen Blick die Straße hinunter. Er sah Männer und Frauen mit Kindern an der Hand, einige von ihnen schrien, andere starrten sie nur ungläubig an. Ein paar Rentnerinnen hielten sich den Mund zu und suchten in der Menge an einer Bushaltestelle Schutz. Er sah auf und erwischte einen Blick auf Clarence und Darren, die an ihm vorbei in das Postamt stürmten. Gary und er folgten ihnen schnell. Seine SIG-Sauer-Pistole drückte ihm in den Bauch und verursachte ihm Magenkrämpfe.

Im Postamt befanden sich nur zwei Kunden. Eine alte Asiatin stand am Schalter und suchte nach Kleingeld für ihre Briefmarken. Hinter ihr stand ein dickes weißes Mädchen in einer *Take That*-Jacke, das Gesicht voller Pickel.

Die Jungen fuchtelten wie wild mit ihren Gewehren herum, um alle in Schach zu halten. Sean war mit seinem Gewehr an der Tür stehen geblieben, wie Levi ihn geheißen hatte.

»Nehmt eure verdammten Hände hoch, und zwar alle, dann passiert keinem was!«, schrie Clarence, worauf das Mädchen in der *Take That*-Jacke wie eine Sirene zu heulen anfing. Gary war mit einem Satz hinter dem Schalter, richtete seine abgesägte Flinte auf die Schalterbeamtin und befahl ihr, die Kasse aufzumachen. Ein metallisches Klingeln war die Antwort.

Darren ging auf den asiatischen Postvorsteher zu, worauf die ältere Asiatin, die noch immer vor dem Schalter stand, zurückzuckte und irgendetwas in ihrer Muttersprache stammelte. Die dicke *Take That*-Anhängerin heulte noch immer und Darren hielt ihr wütend den Lauf seiner Waffe ins Gesicht.

»Halts Maul, Mann. Du sollst das Maul halten, hab ich gesagt. Ich sags nich noch mal, Star!«

Das dicke Mädchen versuchte vergeblich, ihr Weinen zu unterdrücken. Doch dann schloss sie plötzlich den Mund und ihre Beine gaben nach. Mit flatterndem Blick glitt sie halb ohnmächtig an der Schaltertheke zu Boden.

»Schon besser«, kommentierte Darren und schien zufrieden.

Clarence hielt sein Gewehr auf die Postbeamtin gerichtet und ging selbstsicher auf sie zu.

»Was wollen Sie, bitte nicht schießen. Sie bekommen alles, was Sie wollen, bitte ...«, bettelte die Frau unter Tränen.

»Halt einfach den Mund, hörst du? Was glaubst du, was ich will, heh ...? *Heh*? Ich will das Geld, was sonst. Und ich will, dass du dir einen von den Säcken da schnappst und das Geld reintust, alles klar? Kannst gleich mit dem Safe in der Ecke anfangen.«

Die Frau nahm den groben braunen Sack von der Royal Mail und ging vor dem grauen Safe in die Knie. Tränen rannen ihr über Wangen und Hals und tropften auf ihre frisch gebügelte Bluse.

»Aber ich weiß die Kombination nicht«, jammerte sie verzweifelt. Clarence rollte die Augen, als wäre das zu viel für ihn. Darren warf ihm einen Blick zu und deutete abwesend auf den Postvorsteher.

»Also gut, dann machst du das, mein Freund. Und keine falsche Bewegung, sonst blas ich dir das Hirn raus. Dann nützt es dir auch nix, wenn die Polizei kommt, wenn de verstehst, was ich mein. Mach zu, Mann, und zwar schnell.«

Der Asiat nickte und drehte so hastig an dem Zahlenschloss, dass Sean die Augen dabei wehtaten.

Draußen waren ein paar Leute stehen geblieben, die auf die Post deuteten, aber die kleine Gruppe hielt sich in sicherem Abstand auf der anderen Straßenseite. Seit Betreten des Postamts hatte Sean den Sekundenzeiger seiner Uhr im Auge behalten. Es überraschte ihn, dass erst dreißig Sekunden vergangen waren. Er warf einen Blick auf Levi, der draußen im Wagen saß und ihm bedeutete, dass sie sich beeilen sollten. Dann sah er wieder zum Postvorsteher, der mit schnellen Bewegungen den Tresor entleerte.

Wenn ich es nicht besser wüsste, hätte ich geschworen, er is ein unschuldiges Opfer, dachte Sean und grinste in sich hinein. Gary kam langsam zu ihm herüber, eine Tragetasche mit klingelndem Kleingeld baumelte in seiner Hand. Die Augen des chinesischen Jungen wirkten hart hinter der Maske und sein Mund sah aus wie eine dünne, gerade Linie.

»Alles in Butter, Star?«, fragte er Sean. Seine Stimme klang rau.

»Alles in Butter«, antwortete Sean. Seine Augen schienen wie verrückt in seinem Kopf zu zucken, damit ihm nichts entging, kein Wagen, kein Motorrad und keiner der gaffenden Passanten.

Levi ließ den Motor aufheulen und nicht weit hinter ihm tat Kenny das Gleiche. Sean spitzte die Ohren nach Polizeisirenen, ließ es aber gleich wieder und fluchte stumm über seine Naivität. Unwahrscheinlich, dass die Polizei so dumm wäre, sie vor ihrer Ankunft zu warnen. Die Stille draußen war viel bedrohlicher, als das Geheul einer riesigen Polizeiflotte hätte sein können.

In Greenside hatte er unzählige Male Polizeiautos mit zuckendem Blaulicht durch die Straßen des Viertels rasen sehen, aber die Sirenen hatten immer geschwiegen.

»Da wird jemand hopsgenommen«, hieß es dann düster. Der, den sie schnappten, erfuhr es in der Regel als Letzter.

Der Gedanke daran machte ihn fast verrückt. Er richtete seine Aufmerksamkeit wieder auf Darren und Clarence, die den Postvorsteher mit sehr realistisch wirkenden Drohungen zur Eile antrieben. Die alte Asiatin saß inzwischen neben der unbeweglichen Masse des *Take That*-Mädchens auf dem Boden, die Beamtin zusammengekauert hinter dem Schalter. Sie weinte hemmungslos. Sean versuchte, sie zu ignorieren.

»Oi, macht zu, verdammt noch mal. Die Bullen können jeden Moment da sein.«

Sean warf einen besorgten Blick auf die Straße. Clarence sah ihn an und nickte. Er ging auf die Tür zu, die hinter den Schalter führte, und stieß sie mit einem lauten Krachen auf. Die weinende Postbeamtin schrie laut auf. Darren hielt seine Waffe noch immer auf den Asiaten gerichtet, der dabei war, den Inhalt des Safes in den Postsack zu befördern. Clarence legte sein Gewehr ab, riss dem Postvorsteher den Sack aus der Hand und sah hinein.

»Alles klar. Zeit zum Abflug«, sagte er zufrieden. Trotz seiner Maske konnte Sean ein Lächeln erkennen.

»Nix wie raus hier, Star.« Clarence schnappte sich sein Gewehr und bewegte sich rückwärts auf den Ausgang zu. Dabei hielt er die Waffe immer auf die Brust des Postvorstehers gerichtet.

Plötzlich schrie Sean wie ein Verrückter.

»SCHEISSE, DIE BULLEN SIND DA!«, rief er, so laut er konnte. Durch den Schreck war seine Stimme noch ein paar Dezibel lauter.

Für den Bruchteil einer Sekunde herrschte völlige Stille. Dann fingen die Frauen wieder an zu schreien. Die Jungs hoben ihre Waffen, sammelten die Säcke mit Geld ein und bereiteten sich darauf vor, das Postamt zu verlassen. Allen war die Verunsicherung anzumerken. Taub vor Angst beobachtete Sean, wie sich die Situation draußen entwickelte.

Der Wagen von der Metropolitan Police war wahrscheinlich nur auf einer Routinepatrouille. Zumindest schien es so, weil der Streifenwagen nur mit einem Polizisten besetzt war, der nun ausstieg. Es handelte sich um einen jungen Weißen. Sean betete verzweifelt: Bitte, Gott, mach, dass er uns nicht in die Quere kommt. Mach, dass ich nicht auf ihn schießen muss.

Unbeweglich starrte der junge Polizist Levis maskiertes Gesicht an. Dann machte er langsam einen Schritt auf den Wagen zu, als wollte er dem Dredd weismachen, er bewege sich gar nicht. Den Wagen von Kenny schien er nicht gesehen zu haben, obwohl er den laufenden Motor gehört haben musste. Mit Sicherheit aber hatte er die vier maskierten Jungen nicht bemerkt, die alles durch das kleine Fenster in der Eingangstür des Postamts beobachteten und die Leute hinter sich vergessen hatten. Der Polizist machte noch einen Schritt auf Levis Wagen zu, worauf sich die Hand des Dredd vorsichtig nach unten bewegte, um mit einer heimtückischen, hässlichen schwarzen Pistole wieder aufzutauchen.

»Komm bloß nich auf dumme Ideen«, hörten sie ihn zu dem blassen jungen Polizisten sagen. Dabei wand sich sein Arm aus dem Seitenfenster und zielte genau auf ihn. Die Umstehenden sogen hörbar die Luft ein, ein paar Frauen schrien, andere liefen weg. Clarence warf Sean einen verächtlichen Blick zu.

»Haste deswegen wie verrückt geschrien? Wegen einem Dorfpolizist? Ich hab gedacht, es gäb echte Schwierigkeiten, Star.«

Die anderen lachten nervös und Seans Gesicht lief unter der Maske rot an.

»*Raa*, leck mich am Arsch, Mann. Es hat geheißen, ich soll draußen aufpassen, also pass ich auf. Und wenn ich ’nen Polizeiwagen seh, sag ichs. Dass ich warten soll, bis ich seh, wie viel Mann drin sitzen, hat keiner gesagt, verdammte Scheiße«, gab Sean zurück. Der Angriff hatte ihn tief getroffen. Clarence imponierte ihm und er wollte umgekehrt seinen Respekt. Gary meldete sich zu Wort.

»Genau, Mann. Aber echt. Er hat nur das gemacht, was er sollte.«

Clarence hob entschuldigend die Waffe, dann schien ihm wieder einzufallen, dass sie nicht alleine waren. Er riss seine Waffe herum, um sicherzustellen, dass ihre unfreiwilligen Begleiter keine unüberlegten Bewegungen machten.

Weder der asiatische Postvorsteher noch die ältere Frau oder das *Take That*-Mädchen schienen einen Muskel bewegt zu haben, seit die Jungs zur Tür gestürmt waren. Die Schalterbeamtin hatte zu weinen aufgehört und war gerade im Begriff aufzustehen, als sie unvermittelt von drei Augenpaaren angestarrt wurde. Sofort ließ sie sich mit vernehmlichem Geräusch wieder auf den harten Boden zurücksinken. Clarence war überzeugt, dass alle seinen warnenden Blick verstanden hatten und wussten, welche Konsequenzen es hätte, sich zum Helden aufschwingen zu wollen. Er wandte sich wieder an Sean, der mit hartem Blick die Szene draußen beobachtete.

»Also, was sollen wir deiner Meinung nach machen, Alter?«, fragte er ihn versöhnlich.

Sean deutete hinaus. Er spürte eine merkwürdige Aufregung.

»Ich würd sagen, wir sollten rausgehn, solang wir's noch können. Eine Minute is längst rum«, sagte er entschlossen und war überrascht, dass die anderen zustimmend nickten.

Draußen redete der Polizist auf Levi ein. Seine Stimme klang unsicher. Er befahl ihm, die Waffe niederzulegen, solange noch Zeit war. Der Dredd beschimpfte ihn unflätig und sagte, er solle verschwinden. Sean war klar, dass der Polizist Levi hinzuhalten versuchte, bis Verstärkung kam. Sie mussten so schnell wie möglich handeln. Er sah die Jungen an und hob zum ersten Mal seine abgesägte Schrotflinte. Sein Gesicht wirkte entschlossen.

»Ich zähle jetzt bis drei«, sagte er ernst. Clarence und Gary schnappten sich das Geld und Darren behielt die Gefangenen im Auge.

»Eins, zwei, DREI!«, rief Sean und versetzte der Tür einen

mächtigen Tritt. Sofort herrschte helle Aufregung auf der Straße.

Als die vier aus der Tür stürzten, stoben die Leute schreiend auseinander und suchten nach Deckung. Der Polizist, der Levi in Schach hatte halten wollen, stand wie angewurzelt neben seinem Streifenwagen und sah mit offenem Mund zu. Sean kam er vor wie eine Figur aus Madame Tusseaud's Wachsfigurenkabinett. Die Farbe schien ihm aus Augen und Händen gewichen zu sein. Reglos schien er die neuerliche Bedrohung abzuschätzen.

Sean rannte um die Schnauze von Levis Wagen herum zum Beifahrersitz, den Finger am Abzug. Um ihn herum sah er überall schreiende Gesichter und der Lärm und das Durcheinander machten ihn schier verrückt. Er hob noch einmal die Waffe.

»Keine Bewegung!« Taub für seine eigenen Worte, schrie er es dem Polizisten zu, der sich nicht zu rühren gewagt hatte. Erst beim Klang seiner Stimme bewegte er sich, als erwache er aus einer Starre. Er drehte sich blitzschnell um und suchte hinter seinem blendend weißen Wagen Deckung. Die Angst schien ihm Flügel zu verleihen.

In diesem Augenblick schoss es Sean durch den Kopf, dass der Mann eine mögliche Bedrohung war. Laienhaft legte er sein Gewehr an und spannte, mehr vom Gefühl als vom Verstand geleitet, den Finger über dem Abzug.

BUUUUMM!

Sean wurde von dem Druck gegen die Beifahrertür geschleudert. Einen Moment lang war alles um ihn herum vergessen. Nur ein heftiger Schmerz brannte in seinem Arm.

Der Polizist hatte es hinter den übel zugerichteten Wagen geschafft. Sean konnte die Furcht in seinen Augen sehen, bevor Levi die Tür aufstieß. Er schrie bei der Berührung mit seinem schmerzenden Arm, sprang zur Seite und war mit einem Satz auf dem Beifahrersitz des röhrenden Wagens. Da schoss bereits Kenny mit dem Escort vorbei. Clarence und Darren starrten ihm verblüfft aus dem Fenster nach. Jetzt war wieder jede Gruppe auf sich selbst gestellt.

»*Los, fahr zu*!«, schrien Gary und Sean auf den Dredd ein, der unter heftigem Kurbeln den Wagen drehte und dann das Gaspedal durchtrat. In schneller Fahrt wich er den Leuten aus, die von allen Seiten auf die Straße liefen. Gary sah im Rückspiegel, dass sich die Situation kaum verändert hatte. Frauen drückten im Schock ihre Kinder an sich, während die Geschäftsleute dem schlitternden Wagen nun, da die Gefahr vorbei war, mit erhobener Faust drohten.

Sie kamen kaum zwanzig Meter weit, als ein kleiner Junge direkt vor dem Auto über die Straße rannte.

Als Sean in den Wagen gesprungen war, hatte er die Mutter des Jungen von der anderen Straßenseite nach ihm rufen hören. Der Junge war von dem hohen Bordstein auf die Fahrbahn getreten, hatte es sich wieder überlegt, dann noch einmal die Absicht geändert und den sicheren Gehsteig verlassen, um über die Straße zu rennen. Vielleicht hatte er geglaubt, er könne es mit der Geschwindigkeit des Wagens aufnehmen.

»Weich aus!«, schrie Sean, und der Dredd riss das Lenkrad nach links, worauf der Wagen gegen den Bordstein knallte und den kleinen Jungen nur um ein paar Zentimeter verfehlte. Das Quietschen der Bremsen und der Geruch von verbrannten

Reifen erfüllten die Luft. Die drei Insassen wurden nach vorne geschleudert. Levi schlug mit einem lauten Grunzen auf das Lenkrad auf, das seine Bauchmuskeln in Pudding verwandelte. Gary knallte mit dem Schädel gegen die Kopfstütze des Vordersitzes und Sean landete mit der Stirn auf dem Handschuhfach. Dort verharrte er einen Augenblick heftig atmend, froh, noch am Leben zu sein. Dann sah er sich nach seinen Begleitern um. Er schüttelte den Mann auf dem Fahrersitz.

»Levi! Levi! Alles in Ordnung, Mann?«

Levi hielt sich mit zusammengebissenen Zähnen den Bauch. Sean stellte ihm die zweitwichtigste Frage.

»Kannst du fahren?«, rief er, von Angst gepackt, hatte sich aber sofort wieder unter Kontrolle. Der Dredd schüttelte den Kopf. Sean hätte am liebsten laut aufgeschrien vor Wut.

»Setz dich nach hinten!«, schrie er ihn an. »Beeil dich, Mann, los!«

Unter großer Anstrengung stemmte sich der Dredd aus dem Sitz und warf sich unter Schmerzen auf die Rückbank, wo er halb auf Gary landete. Sean rutschte auf den Fahrersitz und warf einen Blick in den Rückspiegel. Blanke Panik stieg in ihm hoch, seine Hände begannen zu zittern. Es war schon fast zu spät.

Hinter ihnen war die Polizeiverstärkung eingetroffen. Er sah Männer in Helmen und schusssicheren Westen über die Straße laufen und Stellung beziehen. Eine großer Mann hielt ein Megaphon in der Hand.

»Wir bitten die Bevölkerung, zurückzutreten und die Straße frei zu machen!«, tönte es laut über die wild durcheinander laufende Menge.

Die Mutter des kleinen Jungen, den Levi fast überfahren hatte, saß mitten auf der Straße und wiegte das verstörte Kind im Arm. Sean war klar, dass man sie sehr bald von dort wegbringen würde, an einen Ort, wo sie und ihr Sohn in Sicherheit waren. Er griff unter die Lenksäule und hielt die beiden losen Kabel aneinander. Beim Kontakt zündete es und der Wagen machte einen Satz nach vorn. Gary schnalzte mit den Zähnen, Levi stöhnte und entledigte sich der hässlichen Waffe an seiner Taille.

»Schalt innen Leerlauf!«, schrie er wie wahnsinnig.

»Schon gut, schon gut!«, gab Sean genervt zurück.

»Haste dein Führerschein im Lotto gewonnen, oder was?«, rief Gary, um den Lärm draußen zu übertönen.

Hinter ihnen forderte sie der Polizist mit dem Megaphon auf, stehen zu bleiben. Sean war wütend wie ein Stier.

»VERDAMMTE SCHEISSE, ICH HAB KEIN FÜHRERSCHEIN, OKAY! ICH HABS VON MEINER SCHWESTER GELERNT, ALLES KLAR?! UND JETZT HALTS MAUL, DASS ICH MICH KONZENTRIERN KANN!«, bellte er sie an, haute den Schalthebel in den Leerlauf und hielt die Kabel noch einmal aneinander.

Der Wagen sprang sofort an. Sean schaltete krachend in den ersten Gang und schob den Gedanken beiseite, dass Shannon es bereits vor einiger Zeit aufgegeben hatte, ihm Fahrunterricht zu geben. Um die Prüfung zu bestehen, müsste er in die Fahrschule, hatte sie gemeint. Sean schaltete in den Zweiten und hoffte inständig, dass er sie da rauslotsen konnte. Das ist meine Fahrprüfung, sagte er sich, als sie durch die Straße schossen und beständig an Geschwindigkeit zulegten.

Hinter ihnen sprangen die Polizisten in ihre Wagen, als hätten sie nur darauf gewartet, dass die Verfolgungsjagd begann. Bevor sie von der Hauptstraße abbogen, drehte sich Gary noch einmal um und sah, dass die Streifenwagen Schwierigkeiten hatten, an der weinenden Frau vorbeizukommen, die noch immer auf dem harten Asphalt saß und ihr Kind an die Brust drückte. Gary grüßte sie mit erhobenem Gewehr.

»Danke, Schatz«, murmelte er leise.

Levi warf ihm einen merkwürdigen Blick zu und der Chinese lächelte in sich hinein. Der Dredd hielt ihn wahrscheinlich für verrückt. Ausgerechnet ich muss in der Karre sitzen, dachte er und drehte sich wieder zu Sean um. Hinter ihnen war das Geräusch der Sirenen zu hören.

Die anderen Wagen hupten, wichen aber schnell aus, als sie die maskierten Männer sahen. Der Tachometer zeigte auf fünfundsechzig, siebzig, dann achtzig Meilen. Sean trat das Gaspedal voll durch. Levi gab ihm vom Rücksitz Anweisungen, wohin er fahren sollte. Eine Meile weiter wurden sie von einer Polizeistreife geblitzt, die in einer Seitenstraße auf der Lauer lag. Bevor sie sichs versahen, hatten sie auch diesen Wagen auf den Fersen, der ihnen über die belebte Landstraße folgte, als sei er durch ein unsichtbares Seil mit dem gestohlenen Fahrzeug verbunden.

Als Levi die entschlossenen Gesichter der Polizisten hinter ihnen sah, hatte er die Nase voll. Er zertrümmerte die Heckscheibe mit dem Kolben seiner Pistole und eröffnete unter lauten Beschimpfungen das Feuer auf die überraschten Polizisten. Nach dem Schusshagel war die Rückbank mit Glassplittern und verbrauchten Patronenhülsen übersät. Gary hatte mit weit aufgerissenem Mund und schmerzverzerrtem Gesicht daneben gesessen und sich die Ohren zugehalten. Die Zerstörung war total.

Der Polizeiwagen kam durch die Schüsse in Haube, Kühler und Windschutzscheibe außer Kontrolle und schlingerte von einer Straßenseite auf die andere. Ein weiterer Polizeiwagen hinter ihm versuchte mit quietschenden Reifen auszuweichen, aber es war zu spät. Er prallte auf den vor ihm fahrenden Wagen und schob ihn quer über die Straße auf die Gegenfahrbahn. Bald war die Luft von dem Geräusch laut zusammenkrachender Autos erfüllt und hinter ihnen türmte sich eine Blechlawine auf.

Levi brach in Begeisterungsjubel aus und feuerte gleich noch einen Freudenschuss hinterher. Sean hielt zähneknirschend die Augen auf die Straße gerichtet.

»Diese Landpolizisten können mich mal am Arsch lecken«, schrie er laut und hatte einen Augenblick lang seine Schmerzen vergessen.

Sean sah in den Rückspiegel. Die Augen des Dredd wirkten wach, während seine eigenen müde und abgespannt waren.

»Und wo fahren wir jetzt hin?«, fragte er. Erst jetzt spürte er die Auswirkungen des Schocks. Seine Lippen und Hände zitterten. Levi zuckte mit den Schultern. Er zog sich die Maske vom Gesicht und schwieg. Nach etwa drei Meilen meldete er sich wieder zu Wort.

»Halt an.« Levi zeigte mit der Pistole auf den Straßenrand und ignorierte Garys aufgeregten Redeschwall. Verdutzt tat Sean, wie ihm befohlen. Ungläubig sahen sie Levi seine Pistole in den Gürtel stecken und aus dem dampfenden Wagen steigen. Die Maske in seiner Gesäßtasche verborgen, humpelte er mit erhobener Hand über die Straße.

»Der Fucker is verrückt, Mann«, sagte Gary zu Sean. Ohne die Geschwindigkeit zu verringern, rasten zwei Wagen auf der Gegenspur an dem Dredd vorbei.

Der Dredd drehte sich zu den Jungen um, zog die Maske aus seiner Hosentasche und streifte sie über den Kopf. Dann nahm er die Pistole aus dem Gürtel und zielte damit auf den nächsten Wagen, der vorbeikam. Es war ein silberner Ford Orion mit vier Türen. Mit quietschenden Reifen kam der Wagen zum Stehen. Levi ging auf den Fahrer zu, riss die Tür auf und schleuderte den entsetzten Mann ohne ein Wort auf die Straße. Sean und Gary starrten sich entgeistert an. Sean schüttelte den Kopf.

»Du hast Recht«, sagte er zu Gary. »Los, komm, Star.«

Mit einem Satz waren sie aus dem Wagen und rannten, so schnell sie konnten, über die Landstraße. Gary schleuderte das Geld auf den Rücksitz des Orion und Sean steuerte direkt auf den Fahrersitz zu. Levi hielt ihn am Arm fest und drohte mit dem ausgestreckten Zeigefinger.

»Ich glaub, für heut haste erst mal genug gefahren«, sagte er zu ihm. Sean zuckte mit den Schultern. Der Dredd drehte sich wieder dem Autofahrer zu, der zusammenzuckte und sich schützend den Arm vors Gesicht hielt.

»Fahren Sie nur, fahren Sie nur. Das ist sowieso ein Firmenauto. Aber tun Sie mir nichts!« Levi nickte und stieg in den Wagen.

»Danke. Und Maul halten, verstanden?« Er wendete den Wagen in der sicheren Gewissheit, dass auf ihrer Seite nicht mit Verkehr zu rechnen war aufgrund seiner perfekt inszenierten Massenkarambolage.

Sean und Gary lehnten sich in ihren Sitzen zurück und schwiegen. Levi fuhr gemächlich die Straße entlang, als hätte er keinerlei Eile, nach Greenside zurückzukommen. Gary versetzte Sean einen Stoß und hob die Plastiktüte mit dem Münzgeld hoch, das er der alten Postbeamtin abgenommen hatte. Er schüttelte sie lächelnd.

Zögernd tauschte Sean einen Faustschlag mit dem Chinesen und lächelte zurück.

Sie ließen den Wagen in einem Industrieviertel irgendwo in der Gegend von Highgate stehen, und Levi bestellte mit seinem Handy ein Taxi, das sie nach West London bringen sollte. Sie warteten bei McDonalds und schlugen sich die Bäuche mit Big Macs voll. Garys stetiges Meckern über die schwere Plastiktüte, die er tragen musste, überhörten sie einfach.

Als das Taxi kam, nannte Levi dem Fahrer als Ziel Hammersmith. Er erntete überraschte Blicke von den beiden Jungs. Wie üblich ignorierte er sie. Da Kenny die Taxifirma empfohlen hatte, warf Gary die Plastiktüte mit dem Cash einfach in den Kofferraum und los ging es.

Im Wagen war es angenehm warm. Sean legte den Kopf nach hinten auf den Rücksitz und genoss die Fahrt. Er fühlte sich müde, war aber unfähig zu schlafen. Die Ereignisse gingen ihm unaufhörlich im Kopf herum. *Capital-Radio* sendete indische Musik, aber Sean hörte sie nur wie von weitem. Gemächlich rollten sie durch den langsam zunehmenden Verkehr.

Sean sah noch immer die Leute vor sich, in der Post, auf der Straße vor dem Postamt und auf der Landstraße bei ihrer Flucht. Die entsetzten Blicke, ihre Angst und Wut, wie sie auf ihn zeigten und schimpften.

Ein Leben lang hatte er erfahren müssen, dass die Weißen vor Menschen seiner Hautfarbe Angst hatten und dass aus dieser Angst Hass und Vorurteile wuchsen. Es war unschwer zu erkennen, an der Art, wie Frauen ihre Handtasche an sich pressten, wenn er vorbeiging, oder Ladenbesitzer ihm durch die Regale folgten, als hätten sie ihn bereits abgestempelt, ohne ihn zu kennen. Ein Leben lang hatte Sean das bemerkt und hingenommen, in dem Wissen, dass er nichts daran ändern konnte, dass er auf das Denken der Weißen keinen Einfluss hatte.

Aber immer hatte er mit Stolz für sich in Anspruch genommen, anders zu sein. Bis zu diesem Tag hatte er weder gestohlen noch Leute beraubt, weder randaliert noch einer der zahlreichen Straftaten sich schuldig gemacht, die man wie selbstverständlich Jungen seiner Altersgruppe und Hautfarbe zuschrieb. Er hatte sein ganzes Leben zu beweisen versucht, dass er anders war. Und nun war er mehr durch die Umstände und die Umgebung, in der er lebte, als durch eine bewusste Entscheidung zu einer kriminellen Handlung gezwungen worden, die ihm völlig gegen die Natur ging. Aber hatten die Weißen seine Andersartigkeit je bemerkt, heute oder zu irgendeinem früheren Zeitpunkt in seinem Leben?

*Nein*, dachte Sean böse. Und hatten sie sich darum geschert, dass sie ihn jedes Mal beleidigt hatten, wenn ihre Zeitungen sein Volk für den moralischen Verfall *ihrer* Gesellschaft verantwortlich machten?

Hatten sie sich je darüber Gedanken gemacht, dass die meisten Schwarzen in den Fernsehkrimis Verbrecher, Geisteskranke oder Drogendealer waren? Und dass sie dieses negative Image flächendeckend im Land verbreiteten?

Warum sollte ich also versuchen, anders zu sein? Warum sollte ich mir Gedanken machen?, fragte sich Sean in dem Taxi, das sich langsam durch den Verkehr schlängelte.

Er starrte den Himmel an, der die dunkelgraue Farbe ihrer Waffen hatte, und betrachtete die gelangweilten Gesichter der anderen Fahrer. Und als sie zurückstarrten, mit diesem seit jeher vertrauten Blick, fiel ihm kein Grund mehr ein, warum er noch immer anders sein sollte.

Es stellte sich heraus, dass in Hammersmith eine von Levis zahlreichen Freundinnen wohnte. Sean war Shawna bis dahin noch nie begegnet. Levi und Kenny hatten bereits vor Wochen beschlossen, sich bei ihr zu treffen. Sie hielten vor einem zweistöckigen Haus aus dem neunzehnten Jahrhundert. Levi bezahlte das Taxi mit dem Geld aus Garys Plastiktüte und gab dem Fahrer mit der Warnung, ja den Mund zu halten, noch einen Fünfziger obendrauf. Dann stiegen sie abgekämpft die Treppen hinauf. Levi hatte einen Schlüssel. Drinnen wurden sie mit lauter Musik und dem Geruch von harten Drogen empfangen.

Levi ging direkt in das Wohnzimmer, wo Darren und Clarence auf dem Ledersofa lagen und rauchten. Die Schuhe hatten sie ausgezogen. Die Rollos waren geschlossen und der Raum wirkte dämmrig und verschwommen. Im angrenzenden Raum lehnte eine große Holzpfeife in der Ecke und auf einer hohen schwarzen Kommode waren ein Fernseher und eine silberne Hifi-Anlage von Bang und Olufsen zu sehen.

Sean zog seine Schuhe aus und folgte Levi ins Zimmer. Der Teppichboden unter seinen Füßen fühlte sich merkwürdig weich und kitzlig an. Der Ältere hob die Hand und begrüßte die beiden Jungen mit einem freudigen Handschlag.

»Wie isses, Jungs? Alles cool?«, donnerte er.

»Klar, Star. Bestens«, antworteten die beiden wie aus einem Mund.

Als sie Sean und Gary hinter dem Dredd entdeckten, brachen sie in schallendes Gelächter aus und hüpften wie verrückt auf dem Sofa herum.

»Hey, Blood! Was sagst'n? Komm her, Star«, schrie Clarence und stieß dabei fast das Glas mit Champagner um, das neben seinem Fuß stand. Sean tauschte einen Faustschlag mit ihm und fragte sich, was die beiden so erheiterte. Darren sah seinen überraschten Gesichtsausdruck und prostete ihm mit seinem schäumenden Glas zu.

»Den von der Metropolitan Police haste ja sauber fertig gemacht, Mann. Habt er gesehn, was der Bulle für 'n Satz gemacht hat?! Ich hör nur BUUUMMM und denk, das is 'n Erdbeben, Star. Ich sag dir! Is mir egal, dass der so 'n Pinkel is, nach der Action, die er da gebracht hat!« Das Letzte sagte er zu Clarence, der zustimmend nickte und Sean anerkennend die Moët-Flasche hinhielt.

»Hier, Alter, trink mal«, sagte er zu ihm. Sean nahm einen großen Schluck. Der Schaum lief ihm dabei über das Gesicht. Levi lachte und runzelte zugleich warnend die Stirn.

»Pass auf'n Teppich auf, Star!«, brummte er.

»Ja, ja«, antwortete Sean und wischte sich mit der Hand über den Mund.

»Wo's Kenny?«

Darren sah auf. »Mit Shawna zum Chinesen.«

»Und wo's die Knete?«

Clarence ging zu der hohen Kommode und deutete mit seinem Weinglas auf die unterste Schublade. Levi öffnete sie und zog den groben Sack mit einem leisen Grunzen und der Hand auf dem Bauch heraus.

»Wir hamm die Scheine hunderterweise gebündelt«, unterbrach Darren die Stille.

Levi schloss die Rollos ganz, machte das Licht an und schüttete den Sack auf dem Teppich aus. Dann hielt er inne und sah Sean an, der neben dem Sofa stand und sich wunderte, dass Clarence und Darren sich nicht mit dem Geld aus dem Staub gemacht hatten, allein und unbewacht wie sie waren. Offensichtlich fürchtete man den Dredd mehr, als Sean gedacht hatte. Auch sein eigener Respekt vor Levi wuchs beim Anblick der Geldbündel auf dem Teppich.

Als läse er Seans Gedanken, blinzelte ihm Levi zu und grinste.

»Bau dir einen Spliff, Mann.« Sean lächelte etwas unsicher.

»Ich rauch nich«, antwortete er. Die anderen drei stöhnten.

»Komm. Erzähl mir kein Scheiß, Mann!«, schrie Clarence. Aber Levi sah ihn scharf an, worauf er sofort seine Stimme dämpfte und Sean einen kleinen Beutel zuwarf. Er traf Sean an der Brust.

»Einer, wo ein Bullenauto so zurichten tut, der raucht auch«, sagte er ungehobelt.

Als Sean den Crack-Stein betrachtete, wurde ihm mulmig im Magen. Er hatte das Gefühl, an der Schwelle zu völligem Neuland zu stehen, das er nie hatte betreten wollen.

Levi beobachtete ihn. Das in Bündeln um ihn herumliegende Geld war einen Augenblick lang vergessen.

»Scho'mal 'n Bone geraucht?«, fragte er sanft. Sean schüttelte stumm den Kopf.

»Probiers mal. Danach kannstes immer noch lassen«, brummte er und wandte sich wieder dem Geld zu.

Darren und Clarence beobachteten ihn. Gary schnappte sich das Päckchen Rizla und zog zwei Blättchen heraus. Dann reichte er das Zigarettenpapier an Sean weiter. Der hielt es einen Augenblick unschlüssig in der Hand und nahm dann ebenfalls zwei Blättchen heraus. Sein Gesicht hatte einen ungläubigen Ausdruck angenommen. Die beiden ließen sich auf dem Dreisitzer nieder und sahen zum Dredd, der leise Zahlen vor sich hin murmelte und Geldstapel von rechts nach links schob.

Sean krümelte Tabak von einer Zigarette, die er von Gary geschnorrt hatte, auf das Papier und schabte dann mit dem Taschenmesser des Chinesen über den Stein, um das Crack auf dem Tabak zu verteilen. Er hatte den Crackheads im Viertel schon tausendmal dabei zugesehen. Jemand reichte ihm ein Stück Karton von einem zerrissenen Rizla-Päckchen. Er rollte es zwischen den Fingern, bis es die Form eines Röhrchens hatte, und schob es vorsichtig auf das eine Ende des Zigarettenpapiers. Da kamen Kenny und Shawna mit Levis Baby und süßlich duftenden Tüten zurück. Sean stöhnte innerlich. Er sah in die Runde, um festzustellen, ob die anderen bemerkt hatten, wie nervös er war. Er kam sich vor wie ein Schüler, der bei der Abschlussprüfung plötzlich alles vergessen hatte.

Gary neben ihm war ganz auf seinen eigenen Zook konzentriert und beachtete ihn nicht. Darren und Clarence sahen fern und beobachteten mit einem Auge Levi, der noch immer auf dem Teppich saß und Geld zählte. Shawna, eine schlanke Mischlingsfrau mit leuchtend grauen Augen, sortierte mit Kennys Hilfe die verschiedenen Essensschachteln auseinander. Er hatte das Baby auf dem Arm und erzählte den anderen lachend, aber mit gedämpfter Stimme von ihrer Flucht zu Shawna. Sean begegnete einmal ihrem Blick. Sie schenkte ihm ein Lächeln und wandte sich wieder ihren Tüten zu. Seans Magen knurrte leise. Er schloss kurz die Augen und konzentrierte sich wieder auf seine Aufgabe. Er war froh, dass ihn keiner beachtete.

Er nahm die Zigarettenblättchen nun zwischen Daumen, Zeige- und Mittelfinger und begann, sie zu rollen. »Halt bloß das Ding fest«, sagte Corys Stimme in seinem Kopf.

Der Zook rutschte ihm aus den Fingern, er fasste nach und das Papier knisterte, aber keiner sah auf. Sean fuhr mit dem Rollen fort und hielt schließlich inne, um den dünnen, gummierten Rand des äußeren Blättchens anzulecken. Dann drehte er den Zook noch einen Augenblick zwischen den Fingern, bis die klebrige Stelle verschwunden war.

»Feuer«, sagte er, zufrieden mit seinem Ergebnis.

Gary nahm einen Zug an seinem eigenen Zook und reichte Sean dann sein rotes Feuerzeug. Er warf ihm einen anerkennenden Blick zu.

»Siehste, Star. Bist ’n Naturtalent.«

Kenny war dabei, Essen und Plastikbesteck herumzureichen. Inzwischen war Levi mit dem Zählen fertig und strahlte zufrieden.

»Und, was sagt ihr? Wie viel isses?«, fragte er in die Runde. Die Jungs richteten sich auf, alle Sorgen schienen der Vergangenheit anzugehören. Sie betrachteten die Stapel von Geldscheinen und riefen ihm ihre Schätzungen zu wie die durchgedrehten Dealer in den alten Filmen.

»Zehn Riesen!«

»Red kein Scheiß, Star.« Levi sah aus, als hielte er sie für geisteskrank.

»Acht!«, konterte Gary.

»Tiefer.«

»Siebeneinhalb«, rief Sean dem Dredd zu. Levi lachte und löffelte vergnügt sein Essen in sich hinein.

»Bist nah dran, Junge, ziemlich nah dran.«

»Sechs Mille!«, sagte Clarence cool und blies seitlich den Rauch aus, damit er nicht zu Levis Kind wehte.

Der Dredd legte den linken Zeigefinger auf die Nasenspitze und deutete mit dem rechten auf Clarence. Der Raum bebte vor Lachen und Freudengeheul. Die Jungs fielen sich in die Arme und tauschten überglücklich Faustschläge. Als das Gelächter verstummte, meldete sich Clarence zu Wort.

»Oi, das macht 'n Riesen für jeden, oder? Eins, zwei, drei, vier ...«

»Schon klar. Ich kann selber zählen, Star. Bleib auf'm Teppich«, schoss Levi zurück. Aber dieses Mal verfehlte der harte Ton seine Wirkung. Clarence ließ sich einfach ins Sofa zurücksinken und rieb sich wie ein Ölbaron die Hände. Levi teilte das Geld in gleiche Teile, nahm einen Packen davon und bedeutete Sean mit einem kurzen Blick, ihm zu folgen.

»Komm mit«, murmelte er und ging, ohne auf ihn zu warten, hinaus. Sean schnappte sich sein Essen und den Zook und folgte dem Dredd in die rotweiße Einbauküche, von wo man auf einen großen Garten hinuntersah. Sean setzte sich auf eine breite Holzbank und fragte sich, was der Dredd vorhatte.

»Alles in Ordnung mit dir?«, fragte der Dredd. Sein Spliff zuckte beim Sprechen auf und ab. Als Sean bejahte, zog Levi seine große Lederbrieftasche heraus. Er blinzelte ihm kumpelhaft zu. Die Brieftasche war voller neuer Scheine. Levi fing an, Fünfzigpfundnoten auf den Tisch zu zählen. Sean wusste nicht, was er davon halten sollte. Bei dreihundert hielt der Dredd inne, warf Sean einen verschlagenen Blick zu und zählte weiter, bis fünfhundert Pfund vor Sean lagen. Dann legte er den Stapel mit den tausend Riesen aus dem Wohnzimmer daneben und lehnte sich zurück. Er schien zufrieden mit seiner Leistung. Sean betrachtete das Geld und sah Levi in die dunklen Augen. Der paffte entspannt an seinem Zook.

»Was'n das?«, fragte der Junge.

»Nimm's als 'ne Art ... Bonus«, sagte Levi amüsiert. Sean zog die Stirn kraus.

»Für was? Ich hab nix extra gemacht ...«

»Doch, das haste.« Die Worte kamen tief aus seinem Brustkorb wie ein Brummen.

»Du hast uns da aus 'ner brenzligen Situation rausgelotst, wie de dich da ans Steuer gesetzt hast. Bist 'n guter Fahrer, Sean. Mach dein Führerschein, jetzt, wo de Geld hast. Oder kauf was, dass de wieder in die Reih kommst mit der fitten

Alten, wo de da hast. Halskette oder was. Kannst so ’n Mädel nich vernachlässigen, verstehste. Musst immer jemand haben, wo de Unterschlupf findst. Jedenfalls ... Ach, Scheiß! Mach, was de willst, mit dene Lappen. Sind deine, oder? Is nur so ’ne Art Anerkennung für die schnelle Reaktion. Alles klar?«

»Alles klar, Mann.« Sean lächelte. Sie tauschten einen Faustschlag. »Woher weißt’n überhaupt, dass Sonnie und ich Streit hatten?«

Levi lachte.

»Ey, Star. Wir sind in Greenside, oder?«, erinnerte er ihn.

Sean schüttelte den Kopf.

»Ja, Mann. Da gibt’s keine Geheimnisse, was?«, gab er zu. »Danke, Levi, die Knete kann ich gut gebrauchen.«

»Echt, *Bwoy*«, murmelte der Dredd und zerquetschte das Ende seines Spliffs wie ein ekliges Insekt im Küchenaschenbecher.

Sean nahm die Pistole heraus, die sich beruhigend an seinen Magen geschmiegt hatte, und platzierte die gerollten Scheine unter dem Taillengummi seiner Boxershorts. Dann rollte er seine Jeans an den Hosenbeinen zusammen, damit das Geld unten an den Knöcheln hängen blieb, falls es herausrutschte, und nicht irgendeinem nichtsnutzigen Glückspilz zu einem Luxuswochenende verhalf. Als er fertig war, kontrollierte er die Abzugsicherung seiner Pistole und steckte sie in die Tasche seiner Lederjacke, wo sie unauffällig verschwand. Levi beobachtete ihn dabei.

»Die Knarre gefällt dir, stimmt’s?«

Sean lächelte. »Ja, Mann, die is stark. Kann ich se behalten?«

Levi winkte locker ab und zog eine Grimasse. »Nimm se mit. Aber sieh zu, dass se niemand anders in die Hände kriegt, alles klar?«

»Ja, Mann, alles klar«, antwortete Sean. Er konnte es kaum erwarten, sie seinen Kumpels im Viertel zu zeigen. Levi kam wieder aufs Geschäftliche zu sprechen.

»So, da biste also zufrieden, wie die Sache gelaufen is?«

Sean nickte. »Hat alles gut geklappt, oder? Niemand verletzt, abgesehn von uns, aber das war ja nix Großes. Und ich hab anderthalb Mille eingesteckt für 'n paar Minuten Arbeit ...« Sean schwieg. Die Sätze spulten sich in seinem Kopf noch einmal ab, wie auf einem Tonband. Levi sagte nichts.

»Oder? Anderthalb Mille in null Komma nix gemacht!« Er lachte laut. »Das is der Hammer, Star!«

Das war Levis Chance. Jetzt musste er handeln. Sean hatte den Köder geschluckt. Der Fisch zappelte schon an seiner Angel. Höchste Zeit, den Fang vorsichtig an Land zu ziehen.

»Was würdst'n sagen, wenn de in 'n paar Wochen das Doppelte verdienen tätst?«

»Wie meinst'n das?« Sean sah ihn ungläubig an.

»Na ja, diesmal steht ein Schmuckgeschäft auf'm Programm. Hat mei'm Mädel seine Freundin vermittelt. Den Laden räumen wir aus, Star. Isses ganz große Geld drin. Wenn's klappt, simmer reich, verstehste? Du hast doch gesehen, wie leicht das is. Brauchste dir keine Gedanken machen, dass wir geschnappt wer'n oder was. Wir ziehn die Sache viel zu glatt durch, weißte doch, oder? Also, was sagste, Star? Biste dabei?«

Sean sah ihn an. Er war vor Müdigkeit und Anspannung wie

benebelt. »Ich weiß nich, Mann. Ich hab gedacht, es geht nur um ein Ding, Star. Ich wollt nur mein' Kuseng aus'm Schlamassel rausholen. Ich bin kein Dieb.«

»Näh, aber du bist der geborne Fahrer für 'n Fluchtauto. Und du gehst mit dem Gewehr um wie 'n Gangster. Wie 'n eiskalter *Killerbwoy.*«

Sean schloss die Augen, als Levi das sagte. Seine Gedanken waren in Aufruhr. Die Verlockung des Geldes war so groß, dass er bereits das Gold und den Schmuck vor sich sah, wie es verführerisch glänzte. Er hatte Lust mitzumachen. Im Grunde war Levi ja ganz in Ordnung ... Nein! Er war kein Krimineller und würde nie einer sein. Er hatte heute mehr Angst gehabt als in seinem ganzen Leben zuvor. Sein Herzschlag hatte sich noch immer nicht normalisiert. Das war nicht sein Leben. Sein Cousin hatte Recht.

Er öffnete die Augen und sah Levi entschlossen an.

»Ich geh jetzt besser, Mann. Ich will keine andern Dinger mehr drehen, Star.« Er stand abrupt auf und zog seine Jacke an.

»Hey, mach mal langsam, Star«, sagte Levi hastig. Fast hätte er ihn festgehalten. Aber als er Seans gehetzten Blick sah, besann er sich eines Besseren.

»Wir hamm 'ne Abmachung«, erinnerte ihn Sean ruhig.

Levi nickte und hob die Hände. Warum war er bloß so nachgiebig mit dem Jungen, fragte er sich. Er beschloss, zu warten und Sean wieder in sein normales Leben zurückkehren zu lassen. Dann würde man sehen. Noch hatte er ihn nicht abgeschrieben.

Levi spürte instinktiv, dass sich hinter Seans Umgänglichkeit etwas anderes verbarg. Eine dunkle, verschüttete Quelle des Zorns. Er setzte sich wieder an den Tisch und ließ Sean allein ins Wohnzimmer gehen, um sich zu verabschieden. Lachend versprach er den Jungs, mit ihnen in Kontakt zu bleiben. Dann kehrte er noch einmal in die Küche zurück. Er sah Levi an, als wollte er sich entschuldigen. Dann zuckte er mit den Schultern und spielte nervös mit seinen Hausschlüsseln.

»Also dann, Levi, ich bin weg.« Er streckte den Arm aus, um einen Faustschlag mit ihm zu tauschen.

»Alles klar, mein Junge. Sei vorsichtig, verstanden? Und wenn de deine Meinung änderst...«

Sean schüttelte den Kopf. »Glaub ich nich, Mann.«

Levi antwortete seinerseits mit einem Schulterzucken und musterte Sean, der im dunklen Flur an der Wand lehnte. Nicht Levi, sondern er schien den Abschied hinauszuzögern. Schließlich gab sich Sean einen Ruck und marschierte mit einem krächzenden »Bis dann« aus der Wohnung. Die Tür fiel mit einem leisen Klicken ins Schloss.

## *Zwölftes Kapitel*

Sean trabte die Straße hinunter. Er hatte die Hände tief in den Taschen vergraben und das Kinn auf die Brust gedrückt, um sich vor dem beißenden Wind zu schützen, der ihn wie eine übermächtige Hand zurückhielt und kaum vorwärts kommen ließ. Er ging durch die Nebenstraßen von Hammersmith, weil er keine Lust hatte, auf Bus oder U-Bahn zu warten. So war er viel schneller in Greenside, dachte er. Außerdem brauchte er Zeit, um über die jüngsten Ereignisse nachzudenken und sich Levis Angebot noch einmal durch den Kopf gehen zu lassen.

Ich habs versiebt, schalt er sich zu Unrecht. Das Licht der Straßenlaternen warf gelbe Kleckse auf das Pflaster. Wahrscheinlich lachten die anderen bereits über ihn, während sie ihr chinesisches Essen in Shawnas Wohnung mit Champagner hinunterspülten.

Er nahm die Hände aus den Taschen, um nachzusehen, ob er seine Hausschlüssel noch hatte. Dabei fand er den Zook wieder, den er sich bei Levi gedreht hatte, leicht zerknittert und platt gedrückt, aber noch brauchbar. Er erinnerte sich an die Worte des Dredds. »Probier's mal. Danach kannste's immer noch lassen.« Eine Sekunde später war seine Entscheidung gefallen. Mit ausdruckslosem Blick betrat er den kleinen Eckladen.

Kurze Zeit später war er wieder auf der Straße, eine Dose

Sunkist in der einen und ein blaues Clipper-Feuerzeug in der anderen Hand. Er probierte es ein paar Mal aus und entfernte sich ein Stück von dem Laden, bevor er seinen ersten Spliff in die Flamme hielt. Das Papier knisterte im leckenden Feuer und schmolz dahin. Er zögerte eine Sekunde. Da war sie wieder, die Schwelle zum Unbekannten. Entschlossen nahm er einen tiefen Zug und füllte seine Lungen mit dem starken Rauch.

Es tat entsetzlich weh. Zu spät fiel ihm ein, was Cory immer sagte. »Den ersten Zug inhalier ich nie, schmeckste nur Papier und Tabak, Star.«

Er versuchte, den Rauch wieder auszublasen, und wurde von einem quälenden Husten geschüttelt, der sich mit Raubtierklauen in seine Brust grub und an seinen Lungen riss. Er krümmte sich unter dem Hustenanfall und war dankbar, dass er sich den Zook nicht in der Wohnung angezündet hatte. Er hätte sich bis auf die Knochen blamiert. Sean spie heftig aus und riss die Sunkist-Dose auf, um den brennenden Schmerz in seiner Brust damit zu löschen. Er nahm große Schlucke, die aber nur seiner trockenen Kehle Linderung verschafften.

Der Zook war ausgegangen. Sean stellte die Dose auf eine Mauer und zündete ihn wieder an. Er nahm noch einen Zug. Wieder war der Hustenreiz da, aber es gelang ihm, ihn zu unterdrücken und weiterzugehen, den Zook zwischen Daumen und Zeigefinger. Bald fühlte er sich gut genug, um noch ein paar Züge zu nehmen.

Nach und nach setzte die Wirkung ein. Er spürte sie langsam von seinen Füßen aufsteigen und durch seinen Körper in den Kopf vordringen, wo sie sich ausbreitete und anschwoll.

Seine Beine trugen ihn mechanisch weiter. Er wich den Hundehaufen aus und hielt die Augen nach Streifenwagen offen.

Der Wind schien nur mehr eine leichte Brise, die seine Stirn wie ein feuchtes Tuch erfrischte und Kühlung verschaffte. Er sah jetzt alles deutlicher: die Passanten, die vorbeifahrenden Wagen. Die depressive Stimmung, die ihn noch in Levis Wohnung zu überwältigen drohte, war wie weggeflogen. Stattdessen spürte er eine prickelnde Lebendigkeit. Er ging zuversichtlich seines Weges und machte nicht einmal einen Schritt zur Seite, wenn ihm jemand direkt entgegenkam. Die Farben und Lichter der belebten Straßen hatten plötzlich eine nie gekannte, blendende Klarheit.

In Greenside fand er die kleine Wohnung seiner Familie leer und dunkel vor. Es war erst halb sechs, und er sehnte sich danach, Sonia anzurufen, die normalerweise um diese Zeit vom College nach Hause kam und sich die Serie *Home and Away* ansah. Er ging zum Telefon, aber bevor er den Hörer abnehmen konnte, versetzte ihm das Crack einen Schlag. Plötzlich war er wie benebelt und in dem Raum wurde es erstickend heiß. Er eilte in sein Zimmer, um sich hinzulegen.

Er riss sich hastig die Jacke vom Leib und ließ sie auf den Boden fallen. Die Pistole machte ein dumpfes Geräusch auf dem dünnen Teppichboden. Dann zog er den Pullover über den Kopf und schloss die Augen. Seine Gedanken waren inzwischen Lichtjahre vom College und von Sonia entfernt.

Nach einer Weile hörte er ein verdächtiges Knacken und andere merkwürdige Geräusche in der Wohnung. Er setzte sich auf, um sie zu lokalisieren. Plötzlich war er davon überzeugt, dass etwas nicht stimmte. Wahrscheinlich hatte die Polizei bereits vor seiner Tür Stellung bezogen, die Schusswaffen im Anschlag, und war im Begriff, die Wohnung zu stürmen. Wieder lauschte er angestrengt. Nichts. Für den Augenblick beruhigt, ließ er sich wieder aufs Bett zurückfallen, aber es dauerte nicht lange, da kehrte das Geräusch wieder. Er stand auf und griff in seine Jackentasche nach der Pistole. Verwundert starrte er ein paar Sekunden lang die harten, scharfen Konturen und den glatten Lauf an. Dann legte er sich wieder hin. Den Arm über der Brust und den Finger am Abzug der Waffe, wartete er darauf, dass die Wirkung des Cracks nachließ. Wie eine Skulptur aus Stein fühlte er sich, massiv und unbeweglich wie ein Fels. So starrte er ohne ein Blinzeln an die abblätternde Decke und lauschte.

In dieser Nacht kam ihn keiner holen.

Mit dem Schicksal war es merkwürdig.

In den ersten Wochen nach dem Raubüberfall sah Sean alles mit anderen Augen: das Viertel, die Wohnung, selbst seine Familie. Zum ersten Mal in seinem Leben nahm er seine gewohnte Umgebung mit erschreckender Deutlichkeit wahr.

Alles im Viertel war alt und heruntergekommen. Früher hatte er sich mit seinen Freunden über die Missstände aufgeregt, aber jetzt sah er, was fehlte: Geld. Überall auf den Straßen türmten sich die Müllberge, und es stank so erbärmlich, dass er von da an erst wieder etwas zu sich nehmen konnte, wenn der Müll abgeholt worden war. Bisweilen nicht einmal dann.

Er sah, in welch deprimierendem Zustand hunderte von Wohnungstüren waren, zerbeult und demoliert, die Farbe blätterte ab, ob sie nun hell- oder dunkelviolett, blau oder grün gestrichen waren.

Das Viertel wirkte auf ihn wie ein altes, müdes Uhrwerk, dessen Federn langsam und unwiederbringlich ihre Spannung verloren hatten, wenn sie nicht gar vom vielen Aufziehen überdreht waren. Nicht so die Menschen. Was sie betraf, war Greenside ein lebendiger Ort. Immer passierte etwas, konnte man Leute treffen. Aber wenn man sich die Häuser anschaute ...

Monatelang hatte man gemunkelt, die Wohnungen seien mit Asbest verseucht, aber wenn Sean zu den zerbrochenen, zugenagelten Fenstern aufsah und sich die Stahlaufzüge betrachtete, die mit Erbrochenem verschmutzt waren, dann hielt er Asbest für die kleinste Sorge.

Inzwischen fiel ihm nur mehr ein Ausdruck ein, wenn er die Wohnung seiner Mutter betrachtete. Es war ein Loch.

Klar, dort hatte er sein ganzes Leben verbracht, aber vielleicht war er ja deshalb so blind gewesen. Nachdem er die Plüschsofas und die dicken Teppichböden bei Levi und Razor gesehen hatte, wusste er, dass mehr zum Leben gehörte.

Sean war nicht sicher, wie viel die eineinhalb Mille zu dieser Erkenntnis beigetragen hatten. Aber er hatte den Verdacht, dass sie ihm zumindest einen kleinen Denkanstoß gegeben und ihn gezwungen hatten, die Augen zu öffnen. Er fragte sich, ob Cory, Shannon oder seine Mutter wussten, was es für wunderbare Sachen gab da draußen, und sie waren zum Greifen nah.

Sein neuer Reichtum und die damit verbundenen Einblicke hatten ihm bewusst gemacht, wie sehr Corys Verletzung seine Mutter mitgenommen haben musste. Er konnte sich gut vorstellen, was sie empfand. Cory war für die Bradleys ein wertvolles Gut. Er war Ron und Helens einziger Sohn gewesen. Es war einfach undenkbar, dass ihm irgendetwas zustieß.

Sean und Shannon konnten hin und wieder wenigstens etwas Dampf ablassen. In der letzten Zeit hatte es bei den Bradleys ein paar ziemlich heftige Streitereien gegeben. Aber bei seiner Mutter war das nicht der Fall. Für sie hatte es seit dem Tod seines Onkels nie einen Augenblick der Ruhe und Entspannung gegeben. Bernice hatte immer stark sein müssen. Sie war ihnen Mutter und Vater gewesen, hatte immer alles unter Kontrolle gehabt und jede schlimme Situation durchgestanden und gemeistert.

Manchmal fragte sich Sean, ob sich die Dinge anders entwickelt hätten, wenn sein Vater da gewesen wäre. Er dachte nicht oft an den Mann, nach dem er benannt war, aber wenn er es tat, empfand er meist Hass dabei. Bernice kämpfte seit Jahren wie eine Löwin, um die drei Kinder durchzubringen, und hatte in all den Jahren nie etwas von ihrem Mann und seinem Vater gehört. Als Cory und er jünger waren, hatten sie manchmal darüber gestritten, wer von ihnen beiden schlimmer dran war, Sean, dessen Vater sich nicht um ihn kümmerte, oder Cory, der einen liebevollen Vater verloren hatte. Ein sinnloser Streit, aber manchmal erinnerte sich Sean noch an ihre Tränen und Wut. Nach all den Jahren ging ihm nun dieselbe Frage durch den Kopf. Und diesmal kam er zu dem Schluss, dass seine Mutter es am schwersten hatte.

Das ganze Wochenende über versuchte er, Sonia zu erreichen, aber ohne Erfolg. Am Sonntag ließ er das Telefon endlos lange bei ihr klingeln, aber offenbar war niemand da. Als er es später noch einmal probierte, nahm Sonia nach dem zweiten Klingeln ab.

»Hallo?«

Er lächelte beim Klang ihrer Stimme.

»Sonnie …?«

Klick.

Er wählte ihre Nummer noch einmal, aber er bekam nur das Besetztzeichen zu hören, dessen lautes Tuten ihn rasend machte. Vor Wut knallte er den Hörer auf den Boden, um ihn beschämt wieder aufzuheben. Glücklicherweise waren alle anderen noch im Bett.

Am Montag nahm er fünfhundert Pfund von dem Geld, das er unter seinem Bett versteckt hatte, und fuhr nach Hatton Gardens, wo die besten Londoner Gold- und Schmuckdealer zu finden waren. Stundenlang hielt er sich dort auf und wedelte den derb aussehenden Männern, die auf der Straße herumlungerten, mit seinen Scheinen vor der Nase herum. Am Ende kaufte er für Cory eine Kette mittlerer Dicke, an der ein goldenes Marihuana-Blatt baumelte. Für Shannon und seine Mutter erstand er je einen Ring mit kleinen, funkelnden Diamanten, obwohl ihm bewusst war, dass er sie ihnen nicht schenken konnte. Wie hätte er ihnen seinen plötzlichen Reichtum erklären sollen? Er arbeitete ja nicht einmal.

Der eigentliche Grund für seinen Ausflug nach Hatton Gardens aber war Sonia. Er wollte ihr ein Versöhnungsgeschenk kaufen und entschied sich für eine wunderschöne Halskette und ein Paar Diamantohrringe, die wie zwei kristallene Tränen aussahen. Der Händler beglückwünschte ihn zu seinem Geschmack.

Zurück im Viertel, ging er auf direktem Weg zu Sonia.

In den vergangenen Tagen war der Himmel über der Stadt aufgebrochen. Die düsteren grauen Wolken hatten sich langsam verflüchtigt und einen hellen, weißlich blauen Himmel enthüllt. Es war wärmer geworden, und das Viertel war voller Menschen, die spazieren gingen oder vor ihren Häuserblöcken standen, Gras rauchten und dabei mit wachsamem Blick auf patrouillierende Polizeiwagen achteten. Auch vor dem Eingangsdach zu Sonnies Hochhaus stand eine Gruppe von Leuten. In ihrer Nähe parkte am Bordstein ein Wagen, aus dem laute Jungle-Musik dröhnte. Sean hob grüßend die Hand.

»*Raa*, Sean, was gibt's, alter Gangster?«

Jason Taylor, den Cory für Rosies Freund gehalten hatte, lächelte Sean zu und schüttelte ihm kräftig die Hand. Auch Johnny und Raymond waren da und musterten ihn misstrauisch. Stacey Collins stand bei ihnen, ein schwarzer Junge von höchstens vierzehn Jahren. Er trug noch seine Schuluniform. Raymond versetzte Sean einen Stoß.

»Lang nich gesehn, Mann«, sagte er und wippte im Rhythmus der Jungle-Beats.

Sean nickte und grüßte, tauschte Faustschläge mit den Jungen und Wangenküsse mit den Mädchen.

»Ich muss hoch, Leute. Zu Sonnie«, sagte er in die Menge, worauf er ein Nicken erntete und Grüße mit auf den Weg bekam. Man sah ihm nach, wie er das Gebäude betrat, und wandte sich dann anderen Themen zu.

Sean fuhr zu Sonias Stock hinauf und klingelte einmal. Mit gemischten Gefühlen wartete er darauf, dass die Tür aufging. Er war enttäuscht, als Marlena, Sonias College-Freundin, vor ihm stand.

»Ja?«, sagte sie kurz. Es klang, als versuchte sie, so unfreundlich wie möglich zu klingen. Sean achtete nicht darauf.

»Hey, Marlena. Wie geht's. Is Sonnie da?«

»Sie will dich nich sehen«, sagte sie einfach.

Sean holte tief Luft und verdrehte die Augen zur Decke. »Komm schon, Mann. Ich versuch schon die ganze Woche, ihr zu sagen, dass es mir Leid tut, aber sie will nix davon hören. Was soll ich da machen?«

Marlena zuckte mit den Schultern. »Keine Ahnung. Sie will mir ja nich erzählen, was de gemacht hast. Aber eins weiß ich, du musst dir schon 'n bisschen mehr Mühe geben, um die Sache wieder gutzumachen.«

Sean legte den Kopf an den Türrahmen und schloss die Augen. Er war erleichtert, dass Sonia seine Pläne für sich behalten hatte. Marlena beobachtete ihn, dabei hellte sich ihr Gesicht ein wenig auf.

»Soll ich ihr was ausrichten?«, fragte sie etwas freundlicher. Sean schüttelte den Kopf, dann besann er sich, kramte in seiner Hosentasche nach den beiden Schmuckschachteln und drückte sie Marlena kommentarlos in die Hand.

»Sag ihr nur, dass es mir Leid tut. Ich komm ein andermal wieder, okay?«

Er ging den Korridor entlang und hoffte insgeheim, dass ihn Sonia zurückrief.

Aber Sonia rührte sich nicht.

Als er aus dem Haus trat, wälzten sich die Jungen im Dreck und schienen sich um irgendetwas zu streiten. Die Mädchen sahen aus einiger Entfernung zu. Lachend fragte Sean sie, was passiert war.

»Weiß nich«, sagte ein weißes Mädchen, das Caroline hieß. Die Jungen boxten und traten nach einander. Jason hielt etwas in die Höhe, damit die anderen nicht drankamen. Sean konnte nicht erkennen, was es war, und kam näher.

»Wir hamm hier gestanden und plötzlich is was aus'm Fenster geflogen. Muss jemand runtergeworfen ham. Ich glaub, es is 'ne Kette ...«, fuhr das Mädchen fort, aber Sean stand schon nicht mehr neben ihr.

Noch bevor sie fertig war, hatte er begriffen, worum es ging. Er rannte zu den Jungen und packte Jason bei der Hand.

»Oi, das gehört mir, Mann«, sagte er. Die Mädchen beobachteten gespannt die Wendung der Ereignisse. Jason versuchte, ihn abzuschütteln, aber Sean schien wild entschlossen.

»Erzähl kein Scheiß, Mann. Das is grad aus'm Fenster geflogen«, erwiderte er mit dem Brustton der Überzeugung, dass hier alles seine Richtigkeit hatte. Aber Sean ließ nicht von ihm ab, sondern versuchte durch Drehen und Zurückbiegen des Arms, den Griff des Hünen zu lockern. Die anderen hatten sich inzwischen aus dem Kampf zurückgezogen und taten ihre Meinung aus gebührendem Abstand kund.

»Sean, Sean, es is runtergefallen. Was'n los mit dir, Mann?«

»Mann, was streitet ihr'n eigentlich über den Scheiß, Star?«

»*Raa*, Mann. Du hast ja echt finstere Manieren drauf, Star.«

Eine ganze Menge solcher Kommentare waren zu hören, aber keiner versuchte einzugreifen. Plötzlich packte Sean die Wut.

»Ich hab das grad für Sonia gekauft und ich ... will ... das ... *wie-der-hamm*!«

Sean versuchte, Jason mit der linken Hand die Kette zu entwinden, während er seine Faust mit der rechten Hand hin und her drehte. Mit einem Schmerzensschrei lockerte Jason schließlich seinen Griff und gab die Kette frei. Ihre feinen Glieder waren um Handfläche und Finger gewickelt. Vorsichtig nahm Sean ihm die Kette aus der Hand und hielt ihn dabei mit eisernem Griff fest. Ein kurzer Blick auf die Umstehenden überzeugte ihn, dass niemand vorhatte einzugreifen.

Einen Augenblick später befand sich die Kette wieder in seinem Besitz und er untersuchte sie auf Kratzer. Dann sah er zu Sonias Fenster hoch und beschattete die Augen gegen die Sonne. Es war geschlossen. Verärgert sah er die anderen an.

»Okay, und wo sind die Ohrringe?«

Alle sahen ihn ausdruckslos an.

»Versucht nich, mich zu verarschen. Ich hab se erst heut gekauft. Gebt se her, verdammt nochmal. Ich weiß, dass Sonnie se runtergeschmissen hat. Da hinten liegt noch die Schachtel.«

Sean deutete auf die Stelle, wo die winzige, zerbeulte Schachtel lag. Ihr burgunderfarbenes Inneres sah traurig leer aus. Als er sich wieder den Jungen zuwandte, sah er, wie sich Stacey und seine Freunde unauffällig aus dem Staub machen wollten. Seans Blick blieb an dem Jungen in der Schuluniform hängen.

»Das is kein Scherz, hörste. Gib mir mein Zeug, Mann, bevor ich gewalttätig werd.«

»Ich hab dein Zeug nich, Star«, gab Stacey zurück und sah Sean dabei direkt in die Augen. Er schien überhaupt keine Angst zu haben.

Sean lachte ungläubig. Er griff an seine Hose und entblößte den schwarzen Griff der SIG-Sauer. Die Jungen erschraken und wichen zurück. Stacey hatte die Augen weit aufgerissen. Die Angst, die Sean vergeblich darin gesucht hatte, stand plötzlich so deutlich darin geschrieben, dass er Sean fast Leid tat. Levis Bemerkung über die Wirkung von Waffen fiel ihm wieder ein und er lächelte innerlich. Der Dredd wusste gar nicht, wie Recht er hatte.

»Schon gut, schon gut, schon gut. Du kannst sie hamm, Star, Jesus!«

Stacey holte eilig die Ohrringe aus der Hosentasche und gab sie Sean. Sean untersuchte sie sorgfältig und warf dem Jungen einen kalten Blick zu. Er ging zu der Stelle, wo die Schachtel lag, hob sie auf und sah ein letztes Mal zu Sonias geschlossenem Fenster hinauf. Dann ging er wortlos weg. Jason rieb sich sein Handgelenk und sah ihm nach. Sorgfältig vermied er den Blick der anderen.

»*Raa*, Sean geht ja finstere Wege, Alter«, brummte er, während Stacey und seine Freunde sich über Seans Waffe die Köpfe heiß redeten, so als würde man alle Tage mit einer Waffe bedroht. Johnny und Raymond tauschten mit den Mädchen überraschte Blicke. Was Jason da gesagt hatte, war die größte Untertreibung seines Lebens gewesen.

Deprimiert ging Sean nach Hause. Als er leise die Tür öffnete, überwältigte ihn fast der Essensgeruch, so sehr knurrte ihm der Magen. Es war niemand in der Küche, also ging er ins Wohnzimmer, wo seine Mutter einen Berg Wäsche bügelte. Das Eisen zischte und dampfte. Sie sah aus wie ein müder Flaschengeist, dem man seine Zauberwirkung geraubt hatte.

Er grüßte sie kurz und ging in sein Zimmer, nicht ohne zuvor bei seiner Schwester geklopft, aber keine Antwort erhalten zu haben. Bernice hatte einfach weitergebügelt, bei laufendem Fernseher, tief in ihre eigenen Sorgen versunken.

Er legte sich auf sein Bett, schaltete das Radio ein und versuchte, nicht an das Crack zu denken, das er am Freitag geraucht hatte. Es wollte ihm nicht gelingen. Nach all dem Negativen, was er über die Droge gehört hatte, musste er feststellen, dass sie so schlimm gar nicht war. Er war schon oft betrunken gewesen, aber mit Crack behielt man einen klareren Kopf als mit Alkohol. Allerdings hatte Crack ein paar Nebenwirkungen, die nicht zu übersehen waren. Vor allem das Gefühl der Härte und Unnahbarkeit, das sich nach einem Zook einstellte. Die Vorstellung, für die anderen unantastbar zu sein, sogar für die Polizei. Er wusste, dass er nicht das Zeug dazu hatte, jemanden kaltblütig zu erschießen, aber als er den Zook auf dem Nachhauseweg geraucht hatte, hätte er seine SIG ziehen und einen Schuss abgeben mögen, nur um den Knall zu hören. Jetzt hielt er das natürlich für verrückt, aber in dem Augenblick ...

Er hatte gerade sein Sega eingeschaltet, um ein bisschen *Mortal Combat Two* zu spielen, als es in der Wohnung einen dumpfen Schlag tat. Darauf hörte er seine Mutter wütend fluchen. Sean stand auf und eilte ins Wohnzimmer, aber da war niemand.

Das Bügelbrett lag umgekippt auf dem Boden samt dem grauen Tefal-Eisen. Seine Mutter war allerdings geistesgegenwärtig genug gewesen, den Stecker herauszuziehen. Einer der Röcke, den sie gebügelt hatte, lag verbrannt und dampfend daneben. Bernice war nirgends zu sehen. Er ging in die Küche und rief nach ihr.

»Mum? Mum? Ist alles in Ordnung?«

Im Badezimmer hörte er Wasser laufen. Langsam ging hinüber. Er klopfte zweimal.

»Mum?«

Er drückte die Klinke hinunter. Die Tür war verschlossen. Dann hörte er seine Mutter etwas sagen.

»Alles in Ordnung, Sean. Ich hatte nur einen kleinen Unfall beim Bügeln.«

Ihre Stimme klang zittrig, nicht klar und bestimmt wie sonst. Sean drückte noch einmal auf die Klinke, dann legte er das Gesicht an die Spanplatte und sagte eindringlich: »Mum. Mach bitte die Tür auf.«

»Alles in Ordnung, Sean. Lass mich einen Moment in Ruhe.«

»Mum, ich brech die Tür auf, wenn's sein muss.«

Er wartete. Schließlich hörte er, wie sich der Schlüssel im Schloss drehte. Seine Mutter saß mit rot verweinten Augen auf dem Rand der Badewanne und hielt die Hand unter den Wasserhahn. Sean sah, dass ihr Handgelenk gerötet war. Wahrscheinlich hatte sie sich dort verbrannt. Er ging auf sie zu und legte ihr tröstend den Arm um die Schultern.

»Was ist los, Mum. Warum bist du so fertig?«, fragte er sie und untersuchte dabei die rote Stelle an ihrer Hand. Es war eine leichte Verbrennung, auf die etwas Brandsalbe gehörte, aber nichts weiter. Sean war davon überzeugt, dass sich seine Mutter schon schlimmer verbrannt hatte bei den diversen Hausarbeiten.

»Ich hab versucht, zwei Sachen auf einmal zu machen«, antwortete sie mit erstickter Stimme. »Ich bin in die Küche gerannt, weil ich da Reis gekocht hab, und dabei muss das Eisen umgefallen sein und hat meinen besten Rock versengt. Jetzt isser ruiniert! Und beim Eisenaufheben hab ich's auch noch geschafft, mich zu verbrennen ...«

Ihr Blick wanderte zu der Sechzig-Watt-Birne über ihnen. Sean drückte sie fester an sich.

»Ärger dich nicht wegen dem Rock, ich kauf dir einen neuen«, sagte er, ohne nachzudenken, mit heiserer Stimme.

»Von was?«

Seine Mutter warf ihm einen ihrer Blicke zu. Sean stammelte irgendetwas und lächelte sie an.

»Ähhhm ... Ich spar einfach?«, sagte er kleinlaut mit fragendem Unterton.

Bernice machte eine wegwischende Bewegung mit ihrer guten Hand. »Nein danke, behalt dein Geld für dich. Wenn wir nur Geld für einen neuen Rock bräuchten ...«

»Was meinst'n damit?«

»Na ja, die Telefonrechnung ist zu bezahlen, das macht schon hundertachtzig Pfund. Dann ist bald die Gasrechnung fällig, die kommt nämlich immer kurz nach der Telefonrechnung ... Und *dann* ist da noch die Kopfsteuer ... Ach, Sean, ich hab's so satt. Ich kann nicht mehr. Ich hab erst hier oben gebügelt, aber da sind mir so viele Sachen im Kopf rumgegangen, dass sich mir alles gedreht hat. Die Woche kommt Cory aus dem Krankenhaus und braucht jemand, der sich um ihn kümmert! ... Ich zahle nur Rechnungen, arbeite und füttere euch, ohne dass jemals was hängen bleibt ...«

Sie machte eine Pause und schaute wieder zur Decke. »Ich hab einfach nur die Nase voll von allem, das ist es. Kein Geld, keine Chancen, hat dein Onkel immer gesagt, und ich hab ihm widersprochen. Kuck doch mal, wie lange wir hier schon wohnen, und nix is passiert. Es is nur alles schlechter geworden. Ich weiß nicht, was ich noch machen soll, Sean. Ich meine, wie lang soll das noch so weitergehen?«

Sean schwieg. Zum ersten Mal in seinem Leben wurde ihm bewusst, dass sich die Träume seiner Mutter nicht darin erschöpften, in einem Sozialwohnungsviertel allein drei Kinder großzuziehen. Er hatte nie darüber nachgedacht, was es für seine Mutter bedeutete, in einer kleinen Wohnung zu leben, in der es im Winter bitterkalt und im Sommer brütend heiß war, inmitten von Dreck und Kriminalität.

Seine Mutter stand mit ihren Klagen in Greenside nicht allein. Seit Jahren bettelte man darum, dass sich etwas änderte. Was, war schon fast egal, Hauptsache, es änderte sich irgendetwas. Sean kannte diese Klagen nur allzu gut. Unbegreiflicherweise hatte er vergessen, dass auch seine Mutter nur ein Mensch war und keine Urgewalt, die allen Missständen trotzte und nur für die Sorgen der anderen da war.

Wie konnte er ihr nur helfen?

Sean betrachtete seine Mutter aufmerksam. Bernice bemerkte seinen Blick. Sie versuchte, ihre Fassung wiederzugewinnen, und sagte scheinbar leichthin: »Mach dir bloß keine Gedanken um mich. Ich komm wohl schon in die Midlifecrisis.« Sie wischte sich über die Augen. Sean küsste sie auf den Kopf und half ihr aufzustehen.

»Ich möchte dich um einen Gefallen bitten«, sagte er, als er sie aus dem winzigen Bad führte. Sein Ton schien keine Widerrede zu dulden. »Geh bitte in dein Zimmer und leg dich ein bisschen hin. Ich ruf dich, wenn das Essen fertig ist.«

»Aber …«, begann seine Mutter.

»Keine Widerrede«, unterbrach er sie und drohte ihr wie ein strenger Schulmeister mit dem erhobenen Zeigefinger. Bernice musste lachen, was Sean ein wenig beruhigte.

»Sieht aus, als hätte ich keine andere Wahl«, witzelte sie und ließ sich von ihrem Sohn in ihr Schlafzimmer führen.

Sieht aus, als hätte ich auch keine Wahl, dachte Sean und fasste einen schwerwiegenden Entschluss.

Eineinhalb Stunden später klopfte Sean etwas ängstlich an die Tür des Apartments 42 von Beechwood House. Seine Wangen prickelten von der schneidend kalten Nachtluft. Levi strahlte, als er Sean sah. Der noch unangezündete Zook sah aus, als hätte er ihn seit Tagen im Mundwinkel hängen.

»Was's los, mein Junge. Was's passiert?«, sagte er und begrüßte ihn mit einem Faustschlag. Sean zuckte mit den Schultern und sah zu Boden.

»Nix, Mann … Ich wollt nur noch mal über die Sache mit dem Schmuckladen mit dir reden«, murmelte Sean, ohne Levi anzusehen.

Levi war einen Augenblick überrascht, fing sich aber sofort wieder und bedeutete Sean, ihm in die Wohnung zu folgen.

»Kann ich die Kippe rauchen?«, fragte ihn Sean und überraschte Levi zum zweiten Mal. Er deutete auf den Spliff und befeuchtete sich die Lippen, wahrscheinlich ohne es zu bemerken. Levi reichte ihm wortlos den Zook und ein Feuerzeug und lächelte erst, als er dem Jungen den Rücken zugedreht hatte.

Sean folgte Levi langsam und zündete sich dabei den Zook an. In dem Hinterzimmer erwartete ihn eine völlig neue Welt.

Am Donnerstag nach Seans erfolgreichem Postraub durfte Cory nach Hause. So hatte es der behandelnde Arzt im St. Charles beschlossen. Cory nahm sich einen Apfel von seinem zusammengeschrumpften Vorrat und fragte sich zum millionsten Mal, was Sean bloß machte. Er hatte ihn seit fast einer Woche nicht mehr besucht. Cory war, gelinde gesagt, stinksauer auf ihn.

Der Überfall musste erfolgreich verlaufen sein, denn er hatte danach mit Shannon und Bernice gesprochen. Offenbar waren im Haus der Bradleys keine größeren Vorkommnisse zu berichten. Dennoch konnte er sich nicht gegen den Gedanken wehren, dass etwas Schlimmes passiert sein musste. Das Schlimmste überhaupt. Die Sache war *zu* gut gegangen. Unnötig zu erwähnen, dass ihm dieser Gedanke Angst machte. Wahnsinnige Angst.

Sogar als es endlich Donnerstag war und er seine Sachen in Plastiktüten verstaute, suchte er vergeblich nach Sean, wenn er im Krankenzimmer Schritte auf ihn zukommen hörte. Nur Shannon und seine Tante Bernice waren gekommen. Wütend und enttäuscht setzte er sich auf sein Bett, wahrte aber nach außen hin Fassung.

»Wo is'n Sean, Mann?«, fragte er Shannon, als Bernice die geliehenen Blumenvasen zurückbrachte. Seine Cousine zuckte mit den Schultern und verzog verächtlich das Gesicht.

»Im College, sagt er jedenfalls«, brummte sie. Cory sah sie überrascht an.

»Warum sagst'n das so komisch?«

Er drehte sich um und sah Bernice zurückkommen. Sie sah gestresst und müde aus.

»Ich erzähls dir später«, sagte Shannon schnell und versetzte ihm einen Schlag auf die Schulter, dass er laut aufschrie.

»Bin froh, dass de wieder nach Haus kommst, Kleiner«, rief sie aus. Er rieb sich grinsend den Arm und wusste nicht recht, ob er sich freuen oder ihr böse sein sollte.

Fünfzehn Minuten später kurvten sie im Wagen seiner Tante zwischen den klobigen Blöcken des Viertels herum. Es fühlte sich gut an, wieder zu Hause zu sein, und beim Anblick der vielen bekannten Gesichter wäre Cory am liebsten ausgestiegen, um mit den alten Freunden Faustschläge oder High fives zu tauschen, so, als wäre er nie weg gewesen. Als der Wagen vor Denver House hielt, war er im Handumdrehen von Kindern aus dem Wohnblock umringt, die Cory atemlos mit Fragen bombardierten.

»Cory, wann kickst'n mal wieder mit uns?«

»Cory, wann is'n dein Bein wieder besser?«

»Oi, dem Kerl zahlste's aber heim, oder?«

Ein rundgesichtiger Junge kam dazu und musterte die Bradleys durch die dünne Windschutzscheibe.

»Mein Dad sagt, dass du in 'ner Gang bist. Stimmt das?«, fragte er arglos.

Cory stieg vorsichtig aus Bernices klapprigem Wagen und beachtete die Kinder nicht. Als er ein paar Schritte gegangen war, drehte er sich nach ihnen um.

»Für heut muss ich passen, Jungs. Fragt mich ein andermal, Mann. Jetzt bin ich zu müde für 'n Interview.«

»Wenn's dir wieder besser geht, mach ich dich platt. Spätestens beim nächsten World Cup«, rief ein weißer Junge, bevor die Bradleys kopfschüttelnd und grinsend den Block betraten. Als sie auf ihrem Stockwerk ankamen, sah Cory lächelnd auf das Viertel hinunter. Trotz allem, was er durchgemacht hatte, war er froh, wieder zu Hause zu sein.

Während seine Tante und seine Cousine ins Wohnzimmer gingen, um eine Tasse Tee zu trinken, machte er sich direkt auf den Weg in sein Zimmer. Er hatte unter Seans Bett fünfzehn Gramm Gras gebunkert, in dem sicheren Glauben, dass dort niemand danach suchen würde. Vor dem Überfall hatte ihm Sean immer welches davon ins Krankenhaus mitgebracht, das er in der Toilette geraucht hatte. Aber seit vergangener Woche hatte Cory vergeblich auf Seans Erscheinen und eine neue Lieferung Gras gehofft.

Cory öffnete umständlich die Tür und verfluchte dabei seine Krücken. Er humpelte hinein und schob die Tür hinter sich zu. Dann besah er sich den winzigen Durchgang zwischen den beiden Betten, als handelte es sich dabei um eine steile Bergkluft, in die es einzusteigen galt. Er lehnte seine Krücken in eine Ecke und stützte sich mit beiden Händen auf Seans Bett ab. Dann beugte er ganz langsam und vorsichtig sein gesundes Bein und ließ sich auf den Boden hinunter. Die Muskeln in seinen Armen zuckten vor Anstrengung.

Er griff suchend unters Bett und hörte bald das vertraute Rascheln einer Plastiktüte. Er zog sie hervor und stellte überrascht fest, dass es nicht die Tüte war, die er vor Wochen unter dem Bett deponiert hatte. Er sah hinein, für den Fall, dass Sean sein Gras in eine andere Tüte gepackt hatte, und hielt die Luft an.

Die Tüte war bis oben mit Banknoten unterschiedlicher Größe gefüllt. Fünfziger, Zwanziger, Zehner und Fünfer bunt durcheinander gemischt. Cory glaubte, ein Geräusch zu hören, und sah sich um. Aber draußen rührte sich nichts. Wahrscheinlich hatte er es sich nur eingebildet.

»Warst ja echt fleißig, Cuz!«, murmelte er vor sich hin. Er schob die Tüte wieder unters Bett und suchte weiter. Nachdem er ein paar alte, seit Jahren verschollene *Star-Wars*-Figuren und ein altes Vorhängeschloss ohne Schlüssel ans Tageslicht befördert hatte, raschelte es wieder. Diesmal war es seine alte Plastiktüte mit dem Gras.

Noch auf dem Boden liegend, öffnete er sie und roch daran. Das süßliche Aroma stieg ihm wohltuend in die Nase. Er legte die Tüte auf das Bett und erhob sich langsam.

»Jetzt bau ich mir den größten Spliff aller Zeiten«, flüsterte er und ließ sich auf das Bett sinken. Das verletzte Bein stand steif nach vorne ab. Aber hallo. Moment mal, dachte er, als er sich den Inhalt der Tüte genauer betrachtete. Das sah überhaupt nicht aus, als wären da noch knapp fünfzehn Gramm in der Tüte. Wenn, dann waren das höchstens sieben oder noch weniger. Als er ins Krankenhaus eingeliefert worden war, waren seine fünfzehn Gramm noch ein fester Block gewesen, der leicht zu wiegen und zu schneiden war. Jetzt war die Tüte voller Zerbröseltem. Cory hüpfte aufgeregt zum Schreibtisch und versuchte dabei, seine Wut zu zügeln. Im Haus gab es nur noch einen anderen Raucher, genauer gesagt eine Raucherin. Seine Cousine Shannon nämlich. Mit der würde er gleich mal ein ernstes Wörtchen reden müssen.

Er öffnete mehrere Schubladen, bevor er die flache schwarze Digitalwaage fand. Etwas Genaueres war auf dem Markt nicht zu haben. Er leerte das Gras auf ein Stück Karton, das er nur zum Schneiden und Zerkleinern von Drogen verwendete, platzierte die leere Tüte auf der Waage und wog sie. Dann schüttete er das Gras wieder in die Tüte zurück und wog alles noch einmal. Seine fünfzehn Gramm waren inzwischen auf magere vier zusammengeschmolzen. Das hatte er fast befürchtet.

Er knotete die Tüte wieder zu, legte sie in seine Schreibtischschublade und verließ, auf die Krücke gestützt, den Raum, um nach Shannon zu suchen. Seine Tante Bernice fand er halb schlafend im Wohnzimmer vor dem Fernseher.

»Hast du Shannon gesehen, Auntie?«, fragte er, unsicher, ob er sie wecken sollte.

»Sie ist in ihrem Zimmer«, gähnte Bernice verschämt hinter vorgehaltener Hand. Corys Blick blieb an ihr hängen.

»Soll ich dir 'ne Decke bringen?«, fragte er, besorgt über die Säcke unter ihren Augen. Sie lehnte sich zurück und nickte.

»Danke, Cory. Du bist ein Engel, mein Schatz. Dabei sollte ich mich eigentlich um dich kümmern, nicht umgekehrt. Das ist wirklich ein Ding!«

Cory schnalzte missbilligend, als er zum Schrank humpelte, und sagte über die Schulter: »Du hast dich so lang um mich gekümmert, Auntie. Ich kann mich wirklich nich beklagen. Außerdem kann ich mich tadellos um mich selbst kümmern, brauchst dir also keine Sorgen machen.«

Langsam kam er mit der dicken Decke zurück, die seine Tante dankbar in Empfang nahm.

»Ich mach nur ein kleines Nickerchen, dann koch ich was«,

krächzte sie. Als Cory das Zimmer verließ, schien sie bereits eingeschlafen. Er humpelte zu Shannons Zimmer, aus dem Garage-Klänge drangen, und klopfte.

»Herein!«, schrie sie, um die Bässe zu übertönen. Cory kämpfte einen Augenblick mit dem Türknauf und trat ein. Seine Cousine lag auf ihrem Bett und schrieb mit einem Kugelschreiber in ihren dicken College-Ordner. Sie sah zu ihm auf und stellte die Musik mit der Fernbedienung leiser.

»Bist froh, wieder daheim zu sein, oder?«, sagte sie lächelnd. Cory nickte.

»Echt wahr. Das Krankenhausessen is der letzte Scheiß, Star. Hat keine Substanz. Ich kann's kaum erwarten, dass mir Bernice ihr berühmtes Huhn auftischt, Mann.«

Sie lachten und Shannon klopfte mit der Hand auf den Platz neben sich.

»Komm, setz dich und steh nich so an der Tür rum, da krieg ich 'n ganz schlechtes Gewissen. Is was? Du kuckst, als wärste sauer.«

Cory humpelte zu ihr und ließ sich neben sie auf das Bett sinken. Der Nachttisch, auf dem er sich abstützte, zitterte unter seinem Gewicht. Als er einigermaßen bequem saß, wandte er sich wieder seiner Cousine zu. Er bemühte sich, seinen Worten alles Vorwurfsvolle zu nehmen.

»Stimmt, ich bin leicht sauer, Shan. Es gehen anscheinend verrückte Sachen bei uns im Haus vor. Also pass auf. Wie ich ins St. Charles gekommen bin, hatt ich fünfzehn Gramm Gras unter mei'm Bett gebunkert. Heut komm ich zurück und bin ganz geil auf 'ne ordentliche Tüte, da stell ich fest, dass nur noch 'n Drittel davon da is. Ich schwör's.«

»Und jetzt glaubste, dass *ich's* genommen hab, stimmt's?«, sagte Shannon in einem Ton, der Ärger versprach. Cory zuckte und rutschte etwas unruhig hin und her, bevor er antwortete.

»Na ja, ehrlich gesagt kann ich mir nich vorstellen, dass du's genommen hast. Andererseits bist du die Einzige, die hier raucht außer mir. Also hab ich mir gedacht, ich frag mal dich.«

Sie betrachtete ihn aufmerksam, griff dann in den Glasaschenbecher und reichte ihm den Spliff, der darin lag.

»Rauch den«, befahl sie.

»Shannon ...«

»Nee, nee. Mach, los.«

Sie drückte ihm den Spliff in die Hand. Er nahm ihn zwischen zwei Finger, deutete auf das Feuerzeug, zündete ihn an und nahm einen tiefen Zug. Der unverkennbare Geschmack von Rocky reizte seine Geschmacksknospen und ließ ihm das Wasser im Mund zusammenlaufen. Nickend nahm er zwei weitere schnelle Züge, dann reichte er den Spliff seiner grinsenden Cousine.

»Alles klar?«, kicherte sie.

»Ja, ja«, grinste Cory zurück.

»Ich hab die ganze Woche nur Haschisch geraucht, Cory. Ich hab überhaupt kein Gras und ich würd ganz bestimmt keins von dei'm nehmen.«

Sie entließ abwesend Ringe aus Rauch in die Luft. Cory rutschte wieder nervös hin und her und zuckte mit den Schultern. »Das war mir irgendwie schon klar, Mann. Aber es macht einfach kein' Sinn, verstehste. Wenn du's nich genommen hast, Scheiße noch mal, wer dann?«

Shannon warf ihm einen Blick zu und zog die Augenbrauen hoch, sagte aber nichts. Cory verstand zuerst nicht, aber es dauerte nicht lange, da ging ihm ein Licht auf. Mit offenem Mund starrte er sie an.

»Sean?«, sagte er kopfschüttelnd. Die Idee brachte ihn zum Lachen. »Nee, Mann, Shannon, das soll wohl 'n Witz sein. Du kannst mir nich erzählen, dass Sean mehr als zehn Gramm Stoff geraucht haben soll, ausgerechnet.«

Cory versetzte Shannon einen Stoß gegen den Arm. Er wusste nicht, was er von ihrer Reaktion halten sollte. Shannon klickte mit ihrem Kugelschreiber und sah ihn missmutig an.

»Ich erzähl überhaupt nix. Ich bin nämlich genauso überrascht wie du, dass dein Gras verschwunden ist, Mann. Ich weiß nur, dass Sean ... der hat sich total komisch benommen, als du im Krankenhaus warst. Weißte übrigens, dass Sonnie und er nix mehr miteinander reden?«

Cory runzelte die Stirn. »Nee, das hab ich nich gewusst. Was is'n passiert?«

»Keine Ahnung. Als ich Sean gefragt hab, hat er mir irgendein' Scheiß erzählt, von wegen dass se sauer is, weil er nich im College war.«

»Was?« Das wurde ja immer schlimmer.

»Echt, Mann. Der is im Moment der absolute Geheimniskrämer. Man kommt überhaupt nich an ihn ran. Der war die ganze Woche kein einziges Mal im College. Sein Lehrer hat nämlich angerufen und gefragt, ob er krank is. Zum Glück war Mum bei der Arbeit. Ich hab natürlich dichtgehalten, aber das seh ich eigentlich nicht ein, wenn ich nich mal weiß, was los is. Jeden Morgen geht er aus'm Haus wie immer, mit seiner

Tasche und allem, und kommt erst wieder, wenn alle im Bett sind. Schleicht sich in die Wohnung wie ’n Dieb. Ich glaub, der weiß nich mal, dass de aus’m Krankenhaus raus bist. Wann hätt man’s ihm auch sagen sollen. Der war ja nie da.«

»Oh, Mann!«

Cory kniff wie vor Schmerz die Augen zu und legte sein Gesicht in die Hände. Ihm war plötzlich ganz mulmig zumute. Er hätte am liebsten nichts mehr gesehen und gehört. Er konnte es einfach nicht fassen. Es war, als stünde die Welt um ihn herum plötzlich Kopf.

Sean ging nicht mehr ins College ... war nicht mehr mit Sonnie zusammen ... *rauchte*!

Er konnte, *wollte* es nicht glauben, wie sich die Dinge in so kurzer Zeit zum Schlechten gewendet hatten. ›Und weißt du auch, wessen Schuld das alles ist?‹, sagte eine kleine Stimme in seinem Ohr.

»Nee, Mann«, sagte er laut, die Augen noch immer geschlossen. Shannon sah ihn überrascht an. Ihr wurde plötzlich klar, dass etwas nicht stimmte. Sie wollte Cory gerade fragen, was eigentlich los war, als das Telefon klingelte. Beide schreckten hoch, und Shannon beugte sich vor, um den Hörer abzunehmen.

»Hallo ... Ja. Der sitzt neben mir ... Mir geht’s so weit ganz gut ... Ja, ja ... okay ... Tschüs.«

Shannon hielt Cory den Hörer hin.

»Wer ist’s?«

»Ich glaub, es is Rosie.«

Cory hielt den Hörer an sein Ohr.

»Hey.«

»Hi!«

Die Stimme am anderen Ende der Leitung klang fröhlich und gut gelaunt.

»Na, wie fühlste dich, wieder zu Hause?«, fragte Rosie. Ihre rauchige Stimme verursachte ein Kribbeln in seinem Ohr. Cory lächelte.

»Gut, Star. Bin froh, dass ich aus'm Krankenhaus raus bin, sag ich dir. Jetzt will ich nur was rauchen und die Beine hochlegen. Dann bin ich glücklich für heut.«

»Heißt das, du kommst nich mal zu mir rüber?«

Cory spürte die Enttäuschung in ihrer Stimme und lächelte. Er wollte Rosie nicht kränken.

»Hey, ich bin schließlich *krank*, oder. Wenn, dann müsstest *du* kommen und mich besuchen!«, sagte er offen. Rosie rümpfte entrüstet die Nase. Was sie dann sagte, flüsterte sie in den Hörer.

»Du bist aber nicht allein zu Haus, oder?« Cory spitzte die Ohren.

»Was? Sag bloß, du bist allein?«, quiekte er. Er wagte es kaum zu glauben. Rosie kicherte.

»Genau. Meine Tante is den ganzen Abend bei ihrer Cousine in Stratford. Die is noch 'ne Ewigkeit weg. Warum kommst du nicht her? Ich kann dich ja abholen, wenn du willst.«

»Nee, brauchste nich, Mann. Bin gleich bei dir, Star.«

Cory versuchte, nicht zu erfreut zu klingen, aber das gelang ihm nicht. Shannon zog mal wieder die Augenbrauen hoch. Diesmal grinste sie aber.

»Ja, mach schnell«, flüsterte ihm Rosie noch ins Ohr. »Ich wünsch mir schon lang, dass wir mal ganz allein sind. Das weißte doch, oder?«

»Ja, Mann. Geht mir genauso, Star. Bin gleich bei dir, okay?«

»Okay, und lass mich nicht zu lang warten«, wiederholte sie noch einmal, bevor sie auflegte.

Cory konnte das breite Grinsen nun nicht mehr zurückhalten. Er strahlte wie ein Honigkuchenpferd. Shannon versetzte ihm einen Stoß in die Rippen und zwinkerte grinsend.

»Oi, oi! Langsam wird's wohl ernst bei dir und Rosie, was?« Cory stand auf und griff nach seinen Krücken.

»Ja, Mann – hör mal, wenn du Sean siehst, sag ihm, er soll bei Rosie vorbeikommen. Egal, wie spät es is. Alles klar?«

»Alles klar. Sie wohnt in Beechwood im Erdgeschoss, stimmt's?«

»Ja, die blaue Tür. Bis später dann.«

»Viel Spaß.« Cory schloss die Tür. Sie grinste immer noch. Jetzt fühlte er sich ein bisschen besser. Er war dem Leben wieder näher. Hoffentlich würde ihn Rosie eine Weile von seinen Problemen ablenken.

Sean stand im dritten Stock vor Levis Haus und fragte sich, was er tun sollte. Er hatte den ganzen Tag über vergeblich an die massive Tür geklopft und verzweifelt versucht, etwas Geschäftliches mit dem Dredd zu besprechen. Niemand hatte ihm geantwortet, also hatte er mit Art, Johnny, Ray und ein paar anderen Nichtstuern, die weder ins College gingen noch arbeiteten oder mit Drogen dealten, in Greenside herumgehangen. Sein Kopf fühlte sich merkwürdig an von den Nachwirkungen des Zooks, den er in Arts Zimmer geraucht hatte. Sein Mund war trocken und er sehnte sich nach etwas zu trinken, aber er konnte sich nicht entscheiden wegzugehen, falls doch noch jemand käme. Er dachte über die letzten Tage nach und zupfte dabei mit der rechten Hand abwesend an seiner Oberlippe.

Von dem Augenblick an, in dem er beschlossen hatte, beim Überfall auf den Juwelierladen mitzumachen, war er mit einem Leben konfrontiert worden, das er zuvor mit Abscheu betrachtet hatte. Früher war er überzeugt gewesen, dass er es besser wusste, dass Lernen und Studieren der richtige Weg war, um Geld zu verdienen, der richtige Weg für Sonnie und ihn. Levi hatte ihm an dem Tag den Crack-Spliff gegeben, ihn in ein Hinterzimmer geführt und gesagt, er wolle ihm jemand vorstellen. Sean hatte genickt, an dem Spliff gezogen und ein wenig husten müssen, aber nur leise.

Er war hinter dem Dealer in das Hinterzimmer getreten und hatte vor einem kräftig gebauten Schwarzen und einem gut aussehenden Mischling in Armani-Klamotten gestanden, die von großen, schmutzig aussehenden Reisetaschen umgeben waren. Die Männer hatten ihn aus ihren tief liegenden Augen gemustert. Dann hatte sich einer von ihnen einen Spliff gebaut, und Sean hatte bemerkt, dass ihre Finger knotig und plump wie abgestorbene Baumstümpfe aussahen, als hätten sie über die Jahre häufig Schaden erlitten.

Die drei Männer sprachen über Waffen. Sean nahm an, dass sie in den Taschen waren. Und über Drogen. Und über Frauen. Er war erstaunt über den Grad ihrer Vertrautheit. Es war offensichtlich, dass die beiden auf der kriminellen Leiter viel weiter oben standen als Levi. Sean hörte zu, aber es war ihm unbehaglich dabei. Er fühlte sich fehl am Platz, wagte aber nicht, sich zu rühren. Gegen die Geschichten, die sich die Männer erzählten, war das, was Sean am Freitag zuvor erlebt hatte, ein Kinderspiel. Der dunkelhäutige Mann hielt seinen Zook in die Luft, damit Sean ihn sehen konnte. Sean stand auf und nahm ihn, wie immer ein wenig ängstlich und über sich selbst erschrocken. Levi lächelte und deutete auf ihn.

»Das is der cleverste Boy in ganz Greenside, sag ich euch«, teilte Levi den Männern stolz mit. »Un ein spitze Fluchtwagenfahrer, trotzdem er nich mal den Führerschein hat. Der is wie 'n Henker gefahren bei der Nummer bei dem Postamt!«

Die Männer nickten und sahen Sean streng, aber nicht unfreundlich an. Der Hellhäutigere von beiden streckte den Arm aus, um Sean die Hand zu schütteln, und signalisierte seinem Freund, das Gleiche zu tun.

»Man nennt mich Shakes«, sagte er und entblößte dabei einen goldenen Schneidezahn.

»Trevor«, sagte der Stämmige. In seiner Designerbrille spiegelte sich das Licht und Sean konnte seinen Blick nicht lesen. Danach diskutierten die Männer weiter über die Preise für die Waffen. In aller Freundschaft, wie es schien, und sehr geschickt. Sie kamen überein, Levi die Waffen zu überlassen. Er sollte sie erst nach dem Verkauf bezahlen und, was unverkäuflich war, zurückgeben. Die Männer käuten alles noch ein paar Mal wieder. Dann zerschnitt Trevors Handy die Stille im Raum. Man tauschte noch ein paar geflüsterte Worte, und die beiden erhoben sich zum Gehen, nicht ohne Sean noch ein paar gute Ratschläge mit auf den Weg zu geben. Der Junge hob grüßend die Hand und Levi begleitete sie hinaus.

»Kennste die?«, grinste der Dredd, als er zurückkam. Er

zeigte fast alle Zähne. Sean schüttelte den Kopf. »Das war'n die Brüder Grimm, Star! Also, sagen wir mal zwei von denen.«

»Echt? Und wer sind die?«, fragte Sean. Er hatte den Namen schon mal im Viertel gehört, aber er konnte sich nicht mehr erinnern, von wem. Levi lachte und winkte nach dem Joint.

»Star, das sin die, wo du Gangster nennst!«, sagte er und spitzte die Lippen, um an dem Joint zu ziehen.

»Ich kenn die schon, seitdem ich Kind bin. Da hamm die schon die ganze Ladbroke Grove unner Kontrolle gehabt. Die handeln mit allem und knallen jeden ab, der ihnen dumm kommt, verstehste? Einer von denen, Jus' Juice nennen se ihn, soll 'n Typ von seinen eigenen Männern umgelegt haben. Und die hamm nix machen können, hamm nich mal was gesagt. Sin einfach dabeigestanden und fertig. Verstehste, was ich mein? Die Kerle machen keine Scherze, das kannste mir glauben.«

Sean konnte nicht glauben, dass jemand einfach zusehen konnte, wie sein Freund erschossen wurde. Aber dann sah er wieder die Gesichter der Männer vor sich und ihre grobschlächtigen Hände. Es war wohl alles möglich.

»Das is der Unterschied zwischen Yankee-Gangsta und englischen Gangsta«, fuhr Levi zufrieden fort. »Ein Yankee fährt ein dickes Auto, hat 'n Haufen Gold un haufenweise Frauen, verstehste. Is 'n scharfer Typ, klar, aber er hat ein Problem. Jeder kennt'n. Jeder weiß, was er macht und wo er is. Verstehste? Die Bullen und seine schlimmsten Gegner brauchen nich lang nach ihm suchen. Ganz anders isses mit 'nem englischen Gangster. Wenn de den auf der Straße siehst mit abgefuckten Jeans, seiner Kappe und seiner Rostkarre, haste kein blassen Schimmer, wen de vor dir hast, verstehste? Warum, denkst'n, sin die Bullen so nervös und brüllen nach Waffen? Weil se nich wissen, wen se vor sich hamm, verstehste? Weil se nix wissen, Star.«

Sean hatte genickt. Was Levi sagte, leuchtete ihm ein. Das war in dieser Woche die erste von mehreren Lektionen des Dredd gewesen.

Langsam verblasste die Erinnerung daran. Sean stand noch immer vor Levis Tür. Er zog lächelnd seine Kapuze über den Kopf. Der Wind war stark so weit oben und zerrte an seinem Sweatshirt. Er blickte auf die Straße hinunter und fragte sich, ob er nicht lieber nach Hause gehen sollte. Wahrscheinlich blieb Levi über Nacht weg. Da kam eine Gestalt mit merkwürdig abgehackten Schritten um die Hausecke. Es dauerte einen Augenblick, bis Sean begriff, dass sich die Person mit Krücken fortbewegte. Kurz darauf erkannte er das Gesicht.

»Cory!«, brüllte er und fuchtelte wie wild mit den Armen. Cory hob den Kopf und sah zum Wohnblock hinauf.

»Wart 'n Moment!«, rief ihm Sean zu.

Voller Freude, Cory zu sehen, rannte Sean die harten Betonstufen hinunter. Cory sah seinen Cousin auf sich zukommen und hatte gemischte Gefühle dabei. Er fürchtete sich vor den Zeichen einer Veränderung in seinem Gesicht. Sean schien zu bemerken, dass etwas nicht stimmte, und verlangsamte instinktiv seinen Schritt. Als er Corys starre Haltung und ernste Miene bemerkte, blieb er stehen.

»Was is los, Cuz?«, fragte er besorgt. Cory zuckte mit den Schultern und stieß mit der Krücke gegen ein Stück Holz auf dem Pflaster.

»Das müsste ich dich eigentlich fragen«, gab Cory zurück. »Zum Beispiel komm ich heut aus'm Krankenhaus und du holst mich nich mal ab, Mann. Das is hart.«

Sean sah betroffen zu Boden.

»Scheiße, Cory, tut mir Leid. Aber im Moment is so viel los, Mann ... Ich hab nich mal mitgekriegt, dass de rauskommst, Star.«

»Ich hätt's dir gesagt, wenn de mich besucht hättst. Hast nich mal angerufen und erzählt, wie die Sache gelaufen is. Nix, Mann ...« Cory sah sich um, als merkte er erst jetzt, wo sie waren. »Was hast'n außerdem in Levis Block zu suchen, verdammte Scheiße? Erzähl mir bloß nich, dass de dich jetzt mit dem rumtreibst, Sean.«

Sean rollte die Augen. »Also gut, ich sag nix. Ich versteh aber nich, warum du fragst, wenn ich keine Chance hab, dir was zu erklären, oder?«

»Also gut. Spuck's aus, Mann«, knurrte Cory. Er war kurz davor, die Beherrschung zu verlieren. »Kannste mir zum Beispiel erklären, wo zehn Gramm von meinem Gras hingekommen sind? Das würd mich brennend interessieren, Star.«

»Warum gehn wir nich nach Haus und ich erzähl dir alles«, schlug Sean vor. Die einzige Möglichkeit, Cory zu überzeugen, war, ihn einzuweihen. Sein Cousin stöhnte auf und schnalzte mit der Zunge.

»Was, jetzt, Sean? Hör mal, ich war grad auf'm Weg zu Rosie. Wir hatten was vor, Mann! Können wir uns nich morgen drüber unterhalten, Alter? Ich bin ziemlich scharf auf sie, Star.«

Sean zuckte mit den Schultern und zog eine Grimasse.

»Weißte was. Mir machste Vorwürfe, dass ich nich bei dir war und dir alles erzählt hab, und wenn ich mit dir reden will, dann haste keine Zeit, weil du ficken gehen musst. Rosie läuft dir doch nich weg.«

»Und du auch nich, Star.«

»Okay, leck mich am Arsch und vergisses!« Sean hatte so plötzlich zu schreien angefangen, dass Cory überrascht mit dem Kopf zuckte. Er konnte sich nicht erinnern, wann sein Cousin das letzte Mal die Beherrschung verloren hatte, aber es war auf alle Fälle lange her. Tanya hatte ihm zwar von Seans Randale mit Dougie erzählt, aber Cory fiel aus allen Wolken, als Sean so hochging. Fassungslos starrte er Sean hinterher, der wütend davonstapfte, ohne sich noch einmal umzudrehen. Er warf einen sehnsüchtigen Blick auf Rosies Haustür, zögerte einen Augenblick, dann drehte er sich um und humpelte, so schnell er konnte, hinter ihm her.

»Hey! Hey, Sean, wart doch mal!«, rief er ihm nach. »Sean, mach doch mal langsam, Mann!«

Ein Stück weiter drehte Sean sich um. Hände in den Taschen, gerunzelte Stirn. Cory humpelte zu ihm und sah ihn überrascht an.

»*Verdammt*, was regst'n dich eigentlich so auf?«, keuchte er. Seans Gesichtsausdruck war noch immer der gleiche.

»Ich hab's einfach satt, dass alle auf mir rumhacken, Mann, und sich aufregen. Es reicht mir. Oi, kannste wieder gehen?«

»Ja, klar.«

Langsam gingen sie die Straße entlang. Nur das regelmäßige Klack-Klack von Corys Krücken war zu hören. Sean redete, ohne ihn anzusehen.

»Ich hab das Geld für das Gras zu Haus. Ich hab's nur verkauft, das is alles.«

»Ich weiß, ich hab's gesehn, als ich mein Gras gesucht hab«, antwortete Cory.

Er sah sich um und fragte sich, ob Rosie ihm wohl nachsah, wie er von ihrem Block weghumpelte, und ihn verfluchte.

Er kam ins Stolpern und drehte sich schnell wieder um. Schade um die versäumte Gelegenheit!

»Wer regt'n sich über dich auf, Cuz?«, fragte er und schob den Gedanken an sein Mädchen beiseite.

»Ach, Sonnie und Shannon, vor allem Sonnie. Sie redet nich mehr mit mir, seit ich ihr von dem Coup erzählt hab. Ich hab alles versucht, um mich mit ihr zu versöhnen. Ich hab ihr sogar Schmuck gekauft. Und weißte, was sie damit gemacht hat?«

Seans Gesicht war hart und seine Wangenmuskeln arbeiteten angestrengt. »Sie hat'n aus'm Fenster geschmissen, verstehste? Diamantohrringe und eine massive Goldkette schmeißt die aus'm Fenster. Was soll ich noch machen, ey?«

Cory zuckte mit den Schultern, was ihm mit den Krücken aber nicht recht gelingen wollte. Also schenkte er Sean ein mitfühlendes Lächeln.

»Mann, du weißt doch, wie Sonia is, oder. Ich seh immer zu, dass se sich mit mir nich anlegt, Star. Deswegen hab ich ja auch gesagt, dass de ihr nix von der ganzen Sache erzählen sollst. Noch nie den Spruch gehört: Was de nich weißt, macht dich nich heiß.«

»Ach, Scheiße, Mann. Ich wollt einfach nich, dass sie die Letzte is, die's erfährt, falls wir geschnappt werden. Dann wär se ausgeflippt.«

Hinter Eltham House überquerten sie vor einer geduldig wartenden Autoschlange die Straße.

»Und jetzt hat sie's als Erste erfahren und, bums, ist's aus mit euch. Das is doch noch schlimmer«, erklärte Cory, als sie auf der anderen Seite waren. Sean, der einsah, dass Cory Recht hatte, nickte. Sein Gesicht erhellte sich plötzlich.

»Ich bin froh, dass de wieder da bist, Blood. Ich hab die ganze Zeit niemand gehabt, mit dem ich reden konnt. Schon als ich dich gesehen hab, isses mir besser gegangen, Star.«

Cory lachte, als sie in den Hauseingang traten. Eine alte weiße Frau hatte ihm die Tür aufgehalten. Sie winkten ihr zu und gingen zu den Aufzügen.

»Spar dir deine Schmeicheleien für Sonia«, sagte Cory. »Du musst mir ihr reden, jetzt, wo alles vorbei is.«

Sean überhörte Corys Worte und drückte ungeduldig auf den Aufzugknopf. Sie stiegen auf ihrem Stockwerk aus und gingen den grauen, feuchten Gang entlang. Sean schloss die Tür auf und ließ Cory vorgehen. Er beobachtete ihn mit nachdenklichem Blick. Dann trat er in die dunkle Wohnung und schloss die Tür leise hinter sich.

»Is Mum noch auf?«, fragte er, als sie an der Küche vorbeigingen.

»Nee«, sagte Cory über die Schulter und ging auf ihr Zimmer zu. »Als ich weggegangen bin, hat se auf'm Sofa gelegen und geschlafen.«

»Haste Durst?«

»Allerdings.«

Sean ging in die Küche. Er holte einen Beutel Orangensaft aus dem Kühlschrank und nahm die letzten beiden Gläser aus dem Schrank. Er stellte sie ineinander und trug sie mit dem Saft in ihr Zimmer.

Als Sean die Tür aufstieß, lag Cory auf seinem Bett und baute sich einen Spliff. Sean stellte die Gläser auf dem Schreibtisch ab.

»Mann, die Krücken sind das reinste Bodybuilding. Mir tun vielleicht die Arme weh«, sagte Cory und betrachtete seine Bizepse.

Sean schenkte ein und reichte seinem Cousin ein Glas. Er setzte sich an den Schreibtisch und sah Cory zu, wie er fachmännisch seinen Joint rollte. Der zog die Augenbrauen hoch.

»Also, was' los? Du wolltst dich doch mit mir unterhalten, oder?«

Sean wurde ein wenig nervös auf seinem Stuhl, jetzt, wo er endlich die Gelegenheit hatte, sich auszusprechen. Er drehte sein Glas in den Händen und betrachtete den Saft darin. Dann fing er an.

»Cory ... Mann. In den letzten paar Tagen sind mir 'n paar komische Sachen passiert. Dass der Überfall gut gegangen ist, weißte ja. Aber jetzt geht's um was Größeres, was viel Größeres, verstehste. Ich hab mir die ganze Zeit überlegt, was ich machen kann, um uns aus dem Scheiß hier rauszuholen. Weißte, mir is klar geworden, dass es gar nicht so schwer is, wie wir gedacht hamm. Verstehste? Wir wohnen hier mitten im Viertel, und ich bin sicher, es gibt mehr Leut, die hier nie rauskommen, als umgekehrt. Aber so wie ich das seh, brauchen wir nur ein bisschen Zeit, Unterstützung und Glück. Zeit hamm wir natürlich und die Unterstützung können wir kriegen und wir hatten ja schon einen super Start. Jetzt brauchen wir nur noch Glück, verstehste, was ich mein?«

Cory drehte seinen Spliff und verstand kein Wort. Er lehnte sich verdattert zurück.

»Wieviel Cash hast'n eigentlich?«

»Einen Riesen oder so«, antwortete Sean. Cory stieß einen Pfiff aus.

»Und, was soll das heißen, Blood?« Noch immer hatte er keine Ahnung, wovon sein Cousin sprach.

»Das soll heißen, dass wir uns zusammentun sollten und anfangen, hier im Viertel die Dinge in die Hand zu nehmen, verstehste? Ich hab gesehn, wie viel Geld Levi macht, und wenn er nur den ganzen Tag in seiner Bude rumsitzt. Das is der Wahnsinn. An einem guten Tag macht der Bingo, Alter, sag ich dir. Jeder von den Cats kauft zwei, vielleicht sogar drei Bones, und wenn denen das Geld ausgeht, kaufen se halt 'ne Runde Gras, verstehste? Levi schlägt da ordentlich was los, glaub mir, ich weiß es.«

»Davon bin ich überzeugt«, murmelte Cory leise. »Du machst jetzt also gemeinsame Sache mit dem? Nach dem ganzen Scheiß, den wir durchgemacht hamm, lässte dich jetzt mit dem Bruder ein?«

Sean streckte die Hände aus und lächelte wortlos.

»Verdammt, du bist ein Vollidiot, weißte das? Und was is mit'm College? Ich hab gedacht, du willst deine Prüfungen machen und auf die Uni gehn, Star? Du kannst doch nich deine A-Levels bestehn und gleichzeitig Crack verkaufen, oder?«

»Nee.« Sean wirkte jetzt ein bisschen beschämt, als er an

seine College-Arbeiten dachte. »Ich kann doch jederzeit wieder zurück ins College, wenn ich Lust hab, oder?«

Cory hustete Rauch aus und sah ihn ungläubig an.

»Zurück? Wie meinst'n das, Star? Du hast doch wohl nich vor, mit dem College aufzuhören?«

»Schon irgendwie. Cory, ich hab *jetzt* die Chance, ordentlich Geld zu verdienen, nich in vier, fünf Jahren. Um die Wahrheit zu sagen, ich hab mich schon entschlossen. Ich hab die Nase voll, von Almosen zu leben. Es is Zeit, dass wir da rauskommen, Star. Zeit, was zu verändern. Das is nich leicht, aber jedenfalls leichter, als es jetzt is, oder?«

Cory hielt Sean den Joint hin und beobachtete seine Reaktion. Sean nahm den Joint, machte einen tiefen Zug und unterdrückte ein Husten. Cory schüttelte traurig den Kopf. »Das haste alles von dem Scheiß Levi, stimmts?«, herrschte er seinen Cousin an. Sean schüttelte den Kopf.

»Hör mal, ich hab meinen eigenen Kopf, wie de weißt, Alter. Ich bin fähig, allein zu denken, Star.«

Cory wischte seine Worte mit einer Handbewegung weg. Er hatte das Gefühl, als sähe er einen Wagen unaufhaltsam auf seine Familie zurasen und könnte nichts dagegen tun. Er legte die Arme in den Nacken und heuchelte Interesse.

»Was schlägst du also vor, Mann? Auf was willste raus?«

»Ich weiß nich ... Ich hab nur gedacht, dass wir zwei genug Leute kennen, um was auf die Beine zu stellen, verstehste. Ich hab vor 'n paar Tagen zwei Männer von Ladbroke Grove kennen gelernt, die Brüder Grimm nennen se sich. Ziemlich großes Kaliber. Und ich hab mir gedacht, so wie die könnten wir hier bei uns was aufziehn und uns 'ne goldene Nase verdienen.«

»Die Brüder Grimm?«, rief Cory ungläubig. »Das is doch nich dein Ernst, Star. Was die machen, würdste nie machen, aber echt. Die dealen mit Heroin, mit Charlie, mit allem, wo de dich mit zudröhnen kannst, verstehste? Scheiß drauf, Sean, deal mit deiner Intelligenz und deiner Schulbildung, Mann. Das is für dich das Richtige, glaub mir. Ich will nich, dass de im Bau landest, Star. Kümmer dich um deine Bücher und lern, echt.«

Sean schlug verzweifelt die Hände vors Gesicht. Als er Cory wieder ansah, brannte in seinen Augen Wut.

»Hast du nicht zugehört, was ich dir gesagt hab? Ich scheiß aufs College, verstehste. Davon kriegste kein Geld auf die Kralle. Ich hab die Nase voll, immer mit leeren Taschen rumzurennen. Zeit, die Taktik zu ändern, hörst du? Levi hat mir angeboten, noch einen Überfall mit ihm zu machen, bei einem Schmuckladen nächste Woche. Da bin ich dabei, Star, todsicher. Ich kann dich da mit reinbringen, wenn du willst. Zum Schmierestehn oder so was.«

Cory sprang auf. Ein stechender Schmerz fuhr in sein Bein. Er war so wütend, dass es ihm egal war. Sein Gehirn war einen Augenblick lang wie von seinem Mund abgeschnitten.

»Du verdammter *Idiot*!«, keuchte er. »Ich hab dir doch gesagt, dass du dich vor Levi in Acht nehmen sollst. Und du lässt dich noch mal mit ihm ein. Vielleicht musste erst einen Schuss abbekommen, damit du wieder zur Besinnung kommst. Sean, das is verdammt *gefährlich*, was du da machst. Siehste das nicht ein? Du kannst auf der Welt kein leichtes Geld machen. Alles ist hart. Und wenn de dich auf dein Examen konzentrieren tätst, dann ...«

Sean hielt sich den Bauch und brach in Lachen aus, als wäre das alles nur ein Witz.

»Mann, Cory …«, gluckste er. »Ich kanns nicht glauben, dass du mir so was erzählst. Cory, der nie Zeit gehabt hat zum Lernen und nix außer Mädels und Fußball im Kopf. Der Cory erzählt mir jetzt was von …«

»Versuch nich, alles auf mich zu schieben«, schnitt ihm Cory das Wort ab. »Ich hab schließlich nich die ganzen Scheiß Prüfungen bestanden, oder? Nee, ich war froh, dass ich drei geschafft hab. Du hast *keine* Entschuldigung. Für dich sind die A-Levels ein Klacks, verstehste? Soll ich dir mal sagen, was du machst, Mann? Du verschwendest dein verdammtes Talent.«

Sean drückte schulterzuckend den Joint aus und lächelte in den Aschenbecher hinein.

»Also, was sagst du, Blood? Willste bei mir und Levi mitmachen oder spielste weiter die alte Oma?«

Cory grinste höhnisch. Seine Augen waren kalt. »Leck mich, Mann, mach was du willst, Star. Du weißt ja alles besser«, sagte er feindselig.

Sean zuckte nur mit den Schultern. Er stand auf, kramte kurz unter seinem Bett herum, zog dann zwei Zwanzig-Dollar-Noten aus der *Marks & Spencer*-Tüte und steckte sie in die Hosentasche. Dann sah er zu Cory. Der warf ihm nur einen kalten Blick zu.

»Ich bin weg, Star. Ich versuch, mich mit Sonnie wieder zu vertragen«, sagte er zu seinem Cousin und ging zur Tür. Er war schon zwei Schritte gegangen, als Cory ihn zurückrief.

»Yo, Sean. Wart ’n Moment. Ich will dich was fragen, Star. Haste Crack geraucht?«

Seans Antwort war wie ein Pfeil, der ins Schwarze traf.

»Da drauf kannste Gift nehmen«, lautete sie. Damit ging er zur Tür hinaus und knallte sie hinter sich zu, noch bevor Cory etwas antworten konnte. Als er die Wohnungstür öffnete, hörte er ein lautes, klirrendes Geräusch in Corys Zimmer, als ob sein Cousin in einem Wutanfall etwas zerschlagen hätte. Einen Augenblick lang machte er sich Vorwürfe, aber dann wischte er den Gedanken mit einer Handbewegung weg. Schließlich war er im Recht, dachte er.

Cory starrte wütend der Krücke nach, die er in die Ecke gefeuert hatte. Sein Bein pochte und sein Atem ging schwer. Es waren nur ein paar Flaschen und ein Becher mit Stiften vom Schreibtisch heruntergefallen, nichts weiter. Er hätte am liebsten alles kurz und klein geschlagen, aber er wollte seine Tante nicht aufwecken.

Verdammter Idiot. Sein Herz hämmerte, als er an den Sex dachte, den er hatte sausen lassen, nur um mit Sean zu reden, der jetzt zu seiner Freundin ging. Er könnte im Grunde noch immer zu Rosie gehen, aber seine Arme taten ihm weh. Der Weg ans andere Ende des Viertels war einfach zu weit für ihn. Heute lief wahrscheinlich sowieso nichts mehr, dachte er ernüchtert. Außerdem war er nicht in der Stimmung dazu. Er bekam diesen Scheißkerl Sean nicht mehr aus seinem Kopf. Er wollte allein vor sich hin brüten und sich still bemitleiden.

Ich ruf sie später an und erklär ihr alles, nahm er sich vor und drehte sich noch einen Spliff.

## *Dreizehntes Kapitel*

Mit einem Marihuana-Joint in der Hand kniete Rosie auf ihrem schmalen Bett und sah aus dem Fenster. Aus dem tragbaren Akai-Kassettenrekorder erklang ihr Lieblings-Raregroove-Titel »Riding High«. Gedankenverloren lauschte sie den Streichern und Hörnern und versuchte sich vorzumachen, dass sie wegen Corys Besuch nicht aufgeregt war. Sie war beim Lernen gewesen, hatte sich aber nicht richtig konzentrieren können. Da hatte sie spontan den Hörer abgenommen und Cory angerufen. Der Mensch bestand ja nicht nur aus Arbeit, hatte sie sich gesagt.

Das Rauschen der Bäume und die Musik lullten sie ein. Sie blies den Rauch durch ihre Netzvorhänge zum offenen Fenster hinaus, damit ihre Tante nicht in eine Wohnung zurückkam, die wie ein Spelunke roch.

Eine Gruppe von Mädchen kam an ihrem Fenster vorbei, alle tranken *Bacardi-Breezers*. Ein paar davon wohnten im Wood-Croft House gegenüber und Rosie rief ihnen. Ein dunkelhäutiges Mädchen namens Cassandra winkte ihr zu und bedeutete den anderen, mit ihr über die Mauer zu steigen. Cassie sprang leichtfüßig darüber und gab Rosie einen Schluck zu trinken.

»Hallo, *Rudegirl*. Was machst'n?«, fragte sie, als die anderen sich um das Fenster versammelten.

»Ach, ich hab nur gelernt«, antwortete Rosie und reichte Cassie wieder die Flasche. »Und was is mit euch?«

Die Mädchen stöhnten. Cassie zog eine Grimasse.

»Ach nix, Mann. Wir langweilen uns tödlich. Der Jugendclub is bis zum Sommer zu, da bleibt einem nix übrig, als auf der Straße rumzulungern wie 'n Penner, verstehste? Echt ätzend.«

»Warum is'n der Club zu? Ich hab gesehn, dass er verrammelt is, aber ich hab gedacht, die würden streichen oder so was.«

Ein anderes dunkelhäutiges Mädchen, das Rosie noch nie gesehen hatte, antwortete in gelangweiltem Ton: »Ich glaub, er is mit Asbest verseucht. Deswegen muss er abgerissen und neu gebaut werden.« Rosie warf ihnen einen besorgten Blick zu.

»*Asbest*? Oh, *raa!* Das issen gefährliches Zeug, Mann, gesundheitsschädlich. Aber wisst ihr was, ihr solltet besser auf euch aufpassen und nich abends allein auf der Straße rumlaufen. Sind 'ne Menge Verrückte unterwegs. Ich weiß, ihr seid in der Gruppe, aber trotzdem, Mann. Könnt er euch nich bei jemand von euch treffen?«

Die Mädchen schüttelten ihre bezopften und bändergeschmückten Köpfe.

»Wir hamms nich so gut wie du, dass wir im Haus rauchen können«, gab Cassie neidisch zurück. Rosie lachte.

»Das soll wohl ein Witz sein, oder? Der einzige Grund, dass ich hier drin rauchen kann, is, weil meine Tante heut Abend nich da is. Wenn sie zu Haus wär, würd sie dafür sorgen, dass ich bei euch da draußen bin. Aber echt.«

Alle lachten und Rosie reichte ihren Joint Cassie und blies den Rauch in die stille Nacht. Cassies dunkelhäutige Freundin stapfte mit verschränkten Armen, um sich warmzuhalten, über das Gras und sah Rosie mit flehendem Blick an.

»Können wir zu dir reinkommen und eine zusammen rauchen oder so, wo du allein bist?«, fragte sie geradeheraus. Cassie sah sie verblüfft an, konnte sich aber das Lachen nicht verkneifen.

»Oi, Leonora, hör mal, was'n los mit dir? Du kennst Rosie doch gar nicht. Wie kommst'n dazu, sie das zu fragen. Du bist echt beinhart, Star.«

Rosie zuckte mit den Schultern und lachte nur.

»Nee, das macht doch nix. Ich würd euch reinlassen, aber gleich kommt ein Freund von mir, mit dem ich gern allein wär. Ihr könnt jederzeit ein andermal herkommen.«

»Ein Freund«, sagte Cassie und sah die lächelnde Rosie dabei an, während die anderen Mädchen »Ooohs« und »Aaahs« ausstießen. »Wer ist denn der Glückliche?«

Rosie tippte sich auf die Nase und lächelte wieder.

»Das erzähl ich dir, wenn alles gut läuft, okay?«

»Okay, abgemacht.«

Im Haus klingelte das Telefon. Rosie schreckte hoch. Cassie hielt ihr den erhobenen Daumen hin.

»Klingt so, als wär er das. Bis bald, Rosie, okay?«

»Okay, Cassie, bye. Bis bald, Leute. Kommt ruhig mal wieder vorbei.«

Die Mädchen sprangen über die Mauer und Rosie rannte ins Wohnzimmer, riss den Hörer von der Gabel und ließ sich bequem in einen Sessel fallen. Den Bewegungsablauf praktizierte sie nunmehr seit Jahren.

»Hallo?«, antwortete sie mit einem Lächeln.

Die Kinnlade fiel ihr herunter. »Ach, hallo, Auntie, du bist's ... Natürlich bin ich froh, dass du anrufst ... nein ... Ich bin am Lernen ... Nein, Tara is nicht da ... wirklich nicht, ich versprech's! ... Is gut ... Hast du 'ne schöne Zeit? ... Das is gut ... Grüß sie von mir ... Alles klar ... Bis bald ...«

Sie legte den Hörer auf, lehnte sich im Sessel zurück, ließ die Arme auf die breiten Lehnen sinken und betrachtete gedankenverloren die Bilder und zahlreichen Jesus-Statuen im Zimmer. Dann stützte sie das Kinn in die Hand und fragte sich, wo Cory war.

»Du kommst wohl besser rein.«

Sean konnte kaum glauben, dass es diesmal so einfach war. Mit offenem Mund starrte er Sonia an und rührte sich nicht. »Na komm, mach schon, es is ja eiskalt da draußen«, sagte sie und ging zurück in die Wohnung, ohne auf ihn zu warten. Sean schloss die Tür und folgte ihr glücklich. Aber als er ins Wohnzimmer trat, verging ihm die Freude.

Auf der Couch vor dem Fernseher saß ein dunkelhäutiger Junge mit einem goldenen Ohrring und den neuesten Air Max-Schuhen, das Haar hinten und an der Seite kurz geschnitten. Er sah geschniegelt aus mit seinem auffallend bunten Pullover über dem Hemd und Armani-Hosen, die in Seans Augen ein Imitat waren. Der Junge sah ihn lächelnd an, als Sean das Zimmer betrat, und hielt ihm die Faust zur Begrüßung hin. Sean berührte sie leicht mit der eigenen und warf Sonia einen fragenden Blick zu, bevor er sich neben dem Jungen auf das Sofa fallen ließ. Sonia nahm gegenüber Platz und betrachtete sie. Mit einem leichten Zögern stellte sie die beiden einander vor.

»Ähm ... Sean, das ist Marcus, der Kuseng von Marlena. Und das ist mein Freund Sean.«

»Wie, Star?«, sagte Marcus mit tiefer Stimme.

»Bestens«, antwortete Sean.

Sean lehnte sich grübelnd zurück. Marlena, dieses Weib, hatte doch tatsächlich ihren Kuseng auf ein quasi verheiratetes Mädchen angesetzt. Er bemühte sich, seine Wut nicht zu zeigen, die in ihm aufstieg.

Lange Zeit sagte niemand etwas. Spannung lag in der Luft. Schließlich stand Marcus auf und sagte, er hätte noch was in Harlesden zu tun.

»Bis dann, Alter. War nett, dich kennen zu lernen«, sagte er, als er wegging. Sonia begleitete ihn hinaus.

»Ja, gleichfalls«, antwortete Sean und sah dem breitschultrigen Jungen nach. Der hat Glück, dass ich meine SIG nicht dabeihab, sonst hätt ich ihm knallhart eins in den Rücken gegeben, dachte Sean und musste kichern. Er hörte die Tür knallen und anschließend Sonnies Schritte und machte ein unbefangenes Gesicht.

»Was gibt's denn zu lachen?«, fragte Sonia und ließ sich wieder auf den Sessel fallen.

»Ach nix, ich hab nur grad über was nachgedacht. Wo kommt'n der Typ so plötzlich her, eh?«

Sonia erwiderte gleichmütig seinen Blick. Sie trug einen Minirock und ein weites LA Raiders-T-Shirt. Von seinem Platz aus sah er ihre verführerisch glatten Oberschenkel. Marcus hatte neben ihm gesessen. Ob er wohl an das Gleiche gedacht hatte? Natürlich hatte er das. Bei dem Gedanken sah er wieder rot.

»Wenn du's wissen willst«, sagte seine Freundin gerade. »Er is nur gekommen, um zu sehen, ob alles in Ordnung is, weil ich im Moment ganz allein bin. Er is nur ein Freund, der sich um mich kümmert, sonst nix.«

Sean schnalzte abfällig und sah zur Seite.

»Am Arsch kümmert. Wenn er so 'n guter Freund is, wieso hab ich ihn dann bis jetzt noch nie gesehen. Ich kenn deine ganzen Freunde, aber von dem hab ich noch nie was gehört, Star.«

»Na und, darf ich keine neuen Leute kennen lernen, oder was?«, gab Sonnie zurück.

»Nee, das hab ich nich gesagt. Sieht nur so aus, als wollt Marlena einen Keil zwischen uns treiben, verstehste? Die war nich mal da, du warst ganz allein mit dem Typ. Erzähl mir nich, dass er sich nich für dich interessiert, Sonnie. Damit beleidigst du meine Intelligenz.«

Sonnie seufzte.

»Okay, er mag mich. Na und? Das heißt doch nicht, dass ich mich ihm zu Füßen werf, nur weil er hinter mir her is, oder? Tatsache is doch, dass du nich da warst, da hat Marlena dafür gesorgt, dass ich ein paar neue Leute kennen lern. Mehr nich.«

Sean stand auf und ging im Zimmer hin und her. Sonia folgte ihm mit Blicken und dachte, dass er wirklich gut aussah. Sie verbarg ein Lächeln hinter ihrer Hand.

»Sonnie, Mann. Siehst du nicht, dass ich versucht hab, mich mit dir wieder zu versöhnen. Ich hab dich praktisch angefleht, aber du hast ja nich gewollt, Star. Wenn ich angerufen hab, hast du aufgelegt und meine Geschenke haste aus'm Fenster geworfen. Du hast mich nich mal in die Wohnung reingelassen.«

»Jetzt biste doch drin, oder?«, unterbrach ihn Sonia.

»Stimmt und ich bin echt froh drum. Da hab ich wenigstens die Chance, Marlena davon abzuhalten, die Glücksfee Cilla Black zu spielen.«

Er blinzelte Sonnie zu und brachte sie zum Kichern. Nachdem er sich auf sicherem Boden fühlte, setzte er sich neben sie auf die Armlehne und nahm ihre Hand.

»Scheiße, Sonnie. Ich hab dich verdammt vermisst. Du glaubst gar nicht, wie viel. Cory is grad heut nach Haus gekommen, und da hab ich gedacht, ich muss heut auch den anderen Teil von meinem Leben in Ordnung bringen, verstehst du? Ich brauch bloß deine Hand zu halten ... und das fühlt sich so ... richtig an, weißt du. Ich fühl mich schon besser, Star.«

»Ach, halt den Mund«, sagte Sonnie barsch, lächelte aber dabei. »Trag nicht so dick auf, Mensch. Du hast mir nich mal erzählt, wie das mit dem Überfall ausgegangen is.«

Sean lachte und streichelte ihre Hand. »Mann, das is gut gelaufen. Is keiner verletzt worden, Gott sei Dank, und wir hamm bis jetzt nix von der Polizei gehört. Ich denk also, dass wir davongekommen sind. Deswegen hab ich dir auch die Sachen gekauft, oder. Das war 'n Friedensangebot, um dir zu verstehen zu geben, dass jetzt alles wieder so wird wie vorher.«

Sonia entzog Sean ihre Hand und versuchte, ihre frostige Haltung aufrechtzuerhalten. Sie drehte konzentriert an ihren Fingerringen.

»Hör mal, Sean. Du musst akzeptieren, dass ich den Schmuck nicht haben will. Das wär ja noch schöner. Erst diss ich dich, weil du den Überfall machen willst, und dann zieh ich mir 'ne Halskette und Ohrringe an, die von dem Geld stammen. Das wär ja wohl nicht richtig, das wär sogar total verlogen. Findste nich?«

Sean nickte. Sonia hatte Recht. Er verstand sie. Sonia war alles andere als dumm. Manchmal vergaß Sean, wie klug sie war. Außerdem hatte sie eine klare Vorstellung von dem, was Recht und was Unrecht war, und hielt eisern daran fest.

Er rieb sich nachdenklich das Kinn. »Weißt du was, Sonnie? Du hast Recht, Mann. Das hätte mir klar sein müssen. Aber du musst mir glauben, dass das alles vorbei ist. Ich bin mit der Sache fertig, verstehst du. Ich hab noch mein ganzes Leben vor mir und das will ich mir nich versauen. Gib mir bitte noch 'ne Chance. Wir war'n doch das größte Liebespaar auf der Welt.«

»Versprich mir, dass du mit dem Gangster-Geschäft fertig bist«, sagte Sonia streng.

»Kein Problem«, antwortete Sean. »Ich bin draußen, ganz klar. Ich schwöre es, Gott.«

Sonia fiel ein, was man ihr vor ein paar Tagen erzählt hatte.

»Ich hab gehört, dass du den Jungs unten mit einer Pistole gedroht hast. Wo hast'n die her?«

Die Frage kreiste so plötzlich über Seans Kopf wie einer der nägelbeschlagenen Prügel, mit denen die Grimm-Brüder ihre Feinde zu behandeln pflegten. Trotzdem zögerte er keinen Augenblick und später war er stolz auf seine prompte Antwort.

»Die hab ich von Levi. Mach dir aber keine Sorgen. Ich hab denen da unten nur den Griff gezeigt. Wenn Stacey nicht versucht hätte, die Diamantohrringe zu mopsen, dann hätt ich das nie gemacht.«

»Der kleine Stacey hat versucht, die Ohrringe einzusacken?«

Sonnie war so überrascht, dass ihr der Mund offen blieb. Sean lächelte, und ohne den Blick von ihren braunen Augen zu wenden, nahm er wieder ihre Hand.

»Siehste, das hamm sie dir nicht erzählt, oder? Ich bin doch kein Verrückter, Sonia. Ich hab mich doch nicht so verändert.«

»Klar, das weiß ich.«

Sie sahen einander an, halb lächelnd, und dann küssten sie sich. Sean streichelte ihr dabei ganz sanft über das Gesicht, die starken Wangenknochen und, zwischen den Küssen, über die unglaublich zarten Lippen. Er rückte näher zu ihr, und sie ergriff seine Hand, um sie unter ihr T-Shirt an ihre Brüste zu lenken. Mit der anderen Hand zog sie seinen Kopf fester zu sich, und als sich ihre Zungen fanden, schloss sie vor Glück die Augen. Der Sessel rollte bei der Bewegung etwas nach hinten und beide lachten stumm beim Kuss. Dann erhoben sie sich, auf der Suche nach einem besseren Platz.

»Komm.« Sonia nahm ein Kissen vom Sessel und legte es auf den Boden.

Sean zog Pullover und Hemd aus und Sonia Rock und T-Shirt. Ihr schlanker Körper in schwarzen Spitzen-Knickers und BH glänzte.

»Du warst mit niemand anderem zusammen, oder?« Sonia sah ihn forschend an, aber in ihren Augen lag kein Misstrauen.

»'türlich nich, Mann«, antwortete Sean.

Er lächelte sie beruhigend an und schob dabei ganz langsam die Knickers über ihre sanft geschwungenen Hüften und Oberschenkel bis zu den Knöcheln. Bevor er das Höschen auf das Sofa legte, betrachtete er ihren makellosen Körper mit unverhohlenem Genuss. Dann zog er seine Jeans und Boxershorts aus, platzierte sie ebenfalls auf dem Sofa und ließ sich dann über ihren weichen Körper gleiten, bis sein Gesicht wieder ihres erreicht hatte. Von Sonia ging eine Wärme aus, die ihn durchdrang und alle negativen Spannungen in ihm aufzulösen schien. Wieder küssten sie sich lange, dann öffnete er ihre Beine, hob ihren Rücken zu einem sanften Bogen und drang behutsam in sie ein. Er spürte ihre kraftvollen Hände auf den Schultern und ihr leises, lustvolles Stöhnen.

Ich bin wieder zu Hause, endlich wieder zu Hause, dachte er glücklich.

Und es fühlte sich wunderbar an.

Corys erster Tag im College war ein Montag. Er hatte sich schon lange darauf gefreut. Als er die Gänge entlanghumpelte, traf er an jeder Ecke auf freundliche Gesichter, man klopfte ihm auf den Rücken und hieß ihn lächelnd willkommen. Alle wollten sich auf seinem Gips verewigen und drängten sich in den Sport- und Freistunden um ihn, in denen er widerwillig bei einem Fünf-gegen-Fünf-Fußballspiel zusah, anstatt den Stoff der Fehlstunden nachzuarbeiten. Fast den ganzen Tag wurde er wie ein König behandelt. Fast alle wussten, was bei dem Benefiz-Fußballturnier passiert war, und bedauerten es.

In der Mittagspause sah er Tanya in der Mensa und winkte ihr von der Schlange aus, in der er für sein übliches Käsebrötchen und einen Club-Schokoladenkeks anstand. Sie winkte daraufhin zögernd zurück. Er hatte keine Lust, mit ihr böse zu sein, schließlich hatten sie sich wie zwei vernünftige Menschen getrennt, und dann sollten sie sich auch weiterhin so benehmen, trotz allem, was passiert war. Im Übrigen hatte sie ein paar gut aussehende Freundinnen, von denen ihm die eine oder andere sogar zulächelte. Er steckte den Keks für später in die Tasche und ging zum Getränkeautomaten, steckte seine Münzen in den Schlitz, drückte auf den Fanta-Knopf und wartete auf das Herunterfallen der Dose. Er griff danach und machte sich etwas schwankend auf den Weg zu dem Tisch der Mädchen. Tanya sah ihn verwirrt auf sich zukommen und warf ihm einen misstrauischen Blick zu, als er Platz nahm.

»Wie gehts, T? Und Euch, Yvette, Sianna, Beck, Beth? Alles cool?«

Es prasselte eine Masse von Antworten auf ihn ein, und alle, einschließlich Tanya, machten erfreute Gesichter.

»Wie geht's dir denn, mein Schatz? Besser?«, fragte ihn Sianna und löffelte dabei Schokoladenpudding in sich hinein.

»Ganz gut«, antwortete er und packte sein Brötchen aus. »Nur der Gips geht mir vielleicht auf'n Nerv. Kannste nich mit raven, kannste nich mit ...« Er brach ab und lachte. »Na, ihr wisst schon. Kannst dich keiner Frau richtig nähern. Das ist Freiheitsberaubung, Mann.«

»Wieso, welcher Frau wolltste dich denn nähern?«, fragte Sianna und sah ihm dabei direkt in die Augen. Cory blinzelte mit den Augenbrauen und sah ihr zu, wie sie den Pudding langsam in den Mund löffelte. Er fragte sich, ob sie wusste, was das bei ihm auslöste.

»Mann, weißte was, irgendwie hab ich das Gefühl, ich hab plötzlich Lust auf Schokoladenpudding gekriegt, echt! Ich frag mich, warum?«

Sianna warf ihm einen verlegenen Blick zu und kicherte. Cory wollte gerade weitersticheln, als er eine kräftige Hand auf der Schulter spürte und jemand an den Tisch trat. Er hob den Kopf und sah Sam Boyd neben sich stehen, der ihn freudestrahlend begrüßte.

»Oh, *Raa*, Sam! Wie läuft's denn so, Alter?«, platzte er heraus und tauschte mit seinem Lehrer einen Faustschlag.

Der Mann aus Barbados antwortete mit einem Schulterzucken.

»Cool, Mann. Bei dir auch, wie ich seh. Hallo Mädels.«

Die Mädchen antworteten in einem Chor von Hallos.

»Na ja, du kennst mich ja. Ich lass mich nich so leicht unterkriegen«, gab Cory zurück.

»Weiß ich doch.« Sam wirkte mitunter selbst wie ein Schüler. Doch jetzt änderte sich etwas in Sams Gesichtsausdruck und er sah wieder wie ein Lehrer aus. »Weswegen ich gekommen bin. Ich muss dringend mit dir sprechen. Es ist sehr wichtig.« Seine Stimme klang ernst. Cory packte sein Käsebrötchen ein und fragte sich, was los war.

»Alles klar, Mann. Wo wollen wir hingehen?«

»Wir suchen uns ein leeres Klassenzimmer«, sagte der Lehrer.

Nicht weit von der Mensa wurden sie fündig. In dem Raum tanzten tausend Staubkörnchen im Licht, das schräg durch ein großes Fenster einfiel. Die Wärme kündigte bereits den herannahenden Sommer an. Sam setzte sich auf den Tisch und lächelte, während Cory es sich auf dem Lehrerstuhl so bequem wie möglich machte.

»Ganz schön gefährlich, Mann, die Freundin von der Ex anzubaggern!«, sagte er, als handelte es sich dabei um eine Art Verbrechen. Cory grinste und nahm einen genüsslichen Schluck aus seiner Dose.

»Nix anderes, als was sie gemacht hat. Nur dass se nich bis nach der Trennung gewartet hat, oder?«

Sam nickte zustimmend. »Na ja, das is nich der Grund, warum ich dich hergeholt hab«, sagte er wieder mit ernstem Gesicht. »Wer mir wirklich Sorgen macht, is dein Kuseng Sean.«

Sean.

Cory fiel plötzlich wieder ein, was Shannon ein paar Tage zuvor zu ihm gesagt hatte. Sie hatte die Befürchtung, dass Sean das College schwänzte, seit er sich regelmäßig mit Danny Campbell, Razor und Ricky traf. Bei anderen wäre das vielleicht nichts Besonderes gewesen. Jeder nahm sich hin und wieder ein paar Tage frei, wenn er keinen Bock auf die Schule hatte. Das schien fast die Regel. Wenn du keine Lust hast, gehste einfach nicht hin und basta. Den Stoff konnte man bei einem Mitschüler abschreiben und nachlernen, sofern man es mit dem Schwänzen nicht übertrieb.

Aber Sean hatte sich das bis jetzt noch nie erlaubt. Es war ihm so wichtig gewesen, mit Erfolg abzuschneiden und aus Greenside rauszukommen, dass er selbst mit Grippe ins College ging, bloß um nichts zu versäumen. Jetzt schien es, als konzentriere er trotz Corys Warnungen seine Energien auf etwas, das lukrativer, aber auch gefährlicher war. Am Morgen hatte Sean gesagt, dass er vor dem Unterricht noch etwas zu erledigen habe und Cory erst im College träfe. Also hatte Cory zum ersten Mal, seit sie das College besuchten, allein die Bahn genommen. Aber offenbar war Sean noch immer nicht da.

»Ich mach mir ziemliche Sorgen um deinen Kuseng. Offen gesagt, ich weiß nicht, was mit ihm los ist«, sagte der Lehrer betroffen. »Die wenigen Male, die ich ihn im College gesehen habe, wirkte er abwesend, fast deprimiert. So kenne ich ihn überhaupt nicht. Ich hab mich gefragt, ob er sich vielleicht deinen Unfall zu Herzen nimmt und sich Vorwürfe macht, dass er nicht da war, um dir zu helfen. Oder dass er vielleicht sogar mir dafür die Schuld gibt, weil ich ihm so viel Arbeit aufgehalst habe an dem Tag. Ich wollte ihn schon fragen, was los ist, aber dann hab ich beschlossen, noch ein bisschen abzuwarten und zu sehen, wie sich die Sache entwickelt. Und weißt du was, Cory? Seitdem hab ich ihn nicht mehr zu Gesicht bekommen, nicht ein einziges Mal, und die anderen hier im College auch nicht. Ich hab Tanya und Sonia nach ihm gefragt, aber beide waren kurz angebunden. Da hab ich's aufgegeben und beschlossen zu warten, bis du wieder da bist. Hast du eine Ahnung, was mit Sean los ist?«

Cory nippte an seiner Fanta und spürte dem Schmerz nach, den die Kohlensäurebläschen auf seiner Zunge verursachten.

»Nee, echt«, antwortete er langsam und versuchte, sich um eine Lüge herumzumogeln. »Keine Ahnung, Mann. Ehrlich gesagt, ich hab noch nich viel von Sean gesehn, seit ich aus'm Krankenhaus draußen bin, weißte.«

»Bist du sicher?«

Sam sah ihn aufmerksam an.

»Wie meinst'n das? Klar bin ich sicher, Star.«

Cory konnte nicht verbergen, wie unwohl und ertappt er sich bei der Frage fühlte. Was hatte sein Lehrer mit der Frage »Bist du sicher?« gemeint? Sam veränderte die Sitzposition.

»Der Grund, warum ich frage, ist, dass ich was munkeln gehört habe über deinen ›Unfall‹ beim Benefiz-Turnier mit dem Riesenkerl. Mir is zu Ohren gekommen, dass hinter der Verletzung was anderes gesteckt hat als nur ein aggressives Spiel. Weißt du, was ich mein?«

Cory lachte und sah Sam fest in die Augen.

»Du glaubst doch wohl nicht so'm College-Tratsch«, sagte er locker. Aber Sams Antwort war alles andere als locker.

»Na ja, nach meiner zugegeben begrenzten Erfahrung steckt in jedem Tratsch, und wenn er noch so weit hergeholt ist, ein wahrer Kern, wie die Perle in der Auster.«

Cory grinste. »Du mit deinen klugen Sprüchen, Mann.«

Sam fing an zu kichern.

»Aber mal ganz im Ernst«, fuhr er fort. »Du musst mit Sean sprechen, bevor es zu spät ist. Es ist nicht mehr lange bis zum Jahresabschluss, und wenn Sean sich nicht zusammenreißt, rasselt er durch die Prüfung, egal wie schlau er is. Und wenn er durchfällt, muss er das ganze Jahr wiederholen und das wollt ihr ja beide nicht. Wart mal, ich will dir noch was zeigen.«

Er beugte sich über seinen ledernen Aktenkoffer, drehte an der Zahlenkombination, bevor er ihn mit einem Klicken öffnete und darin herumwühlte. Die Anspannung wich aus Corys Gesicht. Wenn er seinem Lehrer auch nur einen Teil der Wahrheit erzählte, würde Sam ihn rundweg für einen Lügner halten, dachte Cory.

Man konnte die Leute nicht dazu zwingen, etwas zu sehen, was sie nicht sehen wollten. Für manche Leute, Schwarze wie Weiße, waren Messerstechereien, Schießereien und Drogenabhängige etwas, das tausend Meilen weit von ihnen entfernt schien, eine Welt über dem weiten Atlantik, mit der man nur in Berührung kam, wenn man im Urlaub dort das Pech hatte, überfallen zu werden. Wenn einer hier mit einem Messer herumlief, hieß das für solche Leute, dass er entweder Streit suchte oder völlig verrückt war. Dass es purer Selbstschutz sein könnte, käme ihnen nie in den Sinn. Sie konnten oder wollten vielleicht auch nicht sehen, was sich vor ihrer Nase abspielte.

Als Sam sich ihm mit dem Klassenbuch in der Hand wieder zuwandte, hatte Corys Miene wieder den Ausdruck von vorher angenommen.

»Hier siehst du, wie viel Unterricht Sean in den letzten zwei Wochen versäumt hat«, sagte Sam. Er schlug das Buch auf und legte es auf den Tisch, so dass beide hineinsehen konnten. Blaue und schwarze Kreuze bedeuteten, dass sein Cousin am Unterricht teilgenommen hatte, rote kennzeichneten sein Fehlen. In den letzten beiden Wochen zählte Cory neun rote Kreuze, das für den heutigen Tag nicht gerechnet. In den Wochen davor waren nur blaue oder schwarze Kreuze zu sehen. Cory beschlich ein flaues Gefühl im Magen bei all den roten X. Er stieß hörbar die Luft aus.

»Verdammter Mist ... Wie viele Arbeiten hat er dann versäumt?«

Sam schloss mit einem Seufzen das Klassenbuch.

»Zwei Aufsätze wahrscheinlich. In der Regel verlange ich am Ende jeder Woche einen kurzen Aufsatz und dann muss er den durchgenommenen Stoff beherrschen. Das heißt, er muss das von jemandem abschreiben, falls er rechtzeitig wiederkommt. Aber ich kann dir nicht oft genug sagen, wie wichtig es für ihn ist, wieder regelmäßig in den Unterricht zu kommen, und zwar so bald wie möglich. Red mit ihm, Cory. Ich weiß, auf dich hört er, Mann.«

Ach ja?, dachte Cory höhnisch und fühlte sich wieder getroffen. Was weißt'n du von Sean. Verdammte Scheiße, *ich* weiß ja nich mal was von dem, Mann.

Sam redete noch immer. »Als ich Sean zum ersten Mal gesehen hab, hätt ich geschworen, dass der das College nie schafft. Ich weiß, das klingt blöd, aber wie der rumlief mit seinen Baggies und den Turnschuhen ... verstehste. Ich hab ihn nach seinem Aussehen beurteilt, noch bevor er sein Buch oder seinen Mund aufgemacht hat. Zwei Monate später isser immer noch da und der Klasse meilenweit voraus! Ich glaub, ich bin noch nie so angenehm überrascht worden, zumindest lange Zeit nicht. Und ehrlich gesagt, ich wär total erschüttert, wenn er jetzt aussteigen würde. Sieh zu, dass du ihn wieder ins College mitbringst, Cory. Meine Frau ist schon sauer, dass ich ihr jeden Abend mit der Sache die Ohren voll jammere.«

Cory sah Sam an. Er wusste, dass Sam ehrlich war und dass seine Arbeit für ihn mehr war als ein Brotjob. Er nickte und tauschte einen Faustschlag mit ihm. Ihre Fingerknöchel berührten sich dabei fester als in der Mensa, aber sie bemerkten den Schmerz nicht.

»Ich versuch's«, brummte Cory. »Aber jetzt muss ich los, Mann. Ich muss Sonnie suchen. Is ziemlich sicher, dass Sean gestern Abend bei ihr war.«

Er leerte seine Fanta, stand auf und griff nach seinen Krücken. Sam reichte sie ihm. An der Tür angekommen, drehte sich Cory noch einmal um und sah seinen Lehrer an.

»Sam, heut Abend kümmer ich mich drum. Glaub mir, der alte Sean is schneller wieder da, als du denkst.«

Er grüßte Sam noch einmal mit der erhobenen Faust, bevor er die Tür schloss und sich auf dem Flur umsah. Zwei Mädchen, die er aus Sonias Lerngruppe kannte, gingen mit gesenkten Köpfen und völlig ins Gespräch vertieft, an ihm vorbei. Cory betrachtete einen Augenblick ihre Hinterteile und die Zunge hing ihm dabei fast bis auf den Boden. Dann schnappte er sich seine Krücken und humpelte, so schnell er konnte, hinter ihnen her.

»Hallo, Ladies!«, rief er ihnen nach. »Gehe ich recht in der Annahme, dass ihr Sonia Chamberlain kennt?«

Sean schlüpfte gegen fünf in die Wohnung der Bradleys. Er rief »Hallo«, obwohl er nicht damit rechnete, dass jemand da war, und war überrascht, als seine Mutter antwortete.

»Ich bin im Schlafzimmer!«, scholl es schrill zurück. Er ging zu ihrer Tür, klopfte einmal, sie rief »Herein!« und er trat ein.

In ihrem Zimmer herrschte eine Mischung aus Ordnung und Chaos. In der Mitte stand ein großes französisches Bett, und auf der linken Seite ein alter Mahagoni-Kleiderschrank, voll gestopft mit Kleidern und mehr Schuhen, als Sean je bei jemand anderem gesehen hatte. Das war der ordentliche Teil. Auf der anderen Seite stapelten sich Papiere und alte Taschen mit Kinderkleidung, die einmal Cory, Shannon und ihm gehört hatte. Bernice lag mit ihrem Morgenmantel im Bett, und Greg, ihr langjähriger Freund, voll bekleidet neben ihr.

»Hallo, Mum. Wie geht's, Greg? So früh zu Haus?« Er tauschte einen Faustschlag mit Greg, als er ans Bett trat.

»Sie haben mich von der Arbeit nach Haus geschickt«, sagte seine Mutter glücklich. »Ich würd so müd aussehen. Sogar die Kinder hamm gefragt, ob es mir gut geht. Ich soll mich mal ausruhn und wiederkommen, wenn's mir besser geht.«

»Was? Sie bezahlen dich aber, oder?«

»Natürlich!«

Seine Mutter warf ihm einen kecken Blick zu, und Sean bekam eine Vorstellung davon, wie sie ausgesehen haben musste, als sie so alt wie er war. Greg lachte.

»Hör mal, Mum. Ich muss dir was sagen«, sagte er und setzte sich aufs Bett. Das Gesicht seiner Mutter nahm einen wachsamen Ausdruck an und Greg murmelte ein leises, aber hörbares »Aha«. Sean lächelte.

»Einen Augenblick«, unterbrach ihn seine Mutter. »Zuerst muss ich dich was fragen. Was soll'n eigentlich das ewige ›Hör mal‹ und ›Verstehste‹, das ich ständig von euch zu hören krieg? Ihr lebt schon euer ganzes Leben in England, seid hier geboren und redet mehr Slang als ich! Offenbar hätt ich euch in 'ne Privatschule schicken sollen, was, Sean?«

Sean zuckte und schüttelte den Kopf. Seine Mutter sah ihn stirnrunzelnd an. Sean wechselte das Thema.

»Mum, ich wollt nur sagen, dass ich für ein paar Tage bei Sonnie bleib, also eine Weile nich da bin, okay?«

»Bei Sonnie? Wozu?«

»Ich muss mich auf ein paar Prüfungen vorbereiten und dazu brauch ich eine Zeit lang Ruhe. Ich bin ja nich weit weg, wenn du mich brauchst. Sonnies Mutter is nicht da, da stört uns also keiner. Sonnie muss sich auch auf die Prüfungen vorbereiten, dann können wir zusammen lernen. Ist doch sinnvoll, oder?«

Seine Mutter nickte.

»Solange ihr keine wilden Parties oder Ähnliches feiert. Aber das würd Sonnie nie machen, dazu is sie viel zu vernünftig. Und Samantha tät sie bei lebendigem Leib häuten und ihre Knochen zum Trocknen rauslegen, wenn irgendwas mit ihrer Wohnung nicht in Ordnung wär. Stimmt's, Sean?«

Sean nickte lachend. Sonnies Mutter Samantha war eine große Frau mit strengem Gesicht, mit der sich keiner so leicht anlegte. Alle im Viertel kannten sie und behandelten sie mit Respekt, weil sie wussten, dass sie so streitbar war wie alle, die in Kingston, Jamaica, aufgewachsen waren.

Einmal war sie abends von einem Crackhead vor Bartholomew House überfallen worden. Er hatte es auf ihre Ringe abgesehen und sie für ein dankbares Opfer gehalten. Aber Samantha hatte den Spieß umgedreht, ihm eins mit dem Schirm übergehauen und ihn so lange im Schwitzkasten festgehalten und geschrien, bis die Polizei kam. Der arme Teufel hatte überhaupt keine Chance.

Sean erzählte die Geschichte seiner Mutter und Greg, die sich vor Lachen ausschütteten, dann ließ er sie allein und ging in sein Zimmer, um auf Corys Sega zu spielen.

Das erste Mal seit Wochen schien sein Leben wieder Gestalt anzunehmen und nach Plan zu verlaufen. Die Zeit würde zeigen, ob es so bleiben sollte, aber für den Augenblick hatte Sean das Gefühl, dass alles wie am Schnürchen lief.

Ein bisschen verängstigt saßen Garvey und Cory mit Tante Madeleine in ihrer Wohnung und warteten darauf, dass Rosie von der Arbeit nach Hause kam. Cory hatte Rosie sehen wollen und Garvey gebeten mitzukommen, um ihn moralisch dabei zu unterstützen, weil er nicht wusste, wie ihn ihre Tante empfangen würde. Und er war froh, nicht allein zu sein.

Er beugte sich nach vorn und nippte an seiner Tasse Tee, die ihnen die Lady angeboten hatte. Höflich sah er über die Tatsache hinweg, dass sie bereits zwanzig Minuten auf Rosie warteten, und lächelte Madeleine zu.

»Mmmmm! Der Tee ist gut«, sagte er und versuchte dabei, so anständig wie möglich zu klingen. Madeleine zog leicht die Nase kraus, wie Rosie es tat, und sah ihn unwirsch an.

»Woher kennt ihr meine Nichte?«, fragte sie direkt. Offenbar scherte sie sich nicht um Umgangsformen und sprach einfach aus, was ihr in den Sinn kam. Cory hörte Garvey neben sich kichern. Zum Glück versperrte er Rosies Tante den Blick auf ihn. Garvey war eine schöne Hilfe, dachte Cory ärgerlich. Er musste sich beherrschen, nicht selbst zu lachen, und zuckte nur mit den Schultern, zwang sich aber, Madeleine in die Augen zu sehen.

»Ähm, wir sind früher in dieselbe Schule gegangen. Ich glaub, sie war eine Klasse über mir ...«

Das war falsch, wie sich herausstellte.

»Ach so, biste also jünger?« Sie ließ sich die Gelegenheit nicht entgehen, etwas Negatives herauszustellen. Cory musste das einräumen.

»Ja, aber nur ein paar Monate. Wissen Sie, wenn man kurz vor'm September geboren ist ...«

Ein Schlüssel drehte sich im Schloss, und man hörte, wie sich die Eingangstür öffnete. Es wehte etwas frische Luft ins Zimmer. Cory brach erleichtert ab und blinzelte Garvey lächelnd zu.

»Das wird Rosie sein«, sagte er zur Tante.

»Merkt alles, der Junge«, gab sie zurück.

Garvey hielt die Hand vor den Mund und täuschte einen plötzlichen Hustenanfall vor. Cory ignorierte die Bemerkung und wartete darauf, dass Rosie hereinkam. Als sie endlich mit Tara im Schlepptau das Zimmer betrat, war sie – milde ausgedrückt – ziemlich überrascht.

»*Raa*, verflixt noch mal, was macht ihr'n hier, Leute?«, sagte sie und ließ ihre Taschen auf den Boden sinken. Sie warf Cory einen kurzen Blick zu, der schuldbewusst wegsah.

»Alles in Ordnung, Auntie?«, fragte sie auf ihre lebendige Art und küsste die strenge Frau auf die Wange. Diese tätschelte ihr den Rücken und deutete auf die beiden Jungen.

»Mir geht's gut, ich hab mich um deine Freunde gekümmert«, sagte sie. Rosie zog sich die Jacke aus und lachte.

»So? Das war sicher lustig!« Die Frau winkte empört ab.

»Spar dir deine Sprüche, Miss Joseph! Du bis hier in mei'm Haus und da geht's gottesfürchtig zu. So 'n Besuch gibt's bei mir nich, Mädchen. Da haste dich nach zu richten, selbst wenn du schon dein Geld verdienst. Stimmt's oder hab ich Recht?«

»Du hast Recht, Auntie«, antwortete Rosie kleinlaut. Sie wollte es nicht auf eine Diskussion ankommen lassen und schlüpfte wieder in ihre Jacke. Da sie hinter ihrer Tante stand, konnte sie Cory und Garvey unbemerkt zuzwinkern und zur Tür deuten. Dann schnappte sie sich Corys Krücken und versuchte, damit zu gehen. Tara musste lachen.

»Hör mal, Maddy«, wandte sich Rosie wieder an ihre Tante. »Ich geh einkaufen, brauchste was?«

»Aber du bis doch grad gekomm' und hier sitzt dein Besuch. Da kannste doch nich einfach weggehn.«

»Die können mitgehn. Ich will nich, dass wir dir zur Last fallen. Wir unterhalten uns woanders, in Ordnung?«

»Also gut ...«

Man sah Tante Maddy an, dass sie nicht glücklich über den Verlauf der Dinge war. Cory hüpfte auf einem Bein zu Rosie. Er war sich genauestens der finsteren Blicke bewusst, die Rosies Tante ihm zuwarf. Warum einem Erwachsene bloß immer so viele Vorschriften machen mussten, dachte er. Zum Glück war seine Tante so unkompliziert. Sie durften zu Hause rauchen, trinken und Freunde einladen. Bernice hatte ihre Kinder lieber bei sich als völlig unbeobachtet auf der Straße. Er folgte Tara hinaus, die ihn zur Abwechslung mal anlächelte.

Garvey kam als Nächster. Man sah, dass er sich kaum mehr beherrschen konnte.

»Ach, du lieber Himmel, das war vielleicht ein Hammer, echt!«, platzte er heraus. Vor lauter Lachen hatte er einen roten Kopf. Als Rosie schließlich zu ihnen stieß, waren Cory und Garvey dabei zu erzählen, was drinnen vorgefallen war. Tara erheiterte vor allem, dass die beiden so viel Angst vor Rosies Tante gehabt hatten.

»Macht euch nicht über meine Tante lustig«, sagte Rosie spöttisch. Sie hatte Tara untergehakt und ging ein paar Schritte vor den Jungs. »Sie ist ein sehr netter Mensch, damit ihr das wisst. Außerdem hat sie sich lang genug mit mir rumschlagen müssen, stimmt's, Tee?«

»Wirklich«, antwortete Tara. »Aber du musst auch mal sehen, wie deine Tante auf andere wirkt, vor allem auf das *andere Geschlecht*. Maddy hat's nich gern, wenn du dich mit Jungs triffst. Das sieht ein Blinder.«

»Aber echt«, meinte Cory kopfschüttelnd. Rosie lachte und drehte sich zu den Jungs um.

»Jungs, Drogen und Parties sind nur von Übel, Versuchungen des Teufels!« Sie klang wie ein erregter Priester, der von der Kanzel auf seine Herde herniederpredigte. »Dem müsst ihr widerstehen und eure Seele dem Herrn weihen! Raucht also kein verbotenes Gras (obwohl es der Herr auf der Erde gedeihen lässt!), und treibt keine Unzucht miteinander, bevor ihr nicht mindestens fünf Jahre oder auch mehr mit ein und derselben Person des anderen Geschlechts zusammen seid. Wenn euch das gelingt! ... Und, wo bleibt das Amen?«

»Nix Amen!«, riefen die anderen im Chor und schüttelten sich vor Lachen.

»Biste mir wirklich böse?«, fragte Cory wenig später auf dem Weg zu Garvey. Sie hatten beschlossen, zu ihm zu gehen, weil sie dort in Ruhe rauchen konnten. Rosie warf ihm einen finsteren, etwas verwirrten Blick zu.

»Ich weiß nich ... Ich mein, einerseits weiß ich schon, dass im Moment alles ziemlich schwierig für dich is und du viel im Kopf hast ... Aber andererseits ... Es hätt ja auch sein können, dass ich dir egal bin oder dass Tanya dich angerufen hat, verstehste? Was weiß ich! Ich weiß nur, dass ich bis um drei auf dich gewartet hab, obwohl meine Tante schon um elf wieder zu Haus war. Ich hab auf mei'm Bett gesessen und gedacht, dass du irgendwann ans Fenster klopfst. Und du kommst einfach nich. Ich mein, was soll'n ich da denken, hm?«

Cory blieb stehen und kratzte sich am Bein. Ein Stück vor ihnen überquerten Tara und Garvey die Straße vor Garveys Wohnblock. Rosie beobachtete sie lächelnd.

»Die beiden verstehn sich gut«, sagte sie. Cory richtete sich auf und lächelte auch.

»Ja, Mann, das is echt gut. Aber hör mal, Rosie. Was würdest'n sagen, wenn ich eine Erklärung dafür hab, dass ich nich gekommen bin? Die du ganz leicht überprüfen kannst?«

Sie gingen weiter und das Mädchen überlegte einen Moment. Ihre Augen waren jetzt wieder klar und leuchtend. Schließlich sagte sie: »Ich würd sagen, dann lass hören!« Darauf mussten beide lachen. Jedes Mal, wenn sich ihre Blicke trafen, war die Anziehung zwischen ihnen wieder da.

Cory drückte mit seiner Krücke auf den Aufzugknopf. Dann drehte er sich zu Rosie um, die nun fast so ernst schaute wie ihre Tante.

Geteiltes Leid ist halbes Leid, dachte er. Diesmal war er überzeugt, dass er den richtigen Gesprächspartner vor sich hatte. Er konnte Rosie vertrauen, das hatte sie bewiesen. Und sie wusste schon viel von dem, was vor sich ging. Das würde es ihm noch leichter machen, ihr alles zu erzählen. Als der Aufzug hielt, nahm er ihre Hand und sah ihr in die Augen.

»Rosie«, sagte er und vergaß dabei ganz den wartenden Aufzug. »Wenn ich dir das erzähle, dann wird das mit uns nie was, oder?«

Die Aufzugtür stand noch immer offen und wartete darauf, dass sie eintraten.

## *Vierzehntes Kapitel*

Cory träumte.

Er träumte, er war ohne Krücken allein in Greenside unterwegs. Es war tiefe Nacht. Er hatte wegen der Kälte seine Kapuze aufgezogen. Die Straßenlichter brannten und warfen ihren schwachen Lichtschein aufs Pflaster. Er hatte keine Ahnung, wohin er unterwegs war, wusste nicht einmal, auf welcher Straße er sich befand, obwohl es, nach dem Aussehen der Wohnblocks zu urteilen, Durham Street hätte sein können, die Straße, die genau an Beechwood House vorbeiführte.

Plötzlich hörte er Stimmen hinter sich. Er lauschte angestrengt. Ein paar Wörter schnappte er auf, Slang, und Lachen. Es schienen Jugendliche zu sein, irgendwelche Herumtreiber, offenbar eine ganze Menge, den Schritten nach zu urteilen. Cory wollte sich umdrehen, aber seine Halsmuskeln waren starr vor Anspannung und versagten ihm den Dienst. Wie Stahl fühlten sie sich an. Mit geradeaus gerichtetem Kopf ging er weiter und spürte eine unerklärliche Angst in sich aufsteigen. Sein Herz fing wie verrückt an zu hämmern. Dann rannte er los.

Die Schritte hinter ihm beschleunigten sich ebenfalls. Cory packte der blanke Terror. Er neigte den Kopf nach unten und lief, so schnell er konnte. Der Asphalt jagte unter ihm vorbei. Er hatte keine Ahnung, wie weit er rannte, aber bald hörte er einen Wagen hinter sich, der sich langsam näherte. Als das helle Licht der Scheinwerfer seinen Körper erfasste, blieb er stehen. Es war sinnlos weiterzulaufen. Sein Kopf war noch immer wie festgeschraubt, aber nun nach vorn geneigt und sein Blick hing auf dem Asphalt. Wieder hörte er Stimmen. Als sie sich näherten, schloss er vor Angst die Augen. Diesmal waren es Stimmen von Erwachsenen, die mit einem weißen Akzent sprachen. Es musste sich um Polizisten handeln.

Er wollte weiterlaufen, konnte sich aber nicht bewegen. Irgendwo hörte er ein leises Klopfen, das er aber nicht lokalisieren konnte. Panik ergriff ihn. Er war wie betäubt. Er wollte zu Boden fallen, aber auch das gelang ihm nicht. Er war völlig hilflos. Er musste endlich die Augen öffnen.

Musste ...

die ...

*Augen ...*

öffnen ...

Mit unendlicher Anstrengung zwang er seine Augen dazu, sich zu öffnen, aber es war völlig dunkel um ihn herum. Alles, was er sah, waren glänzende, schwarze Polizeistiefel. Da war das Klopfen wieder, lauter, nachdrücklicher, von irgendwo weit her schien es zu kommen. Da erst wurde ihm bewusst, dass er träumte. Er wollte so schnell wie möglich aufwachen.

Mach die Augen auf! Mach sie richtig auf!, sagte er sich. Wieder hörte er Stimmen. Sie kamen jetzt aus seinem Kopf. Sie quälten ihn, beschworen ihn, sich aus den Fängen des Schlafs zu befreien. Sie schrien, brüllten, flehten und bettelten.

Wach auf.

Wach auf!

WAAACH AUUUUF!

Da riss er die Augen auf. Er lag im Bett in seinem Zimmer.

Es war noch immer dunkel, aber dieses Dunkel war vertraut. Er ließ den Kopf ein paar Mal auf das Kissen zurückfallen, berührte sich lächelnd an den Armen und befühlte seinen Gips, um nachzusehen, ob er noch da war.

»Verdammt! Ich hab nur geträumt«, murmelte er erleichtert. Draußen hörte er die Wohnungstür gehen und das Geräusch von Stimmen, aber er verstand nicht, worum es ging. Er lehnte sich wieder zurück und fragte sich, was der Traum wohl zu bedeuten hatte und ob er in Zusammenhang stand mit dem, was er Rosie am Abend zuvor erzählt hatte.

Nachdem Cory sich alles von der Seele geredet hatte, war er sehr erleichtert gewesen. Rosie hatte sich als die ideale Gesprächspartnerin erwiesen. Er hatte großen Respekt vor ihr und wusste, dass sie etwas für sich behalten konnte, wenn man sie darum bat. Er hatte sich gescheut, Garvey von der Sache zu erzählen, weil er dessen Reaktion nur zu genau vorhersah. Garvey würde versuchen, Levi seine Gemeinheiten heimzuzahlen, ungeachtet des schlechten Rufs, den der Dealer im Viertel genoss. Er wollte seinen Freund auf keinen Fall in Gefahr bringen und auch nicht riskieren, dass Sean in irgendetwas hineingezogen würde, wenn gewisse Dinge ans Licht kämen.

Er setzte sich in seinem Bett auf, nahm ein Blättchen Kingsized Rizla und baute sich gemütlich einen Joint. Er konnte ohne weiteres noch ein bisschen weiterschlafen. Seine erste College-Stunde war erst um zwei Uhr. Er böselte gerade etwas Gras auf den Tabak, als es zaghaft klopfte.

»Herein!«, rief er, in der Hoffnung, dass Shannon ihm etwas zum Frühstück brachte.

Die Tür ging auf, und zu Corys Überraschung trat Sonia ins Zimmer, die besorgt und mitgenommen aussah. Bei ihrem Anblick krampfte sich Cory der Magen zusammen. Er fragte sich, was seinem Kuseng nun wieder zugestoßen war. Seans Bett an der anderen Wand schien ihm die Fragen nur so entgegenzubrüllen, ohne dass er auch nur eine davon beantworten konnte.

»Hey, Sonnie. Was'n los?«

Cory hatte Seans Freundin seit ihrem Besuch im Krankenhaus nicht mehr gesehen. Ihm war nicht klar gewesen, wie wütend sie wegen des Raubüberfalls auf ihn war. Aber an ihrem Blick war unschwer zu erkennen, was sie von ihm hielt und dass sie nicht gut auf ihn zu sprechen war. Sie setzte sich auf Seans Bett, zuckte mit den Schultern und strich die gemusterte Steppdecke mit der Hand glatt.

»Nix«, sagte sie mit traurigem, müdem Gesicht. »Ich hab mich nur gefragt, ob du Sean irgendwann mal gesehen hast. Er wollt gestern Abend zu mir kommen und ich wart noch immer auf ihn.«

Ihre Stimme klang dumpf und verbittert und Cory hatte Mitleid mit ihr. Er wusste, was sie für Sean empfand. Wenn sie auch nur einen Bruchteil von dem durchmachte, was in ihm vorging, verdiente sie seine volle Sympathie. Er steckte sich stirnrunzelnd seinen Joint an.

»Ob *ich* ihn gesehn hab? Er hat doch bei dir pennen wollen, Mann.«

Sonia schüttelte den Kopf.

»Das hab ich doch grad gesagt. Er wollt zu mir kommen, er is aber nie bei mir aufgetaucht.«

Sie sah ihn an, als sei er etwas minderbemittelt. Cory lachte nervös.

»Nee, Sonnie. Ich glaub, du verstehst hier was nich. Sean hat zu Bernice gesagt, dass er heute Nacht bei dir pennt. Und wie du siehst, isser nich da. Und er war auch heut Nacht nich da. Das weiß ich, weil *ich* nämlich die ganze Nacht da war. Wenn er also weder bei Dir noch hier war, wo war er dann?«

Den letzten Satz sagte er ganz langsam und dachte dabei fieberhaft nach.

»Halt, halt, *halt*«, sagte Sonia mit erhobenen Händen, als wollte sie einen auf sie zurasenden Zug zum Stehen bringen. »Sean hat zu seiner Mutter gesagt, dass er bei mir schläft?«

»Ja, genau. Er hat sogar gesagt, dass er ein paar Tage bei dir bleibt, nich nur eine Nacht.«

»Und woher weißt du das, wenn du ihn nich gesehen hast?«, fragte sie misstrauisch, wie aus der Pistole geschossen.

»Das hat mir dieselbe Person gesagt, die dich grad reingelassen hat«, antwortete Cory trocken. Sonia sperrte den Mund auf.

»Shannon?«, murmelte sie. Langsam begriff sie, was vor sich ging. Sie konnte es kaum glauben. Dann befiel sie Panik.

»Wir müssen ihn sofort suchen, Cory. Vielleicht is ihm was passiert oder er is verletzt oder ... ich weiß nicht, Mann. Ständig hört man im Fernsehen, dass Leute spurlos verschwinden. Es könnt ihm was Schlimmes passiert sein, alles Mögliche ...«

Sie hatte die Augen weit aufgerissen und war aufgesprungen. Nervös fing sie an, im Zimmer auf und ab zu gehen. Unaufhörlich redete sie auf Cory ein und beschwor ihn, endlich aus dem Bett aufzustehen. Er hatte das Gefühl, dass sie gleich durchdrehte. Schließlich hielt er es nicht mehr aus und schrie sie an.

»Sonnie! SONNIE! Setz dich gefälligst wieder hin. Hörst du?!«

Sie riss den Kopf herum und fixierte ihn. »Was fällt dir ein, mich so anzuschreien?«, fuhr sie ihn an. Endlich hatte ihre Wut ein Ziel.

»Ich wollt nur, dass du dich beruhigst, bevor du den Scheiß Teppich durchgewetzt hast. Er is nich verletzt und auch nich verschwunden, Star. Sean is auf Zack. Er kann auf sich selbst aufpassen, verstehste? Wenn du dich jetzt mal einen Moment hinsetzen tätst, könnten wir uns weiter unterhalten, ohne dass ich mir den Kopf verrenken muss.«

Sonia schien noch etwas sagen zu wollen, überlegte es sich aber anders und ließ sich auf Seans Bett plumpsen. Sie sah ihn ungeduldig an. Cory hielt ihr seinen Joint hin. Sie wandte sich stirnrunzelnd ab.

»Wenn du mich auf die Palme bringen willst, Cory, dann brauchste nur so weiter ...«

»Jetzt hörste einfach mal zu, okay?«, unterbrach Cory sie, der langsam die Nase voll hatte. »Ich dürft dir das eigentlich gar nich erzählen, Sonnie. Und es is ganz und gar gegen meine Prinzipien, was ich jetzt mach. Aber ich erzähl dir's, weil ich seh, was mit dir los is, und weil ich weiß, wie wichtig dir Sean is.«

»Er is mir nich wichtig. Ich liebe ihn«, sagte Sonia genervt. Cory sah sie an und wartete, bis sie wieder schwieg. Dann fuhr er fort.

»Wie auch immer. Ich glaub, ich weiß, was Sean vorhat und

warum er auf einmal spurlos verschwunden is. ... Wie ich aus'm Krankenhaus gekommen bin, hat Sean mich gefragt, ob ich beim nächsten Überfall mitmachen will, bei einem Schmuckladen. Er hat gesagt, dass das Ding in der Woche drauf steigen würd. Das war am letzten Donnerstag oder so. Also, ehrlich gesagt, ich werd das Gefühl nich los, dass er bei dem Überfall mitgemacht hat ... Tut mir Leid, Sonnie, aber damit rechne ich jetzt einfach.«

Sonia sagte nichts. Sie sah sich wie betäubt im Zimmer um, ohne irgendetwas wahrzunehmen. Dann drehte sie sich wieder zu Cory und deutete mit zittrigen Fingern auf ihn.

»Daran bist nur du schuld.«

Cory zuckte zurück und spürte, wie ihm ein eiskalter Schauer über den Rücken lief. Konnte sie seine Gedanken lesen?

»DU BIST SCHULD! NUR DU!«, rief sie und stürzte sich mit geballten Fäusten auf ihn. Blindlings schlug sie auf Corys Gesicht und Brust ein. Cory beschwor sie aufzuhören, während er die eine Hand schützend vor seinen Kopf hielt und mit der anderen versuchte, Sonias Hände zu fassen zu bekommen.

»Du Scheißkerl! Du bist allein schuld!«, knurrte sie und versetzte ihm dabei einen so heftigen Schlag an die Schläfe, dass sein Kopf auf das Kissen fiel und er einen Augenblick lang Sternchen sah. Er schüttelte sich, packte ihre Arme und konnte gerade noch dem Drang widerstehen zurückzuschlagen. Da brach Sonia plötzlich in Tränen aus und ließ sich kraftlos auf sein Bett sinken.

Cory richtete sich auf und legte die Arme um das schluchzende Mädchen. Er strich ihr beruhigend übers Haar und tätschelte ihr den Rücken. Da klopfte es an der Tür und Shannons besorgte Stimme war zu hören.

»Hey, is alles in Ordnung mit euch?«, rief sie. Sonia unterdrückte ihr Schluchzen und rieb sich schnell die Augen.

»Ja, ja. Alles klar, Star«, antwortete Cory, aber seine Stimme klang unsicher. Er starrte wie gebannt auf die Tür, weil er Angst hatte, Shannon könnte hereinkommen und ihn und Sonnie so sehen.

»Okay ... Ich muss gleich ins College. Bist du sicher, dass alles in Ordnung ist, Sonnie?«, versicherte sich Shannon.

»Ganz sicher«, sagte Sonia und schluckte. Sie sah nicht einmal zur Tür.

»Alles klar. Also dann, tschüss.«

Ihre Schritte entfernten sich von der Tür.

Cory konnte sich ausrechnen, dass es nicht lange dauern würde, bis Shannon ihn fragte, was Sonnie bei ihm machte, wo doch Sean bei ihr zu Hause war. Glücklicherweise war Shannon bis jetzt noch nicht auf diesen Gedanken gekommen. Oder sie hatte es vorgezogen, Cory unter vier Augen darüber auszuquetschen.

Sonia weinte lange. Ihr Körper wurde von lautlosem Schluchzen geschüttelt. Cory hatte sie in den Arm genommen und ihre Tränen hinterließen auf seiner nackten Brust feuchte Stellen. Das hatte ihm noch gefehlt zu allem Überfluss. Es wäre nichts weiter dabei gewesen, wenn sich Sean ein hässliches Mädchen ausgesucht hätte, so eine hätte er Tag und Nacht in den Arm nehmen und dabei cool bleiben können. Aber Sonia sah gut aus und fühlte sich gut an, zu gut. Das war das Problem. Aber was sollte er machen? Er konnte sie ja nicht alleine auf dem Bett sitzen lassen, wenn sie weinte. Er musste sie trösten.

Er tupfte ihr sanft die Tränen von den Augen, drückte ihr ein paar Papiertaschentücher in die Hand und rückte von ihr ab. Im gleichen Augenblick fragte er sich, warum er das tat.

»Danke«, krächzte sie und trocknete ihre Tränen. »Ich weiß nicht, was über mich gekommen ist. Aber jetzt geht's mir besser.«

Er war noch immer ein wenig verwirrt über das, was in ihm vorgegangen war. Gedankenverloren rieb er sich die Stelle am Kopf, wo Sonnie ihm den Schlag versetzt hatte.

»Weinen tut immer gut. Da kommt der ganze Druck raus«, sagte er wissend.

»Hast du in letzter Zeit mal geweint?«

Cory seufzte und sah weg.

»Nee ... Ich glaub, das is schon Jahre her. Zu lang, als dass ich mich noch dran erinnern würd. Vielleicht sollt ich öfter mal heulen, dann würd ich vielleicht die Leute um mich rum nich so in Schwierigkeiten bringen.«

Sonia lächelte.

»Kann ich nur empfehlen ... Hör mal, Cory ... Tut mir Leid, was ich vorhin gesagt hab, das war beschissen. Du bist schließlich nicht verantwortlich für das, was Sean gemacht hat. Es war seine Entscheidung. Entschuldige bitte, das war nicht in Ordnung von mir.«

»Scheiß drauf«, antwortete Cory. »Ich weiß selber, was ich zu verantworten hab und was nich. Und damit kann ich leben.«

*Lügner!*

Da war sie wieder, die kleine Stimme in seinem Kopf.

Cory ignorierte sie.

»Also, was jetzt?«, fragte Sonia. Ihre Augen glitzerten noch immer von den Tränen. Cory dachte einen Augenblick nach und rieb sich den Kopf. Sonia sah sich verlegen im Zimmer um.

»Ähm, na ja. Ich denk, wir sehen erst mal zu, dass wir hier rauskommen, oder? Ehrlich gesagt, ich will nich, dass Bernice oder Shannon irgendwie Wind von der Sache kriegen. Ich glaub kaum, dass Sean nach Haus kommt. Er is ja offiziell bei dir. Wär wahrscheinlich am besten, wenn wir zu dir gingen. Da können wir uns weiter unterhalten. Deine Mutter is doch noch immer weg, oder?«

Sonia nickte.

»In Ordnung.«

»Okay, dann machen wir das. Ich brauch nur 'n paar Minuten, dann bin ich fertig ...«

»Klar.«

Sie lächelten einander zu, aller Ärger schien vergessen. Sonia stand auf und ging zur Tür. Sie hatte noch immer ein Lächeln auf den Lippen.

»Ich wart im Wohnzimmer auf dich«, sagte sie und verließ das Zimmer.

Cory nickte. Einen Augenblick lang schloss er die Augen und lehnte sich in seinem Bett zurück. Dann stand er auf und suchte sich seine Klamotten zusammen. Dabei fiel ihm wieder sein Traum ein.

Vielleicht, schoss es ihm durch den Kopf, vielleicht war der Traum eine Warnung.

Eine Warnung, aber wovor? Er wusste es nicht. Aber er hatte an diesem Morgen kein gutes Gefühl. Er konnte sich nicht helfen, aber er hatte den Eindruck, dass sich die Dinge in rasender Geschwindigkeit zum Schlechteren entwickelten.

Kurz darauf schloss Sonia ihre leere Wohnung auf. Cory humpelte hinein und hatte wieder einmal das Gefühl, dass er alles falsch gemacht hatte. Sonia schaltete den Fernseher ein und verschwand in der Küche. Nach einer Weile kam sie mit zwei hohen Gläsern und einer Flasche Piña Colada unterm Arm zurück. Cory sah ihr zu, wie sie das perlende gelbe Getränk in die Gläser goss. Sie reichte ihm eines davon und nippte an ihrem Glas. Danach lehnte sie sich zurück und seufzte.

»Wie lang willst du bleiben?«, fragte sie ihn ins Blaue hinein.

»Ich wart so lange, bis Sean kommt, oder. Ich mach mir genauso viel Sorgen um ihn wie du.« Die Worte kamen Cory schneller über die Zunge, als ihm lieb war. Sonia lächelte breit.

»Keine Sorge. Ich schmeiß dich nicht raus. Ich bin ja froh, dass de da bist. Allein würd ich's gar nicht aushalten. Ich glaub, ich würd verrückt werden.«

»Na ja, irgendwann muss ich mich heut noch bei Rosie melden«, sagte Cory schnell, als ihm wieder einfiel, was ihm alles durch den Kopf gegangen war, als er allein mit Sonnie in seinem Zimmer gesessen hatte. Sonia warf ihm einen mütterlichen Blick zu.

»Ach, echt? Wie kommt ihr zwei eigentlich miteinander aus?«

»Super, wirklich. Ich war gestern ewig lang mit ihr zusammen. Eigentlich wollt ich mich ja schon vorgestern mit ihr treffen. Aber da hab ich ja nich gekonnt, weil ...«, er hielt inne und besann sich eines Besseren, »... mein Bein hat mir so wehgetan. Sie is voll in Ordnung. Nich dumm und gar nix, im Gegenteil. Ich mag sie echt, weißte.«

»Du musst sie mir mal vorstellen«, murmelte Sonia, aber sie war mit den Gedanken bereits woanders. Cory nickte. Sie starrten eine Weile stumm auf den Bildschirm. Schließlich fragte Sonia, ob Cory Domino spiele.

»Klar, Mann. Da zieh ich dich ab, Star«, sagte Cory erfreut und rieb sich die Hände. Es sah ganz so aus, als hätten sie einen langen Tag vor sich, und er war froh, einen Zeitvertreib gefunden zu haben.

**11 Uhr**

Cory und Sonia spielten bereits seit ein paar Stunden. Das Spiel war schwieriger zu durchschauen, wenn man nur zu zweit war und massenhaft Steine im »Stock« lagen, stellte Cory fest. Trotzdem war es ihm gelungen, Sonia vier zu zwei zu schlagen, und das regelmäßige Klacken der Dominos beruhigte sie beide. Jetzt redeten und lachten sie wenigstens, anstatt einfach stumm dazusitzen. Und es vertrieb die Zeit. Von Sean noch immer keine Spur.

**13 Uhr**

Cory war dabei, sich einen Joint zu drehen, als im Fernsehen die Mittagsnachrichten gesendet wurden. Sonia und er sahen jählings auf und hofften, nichts von Sean zu hören. Es kam nur der übliche Schrott. Im Land ging alles drunter und drüber, und keiner wusste, wie man daran etwas ändern könnte. Patienten, die starben, weil die Rettungswagen zu spät kamen ... vermisste Kinder ... Vergewaltigungen, bei denen niemand wusste, wer die Wahrheit sagte ... rassistische Anschläge ... und so weiter. Cory schüttelte ungläubig den Kopf. Außerdem hatten die Zollbehörden Haschisch im Wert von einer halben Million Pfund sichergestellt, nachdem sie ein Boot mehrere Tage lang auf der Themse verfolgt hatten.

Cory hielt seinen Joint hoch und blies dem Polizeisprecher auf dem Bildschirm, der sich mit diesem Fang brüstete, den Rauch ins Gesicht. Sonia musste lachen und sagte, er sei verrückt.

**14 Uhr**

Als Sonia zur Toilette ging und Cory dabei war, sich noch einen Joint zu rollen, klingelte plötzlich das Telefon. Cory hastete unter Schmerzen zum Hörer. Im ersten Augenblick dachte er, es wäre Sean. Ein Gefühl der Erleichterung durchströmte ihn. Als die Stimme am anderen Ende der Leitung aber Sonia verlangte, ohne auch nur zu fragen, wer er war, war ihm klar, dass er sich getäuscht hatte.

»Wer ist dran?«, fragte er barsch.

»Marcus«, bekannte der Unbekannte freimütig.

Marcus?, dachte Cory. Wer zum Teufel is'n das?

»Hey, Sonnie, da will dich einer am Telefon sprechen!«, rief er in Richtung Badezimmertür.

»Ich komm schon!«, gab sie zurück. Kurz darauf trat sie ins Wohnzimmer. Cory hielt ihr den Hörer hin und flüsterte dabei missbilligend: »Wer is'n Marcus?« Sonia nahm lächelnd auf der Armlehne von Corys Sessel Platz.

»Hallo? Wie geht's? ... Mir geht's gut. Ich hab mich heut Morgen nur nicht ganz wohl gefühlt, deswegen bin ich zu Haus geblieben ... So? ... Das tut mir Leid. Ich glaub nich, dass ich heut noch ins College geh ... *Neeee*, das halt ich nich für 'ne gute Idee ... *Hm?* ... Ach, das is Cory, der Kuseng von meinem Verlobten. Er hat sich um mich gekümmert ...« Sie warf Cory ein Lächeln zu, der grimmig den Hörer anstarrte.

»Ja, klar ... Alles in Ordnung ... Bis dann, tschüüss.«

Sie legte den Hörer auf und zwinkerte Cory zu.

»Cor, weißte was? Du und Sean, ihr seid genau gleich. Du hättest mal sehen sollen, wie Sean mich angekuckt hat, als er Marcus begegnet is.«

»Was, Sean kennt den Typ?«, fragte Cory. Das hatte er ihm gegenüber nicht erwähnt.

»Ja. Er hat ihn vorgestern gesehen, als er da war. Du kennst doch meine Freundin Marlena, die auch ins College geht, oder? Marcus ist ihr Kuseng. Er war im College und hat mich gesucht, aber natürlich nicht gefunden.«

Cory hielt es für besser, den Mund zu halten, obwohl er sich für Sonia verantwortlich fühlte, wegen seinem Cousin. Er fand es merkwürdig, dass der Typ sie zu Hause anrief und sie im College suchte. Aber schließlich war es ihre Sache, was sie mit ihrem Leben machte. Sonnie war ein ehrlicher Typ. Er glaubte nicht, dass sie sich normalerweise mit anderen Jungen traf. Aber so wie Sean sich in letzter Zeit verhielt, könnte er es ihr nicht verübeln, wenn sie plötzlich Lust hätte, andere Leute kennen zu lernen und ihren Horizont zu erweitern. Er hoffte nur, dass Sean mit ihr nicht das Gleiche erleben würde wie er mit Tanya.

**16 Uhr**

Das Kinderprogramm von ITV begann. Die Dominosteine lagen seit Stunden aufgestapelt auf dem Tisch, und Cory und Sonia saßen, zermürbt und niedergeschlagen vom stundenlangen Warten, nebeneinander auf dem Sofa. Noch immer hatten sie keine Nachricht von Sean, auch nicht aus den Nachrichten. Sie redeten über ihn, während Duffy Duck auf dem Bildschirm eins auf den Schnabel bekam, dass ihm das ganze Gesicht wegflog und er wie blind herumtappen und danach suchen musste.

»Ich versteh nicht, warum er das macht«, sagte Sonia, halb zum Fernseher hin. »Ich hab gedacht, er is glücklich. Ich hab geglaubt, ich kenn ihn. Aber in letzter Zeit war er so komisch. Vorgestern kommt er zu mir und lügt mir eiskalt ins Gesicht, dass er fertig is mit Levi und keine krummen Sachen mehr macht. Und jetzt das.«

Cory schwieg. Er war derjenige gewesen, der Sean vor dem ersten Überfall geraten hatte, Sonia nichts davon zu erzählen. Wahrscheinlich hatte sein Kuseng jetzt beschlossen, seinem Rat zu folgen und ihr den zweiten Überfall zu verheimlichen. Das hätte vielleicht auch geklappt – Sonia hatte ja keine Ahnung von der Sache gehabt – wenn nicht ausgerechnet *er* es ihr erzählt hätte.

Sean würde ausflippen, wenn er das erfuhr.

Cory rutschte unbehaglich auf seinem Sessel hin und her und sah Sonia an. »Ich weiß nicht, vielleicht liegen wir ja beide falsch und Sean macht gar nix Unrechtes. Nur weil wir nicht wissen, wo er is, muss noch lang nicht heißen, dass irgendwas nicht stimmt.«

Die Worte kamen zögernd und unsicher, aber Sonia ging sofort darauf ein.

»Ich weiß nicht«, sagte sie ebenfalls zögernd. »Levis Auto steht jedenfalls nicht vor seinem Haus. Ich hab nachgesehen.«

»Das hat nix zu bedeuten«, gab Cory zurück. »Der kann mit 'n paar von seinen Jungs einen Überfall machen.«

Sonia nickte. Cory hatte Recht. Sie sah ihn lächelnd an.

»Weißte was, ich bin froh, dass wir uns mal unterhalten hamm. Wir kennen uns zwar schon ewig, aber ... wie soll ich sagen ... ich glaub, ich hab 'ne ganz falsche Meinung von dir gehabt. Für mich warst du immer so 'ne Art Levi-Verschnitt, wegen deiner Dealerei und deinen Einbrüchen und dem ganzen Kram. Ich hab nie deine Persönlichkeit gesehen. Ich hab gedacht, du hast keine.«

Cory lachte auf.

»Nee, ganz im Ernst. Du glaubst ja gar nicht, wie viele Leute es gibt, die nur eine Fassade zur Schau tragen und nicht sie selber sind. Die so tun, als wären sie ganz anders, spielen einfach nur irgendeine Rolle, standardmäßig, immer das Gleiche: Sie spielen die knallharten Männer, die Crack-Kiffer, die ... keine Ahnung ... coolen Einbrecher oder was auch immer, verstehst du? Ich hab gedacht, du bist genauso. Aber ich hab mich total getäuscht. Entschuldige. Jetzt kapier ich, was Rosie in dir sieht, wirklich.«

Cory lachte wieder. »Siehste, jetzt kommt alles raus. Die ganze Zeit haste das gedacht? Das'n Ding.«

»Ich hab nie einen Hehl draus gemacht. Aber ich hab mich getäuscht.«

Sie unterhielten sich noch eine Weile darüber und genossen zum ersten Mal ihr Zusammensein, nachdem sie die Gegenwart des anderen zuvor eher als belastend empfunden hatten. Die Messinguhr auf dem Kaminsims tickte und tickte. Cory schien es, als wolle die Zeit überhaupt nicht vergehen.

**18 Uhr**

»COORRRY!«

Sonias Schrei durchschnitt die Stille in der Wohnung und drang bis zu Cory ins Badezimmer. Er zerrte die Trainingshose über dem wustigen Gips hoch und hastete ins Wohnzimmer. Dabei stieß er mit seinem verletzten Bein gegen die Tür.

»Komm schnell! Ich glaub, jetzt isses passiert«, sagte Sonia, als er ins Zimmer trat. Er fiel förmlich aufs Sofa in seiner Eile und starrte erschrocken auf den Bildschirm. Das Schicksal hatte die Dominosteine angestoßen, jetzt fielen sie, einer nach dem anderen, immer schneller, und waren nicht mehr zu halten.

Der schwarze Reporter Leon Hawthorne von *London Tonight* stand vor dem Schaufenster eines Juwelierladens, in dem deutlich die Einschüsse von Kugeln zu sehen waren, obwohl Hawthorne ein paar Meter entfernt stand. In der Ecke des Bildschirms blinkte in blauer Schrift das Wort *live*, um ihnen die Aktualität der Ereignisse zu verdeutlichen. Am Bildrand waren ein demolierter Vauxhall Astra zu erkennen und ein paar Kinder, die ihre Fratzen zogen und winkend »Hallo, Mama« riefen. Während Leon Hawthorne noch redete, erschien ein Polizist und brachte die Kinder weg.

»Heute Nachmittag hat sich auf dem Arnos Grove, einer belebten Straße in einem Vorort im Londoner Norden, ein Drama abgespielt«, sagte Leon gerade mit seiner wohlklingenden Stimme. »Vier bewaffnete Männer haben den Juwelierladen hinter mir überfallen. An der Stelle, wo ich jetzt stehe, haben die Männer angehalten und sind mit abgesägten Schrotflinten und Pistolen in das Geschäft gestürmt, wo sie alles mitgenommen haben, was sie in die Finger bekommen konnten. In der ausbrechenden Panik hat ein Zeuge versucht, einem der Angreifer die Waffe zu entwenden. Die Folgen waren entsetzlich. Den Namen des Zeugen will die Polizei in diesem Augenblick noch nicht nennen.«

Es wurde nun ein Gespräch eingeblendet, das offenbar kurz zuvor auf derselben Straße unmittelbar vor dem Schaufenster des Ladens aufgenommen worden war. Cory zählte acht Einschüsse in der Glasscheibe, bevor er seine Aufmerksamkeit auf den interviewten Mann richtete. Der Mann behauptete, bei dem Überfall im Geschäft gewesen zu sein. Sonia saß, die Hand auf dem Mund, wie erstarrt neben ihm und wagte kaum zu atmen.

»Meinst du, es war …«

»Schsch!«, flüsterte Cory und lehnte sich nach vorne. Der Mann auf dem Bildschirm redete laut und schnell.

»Na ja, die sin reingerannt gekomm' un hamm geschrien un geflucht wie die Kutscher. ›Nehmt die Scheiß Flossen hoch, verdammt. Los, los, macht schon!‹«

Der Mann war sehr aufgeregt, genoss aber ganz offensichtlich seine wenn auch kurzfristige Berühmtheit.

»Dann hamm wir uns alle auf'n Boden legen müssen, die

Hände überm Kopf. Ich hab gesehen, wie die Verkäuferin denen das Geld gegeben hat und dass einer so 'n Leinensack gehabt hat, wo er die ganzen Tabletts mit dem Schmuck und den Ringen reingeschüttet hat. Dabei hat er überhaupt nich drauf geachtet, was um ihn rum vor sich geht. Das hat der Schwarze gemerkt und versucht, ihm sein Gewehr abzunehmen. Ja, und dann hamm se kurz gekämpft, ne, und der andere hat ihm ein' Stoß gegeben un plötzlich hat einer von dem seinen Leuten auf den Mann geschossen. Das is alles ...«, schloss er. Es klang, als wäre es nicht genug.

Eine Stimme fragte ihn: »Wohin?«

»Hä?« Der Mann hielt sich die Hand ans Ohr.

»Wohin hat man geschossen?«, wiederholte die Stimme.

Der Mann stöhnte. »Mitten in'n Bauch, denk ich.«

Er sah direkt in die Kamera, und es hatte den Anschein, als sei ihm ein wenig übel. Dann schwenkte das Bild schon wieder auf Leon, um den herum Leute von der Spurensicherung nach Patronenhülsen suchten.

»Die Polizei hat ein besonderes Interesse an dem Fall, denn einige der Waffen, die dabei benutzt wurden, sind die neuesten, die auf dem schwarzen Markt zu bekommen sind. Man hofft, dadurch einen Hinweis auf die Quellen zu bekommen. Nach dem Überfall flohen die maskierten Männer in einem Wagen, den man ein Weile hat verfolgen können. Aber im Raum Seven Sisters verlieren sich die Spuren.

Die Polizei sucht nach einem blauen Nova GTE, mit Sonnendach und Dachgepäckträger, amtliches Kennzeichen D578 TYN, ich wiederhole, D578 TYN. Die Polizei bittet die Bevölkerung um Hilfe. Bei sachdienlichen Hinweisen wenden Sie sich bitte umgehend an die Polizei. Dabei ist äußerste Vorsicht geboten. Die Polizei warnt die Bevölkerung, sich dem Wagen unter keinen Umständen zu nähern. In einem Krankenhaus im Londoner Norden kämpft indessen ein Mann ums Überleben, das tragische Opfer einer immer heftiger über unsere Stadt hereinbrechenden Welle von Waffengewalt. Das war Leon Hawthorne für *London Tonight* vom Arnos Grove.«

Auf dem Bildschirm erschien Fiona Foster im Studio von *London Tonight*, die mit angespannter Miene die Nummer nannte, unter der die Bevölkerung Informationen zu dem Überfall an die zuständige Dienststelle weitergeben konnte. Cory sah Sonia besorgt an. Sie saß unbeweglich vor dem Fernseher.

»Oh, mein Gott«, sagte sie langsam. »Er hat es gemacht. Er hat es wirklich gemacht.«

Cory rückte näher zu ihr.

»Hey. Is alles in Ordnung mit dir? Willst du ’ne Tasse Tee oder irgendwas?«, murmelte er. Sonia hatte die Arme um sich geschlagen, obwohl es in der Wohnung warm war und draußen die Sonne schien. Wie unter Schock nickte sie. Cory humpelte in die Küche.

»Wie viel Stück Zucker?«, rief er ihr zu.

»Zwei«, antwortete Sonia fast unhörbar. Er stellte den Wasserkocher an, lehnte den Kopf gegen den Kühlschrank und drehte ihn dabei hin und her, als wolle er seine Gedanken auslöschen. Dabei redete er sich inständig zu, die Nerven zu behalten. Als sich der Wasserkocher mit einem Klicken ausschaltete, machte er ein paar Schritte auf die Tür zu und rief mit hoffnungsvoller Stimme ins Wohnzimmer.

»Das können ganz andere gewesen sein, hörst du. Es gibt genug Typen, die bewaffnete Überfälle machen.«

Er löffelte Zucker in die Tassen und hängte die Teebeutel hinein. Da kam Sonnies Antwort. Ihre Stimme klang leise, aber bestimmt.

»Das war *er*, Cory. Es passt alles zusammen. Das kann nur er gewesen sein.«

Cory stimmte stumm zu. Er goss Wasser und Milch in die Tassen, rührte mechanisch um und verfluchte sich zum hunderttausendsten Mal. Dann trug er die Tassen humpelnd ins Wohnzimmer. Sonia hatte wieder zu weinen begonnen und presste die Fäuste auf den Mund, um ihr Schluchzen zu ersticken.

»Es tut mir Leid«, schniefte sie. Sie versuchte, die Tränen zurückzuhalten, aber es gelang ihr nicht. »Ich will nur meinen Sean zurück.«

Cory schloss die Augen. Wieder waren seine Schuldgefühle aufgeflammt und brannten in ihm lichterloh.

**22 Uhr**

Sonia lag wie eine bettlägerige alte Frau in eine Decke gewickelt auf dem Sofa. Cory saß ihr gegenüber auf dem Sessel. Seine Augen waren rot und sein Kopf fühlte sich an wie Watte. Seans Freundin schlief seit einer Stunde und Cory war allein mit seinen Gewissensbissen. Es machte ihm nichts aus. Seit dem Tag, als Sean mit freudigem Gesichtsausdruck in den Krankensaal getreten war, um ihm mitzuteilen, dass er beschlossen hatte, ihn aus Levis Klauen zu befreien, peinigte ihn sein Gewissen. Er sollte sich inzwischen daran gewöhnt haben.

Levi ...

Dieser verfluchte falsche Dredd, dachte Cory.

Aber seine innere Stimme sagte ihm, dass er nicht die anderen dafür verantwortlich machen konnte, sondern nur sich selbst.

Aber Cory war nicht sicher, ob das wirklich stimmte. Es war richtig, dass Sean wegen ihm in diese Sache hineingeraten war. Cory war so etwas wie ein Katalysator gewesen, der einen Funken zu einer Stichflamme auflodern ließ. Dadurch wurde etwas in Sean entzündet, von dessen Existenz niemand etwas geahnt hatte. Aber das war ganz und gar nicht vorhersehbar gewesen. Der Dredd war derjenige, der Sean für seine Zwecke benutzte wie einen kleinen Drogendealer und ihn höchstwahrscheinlich noch mit Crack fütterte. Wie sonst sollte Sean auf den Geschmack gekommen sein?

Es war nicht besonders spät, aber Cory war groggy. Er hatte vor kurzem Rosie angerufen und dabei den scharfen Tonfall ihrer Tante ignoriert. Er hatte Rosie gesagt, dass er sich heute nicht mir ihr treffen könne, weil es »passiert« sei. Sie wusste sofort, wovon er sprach, und bot ihm an, zu Sonnie zu kommen, um ihm Gesellschaft zu leisten. Cory lehnte ab. Er wollte sie nicht noch tiefer in die Sache hineinziehen. Gerade weil sie völlig außerhalb von dem stand, was plötzlich in sein Leben eingebrochen war, unterhielt er sich so gerne mit ihr. Und er wollte, dass das so blieb. Rosie war einverstanden, sagte aber, dass sie ihn morgen unbedingt sehen müsse, weil sie noch ein paar »Sachen zu erledigen« hätten. Wenn ihm Levi nicht alles vermasselt hätte, wäre er jetzt bei ihr.

Er lachte über sich selbst im Dunkeln. Sonia schnarchte

kaum hörbar. Er wünschte, Sean käme endlich zurück. Er wünschte, er wäre reich und könnte einfach seine Familie nehmen und irgendwoanders hingehen. In ein anderes Land, wo man den blauen Himmel sah, anstatt endlose Wochen lang nur Wolken und Grau. Er wünschte, Levi würde Sean in Ruhe lassen. Ihn wieder das tun lassen, was er am besten konnte: Lernen und sein bester Freund sein. Weil er ihn brauchte und seine Nähe schmerzlich vermisste.

»Wenn Wünsche Pferde wären, würden alle Bettler reiten.« Das war einer von Bernices Sprüchen, über den sie als Kinder immer gelacht hatten, die Vorstellung von berittenen Stadtstreichern hatten sie irrsinnig komisch gefunden. Jetzt, wo er älter war und das Wünschen alles zu sein schien, was ihm blieb, bekam das Bild einen Sinn. Sean war davongeprescht, nur von dem Wunsch getragen, die materiellen Dinge des Lebens zu erringen.

## *Fünfzehntes Kapitel*

Levis flaschengrüner Vauxhall Frontera hielt gegen neun Uhr vormittags an seinem üblichen Parkplatz vor Beechwood House. Im Viertel war alles ruhig. Die wenigen Leute, die am Wagen vorbeikamen, waren entweder Eltern, die ihre Kinder in letzter Minute zur Schule brachten, oder Schüler, die ebenfalls zu spät waren, es aber nicht halb so eilig hatten. Die Insassen des Wagens unterhielten sich eine Weile, dann stiegen sie aus. Sie hatten schwere Beutel in der Hand. Levi ging zum Kofferraum und fischte zwei ähnlich aussehende Taschen heraus. Die anderen vier – Sean, Clarence, Gary und ein hellhäutiger Mischling namens Mo – warteten an der Treppe, die zu Levis Block führte.

Ein kleiner, weißer Junge spielte dort mit einer leeren Blechdose Fußball und schien sie überhaupt nicht wahrzunehmen. Er sah sauber und ordentlich aus in seiner schwarzen Schuluniform. Als Levi an ihm vorbeiging, sah der Junge von seinem geräuschvollen Spiel auf. Erst jetzt bemerkte er die Jungs mit den Säcken.

»*Raa*, Mann. Wo wollt'ern mit dene volle Säcke hin, he?«, fragte er und sah sie neugierig an. Levi kraulte ihm im Vorbeigehen den Kopf und lachte. Sein Versuch, den jamaikanischen Street-Talk nachzuahmen, erheiterte auch die anderen. Der Junge strahlte sie an.

»Bleib ruhig und sieh zu, dass de in die Schul kommst«, antwortete der Dredd locker und stieg, von den anderen gefolgt, die Treppen hinauf. Dabei wandte er sich um und flüsterte den Jungen leise etwas zu.

»Dem seine Mutter steht auf schwarze Männer. Un wie, Star! Sieht dabei noch gut aus, verstehste. Ich glaub, der muss ich mal wieder ’nen Besuch abstatten. Wisst er was, da gehn wer alle mal hin, Star.«

Die Jungen lachten pflichtschuldig. Sean musste an Amanda Brooks aus der Soziologiestunde denken. Er hatte schon lange nicht mehr an seine Schule oder Amanda oder Sam Boyd gedacht. Was sie wohl machten. Die Welt, der sie angehörten, war so unendlich weit entfernt von dem, was er in den letzten vierundzwanzig Stunden gesehen und getan hatte. Der Sack in seiner Hand fing an zu zittern von der Anspannung, die ihm noch immer in den Knochen saß. Seans Gesicht wirkte eingefallen und grau. Außerdem war ihm schlecht.

Schon in Shawnas Wohnung hatte er sich übergeben müssen. Er hatte versucht, dabei so leise wie möglich zu sein, damit es die anderen nicht hörten. Jetzt kam es ihm schon wieder hoch. Sein krankes Hirn spulte zum x-ten Mal die Schussszene ab: der Knall der abgesägten Schrotflinte, das Blut, das überall hinspritzte, sogar auf seine Kleider. Er würgte leise, hob den Sack auf seine schmerzenden Schultern und versuchte verzweifelt, den Gedanken beiseite zu schieben.

In Levis Wohnung war es ruhig, dunkel und kühl. Sean ging sofort zur Toilette. Den Sack ließ er im Flur stehen. Er hörte gerade noch, wie einer der Hausbesetzer aus dem Pfeifenraum kam und ihnen zu ihrem Erfolg gratulierte.

Sean schloss hinter sich ab und schaffte es gerade noch zur

Toilette, bevor sich sein Frühstück in einem geräuschvollen, stinkenden Schwall in die Schüssel ergoss. Er klammerte sich keuchend mit beiden Händen an dem glatten Porzellan fest und würgte noch ein paar Mal, bis er sicher war, dass alles draußen war. Dann stand er auf, wusch sich das Gesicht und versuchte, seinem Spiegelbild auszuweichen. Als sein Blick schließlich doch in den Spiegel fiel, betrachtete er fast ängstlich sein Gesicht.

Er hatte den Blick eines gehetzten Tieres, und seine Haare standen unordentlich vom Kopf ab, obwohl sie kurz geschnitten waren. Er wirkte ungepflegt. Auf seinen ohnehin alten Kleidern klebten noch immer Stücke von dem Mann, auf den geschossen worden war, sprenkelten seine Jacke und seine Jeans mit einem unregelmäßigen Muster, das eine Bedeutung zu haben schien, die er nicht begriff. Er wartete, bis der Schwindel in seinem Kopf nachließ, dann schloss er die Tür auf, nahm seinen Beutel und ging ins Hinterzimmer.

Levi drehte gerade einen Joint. Gary und Clarence verglichen den Inhalt ihrer Säcke, nur Mo saß allein und etwas verloren da. Er wirkte verängstigt. Levi hatte den Jungen als Ersatz für Darren benutzt, der ihm »zu schlau« war, wie der Dredd sich ausdrückte. Mo war Feuer und Flamme gewesen, bis es dem Mann den Bauch zerfetzt hatte. Seitdem hatte er kaum ein Wort gesagt, und alle Versuche, ihn aufzuheitern, waren gescheitert. Er schien sich in seine eigene Welt zurückgezogen zu haben. Levi beachtete ihn nicht und sagte zu den anderen, er sei halt jung und das sei sein erster Job. Mo war zwölf.

Levi entleerte die Säcke, und nachdem er den glänzenden Haufen einen Augenblick lang betrachtet hatte, forderte er die

Jungs auf, sich die Taschen damit zu füllen. Sie könnten sich nehmen, was sie wollten. Clarence und Gary schnappten sich die größten Stücke, die sie finden konnten. Sean hielt es für sinnlos, etwas zu nehmen, was er nicht selbst tragen konnte. Außerdem wollte er auf dem Weg zu Sonia nicht geschnappt werden. Er fragte Levi, ob er sich den Rucksack ausleihen könnte, der am Tag zuvor in der Wohnung herumgelegen hatte, um eilig viele kleinere Sachen wie Ringe, Halskettchen und Uhren hineinzustopfen. Es war eine ganze Menge zur Auswahl da, schließlich lagen sechs Beutel mit Goldsachen auf dem Boden. Als sie fertig waren, gab Levi jedem seinen Anteil vom Bargeld, für jeden knapp einen Tausender. Sean warf Levi einen verschlagenen Blick zu.

»Was ich noch fragen wollt«, sagte er beiläufig. »Was is eigentlich mit den ganzen Schecks und dem Zeugs aus der Kasse?«

Levi lachte und fasste sich an die Nase. »Bist ’n schlauer Fuchs. Aber du musst wissen, wann de fragst und was de fragst, wenn de verstehst, was ich meine?«

Kopfschüttelnd nahm Sean ein paar Züge an seinem Zook, bevor er ihn Mo reichte. Der Junge nahm ihn wortlos und machte einen Lungenzug. Sean tat es weh, den lebhaften Jungen in diesem jämmerlichen Zustand zu sehen. Aber das war ja nicht sein Problem. Er verabschiedete sich von den anderen und versprach Levi, sich bald bei ihm zu melden. Dann verließ er müde mit seinem Rucksack voller Gold die Wohnung.

Höchste Zeit, dass er zu seiner Freundin ging.

Mit dem Ersatzschlüssel, den Sonia ihm geliehen hatte, schloss er die Wohnungstür auf. Das warme Licht, das durch das

Wohnzimmerfenster fiel, und das laute Vogelgezwitscher stimmten Sean ein klein wenig heiter. Er trat in die Wohnung und schloss die Tür hinter sich.

Auf dem Sofa lag jemand in eine von Sonias dicken Decken gewickelt, den er sofort für Marcus hielt. Entschlossen steuerte er auf das Sofa zu, um ein ernstes Wörtchen mit dem Brother zu sprechen. Sean brauchte offenbar nur den Rücken zu kehren, da tauchte der Kerl wieder bei ihr auf.

Als er näher kam, sah er die Krücken auf dem Boden liegen. Erst da erkannte er Cory. Freudig überrascht betrachtete er seinen schlafenden Cousin. Er sah kaputt aus. Sean beschloss, ihn schlafen zu lassen, und schlich auf Zehenspitzen in Sonias Zimmer.

Der Anblick seiner Freundin, die, einen Arm über dem Kopf, mit leicht geöffnetem Mund dalag und ganz leise schnarchte, versetzte seinen Schwanz in Aufruhr. Er musste lächeln. Wenn sie schlief, sah sie wie eine Göttin oder eine Prinzessin aus. Sie wirkte so unschuldig wie ein Kind, dem seine Reize nicht bewusst sind. Es war eine Schönheit, die nur der Schlaf brachte oder der Tod. Er setzte sich auf das Bett und betrachtete sie. Ihre Lippen, das Haar, die Linie ihrer Wangen und den schlanken Hals. Diesen Augenblick, dieses Bild wollte er in seinem Kopf bewahren, um die bösen Gedanken zu verscheuchen, die ihn immer wieder überfielen.

Mit einer Schulterbewegung ließ er den Rucksack vom Arm gleiten und schob ihn vorsichtig unter das Bett. Er warf noch einen langen Blick auf seine Freundin, dann berührte er sie leicht an der Schulter, beugte sich über sie und flüsterte ihren Namen. Sie öffnete die Augen und lächelte ihn an. Doch einen

Augenblick später, als die Erinnerung zurückkehrte, gefror ihr Lächeln und erstarb.

»Sean?«

Sie setzte sich mühsam auf, rieb sich den Schlaf aus den Augen und schob Sean mit einer schnellen Bewegung in Richtung Fußende des Bettes. Er musste über ihre Verwirrung lächeln.

»Verdammt noch mal, wo warst du? Ich hab die ganze Nacht auf dich gewartet.«

Er sah sie verdutzt an. Ihre heftige Reaktion wollte überhaupt nicht zu dem unschuldigen Anblick passen, den er vor wenigen Sekunden noch vor Augen gehabt hatte. Verunsichert zuckte er mit den Schultern und ging in die Defensive.

»Ich hab Verschiedenes zu erledigen gehabt, Mann. Paar wichtige Sachen, verstehst du?«

Sonia schnalzte ungläubig mit der Zunge.

»Sean!« Ihre Stimme war jetzt eine Oktave höher. Sie ließ ihrem Ärger freien Lauf. »Sean, was ist eigentlich los mit dir? Du hast alle angelogen, damit du deine ... *Sachen* erledigen kannst. Und jetzt versuchst du schon wieder, mir irgend'ne Story aufzutischen. Aber nicht mit mir, Sean. Ich mach das nicht mehr mit.«

»Das is keine Story, ich lüg dich nich an, Sonnie ...«, begann er.

»Sean, du hast einen *Juwelierladen* ausgeraubt ... Dabei is ein Mann *erschossen* worden«, schrie sie ihn an. »Siehst du nicht, wo du dich da reinmanövrierst mit dem Scheiß Levi und seinen Crackhead-Kumpanen. Bist du blöd, oder was?«

Die gedämpften Schreie rissen Cory im Wohnzimmer aus dem Schlaf. Er setzte sich gähnend auf, entschlossen, in das

Zimmer nebenan zu gehen, um zwischen den streitenden Parteien zu schlichten. Er schob die Decke zur Seite, als er einen neuen Wortschwall von Sonnie hörte. Da änderte er seine Meinung und ließ sich in den Sitz zurücksinken. Er war doch nicht blöd.

Langsam legte sich Sonias Wut. Sie hörte auf zu schreien, aber ihr Blick war noch immer aufgebracht. Sean saß mit gesenktem Kopf da und rieb die Lippen aneinander, wie immer, wenn er angestrengt nachdachte.

Er wollte Sonnie von seiner Angst erzählen. Von dem Gefühl, als die Kugeln flogen. Aber er konnte nicht. Sein Stolz ließ es nicht zu. Es war ihm unmöglich, seiner Freundin diesen Moment der Schwäche zu gestehen, auch wenn sie noch so gerechtfertigt war. Bestürzt stellte er fest, wie sehr er sich für seine Übelkeit schämte, die ihn beim Anblick des verletzten Mannes befallen hatte. Er würde es nie fertig bringen, Sonia das zu erzählen.

Sie beugte sich nach vorn.

»Weißt du überhaupt, welche Sorgen sich deine Schwester um dich macht?«, sagte sie ruhiger. Sie wollte ihn nicht einschüchtern.

Sean sah abrupt auf. »Shannon? Sag bloß, sie weiß Bescheid!«

Sonias eisiger Blick begann zu schmelzen. »Nein ... Aber sie ahnt was. Wir sind alle keine Idioten, verstehst du. Auch wenn du und deine Kumpels das vielleicht denkt. Weißt du, dass Cory fast die ganze Nacht mit mir auf dich gewartet hat? Natürlich nicht. Du warst ja zu beschäftigt. Du hast ja Gangster spielen müssen, oder?«

Das saß. Sean krümmte sich innerlich unter ihren Vorwürfen. Er hatte Schuldgefühle, aber sein Blick funkelte böse.

»Cory war heute Nacht bei dir?« Seine Stimme klang belegt. »Ich meine, *hier drin*?«

Sie beschloss, nicht darauf zu antworten, und erwiderte seinen Blick. Schließlich beugte sich Sean nach vorn und zog zu Sonias Überraschung einen Rucksack unter dem Bett hervor. Als er sie wieder ansah, war sein Blick entschuldigend.

»Okay, das war nicht in Ordnung. Tut mir Leid, Sonnie. Aber kuck mal hier ...« Sonia wollte ihn unterbrechen, aber er hob abwehrend die Hand. Sie schwieg und lehnte sich wartend zurück. »Sag jetzt einen Augenblick lang mal nichts und lass mich mal was sagen. Weißt du, was das hier wert is?«

Er stellte den schweren Rucksack auf das Bett und öffnete ihn, damit sie hineinsehen konnte. Ihren Augen bot sich ein unglaublicher Anblick. Sachen, die sie unzählige Male bei ihren Einkäufen in den Schaufenstern angestarrt hatte, glitzerten und funkelten vor ihren Augen. Goldringe mit eingefassten Münzen und großen Edelsteinen, die in kühlen Farben schimmerten. Ineinander verschlungene Armbänder und Ketten, von denen man nicht sagen konnte, wo sie anfingen oder endeten.

»Da is Gold im Wert von dreitausend Pfund in dem Sack, ohne das Bargeld gerechnet«, sagte Sean voller Begeisterung. »Zusammen is das mehr, als ein Arbeitsloser im Jahr bekommt. Und das von zwei Dingern ... Nur zwei, Sonnie! Ich brauch kein einziges Mal mehr mitzumachen, verstehst du? Alles kann wieder so laufen wie früher, ganz normal.«

Er bekniete sie richtiggehend und versuchte dabei, nicht so zu scheinen.

Das hast du mir schon mal erzählt und das is einmal zu viel, dachte Sonia. Seans Worte hatten sie wieder in die Wirklichkeit zurückgeholt und den Bann der glitzernden Schätze gebrochen. Sie wandte den Blick ab, weg von dem Rucksack und weg von Sean, so als ertrüge sie weder den Anblick des einen noch des anderen. Dennoch verschwanden beide nicht aus ihren Augenwinkeln, wohin sie auch sah. Sean zog besorgt den Rucksack zu, als er Sonias monotone, unendlich müde klingende Stimme hörte.

»Also gut, Sean. Du hast gesagt, was du sagen wolltest. Jetzt nimm deinen Rucksack und geh. Und zwar sofort. Offenbar ist es dir egal, dass ihr bei der Sache auf einen Mann, einen *schwarzen* Mann, geschossen habt. Du und deine neuen Freunde ...«

»VERDAMMT NOCH MAL, SONIA. ICH HAB AUF NIEMAND GESCHOSSEN!«, explodierte Sean und wirbelte herum in dem verzweifelten Wunsch, dass sie ihm glaubte. Sonia zuckte unwillkürlich zusammen. Sein wilder Blick hatte ihr einen Augenblick lang Angst eingejagt.

Cory saß nervös im Wohnzimmer. Sollte er hineingehen? Er wollte eigentlich, aber er konnte seine Beine nicht dazu bringen, sich zu bewegen. Stattdessen zündete er sich den halben Joint noch einmal an, der über Nacht im Aschenbecher liegen geblieben war, und beschloss, noch etwas zu warten.

In Sonias Zimmer schwang sich Sean den Rucksack auf den Rücken. Sein Gesicht war wie Stein. Sonia ließ ihn wortlos aufstehen und zur Tür gehen. Sie wich seinem Blick aus. Am liebsten hätte sie ihn zurückgerufen, aber ihre Sturheit behielt die Oberhand. An der Tür blieb Sean stehen und drehte sich noch einmal zögernd zu ihr um.

»Hör mal, Sonia ... Wenn jemand kommt und nach mir fragt ... Polizei, mein ich ... wenn du dann nur sagen könntest, dass ich gestern bei dir war.«

Endlich sah sie auf. Tränen liefen ihr über die Wangen. Sie wischte die feuchten Linien mit dem Handrücken weg.

Mist, dachte sie ärgerlich. Weinen war das Letzte, was sie jetzt wollte. Sie konzentrierte ihre Wut wieder auf Sean.

»Mach, dass du rauskommst, Sean. Und lass dich erst wieder hier blicken, wenn du wieder normal bist.«

Sean seufzte laut hörbar, dann schlug er die Tür hinter sich zu. Sonias Tränen trafen ihn wie ein Messer direkt ins Herz. Er hasste sie. Entschlossen stampfte er ins Wohnzimmer, wo sein Cousin auf dem Sofa saß und wahrscheinlich alles mitbekommen hatte. Er war gerade dabei, sich einen Joint zu drehen. Cory sah zu Sean auf, keine Spur eines Lächelns in seinem Gesicht.

»Was' los, Cuz? Was gibt's? Man sieht dich gar nich mehr, Star.«

Sean nickte. Er war wie immer froh, Cory zu sehen.

»Gut, gut. Weißt ja, wie's so geht.«

Er hievte den Rucksack von der linken auf die rechte Schulter. Er wusste nicht recht, was er sagen sollte. Cory musste den ganzen Streit mit Sonia gehört haben. Cory deutete auf den Rucksack.

»Und, sin das die Sachen da?«

»Ja, Mann.«

Sean sah sich um, als fiele ihm jetzt erst auf, wo sie waren.

»Hör zu, wir gehn erst mal raus, Star. Sonnie is ziemlich schlecht drauf.«

Cory nickte und griff nach seinen Krücken, um sie zum Aufstehen zu benutzen. Stumm verließen sie die Wohnung, gingen den Gang entlang zum Aufzug und traten schließlich auf die sonnige Straße.

»Du musst mir mit mei'm Alibi helfen, Mann«, platzte Sean heraus. »Sonia schaltet auf stur. Kann sein, dass die Bullen kommen, wenn nich alles nach Plan läuft, und da muss ich denen was erzählen können, verstehst du? Ich war überzeugt, Sonnie würd mich rausreißen, aber die sagt nur noch, dass se mich hasst, Star. Das is also gestorben. Was sagst'n, Star. Machste das für mich, oder was?«

Cory dachte einen Augenblick nach, obwohl er längst wusste, was er tun würde.

»Was ist'n überhaupt passiert, Star?«, sagte er und wechselte erst mal das Thema. »Wer hat'n auf den Brother geschossen?«

In Seans Gesicht spiegelte sich plötzlich die blanke Wut.

»Soll ich dir sagen, wer das war, Cuz? Das war das Schwein von Levi. Er hat überhaupt keinen Grund dazu gehabt. Aber der hält einfach drauf und drückt ab ...«

Sean schwieg und sah zum Himmel, als spiele sich dort alles noch einmal ab, wie auf einer riesigen Kinoleinwand.

»Der hat geheult, Mann, und alles, bevor er bewusstlos geworden is, weißte das? Überall war Blut und ... ekliges Zeug, halb verdautes Essen oder was ... auf'm ganzen Boden ... Und der Mann hat gezittert wie sonst was, Mann. Einer von uns, Gary, hat den ganzen Scheiß ins Gesicht gekriegt. Und kuck mal ...« Er zeigte Cory angewidert sein Sweatshirt. »Wie ich ausseh. Zum Kotzen, oder?«

Cory nickte und betrachtete kopfschüttelnd Seans Kleider.

»Voll krass. Sonnie und ich hamm in den Nachrichten gehört, dass es ziemlich schlecht mit ihm aussieht. Kritischer Zustand, hamm se gesagt. Der macht's wahrscheinlich nich mehr lang.« Corys Stimme klang düster.

Deshalb hat Sonnie so genau Bescheid gewusst, dachte Sean. Und mit einem Mal kam es ihm vor, als wären alle Augen auf ihn gerichtet. Da fiel ihm wieder ein, was Cory gerade gesagt hatte.

»Wieso warst'n eigentlich bei Sonnie? Fällste mir in'n Rücken, oder was?«, brummte er mürrisch.

Cory wurde ungewöhnlich still. Er wagte nicht, seinen Cousin anzusehen. Sean warf ihm einen kurzen Seitenblick zu und bemerkte den schuldbewussten Ausdruck in Corys Gesicht. Plötzlich fühlte er sich innerlich hohl. Sein Magen krampfte sich zusammen. Cory und seine Freundin hatten die ganze Nacht allein in ihrer Wohnung verbracht.

»Cory, verdammte Scheiße, was ist'n los?«, fuhr er ihn an und hoffte, Cory räumte seinen Verdacht vollständig aus. Er war zu erschöpft, um noch klar urteilen zu können. Eine unerklärliche Wut stieg in ihm auf. Corys Antwort kam völlig überraschend.

»Okay, Sean, ich war's«, gab Cory zu und sah ihn mit großem Bedauern an.

Sean verzog das Gesicht. Er verstand nicht. »Wovon redest'n du, Mann. Was meinst'n damit?«

Es entstand eine Pause. Cory war klar, dass es jetzt kein Zurück mehr gab, also sprach er weiter. Es war ihm auch lieber, wenn alles raus war. Er hatte keine Lust, Sean anzulügen. Zögernd begann er zu erklären.

»Ich hab Sonnie erzählt, dass du das Ding drehst. An dem Morgen isse zu uns nach Haus gekommen und war völlig fertig. Da hab ich nich anders gekonnt, Mann ... Sie hat geheult und ein Theater gemacht, dass Shannon fast alles mitgekriegt hätt. Tut mir Leid, Blood, aber ich hab einfach nicht gewusst, was ich machen soll, Mann ...«

»Du hast mich bei Sonia verpfiffen?«, unterbrach ihn Sean. Es klang ärgerlich. Stattdessen war er erleichtert, dass ihn die beiden nicht betrogen hatten. Es ärgerte ihn ein bisschen, dass Cory nicht dichtgehalten hatte, doch er war schlau genug, nicht durchblicken zu lassen, was er eigentlich befürchtet hatte. Ärger war die angemessenste Reaktion, beschloss er. Aber als er seinen Cousin ansah, war ihm klar, dass er ihm nicht lange böse sein konnte.

»Verdammt noch mal, Sean. Keine Ahnung, was da in mich gefahrn is ... Ich versprech dir, das passiert mir nie wieder, glaub mir. Aber ich hab's nur für dich gemacht, Sean – du kannst dir gar nich vorstellen, was ich mir gestern für Sorgen gemacht hab ...«

Das gab den Ausschlag. Sean drehte sich von Cory weg und sah noch einmal zum Himmel und dem Wald von Wohnblöcken hinauf, die sie umgaben. Er konnte nicht so tun, als wäre er Cory böse, wenn er genau wusste, dass er im Unrecht war. Wieder schoss ihm das Bild von dem Mann im Juwelierladen durch den Kopf, den die Kugeln durchsiebt hatten. Übelkeit stieg in ihm auf. Er bemühte sich, seine Stimme normal klingen zu lassen.

»Was is jetzt, deckste mich oder nich?«, fragte er, so mürrisch er konnte.

Cory blieb wie angewurzelt stehen und zwang seinen Cousin, ebenfalls innezuhalten. Mit einem halben Lächeln auf den Lippen hob er eine Krücke und berührte damit den Rucksack. Dann war seine Miene wieder ernst.

»Klar deck ich dich, Mann. Aber unter einer Bedingung. Dass dann Schluss ist. Ganz im Ernst. Die Seite an dir gefällt mir nämlich nich. Die passt nich zu dir. Das bist du nich, verstehste?«

Seans Miene erhellte sich, aber er wirkte etwas befangen. Alles, was er vorher Sonia nicht hatte offenbaren können und wahrscheinlich auch später keinem anderen Menschen mehr anvertrauen würde, strömte mit einem Mal aus ihm heraus.

»Das kannste mir glauben, dass ich das nich bin. Ich hab mich bei Levi erst mal übergeben wegen dem Brother. Es wundert mich überhaupt nich, dass der in ’nem kritischen Zustand is, ehrlich gesagt. Levi hat direkt vor dem Mann gestanden, als er auf ihn geschossen hat. Mir dreht sich noch immer der Magen rum, wenn ich dran denke, ehrlich. So ein Scheiß mach ich nich mehr mit, auf keinen Fall. Weißte, wie Sonnie mich angekuckt hat?« Er schob den Daumen unter den Riemen seines Rucksacks und rückte ihn zurecht. »Nich mal für zehnmal so viel, Mann.«

»Heißt das, dass du aufhörst, mit dem falschen Dredd Dinger zu drehen?«, bohrte Cory nach.

Sie sahen sich an. Einen Augenblick lang herrschte gespanntes Schweigen zwischen ihnen. Dann erschien ein breites Lächeln auf Seans Gesicht.

»Ja, Mann. Mit dem Kram bin ich fertig ... Ich schwörs, das is das letzte Mal gewesen, Cory ... Ich will nix mehr damit zu tun hamm.«

Cory nickte ernst. Als sie weitergingen, fühlten sich beide besser. Plötzlich fiel Cory etwas ein. Lachend wandte er sich an Sean. »Sobald wir dich und deinen Beutesack von der Straße geschafft hamm, kannste das ganze Zeug mir geben, wenn du willst!«

Sean warf lachend den Kopf zurück. »Fuck you, Mann. Im Übrigen hab ich einen Ring aus Sterlingsilber für dich, wenn du ihn willst. Kannst ihn auch Rosie schenken.«

Cory lachte mit. So lebendig hatte er sich seit Tagen nicht mehr gefühlt. Sean hatte Licht am Ende des Tunnels gesehen und gemerkt, dass Levi kein Umgang für ihn war. Es war traurig, dass fast ein Mann hatte draufgehen müssen, bevor Sean zur Vernunft gekommen war, aber so war das Leben nun mal und es konnte ganz schön beschissen sein. Er lächelte Sean gutmütig an.

»Du warst schon immer ein Geizkragen«, scherzte er und musste wieder lachen. »Das hätt mir längst klar sein müssen. Du hast mich ja auch nie mit deinen *Star Wars*-Sachen spielen lassen, als wir noch klein waren.«

Ausgelassen gingen sie unter dem Vordach des Hochhauses hindurch und winkten dabei der alten Afrikanerin zu, die an der Pförtnertheke Dienst machte. Als sie vor dem Aufzug standen, kicherten sie noch immer. Ungeduldig betrachteten sie die Leuchtziffern, die den Lift ankündigten. Da fiel Cory plötzlich etwas ein.

»Weißte was, Alter. Ich find, wir hamm heut was zu feiern, oder nich? Ich geh uns schnell 'ne Flasche Brandy holen. Bin gleich wieder da.«

Sean nickte zustimmend, auch wenn er innerlich daran zweifelte, dass es schon was zu feiern gab. Außerdem war er so müde, dass er einen ganzen Tag hätte schlafen können. Trinken war das Letzte, wozu er Lust hatte. Aber Cory sah so glücklich aus, dass er es ihm nicht abschlagen konnte. Er klopfte seine Taschen nach Geld ab.

»Keine Sorge, Mann. Ich mach das schon. Ich hab Geld dabei«, sagte Cory, schon halb unterwegs.

»Respect, Blood.« Sean sah Cory dankbar an.

»Bin gleich wieder da«, sagte Cory und humpelte davon.

Der Aufzug forderte Sean mit einem leisen Läuten zum Einsteigen auf. Er drückte den Knopf für sein Stockwerk und musste wieder an Sonias Reaktion denken.

Sie wird sich wieder abregen, versuchte er sich zu beruhigen. Aber er war nicht sicher, ob er das selbst glaubte. So wütend hatte er sie noch nie gesehen. Das war kein gutes Zeichen. Ich ruf sie morgen an, nahm er sich vor. Er hatte den Fehler gemacht, vor ihr den harten Mann zu spielen, anstatt ihr einfach die Wahrheit zu sagen. Er war so schockiert und verängstigt gewesen von dem, was er erlebt hatte. Aber für sie würde er alles tun. Er konnte den Gedanken nicht ertragen, Sonnie zu verlieren. Er musste sie zurückgewinnen.

Gut gelaunt und in der Hoffnung, vom Brandy bald noch besser gelaunt zu sein, machte sich Cory auf den Weg zu den Geschäften. Die Sonne schien. Er spürte ihre Wärme auf dem Rücken. Obwohl es noch früh war, waren die Straßen belebt und vor dem Spirituosenladen lungerten bereits etliche Trinker und Nichtstuer herum. Aus der benachbarten Bäckerei kam ein Junge und blieb, kaum dass er an ihm vorbei war, stehen. Cory sah ihn erst gar nicht.

»Cory?« Er drehte sich um. »Mann, Cory, wie gehts'n so? Rennst einfach an mir vorbei oder was, du Arsch!«

Sein alter Schulfreund Craig Price grinste ihn mit einem verschlagenen Lächeln an. Cory war überrascht, ihn zu sehen. Er hatte gedacht, Craig sei schon lange nicht mehr in der West Londoner Szene unterwegs. Über das ganze Gesicht strahlend, humpelte er auf ihn zu.

»Was'n los, Mann. Hab dich ja schon ewig nich mehr gesehen, Star«, erwiderte Cory erfreut.

Craig grinste noch immer und hielt Cory zur Begrüßung die Hand hin, der umständlich mit seinen Krücken herumfuchtelte, bis er seinem Gegenüber schließlich, etwas verlegen grinsend, die Hand schütteln konnte.

»Hab von dir gehört, Mann!« Craigs Cockney-Akzent hatte sich in der Armee noch verstärkt. »Wie ist'n der Scheiß passiert, Mann?«

Cory seufzte. »Würd zu lang dauern, wenn ich dir das alles erzählen wollt, echt, Mann. Ich hab mit 'n paar Typen aus dem Viertel drüben Ärger gehabt, Mann. Das is alles. Ich erzähl dir's nächstes Mal.«

Cory schwieg. Er freute sich, seinen alten Freund wiederzusehen, und wollte zur Abwechslung mal was anderes hören.

»Seit wann biste wieder in Greenside, Mann. Wo kommst'n her?«

Craigs Augen begannen zu leuchten. »Ich? Direkt aus Mekka, Alter. Ehrlich, da fühlste dich wie im Himmel.«

»*Mekka*?« Cory sah seinen Freund verdutzt an. »Erzähl mir bloß nich, dass de Moslem geworden bist.«

Der Junge musste lachen und schüttelte den Kopf. »Nee,

Mann. Ich war in Amsterdam. Das isses Mekka für Drogen, Blood. Musste dir mal ankucken. Oder warste schon mal da?«

Cory schüttelte bedauernd den Kopf und lachte.

»Mann, das is der Wahnsinn, sag ich dir. Hundert verschiedene Sorten Gras gibt's da. Und du kannst dein' Joint locker auf der Straße rauchen, direkt vor den Bullen, obwohl die Knarren hamm. Und die Weiber, sag ich dir! ... O Mann, das wär was für dich, im Ernst, Mann.«

»Wie lang warst'n da?«

»Eine Woche, aber das war's wert, Alter.«

Craig sah aus, als wäre er noch immer da. Seine Augen waren klar, aber sie glänzten und er schien voller Energie.

»Und was is mit der Scheiß Armee? Haste Urlaub, oder was?«, wollte Cory wissen.

Craig kicherte. »Genau. Sozusagen permanenten Urlaub. Die hamm mich rausgeschmissen, weil se mich und mein' Kumpel beim Dealen erwischt hamm.«

»O Mann, was hat'n dein Alter dazu gesagt?«

»Ach, der war okay. Hat mir 'ne Ohrfeige verpasst und damit war die Sache erledigt, Mann. Ich kann mir 'n andern Job suchen oder auch nich, verstehste. Wie ich grad Lust hab. Wie gehts'n eigentlich Sean?«

»Ach, cool. Alles klar, Mann.«

»Und Garvey? Dealt er immer noch mit Es?«

»Mal mehr, mal weniger«, antwortete Cory und dachte, dass in letzter Zeit eher Ersteres zutraf.

Craig warf ihm einen nachdenklichen Blick zu, als wäge er etwas in seinem Kopf ab, bevor er Cory mit einer Kopfbewegung aufforderte, die Straßenseite zu wechseln, wo eine Reihe von Autos parkten und weniger Leute unterwegs waren. Cory folgte ihm und fragte sich, was Craig wohl von ihm wollte.

»Ich erzähl dir jetzt was, Alter. Das muss aber unter uns bleiben, okay?«, sagte Craig ernst.

Cory nickte.

»Die hamm mich also aus der Army geschmissen. Is alles ziemlich hoppla-hopp gegangen. Am gleichen Tag, wo'se das Gras gefunden hamm, verstehste? Zu der Zeit hamm ich und der Brother, mit dem ich das Gras verkauft hab, aber noch was anderes am Laufen gehabt. Wir hamm nämlich seit 'n paar Wochen Waffen aus der Kaserne geschmuggelt gehabt und sie bei der Frau gebunkert, mit der ich zusammen war. Frag mich nich, warum. Sagen wir mal, die Sicherheitsvorkehrungen waren 'n bisschen lasch. Wegen gewisser Mengen von weißem Pulver, du verstehst schon. Jedenfalls hab ich zwo Säcke voll von dem Material gebunkert gehabt, wie se mich rausgeschmissen hamm. Gewehre, Pistolen, sogar paar Granaten hamm wir mitgehn lassen. Alles so gut wie neu und praktisch ungebraucht, verstehst du?«

»Und die willste jetzt loswerden?«, fragte Cory, um zum Kern der Mitteilung vorzustoßen.

»Klar, Mann. Kannst haben, was du willst, zu 'nem lächerlichen Preis. Ich will das Zeug so schnell wie möglich loswerden. Als ich von deinen Problemen gehört hab, hab ich mir gedacht, du könntst vielleicht 'ne Knarre gebrauchen. Ich weiß genau, dass die Dinger noch nie benutzt worden sin. Die sin so sauber wie die Weste von Gary Lineker, Mann. Hier im Viertel is anscheinend alles ziemlich beschissen geworden, seit ich weg bin. Deswegen. Du weißt nie, wann du einen Beschützer brauchst.«

»Das stimmt«, sagte Cory ernsthaft. »Aber so, wie die Lage heut is, brauchste wahrscheinlich nur so 'n Ding in die Hand zu nehmen, und schon lochen se dich ein, ohne dass de die Chance hast, es einmal abzufeuern. Und dann, kuck mich mal an, Mann. Ich kann so kaum stehen, geschweige denn mit 'ner Knarre in der Hand. Ich sag dir was. Lass mal gut sein. Aber gib mir deine Nummer, nur für den Fall.«

»Ja, klar«, antwortete Craig und suchte nach einem Kugelschreiber.

Cory zog ein U-Bahn-Ticket aus der Tasche und Craig schrieb seine Telefonnummer und eine Handynummer drauf. Er gab Cory den Fahrschein zurück, der ihn kurz anschaute und dann in der Tasche verschwinden ließ.

»Das Handy is meins. Die andere Nummer is von mei'm Partner Petey. Wenn ich nich da bin, ruf einfach ihn an. Der versorgt dich mit allem, auch mit Gras, Crack, Es ... und so weiter. Gib Garvey auch die Nummer, wenn du ihn siehst, okay. Ich muss jetzt gehn, Mann. Muss zu mei'm Dad. Ruf einfach an. Egal wann, in Ordnung?«

»Klar«, sagte Cory. »Ich meld mich, Star.«

»Bis dann«, rief Craig und war schon unterwegs.

Lächelnd drehte sich Cory um und ging zu Kareems hinein. Nachdem er einen Augenblick die Flaschenbatterie hinter der Theke studiert hatte, wählte er kurz entschlossen einen Flachmann mit Martell. Er beeilte sich zu zahlen, steckte die Flasche in die Innentasche seiner Jacke, zählte sein Wechselgeld und war wieder aus dem Laden, bevor das Personal ihn mit

Fragen über sein Bein, den Gips und wann er wieder runterkam, löchern konnte. Nach ein paar Schritten lief ihm Shannon über den Weg, beide Hände voll mit Tüten vom Obst- und Gemüsehändler.

»Hallo, du Krücke! Wo hast'n deinen Papagei?«, begrüßte sie ihn, lächelnd und gut gelaunt wie immer. Cory quälte sich ein »Haha« ab und ging nicht weiter auf ihre Bemerkung ein.

»Ganz schon früh auf heut. Wie kommt'n das?«

»Ich muss Frühstück machen«, antwortete Shannon und hielt ihre Tüten hoch, als hätte sie einen tollen Fang gemacht. »Stell dich also lieber gut mit mir. Es gibt nämlich lauter irre gute Sachen!«

»Wieso gut stellen? Bin *ich* vielleicht derjenige, der sich ständig über andere Leute lustig macht«, brummte er finster, worauf seine Cousine ihm den Arm um die Schulter legte und ihre Wange an seine drückte. Cory schüttelte sie lachend ab und schaute sich vorsichtig um, ob jemand ihre Umarmung gesehen hatte. Shannon rollte die Augen und wirbelte wie wild mit den Einkaufstaschen.

»Wo kommst'n eigentlich her? Von Rosie?«, fragte sie. Der Spürhund in ihr gewann wieder die Oberhand.

»Nee, Mann. Soll das'n Witz sein? Ich wollt mir nur 'n paar Zigaretten holen«, log er. Er wollte nicht, dass seine Cousine dachte, er wäre zum Säufer geworden. Genauso wenig hatte er vor, ihr auf die Nase zu binden, dass Sean und er was zu feiern hatten. Shannon quittierte seine Bemerkung mit einem Stirnrunzeln.

»Ich hab welche«, sagte sie und klopfte dabei ihre Taschen ab, um sicherzugehen, dass sie noch da waren.

»So ... Na ja, ich rauch lieber meine eigenen. Bin lieber unabhängig, weißte?«

Shannon schnaubte, als hätte er etwas völlig Absurdes gesagt.

»Dann lass dich nicht aufhalten. Ich wart an der Ecke auf dich, okay?«

»Okay. Dauert nich lang.«

Der Kiosk war direkt neben dem Gemüseladen, aber hätte Cory Zigaretten gewollt, hätte er sie auch im Spirituosenladen kaufen können. Er kaufte sich zehn Silk Cuts anstatt seiner üblichen Bensons, wegen des niedrigen Teergehalts. Dann machte er sich fröhlich pfeifend auf den Weg zu seinem Wohnblock.

Sein Blick streifte flüchtig den glänzenden Frontera von Levi, der auf der anderen Seite vor Sue's Café in der zweiten Reihe parkte. Levis stämmige Gestalt sah er erst, als er hörte, wie er Shannon laut anquatschte. Sie versuchte, so zu tun, als höre sie ihn nicht. Die Männer um Levi herum lachten aufmunternd.

Cory ging direkt auf Levi zu. Als er nur noch ein paar Schritte von ihm entfernt war, hielt er einen Augenblick inne, um sicherzustellen, dass der Dredd ohne seine Schläger unterwegs war.

Dann sah er sich um. Hinter ihm war nur ein einzelner weißer Polizist zu sehen, der gerade am Eltham House vorbeiging. Er war unschwer an seinem charakteristischen Plattfußgang zu erkennen und noch etwa einen Wohnblock entfernt. Wenn er nicht zu laut schrie, würde der Gesetzeshüter wahrscheinlich einfach vorbeigehen. Befriedigt über seine logische

Vorgehensweise, ging er die letzten Schritte auf den Dredd zu. Er war wild entschlossen, ihm die Meinung zu sagen, auch wenn er sich vor Angst fast in die Hosen machte.

Levi erging sich in Betrachtungen über Shannons Figur und ihre Beine, die in schwarzen Leggings steckten, und bewunderte laut ihre Stiefeletten. Die Umstehenden kicherten und stimmten gelegentlich in Levis Kommentare ein.

»Mmm, *mmm.* Das Schätzchen sieht vielleicht zum Anbeißen aus!« Noch immer hatte er Cory nicht bemerkt. »Was is, Baby. Willste dich nich ’n bisschen nett mit uns Männern unterhalten?«

Levi deutete auf die Umstehenden und alle grinsten wie auf Kommando Shannon an. Grunzend vor Zufriedenheit, musterten sie sie wieder von oben bis unten. Cory schwang sich mit seinen Krücken direkt hinter den Dredd.

»Levi?« Corys Stimme klang kraftvoll und hart. Shannon fuhr herum. Wut und Angst spiegelten sich in ihrem Gesicht.

Ohne jegliche Eile drehte sich Levi zu dem hoch gewachsenen Jugendlichen mit den Krücken um. Die anderen Männer waren verstummt. Ein paar von ihnen kannten Cory vom Sehen. Der Dealer schenkte Cory ein Krokodilslächeln.

»*Was*, biste schon wieder raus, mein Junge?«, grinste er.

»Ja, ich bin raus, Levi. Und wie’s scheint, grad noch rechtzeitig, oder? Ich sag dir nur eins, und zwar im Guten: Bleib von meiner Familie weg, klar? Und zwar von allen beiden.«

Kaum, dass die Worte raus waren, bereute er sie auch schon. Damit würde er Shannon nur noch misstrauischer machen. Er warf ihr einen prüfenden Blick zu. Sie hatte die Stirn gerunzelt und schien zu überlegen, was er gemeint haben könnte. Levi wollte offenbar keine Szene. Er fuchtelte mit den Händen, als wolle er die Wogen glätten.

»Was meinst'n, Star?« Sein Lächeln wirkte jetzt gequält. »War doch nur 'n Scherz, oder? Kein Grund ...«

»Halt's Maul, hörst du!«, fuhr ihn Cory an. »Ich warne dich, Levi. Lass meine Familie in Ruhe. Und das is kein Scherz!«

Ein paar der Umstehenden schienen mit einer Eskalation zu rechnen und wirkten alarmiert. Der eine oder andere senkte den Blick und grinste hinter vorgehaltener Hand.

»Jetz werd de ...?« Levi sah aus, als traue er seinen Ohren nicht, dann explodierte er. »Du Bankat, du dreckiger, du. Pass auf, dass ich dir nicht dein anderes Bein auch noch brech, Star!« Wütend machte er mit erhobener Faust einen Schritt auf ihn zu. Er schien im Begriff zuzuschlagen.

Jetzt gerieten die Männer in Bewegung, einige wichen zurück. Andere machten Anstalten, Levi zurückzuhalten. Shannon ließ ihre Tüten fallen und stürzte auf die Gruppe zu. »Lass ihn in Ruhe!« Stoßend und schreiend bahnte sie sich den Weg durch die Menge. Cory erlebte alles nur noch wie von fern, die Unruhe bei den Umstehenden und die Männerstimme, von der er nicht recht wusste, ob sie ihm galt. Alles, was er sah, war die stämmige Gestalt des Dealers. Einen Augenblick lang verkörperte er die ganze Welt für ihn.

Einer der Männer war ein Cousin von Corys Freund Johnny, der eine hohe Meinung von den Bradley-Jungen hatte. Simon beschloss daher einzuschreiten. Abgesehen davon würde er bei der schwarzen Schönen damit Eindruck schinden. Kurz bevor Shannon eingreifen konnte, packte er den Dealer bei der erhobenen Faust. Cory zuckte erschrocken zurück und stolperte fast mit seinen Krücken. Levi versuchte ärgerlich, seine Faust freizubekommen, und fixierte Simon mit seinem eiskalten Blick.

»Lass gefälligst meine Hand los, Star. Oder willste dich mit mir anlegen?« Levi kochte. Simon war schmächtig gebaut und hatte keine Chance gegen den kräftigen Dredd. Er ließ seine Hand sinken und beeilte sich, dem Dredd klar zu machen, dass ihm nichts ferner lag, als sich mit ihm anzulegen.

»Bleib ruhig, Levi. Kuck doch mal. Da drüben steht ein Bulle an dei'm Auto. Sieht ganz so aus, als wollt er dich abschleppen, Star.«

Alle drehten sich um. Auf der anderen Straßenseite stand der weiße Polizist von vorher und untersuchte interessiert den Wagen, der in der zweiten Reihe stand. Er stellte fest, ob der Wagen abgeschlossen war, schaute ins Wageninnere und überprüfte die Reifen.

Als er seinen Notizblock zückte, um sich die Autonummer zu notieren, machte Levi einen Schritt auf Cory zu und versetzte ihm einen heftigen Stoß gegen die Schulter. Es war das erste Mal in seinem Leben, dass Cory Gott für das Einschreiten eines Polizisten dankte. Levi sah ihn hasserfüllt an.

»Nimm dich lieber in Acht, mein Junge«, raunte ihm der Dredd zu, damit es die anderen nicht hörten. »Du siehst mich noch mal, Star.«

Als er das gesagt hatte, drehte er sich um und ging mit einem kurzen Blick auf Shannon und Simon weg. Er folgte dem hohen Zaun um die Grundschule und verschwand aus ihrem Blickfeld. Cory dankte seinem Schöpfer ein zweites Mal.

Der Polizist steckte Block und Stift ein und ging auf die

Geschäftszeile zu, um den Halter des Wagens ausfindig zu machen. Cory hielt das für einen geeigneten Moment, sich aus dem Staub zu machen. Er nickte Simon dankbar zu, tauschte mit Shannon einen kurzen Blick und humpelte davon. Seine Cousine folgte ihm. Als sie auf der anderen Straßenseite waren, drehte sich Cory noch einmal um. Er sah den Polizisten an der Straßenecke auf und ab gehen und dann nach seinem Funkgerät greifen. Cory nahm an, dass er nun den Abschleppwagen rufen würde. Gut, dachte er mitleidlos und musste grinsen, das geschieht dem Arschloch recht. Shannon bemerkte seinen Blick und fuhr ihn an.

»Ach, das findeste wohl auch noch witzig?«

»Nein, ich ...«

»Das hätt ich eigentlich angenommen. Aber anscheinend bist du ganz einfach ein Idiot. Du hast den Typen praktisch zu einer Schlägerei herausgefordert. Was is'n eigentlich los mit dir? In deinem Zustand würdste nich mal gegen ein Baby gewinnen. Ganz zu schweigen von Levi.«

»Ja, ich weiß. Aber es geht ums Prinzip, Cuz ...«

»Was, du willst dich auf der Straße zusammenschlagen lassen, nur wegen einem Scheiß Macho-Prinzip? Du kannst froh sein, dass der Bulle gekommen is. Sonst wärste jetzt hin, Star.«

»Ja, ja. Du hast Recht. Ich bin blöd. Scheiß drauf, Mann. Ich kann nix dafür. So bin ich halt. Ich hab mir einfach Sorgen um dich gemacht, Shan.«

Man hörte jetzt die Angst in seiner Stimme, die er die ganze Zeit unterdrückt hatte. Er wandte sich verlegen ab, damit seine Cousine es nicht merkte.

Shannon sah ihn schuldbewusst an, als sie Denver House betraten. Es tat ihr Leid, dass sie ihn so hart angefasst hatte. Schweigend gingen sie an der afrikanischen Pförtnerin vorbei und steuerten auf den Lift zu. Mit einem Mal nahm Shannon ihren Cousin in den Arm und drückte ihm einen Kuss auf die Wange. Ihr Gesicht sagte mehr, als eine Entschuldigung hätte ausdrücken können. Er war erleichtert, dass sie vergessen zu haben schien, was ihm versehentlich herausgerutscht war, und erwiderte ihre Umarmung. Ein Gefühl von Dankbarkeit, aus der beklemmenden Situation entkommen zu sein, und Liebe für seine Familie durchströmte ihn.

Arm in Arm standen sie da und lächelten sich an, bis der Aufzug kam. Wie ein Liebespaar, das alles um sich herum vergessen hatte.

Teil 3

# VOM REGEN IN DIE TRAUFE

**Es kommt nicht darauf an, wer bestraft wird.**
**Hauptsache, es wird jemand bestraft.**
*George Bernard Shaw*

# *Sechzehntes Kapitel*

Zwei Monate waren vergangen. Anfang Juli machte das Wetter endlich wahr, was es seit Wochen zu versprechen schien. Den ganzen Juli über schien auf den Straßen des Viertels von morgens bis abends die Sonne. Es war einer jener Sommer, in denen man morgens um neun Uhr ohne Jacke, nur mit T-Shirt bekleidet, aus dem Haus gehen konnte und wusste, dass man sich das Hemd um eins am liebsten vom Leib reißen würde wegen der Hitze.

Auf den Straßen wimmelte es von Katzen und im Viertel stieg die Kriminalität sprunghaft an. Die Pfeifendreher weiteten ihre Nachtaktivitäten auf den Tag aus. Die Hitze der Steine und der Sonne brannte in ihren Gedärmen. Die örtlichen Polizeibehörden wurden mit einer Welle von Diebstählen und Raubüberfällen konfrontiert. Die meisten davon geschahen am helllichten Tag und vor zahlreichen Zeugen.

Sean und Cory hörten davon, aber beide hatten geschworen, sich aus allen Schwierigkeiten herauszuhalten. Zumindest bis sie ihre Prüfungen hinter sich hatten. Sean war glücklich über die zweite Chance, die ihm das Schicksal beschert hatte. Der Wirbel um den bewaffneten Raubüberfall mit Levi hatte sich nach und nach gelegt. Größtenteils wohl bedingt durch die Nachrichten von anderen Delikten. Der Mann, auf den geschossen worden war, lebte noch, aber es ging ihm noch immer nicht gut. Die Cousins hatten gehört, dass er irgendwo außerhalb von London war, wo er in Ruhe und Abgeschiedenheit gesund werden sollte.

Sean fühlte sich etwas besser, als er davon erfuhr. Etwas von seiner Schuld erleichtert, wandte er sich wieder seiner Familie zu, nahm die dringend benötigten Fahrstunden und bereitete sich auf seine Jahresabschlussprüfungen vor.

Cory zwang sich, dasselbe zu tun, und lernte eisern. Er war noch immer davon überzeugt, dass sein negativer Einfluss letztlich schuld an allem war. Anstatt mit seinen Freunden rumzuhängen und Gras zu rauchen oder Computerspiele zu machen, verbrachte er seine Tage in der Bücherei und lernte, bis ihm der Kopf rauchte. Meistens war er mit Sean zusammen, und beide machten erst Feierabend, wenn der Bibliothekar um sieben Uhr dichtmachte. Es war harte Arbeit, aber er hielt durch, bis ihm Mitte Juni das Geld ausging. Ohne Wissen von Sean begann er wieder, mit Art in Häuser einzubrechen.

Sean machte mehrere Versuche, die Beziehung zu Sonia zu kitten. Aber Sonia war unnachgiebig. Im College war sie freundlich zu ihm, aber das war alles. Wenn er versuchte, mit ihr zu reden, sagte sie immer, sie brauche Zeit zum Nachdenken und er müsse sie in Ruhe lassen. Das tat er.

In dieser Zeit sehnte er sich nach einer Pfeife, mehr als er je für möglich gehalten hätte. Cory, dem er sein Verlangen eingestand, versorgte ihn mit Gras. Das half ihm, weil es seine Wut beruhigte, anstatt sie anzufachen. Aber dennoch verlangte es ihn manchmal schmerzlich nach dem kühlen Geschmack auf der Zunge.

Er brütete über seinen Büchern, und als er die Prüfungen endlich hinter sich hatte, war er mit seinem Abschneiden sehr zufrieden. Amanda Brooks hatte ihm ihre Unterlagen geliehen und dabei scherzend gesagt, es wäre ihr Verdienst, wenn er bestünde. Aber Sean war davon überzeugt, dass er es alleine schaffte. Er musste einfach.

In der ersten Juliwoche rief ihn Sonia an. Sie hätte ihrer kleinen Schwester versprochen, mir ihr in *Free Willy* im Whiteley's-Einkaufszentrum in Queensway zu gehen. Danach wollten sie bei Burger King zu Mittag essen. Tamika und ihre Mutter waren seit Mitte Juni wieder aus Jamaika zurück. Es sei gerade Zahltag gewesen, sagte Sonia und fragte Sean, ob er mitkommen wolle.

Als sie in das Einkaufszentrum kamen, wartete Sean neben der Kassenschlange vor dem Kino, bis Sonia die Karten gekauft hatte. Er betrachtete sie stolz. Noch immer sah er sie als *seine* Freundin an, ungeachtet ihres veränderten Verhaltens ihm gegenüber. Vor dem Treffen hatte er sich besorgt gefragt, ob sie ihn womöglich angerufen hatte, um mit ihm Schluss zu machen. Aber nun war er ziemlich sicher, dass er ihr noch immer etwas bedeutete. Bei der Fahrt zum Einkaufszentrum in der U-Bahn war alles wie früher gewesen.

Sean mochte das UCI-Kino. Er war schon oft mit Sonia dort gewesen. Es war sauber und kühl und besonders gefielen ihm die kleinen Vertiefungen für die Getränke neben den Sitzen. Tamika war von dem Film begeistert. Sie saß zwischen Sean und Sonia und lachte glücklich mit den vielen anderen Kindern. Erst als die letzten Namen des Nachspanns über die Leinwand gelaufen waren, war sie bereit, das leere Kino zu verlassen. Man ging hinüber zu Burger King.

Sean bestand darauf zu bezahlen, was Sonia ziemlich ärgerte. Sie gab schließlich nach, weil sie vor ihrer kleinen Schwester keinen Streit wollte. Sie setzten sich nach unten. Als Tamika nach dem Essen zur Toilette ging, waren die beiden zum ersten Mal allein. Sonia putzte sich mit der Serviette den Mund ab und lächelte Sean an.

»Na, was denkst du, wie die Prüfung gelaufen ist?«, fragte sie.

»Ach, gar nicht so übel. Ich hab ziemlich pauken müssen, aber Amanda hat mir ja einen Teil von ihren Unterlagen gegeben. Da hab ich mich einfach auf den Hintern gesetzt und gebüffelt. Die meiste Zeit hab ich mit Cory zusammen gelernt, weißte.«

»Find ich gut.« Sonia lächelte noch immer. »Amanda mag dich, weißt du das?«

»*Nee*, Mann. Erzähl keinen Quatsch!«

»Echt wahr. Sie hat's selber gesagt! Macht mir nichts aus. Ich find's eigentlich eher witzig, ehrlich gesagt.«

»Aber *mir* macht es was aus.«

Sean wusste nicht, wie er Sonias *macht mir nichts aus* verstehen sollte.

»Ich hab sie nur um ihre Aufzeichnungen gebeten, sonst nichts. Ich interessier mich für dich, Star, nicht für Amanda. Ich mein, sie sieht gut aus und alles, aber ...« Er brach ab, weil Tamika mit einem Kid's Club-Spielzeug in der Hand zurückkam.

»Gehen wir jetzt zu dem großen Spielplatz?« Sie sah Sonia mit den großen braunen Augen an. Die küsste sie zärtlich.

»Also gut, Babe. Gehn wir, damit du endlich auf die Schaukel kommst. Danach müssen wir nach Hause. Ich bin nämlich müde, Star.«

»*Juhuu*!«, rief Tamika fröhlich.

Der Müll wanderte in den Container und Tamika hüpfte hinaus ins Freie. Sonia und Sean folgten Arm in Arm.

»Und wie ist die Prüfung bei dir gelaufen?«, fragte Sean.

»Ach, ich weiß nicht«, antwortete Sonnie wahrheitsgemäß. »Mir ging's wie dir. Ich hatte den Kopf so voll mit anderen Sachen. Ich hab mich unheimlich reinknien müssen, um alles aufzuholen. Die meisten Fragen hab ich beantwortet. Ob alles richtig ist, wird sich zeigen. Die Ungewissheit find ich schrecklich.«

»Da haste Recht. Es ist, als hätt ich einen Knoten im Magen, Star.«

Sonia lachte. »Und ich erst! Ich ... Oi, Tammy, geh von dem Hund weg!«

Sie hatten die Straße überquert und waren am Eingang des Parks angelangt, wo Tamika einen freundlichen Bullterrier entdeckt hatte. Das kleine, hellbraune Muskelpaket mit den einfältigen braunen Augen wurde von seinem Herrchen fest an der Leine gehalten. Aber Sonia, der Hunde nicht geheuer waren, sah nur die scharfen Zähne und die heraushängende Zunge. Tamikas glücklicher Gesichtsausdruck wurde vorwurfsvoll.

»Das ist doch nur ein Bullterrier«, sagte sie, an Sonia gewandt, worauf Sean und der Hundebesitzer lachen mussten.

»Sie beißt nicht, keine Angst«, sagte der weiße Mann mittleren Alters. »Sie ist sehr kinderlieb.« Aber Sonia war das einerlei.

»Komm weiter, Babe. Gehen wir rein«, forderte sie ihre kleine Schwester auf. Sie machte zögernd kehrt und betrat mit einem letzten Blick auf den Hund den Park. Sean ließ den Bullterrier-Besitzer mit einem *Kann man nichts machen*-Schulterzucken stehen und folgte den beiden Schwestern.

Sie gingen auf dem breiten, asphaltierten Weg zu dem riesigen Spielplatz, der voller kletternder, schaukelnder, wippender und im Sand grabender Kinder war. Sean und Sonnie setzten sich auf eine Bank, von der sie Tamika im Auge behalten konnten. Sean deutete mit einer Kopfbewegung auf die Kinder.

»Könnte ein Bild aus der Benetton-Werbung sein, oder?«, lächelte er. Sonia nickte.

»Das macht einem irgendwie Hoffnung, oder? Ich mein, es ist nicht überall so beschissen wie in Greenside. Ich find's klasse, wenn ich die alle so zusammen spielen seh, echt. Ich hätte meinen Foto mitbringen sollen.«

Sie betrachteten eine Weile die Kinder, dann ergriff Sonia Seans Hand und sah ihn an.

»Sean, ähm, du hast dir sicher gedacht, dass ich mit dir über was Wichtiges reden will ...«

Logisch, dachte Sean.

»... Ich wollt dir vor allem sagen, dass es mir Leid tut, wie ich mich in letzter Zeit dir gegenüber verhalten habe. Aber ich habe ununterbrochen über uns zwei nachgedacht und alles immer wieder hin und her gewälzt und versucht, irgendwie klar zu sehen, verstehst du? Ich ... ich glaub, es war ganz gut, dass wir mal 'ne Weile getrennt waren ...«

Sean hätte sie am liebsten unterbrochen und gefragt, was sie damit sagen wollte. Aber er tat es nicht.

»... Weil ... ich weiß nich, wie's bei dir is, aber meine Gefühle für dich sind dadurch nur noch stärker geworden. Aber dann standen die Examen vor der Tür und die wollt ich unbedingt bestehen. Also hab ich die Gedanken an dich eine Zeit lang wegschieben müssen ... sonst wär ich verrückt geworden ... Ich mein, die Sache mit Levi war für mich so was von ... Ach ... Mann ... Ich lieb dich noch immer, daran hat sich nix geändert ... Aber da is noch was anderes, ein kleines Problem, das mich umtreibt ... Genau genommen isses sogar ein ziemlich großes Problem, wenn ich mir's recht überleg ...«

Sean hatte sich die ganze Zeit bemüht, nichts zu sagen. Aber jetzt hielt er es nicht mehr aus. Er musste plötzlich an Marcus denken und fragte sich, ob er vielleicht etwas mit der Sache zu tun hatte.

»Was treibt dich um? Hat das etwas mit *Marcus* zu tun?«, fragte er ungeduldig.

Erst später, als er darüber nachdachte, wurde Sean bewusst, dass seine Worte gar nicht zu Sonia vorgedrungen waren. So sehr war sie in ihre eigenen Gedanken verstrickt gewesen.

»... Ich ... ähm ... also ... Ich glaub, ich bin schwanger. Das heißt, ich bin fast sicher, dass ich's bin.«

*Schwanger*! Das Wort hallte in seinem Kopf wider wie ein Donnerschlag.

Sean lehnte sich auf der Bank zurück. Er holte mehrmals tief Luft und starrte die Kinder auf dem Spielplatz an, ohne sie zu sehen. Schwanger! Er wurde in ein paar Wochen achtzehn. Und Sonnie sagte, dass sie schwanger war. Das konnte doch nicht sein. Er war nicht einmal mit ihr zusammen gewesen. Am liebsten hätte er sie gefragt, ob sie sicher war, dass das Kind von ihm war. Aber das wäre das Ende ihrer Beziehung gewesen, das wusste er. Allein die Tatsache, dass er das in Zweifel ziehen könnte, hätte Sonia gereicht. Abgesehen davon wusste er im Grunde genau, dass das Kind nur von ihm sein konnte. Er erinnerte sich, wie er vor vielen Wochen zu Sonia gegangen war und in ihrer Wohnung Marcus angetroffen hatte ... Hatten sie damals miteinander geschlafen? Ja, klar. Da musste es gewesen sein. Das war das letzte Mal gewesen, wo sie ...

Ihm fiel ein, dass er Sonnie völlig vergessen hatte, und wandte sich zerstreut ihr zu.

»Das war an dem Tag ...«

»... als du zu mir nach Haus gekommen bist und Marcus da war. Ja, an dem Tag isses, glaub ich, passiert«, beschloss Sonia seinen Satz mit einem kleinen, amüsierten Blitzen in den Augen. Sean erinnerte sich wieder daran, wie strahlend sie ihm erschienen war, als er sie vor dem Kino beobachtet hatte, und fand, dass alles irgendwie zusammenpasste.

»Bist du sicher?«, fragte er.

»Dass es an dem Tag passiert is? Ziemlich ...«

»Nein, ich mein, dass du schwanger bist?«

Es fiel ihm schwer, es auszusprechen. Sonia nickte.

»Schon. Ich hab diesen Monat nicht meine Periode gehabt und letzten Monat auch nicht und mir ist fast jeden Morgen schlecht. Ich hab vorgehabt, zum Arzt zu gehen oder mir einen Test aus der Apotheke zu holen, aber ich wollt erst mit dir reden.«

»Du hast grade einen *Burger King* gegessen! Junk-Food, in deinem Zustand!«, platzte Sean heraus. Er schwieg aber gleich wieder. Ihm wollte die ganze Sache noch immer nicht recht in den Kopf gehen. Sonnie kicherte.

»Ich bin nicht mal sicher, dass ich's wirklich bin. Und du

willst mir schon 'ne Rohkostdiät verordnen! Außerdem muss ich mir erst mal überlegen, ob ich das Kind überhaupt will ...«

Tamika kam mit einem südländisch aussehenden Mädchen im Schlepptau zu ihrer Bank gerannt. Sie deutete auf ein kleines Häuschen am Ausgang des Spielplatzes und bettelte um ein Eis. Sonia stand auf und machte sich mit ihr auf den Weg dorthin. Kurze Zeit später war sie wieder da. Sie hatte für Sean ein Cherry-Brandy-Eis mitgebracht und ein Cidre-Eis für sich selbst. Kaum dass sie sich wieder gesetzt hatte, kam Sean auf ihr Gespräch zurück.

»Was meinst du damit, ob du es überhaupt willst?«

Sonia streckte die Beine aus und leckte ein paar Mal an ihrem Stieleis, bevor sie antwortete.

»Ich weiß nich. Ich mein ... *ich* will's schon, das is klar ... Aber wenn ich seh, was um mich rum alles so vor sich geht, dann frag ich mich, ob ich wirklich ein Kind in die Welt setzen soll. Bei uns in Greenside rennt sogar so ein Schwein von Exhibitionist rum, der den kleinen Kindern sein Ding zeigt. Hat diese Woche sogar in der *Gazette* gestanden. Du weißt schon, was ich sagen will. Wir haben schließlich schon oft genug drüber gesprochen, oder? Wir wollten warten, bis wir eine gescheite Ausbildung haben und 'ne Wohnung und ...«

»Ja, klar. Aber das alles hamm wir nich, Sonnie«, unterbrach sie Sean. »Du weißt genau, wie ich drüber denk. Ich find's falsch, so früh Kinder zu kriegen«, fuhr er fort. »Das heißt nich, dass ich mir keine Kinder wünsch, aber erst, wenn ich ein Auto, eine Wohnung und alles andere hab, was sonst noch dazugehört. Aber wir haben das alles nich, oder? Das Einzige, was wir haben, is ein Kind, das unterwegs is ...«

»Vielleicht«, brummte Sonia.

»Okay, *vielleicht*. Aber wenn du schwanger bist, Sonia, dann komm mir nicht mit Abtreibung und so ’nem Scheiß. Das kommt für mich nicht in Frage, verstehst du. Mein Kind muss leben, Star.«

Sonia war einen Moment still. Dann deutete sie mit ihrem Stieleis auf Sean und sah ihn streng an.

»Dann isses ja gut, dass ich das Kind auch will und nicht einen Beruf oder was auch immer. Leicht wird das nämlich nicht, verstehst du?«

Sean sagte nichts.

»Ich mein, es is gut, dass ich neun Monate opfern will und im Grunde den Rest von meinem Leben, damit ich mich um unser Kind kümmern kann. *Ich* weiß, dass ich für das Kind da bin. Ich hab gar keine andere Wahl, wenn ich nich vorher abkratz, Gott behüte ...«

»Sonia, Mann.« Sean wirkte bedrückt.

»Nein, Sean, ich bin einfach realistisch. Es ist nämlich Scheiße, wenn man sich das vorher nicht klar macht. Was ich sagen will, ist Folgendes: Wenn ich ein Kind krieg, dann bin ich für das Kind da, wenn’s in die Hosen macht, wenn’s in die Schule kommt, wenn’s seinen ersten Freund oder seine erste Freundin mitbringt und will, dass er oder sie über Nacht bleibt. Und *du*? Denk mal drüber nach! Ich zieh das Kind nämlich nicht allein groß, Sean. Ich hab genug gesehen in Greenside, um zu wissen, wie hart das ist, verstehst du. Darauf lass ich mich nicht ein, Star. *Also*, wenn ich schwanger bin, dann muss ich genau wissen, wie du dazu stehst. Ob du bereit bist, zu mir zu stehen ...«

Sie machte eine Pause.

»... zu mir *und* zu dem Kind. Nur wenn du mir versprichst, dass du deinen Teil dazu beiträgst, lass ich mich drauf ein. Es wird nämlich nicht leicht, das sag ich dir. Und wenn du irgendwelche Zweifel hast oder wenn du das Gefühl hast, es wär besser, dich da rauszuhalten, dann sag das *jetzt*, Sean! Dann bring ich die Sache hinter mich, ruck, zuck.«

Sean hatte ihr aufmerksam zugehört und legte ihr nun den Arm um die Schultern. Sie rutschte zu ihm hinüber und legte den Kopf an seine Brust, so dass er nach unten sehen musste, als er mit ihr sprach.

»Hör mal, Sonnie. Der Gedanke, dass ich demnächst Vater werden könnt, macht mir nicht so viel aus. Aber außer meiner Liebe hab ich nix, was ich dir geben kann, verdammte Scheiße. Trotzdem, ich werd versuchen, dir, so gut ich kann, zu helfen. Natürlich hab ich jetzt noch kein Kind gewollt, aber wenn wir uns das vorstellen können, dann find ich's richtig, dass du das Kind kriegst, Sonnie. Ich freu mich drauf zu sehn, wie's wächst und spielt und ...« Er suchte verzweifelt nach den richtigen Worten und sah zum klaren Himmel hinauf.

»Behalt das Kind, Sonnie. Glaub mir, ich steh hundert Prozent hinter dir. Behalt's, Star.«

»Schluss mit den krummen Dingern«, sagte Sonia drohend.

»Wenn du schwanger bist, dann schmeißt du die Scheiß Pille in den Müll, das sag ich dir«, gab er ärgerlich zurück.

»Die is halt nur zu siebenundneunzig Prozent sicher oder so. Und bei meinem Glück gehör ich zu den drei Prozent, die Pech haben.«

»Aber echt«, brummte er. »Weiß deine Mum Bescheid?« Er ahnte die Antwort bereits und zuckte innerlich zusammen.

»Ähm, ja. Also, ich hab ihr gesagt, es könnt sein, dass ... Aber mach dir keine Sorgen. Sie weiß, dass wir nicht einfach rumgebumst haben. Na ja, das haben wir natürlich, aber nicht einfach so. Du weißt schon, was ich mein ...«

Sean lachte laut.

»Jedenfalls ist alles klar. Sie weiß Bescheid, dass wir nix dafür können. Mehr als die Pille nehmen kann man halt nicht.«

Sean nickte. Sonias Mutter selbst hatte ihr geraten, die Pille zu nehmen, damit sie nicht schwanger würde. Was für eine Scheiße, dachte er.

»Was ist mit Tamika. Weiß sie was?«

»Nee«, lächelte Sonia. »Ich erzähl's ihr erst, wenn ich sicher bin. Die wird begeistert sein, wenn sie erfährt, dass sie Tante wird!«

»Klar«, antwortete Sean.

Eine Woche später wusste Sean sicher, dass er Vater wurde. Cory genoss unterdessen mit seinen Freunden das warme Wetter im einzigen Park von Greenside. Dort trafen sich in dieser Jahreszeit fast alle. Gegen eins füllten sich die Grünflächen mit den Jugendlichen. Man rauchte, trank, flirtete und spielte Fußball. Genauso war es auch heute. Nur dass Cory aussetzte. Nicht wegen seines Beines (sein Gips war zwei Wochen zuvor entfernt worden), sondern weil er auf Rosie wartete. Er wollte nicht völlig verschwitzt sein, wenn sie kam. Er trug ein frisches Hemd über den Bluejeans und ein Paar brandneue Reeboks, die er sich von dem Geld gekauft hatte, das er mit Art zusammen verdiente. Er wollte sich die Dinger nicht gleich beim Fußballspielen versauen, zumindest nicht am ersten Tag.

Er rauchte einen Joint. Dabei beobachtete er die Leute um ihn herum und hörte amüsiert ihren Gesprächen zu. Garvey hatte den Kopf in Claires Schoß gebettet. Neben ihm saßen Jason Taylor und der kleine Stacey, der mit ein paar Gleichaltrigen schwatzte. Etwas weiter weg saß Raymond mit einer Gruppe von Jungs: Nazra, dessen gebrochener Arm wieder voll funktionsfähig war, ein großer, dünner Schwarzer, der Maverick hieß und Rocks verkaufte, und ein kräftig gebauter Typ mit einer Hautfarbe wie lackierte Kiefer. Eigentlich war sein Name Howie, er wurde aber von allen Mr. Strong oder kurz Strong genannt.

Unter den Mädchen befand sich auch Tara, die Garvey und Claire eifersüchtige Blicke zuwarf, obwohl sie mit einem Freund da war. Cory war überzeugt, dass zwischen Garvey und ihr irgendetwas lief. Er beschloss, seinen Freund später mal darauf anzusprechen. Dann waren noch eine Reihe von Claires Freundinnen da. Die meisten kannte Cory nicht. Alle waren mit knappen Shorts und dünnen Tops bekleidet. Cory fand es schwierig, nicht hinzusehen.

Alle unterhielten sich, nur Cory schwieg und behielt dabei die Mädchen im Auge. Er hätte schwören mögen, dass ihm eine hellhäutige Schönheit, die ihn an Tanya erinnerte, ständig Blicke zuwarf und dann lächelnd wegsah. Claire erwischte Cory bei einem seiner Seitenblicke. Sie signalisierte es amüsiert Garvey, der nur die Augen verdrehte und ein ironisches »Tss-tss« von sich gab. Cory wandte sich wieder Maverick und Nazra zu.

»Was is? Handelste immer noch mit Steinen?«, fragte er den dunkelhäutigen Jungen.

»Yeah, Mann.«

»Und wie läuft der Laden?«

»Ganz ordentlich, Boy. Siehste doch, ich hab mein Auskommen. Das meiste Geld spar ich, damit mein Opa und meine Oma wieder nach Trinidad können. Die wollen schon seit dreißig Jahrn aus dem Loch raus, wo se wohnen. Ich hoff, ich hab die Eier noch vor'm Winter zusammen. Dann is aus die Maus.«

Maverick wohnte in Devonshire House. Cory war nicht mit ihm in die Schule gegangen, aber er hatte eine Menge Respekt vor ihm. Maverick hatte mit ganz kleinen Mengen Gras angefangen, und jetzt kam keiner mehr zu ihm, der ihm nicht wenigstens dreißig Gramm abnahm. Das Kleingeschäft überließ er jetzt seinen Kunden. Anfang des Jahres hatte er angefangen, Steine zu verkaufen. Aber Cory hatte ihn nie eine Pfeife rauchen sehn. Mavericks Mutter wusste Bescheid. Seit ihr der Sohn regelmäßig vierhundert Pfund für die Miete in die Hand drückte und in einer Nacht mehr verdiente als sie in einem ganzen Monat, hatte sie gelernt, über das eine oder andere hinwegzusehen.

»Ja, Mann. Du lässt nich locker, was? Hast Recht. England is nix für alte Leut. Vor allem nich für schwarze alte Leut. Nach uns kräht doch kein Hahn, oder?«, sagte Cory bissig.

Die anderen gaben ein missmutiges Schnauben von sich und schüttelten den Kopf. Ihre Zukunft erschien ihnen wie ein winziger, undefinierbarer Punkt am Horizont. Cory nahm einen entspannenden Zug aus dem Joint, den Tara ihm reichte. Da hielt ihm jemand plötzlich die Augen zu.

»Hallo!«

Er drehte den Kopf. Rosie stand vor ihm, in grauen Trainingshosen, Turnschuhen und buntem T-Shirt, die Tasche über der Schulter. Sie beugte sich über ihn und küsste ihn, bevor sie sich neben ihn aufs Gras setzte. Sie winkte Tara zu sich und begrüßte herzlich die anderen Mädchen. Cory reichte ihr den Joint.

»Wo warst'n die ganze Zeit?«, neckte er.

»Du weißt genau, wo ich war. Grins mich nicht so an wie dieser Mister Bradley. Nächstes Mal kommste mir nich so einfach davon.«

»Entschuldige, aber Einkaufen mit *einer* Frau is schon schlimm genug, aber noch dazu mit deiner Tante? Lieber nich! Damit hab ich nix zu schaffen.«

Cory hatte theatralisch die Hand auf die Brust gelegt, als gäbe er einen Schwur ab. Rosie schlug ihm auf die Hand und sah ihn streng an.

»Angsthase«, lästerte sie. »Hat trotzdem Spaß gemacht, auch wenn du nicht dabei warst. Ich hab mir haufenweise Klamotten gekauft in der Ken High Street. Maddy hat bei Tesco's mit 'ner piekfeinen Lady fast Streit gekriegt, weil sie ihren Einkaufswagen nicht grade vor sich herschieben konnte. Ich hab schon gedacht, sie haut ihr den Regenschirm um die Ohren. Es war zum Kaputtlachen.«

Tara kicherte. Cory wagte einen kurzen Blick zu Claires Freundinnen. Rosie erwischte ihn fast dabei, als sie sich zu Nazra umwandte. Cory tat so, als winkte er Garvey zu, der ihm geistesgegenwärtig seine Tüte mit Gras zuwarf. Er fing sie geschickt auf, nahm ein Blättchen blaue Rizla heraus und suchte nach einem Platz, wo es von der sanften Brise nicht weggeweht wurde.

»Hey.«

Rosie fasste ihn am Arm und lächelte ihn an.

»Ich hab ein Geschenk für dich.«

»So? Was für eins?«

»Kuck mal in meine Tasche. Ich kann es nicht vor den ganzen Leuten hier rausholen«, antwortete Rosie und ließ den einen Riemen ihrer Ledertasche von der Schulter rutschen. Cory spitzte in die Tasche und legte die Stirn in Falten angesichts des bunten Durcheinanders darin.

»Siehst du es nicht?«, flüsterte sie.

Cory suchte angestrengt weiter. Als er es entdeckte, musste er lachen. In der einen Ecke lag ein Zwölferpack Durex. Rosie lachte auch und machte die Tasche wieder zu, als die anderen zu ihnen hinsahen. Cory widmete sich weiter seinem Joint, warf ihr aber einen zufriedenen Blick aus den Augenwinkeln zu.

»So, so. Das hast du also vor.«

»Genau!« Rosies Augen funkelten wie zwei Edelsteine. »Ich hab gedacht, dass wir uns demnächst hier abseilen. Meine Tante hat eine Versammlung in der Kirche, die ziemlich lange dauert. Ich hab Wein zu Haus und einen Skunk-Joint ...«

»Ja, Mann. Das is vielleicht ’ne Verabredung«, antwortete Cory. Sie tauschten einen verschwörerischen Blick.

Plötzlich hoben Cory und einige andere lauschend den Kopf. Von Ferne drangen hektische Motorengeräusche durch den Verkehrslärm vor dem Park. Langsam, aber sicher kam das Heulen näher, bis es unüberhörbar war und alle Parkbesucher aufhorchten. Es kam offenbar aus dem Osten von Greenside. Vor dem Park verrenkten sich die Passanten die Köpfe, um zu sehen, was vor sich ging. Die Fußballer brachen ihr Spiel ab. Ein paar von ihnen kletterten den Maschendrahtzaun hinauf, der das Spielfeld umgab, um die Sache aus der Vogelperspektive zu beobachten.

Auf der breiten Straße, die an den Wohnblöcken von Somerford, Brownswood und Goldsmith vorbeilief, gaben die Wagen Vollgas und bogen am Abenteuerspielplatz von Greenside unter ohrenbetäubendem Lärm und mit quietschenden Reifen ab. Es waren vier große Einsatzwagen der Polizei, zwei kleinere Wagen mit Spürhunden sowie einer von der Metropolitan Police und ein Vauxhall Cavalier mit fluoreszierenden Streifen auf den Seiten. In der Kurve hätte einer der Einsatzwagen fast einen zweiten gerammt, wenn der andere Fahrer nicht in allerletzter Minute ausgewichen wäre. Dann rasten sie zwischen Besize House und Devonshire House hinunter und waren nicht mehr zu sehen.

Jetzt kam Bewegung in die Menge.

»Haste das gesehn! Haste *das* gesehn!«

»Die Mehlnasen hamm's heut auf jemanden abgesehn, Star, ganz klar!«

»Die sin fast zusammengeknallt da an der Ecke, Mann!«

Jetzt kamen auch die Fußballer zu ihnen herüberstolziert, um zum Besten zu geben, was sie beobachtet hatten. Alle schienen froh und erleichtert, dass man es nicht auf sie abgesehen hatte.

»Mann, die machen Ernst. Das sag ich dir. Der Typ tut mir jetzt schon Leid, hinter dem die her sin!«

»Wenn ich das wär, ich würd einfach meine Knarre nehm' und mir den Weg freischießen, Star.«

Das hatte Maverick gesagt. Nazra quittierte es mit einem resignierten Kopfschütteln.

»Gegen die haste keine Chance, Alter. Wenn du deine Knarre ziehst, biste ein toter Mann, Star. Ein Neger weniger.«

Maverick wollte sich damit nicht geschlagen geben. »Aber erst mal würd ich 'n paar von denen kaltmachen, sag ich dir.«

Cory tauschte einen Blick mit Rosie, um herauszufinden, ob sie das Gleiche dachte wie er. Die Wagen schienen in Richtung Beechwood House zu fahren, und nach den jüngsten Vorkommnissen fragte er sich, was das wohl zu bedeuten hatte. Er nickte ihr zu und stand auf. Dann zündete er seinen Joint an und klopfte sich Gras und Erde von den Jeans. Als Rosie sich erhob, rief ihr Cassandra etwas zu.

»Oi, was habt'n ihr zwei vor?«

»Was geht'n dich das an, Star?«, gab Cory kurz zurück. Er mochte ihre vorlaute Art ohnehin nicht.

Cory und Rosie grüßten und gingen in Richtung Ausgang. Hinter ihrem Rücken zeigte Cassie Cory den erhobenen Mittelfinger, worauf ihre Freundinnen losprusteten. Den meisten fiel das plötzliche Weggehen der beiden nicht auf, nur Garvey sah ihnen besorgt nach, bis sie aus seinem Blickfeld verschwanden.

Cory und Rosie verließen den Park ohne erkennbare Eile. Sie schwiegen, bis sie am Caldervale House vorbeikamen. Dort nahm Rosie Cory bei der Hand und schüttelte sie leicht, um ihn aus seinen Gedanken zu reißen. Auf der anderen Straßenseite versetzte eine Gruppe von etwa zehn Jungs einen Wagen, aus dem laute Hip-Hop-Töne drangen, in rhythmisches Schaukeln. Das Paar sah zu ihnen hinüber und winkte pflichtschuldig.

»Ich kann diese Cassie nicht ausstehen. Sie geht mir verdammt auf'n Sack«, brummte Cory. Rosie runzelte die Stirn. Cassie konnte nicht der Grund für seinen Ärger sein.

»Ach, die ist ganz in Ordnung«, murmelte sie und fuhr mit heiserem Flüstern fort: »Meinst du, die sind hinter Levi her?« Cory zuckte die Achseln.

»Keine Ahnung. Das wer'n wir gleich sehen. Wenn es so is, dann mach ich einen Freudensprung. Kann ich dir sagen. Die sollen ihn einsperren und die Schlüssel zu seiner Zelle in die Themse schmeißen.«

»Aber du machst dir Sorgen um Sean, oder?«

»Ja.« Er blies den Rauch aus. »Wenn die 'ne Razzia in Levis Crackhöhle machen, weiß man nie, was se da finden. Ich hab keine Ahnung, was Sean alles für 'n Scheiß gemacht hat, als ich im Krankenhaus war. Und ich weiß schon gar nich, wie viel Beweise es dafür in Levis Bude gibt, verstehste? Wenn er in Gefahr is, kann ich überhaupt nix machen.«

Rosie seufzte und drückte seine Hand. »Mein armer Schatz. Es reißt einfach nicht ab, stimmt's?«

»Nee, es reißt nicht ab. Verdammt noch mal«, schimpfte Cory bitter und kickte wütend einen Stein auf die Straße.

Das restliche Stück Weg zum Beechwood House legten sie schweigend zurück.

Als Levi das laute Hämmern an seiner Tür hörte, witterte er sofort Gefahr. Drohend hallte es durch den langen Flur. Seine Haltung wurde angespannt, was auch Spider und Kenny aufhorchen ließ. Dumpfe Klopfgeräusche und Stimmengemurmel drangen vom Treppenhaus herein. Kenny griff nach der Browning, die ihnen ein Crackhead vor ein paar Stunden gebracht hatte. Einen Moment schwiegen alle, dann wurde der Dredd aktiv.

»FUUUCK, DA IS WAS NICH IN ORDNUNG! Das sin'se, die *Beastbwoys*.«

Levi sprang von seinem Stuhl auf. Er wusste zwar nicht, was los war, aber er rechnete mit dem Schlimmsten. Sein ganzes Leben hatte ihn die Angst verfolgt, geschnappt zu werden. Aber bis jetzt war alles gut gegangen, also handelte er instinktiv, in der Hoffnung, dass er richtig lag. Lieber auf Nummer Sicher gehen, bevor es einem Leid tat. Das war immer seine Devise gewesen. Er rannte in das Pfeifenzimmer, um die Crackheads zu warnen.

»Lass das Scheißzeug verschwinden! Die *Beastbwoys* kommen, Star!«, schrie er lauthals.

Mit glasigen Augen drängten die Crackheads auf den Flur und fragten verdattert, was los war. Der Rauch verteilte sich augenblicklich in der ganzen Wohnung. Levi verlor die Beherrschung. Er schob sie wieder zurück in ihre Räucherhöhle und benutzte dabei die Fäuste, wenn einer nicht schnell genug parierte.

»Verdammt noch mal, was wollter'n? Haut bloß ab, ihr Arschlöcher, Mann.«

»Was'n los, he? Ich hab's nich gern, wenn man mich so rumschubst, Mann. Scheiße, was'n los?«, beschwerten sich Art und Johnny aus dem Gedränge. Aber sie ernteten nur einen kalten Blick von Levi. Er hatte die Zähne gebleckt und die Stirn vor Wut in Falten gezogen.

»Mach, dass de in das verfickte Zimmer kommst, un halt's Maul!«, rief er, stieß die Letzten durch die Tür und knallte sie zu. Kenny kam gerannt. In seinen Augen spiegelte sich seine Erregung.

»Wie vom Erdboden verschluckt, Mann. Die finden kein Krümel davon, Star.«

»Un wo is das Zeug?«

»Auf sei'm alten Platz, oder? Das geht schon in Ordnung, wenn se nich zu genau schnüffeln.«

»Es muss«, brummte Levi. Wenn er nur mehr Zeit gehabt hätte, um alles in Ruhe zu organisieren! ... Einer vom Drogendezernat hätte ihn doch warnen sollen, wenn eine Razzia bei ihm geplant war. Offensichtlich hatte er bei der Polizei keine Freunde mehr. Oder einer hatte ihn verpfiffen.

Diese Möglichkeit erschien ihm immer wahrscheinlicher. Er ignorierte die Schreie der Crackheads, die Spider eingeschlossen hatte, und machte sich mit ihm und Kenny auf den Weg ins Hinterzimmer. Durch die Eingangstür hörte er eine Stimme laut und bestimmt seinen Namen rufen.

»Lawrence?« Pause. »Lawrence Patterson? Hier spricht Sergeant Bailey vom Drogendezernat in Shepherd's Bush. Wir haben einen Hausdurchsuchungsbefehl. Entweder Sie machen auf oder wir verschaffen uns mit Gewalt Zutritt. Na, wie hätten wir's denn gern?«

In der Wohnung sagte niemand etwas. Kenny warf Levi

einen Blick zu. Seine Stirn glänzte vor Schweiß und sein Blick war voll düsterer Vorahnungen. Der Dredd hob eine Augenbraue, als der Unbekannte seinen Namen nannte. Seine Gedanken kreisten um die Tüten mit Crack, die unter den Küchendielen versteckt waren. Er hatte sie erst gestern aus seiner sicheren Wohnung hergebracht. Levi konnte sein Pech kaum fassen.

Sekunden vergingen. Levi hielt mit der rechten Hand sein linkes Handgelenk mit der Rolex fest. Eine Ewigkeit verging, bis sich der Sergeant wieder meldete. Seine Stimme klang selbstbewusst und autoritär.

»Okay, Levi. Wenn du nicht aufmachst, brechen wir die Tür eben mit Gewalt auf!«, schrie er. Im Hinterzimmer klang es wie ein Flüstern.

Vor Levis Wohnung griff ein Polizist in Zivil zum Schlagbohrer und öffnete den Türrahmen. Dann setzte er eine Metallstange gegen das Schloss, suchte breitbeinig einen guten Stand und holte damit versuchsweise ein paar Mal auf dem engen Treppenabsatz aus. Als er glaubte, den richtigen Winkel für seine Operation gefunden zu haben, versetzte er dem Schloss mit der Stange mehrere harte Stöße.

Beim dritten Versuch gab es nach. Die Tür sprang einen Spalt weit auf, wurde aber von mehreren Querbalken gehalten, die zur zusätzlichen Sicherung am Rahmen angebracht waren. Die Holzriegel waren zwar stark, aber nach ein paar Tritten riss die Metallverankerung aus dem Rahmen und die Balken fielen polternd auf den Boden. Der Weg war frei.

Die Spezialeinheit in ihren militärisch wirkenden Kampfanzügen betrat die Wohnung zuerst, dicht gefolgt von den

Uniformierten und den Beamten in Zivil. Wie eine menschliche Flutwelle überschwemmten sie die Wohnung. Sie waren besessen von dem Gedanken, wen und was immer sie darin fanden, dingfest zu machen. Der Grundriss der Wohnung war den Beamten bekannt. Der Sergeant steuerte sofort auf einen Raum im hinteren Teil der Wohnung zu. Ein paar Beamte begleiteten ihn.

Als die Tür zum Pfeifenraum aufflog, griff Art nach seinem Messer, um es dem ersten Eindringling quer über das Gesicht zu ziehen. Er grinste über das Geräusch des Messers beim Durchschneiden der Luft und betrachtete zufrieden die klaffende Wunde an der Wange des Polizisten, aus der das Blut auf seine Schulter und den Boden tropfte.

Die restlichen Pfeifenlutscher leisteten kaum Widerstand. Die meisten waren so berauscht, dass sie sich kaum bewegen konnten. Sie wurden von der Menge der Polizisten leicht überwältigt und gezwungen, sich in einer Ecke des Raumes auf den Boden zu setzen. Die Hundeführer versuchten verzweifelt, ihre Tiere zu beruhigen. Der Crackgeruch war schon für die Männer am Rande des Erträglichen, zumal noch der Gestank von Schweiß, Sperma und Erbrochenem hinzukam. Für die Hunde musste es eine Tortur sein.

Levi, Kenny, Spider und Alice hatten sich kampflos mit erhobenen Händen ergeben. Sergeant Bailey hielt dem überraschten Dealer seine Dienstmarke vor die Nase. Dann tastete er ihn von oben bis unten nach Waffen ab. Seine Befriedigung, den Dredd in dieser heiklen Situation erwischt zu haben, konnte er nur schwer verhehlen. Levi musterte den Unbekannten mit zusammengebissenen Zähnen. Er war geladen vor Wut. Die Begeisterung, mit der der Sergeant seine Arbeit tat, machte ihm indes kaum Kopfzerbrechen. Es würde nur mehr kosten, ihn zu bestechen.

»So, dann verrat uns mal, wo du das Crack versteckt hast, Levi. Kannst mir's ruhig gleich sagen. Dann ersparen wir uns 'ne Menge Zeit.«

Der junge Sergeant wirkte machohaft und selbstgefällig. Er sah dem Älteren direkt ins Gesicht. Levi drehte den Kopf und brachte dabei seine Dredd-Locks sanft zum Schwingen.

»Was ist mit dir, Spider?« Bailey wandte sich dem Nächsten in der Reihe zu. Spider war unrasiert und hatte einen Mopp von Haaren auf dem Kopf. Er öffnete den Mund. Aber bevor er etwas sagen konnte, trat ein Polizist ins Zimmer. Er hatte mehrere verschweißte Tüten in den Händen.

Levi schloss die Augen, als habe er Schmerzen. Bailey grinste breit.

»Wie ich seh, ist die Entscheidung schon gefallen«, sagte er und besah sich die Tüten. Sein Grinsen schien noch breiter zu werden, obwohl das kaum möglich war.

»Levi Patterson, Kenny Saunders, Dean Willow und Alice Cooper?«, sagte er mit fragender Stimme. Alle sahen auf. »Sie sind verhaftet wegen Missbrauch und Besitz von Drogen und wegen dem dringenden Verdacht, damit Handel zu treiben.« Bailey machte eine Kopfbewegung zu seiner Mannschaft hin, worauf ein AFO-Beamter für Schusswaffen vortrat. Er trug Plastikhandschuhe und hielt die Browning in der Hand, mit der Kenny zuvor herumgespielt hatte. Levi zwang sich, geradeaus zu sehen. Bailey war in seinem Element.

»Außerdem verhafte ich Sie wegen unerlaubten Waffenbesitzes. Daneben stehen Sie in dem Verdacht, scharfe Munition zu besitzen. Sie brauchen sich dazu nicht zu äußern, aber es kann sich für Ihre Verteidigung negativ auswirken, wenn Sie jetzt etwas verschweigen, worauf Sie sich später bei Gericht berufen. Umgekehrt kann alles, was Sie sagen, vor Gericht gegen Sie verwendet werden.«

»*Fuck you*!« Levi konnte sich nicht mehr beherrschen. Er brüllte dem Sergeant ins Gesicht. »*Fuck you*, du *Beas' bwoy*!«

Unversehens stürzte er sich auf Bailey und zog voll die Faust durch. Bailey wich instinktiv aus. Der Schlag verfehlte ihn nur um wenige Zentimeter. Kenny witterte sofort seine Chance und versetzte dem bulligen Polizisten vor ihm einen Schlag mitten ins Gesicht. Der Mann reagierte nicht so schnell wie Bailey. Man hörte, wie sein Nasenbein brach. Das Geräusch erinnerte an trockene Cornflakes. Kenny versetzte ihm noch einen Tritt mit dem Knie, als er nach vorne fiel, worauf der Mann bewusstlos zu Boden ging. Dann sprang Kenny Alice und Spider zur Hilfe, die links und rechts von ihm ohne viel Erfolg mit ihren Bewachern rangen.

Levis Ziel war es gewesen, in den Besitz der Waffe zu gelangen, die der AFO-Beamte in der Hand hielt. Aber bevor er noch eine weitere Bewegung machen konnte, war der Raum voll mit Polizisten. Mindestens fünf Mann stürzten sich auf ihn und hieben mit ihren Gummiknüppeln auf ihn ein. Alice schrie vor Wut und Schmerz auf und Kenny und Spider fluchten.

Immer mehr Polizisten drängten sich um Levi. Er versuchte erfolglos, seinen Kopf vor ihren Schlägen zu schützen. Sie ließen erst nach, als sie ihn überwältigt und ihm Hand- und

Fußfesseln angelegt hatten. Dann hoben ihn sechs Mann hoch, um ihn aus der Wohnung und die Treppen hinunter zu tragen. Die anderen folgten hinter ihm.

Auf halbem Weg begann Levi zu brüllen, er wolle auf eigenen Füßen in den Streifenwagen steigen. Die Polizisten, die ihn trugen, ignorierten seine Flüche. Zur allgemeinen Überraschung erlaubte es ihm Bailey. Er weigerte sich jedoch, Kenny und dem Crackhead-Pärchen dasselbe zuzugestehen. Die Hände auf dem Rücken gefesselt, stieg Levi die letzten Betonstufen auf eigenen Füßen hinunter. Als er auf die Straße trat, empfing ihn zu seiner Überraschung eine wartende Menge. Einige Schlauköpfe grölten, als er erschien, aber ein Blick des Dredd genügte, um sie verstummen zu lassen. Levi sah sich in der fast andächtig schweigenden Menge um und sein Blick blieb an Cory hängen.

Für einen Sekundenbruchteil starrten die beiden einander an. Corys Blick drückte Unerschrockenheit aus. Der des Dredd war kalt und drohend. Er ging an Cory vorbei und ließ ihn nicht aus den Augen, bis er die hintere Tür des Polizei-Vans erreicht hatte. Dabei entging Levi nicht, wie sich das Mädchen neben Cory fester an dessen Arm klammerte. Er blinzelte ihr zu und stieg in den Wagen, nicht ohne die aufflammende Wut in Corys Gesicht mit einem Grinsen zu quittieren.

Ich wette jede Summe, dass der mich verpfiffen hat, dachte der Dealer finster. Spider, Alice, Bailey und zwei andere Polizisten drängten hinter ihm in den Van. Kenny wurde in den Wagen gehoben, was Levi Schlimmes befürchten ließ. Die Gesichter der Polizisten, die zu ihnen einstiegen, waren hart und rot. Levis Blick wanderte wieder zu Cory. Er behielt ihn so lange im Auge, bis er ihn nicht mehr erkennen konnte. Er war sicher, dass er das Rätsel seiner Verhaftung gelöst hatte.

Cory und Rosie standen abseits von den anderen und sprachen kein Wort. Sie sahen dem Van nach, bis er aus ihrem Blickfeld verschwand. Dann betraten sie mit nachdenklichen, fast besorgten Gesichtern die Wohnung von Rosies Tante.

## *Siebzehntes Kapitel*

Die Uxbridge Road in Shepherd's Bush war ein sehr belebter Ort. Straßenkinder saßen mit Decken über den Beinen in Ladeneingängen. Teenage-Mütter schoben Kinderwagen vor sich her. Ihre Altersgenossen vom anderen Geschlecht trieben sich in der Menge herum, um nach gut situierten Opfern Ausschau zu halten, die sie ausrauben konnten. Cabriolets schoben sich in gemächlichem Tempo durch die breite Straße. Ihre Fahrer hupten den Mädchen im Vorbeifahren zu und passten auf, dass ihnen keine der zahllosen Katzen, die sich keck unter den Nachmittagsverkehr mischten, unter die Räder kam.

Als der Konvoi aus sieben Polizeiwagen sich seinen Weg zur Polizeistation bahnte, sahen nur ein paar Passanten auf. Die meisten nahmen keinerlei Notiz. Die Wagenkolonne fuhr auf den Parkplatz, der hinter dem Gebäude lag. Kurz darauf wurden die Gefangenen aus dem ersten Wagen unter Verwünschungen und Missfallensbekundungen durch eine kleine Tür geschoben, die in das große Metalltor eingelassen war, und dann durch eine weitere Tür in den rückwärtigen Teil des Gebäudes geführt.

Sergeant Alvin Bailey beobachtete die Gruppe mit der kalten Befriedigung eines Generals, der Kriegsgefangene abführen lässt.

Er war mehr als zufrieden mit dem, was ihm an diesem Nachmittag gelungen war. Die Anerkennung seines Vorgesetzten,

Inspektor Pollock, war ihm gewiss. Die Razzia hatte sie viel Arbeit, Personal und Steuergelder gekostet. Man hätte Bailey zwar nicht persönlich dafür verantwortlich machen können, wenn etwas schief gegangen wäre. Aber seiner aufstrebenden Karriere und seinem tadellosen Ruf hätte ein Reinfall dennoch nicht gut getan.

Bailey war seit sechzehn Jahren bei der Metropolitan Police. Mit neunzehn hatte er als kleiner Wachtmeister dort angefangen und mit dreißig war er schließlich Sergeant geworden. Schon als Kind hatte er Polizist werden wollen, und in seinem ersehnten Beruf hatte er sich bald Ansehen und Achtung erworben, nicht zuletzt wegen der vielen Verhaftungen bei seinen Einsätzen. Er war bei seinen Kollegen beliebt und hielt sich durch Krafttraining, Joggen, Schwimmen und Fußball in den zahlreichen Freundschaftsspielen mit den Jungs von den anderen Polizeistationen in Form.

Bei den Delikten, mit denen er und seine Kollegen befasst waren, spielte in den letzten Jahren Crack-Kokain eine immer wichtigere Rolle. Und es sah so aus, als hätte die Polizei in diesem Kampf die schlechteren Karten. Die Beamten waren dafür nicht nur unzureichend ausgebildet, er traf sie auch weitgehend unvorbereitet.

Greenside Estate war in diesem Zusammenhang immer mehr in den Mittelpunkt von Inspektor Pollocks Aufmerksamkeit gerückt. Der Crack-Handel schien dort sein Zentrum zu haben. Vor nicht allzu langer Zeit war ihnen ein gewisser Lawrence Patterson aufgefallen, ein erfolgreicher Drogenhändler, der in der Szene unter dem Namen ›Levi‹ bekannt war. Sie beschlossen, ihn im Auge zu behalten und ihm eine Weile auf die Finger zu sehen.

Bailey wartete, bis die letzten Crackheads in ihren Zellen saßen, in denen man sie eine Weile würde schmoren lassen. Dann ging er wieder hinaus auf den Parkplatz, um nach dem anderen, wichtigeren Teil der Festgenommenen zu sehen.

Levi, Alice und Spider stiegen gerade aus der hinteren Tür des Wagens. Sie schienen völlig ungerührt von dem, was vorging. Nur Kenny wehrte sich noch immer und musste mit Gewalt aus dem Fahrzeug befördert werden. Er sah ziemlich abgerissen aus. Bailey betrachtete ihn gereizt. Einer der Polizisten aus der Aufbewahrungsstelle bemerkte es und schaltete sich ein.

»Durchsucht ihn und steckt ihn in ’ne Zelle, bis er sich abgeregt hat«, rief er den Kollegen zu, die Kenny abführten. Bailey musste grinsen und wandte den Kopf, um die schmalen weißen Streifen auf dem Vauxhall Cavalier zu studieren, der sie auf ihrer Fahrt nach Greenside und zurück begleitet hatte.

Dann betrat er die Aufbewahrungsstelle. Es war ein großer Raum, der durch eine breite Theke geteilt wurde. An der Wand dahinter reihten sich düstere graue Schließfächer aneinander. Die beiden Dienst habenden Beamten forderten Levi und Alice gerade auf, ihre Taschen zu entleeren.

Alice beförderte vierzig Pfund in zerknitterten Scheinen aus ihren Taschen, daneben einige Schlüssel und einen wieder verschließbaren Plastikbeutel mit Gras. Die Polizisten schienen dankbar für die Abwechslung und machten scherzhafte Anspielungen über den schönen Abend, den sie sich mit dem Stoff machen wollten.

Levi hatte lediglich Schlüssel, sein Handy und eine dicke Rolle Geld zu bieten. Er legte alles wortlos vor den Polizisten auf die Theke, worauf der eine lächelnd auf die goldene Rolex

Oyster und seine Ringe und Armkettchen deutete und mit einem Plastikbeutel wedelte.

»Die Sachen hätten wir auch gern, Mr. Patterson«, meinte er jovial.

Levi nahm die Uhr vom Arm und legte seinen Schmuck ab. Einige der älteren Ringe bekam er nur mit Mühe vom Finger. Er reihte alles fein säuberlich neben seinen Schlüsseln auf. Er wirkte völlig unbewegt und gelassen auf Bailey, der ihn mit Interesse beobachtete und das Verhör mit dem Dealer kaum erwarten konnte.

Der Polizist von der Aufbewahrungsstelle ließ den Plastikbeutel mit Gras in einen größeren, mit einer Nummer versehenen Beutel gleiten. Dann befahl er den Verhafteten zu warten und ging zu einem kleinen, rechteckigen Apparat an der Wand, um den Beutel mit einem Hebeldruck fest zu verschweißen.

Als der persönliche Besitz der Festgenommenen eingetütet war, wurden sie nacheinander in einen Nebenraum geführt, wo man sie aufforderte, ihre Kleider abzulegen und die Socken umzudrehen. Levi wurde gebeten, seine Genitalien hochzuheben, während die anderen beiden angewiesen wurden, die Beine zu spreizen und sich nach vorne zu beugen.

Nach der Routine-Untersuchung trat Levi gelassen den Weg in seine Zelle an, ohne auch nur einen Moment lang die Fassung verloren zu haben. Bailey stand an die Wand gelehnt und betrachtete Spider von hinten. Jetzt hob er den Kopf.

»Bis später, Levi! Wir sehn uns in ein paar Stunden«, rief er ihm nach.

Seine Bemerkung wurde von einem spöttischen Murmeln der Polizisten begleitet.

Inspektor James Pollock war groß, über einsachtzig, und stämmig, kräftiger Brustkorb, breite Schultern. Er war seit sechsundzwanzig Jahren dabei und näherte sich nunmehr den fünfzig. Er genoss den vollen Respekt der jungen, aufstrebenden Beamten. Pollock hatte schon eine Menge gesehen in seiner Dienstzeit. Angefangen hatte er auf Streife. Nach etlichen Jahren hatte es ihn dann hinter den Schreibtisch verschlagen, wo es weniger gefährlich, aber nicht weniger hektisch zuging. Er saß in seinem Büro und las gerade die Berichte der Beamten über die Razzia in dem Crack-Haus. Das Interview mit Levi war noch im Gange. Da klopfte es. Er sah lächelnd auf.

»Herein!« Seine Stimme erfüllte den Raum.

Mit mindestens ebenso zufriedener Miene trat Bailey durch die Tür. Er steuerte sofort den Stuhl vor dem Schreibtisch seines Vorgesetzten an und setzte sich. Dabei konnte er seine Erregung kaum verbergen.

»Na, wie läuft's?«, fragte Pollock.

»Wunderbar, Sir«, antwortete Bailey. »Als wir zu Patterson gesagt haben, dass wir über den Raubüberfall im Arnos Grove Bescheid wissen, isser ordentlich ins Schwitzen gekommen. Wir haben ihm eine halbe Stunde Zeit gegeben und gesagt, er soll mal drüber nachdenken, ob er uns was über die Schießerei sagen kann. Ich bin ziemlich sicher, dass er uns sagt, was wir hören wollen.«

»Sobald wir die Namen von Patterson haben, rufen Sie Sergeant Hutchinson am Arnos Grove an und informieren ihn, was hier los ist. Vielleicht kriegen die einen Hausdurchsuchungsbefehl für die Adressen, wenn wir ihnen Informationen liefern können. Dann kommen wir möglicherweise noch an die Waffen ran. Die müssen wir unbedingt aus dem Verkehr ziehen.«

Bailey nickte. Im November 1994 war der Polizist Patrick Dunne, kurz nachdem er Unterstützung angefordert hatte, von einer Gruppe von Männern erschossen worden, die zuvor einen Schwarzen namens William Danso ermordet hatten. Das war im Süden von London, in Clapham, passiert. Aber danach riefen die Polizisten überall in der Hauptstadt und wahrscheinlich im ganzen Land nach Bewaffnung und erklärten Leuten wie Levi, die jeden mit Waffen versorgten und damit die Arbeit der Bobbys noch gefährlicher machten, stillschweigend den Krieg.

Noch wichtiger, als Levi hinter Gitter zu bringen, war die Sicherstellung der Waffen. Sie waren sozusagen der Hauptgewinn in diesem tödlichen Spiel.

»Was ist mit den anderen, Chef? Auch verhören?«

»Die lassen wir erst mal schmoren. Patterson ist im Moment der Wichtigste. Mit Spider, Kenny und den anderen Crackheads warten wir, bis wir das Geständnis von Patterson haben. Dann nehmen wir uns die vor. Vielleicht erfahren wir da noch die eine oder andere Neuigkeit. Wenn Sie mit denen fertig sind, können Sie Anzeige erstatten und sie laufen lassen.«

»Wird gemacht, Chef.«

Pollock sah auf die Uhr.

»Eine halbe Stunde, haben Sie gesagt? Ich glaub, seine Zeit dürfte jetzt um sein, oder?«

»Würd ich auch sagen«, antwortete Bailey und erhob sich. Die beiden Männer lachten.

Pollocks dröhnender Bass begleitete Bailey noch auf dem Flur.

Levis Anwalt Derek Chambers saß am Fußende des harten Metallbettes und betrachtete seinen Klienten ruhig. Levi hockte am anderen Ende des Bettes und öffnete eine Dose Sunkist, die ihm Chambers mitgebracht hatte. Auf einem Metalltablett auf dem Betonboden der Zelle standen die Reste von Levis Abendessen, ein Teller mit Würstchen und Püree. An der Tür hielt ein Polizist Wache.

»Ich halte es fürs Beste, wenn du denen sagst, was sie wissen wollen«, wiederholte Chambers noch einmal. Levi stürzte sein Getränk in einem Zug hinunter und machte danach ein schmatzendes Geräusch.

»Keine Angst, Boss. Ich hab nich vor, in'en Bau zu gehen. Ich sag denen *alles*, was se wissen wollen ...«

Levi warf dem Polizisten einen kurzen Blick zu. Der Polizist sollte ruhig hören, was Levi sagte. Chambers war sofort im Bilde. Er wusste sofort, was sein Klient beabsichtigte.

»Sei vorsichtig mit dem, was du sagst«, warnte er ihn. »Wenn du auf der Anklagebank sitzt, wird das nicht leicht.«

Der Dealer zuckte mit den Schultern. Er wollte von dem Thema ablenken, bevor Chambers etwas Belastendes sagen konnte.

Levi war klar, dass man ihm das Treffen mit dem Anwalt nur erlaubt hatte, weil man davon überzeugt war, dass er mehr wusste, als er sagte. Und er war sich vollkommen des Polizisten an der Tür bewusst, der die Ohren spitzte, damit ihm nichts von dem entging, was die beiden Männer sagten. Scheiß auf ihn. Er kam schon raus. Er würde lügen, dass sich die Balken bogen, bei den Verhören, bei Gericht und, wenn es sein musste, auch noch bei den Interviews in den Zeitungen. Wenn die Bullen dachten, dass sie ihn einfach so verschwinden lassen konnten, dann hatten sie sich getäuscht.

»Das Beste wäre, wenn du gegen Kaution für den rauskämst, der bei dem Überfall geschossen hat. Mit ein bisschen Glück könnten wir dich bis übermorgen, vielleicht sogar schon morgen Abend rauskriegen. Haben sie schon deine Fingerabdrücke genommen?«

Levi schüttelte müde den Kopf.

»Na, dann werden sie das bald machen. Das ist Gesetz. Wenn sie dir die Fingerabdrücke abnehmen, sagst du ihnen, dass du ihnen dabei helfen kannst, den Schützen zu finden, wenn sie dich gegen Kaution freilassen. Die werden erst mal nicht reagieren und tun, als hätten sie nichts gehört. Lass es auf sich beruhen. Sag nur das. Zehn zu eins stimmen die zu. Denen isses lieber, du riskierst deinen Hals und nicht sie, wenn du nach dem bewaffneten Jugendlichen suchst.«

Über das Gesicht des Polizisten an der Tür huschte ein Lächeln. Er sah aber nicht zu ihnen herüber und schwieg.

»Is scheint's ganz einfach«, brummte der Dredd. »Aber wer soll'n die Kaution blechen? Kenny sitzt und Shawna kann man nicht in die Sache reinziehen ...«

Chambers blinzelte ihm unauffällig zu.

»Mach dir keine Gedanken, Levi. Da kümmer ich mich drum. Denk du drüber nach, was du zu Sergeant Bailey sagst. Den Rest krieg ich schon hin.«

Die beiden Männer tauschten einen Blick, in dem sich jahrelanges Verständnis ausdrückte. Und der wachsame Polizist sah nichts.

## *Achtzehntes Kapitel*

Sean nahm einen Beutel *Ribena* mit Erdbeergeschmack aus dem Kühlschrank und ging damit ins Wohnzimmer zurück, wo die Mutter seiner Freundin saß und in atemberaubender Geschwindigkeit Kartoffeln schälte. Sonias Mutter Samantha war groß und nicht unattraktiv mit ihrer wettergegerbten braunen Haut und den typischen braunen Augen der ganzen Familie. Sie hatte sich einen blauen Schal um die Haare gebunden und war mit einem T-Shirt und einem langen Rock bekleidet, trotz der Hitze. Sean sah ihre Goldzähne aufblitzen, als er sich unruhig und nachdenklich vor den Fernseher setzte.

»Mach nich so 'n trauriges Gesicht, mein *Bwoy*«, sagte sie teilnahmsvoll und legte die Kartoffel aus der Hand, um ihn zu betrachten.

Sean zuckte mit den Schultern und versuchte zu lächeln.

»Ach, ich bin schon okay. Ich hab nur grad an Sonnie gedacht, Mann. Ich hätt echt mit ihr gehen sollen. Sie braucht mich.«

Er seufzte und sein Gesicht war wieder ganz ernst. Sonia hatte allein zu der Apotheke in Shepherd's Bush gehen wollen, um das Ergebnis ihres Schwangerschaftstests zu erfahren.

Sie hatten den Test am Tag zuvor gekauft und ihn genau nach Anweisung durchgeführt. Aber in den Stunden des Wartens hatte die ganze Sache etwas Unwirkliches bekommen. Er war bei Sonia zu Hause gewesen und hatte sich, nachdem Tamika im Bett war, mit Sonia und ihrer Mutter darüber Gedanken gemacht, was wäre, wenn das Ergebnis positiv ausfiele.

»Sonia is ein Dickkopf. Die will immer alles allein machen«, sagte Samantha. »Im Grunde will se den andern nur beweisen, dass se alles im Griff hat, verstehste? Ich weiß noch, wie se klein war, da wollt se nich mal von mir in die Schule gebracht werden. Dabei hamm die Lehrer geschimpft und gesagt, dass das zu gefährlich is. Ich hab versucht, sie dazu zu überreden, aber sie hat so 'n Theater gemacht und geschmollt und gemeckert, bis ich se am End allein gehen gelassen hab. Mach dir also nix draus. Wenn se allein gehen will, dann muss se allein gehen. So is se einfach und damit fertig.«

Sean nickte.

»Ja ja, ich weiß ... Trotzdem find ich, ich hätt mit ihr gehen sollen. Das hat doch mit uns beiden zu tun, oder?«

Er fuhr sich nervös mit den Händen durchs Haar. »Aber was soll's, wenn Sonnie will, dass ich hier wart, dann wart ich halt. Ich hoff nur, dass sie mich hin und wieder mitreden lässt, wenn sie schwanger is.«

»Klar tut se das«, antwortete Samantha und fuhr mit dem Kartoffelschälen fort. »Weiß deine *Mudda* schon Bescheid?«

»Nee, Mann.« Sean schüttelte den Kopf. »Ich wart erst, bis es sicher is, bevor ich's denen erzähl.«

In Wahrheit hatte Sean ein bisschen Angst davor. Er hatte keine Ahnung, wie Bernice reagieren würde. Seine Mutter war im Augenblick nicht so gut drauf. Sie hatte in den letzten paar Monaten viel um die Ohren gehabt und wusste nicht einmal die Hälfte dessen, was um sie herum vorging.

Als er am vergangenen Abend von Sonia nach Hause gekommen war, hatte er sich an seinen Schreibtisch gesetzt und seinen schlafenden Cousin betrachtet. In seinem Kopf drehte sich alles. Und er hatte sich überlegt, dass Cory stolz auf ihn wäre und dass er jederzeit auf seine Unterstützung rechnen konnte. Komischerweise hatten sich die beiden Cousins in den letzten Wochen nur selten gesehen, so sehr war jeder mit seinem eigenen Leben beschäftigt gewesen. Sean hatte vor, das wieder zu ändern, egal, was bei dem Test herauskommen würde.

Er leerte sein *Ribena* und ging in die Küche, um den leeren Beutel in den Müll zu werfen. Da hörte er die Eingangstür zuschlagen und anschließend Sonias Stimme. Sean atmete tief durch und ging ins Wohnzimmer zurück. In seinem Magen kribbelte es. Sonnie hatte sich auf das Sofa fallen lassen und streckte sich.

»Mann, bin ich vielleicht *müde*!«, stöhnte sie und schenkte Sean ein Lächeln. Er beugte sich über sie und drückte ihr einen Kuss auf den Mund. Zu seiner Überraschung hielt sie ihn fest und zog ihn neben sich.

»Freut mich, dass du so gut gelaunt bist!«, sagte er. Samantha sah die beiden aufmerksam an.

»Und, Sonnie, sag schon. Spann mich nicht auf die Folter. Was is?«

Sonia lächelte und nahm Seans Hand.

»Also, die Apothekerin hat gesagt, dass ich kerngesund bin, voller Energie und echt fit und so ...«

»*Sonnie* ...«, sagte Sean drohend und warf ihr einen strengen Blick zu. Sonia strahlte ihn an. Sie sah wundervoll aus.

»Entschuldigung, ich mach ja schon.« Sie zuckte mit den Schultern und zog ein Gesicht. »Stell dich drauf ein, dass du Vater wirst, Sean. Die Apothekerin sagt, dass ich im dritten Monat bin.«

Sonias Mutter ließ vor Freude die Kartoffel fallen und nahm ihre Tochter in die Arme. »Mein Kleines ... Mein Kleines ...«, sagte sie immer wieder.

Sean saß lächelnd dabei und glaubte, seinen Ohren nicht zu trauen. Aber auch er war glücklich. Er wusste, dass sich nun schlagartig alles änderte.

So bald wie möglich würde er nach Hause gehen und seiner Mutter und den anderen die frohe Botschaft mitteilen. Er schloss Sonia in die Arme und lächelte sie an. Noch eine halbe Stunde würde er bleiben, dann musste er sich auf den Nachhauseweg machen und überlegen, wie er es den anderen beibrachte.

Fröhlich pfeifend und gut gelaunt verließ Cory das Haus. Die Sonne fühlte sich angenehm warm an auf der Haut. Er überquerte mit seiner dunklen Ray-Ban-Sonnenbrille auf der Nase die Straße und schlug den Weg zum Fußballplatz ein. Die ganze Zeit dachte er an Rosie. Es ging wieder aufwärts in seinem Leben, ganz klar. Wenn jetzt noch die Prüfungen gut gelaufen waren, dann war alles in Butter. Höchste Zeit für eine Glückssträhne. Nicht nur bei ihm, bei seiner ganzen Familie. Seit dem gestrigen Tag war er sicher, dass es endlich so weit war.

Rosie und er hatten die Menge vor Beechwood House verlassen und waren direkt in ihr Zimmer gegangen. Ohne Zeit und Worte zu verlieren, waren sie in ihr Bett geschlüpft und hatten den Rest des Nachmittags damit verbracht, den Körper des anderen kennen zu lernen, und dabei fast alle Kondome verbraucht.

Als er daran dachte, musste er lächeln. Er betrat den Fußballplatz durch das hohe Tor und sah am Ende des Platzes bereits seine Freunde sitzen. Über ihren Köpfen stiegen Rauchwolken auf.

Als er näher kam, stellte er missmutig fest, dass Martin Pitt unter ihnen war. Cory konnte den Typ nicht ausstehen. Er machte einen auf amerikanischer Gangster und redete ständig von *Bitches* und *Niggas* und *Mothafuckas*. Er war halb asiatischer, halb afrikanischer Herkunft, groß und dünn und rauchte Rocks. Cory hatte ihn immer für einen Schwindler und Angeber gehalten.

Martin hatte eine riesige Leinentasche offen neben sich stehen und die Jungen um ihn herum hatten nagelneue, original verpackte Baumwollhemden in der Hand oder begutachteten den Schnitt der strahlend blauen Jeans. Cory wusste, dass Martin mit geklauten Klamotten handelte. Er bekam sie von Mädchen, die sie entweder in den Geschäften gestohlen oder mit geklauten Karten oder Schecks bezahlt hatten. Cory hatte bisher nie Geld gehabt, wenn der Dealer mit seinen erstklassigen Ralph-Lauren- oder Armani-Sachen in der Gegend war.

»Yaow, Star, kommste auch schon!«, rief ihm Garvey zu, ein makellos verpacktes, himmelblaues Hemd in der Hand. Die anderen begrüßten ihn nickend, einer hielt ihm einen brennenden Joint hin.

»Da sag ich nich nein«, meinte Cory und führte den Joint an die Lippen. Er schnüffelte kurz und zog die Nase kraus.

»*Raa*, da is 'n Samenkorn drin, Alter! Kuck mal, wie das da rausqualmt!«

Er hielt der Gruppe grinsend den Joint hin. Aus der einen Seite stieg ein dünner Rauchfaden auf. Er bekam die unterschiedlichsten Bemerkungen zu hören.

»Wenn d'en nich rauchen willst, gib'n her, Star!«

»Mach'n raus, Mann, worauf wartst'n?«

»Wer hat'n *den* gerollt, Mann?«

»Hey, Cory. Wenn de mein Spliff kaputtmachst, kannste was erleben. Gib ihn her, Mann!«

»Leckt mich doch alle mal am Arsch«, bürstete Cory sie ab und setzte sich auf das nächste freie Plätzchen.

Er nahm sein Taschenmesser, pulte damit den störenden Samen raus und sah zu, wie er im Gras verglühte. Dann nahm er ein paar schnelle Züge und reichte den Joint an Garvey weiter.

»Wo sin'n die ganzen Girls, Mann?«, fragte er ihn. Garvey rollte die Augen.

»Keine Ahnung, Star. Vielleicht isses noch zu früh. Oder sie kommen gar nich. Ich hab Rabana getroffen. Die hat gesagt, im Hyde Park is der Bär los. Kann sein, dass se erst später auftauchen. Claire kommt jedenfalls irgendwann vorbei, hat se gesagt.«

Garvey lehnte sich zurück. Es schien ihm nichts auszumachen, dass seine Freundin nicht da war. »Was interessiert'n dich das überhaupt. Ich denk, du hättst gestern alle Hände voll zu tun gehabt.«

»Die kann ich nie voll genug kriegen, Star«, gackerte Cory und vollführte grapschende Bewegungen mit den Fingern. Die beiden lachten.

»Und, haste's geschafft?«, wollte Garvey wissen.

»Yeah, Mann.«

»War aber Zeit, Star, verfickt nochmal! Und wie isses gelaufen?«

Cory dachte einen Augenblick nach.

»Na ja, weißte – es is so, wie wenn de die ganze Nacht durchgeravt und dich voll gedröhnt hast. Dann wachste am nächsten Morgen mit'em Kater auf und sagst dir ›Muss 'ne echt klasse Nacht gewesen sein. Mein Kopf platzt gleich‹. Oder?«

»Yeah, Mann.«

»Also, mein Schwanz könnt'n paar Schmerztabletten gebrauchen, echt wahr. Der pocht richtig, Mann.«

Garvey wieherte.

»Is richtig heißgelaufen, der Kolben! Ich hab gedacht, die Kugellager schlagen Funken!«, prustete Cory. Alles brüllte vor Lachen.

»Aber echt!«

Cory stimmte in das Gelächter ein und schlug mit der Hand ein paar Mal auf's Gras. Martin Pitt musste natürlich seinen Senf dazugeben. »Jetzt siehste Rosie wohl öfters, was?«, schleimte er und zog dabei zwei Rizla aus der Packung. Cory sah ihn abschätzig an.

»Klar, Mann. Immer wenn se vor mir steht.«

»Ha, ha. Biste jetzt mit ihr zusammen, oder was?«

»Was geht'n dich das an? Ich frag dich ja auch nich, was de machst. Steck deinen Riecher woanders hin.« Der Kommentar kam völlig locker, aber Cory merkte, wie ihm der Typ seine gute Laune verdarb.

»Hör mal. Ich hab dich ja nur gefragt, weil ich gedacht hab, dass se sich vielleicht was an Kohle verdienen will. Ich hab'n paar Scheckbücher zu bearbeiten, aber die laufen alle auf Weibernamen. Ich hab gedacht, du redst vielleicht mal mit der *Bitch* und wir machen halbe-halbe, verstehste? Ihr kannste dann geben, was de für richtig hältst, oder?«

»Von mei'm Anteil, nehm ich an?«

Martin grinste breit. Langsam reichte es Cory.

»Du bist vielleicht ein Spaßvogel«, blaffte ihn Cory an. »Wie kommst'n auf die Idee, dass ich 'ne Frau für dich anschaffen schick? Und was soll'n das überhaupt heißen, *Deine Bitch*? Simmer hier in Harlem, oder was? Du bist immer noch in *London*, mein Lieber, falls du das vergessen hast. Im Übrigen, pass lieber auf, dass dich die Bullen nich schnappen. Seit der Razzia is alles voll von denen.«

»Mann, Cory«, kicherte Martin und schüttelte den Kopf. »Ich wollt dir nur 'n bisschen Kohle verschaffen, Star. Ich seh doch, wie de immer auf meine Klamotten schielst. War nur'n Angebot, sonst nix. Was stellst'n dich so an. Is okay, wenn de nich flüssig bist, oder? Sags doch einfach, lacht schon keiner.«

Worauf, wie erwartet, ein paar in der Runde zu lachen anfingen. Auf Martins schmalem, knochigem Gesicht spielte ein verschlagenes Grinsen. Cory hätte ihn packen und würgen mögen.

»Wie kommste auf die Idee, dass ich mich für deine scheiß Klamotten interessier, Alter?«

Martin lachte laut darüber und warf ihm ein paar Shirts zu.

»CHECK, CHECK, CHECK IT OUT!«, leierte er in seinem geliebten amerikanischen Singsang herunter. Die Päckchen wirbelten durch die Luft und landeten direkt auf Corys Schoß. Am liebsten hätte er sie dem Dealer um die Ohren gehauen, aber er erinnerte sich noch rechtzeitig daran, was er sich vorgenommen hatte, und beherrschte sich.

»Das sind die fettesten Versace-Shirts, die de kriegen kannst. Kosten achtzig Pfund im West-End, gib mir dreißig Dollar fürs Stück und sie sind dir. Das Polo und das von Hugo Boss und das von Armani ...«

Cory warf einen Blick auf die Hemden.

»Also gut, ich sag dir was. Zwanzig pro Stück, dann steigt der Deal.«

»*Zwanzig*!«, rief Martin entrüstet. »Ein andermal! Du spinnst ja! Was soll ich'n mit zwanzig, Cory, Mann!«

Cory grinste spöttisch.

»Das Gleiche, was du mit dreißig machst, Boy. Kauf dir was für deine Pfeife, du Scheiß Crackhead. Hör mal, erst tönste hier laut rum, von wegen du willst mir helfen. Und jetzt? Also, was is? Willste mir jetzt helfen oder nich?! Ich nehm drei, alles klar, und zwar sofort. Stehste jetzt zu dei'm Wort? Was is, Mart?«

Die anderen Jungen fingen an mitzuhandeln, Garvey am lautesten. Er hackte auf dem Händler herum und drängte ihn, endlich mit dem Preis runterzugehen. Martin wurde es zusehends unwohl in seiner Haut.

»Mann, das is unmöglich«, jammerte er. »Dann wollen es alle für den Preis.«

»Dann verkaufste's eben nich, Mann.« Cory legte noch eins drauf. Er war schon siegesgewiss. »Stopf dir die Klamotten einfach ins Maul.«

Corys Worte gingen in dem Lärm, der herrschte, fast unter.

»Okay, okay!« Martin gab auf. »Aber nur du kriegst die Dinger für den Preis. Weil du nix draufhast.«

»Respekt«, sagte Cory und musste sich ein Lächeln verkneifen.

Er beugte sich über die Tasche des anderen und traf seine Wahl. Dann langte er an seine Socke und zog einen kleinen Beutel mit Klettverschluss hervor, den er um das Fußgelenk trug.

Als er die dicke Rolle Geldscheine herausnahm, blieb den Jungen fast die Luft weg. Die Häuser von Art hatten in der letzten Zeit ordentlich was abgeworfen. Außerdem zahlte Lionel, ein Zuhälter aus Greenside, fast das Doppelte von dem, was Levi gezahlt hatte. Cory hatte ohnehin vorgehabt, sich in diesen Tagen nach Klamotten umzusehen. Jetzt waren die Geschäfte sozusagen zu ihm gekommen. Da war er froh, dass er das nötige Kleingeld dabeihatte.

»Ich ... Ich ... Ich hab gedacht ... Hast du nicht gesagt, du hast kein Geld?«, stammelte Martin. Um ihn herum brach alles in lautes Lachen aus. Es wurde gelästert, was das Zeug hielt, von wegen man hätte ihn wie einen Schulbuben reingelegt. Cory blinzelte ihm grinsend zu.

»Nee, Mann. *Du* hast gesagt, ich hab kein Geld. Ich hab nur gesagt, dass ich die Shirts für zwanzig das Stück haben will. Vielleicht haste jetzt gemerkt, dass de mich nich so einfach taxieren kannst. Nur weil ich mir nich das Maul zerreiß, heißt das noch lang nich, dass ich nix draufhab, verstanden? Ach ja, und lass dir deine Pfeife schmecken.«

Ohne eine Miene zu verziehen, nahm er seine Kleider und setzte sich zu Garvey, der als Einziger nicht von Corys plötzlichem Reichtum überrascht war. Das Gespräch unter den Jungen kam wieder in Gang, nur Martin saß missmutig da. Cory beugte sich zu Garvey und flüsterte ihm etwas ins Ohr.

»Hör mal. Haste gesehen, wie viel Klamotten unser Sportsfreund in seiner Tasche hat?«

Garvey lächelte. »Zeug im Wert von 'n paar hundert Pfund«, gab Garvey leise zurück. In seinen hellbraunen Augen blitzte es.

»Und, was sagst du? Ich finde, es wird Zeit, dass dieses Weichei von Pitt mal ausgeraubt wird, oder?«

»*Absolut*«, stimmte Garvey zu. Cory streckte sich auf dem Rasen aus.

»Wenn er abhaut, gehn wir hinter ihm her«, murmelte er, ohne die Lippen zu bewegen. Er wusste, dass sein Freund immer ein Messer dabeihatte. Garvey lachte und reichte ihm einen Joint.

»*Raa,* Blood. Dem Arsch muss man gleich zweimal eins auf'n Sack geben. Doppelt genäht hält besser«, kicherte er düster. Cory stimmte in sein Lachen ein. Er stellte befriedigt fest, wie schön sich die Sonnenstrahlen in der Seide des Armani-Hemds reflektierten. Er würde es Sean geben, als Ausgleich für die Goldkette von vor ein paar Monaten.

Da deutete plötzlich Gavin Hall aus Devonshire House aufgeregt zum Tor. Er hatte eine Figur wie ein Langstreckenläufer.

»*Raa*, da sind Art und die andern, Star! Die müssen se rausgelassen hamm. *Oiiii*! Was is?!«

Einen Augenblick herrschte Stille. Alle sahen zum Eingangstor. Die anderen machten ihnen Zeichen. Gavin winkte, lachte und bedeutete ihnen herzukommen.

»Komm doch mal!«, rief er dabei.

»Meinste, die hamm se angezeigt?«, fragte Makuja, ein Afrikaner.

»Klar, Mann, sonst hätten se die nich so schnell wieder rausgelassen«, antwortete Garvey ernst. »Die fackeln nich lang, verstehste. Selbst wenn se dir nix nachweisen können, behalten se dich erst mal, um dich für 'ne Weile aus'm Verkehr zu ziehen, oder, Cee?«

»Klar, Mann, die sperren dich so lang ein, wie's geht«, brummte Cory abwesend. Er beobachtete Art, wie er über den Platz auf sie zukam.

Mak schüttelte den Kopf.

»Also, mich hamm se damals angezeigt, wo ich die reiche Schnecke aus Kensington abgeklaut hab. Mann, die hat vielleicht'n Haufen teures Zeug gehabt, Star. Juwelen, Brillanten und alles, mehrere Rolex und so! ... Jedenfalls hamm se mich geschnappt und dann verhört und alles. Und danach hamm mich die Bullen zwei Tage inner Zelle sitzen lassen, Mann!«

»Zwei Tage? Schmier uns nich an, Mann!«, rief Martin. Mak sah ihm voll in die Augen.

»Nee, nee, Mann. Ich lüg nich. Zwei verfluchte Tage hamm se mich eingelocht. Ohne was zu sagen. Nich mal meiner Mum hamm se gesagt, wo ich bin. Und da war ich erst vierzehn. Ich mein, das is gegen das Gesetz, dass se dich so lang einbuchten. Aber was hätt ich machen sollen? Als se mich rausgelassen hamm, war ich fuchsteufelswild und hab auch so gestunken, Mann!«

»Das is hart«, brummte Cory. »Hättste melden sollen, was die Ärsche gemacht hamm, Mann, aber echt.«

»Yeah, hätt ich auch. Aber meine Mum kennt sich mit'm Gesetz und so nich aus«, antwortete Mak.

Die Jungen ließen es dabei bewenden und sahen auf. Art hatte sie fast erreicht. Er war mit Johnny und Teresa zusammen, einer *Crackbitch* aus dem Viertel. Alle drei sahen völlig verdreckt aus.

»Hi, Leute«, krächzte Art. Sein Gang war leicht schwankend. Man nickte, tauschte mit Johnny und Art Fäuste und einen gemurmelten Gruß mit dem weißen Mädchen, das offenbar auf Entzug war. Alle drei konnten keinen Augenblick still sitzen. Garvey bot Art schließlich einen Joint an, nur damit er zu zappeln aufhörte.

»Oh, yeah, gut«, antwortete er. »Aber ich muss erst kurz mit Cory reden, Mann. Augenblick noch. Oder Johnny soll'en schon mal drehn. Aber erst anstecken, wenn ich wieder da bin.«

Cory blickte brüsk auf, als er seinen Namen hörte. Er sah in Arts wässrige Augen und hielt seinen Blick einen Moment lang fest. Dann nickte er, nahm sein Messer und seine Hemden und folgte ihm ein paar Schritte, bis sie außer Hörweite waren. Als Cory sich umsah, drehten alle schnell den Kopf und taten so, als beachteten sie die beiden nicht. Cory musste innerlich lachen. Er fasste Art am Ellbogen, worauf er in der Nähe des

Maschendrahtzauns stehen blieb. In der Sonne war es so heiß, dass einem selbst das Sprechen schwer fiel. Cory kam sofort zur Sache.

»Was is los, Mann?«, fragte er etwas verdattert. Er hatte keine Ahnung, was Art von ihm wollte.

Der andere hustete kurz, spuckte durch den Zaun in den angrenzenden Park und legte Cory freundschaftlich die Hand auf die Schulter.

»Boy, Cory. Ich hab *schlechte* Nachrichten für dich, Star. Das wird dir sicher überhaupt nich gefallen, Mann ... Pass auf, es gibt da 'n paar Typen, die hamm gestern Abend das halbe Viertel verpfiffen. Sogar Namen hamm se genannt, verstehste? Da hab ich gedacht, das muss ich dir sagen. Es sieht nämlich nich gut aus, wenn de verstehst?«

»Hä? Wovon redst'n überhaupt, Star?«, sagte Cory ungeduldig. »Wer soll'n mich verpfiffen hamm?«

Art sah seinen Freund verwirrt an und nahm die Hand von seinem Arm. Es dauerte einen Moment, bis es zu ihm durchdrang.

»Nee, Mann. Ich hab nich von dir geredet. Mit dir is alles in Ordnung, Alter. Keine Sorge. Was ich sagen wollt, is Folgendes. Da hat einer versucht, dei'm Kuseng was anzuhängen. Irgend'n Scheiß. Um sein' Arsch zu retten. Verstehste, was ich mein?«

»Was sagst du? Jemand will Sean was anhängen?«

Cory war wie vom Schlag getroffen.

»Boy, tut mir Leid, Alter.«

»*Wer*? Los, Mann, spuck's aus. Wer will ihm was anhängen, Star?«

Cory hatte die Augen aufgerissen und hielt, ohne es zu merken, den Griff seines Schnappmessers umklammert. Sein Blick war mit einem Mal hart. Art taxierte ihn aufmerksam. Er fragte sich, ob es klug war, ihm zu erzählen, was die Bullen am Abend zuvor beim Verhör gesagt hatten. Cory konnte Levi ohnehin nicht ausstehen. Mit seinem hitzigen Temperament war er zu allem fähig. Auch zu etwas, das er später vielleicht bitter bereuen könnte.

Art seufzte innerlich. Jetzt war es zu spät. Er hatte A gesagt, nun musste er auch B sagen. Wenn er nicht damit rausrückte, ließ Cory womöglich seinen Frust an ihm aus und das konnte er nicht riskieren. Er war unbewaffnet. Also fuhr er zögernd fort.

»Hör zu. Es is so: Gestern Abend hamm mich 'n paar Bullen verhört. Zuerst hamm se alles über mich wissen wollen, aber dann hamm se nach Sean gefragt.«

»*Was* gefragt?«, blaffte Cory.

»Weißt schon, Mann. Was er so macht, mit wem er zusammen is, so Sachen halt, weißt schon. Und mit ei'm Mal fragen se, ob ich den schon mal mit 'ner Knarre gesehn hab. Ich sag: ›Noch nie‹ und erklär denen, dass Sean immer nur lernt und vor sein' Büchern hockt. Da lachen se und meinen: ›So, so, was de nich sagst‹, als würden se mir nich glauben. Und dann fangen se an zu erzählen. Einer von denen, die se verhaftet hamm, hätt gesagt, Sean wär vor kurzem bei 'nem Überfall dabei gewesen. Und dabei hätt er 'nen Schwarzen erschossen. Ich sag: ›Das klingt aber nich so, als ob das mein Freund wär‹, verstehste. Aber die meinen, die hätten 'ne echt sichere Quelle, und die hätt gesagt, dass es Sean war.«

»Was soll'n das für 'ne Quelle sein?«

Art scharrte mit den Füßen und sagte nichts.

»Art, versuch nich, mich zu verarschen, Mann«, warnte ihn Cory, kurz vorm Explodieren.

»Also, pass auf. Die Bullen hamm 'nen Fehler gemacht«, sagte Art unwillig. »Sie hamm gesagt, sie hätten schon 'n paar von der Razzia verhört. Aber ich weiß genau, dass se mich als Erstes geholt hamm. Wir waren nämlich alle auf ei'm Gang. Und ich hab genau gehört, wenn se die Türen aufgemacht hamm. Außerdem, wie ich vor'm Büro auf meine Akte gewartet hab, hamm da zwei Bullen wortwörtlich gesagt, der langhaarige Nigger hätt gesungen wie 'ne Nachtigall. Aber dann hat einer mich gesehn und dann hamm se nix mehr gesagt. Aber das andere hab ich genau gehört. Das wissen se auch. Jetzt frag ich dich: Wie viel Schwarze von Levis Kumpels hamm lange Haare? Doch nur ...«

»*Levi* ...«, sagte Cory tonlos in einem Atemzug mit Art. Endlich war es raus. Sein Verdacht hatte sich bestätigt.

Levi. Immer wieder derselbe Name. Wohin er auch ging, der Name verfolgte ihn. Wenn er dachte, er und Sean hätten den Dredd endlich abgeschüttelt, tauchte er aus dem Nichts wieder auf. Mal um Mal, bedrohlicher als je zuvor. Der Hass, den Cory für ihn empfand, hatte mittlerweile abenteuerliche Ausmaße angenommen. Er stellte sich vor, wie er ihn blutig schlug, ihm Schmerzen zufügte, ihn dazu brachte, um sein Leben zu winseln. Er wollte ihn büßen lassen, wollte Rache für das, was ihnen der Dredd in diesem Sommer zugefügt hatte.

Cory war außer sich vor Wut. Sein Gehirn raste. Welchen

Ausweg gab es bloß aus dieser verfahrenen Situation, in die er sich und seinen Cousin hineinmanövriert hatte? Er wollte es dem Dredd zeigen. Er musste kapieren, dass man nicht so umspringen konnte mit den Bradleys. Sie ließen sich nicht einfach zu Sündenböcken machen.

Vielleicht konnte er mit jemand aus dem Ladbroke Grove reden. Vielleicht konnte er jemand anheuern, der ihm Säure ins Gesicht schüttete. Zur Warnung. Damit er den Mund hielt. Es gab eine Menge Leute, die das tun würden. Aber als er darüber nachdachte, wurde ihm schnell klar, dass das keine Lösung war. Er würde sich nur verdächtig machen, wenn er herumfragte, und riskieren, dass man ihn bei den Bullen verpfiff, wenn es hart auf hart kam. Irgendwie musste er dem Dredd das Maul stopfen, aber es fiel ihm auf die Schnelle nichts ein! ... Es sei denn ...

Mit einem Mal war Cory klar, wie er das Problem lösen würde.

»Ja ... ähm ... Danke, Art, Mann. Ich weiß es zu schätzen, dass du mir das erzählt hast«, sagte Cory. Er war mit den Gedanken ganz woanders. Geistesabwesend drückte er dem verdatterten Art zwanzig Pfund in die Hand. Art starrte den Schein einen Augenblick lang an und ließ ihn dann schnell in seine Tasche verschwinden.

»Klar doch, Star. Immer«, antwortete er bemüht locker. In Wirklichkeit bereute er, was er Cory erzählt hatte. Jeder wusste, wie sehr die Cousins aneinander hingen. Und ein Blick in Corys Augen hatte genügt, um ihn davon zu überzeugen, dass Cory außer sich war vor Wut. Es wäre das Beste gewesen, sofort zu Sean zu gehen und ihm selbst zu sagen, was Levi vorhatte. Aber jetzt war es zu spät. Er verfluchte sich dafür. Mit seiner Gedankenlosigkeit hatte er die Sache nur noch schlimmer gemacht, als sie ohnehin schon war.

Aber, hey! Er hatte einen Zwanziger in der Tasche und die besten Aussichten, dass ihm Teresa für einen Zug aus der Pfeife einen blies. So schlimm standen die Dinge doch gar nicht. Scheinbar locker schlenderten die beiden zurück zu den anderen. Da machte Cory auf dem Absatz kehrt und hielt Art am Ellbogen fest.

»Hör zu, Art. Sag den Jungs, dass ich bald wieder da bin, okay? Ich muss nur schnell was erledigen, yeah?«

»Alles klar, Mann«, antwortete der Crackhead, der es kaum mehr erwarten konnte, sich eine Pfeife anzustecken und den Knall in seinem Kopf zu spüren. Er bekam Gänsehaut bei dem Gedanken. Er bemerkte nur am Rande, dass Cory sich umgedreht hatte und zum Ausgang ging.

»Hey! *Hey*! Wo will'n Cory hin, Alter?«

Garvey war aufgesprungen und sah Cory nach, der sich im Marschschritt dem Parktor näherte. Er warf einen Blick auf Martin Pitt, dann wieder auf seinen Freund und hatte plötzlich das unbestimmte Gefühl, dass er das alles schon einmal erlebt hatte.

Art zuckte mit den Schultern. »Keine Ahnung, Mann. Er hat gesagt, er is gleich wieder da. Hat irgendwas zu erledigen, Mann.«

»Was hast'n mit ihm zu reden gehabt, Star?«

»Ich hab ihm nur von unseren nächsten *Moves* erzählt. Was geht'n dich das an?«

Art wandte sich wieder der Gruppe zu.

»Hört mal. Hat einer Bock auf 'ne Pfeife? Ich hab hier 'n Zwanziger. Vielleicht könn'wer zusammenlegen ...«

Art lächelte Teresa an, die ihm einen einladenden Blick zuwarf. In ihrem heruntergekommenen Zustand wirkte sie allerdings nicht besonders sexy.

Garvey betrachtete die beiden angeekelt, bevor er sein Gras einpackte und wortlos die Gruppe verließ. Er hatte es plötzlich eilig. Er musste herausfinden, was Cory vorhatte, und vor allem, was eigentlich mit ihm los war.

Irgendetwas stimmte nicht mit ihm, schon seit geraumer Zeit. Corys locker-flockige Art war in den letzten Monaten immer mehr einer fickrigen Nervosität und Anspannung gewichen. Ständig drehte er sich um und beäugte misstrauisch seine Umgebung, wo immer er ging. Und dann regte er sich über die läppischsten Dinge auf und ging null Komma nichts an die Decke. Dabei hatte Garvey immer geglaubt, dass er seinen Freund durch und durch kannte. Aber jetzt hatte es allen Anschein, dass Cory ernsthaft in Schwierigkeiten war. Und er, Garvey, wusste nichts davon.

Aus Shannons Zimmer dröhnte laute Jungle-Musik und überlagerte das angeregte Schwatzen von Shannon und ihren Freundinnen. Kein Zweifel, die ließen es sich gut gehen. Sean war in der Küche, um sich ein Schinken-Sandwich mit Krautsalat und scharfer Pfeffersauce zu machen. Als er fertig war, nahm er seine Cola und den Teller und balancierte sie vorsichtig in sein Zimmer.

Als er an Shannons Tür vorbeikam, spürte er förmlich die Bässe durch die Tür. Da er beide Hände voll hatte, trat er leicht mit der Fußspitze dagegen. Alle riefen »Herein«. Einen Augenblick später ging die Tür auf.

Die dunkelhäutigen Schönheiten waren bei dem heißen Wetter mit kurzen Kleidchen oder Jeans-Shorts bekleidet. Ihr Anblick versetzte Sean einen Stoß in die Magengrube, der sich in Richtung Lenden ausbreitete. Seit er klein war, hatte er bei seiner Schwester noch nie eine hässliche Freundin gesehen. Er lächelte Shannon an, die ihn in den Arm nahm und ihn gar nicht wieder loslassen wollte.

»Alles in Ordnung, Sean? Wie geht's Sonnie?«, fragte sie und setzte sich wieder ans Kopfende ihres Bettes.

»Gut. Die hat heut 'nen Ruhetag eingelegt«, antwortete er und nippte an seinem Glas.

»Wo is Mum?«

»Kurz zu Greg.«

»Und Cory?«

»Keine Ahnung. Er hat nur gesagt, dass er weggeht.«

Seine Schwester leerte ihren Becher, in dem zweifellos etwas Alkoholisches war. Dann steckte sie sich einen Joint an und zog genüsslich daran.

»Na ja, ich wollt mich nich länger aufhalten. Ich wollt nur kurz Hallo sagen. Wenn du später einen Augenblick Zeit hast, kommste dann mal zu mir rüber, Shan?«

Shannon sah ihn fragend an und schien aufstehen zu wollen.

»Was is? Sag's mir doch gleich«, meinte sie ernst.

»Nee, Mann, is nich so wichtig, Star. Keine Sorge. Wenn de Zeit hast, okay?«

»Okay.«

»Mach's gut!«, riefen ihm die Mädchen nach. Kopfschüttelnd ging er in sein Zimmer und knipste den Fernseher an. Gerade rechtzeitig zu den Mittagsnachrichten. Er verschlang hungrig sein Schinken-Sandwich.

Dann griff er in seine Jeans und zog einen halb gerauchten Crack-Joint aus der Tasche, den er auf dem Nachhauseweg von Sonnie geraucht hatte. Nicht ohne quälende Schuldgefühle. Aber seit Sonnie ihm von ihrer möglichen Schwangerschaft erzählt hatte, überfiel ihn manchmal ein Verlangen danach, besonders wenn er allein war, dem er kaum widerstehen konnte. Cory wusste nichts davon, dass er noch immer rauchte. Sean wollte nicht, dass sein Cousin ihn für einen Junkie-Typen hielt. Er ging zu verschiedenen Dealern, um sich den Stoff zu beschaffen, jedes Mal zu einem anderen, damit niemand glaubte, er würde zum Gewohnheitsraucher.

Er nahm langsame, tiefe Züge und behielt den Rauch so lange in den Lungen, bis sie schmerzten. Als nur noch der Kartonfilter übrig war, drückte er heftig die Kippe aus. Er lehnte sich zurück und ließ eine weiße Rauchwolke aus Nase und Mund entweichen. Ihm war etwas schwindlig. Der Joint fing an zu wirken. Er lag da und genoss das Gefühl. Als das Telefon im Wohnzimmer klingelte, klang es, als sei es in Watte gepackt. Träge wartete er, bis Shannon hinging, um zu antworten. Er war überrascht, als sie ihn rief.

»Komme!« Er stolperte zur Tür. Seine Schwester sah ihn merkwürdig an, als er den Hörer nahm. Auf seine Frage, wer dran war, zuckte sie nur mit den Schultern. Er wartete, bis sie in ihr Zimmer gegangen war, dann hielt er sich den Hörer ans Ohr.

»Ja, hallo?«

Er hörte jemanden am anderen Ende atmen.

»Hallo, mein Junge.«

*Levi*?, dachte er verdattert. Was wollte denn der?

»Was is los, Mann?«

»Bleib ruhig, Star ... Ich bin in Urlaub, verstehste?«

»Ja, Cory hat mir erzählt, dass de weg bist.«

Der Dredd schwieg einen Augenblick, dann hörte man ihn kichern.

»Hör mal, Blood. Ich hab 'ne Offerte für dich ... Ich brauch 'n Mann, wo mich aus'm Knast abholt, so um halb neun, neun rum. Kenny und die sitzen nämlich ebenfalls, und ich hab niemand, wo mich fahren kann, verstehste. Da hab ich gedacht, der Sean will sich vielleicht 'n paar Kröten verdienen, oder?«

»Boy, du weißt doch«, sagte Sean langsam. Er dachte daran, was er Cory vor Wochen versprochen hatte. Bis jetzt war er nicht mehr in Versuchung gekommen, sich mit Levi zu treffen. Und alles war in Butter gewesen! Er schloss die Augen. Plötzlich hatte er Kopfschmerzen. Warum konnte das Leben nicht mal einfach sein, zur Abwechslung? Er hatte Cory sein Wort gegeben und er hatte eine Verpflichtung gegenüber seinem Kind. Aber Geld konnte er dringend gebrauchen, mehr denn je.

»Mach schon, Star! Ich hab nich den ganzen Tag Zeit.«

Levi riss ihn aus seinen Gedanken. Die Wirklichkeit stürzte wieder über ihn herein.

»Hör zu, Levi, Mann. Ich würd dir gern helfen, aber ...«

»Soll das heißen, mein Junge, dass de dir den Monkey nich verdienen willst?«, schnitt ihm der Dredd brüsk das Wort ab.

»*Was*?« Sean starrte verdattert den Hörer an.

»Ja, Mann. Ich geb dir ’nen Monkey, nur dass de mich abholst und in meine Bude fährst. Das kannste mir doch nich abschlagen, Star ... Also, was is? Fährste mich, oder was?«

»Levi, Mann«, murmelte Sean. Levi hatte ihn bereits überzeugt. Einen halben Tausender ... Er wusste schon, was er damit alles kaufen würde.

»Na gut, abgemacht.« Wieder gab er sich geschlagen.

Von irgendwo hörte er Corys warnende Stimme. *Mach endlich Schluss! Schick den Dredd zum Teufel!* Sean schloss zum zweiten Mal die Augen. Aber Levis dröhnender Bass übertönte Corys Worte mühelos.

»Astrein, mein Junge. Bist ’n Kumpel, Mann. Also, du fährst zu Shawna ...«

»*Zu Shawna*?«, rief Sean. Der Dredd lachte.

»Ja, Mann. Hab ich das noch nich gesagt?«

Sean brummte irgendetwas in den Hörer. Der Dredd lachte wieder.

»Ja, Mann. Du musst da was abholen für mich. Da steht noch eine ... Trickkiste von mir, verstehste, was ich mein?«

»Ja, ja«, antwortete Sean düster. Er konnte sich denken, wovon der Dredd sprach.

»Du gehst hin und holst das Ding ab. Dann tust’es in meine Bude und dann kommste mich holen. Meinste, das geht, *Supa*?«

»Denk schon«, murmelte Sean. »Für ’n Monkey, oder?«

»Ja, Mann. Wart draußen, wenn de kommst. So um halb neun, neun, klar. Und Shawna hat noch Geld für mich. Bring’s mit. Nich vergessen, hörste?«

»Okay, Levi. Ich bin da.«

»Bis dann …«

Sean stand auf und ging in sein Zimmer. Er nahm seine SIG-Sauer aus dem Schreibtisch und kontrollierte, ob sie gesichert war. Dann steckte er sie in den Hosenbund. Nochmaliges Kramen förderte eine dunkle Sonnenbrille und seine schwarzen Handschuhe zutage, die er sich in die Gesäßtasche steckte.

Zeit, etwas schnelles Geld zu machen, dachte er und verließ sein Zimmer. Er verabschiedete sich mit einem Klopfen an Shannons Tür und ging seiner Verabredung mit Levi und dem Schicksal entgegen.

Garvey suchte das ganze Viertel nach Cory ab. Sein erstes Ziel war Denver House. Er freute sich, als er dem anderen Bradley vor dem Eingang begegnete. Sean hob die Hand und tauschte einen Faustschlag mit dem dünnen Teenager.

»Hi, Blood.«

»Wie geht's, Garv? Wo willst'n hin?«

»Ich bin auf der Suche nach dei'm Kuseng. Isser oben?«

»Nee, Mann. Im Moment is nur Shannon mit ihren *Bredrins* da. Ich hab Cory heut Morgen noch nich gesehen.«

»Shit.«

Garvey hatte die Hand ans Kinn gelegt. Sean beobachtete ihn durch seine dunkle Sonnenbrille.

»Warum, is irgendwas?«, fragte er hellhörig.

Garvey sah ihn an und überlegte, ob er ihn ins Vertrauen ziehen sollte, besann sich aber eines Besseren. Im Grunde wusste er nichts. Alles war nur eine Vermutung. Was hätte er ihm denn sagen sollen? Cory konnte nicht weit sein. Und Garvey war ein nachdenklicher Typ, der nicht zu überstürzten Handlungen neigte. Er beschloss, weiterzusuchen und Sean nicht mit Dingen zu belasten, die wahrscheinlich nichts zu bedeuten hatten.

»Nee, Mann. Es is nur ... Martin Pitt hat die Tasche voll mit Versace-Klamotten. Da hab ich gedacht, den könnt man ’n bisschen erleichtern und was davon zu Geld machen, verstehste.«

Sean lachte über einen Schwarzen, der mitten auf der Straße ging. Er hatte eine Bibel in der Hand und rezitierte mit lauter Stimme Psalmen. Die Autos hupten ihn an, aber er beachtete sie gar nicht, drohte ihnen nur hin und wieder mit der erhobenen Bibel. Beide Jungen sahen dem Mann nach, dann wandte sich Sean wieder Garvey zu. Sein Lächeln war verschwunden.

»Ich muss rennen, Mann. Wenn du Cory siehst, sag ihm, dass ich heut Abend was Wichtiges mit ihm zu besprechen hab.«

»Alles klar.«

Sean machte sich auf den Weg zur Bushaltestelle. Er sah einen roten Doppeldecker kommen und fing an zu laufen. Die Türen gingen auf und Sean stieg ein.

Garvey drehte um und ging am Fußballplatz vorbei in Richtung Calderval House. Die Hitze drückte ihm auf den Kopf. Er fühlte sich gereizt und müde, obwohl es noch früh war. So wie es aussah, würde es die ganze Nacht nicht abkühlen. Dann konnte er wieder nicht schlafen. Er schüttelte den Kopf und machte die Flasche *Snapple* auf, obwohl er das Zeug nicht mochte, wenn es warm war. Aber sein Hals war ganz trocken. Er trank im Gehen. Auf dem Pflaster hallten seine Schritte rhythmisch wider.

Am Caldervale House bog er links ab, ohne recht zu wissen, wohin er eigentlich gehen sollte. Da entdeckte er an der Ecke von Devonshire House an einem Münzfernsprecher eine bekannte Gestalt. Garvey sah, wie sie den Hörer auflegte, im Rückgabeschlitz nach Restgeld suchte und sich auf die flache Mauer setzte, die neu erstandenen Hemden fein säuberlich nebeneinander aufgereiht. Offenbar wartete Cory auf jemanden. Garvey grinste zufrieden und ging auf ihn zu.

»Cory!«

Der Freund sah auf. Er lächelte abwesend.

»Hi, Garv.«

Garvey beschleunigte seinen Schritt und nahm neben ihm auf der Mauer Platz. Er warf ihm einen besorgten Blick zu.

»Was is los, Mann? Wieso bist'n einfach abgehau'n vorhin, Alter?«

Cory zuckte mit den Schultern.

»Boy ... Garv, ehrlich gesagt, das is 'ne lange Geschichte, Mann. Ich kann dir das jetzt nich erklären, jedenfalls nich richtig.«

»Was meinst'n damit?«

»Mann ...« Cory machte ein Gesicht und rieb sich über den rasierten Kopf. »Ich wollt dir schon 'ne Weile davon erzählen, aber es war immer so viel los. Mir schwirrt der Kopf, Mann.«

»Wie bitte? Da geht's dir wie mir!«

Cory lachte, aber es klang hart und gezwungen.

»Dreh dir einen«, bot er an.

»Was, hier?«

»Ja, Mann. Ich pass auf.«

Garvey nahm ein Blatt von seinen Kingsize heraus, strich es glatt und bröselte dann den Zigarettentabak darauf. Cory reichte ihm das Gras und behielt dabei die Umgebung im Auge.

»Ich kann's kaum erwarten, reich zu werden. Dann brauch ich keine Braunen mehr zu rauchen«, sagte Cory.

»Du rauchst doch gar keine Braunen, Mann.«

»Klar. Jedes Mal, wenn ich Gras rauch.«

Garvey zuckte mit den Schultern und zündete den Joint an. »Das bisschen Tabak, Mann. So wie ich das seh, is in deinen Joints nich mehr als ein Drittel davon drin.«

Cory nickte.

»Ja, das stimmt, aber alles ohne Filter, verstehste? Der Teer und das Nikotin und der Scheiß, geht alles in die Lungen, wenn du *ohne Filter* rauchst.«

Seine Stimme klang so düster, dass Garvey lachen musste.

»Mann, was'n los?«, fragte er Cory. »Was siehst'n alles so schwarz, Star. Je mehr du drüber nachdenkst, desto wahrscheinlicher isses, dass du krank wirst, vor lauter Kummer. Scheiß auf den Lungenkrebs und was es sonst noch gibt. Irgendwann müssen wir sowieso sterben. Kuck dir lieber den *Brer* an.« Garvey deutete auf einen Weißen, der mit einer blauen Dose Starkbier in der Hand die Straße entlangwankte. »Meinste, der macht sich Sorgen wegen Lungenkrebs? Nee, der lebt einfach und fragt nich nach der Zukunft, verstehste?«

Cory besah sich den Mann, dann wandte er sich wieder seinem Freund zu.

»Na ja, ich will ja nich unfair sein. Aber was'n das für 'n Beispiel? Der einzige Grund, warum der sich keine Gedanken über Lungenkrebs macht, is, weil seine Nieren total kaputt sind. Nich grad ein Trost, oder?«

Sie mussten lachen und schwiegen eine Weile und ließen das Leben um sie herum an sich vorüberrauschen. Garvey reichte Cory den Joint und spuckte etwas Tabak aus.

»Auf wen wartst'n eigentlich?«

Cory zuckte.

»Ich hab grad Craig Price angerufen. Ich fahr mit ihm rüber in sein Viertel, zum Abhängen.«

»Stimmt ja, der is auch wieder auf der Piste.«

»So isses.«

»Ich hab ihn noch nich gesehen, aber meine Mum hat ihn getroffen.«

Garvey sah Cory an. »Und deswegen hauste so plötzlich ab?«

Cory erwiderte seinen Blick und lachte.

»Garvey, Mann. Komm schon! Ich erzähl dir das jetzt bloß nich, weil das viel zu lang dauern würd und Craig mich gleich mit seinem Moped abholen kommt, verstehste. Aber sobald ich wieder in Greenside bin, komm ich bei dir vorbei und erzähl dir, was los is. Versprochen!«

»Kannste nich wenigstens 'ne *winzige* Andeutung machen, Mann?«

Er kniff die Augen zusammen und drückte Zeigefinger und Daumen aufeinander, um anzudeuten, mit wie wenig er sich zufrieden geben würde. Cory lachte wieder.

»Nee, Mann. Das hat kein Wert, Star. Ich schwör dir beim

Grab von mei'm Vater, dass ich dir alles erzähl, wenn ich wieder da bin.«

»Also gut, Mann. Wie de willst.«

Cory reichte ihm den Joint für einen letzten Zug. Da fiel Garvey etwas ein.

»Ach, Shit! Ich hab doch gewusst, dass ich dir noch was sagen wollt. Wir hamm Martin Pitt vergessen!«

Cory schlug sich gegen die Stirn.

»Verdammte ...« Er hielt mitten im Satz inne. Der Motor von einem Moped war zu hören.

»Klingt wie Craig.«

Garvey schnippte den Stummel weg.

»Es kommt von da«, sagte er.

Sie brauchten nicht lange zu warten, da kam Craig mit Helm auf einer roten Vespa angetuckert. Craig lenkte mit einer Hand. Mit der anderen hielt er den Helm für Cory fest. Er blieb direkt vor den beiden Freunden stehen und begrüßte Garvey mit einer schwerfälligen Kopfbewegung.

»Alles klar, Kumpel. Wie gehts'n so?«

»Cool, Alter.« Garvey schüttelte dem anderen grinsend die Hand.

»Siehst fit aus, Junge. In der Army hamm se dich anscheinend gut behandelt, was?«

»Da kriegst ja nur Gemüse zu fressen«, antwortete Craig. Sein Cockney-Akzent klang dumpf unter dem Helm. Er wandte sich an Cory und hob die Faust.

»Also, was is. Fertig zum Abflug? Wir müssen uns beeilen, Petey wartet auf uns.«

»Ja, Mann.«

Er ging zum Moped und stieg auf. Als er saß, fragte er Garvey.

»Biste später zu Haus?«

»Wie viel Uhr?«

»Weiß nich, gegen ... sechs oder so.«

Garvey zog eine Grimasse. »Weiß nich! Keine Ahnung. Versuch's einfach mal bei mir. Sonst bin ich bei Claire, Mann. Du weißt ja, dass de dort jederzeit vorbeikommen kannst, oder?«

»Alles klar, Blood. Hör mal, Garv. Kannste dich um die Hemden kümmern, bis ich wieder da bin?«

»Ja, Mann. Klar doch. Hol se einfach irgendwann bei mir ab, okay?«

»Danke, Blood. Bis später.«

Craig gab Vollgas, nickte Garvey zu. Er brauste mit der aufheulenden Vespa unter lautem Hupen los und hinterließ eine dicke Abgaswolke. Cory thronte mit erhobener Faust auf dem Rücksitz.

Garvey sah dem Moped nach und hatte ein beklemmendes Gefühl dabei. Er wünschte, er hätte Cory überzeugen können, bei ihm zu bleiben und ihm alles zu erzählen. Er wusste nicht, wieso er so nervös war. Oder vielleicht doch. Cory machte ihn nervös mit seinen Bemerkungen. Nicht nur heute, sondern schon in den letzten Wochen und Monaten. Und das Gleiche galt für Sean.

»Fuck!«

Erst jetzt fiel ihm ein, dass er Cory etwas von Sean hätte ausrichten sollen. Er sah noch einmal in die Richtung, wo sein Freund verschwunden war. Dann nahm er den Packen Hemden und machte sich mit gesenktem Kopf auf den Rückweg. Er hätte Sean als Vorwand benutzen sollen, um Cory zum Bleiben zu bewegen. Ärgerlich lief er auf Oakhill House zu. Düstere Vorahnungen brauten sich wie Gewitterwolken in seinem Kopf zusammen.

Garvey sollte Cory nie wiedersehen.

## *Neunzehntes Kapitel*

Sean folgte Shawna in ihre Wohnung. Seit die Wirkung des Cracks nachgelassen hatte, fühlte er sich bedrückt. Die junge Frau hatte ihr Kind auf dem Arm und in der freien Hand einen Joint. Ihr Gesichtsausdruck war ruhig, auch als Sean ihr die schlechten Nachrichten erzählte. Sie führte ihn ins Wohnzimmer. Ein weißes Mädchen mit langen braunen Haaren und einem runden, pausbäckigen Gesicht hatte es sich auf dem breiten Sofa bequem gemacht. Auch sie hielt einen Joint in den kurzen Fingern. Auf dem erstklassigen Akai-Videorekorder lief eine uralte Comedy-Serie. Der Ton war leise gestellt. Man sah zwei schwarze Komiker die Bühne betreten, worauf das Publikum in stumme Hysterie ausbrach.

Shawna legte das Baby in das Kinderbettchen in der Ecke des Zimmers. Dann setzte sie sich an den Ikea-Tisch und stützte den Kopf in die Hand. In ihrem bunt gemusterten Sommerkleid wirkte sie wie eine Schaufensterpuppe. Als sie aufsah, hatten ihre schönen grauen Augen rote Ränder.

»Und wann hamm sie ihn eingesperrt?«

Sean rieb sich das Gesicht und versuchte, nicht den Joint anzustarren, der zwischen Shawnas Zeige- und Mittelfinger hing.

»Ähm, gestern, glaub ich. Es scheint ’ne riesige Razzia gewesen zu sein, Mann. Wahrscheinlich beobachten sie Beechwood schon seit ’ner Ewigkeit. Levi will das ganze Zeug hier rausholen und so schnell wie’s geht nach Beechwood schaffen.«

»Is das ’ne gute Idee?«, fragte Shawna. »Ich mein, isses nich riskant, das Zeug zu den Squattern zu schaffen?«

»Schon, aber nich riskanter, als es hier zu lassen. Wenn die Levi die ganze Zeit überwacht hamm, wissen se auch über dich Bescheid, Shawna.«

Das Mädchen neben Sean hielt ihm ihren Joint hin und Sean nahm ihn dankbar an. Shawna schlug sich an den Kopf.

»Oh, Sean. Ich bin unmöglich. Entschuldige! Ich hab ganz vergessen, dir Patricia vorzustellen. Patricia, das is Sean.«

»Hi«, paffte Sean.

»Hi«, antwortete das weiße Mädchen. »Brauchst mich nicht Patricia zu nennen, sag einfach Patty. So nennen mich alle.«

»Okay. Dann nenn ich dich Patty. Obwohl mir eigentlich Patricia gut gefällt.« Der Kick vom Crack machte ihn gesprächig. Er lehnte sich in seinem Sessel zurück. Erfreut plapperte Patty, an Shawna gewandt, weiter.

»Das sagt Mark auch immer, aber er nennt mich trotzdem meistens Patty. Big Batty Patty sagt er zu mir. Der Scheiß Pisser! Als ob ich was dafür könnt, dass ich einen großen Arsch hab. So bin ich halt gebaut. Das stört Mark ja auch überhaupt nich, im Gegenteil. Dem gefällt mein Arsch. Und wie, Mann! Gestern Abend hamm wir ...«

»Patty!«, unterbrach sie Shawna. »Du hast doch gesagt, du würdst nich mehr über Mark reden. Und jetzt fängste schon wieder damit an.«

Patty hielt sich mit der Hand den Mund zu und sah aus wie ein pausbäckiger Engel, den man bei einer Ungezogenheit ertappt hat. Mit leicht gerötetem Gesicht nahm sie ihr Weinglas vom Tisch und nippte daran.

Sean nahm noch einen tiefen Zug und stieß den Rauch aus. Dann sah er Shawna wieder an. Er wollte die Sache hinter sich bringen.

»Können wir anfangen?«, fragte er.

Das Mädchen nickte und strich sich das pechschwarze Haar aus dem Gesicht. Sie erhob sich etwas unsicher.

»Mensch, mir is schwindlig«, sagte sie und blieb einen Augenblick stehen. »Bin gleich wieder da, Patty.«

Sie gingen durch einen kurzen Flur und stiegen ein paar dunkle Stufen hinunter. Unten angekommen schaltete sie das Licht ein. Sean sah drei Türen, zwei am Ende des Ganges und eine direkt vor ihnen. Die junge Frau legte die Hand auf den Türgriff, hielt dann aber inne.

»Du musst ganz leise sein. Pattys Kind schläft da drin.«

»Okay.«

Seans Stimme klang schroff und dröhnte ihm in den Ohren. Shawna öffnete die Tür einen Spalt. Dann schloss sie sie wieder und drehte sich zu Sean um. Verwirrung und ein Anflug von Misstrauen spiegelten sich in ihrem Gesicht.

»Wart 'n Moment. Woher weiß ich eigentlich, dass du mir die Wahrheit sagst? Du könntst doch selber hinter den Waffen her sein, oder? Levi dreht durch, wenn ich ihm sag, ich hab die Kiste 'nem Typen gegeben, den ich nich mal kenn.«

Sean sah sie verdattert an. Daran hatte er gar nicht gedacht.

»Aber du kennst mich doch, Mann. Von den Überfällen, bei denen ich mitgemacht hab, oder?«, versuchte er sie zu überzeugen.

Shawna sah ihn an. Das Graue ihrer Augen war noch immer

zu sehen, obwohl ihre Pupillen vom Halbdunkel geweitet waren. Sie runzelte die Stirn und dachte nach.

»*Ja, schon.* Aber du weißt so gut wie ich, dass das nix zu sagen hat. Ich kann dir nich einfach eine Kiste Waffen geben. Das wär völlig unvernünftig.«

Sean verfluchte sich selbst. Sie hatte Recht. Er hätte genauso gehandelt wie Shawna. Er dachte einen Augenblick nach, dann warf er ihr einen verzweifelten Blick zu.

»Ach, komm, Shawna, Levi kennt mich, seit ich 'n Kind war. Ich kann mit dem Zeug doch nich einfach abhaun. Wir wohnen im selben Viertel. Wie soll ich ihn übers Ohr haun, wenn er weiß, wo meine Mutter wohnt?«

Shawna dachte nach. Ihr Schweigen schien ewig zu dauern.

»Also gut. Ich brauch dir ja nich zu sagen, was los is, wenn irgendwas schief läuft, oder?«

Sean nickte stumm.

»Dann komm«, murmelte sie.

Sie öffnete die Tür. Es war ein Kinderzimmer.

Sean folgte Shawna vorsichtig in das Dunkel und trat dabei auf etwas Weiches. Es gab ein lautes Quietschen von sich und beide fuhren zusammen. Sean bückte sich und hob einen blauen Dinosaurier mit bedrohlich langen Zähnen und Klauen vom Boden auf.

Shawna musste lachen, als Sean noch einmal auf das Spielzeug drückte, und winkte ihn weiter. In der Ecke des Zimmers stand sie. Die Kiste war mit einem schweren Vorhängeschloss gesichert. Von ihr ging eine merkwürdige Fremdheit und Härte aus, die ganz und gar nicht in die naive Phantasiewelt des Kinderzimmers passen wollte. Shawna beugte sich über die

Kiste und Sean nahm ihr Parfum wahr. Es roch süß, aber nicht aufdringlich. Er zog versuchshalber an der Kiste und stöhnte. Seine Finger taten ihm weh. Die Kiste hatte sich nicht einen Millimeter bewegt.

»Scheiße, is die schwer«, sagte er zu Shawna. »Das Ding soll ich nach Greenside schaffen, Mann? Ich glaub nich mal, dass ich die Kiste die Treppen hochkrieg.«

Shawna dachte nach. »Du kannst doch Auto fahren?«

»Ja, klar. Ich darf bloß nich ’ner Streife begegnen. Aber fahrn kann ich.«

»Okay, dann leih ich dir mein Auto. Pass aber auf! Du kannst es Levi geben, wenn du ihn rausholst.«

»Was is’n das für ’n Auto?«

»Ein Tipo.«

»Ah, Mann, stark. Super, Shawna!«

Das Mädchen lächelte und wirkte dabei wie ein Kind.

»Schon okay. Aber wir brauchen jemand, der dir hilft, das Ding ins Auto zu kriegen. Ich helf dir nämlich nich beim Tragen. Davon kannste ausgehen.«

»Nee, Mann. Klar.«

Shawna stand auf und setzte sich vorsichtig auf das Bett, in dem das Kind schlief.

»Ich weiß, was ich mach«, überlegte sie. »Ich frag meinen Nachbarn über mir, ob er dir hilft. Der ist zwar schon ziemlich alt, aber ein echt netter Typ. Hilft mir immer, wenn ich jemand brauch, der auf Kyle aufpasst. Der würd sich nie beschweren.«

»Ja, das is ’ne gute Idee«, sagte Sean.

Seine Gedanken waren bei dem Namen Kyle hängen geblieben. Ob das ein passender Name für sein Kind wäre? Das heißt, wenn es ein Junge ist? Aber nein. Sollte sein Kind vielleicht den gleichen Namen tragen wie Levis? Außerdem wollte er einen christlichen Namen, egal, ob es nun ein Mädchen oder ein Junge war. Er schüttelte den Kopf, um den Gedanken abzuschütteln. Das war wohl weder der geeignete Ort noch der richtige Zeitpunkt, darüber nachzudenken.

»Gut. Dann geh ich hoch und kuck, ob er da is. Okay?«, sagte Shawna und stieg die Treppe hinauf.

Sean nickte. Er ließ sich auf die Kiste sinken. Kurze Zeit später ging die Tür auf und ein stämmiger Weißer mit einem faltigen Gesicht trat herein. Shawna folgte dicht hinter ihm.

»So, wo hast'n das Ding?«, sagte er laut mit seinem Cockney-Akzent. Pattys Kind machte eine unruhige Bewegung und drehte sich auf die andere Seite. Dann hörte man wieder seine regelmäßigen Atemzüge.

»Sssch, Georgie! Nich so laut«, flüsterte Shawna mit einem dünnen Lächeln. »Das is Sean, ein Freund von mir. Der packt auf der andern Seite mit an, okay?«

»Biste fertig, Kumpel?«, fragte ihn Georgie. Er hatte einen typischen Alte-Männer-Geruch an sich, wie abgestandene Luft in einem monatelang ungelüfteten Zimmer. Sein zerknittertes Gesicht erinnerte Sean an einen Bluthund.

Sean bückte sich und packte die Kiste an der einen Seite, dann wartete er, bis der Weiße das andere Ende ergriffen hatte.

»Geht bloß in die Knie. Nicht dass sich einer das Kreuz verrenkt!«, warnte Shawna.

»Achtung, festhalten«, sagte Georgie und brachte Sean damit fast zum Lachen.

»Und *hochheben*!«

Sie hievten gleichzeitig die schwere Kiste hoch. Seans Arme schmerzten unter der Last ihres Gewichts. Mit kleinen Schritten manövrierten sie die Kiste aus der Ecke heraus und näherten sich damit langsam der Tür. Georgie ging rückwärts. Als sie am Fuß der Treppe angekommen waren, setzten sie ihre Last ab. Shawna stand ein paar Stufen höher und sah ihnen zu. An ihrer Hand baumelte der Autoschlüssel. Georgies Gesicht war leicht gerötet. Sean war von der Kraft des Mannes beeindruckt. Die Kiste war schwer, aber mit dem Cockney zusammen war sie zu schaffen.

»Fertig?«, fragte Sean. Der Mann gab ein Grunzen von sich.

Wieder hoben sie die Kiste hoch und trugen sie Stufe für Stufe nach oben. Dort angekommen taten ihnen die Arme weh. Shawna ging voraus, um ihnen die Türen zu öffnen. Bald standen sie keuchend auf der Straße. Sie setzten die Kiste etwas unsanft auf dem Pflaster ab. Shawna schloss den Kofferraum ihres Wagens auf und schob die hintere Sitzbank nach vorne. Als sie sich nach vorne beugte, rutschte ihr Sommerkleid nach oben und gab ihre runden Erdnussbutterschenkel frei.

Sean und Georgie hievten die Kiste ein letztes Mal hoch und ließen sie in den Kofferraum gleiten. Dann schlugen sie die Tür zu. Shawna rieb sich die Hände und lächelte.

»Wie wär's mit 'nem Bier, ihr beiden?«, fragte sie, nachdem sie den Wagen abgeschlossen hatte.

»Bier wär gut«, sagte der Ältere und gab einen Stoßseufzer von sich. »Was habt'ern da drin in der Kist. Ne Panzerfaust oder was?«, brummte er.

Shawna und Sean tauschten einen Blick und grinsten. »Nah dran«, murmelte das Mädchen leise.

Sean lachte.

Sean machte mehrere Umwege durch Greenside, um zu vermeiden, dass ihn jemand sah. Er dachte dabei vor allem an seine Mutter. Inzwischen fühlte er sich ziemlich sicher beim Fahren, dank der Fahrstunden, die er zwischendurch genommen hatte. Er vermied es, schnell zu fahren. Aber die wenigen Polizeiautos, die er sah, rasten alle mit Blaulicht an ihm vorbei. Er schlich an Flaxman, Nelson und Lexham House vorbei, bog rechts in die Beaumont Road ein, fuhr an Woodcroft vorbei und über den Kreisverkehr weiter, bis er Beechwood House vor sich hatte. Er beglückwünschte sich zu der erfolgreichen Operation.

Als er vor dem Block den Motor ausschaltete, durchfuhr es ihn siedend heiß. Wer sollte ihm denn helfen, die Kiste nach oben zu tragen? Er war so sehr auf alles andere konzentriert gewesen, dass er sich diese Frage überhaupt nicht gestellt hatte. Jetzt stand er da, in einem Auto, das ihm nicht gehörte, ohne Führerschein und Fahrzeugpapiere und mit einer Kiste voll Waffen im Kofferraum. Er schrie förmlich danach, ins Gefängnis zu kommen.

Er öffnete die Wagentür und sah stinksauer zu dem Gebäudekoloss hinauf. Und was jetzt? Er hatte die Schlüssel zur Wohnung, aber was sollte er da oben ohne die Waffen. Und er hatte das Geld, das Shawna ihm für Levi gegeben hatte. Also war es das Beste, wieder in den Wagen zu steigen, zum Polizeirevier zu fahren, Levi abzuholen und danach mit ihm die Waffen nach oben zu befördern.

Er blieb noch einen Augenblick unbeweglich stehen. Der Gedanke, zum Polizeirevier zu fahren, noch dazu mit einem Kofferraum voll Waffen, ließ ihm das Blut in den Adern gefrieren. Da riss ihn eine Stimme aus seinen Gedanken.

»*Raa*, Mann. Das is ’n komischer Platz für ’ne Stadtbesichtigung, findste nich?«

Sean senkte den Blick. »Hey, Rosie, wie gehts? Wie lang kuckst’n mir schon zu?«

»Seit du hier angefahren bist. Du stehst die ganze Zeit da und träumst.« Ihre Offenheit war entwaffnend. Tara war bei ihr.

»Du hast Cory heut auch noch nich gesehen, oder?«, fragte er sie und dachte dabei, dass sein Cousin, was die Wahl seiner Frauen betraf, neuerdings einen erheblich besseren Geschmack an den Tag legte. Rosie zog die Stirn kraus und schüttelte den Kopf.

»Nee, hab ich nich, aber gestern hab ich ihn gesehn.«

Tara kicherte, worauf Rosie ihr einen wütenden Blick zuwarf. Dann wandte sie sich errötend wieder Sean zu.

»Warum, is irgendwas passiert?«, fragte sie ihn.

»Nee ... Also, es is nur ... *Ähm* ...«

So ging es ihm mit Sonia manchmal. Die traf den Nagel auch auf den Kopf und schaffte es spielend, ihn in Verlegenheit zu bringen. Er fragte sich, wie lange es Cory wohl gelungen war, das clevere Mädchen über das, was im Augenblick bei ihnen vorging, im Unklaren zu lassen.

»Rosie, kann ich einen Moment mit dir allein sprechen?«, sagte er plötzlich und warf Tara einen entschuldigenden Blick zu.

Rosie ging durch ihren betonierten Vorgarten und folgte ihm ein Stück. Als sie weit genug entfernt waren, drehte sich Sean mit ernstem Gesicht zu ihr.

»Rosie, ich möchte, dass du Cory etwas von mir ausrichtest, wenn du ihn siehst.«

»Okay«, sagte sie langsam. Es klang eine Idee unsicher. Er ging darüber hinweg und fuhr fort.

»Sag ihm, dass ich Levi gegen Kaution aus dem Gefängnis hol. Er soll zu Haus auf mich warten. Sag ihm, dass er sich keine Sorgen machen soll und dass ich bald wieder da bin. Aber er soll unbedingt warten, bis ich nach Haus komm. Ich setz Levi hier ab und dann geh ich sofort nach Haus, hast du verstanden?«

»Ja, ich hab verstanden. Aber wieso holst du Levi aus'm Gefängnis raus? Ich denk, du wolltst ihm aus'm Weg gehn?«

Sean stutzte. Er warf Rosie einen schiefen Blick zu, vergaß die Frage aber sofort wieder.

»Levi ist's 'n Haufen Geld wert, wieder rauszukommen. Dem gehen nämlich massenhaft Dollars flöten, solang er sitzt. Und mich bezahlt er auch gut. Is leicht verdientes Geld, hab ich mir gesagt, den schnell da rauszuholen und nach Haus zu bringen.«

Rosie runzelte die Stirn und stemmte ihre zierlichen Hände in die Hüften. Sie schien mit den Augen einen Punkt in der Ferne zu fixieren. Man konnte sehen, wie es in ihr arbeitete.

»*Klar.* Aber ich versteh nich, warum er ausgerechnet dich bestellt. Wo's doch genug Leute gibt, die er besser kennt. Die könnten ihn doch genauso gut rausholen. Ich will dir ja nich in dein Programm reinfunken, aber findste's nich komisch, dass

Levi auf einmal so gut Freund mit dir is? Tut mir Leid, aber ich trau dem Brer nich. Der is so falsch wie ’ne Schlange.«

Sean zuckte mit den Schultern. Er sah Rosie besserwisserisch an. »Wie sagt schon der Typ bei *Mastermind:* ›Ich hab’s angefangen, dann mach ich’s auch fertig.‹ Stimmts? Ich hab mir von seiner Freundin das Auto ausgeliehen, und jetzt hol ich ihn auch ab, oder? Ich kann mir nich erlauben, das Geld auszuschlagen. Solang ich nich zu viel davon hab, verstehste?«

Rosie sah auf den Boden. Sie seufzte und warf ihm einen düsteren Blick zu. »Na gut, Sean. Mach, was du willst, aber sei vorsichtig, hörst du? Cory wär völlig fertig, wenn dir was passieren würd, glaub mir. Er redet von niemand sonst. Er hängt wahnsinnig an dir. Also pass auf dich auf, wenigstens wegen ihm.«

»Ich versuch’s«, antwortete Sean gerührt und drückte ihr die Hand. Er ging zum Wagen zurück, öffnete die Tür und stieg langsam ein, wie unter Zwang. Rosie sah ihn den Motor starten, den Wagen drehen, mit leisem Brummen auf die Hauptstraße rollen. Dann verschwand er langsam aus ihrer Sicht.

Wie üblich hatten sich die Straßen bei dem schönen Wetter gefüllt. Das Viertel vibrierte vor Leben. Man konnte es förmlich spüren. Im Winter schimpfte Sean oft über London. Aber wenn die Sonne schien und die Frauen auf den Straßen flanierten, dann wollte er nirgendwo anders sein. Radfahrer huschten an ihm vorüber, als er an der Ampel anfuhr. Sie trugen einen Mundschutz gegen die Abgase. Sean hielt es für eine gute Idee und lächelte.

Bald darauf war er bereits an der Polizeistation. Er fuhr

an dem Gebäude vorbei und beschloss, den Wagen ein paar Straßen weiter abzustellen, nicht gerade vor der Nase der Polizisten. Als er eine Lücke gefunden hatte, kontrollierte er, ob seine Pistole noch sicher im Hosenbund steckte. Dann legte er sich nach hinten und beschloss, ein wenig zu dösen. Es war noch früh. Als er die Augen schloss, fiel ihm wieder sein Cousin ein. Er fing an, nervös mit den Fingern an den Sitz zu trommeln. Das Warten fiel ihm schwer, er wollte, dass endlich etwas passierte.

## *Zwanzigstes Kapitel*

Als Cory einige Zeit später wieder nach Greenside zurückkehrte, war die Sonne ein riesiger, orangeroter Ball und kaum mehr hinter den Hochhäusern zu sehen. Der Himmel war ein Mosaik von Farben. Ein schwacher Mond war bereits zu erkennen, der mehr und mehr hervortrat, während sein Gegenüber zurückwich. Cory dankte Craig fürs Nachhausebringen und für die Pistole. Er versprach, bald etwas von sich hören zu lassen, und stieg von der Vespa ab. Dann steuerte er auf den Hauseingang zu. Er hatte eine einfache Plastiktüte in der Hand und sein Gesicht war todernst.

Als er den Wohnungsschlüssel umdrehte, drangen ihm Stimmen aus dem Innern entgegen. Aber er war so sehr mit seinen eigenen Gedanken beschäftigt, dass er sich nichts dabei dachte. Erst als er die Wohnung betrat, hörte er das hysterische Schreien seiner Tante und dazwischen die beruhigende, leise Stimme seiner Cousine. Auf das Schlimmste gefasst, rannte er die Treppen hinunter ins Wohnzimmer, wo die Stimmen herkamen.

Bernice saß händeringend auf dem Sofa. Ihre Gesichtszüge waren vor Anspannung verzerrt. Sie wirkte wie ein Häuflein Elend. Cory spürte eine dumpfe Erleichterung, dass sie nicht weinte. Sie wirkte wie eine Gejagte. Ihre Blicke wanderten unaufhörlich in dem kleinen Zimmer hin und her, als könne ihr Verfolger jederzeit zuschlagen, selbst in ihrer eigenen Wohnung. Shannon stand über sie gebeugt, mit einer Tasse Tee in der Hand. Ihre Augen sahen hart aus. Wut lag darin, aber auch etwas Glasiges, Distanziertes. Als Cory ins Zimmer trat, sahen die beiden Frauen auf. Aber der erwartungsvolle Blick wich augenblicklich der Enttäuschung.

»CORY!«, riefen sie wie aus einem Mund.

»Was is'n hier los, Mann?«

Bernice sah ihn an. Ihre Augen zuckten nervös. In diesem Moment wäre Cory am liebsten weggelaufen. Mit einem Mal wollte er nicht mehr wissen, was seine Tante zu sagen hatte. Er zwang sich, auf sie zuzugehen. In seinem Innern tobte es.

»Die Polizei war gerade da. Hat fast die Tür eingeschlagen. Sie suchen nach Sean, haben sie gesagt. Hätten einen Haftbefehl für ihn!«, teilte ihm Bernice mit. Cory versuchte, wenigstens etwas überrascht auszusehen.

»Ich hab sie gefragt, ob sie sicher wären, dass se im richtigen Haus sind. Da haben sie *Ja* gesagt. Und dann hab ich gefragt, ob sie sicher sind, dass sie wirklich nach *Sean* Bradley suchen. Und da haben sie wieder *Ja* gesagt. Die sind hier reingestürzt und haben die ganze Wohnung nach ihm abgesucht. Sogar in Shannons Zimmer sind sie gegangen, wo sie mit ihren Freundinnen gesessen und geraucht hat ...«

Shannon errötete und sah zu Boden.

»Dann sind sie in dein Zimmer. Und da haben sie Ketten und Schmuck gefunden. Und einen Haufen Geld. Fast zweitausend Pfund, hat der Polizist gesagt. Was machen zweitausend Pfund in deinem Zimmer?«

Cory öffnete den Mund, aber es kam nur ein heiseres Krächzen heraus. Das gibts doch nicht, dachte er matt. Die hamm uns ausgeraubt!

Bernice wartete seine Antwort gar nicht ab.

»Dann haben sie gefragt, wo er sich versteckt. Und dass er sich am besten selbst stellt. Sie haben uns nach seinen Freunden gefragt und die Namen und Adressen aufgeschrieben. Sean hätte bei dem bewaffneten Raubüberfall im Arnos Grove mitgemacht und einen Mann erschossen, haben sie gesagt! Was is los, Cory? Die lügen doch, oder?«

Es entstand eine kleine Pause und beide Frauen sahen ihn an.

»Klar ... lügen die, Tante. Sean würde nie auf jemand schießen. Er hat nix mit der Sache zu tun, Mann.«

Shannon warf ihm einen Blick zu, der deutlich ausdrückte, dass sie ihm nicht glaubte. Bernice nickte, als habe sie das hören wollen.

»Ich hab's gewusst. Ich hab's *gewusst*!«, flüsterte sie. Und einen Augenblick später: »Aber wo ist dann das ganze Geld her?«

Cory seufzte. Er hatte die Frage erwartet, aber keine Antwort darauf.

»Keine Ahnung, Tante. Ich wusste nix von dem Geld. Wo war'n das?«

»Unter Seans Bett«, antwortete seine Tante, dabei sah sie ihn merkwürdig an. Sie hatte schon öfter gestohlene Sachen unter Seans Bett gefunden, die Cory gehörten. Man konnte die Stille jetzt förmlich hören.

»Cory, du hast nichts mit dem Raubüberfall zu tun, oder?«, fragte Bernice schließlich.

Als sie ihn ansah, zog sich alles in ihm zusammen.

»Nein, Tante.«

»Cory ...«

»Ich war nicht dabei, ich schwör's! Ich hätt zu der Zeit nich mal einem Kind einen Fußball abnehmen können, geschweige denn einen Raubüberfall machen. Ich hab keine Ahnung, was hier los war. Aber ich hab keinen Schmuck in mei'm Zimmer versteckt. Das versprech ich!«

Cory kam sich vor wie ein Schwein, nicht zum ersten Mal. Wegen ihm rutschte Sean immer tiefer in die Scheiße. Cory ging nervös hin und her. Dann fiel sein Blick auf Shannon. Sie sah ihn misstrauisch an.

»Und wo is Sean jetzt? Hast du ihn gesehen?«, fragte Cory sie.

»Ja, ich hab ihn gesehn. Aber das war heut Nachmittag. Er is weggegangen, aber er hat nich gesagt, wo er hingeht. Seitdem isser nich zurückgekommen. Ich war nämlich den ganzen Tag zu Haus.«

»Du kannst froh sein, dass sie dich nicht auch noch verhaftet haben«, sagte ihre Mutter zu ihr.

»Ich weiß, Mann. Aber die Bullen hamm nur auf unsre Beine gekuckt. Die hamm gar nich gemerkt, dass wir geraucht hamm.«

Shannon stützte den Kopf in die Hände und sah angewidert und überdrüssig aus. Bernice nippte an ihrem Tee. Ab und zu schüttelte sie missbilligend den Kopf, wirkte jetzt aber etwas ruhiger. Cory betrachtete seine Hände. Schließlich hielt er es nicht mehr aus. Er stand auf, schnappte sich seine Plastiktüte und ging, irgendetwas vor sich hin grummelnd, in sein Zimmer. Als er die Tür öffnete, traf ihn fast der Schlag. Das Zimmer sah aus, als hätte eine Bombe eingeschlagen.

Überall lagen Kleider herum. Der Papierkorb lag ausgeleert auf dem Boden. Die Polizei hatte offenbar alle Schubladen und Schränke durchwühlt, um Erklärungen für Seans Aufenthaltsort und Beweise für seine Verbindung zu Levi zu finden. Ein merkwürdiger Geruch hing in der Luft. Cory wusste sofort, was es war. Hoffentlich hatten ihn die Polizisten nicht bemerkt. Auch seine Digitalwaage lag auf dem Boden. Er war dankbar, dass er seine ganzen Vorräte an Gras bei sich gehabt hatte, sonst wäre er jetzt ganz schön beschissen dran. Er hob die Waage auf, schaltete sie ein und aus, um zu sehen, ob sie noch funktionierte. Dann sah er sich wieder im Zimmer um und versuchte sich zu erinnern, was er wo hingelegt hatte.

Er zog ein kurzes Stück Kupferrohr aus der Socke, das er von Craig bekommen hatte, als er den weißen Jungen nach einem Schalldämpfer gefragt hatte. Craig hatte ihn ausgelacht und ihm einen merkwürdigen Blick zugeworfen.

»Verflucht, Mann! Weißte nich, dass de dran bist, wenn man dich mit 'nem Schalldämpfer erwischt. Da kannste sieben Jahre für kriegen, Star. Das is wie 'n Geständnis, dass de jemand umbringen willst, Alter. Vorsätzlich, verstehste? Ich hab was Besseres für dich. Wirkt genauso gut und is dabei noch viel billiger.«

Der Junge war in einem Zimmer verschwunden und mit dem Rohr wieder aufgetaucht. Es war etwa fünfzehn Zentimeter lang und passte genau auf den Lauf seiner Pistole.

Cory ging mit dem Rohr in der Hand im Zimmer auf und ab, bis er den Rucksack fand, in dem Sean den Schmuck aus dem Überfall transportiert hatte. Er warf das Rohr hinein und seine Baseballmütze dazu. Dann nahm er das Schulterholster aus der Tragetüte, probierte es unter seinem T-Shirt an und steckte die Pistole hinein. Er betrachtete sich im Spiegel. Die Waffe zeichnete sich nur dann neben seiner Achsel ab, wenn er den Arm bewegte. Hielt er ihn still, fiel sie nicht auf. Er warf einen Blick aus dem Fenster. Es dämmerte bereits. Er beschloss, die Waffe über dem Hemd zu tragen und eine Jacke anzuziehen. Dann war sie überhaupt nicht zu sehen.

Schnell zog er sich um. Dann öffnete er die Schreibtischschublade auf seiner Seite und nahm eine kleine blaue Kasse heraus, die er mit einem winzigen Schlüssel aufschloss, der sich an seinem Schlüsselring befand. Das Geld, das er sich in über acht Wochen zusammengespart hatte, lag noch immer unter dem Münzeinsatz. Dankbar steckte er es in die Hosentasche, falls die Polizei zurückkommen sollte. Er lachte schadenfroh. Wenigstens etwas hatte er vor ihnen retten können. Da klopfte es an der Tür.

»Herein!«, rief er und ließ die Hände seitlich herunterbaumeln. Er hoffte, es war nicht Bernice.

Es war noch schlimmer.

»Was wird hier eigentlich gespielt, verdammt noch mal, Cory?« Shannon stürzte ins Zimmer. Sie schnüffelte kurz, verkniff sich ihren Kommentar und legte los.

»Ich weiß nich, wem du hier was vormachen willst. Aber ich kann dir eins sagen, Star. Es hat keinen Sinn. Mum weiß, dass was nich stimmt. Sie is schließlich nich blöd, falls de das nicht weißt. Und ich kuck der Sache schon 'ne ganze Weile zu. Ich hab gemerkt, wie sich da was immer mehr zusammenbraut. Aber ich Idiotin sag mir immer wieder: *Wart 'n Moment. Lass die mal machen. Die sind schließlich alt genug.* Alt genug? Dass ich nich lach! Pass auf, was ich dir sag. Wenn du mir nicht sofort erzählst, was los is, Mann, dann kann's sein, dass ich mich vergess!«

»Verflucht noch mal, Shannon.« Cory setzte sich betroffen auf Seans Bett. »So einfach is das nich.«

»Doch! So einfach is das!« Shannon schrie fast. Cory war dankbar, dass sie bisher, trotz ihrer Wut, ihre Stimme im Zaum gehalten hatte. Damit Bernice nicht alles mitbekam durch die dünnen Wände.

»Cory, ich will alles wissen, und zwar sofort!«, sagte sie warnend. Ihr Fuß zuckte unruhig, als wolle er jeden Augenblick hochschnellen und Cory einen Kinnhaken versetzen.

Er erhob sich, zog die Jacke an und nahm den Rucksack über die Schulter.

»Hör zu, Shannon. Ich hab nich vor, dir weiter was zu verheimlichen. Das hätt auch keinen Sinn mehr«, sagte er offen. »Aber ich muss Sean finden, bevor die Bullen ihn erwischen. Ich muss unbedingt mit ihm reden. Hamm die Bullen Levi irgendwie erwähnt?«

»*Leck mich*!« Es war ein geflüsterter Schrei. »Manchmal könnt ich dich, Cory. Warum muss immer alles nach deinem Kopf gehen, Mann? Wenn de meinst. Ich sag nix mehr, solang du nix sagst. Aber beeil dich, bevor ich *echt* wütend werd, Star.«

»Weißte was, mach doch, was du willst, Mann. Ich muss jedenfalls zusehen, dass ich Sean find«, zischte Cory. Er schob sich an seiner Cousine vorbei und war aus der Tür. Sie folgte ihm fast augenblicklich und hielt ihn vor ihrer Zimmertür fest. Ihr Gesicht war jetzt sehr ernst.

»Also gut. Dann komm ich mit dir«, schlug sie vor.

Cory überlegte einen Moment, dann schüttelte er den Kopf. »Nee, Mann. Allein bin ich schneller.«

»CORY!«, würgte sie zwischen den Zähnen hervor. Es klang wütend und verzweifelt zugleich. Cory rollte die Augen und wandte sich zum Gehen.

»Bis später.«

»Okay, Cory. Warte!« Shannon flüsterte wieder. Cory seufzte hart, als sei er am Ende seiner Geduld.

»Mann, Shannon. Lässte mich jetzt gehen, oder was? Ich kann nich den ganzen Tag mit dir ...«

»Halt die Klappe und hör zu!«, unterbrach ihn Shannon barsch, auch sie am Ende ihrer Geduld. Cory hätte fast etwas erwidert, aber dann hätte es wahrscheinlich richtig Streit gegeben. Shannon gab ihm keine Gelegenheit dazu, aber sie lenkte ein.

»*Hör mir kurz zu, Cory. Okay?* ... Als die Polizisten da waren, sind ein paar mit Mum in euer Zimmer gegangen. Davor hatten sie erst mal alle nach Haus geschickt, ich mein Pamela und die andern. Ich war also im Wohnzimmer mit ein paar von denen allein. Da hab ich einen gefragt, ob Levi irgendwas mit der Sache zu tun hat. Weil ich so meinen Verdacht hatte. Na ja, zuerst wollten se nix sagen. Aber ich hab immer weiter gebohrt und am Ende hamm se *Ja* gesagt.

Und nach und nach lassen se alles raus, dass Sean tief in der Scheiße sitzt, dass se ihn wegen Mordversuch oder Totschlag oder so was Ähnlichem suchen. Und einer sagt zu mir, es wär echt 'ne Schande, Sean haut ab, und Levi sitzt zwar, aber nich lang, weil er gegen Kaution freikäm. Verstehste, warum die das gesagt hamm? Die wollten rauskriegen, wie viel ich weiß und was ich am Ende rauslass. Da hab ich se gefragt, wann Levi rauskommt. Und da sagen die, der wär wahrscheinlich schon raus. Sie schätzen, seit 'ner Stunde oder so! Kapiert?!«

»Seit 'ner Stunde?«, murmelte Cory stirnrunzelnd.

»Ja, aber das is schon ewig her«, antwortete Shannon.

Cory schwieg und dachte nach. Dann nickte er. »Okay, Shannon, ich bin so schnell wie möglich zurück. Dann erzähl ich dir die ganze Geschichte, von Anfang an. Aber jetzt muss ich los.«

Sie folgte ihm wortlos ins Wohnzimmer, wo Bernice noch immer saß und mit leerem Blick auf den Bildschirm starrte. Cory ging zu ihr, gab ihr einen Kuss auf die Wange und umarmte sie. Dann sagte er ihr, dass er Sean suchen ginge und erst zurückkäme, wenn er ihn gefunden hätte. Seine Tante nickte abwesend und hielt einen Augenblick seine Hände fest. Dann stand er auf und ging entschlossen zur Tür, Shannon hing ihm noch immer an den Fersen. Der Rucksack wippte auf seinem Rücken.

»Halt dich von Levi fern, falls du ihn siehst«, warnte sie ihn. Dann fuhr sie instinktiv mit der Hand über seinen Rucksack.

»Was issen da drin?«

Sie tastete den fast leeren Sack ab. Cory grinste kurz.

»Ein kleines Hilfsmittel«, sagte er geheimnisvoll, drehte sich um und war weg.

Er bewegte sich wie ein Rachegeist durch die Dämmerung, voll auf die vor ihm liegende Aufgabe konzentriert. Levi war möglicherweise bereits vor Stunden aus dem Gefängnis entlassen worden, das war ihm klar. Aber er wollte das Risiko eingehen, wenn nur irgendeine Möglichkeit bestand, seinem Cousin zu helfen. Cory wollte verhindern, dass Levi vor Gericht gegen Sean aussagen würde, indem er den Dredd ins Krankenhaus brachte. Er war aus tiefstem Herzen davon überzeugt, dass nicht Sean, sondern der Dealer selbst bei dem Überfall auf den Schwarzen geschossen hatte. Und er wollte auf keinen Fall riskieren, dass Levi seinem Cousin die Sache anzuhängen versuchte.

Cory war klar, was für ein Risiko er einging. Seine Freunde würden glauben, er hätte den Verstand verloren, wenn sie wüssten, was er mit Levi vorhatte. Vielleicht hatte er ja den Verstand verloren. Aber das war jetzt egal. Er war bis zum Äußersten entschlossen – oder zumindest fast –, um wieder gutzumachen, was geschehen war. Wie vielen Leuten hatte er damit schon Leid zugefügt, direkt oder indirekt! Sogar Bernice hatte sofort geahnt, dass er im Grunde hinter der Sache steckte. Sagte das nicht alles?

Über Abkürzungen und Seitenstraßen gelangte er ans Polizeirevier. Er trug seine Jacke offen. Der Abend war angenehm warm. Als ein schwarzes Mädchen über die Straße ging und auf ihn zukam, glaubte er einen Augenblick, es sei Rosie. Aber beim Näherkommen stellte er fest, dass es eine Unbekannte war. Plötzlich vermisste er Rosie, ihre ruhige, nachdenkliche Art. Ihr hätte er kurzerhand alles erzählt und wahrscheinlich hätte sie ihm die ganze Sache ausgeredet. Er fragte sich, ob das Liebe war.

*Wenn du das jetzt verbockst, dann wirste's nie erfahren*, sagte er sich trocken.

Er hatte nichts dagegen, eine Beziehung zu haben wie Sean und Sonia. Auch wenn das bedeutete, dass er seine Interessen auf Rosie konzentrieren musste. Mit Tanya war es eigentlich nicht schlecht gelaufen, aber bei ihr hatte er immer befürchtet, dass es letztlich so ausgehen würde.

Und er hatte Sean und Sonia manchmal um ihre Nähe beneidet.

Er presste die Hand auf den Bauch und zwang sich, an das zu denken, was vor ihm lag: an Levi, Levi und noch mal Levi. Er verlangsamte seinen Schritt ein wenig. Es sollte nicht so aussehen, als habe er es eilig, irgendwohin zu kommen. Unauffällig suchte er seine Umgebung ab, um zu sehen, ob ihn jemand beobachtete.

Die Straße war ruhig, auf beiden Seiten parkten Wagen. Nichts regte sich dort. Weiter vorn gingen ein paar Leute, hinter ihm war niemand, außer einer kleinen, getigerten Katze, die ihn mit ihren leuchtenden Augen anstarrte, bevor sie unter einer Hecke hervorkroch. Er warf noch einen Blick auf die geparkten Autos. Bei einigen handelte es sich um bessere Mittelklassewagen. Auch die Häuser sahen gut aus, offenbar ging es den Bewohnern nicht schlecht. Gut, dass er seinen Rucksack dabeihatte, dachte er grinsend und überquerte die Straße, um sich die Autos auf der anderen Seite noch einmal anzusehen.

Mitten auf der Fahrbahn hielt er wie vom Blitz getroffen inne. So stand er eine ganze Weile da, ohne dass ihm bewusst war, mitten auf der Straße zu stehen. Er wechselte schnell auf die andere Seite, ohne das Objekt seines plötzlichen Interesses einen Moment aus den Augen zu lassen. Sein Kopf sagte ihm, dass er sich irrte, dass er zu optimistisch war, aber sein Bauch sagte, dass er diesmal das Glück auf seiner Seite hatte.

Der Wagen, der seinen Blick gefesselt hielt, war ein blauer, fast neuer Tipo mit kühler, grauer Innenausstattung und Speichenfelgen aus Leichtmetall. Neben der Tankabdeckung stand »16 V«. Aber Cory interessierte nichts von alledem, nur eins: In so einem Wagen hatte er Levi schon viele Male herumfahren sehen.

Es gab eine einfache Methode, um festzustellen, ob das sein Wagen war.

Er ging um den Tipo herum, und als er fand, was er suchte, entfuhr ihm ein aufgeregtes »Ja!« Er machte einen Luftsprung.

Auf der Rückscheibe klebte ein kleiner schwarzer Aufkleber, auf dem »NUBIANS DO IT BETTER IN THE DARK« stand. Daneben war das Bild eines Schwarzen, der zu einem Halbmond mit mehreren fünfzackigen Sternen aufsah.

Cory erinnerte sich, wie Levi an einem heißen Sommertag mit einem nagelneuen Tipo im Viertel aufgetaucht war. Ein Tipo, der dem Wagen, der höchstens drei Stunden hier stand, zum Verwechseln ähnlich war. Cory hatte mit Art und ein paar anderen vor dem Block des Dredd herumgehangen und auf eine Lieferung Gras gewartet, als Levi angefahren war und noch ein paar Mal den Motor aufheulen ließ, um sicherzugehen, dass alle ihn bemerkten. Die Gruppe war zu ihm gegangen, um ihn zu begrüßen. Da hatte Cory den Sticker entdeckt und den Dealer gefragt, wo er ihn herhatte.

Er warf noch einen letzten Blick auf den Aufkleber und eilte dann in Richtung Polizeirevier. Denn der, nach dem er suchte, befand sich aller Wahrscheinlichkeit nach noch immer dort.

Als nur noch die Straße zwischen ihm und dem wuchtigen, dreistöckigen Gebäude lag, blieb er stehen und starrte den Eingang an. Er nahm die Geräusche der vorbeifahrenden Autos wahr und spürte dem sanften Druck des Rucksacks auf seinem Rücken nach, der ihm Sicherheit gab. Etwa zwei Minuten blieb er stehen und sammelte seine geistigen und körperlichen Kräfte wie vor einem wichtigen Fußballspiel. Dann ging er weiter, überquerte die Straße und ging auf eine Kirche zu, die von einer niedrigen Mauer umgeben war. Von dort konnte er unauffällig den Eingang des Polizeireviers im Auge behalten. In den oberen Stockwerken waren ein paar Fenster erleuchtet, aber soweit er sehen konnte, beachtete ihn niemand.
Er setzte sich auf die Mauer vor der Kirche und hielt den Blick auf den beleuchteten Eingang gerichtet. Sein Gesicht wirkte angestrengt und von Sorge gezeichnet.

Auch Levi wartete.

Sein Warten war vielleicht noch quälender. Denn er hatte keine Ahnung, was in dem Gebäude, in dem man ihn festhielt, vor sich ging. Von der Außenwelt ganz zu schweigen. Er zwang sich, ruhig zu bleiben. Er hatte vollstes Vertrauen zu seinem Rechtsanwalt, und er wusste, wenn Sean bereit war mitzumachen, dann machte er seine Sache gut. Der Dummkopf. Levi hatte eine hässliche kleine Überraschung für ihn im Ärmel, einen giftigen Stachel, mit dem er mitleidlos und unerbittlich zustechen würde im geeigneten Moment. Er dachte an Seans Haftbefehl und fragte sich, ob die Polizei den Jungen vielleicht schon festgenommen hatte. Aber er glaubte nicht daran.

Dann würde Sean kommen, um ihn gegen Kaution freizukaufen. Und Levi würde mit irgendeiner Entschuldigung noch einmal zum Polizeirevier zurückgehen und dem wachhabenden Polizisten mitteilen, dass der, den sie suchten, direkt vor ihrer Tür stand. Er wäre dann wieder ein freier Mann und der andere säße hinter Schloss und Riegel.

Er sehnte sich nach einem Crack-Spliff, aber auch etwas Gras oder Ecstasy hätte ihm gereicht. Er versuchte, das trockene Brennen in seinem Mund zu ignorieren, und lag scheinbar träge auf seiner Pritsche, aber sein Geist war ständig in Bewegung.

Eine Dreiviertelstunde später hörte er Schlüsselgeklapper. Er lag bewegungslos da, den Blick zur Decke gerichtet und die Hände unter dem Kopf verschränkt. Ein Polizist in weißem Hemd und mit Schlüsseln in der Hand trat ein und betrachtete ihn einen Augenblick von der Tür aus. Dann machte er mit geschäftiger Miene ein paar Schritte auf Levi zu.

»Los, komm, Patterson. Zeit zu gehen«, sagte er.

»Schon?«, antwortete der Dredd mit einem breiten Grinsen. Er schlenderte zum Schalterraum und nahm mit einem selbstgefälligen Lächeln vor dem breiten Schalter Platz.

Bailey trat durch eine Seitentür. Seine Augen ruhten auf dem Dredd. Die Atmosphäre war ruhig und ernst.

»Bitte unterschreiben Sie hier den Empfang Ihres Eigentums, Mr. Patterson«, sagte der Beamte höflich.

»Was is mit Kenny und den anderen? Wann lasst ihr'n die raus?«, fragte Levi und gähnte laut.

»Wenn jemand für sie die Kaution bezahlt, Mr. Patterson. Wenn Sie jetzt bitte hier unterschreiben würden ...«

Levi tat es und schob dem Beamten unwirsch das Blatt hin. Dieser schloss einen von den vielen grauen Stahlschränken hinter sich auf.

Er händigte dem Dredd die Plastiktüten mit seinen Schlüsseln und seinem Handy aus. Levi nahm die Sachen an sich und sah den Beamten fragend an.

»Wo issen der Rest?«, sagte er ärgerlich.

»Das Geld und den Schmuck müssen wir *unter den gegebenen Umständen* hier behalten«, antwortete der Dienst habende Beamte, wobei er erst die Hand und dann die Stimme erhob, um den Dredd zu übertönen, der ihm das Wort hatte abschneiden wollen. Die anderen Polizisten konnten sich ein Lächeln nicht verkneifen.

»Ich bin sicher, Sie können sich denken, warum«, fuhr der Polizist fort, froh, das letzte Wort zu behalten. »Wenn Sie Ihren persönlichen Besitz an sich genommen haben, können Sie gehen, wohin Sie wollen, Mr. Patterson. Zumindest für den Augenblick. Dieses Schreiben informiert Sie darüber, wann Sie sich wieder hier melden müssen. Ihre Ladung vor Gericht geht Ihnen per Post zu. Sehen Sie zu, dass Sie über Ihre sonstigen Geschäfte nicht den Termin vergessen. Wiedersehn.«

Levi stierte den Beamten wütend an.

»Kommen Sie, Patterson«, befahl ihm Bailey, als der Dredd keine Anstalten zum Gehen machte und noch immer den Beamten nicht aus den Augen ließ. Die Maske der Jovialität war plötzlich gefallen und Levis wahres Wesen kam zum Vorschein. Schließlich packte ihn Bailey am Arm, um ihn wegzuführen. Aber der Dredd riss sich los und marschierte aus dem Raum. Bailey blieb ihm auf den Fersen.

»Sie kennen ja den Weg«, scherzte Bailey, als der Dredd auf die Tür zuging, die zum Empfangsschalter führte. Levi griff nach der Klinke, dabei drehte er sich zu dem Polizisten um und sagte halblaut: »Bis bald, *Kumpel.*«

Innerlich kochend verließ er den Raum. Aber als er Sean auf einem der Plastikstühle warten sah, ging es ihm augenblicklich besser.

»Hallo, mein Junge!«, rief er. »Was gibt's, alles klar?«

»Alles klar, Blood«, grinste Sean. Er stand auf, schüttelte sein taubes Bein aus und hielt ihm die Faust zur Begrüßung hin. Levi fiel zum ersten Mal auf, dass der Junge seine Größe hatte. Lächelnd erwiderte er Seans Faustschlag. Er wusste, dass er eine gute Wahl getroffen hatte.

»Ich wart hier schon *ewig*, Mann!«, beschwerte sich Sean und runzelte die Stirn. Aber er sah dennoch froh aus.

Sie verließen das Gebäude und traten in die dunkle Nachtluft.

Du bist schneller wieder da, als du glaubst, dachte der Dealer. Laut sagte er, »Yeah, Mann, echt. Is ziemlich deprimierend da drin, Star. Komm, wir fahren nach Greenside, Mann. Ich hab was mit dir zu besprechen. Haste dir 'n Auto organisiert?«

»Nee, Shawna hat mir ihrs geliehen.«

»*Prost.*« Levi lachte. »Wie? Machste dich an mein Mädel ran, he?! Wo ich kaum zwei Tage im Bau bin!«

Sean schüttelte lachend den Kopf. Er hörte, dass der Dredd scherzte.

»Nee, Star. Du weißt, dass ich so was nich mach, Mann.«

»Besser so«, warnte ihn der Dealer.

Sie gingen ein Stück weiter. Levi steuerte auf den Parkplatzeingang hinter der Polizeistation zu, aber Sean ging geradeaus weiter.

»Ey, wo gehst'n hin? Wo parkst'n du?« Der Dredd war stehen geblieben.

»Paar Straßen weiter.«

Sean deutete mit der Hand in die Richtung und sah sich dabei kurz zu Levi um, verlangsamte aber kaum seinen Schritt. Er wollte so schnell wie möglich wieder nach Greenside. Levi holte auf.

»Was? Warum das?«, fragte er leicht genervt.

»Weil ich deine Trickkiste noch im Kofferraum hab«, informierte ihn Sean.

»*Wie bitte*?!«

Levi sah ihn verdattert an.

»Wie hätt ich die zu dir hochbringen sollen, allein? Also hab ich se im Auto gelassen, oder? Is ja nix dabei. Aber je eher wir hier weg sind, desto schneller können wir se sicher verstauen, meinste nich?«

»Yeah«, gab Levi zu. Vielleicht war er diesmal ein bisschen zu clever gewesen. Mit der Kiste im Kofferraum musste er sich jedenfalls was anderes einfallen lassen. Denn dass der Tipo ihm gehörte, fanden die Bullen schneller raus, als ein Hund mit dem Schwanz wedelte. Er dachte fieberhaft nach, wie er sich da rauswinden könnte.

»Sonst alles klar, Supa?«

»Ja, Mann. Alles klar, Star«, bestätigte Sean.

»Immer noch am Studieren?«

»Nee, sin Ferien jetzt. Bald kriegen wir die Prüfungsergebnisse raus. Hoffentlich werd ich ins zweite Jahr versetzt, und wenn ich das hinter mir hab ...«, er lächelte wehmütig, »dann steht mir die Welt offen.«

»Soso?!«

»Ja, Mann.«

Levi sah den Jungen an. Auch sein Blick hatte etwas Wehmütiges. Es war eine merkwürdige Mischung aus Stolz und Sympathie mit einer Spur Neid. Zum ersten Mal regten sich in ihm väterliche Gefühle für Sean. Wie ein Hitzeschwall schossen sie durch seine Adern. Er musste an seinen Bruder denken. Wenn *ihn* jemand in ein Verbrechen hineingezogen hätte, wäre er dann jemals Manager in einer Bank geworden? Nie und nimmer.

Plötzlich war er verwirrt. Wieder sah er Sean an. Mit einem Mal war er nicht mehr sicher, ob er seinen Plan wie geplant durchführen sollte. Sie schoben sich an einem großen Van vorbei und überquerten vorsichtig die Straße.

»Star, ich hab mir Gedanken gemacht. Vielleicht können wer wieder was zusammen machen. Gibt 'n Haufen Sachen, wo anstehen, weil der Roger aus'm Verkehr gezogen is. Ich brauch jemand wie dich, mit Grips im Kopp. Einer, wo durchblickt und kuckt, dass nix schief geht, verstehste? Da kannste richtig Geld verdienen, nich bloß Taschengeld wie's letzte Mal.«

Sean machte ein ablehnendes Gesicht.

»Mann ... Ich glaub nich, Levi. Ich versuch, sauber zu bleiben, Star. Weißte ... das dürft ich dir eigentlich gar nich sagen, aber ... Ich werd Vater, Star. Sonia is schwanger, verstehste? Ich hab jetzt viel mehr Verantwortung, Mann. Ich kann mich jetzt auf keine krummen Sachen mehr einlassen. Nich mal das hier dürft ich machen. Aber ich hab gedacht, da is nix dabei, wenn ich dich nur aus'm Knast abhol, verstehste? Aber das is alles. Ich will mich um mein Kind kümmern. Nich wie mein Dad, der nie da war.«

Er redete und redete und dachte dabei, wie schwer es war, *Nein* zu sagen. Aber manchmal musste es sein. Manchmal musste man seinen eigenen Weg gehen. Sich auf die Hinterfüße stellen und das tun, was man für richtig hielt. Was einem das Herz sagte. Sean war entschlossen, diesmal seiner inneren Stimme zu folgen und dem Dredd mit seinen Machenschaften den Rücken zu kehren. Wenn er das hier hinter sich hatte, konnte er mit reinem Gewissen sein Kind erziehen.

Er wandte sich an Levi, ohne recht zu wissen, was er sagen sollte. »Nee, Levi. Ich bin draußen. Echt, Mann. Ich war eigentlich nie richtig drin, verstehste?«

»Alles klar, alles klar«, sagte der Dredd leichthin. Im Grunde war es auch egal. Seans freimütiges Geständnis ging ihm noch einen Augenblick im Kopf herum und rührte noch einmal an sein Gewissen. Aber er schob den Gedanken schnell beiseite. Er musste sich um seine eigenen Angelegenheiten kümmern.

»So, Sonia kriegt 'n Baby?«, sagte er. Es überraschte ihn, dass das aufgeweckte Mädchen in die alten Fußstapfen trat. »Was sagt ihre *Mudda* dazu, die Samantha?«

»Ach, kein Problem«, antwortete Sean. »Ich glaub, sie freut sich beinah.«

Sie standen jetzt vor dem Tipo. Levi warf einen prüfenden Blick auf den Wagen, um sicherzugehen, dass er keine Kratzer oder Beulen abbekommen hatte.

Sean wartete. Offenbar war alles in Ordnung. Wieder war

der Dredd zufrieden mit dem Jungen. Vielleicht hatte er sich doch den Falschen ausgesucht.

Er bedeutete Sean, ihm die Schlüssel für den Fiat zu geben, und schloss die Tür auf. Sean ging auf die Beifahrerseite und wartete, bis der Dredd von innen öffnete.

Cory hatte etwa zwanzig Minuten auf der Kirchenmauer gesessen, als er Levi aus dem Polizeirevier kommen sah. Er erkannte ihn sofort an seinen wogenden Dreddlocks. Der Mann in seiner Begleitung dagegen hätte jeder sein können. Seine Beschreibung passte auf tausend Leute, die Cory kannte.

Er rutschte von der Mauer und folgte den beiden, ohne sie einen Augenblick aus den Augen zu lassen. Nach einer Weile überquerte er die Uxbridge Road, um dem Paar in sicherem Abstand auf der anderen Straßenseite zu folgen. Sie schienen sich angeregt zu unterhalten. Plötzlich stoppte der Dredd in Höhe des Polizeiparkplatzes und sah sich um. Der andere Mann war weitergegangen. Ob Levi spürte, dass jemand hinter ihm her war?

Cory duckte sich hinter einen Wagen, griff in sein Schulterholster und schob die Walther in seine Jackentasche, damit er sie leichter greifen konnte. Als er wieder aufsah, war Levi weitergegangen. Halb gebückt rannte Cory im Schatten der geparkten Autos entlang und hoffte inständig, dass er keinem ordnungsliebenden Bürger über den Weg lief, der sich fragte, wieso er sich versteckte. Die Männer überquerten jetzt die Straße und steuerten auf die nächste Parallelstraße zu. Cory wartete, bis sie um die Ecke gebogen waren, dann folgte er ihnen vorsichtig. Wieder wählte er die gegenüberliegende Straßenseite und hielt etwa 50 Meter Abstand.

Levis Begleiter ging immer ein, zwei Schritte vor dem Dredd, und Cory wusste noch immer nicht, wer er war. Er fragte sich, ob der Mann etwas witterte von Corys Gegenwart. Er konnte eigentlich kein Rechtsanwalt sein, überlegte Cory. Der Mann trug Jeans und Reeboks, ein dunkles Sweatshirt und eine Baseballmütze. Das klassische Outfit von schwarzen Jugendlichen in London. Cory verfluchte seine Gegenwart. Er wurde das Gefühl nicht los, dass er ihn kannte. Er kniff die Augen zusammen, als die beiden am Tipo stehen blieben und das Auto musterten. Dann stiegen sie ein.

»Shit!«, flüsterte er.

Er nahm die Waffe aus der Jackentasche und steckte sie wieder in das Schulterholster. Noch immer ließ er den Fiat nicht aus den Augen.

»Ah, Shit!«, rief Levi und schlug sich mit den Händen an den Kopf.

»Was is los, Mann?«, fragte Sean. Er wollte jetzt so schnell wie möglich weg.

»Die Scheiß Bullen hamm mir mein Geld nich zurückgegeben!«

Sean sah den Dealer zweifelnd an. »Was? Du glaubst doch nicht im Ernst, dass se dir Geld geben, das aus deinen Crack-Geschäften stammt. Damit warten se doch bis zur Verhandlung, oder?«

»Yeah«, antwortete Levi und dachte eilig nach. »Aber wenn se's mir jetzt gleich geben, dann kriegste dein Lohn schneller, verstehste? Oh, wo wir grad davon sprechen. Haste das Geld von Shawna dabei?«

»Oh, ja.« Sean kramte das Bündel Geld aus der Hosentasche und drückte es dem Dredd in die Hand. Der zählte es und nickte, bevor er Sean wieder ansah.

»Außerdem will ich mal sehen, ob ich Kenny da rausholen kann. Mach ich gleich Nägel mit Köppe, ne?«

Sean dachte nach.

»Klar, Mann. Aber meinste nich, dass die Kaution von Kenny genauso hoch wie deine is?«

»Keine Ahnung. Kannst ja mitkommen und dann fragen wir einfach, was meinste?«

Sean zog eine Grimasse und ließ sich tiefer in den Sitz rutschen. Seine Körpersprache war deutlich.

»Kann ich nich einfach hier im Auto warten? Du bleibst ja nich lang, oder? Ich hör lieber so lang Radio, Star.«

Der Dredd beschloss, die Sache nicht weiterzutreiben. Es war schon ein Fehler gewesen zu sagen, dass er Kenny gegen Kaution herausholen wolle. Wenn er nicht aufpasste, wurde Sean misstrauisch. Der Junge war nicht dumm. Im Augenblick war es das Wichtigste, ihn ans Messer zu liefern. Die Kiste mit den Waffen konnte warten. Levi dachte einen Moment nach, bevor er antwortete.

»Okay, Junge. Ich gehe und seh, was ich machen kann. Erst muss ich noch pissen und dann statt ich dene Bullen noch ein Besuch ab. Bin gleich wieder da, yeah?« Der Dredd hatte auf einen schmalen Weg auf der anderen Straßenseite gedeutet. Ein idealer Ort für sein kleines Geschäft.

»Alles klar, Mann«, brummte Sean. Er hatte den Kopf nach hinten gelegt und fühlte sich unsäglich müde.

Der Dredd warf ihm noch einen Blick zu und war überzeugt,

dass Sean nicht weggehen würde. Obwohl er noch nicht wusste, was er mit ihm anfangen sollte, nickte der Dealer zufrieden, stieg aus dem Wagen und überquerte die Straße.

Er kannte den kleinen Weg. Es war ein Durchgang zur nächsten Parallelstraße, der mehrere Haken schlug. Die Abkürzung hatte er als Junge oft benutzt. Er ging etwa bis zur Mitte. Dort war er weder von der einen noch von der anderen Straße zu sehen. Links und rechts von ihm säumten hohe Holzzäune die Gärten der benachbarten Häuser. Levi ließ sich von den erleuchteten Fenstern nicht stören. Er öffnete seinen Reißverschluss und entledigte sich des dampfenden Stromes. Dabei stützte er sich mit der linken Hand an dem Holzzaun ab und stöhnte leise, als der Druck in seiner Blase nachließ.

Der Abend war still. Er grübelte einen Augenblick. Dann schüttelte er seinen Penis, als wolle er gleichzeitig das Dunkel und die Schatten um ihn herum vertreiben, um sich wieder seinen Geschäften zuzuwenden.

Cory beobachtete verblüfft, wie Levi aus dem Wagen stieg, die Tür zuschlug und auf den schmalen Weg zuging. Er fummelte seine Pistole wieder aus dem Lederholster und nahm das Kupferrohr aus dem Rucksack. Dann sah er noch einmal zu dem Tipo hinüber. Dort bewegte sich nichts. Flach durch den Mund atmend, folgte er Levi. Sein Herz schlug wie eine Kesselpauke, aber seine Hände zitterten nicht. Auf seinem Gesicht spiegelte sich Entschlossenheit. Er duckte sich hinter die parkenden Fahrzeuge und näherte sich mit kleinen Schritten dem Weg. Als er ihn erreicht hatte, huschte er mit der Walther in der Hand hinein. Weiter hinten in der Dunkelheit hörte er Wasser plätschern. Das Geräusch hallte in dem schmalen Durchgang zwischen den Häuserwänden wider. Cory lächelte. Das war es, was den Dredd hierher getrieben hatte. Der Weg machte eine kleine Kurve. Da sah Cory seine Beute vor sich. Sie lehnte an einem Zaun und urinierte. Corys Lächeln wurde noch breiter.

Merkwürdig, dachte Cory, als er die Pistole auf den Rücken des Dealers richtete und mit der linken Hand das Rohr auf den Lauf steckte. Merkwürdig, wie so ein kleines Ding das Kräfteverhältnis zwischen zwei Menschen verschob. In diesem Augenblick hing das Leben des Mannes, den man in Greenside am meisten fürchtete, an einem seidenen Faden, auch wenn das im Augenblick niemand wusste außer einem. Er, Cory Bradley, hatte sein Leben in der Hand. Er bestimmte von nun an, was mit Levi geschah, dachte Cory nüchtern. Und wenn er es auch nicht zugeben würde, ihm gefiel diese Vorstellung.

*Macht.*

In Gedanken befahl er dem Dredd, sich umzudrehen.

Er schüttelte den Kopf, dann sagte er in einem vertrauten Flüsterton: »Yo! Levi!«

Der Dredd drehte sich um, ein reiner Reflex. Mit offenem Mund starrte er Cory an, die Waffe in seiner Hand, erkannte die Aussichtslosigkeit seiner Lage, alles auf einmal. In diesem Augenblick wurde Cory schlagartig klar, was der Dredd mit Sean vorhatte.

»Wart mal ...«, begann er und fuchtelte in der Luft herum. Zu mehr kam er nicht.

Cory betätigte den Abzug und die Pistole bäumte sich kurz in seiner Hand auf. Die Kugel machte ein hohles, kratzendes Geräusch, als sie durch das Rohr schoss, austrat und Levis ausgestreckte Hand durchschlug.

Levi starrte fassungslos seinen Fingerstumpf an. Der Knochen leuchtete weißlich. Als er Cory wieder ansah, war die Farbe aus seinem Gesicht gewichen. Und doch ging von ihm eine unmittelbare Bedrohung aus.

Cory zielte schon wieder. Seine Hände zitterten und sein Magen war in Aufruhr. Da stürzte sich der Dredd mit einem wahnsinnigen Brüllen auf ihn.

»YAAAAAH!«

Cory schoss instinktiv, zweimal.

Der erste Schuss traf Levi in den Bauch. Er gab eine Art Seufzen von sich und fiel auf die Knie, die verwundete Hand auf den Bauch gepresst, der sich rot färbte, den Kopf nach hinten geworfen.

Der zweite Schuss traf ihn seitlich am Kopf.

Cory stand unbeweglich, wie hypnotisiert. Dann machte er einen Schritt auf Levi zu. Die Augen schienen ihm aus dem Kopf treten zu wollen. Das war nicht geplant gewesen.

Er hätte am liebsten laut geschrien. Dass er das nicht gewollt habe, dass es nie hätte so weit kommen dürfen. Aber es war zu spät. Er erwischte sich dabei, wie er den Dredd beschwor, wieder aufzustehen, obwohl es ihn zu Tode erschreckt hätte. Er ging noch einen Schritt auf ihn zu, roch die Exkremente, die in Wellen aus dem unbeweglichen Körper drangen, und wusste, Levi war tot.

»Oh, Mann! *Nein*!«, flüsterte er und begann am ganzen

Körper zu zittern. Das war nicht fair. Alles, was er anfasste, ging schief. Jede Bewegung, jeder Zug führte unausweichlich zum Schachmatt. Was sollte er jetzt tun? Er stand bei einem Ermordeten, und wenn er nicht machte, dass er wegkam, überraschte ihn noch jemand in dieser Situation. Er kam sich vor wie ein Statist in einem Gangsterfilm. Erst jetzt fiel ihm wieder Levis Freund in dem Tipo ein. Er fragte sich, ob auch der eine Waffe trug.

Von Selbsthass gepeinigt, stopfte Cory seine Waffe in die Jackentasche und warf das Kupferrohr auf den Boden. Er zwang sich, den Dredd zu durchsuchen. Von Ekel geschüttelt, biss er die Zähne zusammen und versuchte verzweifelt, nicht das halbe Gesicht anzusehen. Noch immer fürchtete er, der Körper könnte wieder lebendig werden und sich voller Rachelust auf ihn stürzen. Aber er bewegte sich nur, solange Cory in seinen Taschen wühlte. Er fand ein dickes Bündel Geld, Levis Handy und seine Schlüssel. Er nahm nur das Geld und die Schlüssel. Dann erhob er sich und ging, ohne sich noch einmal umzusehen, den Weg entlang bis zur nächsten Straße.

## *Einundzwanzigstes Kapitel*

Im Autoradio liefen ein paar alte Raregroove-Titel. Sean trommelte dazu mit den Fingern unruhig den Takt. Er hatte die Augen fest geschlossen und öffnete sie nur hin und wieder einen Spalt, um auf die digitale Uhr im Wagen zu sehen. Kurz nachdem der Dredd gegangen war, war es Sean vorgekommen, als hätte er irgendetwas Unverständliches gerufen. Aber als er nichts weiter hörte, hatte er seine Augen wieder geschlossen und versucht, sich bei der Musik zu entspannen und an seine Freundin zu denken.

Ein weiterer Blick auf die Uhr sagte ihm, dass inzwischen zwölf Minuten vergangen waren. Sean schnalzte mit der Zunge und sah zu dem dunklen Weg hinüber.

»Der kann mir doch nicht erzählen, dass er immer noch beim Pissen is«, brummte er ärgerlich.

Wenn er es sich recht überlegte, hatte er den Dealer nicht vorbeigehen sehen. Aber es wäre leicht möglich gewesen. Er hatte ja die meiste Zeit die Augen geschlossen gehabt. Sean hatte jedenfalls die Nase voll vom Warten und beschloss, die Dinge ein wenig voranzutreiben. Er zog den Zündschlüssel ab, öffnete die Tür und stieg aus dem Wagen. Nachdem er ihn gewissenhaft abgeschlossen hatte, überquerte er die Straße, um nachzusehen, ob Levi noch immer die Blumen wässerte. Wieder kämpfte er mit dem Wunsch, den Ort so schnell wie möglich zu verlassen.

Rosies Worte fielen ihm ein. Er mochte sie. Sean hatte das Gefühl, dass sie einen guten Einfluss auf seinen Cousin hatte. Vielleicht würde er durch sie ein bisschen ruhiger. Sie sah gut aus und hatte im Übrigen Grips und Charakter. Ihm ging noch nach, was sie gesagt hatte. Sie schien ehrlich besorgt.

Vielleicht hatte der Dealer ja wirklich irgendetwas Krummes vor. Jedenfalls hatte er einen Haufen merkwürdiges Zeug geredet. Das Geld konnte er abschreiben. Das musste ihm genauso klar sein wie Sean. Außerdem hatte er ihn so komisch angesehen. Darüber hatte sich Sean am meisten gewundert. Und jetzt war er urplötzlich verschwunden. Langsam, aber sicher kam Sean die Sache verdächtig vor. Noch immer steuerte er kühn auf den Weg zu. Wenn der Dredd jetzt nicht da war, würde er einfach nach Hause gehen.

Als Erstes fiel ihm die Atmosphäre auf, die in dem düsteren Durchgang zwischen den Häusern herrschte.

Seine Nackenhaare sträubten sich und er spürte ein leises Kribbeln in den Fingern. Der Mond sah wie ein riesiges Auge auf ihn herab, und der Boden unter seinen Füßen schien sich mit den vorüberziehenden Wolken unter ihm wegzuschieben, so dass Sean ins Schwanken geriet wie ein Betrunkener und fast gestolpert wäre.

Als er die Leiche entdeckte, wusste er, was sein Instinkt ihm hatte sagen wollen.

Er schlug die Hände vors Gesicht und sah gleich wieder hin, in dem Gefühl, der leblose Körper müsse sich bewegt haben. Aber er lag noch immer genauso da wie zuvor. Jetzt sah er die Blutspritzer am Holzzaun und die dunkle Lache, in der die Leiche lag. Überall auf dem Boden und auf dem Holz schienen kleine Fetzen Fleisch zu kleben. Er musste würgen und richtete sich auf. Es dauerte eine Weile, bis er sich überwinden konnte, sich dem ausgestreckten Körper zu nähern, um nach dem Puls zu fühlen. Er ertrug den toten Blick nicht. Sean zwang sich, auf den Weg zu sehen und sich zu dem Dredd hinunterzubeugen. Er ergriff seinen Arm.

Nichts. Wie er vermutet hatte.

Von Panik gepackt, sah er sich um. Das war erst vor wenigen Minuten passiert. Der Mörder könnte noch in der Nähe sein. Er warf noch einen Blick auf die Leiche. Da entdeckte er das Kupferrohr. Ohne nachzudenken und ohne zu ahnen, worum es sich handelte, bückte er sich und hob es auf.

Verwirrt drehte er das Rohr in seiner Hand hin und her. Es musste etwas mit dem Mord zu tun haben, aber was? Die Angst wich langsam aus seinem Körper. Er kämpfte gegen die Müdigkeit und den Schock und zwang sich zur Konzentration. Er musste ganz genau nachdenken. Vielleicht hätte er noch ewig dort gestanden, wenn nicht Stimmen und Schritte von der anderen Seite des Weges zu ihm gedrungen wären.

Er ließ das Kupferrohr fallen, ohne auf das metallische Klingeln zu achten, mit dem es auf dem Boden auftraf. Seine Ohren hörten nur noch, wie die Schritte näher kamen. Er rannte, so schnell er konnte, in die entgegengesetzte Richtung und lief die Straße hinunter, aus der er gekommen war. Für Sean kam nur ein rivalisierender Dealer für den Mord an Levi in Frage. Und wenn Levi erschossen worden war, dann war der Mann vielleicht auch hinter Sean her. Außerdem war ihm bewusst, dass er der Letzte war, mit dem Levi gesehen worden war. Er musste sich also auch gegen ein Verhör von Seiten der Polizei absichern. Cory kam ihm nicht einen Augenblick in den Sinn. Sean war überzeugt, dass sein Cousin zu Hause saß und darauf wartete, dass er zurückkam.

Schwitzend und zitternd stürzte er durch die Tür der Polizeistation und eilte auf den Empfangsschalter zu. Ein mürrischer Beamter stand dahinter und sprach mit einem jungen Chinesen in schwarzen Baggies und noch weiterem T-Shirt. Der Polizist hob eine Augenbraue und warf Sean einen gelangweilten Blick zu.

»Kannste nich lesen? Einzeln vortreten, du Trottel«, sagte er. Der Chinese lächelte entschuldigend. Sean nahm es gar nicht wahr durch das laute Dröhnen in seinen Ohren. Er stand ein paar Sekunden regungslos da. Der Polizist und der Chinese starrten ihn an. Es schien eine Ewigkeit zu vergehen, bis er seine Stimme wiederfand.

*»Levi is tot! Irgendeiner hat ihn erschossen, Mann!«*, stieß er aus. Der chinesische Junge wich zurück. Der bullige Beamte sah ihn fragend an.

»Wer is Levi?«

»Äh, äh, Lawrence Patterson ... glaub ich.«

»Wie bitte? Patterson?!«

Sean nickte, dann kippte er vornüber und musste würgen. Bei der Erinnerung an die Leiche kam es ihm hoch. Aber es gelang ihm, sein Essen bei sich zu behalten. Der Polizist war mit einem Satz über den Schaltertisch. Wahrscheinlich hatte er jahrelang auf diese Gelegenheit gewartet, schoss es Sean durch den Kopf. Der Beamte richtete ihn auf und führte ihn durch eine Seitentür in einen kahlen Raum mit ein paar Sesseln und einem großen, leeren Schreibtisch.

»Wo ist er?«, fragte er ihn, sobald sich Sean gesetzt hatte.

»Zwei Straßen weiter, Richtung Westen. In einem Durchgang zwischen zwei Häusern«, murmelte Sean, den Kopf zwischen den Knien. Seine Stimme klang belegt.

»Aha, ich weiß wo. Du wartest hier, hörst du. Beweg dich nicht von der Stelle, verstanden? Wie war noch mal dein Name?«

»Sean Bradley«, antwortete Sean, ohne nachzudenken.

Er hob den Kopf und sah, dass der Polizist ihn anstarrte. Sean hielt seinem Blick stand. Er wusste, dass er jetzt tief in der Scheiße saß. Sein Herz raste wie verrückt in seiner Brust. Der Mann sah ihn undurchdringlich an und verschwand dann durch eine weitere Tür.

Kaum war er draußen, ging Sean zu Tür. Sie war verriegelt. Er ließ sich wieder in den Sessel sinken und fragte sich, ob in dem Raum Kameras waren.

Dann fiel ihm die SIG-Sauer ein.

Und die Kiste mit Waffen im Tipo.

Er legte den Kopf in die Hände und stützte die Ellbogen auf den Schreibtisch. Die Wucht der Ereignisse traf ihn wie ein Schlag. Er fuhr hoch, als die Sirenen auf dem Polizeiparkplatz zu heulen begannen. Da öffnete sich die Tür, durch die der Polizist verschwunden war, und zwei Beamte in Zivil traten ein.

Der eine kam mit einem Raubtierlächeln auf dem jungenhaften Gesicht auf ihn zu.

»Sean Bradley?«, fragte er.

Sean nickte. Zum ersten Mal in seinem Leben wünschte er sich, ein anderer zu sein.

»Ich bin Sergeant Leonard. Und das ist Sergeant Bailey«, schaltete sich der Ältere von beiden ein. »Wenn Sie uns bitte folgen würden.«

Sean stand abwesend auf. Er dachte an seine Mutter und seine Schwester und seinen Cousin und seine Freundin und an sein ungeborenes Kind. Er fragte sich, ob er sie noch einmal als freier Mann wiedersehen würde. Und ob sein Kind ihn jemals außerhalb der Besucherzelle eines Gefängnisses zu Gesicht bekäme.

Als es an Rosies Tür viermal laut klopfte, war sie gerade dabei, sich in ihrem Zimmer die Nägel zu lackieren. Das Radio spielte leise und die Nachttischlampe tauchte alles in ein warmes Licht. Ihr Fenster stand einen Spalt weit offen. Das kleine Zimmer glich im Sommer einem Ofen. Sie wollte aufstehen, aber ihre Tante hatte den Besucher bereits hereingelassen. Eine leichte Brise drang durch ihre geöffnete Zimmertür und bauschte die Vorhänge auf.

Sie lauschte angestrengt und hörte eine tiefe Männerstimme auf Madeleines Fragen antworten. Rosie lächelte, als sie die Stimme erkannte. Sie wartete ungeduldig, dass ihre Zimmertür aufging. Wie schön, an diesem wunderbar warmen Abend Gesellschaft zu haben. Aber als Cory hereintrat und fest die Tür hinter sich schloss, gefror ihr Lächeln auf den Lippen. Erschrocken schlug sie die Hand vor den Mund und hielt den Atem an. Der Rucksack, den er über der Schulter trug, rutschte ihm über den Arm und fiel mit einem dumpfen Knall auf den Boden. Er achtete nicht darauf und drehte stattdessen den Kopf zur Tür und verbarg ihn in der Armbeuge.

»Cory?«

Als er mit klappernden Zähnen auf ihr Bett zuging, bekam sie eine Gänsehaut. Sie wusste nicht, ob es von der Eiseskälte kam, die von ihm ausging. Hatte sie nicht gerade noch gedacht, es sei warm? Cory setzte sich. Rosie griff nach dem Fensterflügel und schlug ihn geräuschvoll zu. Nebenan hörte sie ihre Tante leise schimpfen. Sie achtete nicht darauf. Stattdessen setzte sie sich neben ihren zitternden Freund, legte die Arme um ihn, zog ihn an ihre Brust und wiegte ihn sanft hin und her.

»Was is denn los, hm? Bist du krank, Baby?«, sagte sie leise. Aber sie erschrak noch mehr, als sie merkte, wie Cory zu zittern begann. Er versuchte, es zu unterdrücken, aber es gelang ihm nicht. Sie fuhr mit der Hand über seine feuchte Schläfe und roch dabei den beißenden Geruch ihres Nagellacks: Cory war eiskalt. Sie hörte noch immer seine Zähne klappern, obwohl er krampfhaft die Kiefer aufeinander presste.

»Mir iss ... sso ... kkalt«, sagte er und klammerte sich an ihr fest. Rosie schnüffelte, aber sie roch keinen Alkohol. Dann fasste sie ihm an Hals und Stirn.

»Na, aber *Fieber* hast du keins«, stellte sie verwirrt fest. Sie wiegte ihn noch immer im Arm. Cory schwieg und stöhnte hin und wieder leise, als täte ihm etwas weh. Bei jedem Stöhnen küsste ihn Rosie auf die Stirn und fuhr fort, ihn in ihren Armen zu wiegen. Sie wusste nicht, was sie sonst tun sollte. Er würde es ihr schon erzählen. Sonst wäre er nicht zu ihr gekommen.

Madeleine klopfte an die Tür, um mitzuteilen, dass sie in einer halben Stunde ins Bett ginge. Die beiden saßen auf dem

Bett und nur das gelegentliche Stöhnen von Cory, die leise Musik aus dem Radio und das Quietschen der Bettfedern unterbrachen die Stille.

»Schschsch, mein Kleines«, murmelte Rosie. Es kam ihr komisch vor, dass sie ihn wie ein Baby tröstete, aber sie ließ die Worte einfach aus sich herausfließen. Irgendwann sah er zu ihr auf, aber sein Blick ging durch sie hindurch, als fixiere er einen imaginären Punkt in der Ferne. Sie sah ihn an und zwang sich, seinen Blick nicht mehr loszulassen.

»Was hast du?«, fragte sie ihn sanft. Cory wandte den Blick ab, schüttelte sich und sagte dann, an seine Hände gewandt: »Rosie ... Rosie ... Heute Abend hab ich die totale Scheiße gebaut. Ich weiß nich, wie ich dir das sagen soll ...«

»Cory, warte ...«, keuchte das Mädchen. Am liebsten hätte sie ihre Frage wieder zurückgenommen. Er war schon einmal zu ihr gekommen. Als er den anderen Jungen niedergestochen hatte. Aber damals hatte er lange nicht so verstört ausgesehen wie jetzt. Wenn Cory fähig war, jemandem ein Messer so tief in den Bauch zu stoßen, dass der danach auf die Intensivstation musste, konnte das, was jetzt passiert war, weniger schlimm sein? Sie hatte Cory noch nie so gesehen. Rosie wusste, er ging mit Schwierigkeiten um, als wären sie etwas Alltägliches, als gehörten sie ganz selbstverständlich zum Leben. Alles deutete darauf hin, dass etwas Schlimmes passiert war. Aber in diesem Augenblick schwor sich Rosie, dass sie zu ihm halten würde, was immer es auch sei.

»Was ist mit deinen Händen passiert?«

Sie wechselte das Thema und ergriff sie.

Corys rechte Handfläche war leuchtend rot, die linke übersät mit kleinen, auffälligen Flecken. Beim näheren Hinsehen glaubte Rosie, eine Linie zu erkennen, die sich über alle vier Finger zog. Auch Cory starrte einen Augenblick seine Hände an, dann zog er sie weg. Es schien, als krame er nach seinem tief verschütteten alten Ich. Als er sie wieder ansah, war sein Blick noch immer glasig, aber ruhiger als zuvor.

»Rosie, hör mal …«

Das hatte sie schon mal erlebt …

»Ich muss dir was Wichtiges sagen. Ähm … verdammte Scheiße …«

Er seufzte. »Ich geh aus London weg, hörst du?«

Sie sah ihn überrascht an.

»Heute Nacht. Ich bin nur gekommen, dass du nich denkst, es is wegen dir oder was …«

»Wieso *dann*?«, schrie sie fast.

Cory betrachtete wieder seine Hände. Er sprach langsam, damit sie jedes Wort verstand. Seine Stimme war wie eine riesige Dampfwalze, die jeden Versuch der Unterbrechung platt drückte.

»Rosie … Ich hab vorhin jemand umgebracht. Erschossen, verstehst du.«

Das Mädchen sah ihn mit leerem Blick an, dann runzelte sie die Stirn und lachte nervös. Sie stieß ihn an der Schulter, als mache er bloß einen Scherz.

»Klar. Mach, dass du wegkommst«, kicherte sie, aber ihr Blick war ernst.

Cory schob die Hand unters Hemd und zog die Walther heraus. Im Licht der Lampe zeichneten sich die Umrisse der Waffe scharf ab.

»Ich habe vorhin jemand umgebracht«, fing er wieder an. Die Worte kamen ihm diesmal leichter von den Lippen.

Wie von Ferne hörte sie sich etwas fragen. »Wen?« Es war nur ein Murmeln. Hoffentlich war es nur Roger oder dieser Insane Shane, dachte sie. Sie war sich dessen bewusst, dass sie Cory noch etwas von Sean ausrichten sollte. Corys Antwort schien ewig auf sich warten zu lassen.

»Levi.« Rosie hielt sich die Hände vor die Augen. Instinktiv hatte sie gewusst, dass es schlimmer war, als sie dachte. Jetzt war sie es, die stöhnte. Cory sah sie unverwandt an und wartete, bis sie die Hände vom Gesicht nahm. In ihren Augen funkelten Tränen.

»Ich hab nicht gewusst, dass er dir so viel bedeutet«, murmelte Cory. Es klang gleichzeitig kalt und lächerlich. Das Mädchen sah ihn überrascht an, bevor sie etwas sagte. Sie schien ebenso ungehalten über sich selbst wie über ihn.

»Oh, komm. Sei doch nicht so dumm!« Es tat ihr sofort Leid, als sie seinen gequälten Gesichtsausdruck sah. Sie fasste ihn zärtlich bei den Händen und sah ihn zerknirscht an. Am liebsten hätte sie von jetzt an nichts mehr gesagt, aber sie musste es tun.

»Cory, ich hab Sean heute Mittag getroffen.«

In seine Augen trat ein Leuchten.

»Und er hat mir gesagt, ich soll dir was ausrichten, wenn ich dich sehe. Ich hab bei dir zu Hause angerufen, aber da hat niemand abgenommen. Da bin ich zu Garvey gegangen. Der hat gesagt, dass du nach Kipling gefahren bist und dass er nicht wüsste, wann du zurückkommst. Ich hab dich also gesucht, wie du siehst, aber nicht gefunden ...«

»Und was hat er gesagt?«, fragte Cory ungeduldig.

Rosie schloss die Augen, als habe sie Schmerzen. »Ach, *Scheiße*, Mann ... Ich weiß nich, wie ich's dir sagen soll, Baby! ... Sean hat mir gesagt, dass er Levi per Kaution rausholt. Das war irgendwann heut Abend. Hast du ihn gesehen oder ...?«

Sie stockte, als sie sein Gesicht sah. Ungläubige Erkenntnis spiegelte sich darin.

»Oh, nein ... Mann ... nein! Klar! Ich hab ihn gesehen! Das gibts doch nich, *verdammte Scheiße*«, stöhnte Cory. Die letzten Worte klangen wie ein heiserer Schrei. Er versetzte dem Bett mit der flachen Hand dumpfe Schläge.

»Art hat mir gesagt, dass Levi Sean bei den Bullen verpfiffen hat. Also bin ich mit der Knarre zu der Polizeistation gegangen, um ihm einen Denkzettel zu verpassen, verstehst du? Um ihm ein für alle Mal klar zu machen, dass er uns endlich in Ruhe lassen soll. Ich geh also hin und ... da seh ich einen Typen bei ihm. Aber die waren zu weit weg ... Ich konnt den Brer nich richtig erkennen, verdammte Scheiße, Mann. Und dann geht Levi in den dunklen Weg rein und ich schleich mich hinter ihm her. Ich wollt ihn nich umbringen! Ich wollt ihm nur eine Warnung verpassen.«

Cory musste schlucken. Er konnte Rosie nicht erzählen, dass er Levi beim Pinkeln erschossen hatte. Und auch nicht, dass er ihm das Geld abgenommen hatte. Das würde er nie sagen.

»Er ist umgefallen ... Ins *Gesicht* hab ich ihm geschossen, Mann. Dann bin ich den ganzen Weg hierher gerannt ... Und Sean hab ich da im Auto sitzen lassen ...!« Das Letzte war nur noch ein Murmeln.

Er drehte sich so abrupt zu ihr, dass sie zusammenzuckte. »*Ich hab Sean im Auto sitzen lassen*«, wiederholte er, klar und deutlich jetzt.

Er hielt einen Augenblick inne, dann stand er auf und hastete zur Tür.

Rosie hatte seine Bewegung vorhergesehen und war mit ihm an der Tür. Sie packte ihn am Arm, stellte sich ihm in den Weg und versperrte die Tür.

»Halt, halt, halt, einen Moment mal. Wo willst du jetzt hin?«

»Ich geh wieder zurück, um Sean zu holen«, sagte er einfach. Rosie ließ ihn los und warf ihm einen vernichtenden Blick zu.

»Bist du verrückt geworden, oder was? Du hast mindestens eine Viertelstunde gebraucht von Bush bis hierher und bist schon seit fast einer Stunde da. Wenn du jetzt hinkommst, wimmelt es da von Polizisten, Mann. Was meinst du, wie lang ein Toter rumliegen kann, bis ihn einer entdeckt?«

Er zuckte ausdruckslos die Schultern, ohne auf ihre Frage zu antworten.

»Und was machst du jetzt?« Sie flüsterte es fast, weil sie glaubte, dass sie die Antwort bereits kannte.

»Ich bin weg«, sagte er tonlos. Er sah auf und bemerkte den überraschten Ausdruck auf ihrem Gesicht. Er deutete ihn völlig falsch. Schnell begann er zu sprechen.

»Tut mir Leid, Rosie, dass ich dir die ganze Scheiße eingebrockt hab. Du hast was viel Besseres verdient, das weiß ich. Keine Ahnung ... Vielleicht schnappen die mich oder was. Vielleicht komm ich dich auch irgendwann besuchen, wenn sich die Situation hier beruhigt hat. Aber jetzt muss ich abhauen, bevor die drauf kommen, dass ich's war. Dem Kenny is das sofort klar – und den andern Bredrins von Levi ebenfalls. Sobald se Wind davon kriegen, was passiert is. Gibt zu viele, die was mitgekriegt haben. Art hat's inzwischen wahrscheinlich den ganzen Fußballern erzählt ...«

Er schwieg, als ihm bewusst wurde, wie Recht er hatte. Rosie sah sich hilflos um. Sie verstand nicht, wovon er redete.

Cory ging zum Bett und setzte sich, um sich nach dem Rucksack zu bücken. Rosie ließ sich neben ihn sinken und sah ihn besorgt an. Als er sich wieder aufrichtete, hatte sie den Blick gesenkt und sah ihre frisch lackierten Nägel an, als fände sie dort die Lösung ihrer Probleme.

»Und was wird mit Sean?«

Ihre Stimme klang rau. Cory wand sich unter der Frage und knetete die Bettdecke in der Hand.

»Mann, Rosie ... Ich weiß nich! Ich hab ihn wahnsinnig gern, Mann. Aber ich geh auf keinen Fall ins Gefängnis. Das würd ich nicht aushalten. Weißte, was mich da erwartet? Unerlaubter Waffenbesitz und vorsätzlicher Mord? Da bin ich dreißig, bis ich da wieder rauskomm. Da kannste sicher sein ...«

»Cory, Sean ist *unschuldig*!«

Diese Ungerechtigkeit trieb ihr wieder die Tränen in die Augen.

»Ich kann nicht, Rosie.« Cory starrte seine roten Handflächen an. »Ich kann's einfach nicht. Ich weiß, was du sagen willst. Aber ich kann nicht. Ich kann nur hoffen, dass er noch rechtzeitig abgehaun is, bevor die Bullen aufgetaucht sind. Du hast doch selber gesagt: Was passiert is, is passiert. Ich kann ihm jetzt nicht mehr helfen. Ich kann nur noch sehen, dass se mich nich auch noch annen Arsch kriegen. Damit wär keinem von uns geholfen, oder?«

Das Mädchen gab keine Antwort. Sein Egoismus überraschte sie, auch wenn sie seine Argumente verstand. Trotzdem hätte sie an seiner Stelle anders gehandelt. Sie hätte sich geopfert für ihren Cousin. ... Andererseits, woher wollte sie das so genau wissen? Vielleicht würde sie auch einfach weglaufen. Hatte sie nicht gerade Cory davon abgehalten zurückzugehen, als er Sean holen wollte?

»Kann ich nicht mit dir kommen?« Sie fragte es, obwohl sie wusste, dass es unmöglich war. Warum sagte sie es überhaupt?

Cory schloss fest die Augen und schüttelte den Kopf.

»Rosie, du weißt nicht, wie sehr ich mir wünschen würde, dass du mitkommen könntest, Mann. Auf dem ganzen Weg hierher hab ich an dich gedacht, Mann. Ich ...« Er kam ins Stocken. »Wir ... Es hätt echt super mit uns beiden werden können. Hörst du, was ich gesagt hab? ... Und ich hab alles kaputtgemacht, alles, von Kind an.«

Tränen schnürten ihm den Hals zu. Er räusperte sich schroff, fuhr sich über die Augen und hustete in die Stille.

»Na ja ...«, murmelte er. Es blieb in der Luft hängen.

Rosie machte eine fahrige Bewegung.

»Geh jetzt besser, bevor sie hinter dir her sind«, sagte sie heiser. Er sah sie noch einmal an, dann ging er mit gesenktem Kopf zur Tür.

»Hey«, sagte sie schwach.

»Ja?« Er drehte sich um.

»Krieg ich keinen Kuss?«

Sie stand auf, ihre Beine fühlten sich an wie Gummi und sie ging unsicher auf ihn zu. Sie legte die Arme um ihn und hielt ihn fest. Sie wollte, dass sich dieses Gefühl tief in ihre Erinnerung einprägte.

»Ich will nicht, dass du gehst. Kannst du dich nicht irgendwo anders verstecken?«, sagte sie unter Tränen.

Cory biss die Zähne zusammen. Rosie wusste, dass sie es ihm nur noch schwerer machte.

»Ich weiß. Ich würde auch lieber hier bleiben, aber ich kann nicht. So einfach ist das. Tust du mir einen Gefallen und gibst das heimlich Bernice?«

Er zog etwas aus der Tasche seiner Jeans und teilte es. Die eine Hälfte davon gab er ihr, die andere steckte er wieder in seine Tasche. Es war ein Bündel Geld, mehrere hundert Pfund in zerknitterten, gebrauchten Scheinen. Rosie griff danach. Sie öffnete den Mund, um zu fragen, wo das Geld her war, erriet es aber selbst und ließ es achtlos auf das Bett fallen. Ihre Finger kribbelten und krabbelten, als wären tausend unsichtbare Tierchen darauf. Unbewusst rieb sie ihre Hände aneinander.

»Ruf mich an«, hauchte sie und versuchte, den Gedanken an die Geldscheine aus ihrem Kopf zu verdrängen.

»Ich versuch's«, versprach er und sah ihr in die Augen. »Jetzt geh ins Bett, Rosie. Ich find allein raus, okay?«

»Sei vorsichtig ...«

»Ja, klar. Pass auf dich auf, okay?«

Dann war er weg, die Zimmertür vibrierte leicht, als er die Eingangstür zuzog. Rosie betrachtete das Geld auf ihrem Bett. Sie konnte sich nur schwer vorstellen, es noch einmal in die Hand zu nehmen, geschweige denn, es Corys Tante zu geben.

Gleichzeitig wusste sie, dass ihre Qualen nichts waren im Vergleich zu dem, was die Bradleys bald erleiden müssten, spätestens morgen früh. Für bewaffneten Raubüberfall gab es zwischen sieben und vierzehn Jahren – und Sean hatte geringe Chancen, mit weniger davonzukommen. Nicht nach der heutigen Auffassung der Gerichte, was Waffendelikte betraf.

Und Cory – Cory würde entweder auf der Flucht sein vor Levis Bande oder von der Polizei gefasst und unter Mordanklage gestellt werden, was ihn mindestens so lange hinter Gitter bringen würde wie seinen Cousin. Aus tiefstem Herzen wünschte sie sich, dass er es schaffen würde zu fliehen. Es gab so viele Städte in England, wo ein schwarzer Jugendlicher untertauchen konnte – Birmingham, Manchester oder Liverpool. Rosie stellte sich vor, dass Cory genau das tun würde.

Wie blind legte sie sich auf ihr Bett und starrte die Decke an. Aber die Tränen darüber, dass sie Cory verloren hatte, wollten nicht kommen. Mit trockenen Augen lag sie und lauschte bewegungslos der Musik. Wie hatte alles nur so schief gehen können?

In dem nunmehr hell erleuchteten Durchgang zwischen den Häusern wimmelte es von Männern der Metropolitan Police, die sich der Leiche von Lawrence Patterson annahmen. An beiden Seiten hatte man den Zugang zu dem Weg mit Plastikbändern abgesperrt.

Die Männer von der Ambulanz und der Gerichtsmediziner warteten auf die Ankunft der Mordkommission. Die Beamten von der Spurensicherung stellten drei Patronenhülsen, das Kupferrohr und zwei Kugeln sicher, die im Zaun hinter der

Leiche eingeschlagen waren, und verpackten sie für die Laboranalyse in durchsichtige Plastiktüten. Danach überließen sie den Sanitätern das Feld, die mit der gewohnten Sicherheit und Umsicht vorgingen.

Sie rollten eine rote Bahre mit einem Leintuch unter den Absperrungsbändern hindurch, hoben Levis steifen Körper darauf und schlugen ihn sorgfältig in das Tuch ein. Als sie die Bahre auf die Straße hinausschoben, teilte sich die Menschenmenge. Erfolglos versuchten die Wartenden, einen Blick auf den toten Körper zu erhaschen. Im Handumdrehen war die Bahre im Krankenwagen. Einer der Sanitäter stieg zu der Leiche ein, der andere schwang sich hinters Steuer und startete den Motor. Er war froh, wieder nach Hammersmith Hospital zu kommen, wo eine schöne Tasse Kaffee und ein Schwätzchen mit einer hübschen Krankenschwester auf ihn warteten.

Der Mann hinten im Krankenwagen betrachtete eine Weile den eingehüllten Körper, dann klappte er das weiße Tuch zurück, um sich Levis zerschossenes Gesicht zu betrachten. Er stieß einen leisen Pfiff aus und schüttelte ungläubig den Kopf. Er war schon lange dabei, hatte bereits in den frühen Achtzigern einen Krankenwagen gefahren, als die großen Unruhen waren. Aber es erschütterte ihn noch immer, wenn er sah, welche Ausmaße die Gewalt in dieser Stadt annahm. Er konnte es sich nicht erklären. Noch vor zehn Jahren hatte er im Jahr mit drei oder vier Fällen dieser Art zu tun, aber jetzt gehörten sie in London zum Alltagsgeschäft. Als ob plötzlich jeder einfach machte, was er wollte, ohne Rücksicht auf Recht und Gesetz.

Er war tief in seine düsteren Betrachtungen versunken, als der Wagen plötzlich abrupt bremste und zur Seite schleuderte. Der Sanitäter landete mit dem Gesicht auf dem Bauch der Leiche. Von Ekel gepackt, richtete er sich auf und kletterte nach vorne zum Fahrersitz.

»Was is'n los, verdammte Scheiße!«, rief er seinem Kollegen zu. Der Fahrer drehte halb den Kopf, um ihm zu antworten. Er schien genauso erschrocken.

»Irgend so ein Idiot is direkt vor mir auf die Straße gelaufen. Ich hab das Lenkrad rumreißen müssen. Da wär ich fast auf den Scheiß Tipo da geknallt.«

Der Sanitäter sah über die Schulter des Fahrers und hielt sich dabei die Nase zu. Der hintere Teil des Wagens war von den Gerüchen aus Levis Magen erfüllt.

»Schnuckliges Auto«, stieß er aus.

»Stimmt. Was 'n Glück, dass ich noch rechtzeitig gebremst hab«, sagte der andere erleichtert.

Der Krankenwagen fuhr wieder an und bog gemächlich um die Ecke, als habe er keine Eile. Seine Insassen waren die Einzigen, die den blauen Fiat am Straßenrand bemerkten. Hin und wieder blitzte das Licht der Taschenlampen auf seinem Lack auf, wenn die Beamten aus dem dunklen Durchgang zwischen den Häusern traten. Manchmal spielte das Licht auch auf dem viereckigen Aufkleber, dessen Aufschrift Levis Schicksal besiegelt hatte. NUBIANS DO IT BETTER IN THE DARK. Nun hatten sich auch Cory und Sean im ungewissen Dunkel verloren.

## *Danksagung*

Ich danke allen, die mir zugehört haben, wenn ich immer wieder über Cory und Sean sprach – Mum, Barney Platts-Mills, Ghanim Shubber, Sledge, Jules, Bernard und Ang sowie Kate, meine allererste Kritikerin!

Für die Recherchetipps habe ich den Mitarbeitern des Royal College of Psychiatrists und der psychiatrischen Station von St. Charles zu danken ... *Big up D. Respec' for the 'yit' business. You know the ku!* Dank auch an Sam Lindo fürs Lesen der ersten Fassung!

*Respec'* auch für Insane Wayne (aus nahe liegenden Gründen ...). Ganz besonders bin ich Ruscha Fields und Stephanie Cabot bei William Morris zu Dank verpflichtet, weil sie an den *Schüler* geglaubt haben. Dank auch an alle bei Massive Video, an Carly (der mich gefragt hat, warum Cory so wütend war) ebenso wie an Saloum, Tchekedi, Drew und Jenny (die alle bei den ersten »Lesungen« dabei waren) und die vielen anderen, die ich hier nicht erwähnen kann. Ich werde versuchen, euch persönlich zu danken!

Mein letztes Wort gilt meinem Freund und Cousin Lee Newall, der mich ermutigt hat weiterzuschreiben, wenn ich verzweifelt war und aufgeben wollte, und meiner alten Lehrerin Ms Youlton aus Burlington Danes, der ich alles, was ich weiß, zu verdanken habe.